kiss of death

INCUBI – Sammelband (1)

GedankenReich Verlag

KRISTINA LICHT

kiss of death

INCUBI - SAMMELBAND 1

GEDANKEN
REICH

GedankenReich Verlag
Reichow
Neumarkstraße 31
44359 Dortmund
www.gedankenreich-verlag.de

Kiss of death – Incubi-Sammelband (1)
1.Auflage, Januar 2021

Text © Kristina Licht
Cover & Umschlaggestaltung: Kristina Licht
Umschlagmotive © 123rf, shutterstock
Satz & Layout: Kristina Licht
Kapitelzierde: Nastja Deines

Druck: Printed in Poland

ISBN 978-3-96966-444-5

PLAYLIST

Sweet dreams (are made of this) - Emily Browning
I'm a Wolf – Konoba, Ellie Ford
Demons – Jacob Lee
Into the fire – Thirteen Senses
The night we met – Lord Huron
Who are you - Svrcina
War of Hearts – Ruelle
Lost The Game – Two Feet
Inner Demons – Stiff Gritty
Pray – JRY, RuthAnne
Meet Me on the Battlefield – Svrcina
Until We Go Down – Ruelle
Mr. Sandman – SYML
Game of Survival - Ruelle
Black Sea – Natasha Blume
Journey (ready to fly) – Natasha Blume
Prisoner – Raphael Lake, Aaron Levy
Die A Little – Yungblud

Teil 1:

INCUBI

SLEEPING DEMONS

Liebe ist etwas, das man weder erzwingen noch festhalten kann.
Man kann sie auch nicht aufhalten, loswerden oder steuern.
Liebe kommt und geht, wie es ihr beliebt.
Sie nistet sich ein, ohne gefragt zu werden.
Sie überfällt einen, wie sie will, wann sie will
und so heftig, wie es ihr beliebt.

Prolog
Monster

Mace

Donnerstagabend, kurz vor neun

»Hey M, siehst du die dort?«

Mein Blick folgt Lios Blick, wandert durch die Bar und bleibt am Billardtisch hängen, der in einer dunklen Ecke steht. Beleuchtet von einer kleinen Lampe, die genau in der Mitte über dem Tisch baumelt, versagen zwei Mädchen kläglich bei dem Spiel.

Ich weiß sofort, welche von den beiden Lio meint: Die Kleine, die gerade den Queue in der Hand hält und sich über den Tisch beugt, sodass jeder in der Bar in ihren tiefen, gut gefüllten Ausschnitt sehen kann. Die sichtbaren Rundungen gefallen mir, sodass ich nichts dagegen einzuwenden hätte, diese Brüste komplett auszupacken. Mein bestes Stück erwidert diesen Gedanken mit einem kurzen Pulsieren.

»Ja, sie ist hübsch«, gebe ich zu. Nicht nur ihr Dekolleté, auch ihr Gesicht, ihre langen braunen Haare und ihre Figur.

»Was meinst du, wie sollen wir sie ansprechen?«, fragt Lio und seine Stimme verrät seine Aufregung. Ich schaue meinen jungen Freund von der Seite an. Er sieht aus wie ein Hundewelpe, der angestrengt versucht, an seinen ersten Knochen zu gelangen, beinahe sabbert und Männchen macht.

»Wir sprechen sie so an, wie man Frauen eben normal anspricht«, sage ich.

Für einen Moment wird es dunkel und die Musik verklingt. Der nächste Live Act ist dran. Jeden Donnerstagabend singen unbekannte Künstler ihre Coversongs im Moe's, doch meine Jungs und ich kommen nicht wegen der Musik hierher.

Lio wendet den Blick von den Mädchen ab und schaut mich mit seinen großen braunen Augen an. Hundewelpe, ich sag's doch.

»Sorry, aber ich – äh, ich kann nicht so gut mit Frauen.«

Ich verdrehe die Augen. »Du konntest vielleicht *früher* nicht gut mit Frauen, aber jetzt wirst du es können. Glaub mir, das liegt uns im Blut. Frauen fliegen auf uns.«

»Echt?«

»Nein, du Dummkopf!« Ich verpasse ihm mit der flachen Hand einen Schlag auf den Hinterkopf. »Nur, weil du jetzt weibliche Lebensenergie zum Überleben brauchst, heißt das nicht, dass sie dir auf magische Weise zu Füßen liegen.«

Lio reibt sich den Kopf und zieht einen Schmollmund. »Verdammt, dann werde ich wahrscheinlich elendig krepieren.«

Ich unterdrücke ein Lachen. Oh mein unschuldiger, jungfräulicher Freund. »Wir finden schon noch eine Frau für dich«, sage ich und klopfe ihm auf die Schulter. Die Erinnerungen an seine nicht gerade erfolgreiche Erwachungsnacht machen ihm bestimmt noch zu schaffen.

Kurz schweift mein Blick zur Bühne, auf der eine junge hübsche Frau ihre Version von *Sweet Dreams* singt. Ihre rauchige Stimme und der Text treffen mich für ein paar Sekunden total unvorbereitet. Die Liedzeilen sind wie für mich gemacht, jedes Wort trifft mich bis ins Mark. Ich muss mich dazu zwingen, meinen Blick zurück zu der attraktiven Brünetten wandern zu lassen, die sich gerade darüber ärgert, die schwarze Kugel versenkt zu haben.

»Komm mit.« Ich packe Lio am Arm, als ich vom Barhocker aufstehe und direkt auf den Billardtisch zugehe.

»Was? Nein, ich ... ich kann nicht«, stottert Lio, den ich hinter mir herziehe.

»Was kannst du nicht? Billard spielen?«

»Nein, nein. Ich meine, mit ihr reden. Sie ist so ... so verdammt heiß, ich werde kein Wort –«

In dem Moment kommen wir bei den beiden Mädchen an und mein Kumpel verstummt schlagartig.

»Hallo Ladys«, sage ich und setze ein charmantes Lächeln auf. Normalerweise lächle ich nicht oft, aber wenn ich etwas von Frauen will, dann hat es sich als hilfreich erwiesen. Und ich will Lio schließlich zeigen, wie man es richtigmacht.

»Seid ihr gut beim Billard?«, frage ich und stelle fest, dass auch die blonde Freundin nicht hässlich ist. Früher hätte ich beide genommen oder eine für meinen Freund gelassen - doch seit ich einundzwanzig geworden bin, geht so etwas nicht mehr. Zwei Frauen erhöhen das Risiko. Das Risiko, entdeckt zu werden. Das Risiko, eine von ihnen zu töten.

Also muss uns eine genügen.

»Mein Freund ist ein grottenschlechter Spieler, aber er hat die ganze Zeit hier rüber gestarrt, sodass ich denke, dass er bei euch mitmachen will.« Grinsend klopfe ich Lio auf die Schulter, der stumm den Mund geöffnet hat und sich hilflos am Kopf kratzt. Sein braunes Haar steht wild in alle Richtungen und seine Collegejacke unterstreicht seinen jungenhaften Charme. Er wirkt bei Frauen stets ein wenig bedröppelt und hilflos, aber soweit ich weiß, stehen viele Mädels drauf.

»Wir sind auch nicht so gut«, kichert unser brünettes Opfer mit den tollen Brüsten.

»Oh, dann passt das ja«, sage ich und reiche ihr meine Hand. »Hi, ich bin übrigens Race.« Das ist gelogen, doch wir geben niemals unsere wahre Identität preis. Eine unserer zahlreichen Regeln.

Sie errötet unwillkürlich. »Ein ungewöhnlicher Name. Ich bin Marie.«

Ein gewöhnlicher Name, liegt mir auf der Zunge, doch ich verkneife es mir. Als sie meine Hand schüttelt, läuft es mir warm den Rücken hinunter und es kostet mich größte Überwindung, den Hautkontakt so schnell es geht zu unterbrechen. Jede sinnliche Berührung könnte den Energiefluss aktivieren. Doch dafür ist es noch zu früh.

»Das ist Ben«, stelle ich den nervösen Hundewelpen vor. Er wirft mir einen kurzen empörten Blick zu, als wolle er fragen, ob mir kein besserer Name eingefallen wäre, dann gibt auch er dem Mädchen die Hand und ich sehe, wie seine Augen golden auflodern.

Mit meinem Ellbogen verpasse ich ihm einen Stoß in die Rippen.

»Und ich bin Vany«, drängt sich die Blonde dazwischen. Vermutlich gefällt ihr entweder Lio oder ich und sie hofft darauf, von einem von uns den Abend über mehr Aufmerksamkeit zu bekommen. Doch mehr als eine höfliche Unterhaltung können wir ihr nicht bieten. Sie sollte sich glücklich schätzen.

»Wollen wir in Teams spielen?«, frage ich. Die Mädchen nicken. »Gemischt oder Mädels gegen Jungs?« Ich hebe herausfordernd die Augenbrauen, doch ich warte die Antwort nicht ab. »Ich zahl eben«, werfe ich in die Runde und klopfe Lio aufmunternd auf die Schulter. Hoffentlich habe ich das Eis weit genug gebrochen, sodass der Junge jetzt seinen Mund aufkriegt.

»Möchte eine von euch in mein Team?«, höre ich ihn im Weggehen fragen und lächle stolz. Noch wirken wir auf Außenstehende wie gewöhnliche Jugendliche, junge Erwachsene, die nach einem anstrengenden Schul- oder Arbeitstag abhängen und sich amüsieren wollen – in Wahrheit jedoch sind wir nicht einmal menschlich. Und die trügerische Idylle wandelt sich innerhalb weniger Stunden in ein makabres Spektakel.

Ich greife grob nach ihrem Handgelenk und drehe sie zu uns herum. Ein spitzer Schrei entweicht ihren vollen Lippen, der mein Herz schneller schlagen lässt. Das Blut rauscht in meinem Körper wie siedend heißes Feuer.

»Oh diese Lippen hätte ich gerne an meinem Schwanz«, gibt Rapha genüsslich von sich, der noch nie einen Hehl aus seinen versauten Gedanken gemacht hat. Der dritte in unserem höllischen Bunde - er ist zu uns gestoßen, als Marie gerade gehen wollte. Auf der Straße haben wir sie eingeholt – sie ist schließlich unser Abendessen. Ich habe bestimmt nicht die letzten zwei Stunden auf lieb getan, nur um mit leeren Händen nach Hause zu gehen. Das hier ist Lios erste Jagd. Er *braucht* ihre Energie.

»Rapha, verlang nicht zu viel von ihr«, sage ich halb tadelnd, halb zynisch und ziehe Marie näher an meinen Körper. Warm und weich prallt sie gegen meine Brust. Natürlich will auch ich so viel wie möglich – das liegt in unserer Natur. Gegen die Art von Verlangen hat der Verstand keine Chance. Deshalb habe ich schon lange damit aufgehört, es auch nur zu versuchen. Doch ich sehe, dass Marie unserem Charme noch nicht erliegt und ich will kein Aufsehen erregen. Wahrscheinlich macht ihr die Anwesenheit von drei Männern etwas Angst und dass wir sie nachts auf der Straße abgefangen haben, macht es nicht besser. Wir haben es versaut. Es würde schwer sein, sie in einen Rauschzustand zu versetzen, sie dieselbe Leidenschaft spüren zu lassen, wie wir sie fühlen. Angst hemmt Leidenschaft – zumindest bei den meisten Menschen.

»Wir tun dir nichts«, sage ich und höre selbst, wie schräg das aus meinem Mund klingt. Wären sie und ich allein, dann würde es wahrscheinlich funktionieren. Dann würde sie sich auf mich einlassen – geflirtet hat sie in der Bar bereits mit mir. Dass wir jedoch immer im Rudel jagen, macht es schwieriger, willige Frauen zu finden. Nur wenige wollen uns direkt im Vierer-Pack vernaschen. Marie hat Glück, dass zumindest Kilian heute nicht hier ist.

»Willst du nicht wenigstens meinem kleinen Bruder Lio seine Unschuld rauben?«, fragt Raphael.

»Was?«, ruft Lio beinahe genauso panisch wie die Brünette.

Ach verdammt, ich geb's auf, hoffentlich hält uns Marie nur für drei betrunkene Idioten. Und hoffentlich kann sie sich nach dem Ganzen nicht mehr an Lios Namen erinnern, den Raphael leichtsinnig herausposaunt hat.

»Gib sie mir«, faucht er, in seinen Augen sehe ich es lodern. Verdammt, Raphael wird zu weit gehen. Ich spüre es. Er ist nicht mehr Herr seines Handelns, der Dämon hat bereits die Oberhand ergriffen.

Ich sehe zu, wie er mir Marie entreißt und sie mitten auf den Mund küsst, während seine Hände ihren Arsch erkunden. Sein Stöhnen macht mich verrückt, ich kneife die Augen zusammen, um nicht die Kontrolle zu verlieren. Feuer pulsiert durch meinen Körper und meine Atmung beschleunigt sich.

»Lass das!«, höre ich Marie kreischen, als Rapha ihren Mund kurzzeitig freigibt. Sie versucht sich mit Händen und Füßen zu wehren, doch außer ein paar Kratzspuren bewirken ihre Nägel nichts. »Hilfe! Ich brauche Hilfe!«

Ich riskiere nun doch einen Blick und schaue in Raphaels lodernde Augen. Seine sonst strahlendblaue Iris wird von einem goldenen Ring überlagert. Er tankt ihre Energie. Ich kann sie beinahe sehen, wie sie aus ihrem Körper fließt und meinen Freund in einen Rauschzustand versetzt.

Neben mir löst sich Lio aus seiner Starre und geht auf die beiden zu. War ja klar: er kann nicht widerstehen. Zu jung ist er, zu frisch.

Den gesamten Abend zu schüchtern, reißt er nun das Mädchen an sich, als wäre er nicht er selbst. Und im Grunde genommen ist er das auch nicht mehr.

»Du bist so geil«, raunt er ziemlich unromantisch und versucht sie ebenfalls zu küssen. Marie schiebt ihn von sich, doch ihre Arme geben nach. Die Lektion über das Flirten mit dem weiblichen Geschlecht müssen wir definitiv noch einmal aufgreifen.

Ich beschließe, dem Ganzen nur noch so lange zuzusehen, bis Lio etwas Energie aufgenommen hat, dann werde ich das hier beenden. Das Mädchen ist keine von den billigen Nutten, die wir uns manchmal teilen, und auch keine von unseren Partygästen, die freiwillig und unter strikter Verschwiegenheit zu uns kommen. Sie hat so etwas nicht verdient. Vielleicht ist das schon zu viel Moral für einen Dämon wie mich, doch ich habe es lieber, wenn die Frauen sich dabei nicht wehren und sich gerne von mir anfassen lassen.

Lio landet nun doch seinen Kuss – mit mehr Gewalt, als ich ihn je habe anwenden sehen. Sofort legt sich ein goldener Schimmer über seine Augen und die des Mädchens schließen sich ergebend.

In dem Moment, in dem sie aufhört, sich zu wehren, beginnt die Magie zu wirken und lässt auch sie genießen. Ich sehe, wie Lios Armmuskeln sich anspannen, das Mädchen noch fester an seinen Körper pressen, als würde er sie verschlingen wollen. Wie ein Raubtier – wie eine Bestie.

Das ist das, was wir sind.

Wir sind Monster.

1.

In den Schatten der Dunkelheit

Nika

Donnerstagabend, kurz vor neun

Nachts ist die Zeit der bösen Geister, hat meine Mutter immer gesagt. In der Dunkelheit kriechen alle Monster aus ihren Verstecken, auf der Suche nach unschuldigen Seelen.

Ich musste als Kind immer früh zu Bett gehen, aber das änderte nichts daran, dass ich lange nicht einschlafen konnte. Und dass ich die Geräusche aus dem Schlafzimmer meiner Mutter trotzdem jedes Mal gehört habe.

Mami, wenn nachts die Monster kommen, warum schläfst du dann nicht?

Wer sind die vielen Männer, die so spät kommen und beim Frühstück nicht mehr da sind?

Ich fand es nachts schon immer schlimm, still im Bett zu liegen und geradezu darauf zu warten und zu spekulieren, was dich als Erstes findet:

der Schlaf – oder doch ein Monster, das sich durch das Fenster in dein Zimmer schleicht.

Und wie verbringe ich heute meine Nächte?

Nika (19:50 Uhr): Hey Baby, was machst du grade?

Nika (20:02 Uhr): ?

Nika (20:30 Uhr): Ich wollte fragen, ob du heute ins Moe's kommst?

Nika (20:57 Uhr): Okay dann halt nicht ...

Ich seufze und will mein Handy gerade zurück in meine Handtasche schieben, als es vibriert. Mein Herz macht einen Satz und ich gucke hoffnungsvoll aufs Display. Sobald ich sehe, von wem die eingegangene Nachricht ist, sacken meine Mundwinkel jedoch spürbar nach unten. Als würde mein Lächeln eine Schlucht hinunterfallen. Ich öffne die Nachricht von meinem besten Freund, der mir mal wieder irgendeinen Link geschickt hat. Hat Finn in seinem Mallorca-Urlaub nichts Besseres zu tun? Eigentlich habe ich im Moment wirklich keine Zeit dafür, aber ich kann die Ablenkung gut gebrauchen, deshalb klicke ich auf die blaue Schrift und werde zu einem Video weitergeleitet. Allein der Titel bringt mich schon zum Schmunzeln.

‚Partner machen dick – so werdet ihr die Partner-Plautze gemeinsam wieder los'.

Nika (20:58 Uhr): Willst du mir damit etwa sagen, dass ich dick bin??!

Bis Till gemeinsam mit mir Sport machen würde - wie die in neonfarbenen engen Trainingsanzügen gekleideten Pärchen in dem Video – würde erst die Sonne gefrieren. Da ich Leistungsschwimmerin bin, weiß ich, dass Finn das Video nur als Scherz geschickt hat. Mit meiner Figur ist – trotz Beziehung – alles in Ordnung. Hoffe ich.

Da es mittlerweile eine Minute vor neun ist, muss ich das Handy wegstecken. Ein letztes Mal betrachte ich mich in dem Spiegel und zupfe meine schwarze Perücke zurecht. Ich selbst kann mich in dem Spiegelbild kaum wiedererkennen – nur die blaugrauen Augen sind mir vertraut.

»Dark Princess, Sie sind dran«, ertönt hinter mir eine Stimme.

Ich stehe auf, streiche mein schwarzes langes Kleid glatt und gehe Richtung Bühne.

Dort werde ich von Dunkelheit empfangen und einen Moment lang ist alles still. Das ist dieser eine besondere Moment der Ruhe, bevor die Scheinwerfer angehen und die Musik erklingt, bevor das Raunen der Menge hier oben bei einem ankommt.

Ich schließe die Augen und atme tief aus, lasse alles los, was soeben noch auf meinen Schultern gelastet hat. Die Gedanken an Till verschwinden, der mir schon den ganzen Tag nicht schreibt, die Sorge um meinen Studienplatz löst sich auf, genauso wie das Lampenfieber, das mich vor einer Stunde noch geplagt hat.

Die Musik setzt ein und als ich die Augen aufschlage und in das Scheinwerferlicht blicke, bin ich nicht länger die 20-jährige unsichere Veronika. Ich bin jemand anderes und das ist mein Moment.

Ich bin auf dem Weg zu den Toiletten, um mich abzuschminken und wieder zu Veronika zu werden, als mir ein junger Mann aus dem Herren WC entgegenkommt und mich wissend angrinst. Es ist kein breites, fröhliches Grinsen, eher ein ... finsteres.

Warum guckt er mich so an?

»Interessante Songauswahl«, kommentiert er.

Ich starre ihn nur wortlos an, nehme von oben bis unten alles an ihm wahr: sein dunkelblondes zur Seite gestrichenes Haar, seine voll tätowierten Arme. Ich habe nicht einmal die Zeit zu antworten, da zwinkert er mir im Vorbeigehen zu.

»Hoffentlich hast du heute Nacht auch süße Träume.« Er läuft an mir vorbei, ohne stehen zu bleiben oder langsamer zu werden.

Verwirrt drehe ich mich nach ihm um und sehe, wie er zu einem Freund und einem hübschen Mädchen aufschließt und sie gemeinsam zum Ausgang des Lokals gehen.

Außer dem Beifall nach meinen Auftritten bin ich selten Komplimente über meinen Gesang gewohnt, ganz einfach, weil niemand, den ich kenne, weiß, dass ich singe.

Bevor ich weiter sinnlos im Gang stehe, reiße ich mich zusammen und betrete das Damen WC. Es war nur ein nett gemeintes Lob, weiter nichts. Schnell schlüpfe ich in eine Kabine, um das lange blau-schwarze Kleid gegen Jeans und T-Shirt zu tauschen. Die schwarze Perücke verstaue ich ebenfalls in meinem Rucksack. Als ich an den Waschbecken vor den Spiegeln stehe, muss ich immer noch an den dunkelblonden Typen und sein schiefes Grinsen denken. Es war einer von der unerreichbar gutaussehenden Sorte, mit denen ich für gewöhnlich kaum bis gar nicht in Kontakt trete. Solche Kerle wissen nämlich auch, dass sie gut aussehen und verhalten sich dementsprechend. Dass er mir in Anspielung auf mein Lied süße Träume gewünscht hat, lässt mich trotzdem mit einem flatternden Gefühl in der Brust zurück.

Ich schüttle über mich selbst den Kopf und krame in meinem Rucksack nach den Abschminktüchern. Jetzt trennt nur noch der dunkle Lippenstift die Leben von Dark Princess und Veronika Hoffmann.

Ich will gerade den Schlüssel in unsere Wohnungstür stecken, als sie nach innen aufgeht und meine Tante fast in mich hineinläuft.

»Da bist du ja endlich!«

»Wohin willst du um diese Zeit noch?«, frage ich skeptisch. Die Eile steht ihr praktisch ins Gesicht geschrieben.

»Es kam gerade ein Anruf rein von einer versuchten Vergewaltigung. Die Bar ist ganz in der Nähe, deshalb werde ich schnell hinfahren und mich dort umsehen.« Sie quetscht sich an mir vorbei in den Hausflur und schiebt mich stattdessen ins Innere der Wohnung.

»Schon wieder?«, frage ich mit gerunzelter Stirn. Es scheint mir, als würden sich die sexuellen Übergriffe in letzter Zeit häufen. Und da sich ohnehin schon ein schlechtes Gefühl in meinem Magen breitmacht, frage ich lieber nicht, in welcher Bar. Falls es gerade beim Moe's passiert sein sollte … Nein, daran will ich nicht denken.

»Geh ins Bett, Nika!«, ruft sie mir nach, bevor sie die Treppen hinunter hastet.

Ein paar Sekunden starre ich in den Flur und lausche ihren klackernden Absätzen, bis die Stille sich im Treppenhaus ausbreitet. Die Stille, die sich um mich legt und auf meine Brust drückt.

Ich atme tief durch und schließe die Tür.

Seit ich vierzehn bin, wohne ich hier bei Miriam, doch aufgrund ihres Jobs sehe ich sie kaum. Momentan verfolgt sie eine heiße Spur, was eine Vergewaltigungsserie in unserem kleinen verschlafenen Städtchen angeht. Wenn es nach ihr ginge, dürfte ich nach zwanzig Uhr das Haus vermutlich gar nicht mehr verlassen. Zum Glück hat sie heute Abend keine Zeit gehabt, mich auszufragen, wo ich mich denn bis spät in die Nacht herumtreibe.

Kurz spiele ich mit dem Gedanken, Miriam hinterher zu fahren. Es wäre nicht das erste Mal, dass ich in Akten oder Fällen herumschnüffele, die mich nichts angehen. Ich verstehe, warum Miriam diesen Job macht. Und hätte ich einen besseren Schulabschluss gemacht (und würde Miriam mir das erlauben), dann wäre ich auch gern beruflich in diese Richtung gegangen. Detektivarbeit, Verbrecher jagen, Rätsel lösen, das Böse bekämpfen. Sie muss sich wie Superman fühlen – nur eben in weiblich und ohne den Umhang.

Als ich im dunklen Flur stehe, entscheide ich mich dagegen, noch einmal rauszugehen. Ich fische mein Handy aus der Hose und schaue drauf. Keine Nachrichten, keine entgangenen Anrufe. Was zur Hölle treibt mein Freund, dass er mir nicht einmal antworten kann? Mein dunkles Handydisplay ist wie ein schwarzes Loch, das mich in sich ziehen will. Ich schleppe mich in mein Schlafzimmer und schmeiße mich frustriert aufs

Bett. Nicht einmal fünf Sekunden später springt meine Katze Fellknäuel ebenfalls hoch und beginnt zu schnurren, während sie über meinen Rücken tapst.

»Danke für die Massage, Fellknäuel«, murmle ich gegen die Decke gepresst. »Wenigstens einer, der mir Liebe schenkt.«

Ein paar Minuten bleibe ich reglos liegen, bis ich mich umdrehe, meine Nachttischlampe anknipse und mich bettfertig mache. Ich hänge das Kleid aus meinem Rucksack zurück in den Schrank, schäle mich aus meiner Jeans und schlüpfe stattdessen in eine kurze Flanellhose.

Da ich nach diesem Abend unmöglich einfach so einschlafen kann, greife ich nach dem Buch, das ich momentan lese, und lasse mich erneut auf die Matratze fallen. Lesen: die beste Therapie gegen alles.

Sie hielt wortwörtlich die Luft an, ihr Körper starr vor Anspannung. Als er sich mit seinen Lippen näherte und sie die Augen schloss, schlug ihr Herz schneller als die Flügel eines Kolibris.

Mir entweicht die angehaltene Luft und ich lege das Buch beiseite. Unwillkürlich frage ich mich, ob ich mich je bei einem Kuss mit Till so gefühlt habe. Ob ich über die Nähe eines Jungen je so nervös gewesen bin, dass mein ganzer Körper kribbelte. Oder ob sich das Autoren bloß ausdenken?

Ich schließe die Augen, ohne das Nachtlicht auszuknipsen. Es ist nicht so, dass ich Angst vor der Dunkelheit habe, aber sie macht mich nervös. Zumindest dann, wenn ich allein bin. Wenn alles so still und schwarz ist und ich nur meine eigenen Gedanken höre ... dann denke ich wieder an das Monster am Fenster. Irgendwann flüstern meine Gedanken mir vergangene Erinnerungen zu, jedes Mal kommen sie dorthin zurück, egal wie aufregend mein Tag war, egal welche Sorgen mich plagen. Sobald alles still und dunkel ist, erinnere ich mich an Dinge, an die ich mich nicht erinnern will.

Schon beim Aufwachen merke ich, dass etwas nicht stimmt. Ich fühle mich seltsam gehetzt, als müsste ich irgendwo sein, wo ich nicht bin.

Ich fühle mich nicht erholt, nein, ich bin schweißgebadet. Ein paar Wimpernschläge lang blinzle ich in das von den Vorhängen gedämmte Sonnenlicht. Als ich die Bettdecke zur Seite schlage, erstarre ich.

Statt meinen üblichen karierten Pyjama-Shorts und einem Top trage ich eine Jeans – und sogar meine Schuhe! Das Bettlaken ist verdreckt, getrockneter Matsch und Laubblätter verunstalten den rosafarbenen Stoff.

Das kann nicht sein. Das kann nicht sein.

Mein Herz klopft bis zum Hals. Ich springe aus dem Bett, ziehe die Schuhe aus und befreie in Sekundenschnelle die Matratze von dem schmutzigen Laken.

»Veronika, bist du wach?«, tönt es hinter der Zimmertür. Kurz darauf ein Klopfen.

»Ja, ja. Ich komme sofort!« Ich blicke auf den Wecker auf meinem Nachttisch und keuche ungläubig. Schon zwölf Uhr mittag? Kein Wunder, dass Miriam bereits nach mir ruft. Trotz Ferien stehe ich immer vor zehn Uhr auf. Immer! Um eins beginnt bereits die Schwimmstunde.

»Scheiße!« Ich drehe mich einmal um die eigene Achse. Wo soll ich das Spannbetttuch verstecken, ohne, dass Miriam es findet?

Aus Zeit- und Ideenmangel stopfe ich es in meinen Kleiderschrank, dann haste ich zu meinem körpergroßen Spiegel, als könne ich es kaum erwarten, mich selbst zu sehen. Ich schaue mich an, als suche ich nach etwas, das mich beunruhigen sollte. Als erwarte ich geradezu, mich verändert zu haben. Eine Verletzung vielleicht, eine Schramme, etwas, das darauf hindeutet, was heute Nacht geschehen ist. Wo ich heute Nacht war ...

Ein eiskalter Schauer rieselt meinen Nacken hinunter.

Es ist nicht das erste Mal, dass ich schlafgewandelt bin. Als Teenager, als ich noch bei Mom wohnte, gab es auch so eine Zeit. Und zwar nicht die harmlose Variante, in der ich im Schlaf die Wohnung nach dem Badezimmer absuche, sondern die Variante, in der ich mich anziehe und aus dem Haus gehe. Und ohne Erinnerungen wieder heimkomme. Einmal bin ich gar nicht heimgekommen und die Polizei fand mich bewusstlos am Waldrand.

Falls das jetzt von vorn losginge ...

»Nein.«

Ich lege meine Hand auf die kühle Oberfläche des Spiegels und atme tief ein. Ich mustere jeden Zentimeter meines Körpers, meines Gesichts, als müsste ich mich davon überzeugen, dass alles in Ordnung ist. Dass alles wie immer ist. Das Blau-grau meiner Augen, die aschblonden Haare, meine helle Haut, die ein wenig mehr Sonne vertragen könnte, die aber keine einzige Schramme aufweist. Kurz überrollt mich der Impuls, mich komplett auszuziehen, nach blauen Flecken auf meinem Körper zu suchen, doch dafür habe ich keine Zeit.

Ich wende mich von meinem Spiegelbild ab, greife nach meiner Sporttasche, die immer neben dem Bett parat steht und packe meine Schwimmsachen ein.

»Tut mir leid, ich hab' verschlafen«, erkläre ich schnell, als ich meine Tante im Flur beinahe umrenne.

»Also keine Zeit mehr für einen Kaffee?«

»Nein, heute nicht.« Ich ziehe meine Jeansjacke über. »Brauchst du den Wagen?«

»Erst heut Abend. Nimm ihn ruhig.«

Wenigstens etwas. »Okay, danke. Bis später!«

Ich haste den Wohnungsflur hinunter und laufe nach draußen, so schnell als würde ich vor etwas fliehen wollen, was dort oben lauert. Doch das, vor dem ich fliehen will, ist nicht in der Wohnung. Es ist in mir drin.

Und je länger ich darüber nachdenke, dass ich heute Nacht im Schlaf die Wohnung verlassen haben könnte, desto mulmiger wird mir. Denn falls ich außer Haus war, musste ich sogar an einen Schlüssel gedacht haben, um wieder hereinzukommen. Das ist gruselig. Mehr als gruselig. Wie gut funktioniert mein Gehirn im Schlaf bitte?

2.

Eule und Maus

Kilian

Nacht von Donnerstag auf Freitag

Ich starre auf den alten Zeitungsartikel, ohne ihn zu lesen. Wort für Wort kenne ich ihn auswendig. Immer, wenn die Dunkelheit uns einholt, hole ich ihn heraus, um mich zu erinnern. Ich brauche keine Gedächtnisstütze für das, was vor zwei Jahren passiert ist, aber es nüchtert mich aus, es schwarz auf weiß auf dem Papier gedruckt zu sehen.

Mace und die anderen sind losgezogen, jagen ihre Beute, und ich hocke hier allein in unserem Appartement und versuche etwas zu verhindern, was nicht verhindert werden kann.

Mace wird wieder unvorsichtiger, aber ich kann es ihm nicht einmal verdenken. Er springt über den Schatten der Vergangenheit und will wieder leben … sich lebendig fühlen. Das sollten wir alle. Jedes von Gott erschaffene Lebewesen hat einen Grund, auf der Erde zu sein. Auch die Raubtiere, die Leben auslöschen, gehören zum Leben dazu. Kein Löwe betrauert je den Tod der Antilopen. Keine Eule weint den Mäusen hinterher.

Und doch überlege ich, Mace den Artikel vor die Nase zu halten, um den Dämon in ihm zu zügeln. Um ihn an das zu erinnern, was wir verlieren können.

Ich seufze, klappe den Ordner wieder zu und verstaue ihn in der hintersten Ecke des Wohnzimmerschrankes. Es wäre grausam, Mace mit der Vergangenheit zu konfrontieren, jetzt, wo er darüber hinweg zu sein scheint.

Ich gucke auf das Display meines Handys. Die Jungs sollten bald heimkommen und ich hoffe, dass nichts schiefgelaufen ist. Dass sie sich an unsere Regeln gehalten und nicht übertrieben haben.

Ein Funken Neid keimt in mir, als ich mir vorstelle, welchen Spaß sie heute hatten. Dass ich schon so lange darauf verzichte, zehrt mich aus, ermüdet mich. Zumindest ist es bis zur nächsten Party nicht mehr lange hin, rede ich mir ein. Auch wenn ich kein Fan dieser Veranstaltungen bin, so haben diese Feiern nicht ohne Grund in unserer Familiengeschichte bereits einen traditionellen Wert erlangt. Doch die Erinnerungen an die letzte Party lassen meinen Hunger nur wachsen und mein Hunger macht mich wahnsinnig, im wahrsten Sinne des Wortes. Meine Gedanken finden keine Ruhe, also ziehe ich meine Turnschuhe an, binde meine Haare zu einem Knoten zusammen und verlasse kurzerhand das Appartement.

Wenn die Stadt schläft, renne ich am liebsten. Wenn alles still ist und ich nur meinen eigenen Atem höre, das Knirschen des Waldbodens unter meinen Schuhsohlen. Auf Musik verzichte ich beim Laufen. In diesen Momenten sind das Fleckchen Natur, welches in dieser Kleinstadt zu finden ist, und ich selbst die einzigen Dinge, die zählen. Als versuche ich mich in der Natur zu verweben, als suche ich den Einklang mit ihr, die Bestätigung dafür, dass ich auf diesen Erdball gehöre wie jedes andere Lebewesen dieser Erde.

Ich laufe immer tiefer in den Wald, immer weiter von den Lichtern der Straßenlaternen fort, bis die Dunkelheit es mir kaum mehr möglich macht, zu erkennen, wohin ich den nächsten Schritt setze. In dem Moment, in dem ich umdrehe und wieder den Lichtern der Laternen entgegenlaufen will, sehe ich sie.

Die Umrisse einer Person zeichnen sich in der Nacht ab. Sie steht mitten auf dem Waldweg, regungslos wie ein Zombie. Vor Schreck bleibe ich sogar kurzzeitig stehen, blinzle, aus Sorge, meine Augen spielen mir einen Streich. Doch sobald die Person langsam auf mich zugeht, reiße ich mich zusammen und jogge los. Nachts sind so viele seltsame Gestalten unterwegs, da braucht man sich nicht einmal mehr wundern. Als ich nur noch wenige Meter von ihr entfernt bin, schaue ich sie an. Wir treffen uns genau unter dem Lichtkegel einer Laterne. Ein junges Mädchen, ihr Gesicht emotionslos, der Blick starr in die Leere gerichtet.

Ich bleibe stehen. »Hey, ist alles in Ordnung?«

Sie scheint mich nicht einmal wahrzunehmen, geschweige denn zu hören. Sie schlürft weiter, ohne mich anzusehen. Ob sie unter Drogeneinfluss steht?

»Hey, hörst du mich?«, versuche ich es noch einmal. Ich will sie am Arm festhalten und daran hindern, weiter zu gehen, doch dann kommt mir der Gedanke, dass sie schlafwandeln könnte. Meine sechsjährige Cousine hat dies auch ein paar Mal getan und Tante Judith hat bei einem Familienessen davon erzählt. Soweit ich noch weiß, sollte man Nachtwandler nicht aus ihrem Schlaf reißen.

Ich seufze und laufe langsam neben dem Mädchen her, mein Blick wandert von ihrem durchaus hübschen aber starrem Gesicht ihren Körper hinunter. Die enge Jeans offenbart lange schlanke Beine, die dennoch nicht mager, sondern eher sportlich wirken. Ihr Oberkörper steckt in einem übergroßen T-Shirt, welches alle Rundungen verschluckt. Vermutlich besser so, wenn ich nicht auf dumme Gedanken kommen möchte. Ich könnte versuchen, ihr einen Kuss zu stehlen, ganz ohne das übliche

Herumgeflirte oder das Hadern der Frauen. Dieses ganze zwischenmenschliche Hin und Her würde ausbleiben, was durchaus verlockend auf mich wirkt. Ein wenig Kraft tanken, Wärme einsaugen ...

Das Mädchen bleibt urplötzlich stehen.

Wir sind aus dem Lichtkegel herausgetreten und vor uns breitet sich nichts als gnadenlose Schwärze aus. Adrenalin pumpt durch meinen Körper, in meinem Magen sammelt sich Hitze. Dieses Mädchen hat ja gar keine Ahnung, dass sie sich für mich auf dem Silbertablett serviert hat. Hier im Wald würde sie niemand vor Morgengrauen finden. Alleingänge gelten in unserem Rudel zwar als Regelverstoß, doch wie sollte jemand davon erfahren?

Sie wendet auf einmal ihren Kopf, sieht mich an, als würde sie mich wirklich sehen.

Scheiße. Ist sie etwa wach?

»Hallo«, versuche ich es freundlich, um sie nicht zu erschrecken – obwohl ich derjenige bin, dessen Herz rast und ja, auch ein wenig vor Schreck, so wie mich dieser Zombie plötzlich anschaut, während der Dämon in mir sich bereits genüsslich die Lippen geleckt hat.

Verwirrt blinzelt die Blondine, starrt mich an, als hätte sie einen Geist gesehen.

Ich halte abwehrend die Hände zwischen uns. »Alles ist gut. Du bist offenbar geschlafwandelt. Wir befinden uns hinter dem Morgentaupark.« *Nichts ist gut. Du hast mich in der denkbar schlechtesten Verfassung erwischt. Und du bist hübsch. Zu hübsch, um nachts allein durch die Gegend zu streifen.*

Als sie nichts sagt, frage ich: »Wohnst du hier in der Nähe?« Dabei habe ich nicht einmal zwielichtige Absichten bei der Frage, sondern will sie wirklich so schnell wie möglich heimbringen. Je schneller ich sie heimbringe, desto sicherer ist es für sie.

»Wer bist du?«, fragt das Mädchen.

Oh, sie spricht. Und sie hat eine schöne Stimme. Etwas verschlafen und verwirrt, aber trotzdem irgendwie schön. Okay, hör auf Kilian, du denkst wie ein Psychopath. Oder wie ein verkappter Romantiker. Was für mich beides dasselbe wäre, weil im Leben eines Dämons kein Platz für Romantik ist.

»Ich bin jemand, der dich jetzt nach Hause begleiten wird«, sage ich bestimmt. Um sie davon zu überzeugen – oder doch mich selbst?

»Und du verrätst mir nicht einmal deinen Namen?«

Ein wenig überrascht über ihre Frage schüttelte ich den Kopf. »Nein.«

Nein, das tue ich nicht. Wir verraten Opfern nicht unsere Namen.

3.

Warum ich nicht an Liebe glaube

Nika

Samstag

»Nein, nein, nein, nein!«

Ich schaue an mir herab und kann meinen Augen nicht trauen. Schon wieder liege ich mit Jeans und Schuhen im Bett. Es ist wie ein Déjà-vu, dem ich nicht entkomme. Ein Albtraum, aus dem ich nicht erwachen kann. Ich schlage die Hände vors Gesicht und versuche alles Erdenkliche, um mich zu erinnern. An irgendetwas muss ich mich doch erinnern! Doch alles, was ich sehe, sind nur die letzten undeutlichen Bilder eines Traums, der unmöglich etwas mit meinem nächtlichen Ausgang zu tun haben kann. In meinem Traum hatte ich eine wilde, heiße Nacht. Es ist, als könnte ich noch immer den Geschmack eines Kusses auf meinen Lippen spüren. Zögerlich lege ich meine Fingerspitzen an den Mund und versuche mich an die Details des Traums zu erinnern. Doch sie gleiten mir davon, als würde ich versuchen, einen reißenden Fluss aufzuhalten.

Wegen Till leide ich nun also schon an Liebesentzug und muss es im Schlaf kompensieren. Ganz toll.

Stöhnend hieve ich mich aus dem Bett, als Miriam plötzlich ohne Vorwarnung die Tür aufreißt und in meinem Zimmer steht.

»Was ist los?«, fragt sie vollkommen schockiert.

Shit. Ich habe vorhin offensichtlich zu laut geschrien.

»Alles gut«, lüge ich automatisch.

Doch wem will ich etwas vormachen? Sie sieht, dass ich komplett angezogen bin und mit meinen Straßenschuhen im Bett gelegen habe.

Skeptisch runzelt sie die Stirn und kommt näher. Ich kann ihre Gedankengänge quasi live mitverfolgen, weil ihre Augen sich weiten, sobald ihr eine Erklärung dämmert.

»Hat es wieder angefangen?«, fragt sie.

Ich ziehe meine Schuhe aus und stelle sie ordentlich neben das Bett. »Es ist halb so schlimm, wie es aussieht. Mir geht es gut. Wirklich.« Ich gehe zum Spiegel, wobei ich mir im Vorbeigehen die Bürste vom Regalbrett nehme und kämme meine langen blonden Haare. Ein Vorwand, um Miriam nicht länger gegenüberzustehen und gleichzeitig, um mich durch mein unversehrtes Spiegelbild selbst zu beruhigen. Das Schlimme ist, dass wenn man keine Erinnerungen an etwas hat, die eigene Fantasie zu deinem schlimmsten Feind wird. Die Vorstellung von dem, was mir alles nachts auf den Straßen passieren *kann*, ist vermutlich weitaus beängstigender als das, was wirklich vorgefallen ist.

»Willst du mit mir frühstücken?«, fragt sie, anstatt näher auf das Thema einzugehen. Sie weiß, dass ich mit ihr über sowas nicht reden kann.

»Klar«, antworte ich, froh darüber, dass sie keine große Sache daraus macht. Somnambulismus ist auch keine große Sache. Rund dreißig Prozent aller Menschen schlafwandeln mal.

Miriam geht und lässt die Tür offen. Erleichtert lasse ich den Arm sinken und lege die Haarbürste weg. *Alles ist gut. Du warst nur draußen. Draußen tut dir niemand etwas.*

Das ist natürlich Schwachsinn, das habe ich auch damals meinem Therapeuten gesagt, als er mir mit diesen Sätzen kam. Doch es mir einzureden, hilft, mich zu beruhigen. Ich wiederhole die Worte, atme drei Mal tief durch, bevor ich mich vom Spiegel abwende und das Zimmer verlasse.

Dreißig Prozent der Bevölkerung schlafwandelt ... doch nur bei einem Prozent der Betroffenen zieht sich diese Störung über das achtzehnte Lebensjahr hinaus.

»Wir haben uns gestern ja nicht mehr gesprochen. Gibt es irgendetwas Neues in dem Fall? Wie geht es dem Opfer?«, versuche ich mich beiläufig zu erkundigen, während ich mein Brötchen aufschneide.

»Der jungen Frau geht es gut. Wir wissen nicht, ob es wirklich ein sexueller Übergriff war.« Miriam schüttet uns den Kaffee ein. Für mich nur halb voll, weil ich ihn noch mit Milch auffülle.

»Was meinst du mit ‚ihr wisst es nicht'?«

Miriam seufzt. »Der Anruf vorgestern kam von einer älteren Frau, die das Ganze beobachtet hat. Sie wohnt über dem Club. Sie meinte, das Mädchen hätte auf offener Straße um Hilfe geschrien und sich lautstark gegen die Männer gewehrt. Nachdem die Männer von ihr abgelassen hatten, hat die Frau das Mädchen bei sich aufgenommen. Als ich dort ankam und mit dem Mädchen geredet habe, meinte es, sich nicht mehr an den Übergriff erinnern zu können.«

»Hm«, mache ich nachdenklich. »Männer? Also waren es mehrere Täter?« Ich bestreiche meine Brötchenhälften halbherzig mit Nutella, während ich meine Tante nicht aus den Augen lasse. Jede Regung in ihrem Gesicht könnte aufschlussreich sein. Doch sie zuckt lediglich mit den Achseln. Ihr Gesicht ist ein Spiegel ihrer Erschöpfung und sie sieht gut fünf Jahre älter aus, als sie eigentlich ist.

»Laut der Zeugin, ja.«

»War das Mädchen betrunken?«, hake ich nach. Dass die Opfer sich am nächsten Morgen nicht mehr an die Tat erinnerten, trat jetzt schon häufiger bei den jüngsten Delikten auf.

Miriam schüttelt den Kopf. »Kaum. Nicht so, dass man so etwas vergessen würde. Wir haben auch einen Drogentest gemacht und nichts Auffälliges gefunden. An ihren Armen jedoch ...« Sie verstummt und hängt ihren Gedanken nach. Dann nimmt sie einen Schluck von ihrem Kaffee.

»Was ist an ihren Armen?«

Miriam schüttelt den Kopf. »Nichts, Liebling. Du solltest dir darüber nicht den Kopf zerbrechen. Wenn hier wirklich eine Gruppe Männer unterwegs ist, die junge Mädchen missbraucht, dann werde ich sie schon finden. Versprich mir nur, vorsichtig zu sein, okay?« Sie mustert mich besorgt aus ihren silber-blauen Augen, dieselben Augen, die auch meine Mom und ich haben.

»Bin ich doch immer«, sage ich und versuche mich an einem Lächeln.

Nach dem Frühstück und nachdem ich mein Bettzeug in die Waschmaschine gestopft habe, muss ich das Haus einfach verlassen. Mit meinem Collegeblock in der Tasche fliehe ich zu meinem Lieblingsort in dieser Kleinstadt. Hinter Tills Haus – beziehungsweise das seiner Eltern, er selbst hat kein Haus - führt ein Feldweg einen Hügel hoch. Im Frühling und Sommer ist der Hang von blühenden Bäumen und Büschen gesäumt. Ich laufe bis ganz nach oben, wo im Schatten einer Baumkrone eine Parkbank steht. In ihr Holz sind schon mehrere Initialen und eckige Herzen geritzt. Manchmal – in meinen seltenen romantisch-kitschigen Phasen – ertappte auch ich mich bei dem Wunsch, meinen und Tills Namen hier zu verewigen. Doch diesen Gedanken habe ich schon lange nicht mehr gehabt.

Ich setze mich auf die Bank, stelle meine Tasche neben mir ab und schaue eine geschlagene Ewigkeit auf die Stadt hinab, die sich unter mir erstreckt.

Ich schreibe Till eine Nachricht und frage ihn, ob er Zuhause ist, dann frage ich Becca, ob wir morgen etwas unternehmen wollen. Finn und Rebecca haben mich damals vor drei Jahren auf der neuen Schule unter ihre Fittiche genommen. Die beiden kennen sich schon seit ihrer Kindheit und als ich neu in die Klasse kam, bereit, meine inneren Dämonen zu schlagen, waren sie es, die mir ein Stück Normalität für mein Leben geschenkt haben.

Während ich auf eine Antwort warte, hole ich meinen Collegeblock heraus, nehme den Kugelschreiber, den ich dran geklemmt habe, und schreibe ohne nachzudenken alles auf, was mir durch den Kopf geht. Das ist für mich zu einer Gewohnheit oder gar einem seltsamen Hobby geworden. Irgendwann bleibe ich immer an einem Wort hängen, male drum herum, bis sich irgendwann Songzeilen in meinem Kopf festsetzen, die sich Satz für Satz zu Strophen formen.

Mein ganzer Block ist gefüllt von Songtexten, die nie gesungen wurden. Die ich auch nie singen werde. Sie sind einfach dafür da, um meinen Kopf zu leeren, um all meine Gefühle in ordentliche, aufgeräumte Schubladen zu stecken, in einer Welt, die so chaotisch ist, dass es schwer ist, im Alltag überhaupt den richtigen Schrank zu finden.

Als ich wieder hochgucke, ist die Sonne ein ganzes Stück gewandert. Mein Handy kündigt mir keine neue Nachricht an, stattdessen stelle ich alarmiert fest, dass mein Schwimmtraining gleich beginnt. Ich habe völlig die Zeit vergessen!

Becca (20:08 Uhr): Morgen 11 Uhr Frühstück im Harpers. Die machen so geile Omelettes.

Lächelnd stecke ich mein Handy weg und atme die frische Abendluft ein. Es riecht nach Regen, der vor ein paar Stunden noch die Straßen überschwemmt hat, während ich in der Schwimmhalle meine Bahnen gezogen habe. Nun sind nur noch vereinzelte Pfützen geblieben und dieser

Geruch in der Luft, den ich so mag. Er paart sich vor meiner Nase mit dem Geruch von Chlor, der noch in meinen feuchten Haaren haftet. Da es Sommer ist, habe ich mir die Mühe und Zeit gespart, mich mit dem Föhn herumzuschlagen. Ich habe in der Eile meinen eigenen Föhn zuhause vergessen und die Haartrockner des Schwimmbads sind die reinste Katastrophe. Ich bezweifle, dass je eine Frau mit längeren Haaren damit Erfolg gehabt hat. Es ist wahrscheinlicher, dass die alten Dinger in der Hand explodieren, als dass sie dein Haar trocknen.

Ich laufe über eine grüne Ampel, als mein Handy in der hinteren Jeanstasche vibriert. Ich schultere meine Sporttasche auf den anderen Arm und greife mit der rechten Hand in die Tasche meiner Hose.

Eine Nachricht von Till.

Endlich.

Sofort beschleunigt sich mein Herzschlag. Ohne das Handy zu entsperren, kann ich bereits den Anfang der Nachricht lesen und meine Laune sinkt augenblicklich in den Keller. Fassungslos starre ich die Worte an.

Till <3 (20:32 Uhr): Hey Baby, bin so kaputt von der Arbeit. Lass uns das Treffen auf Morgen verschieben.

-Hey Baby, ich habe auch nicht vor, noch Sport mit dir zu treiben. Kuschelnd nebeneinander einschlafen sollte nach einem anstrengenden Tag eigentlich helfen, will ich am liebsten antworten. Ich verstehe seine Nachricht nicht. Wenn er vom Tag erledigt ist – warum heißt das gleichzeitig, dass er mich nicht sehen will? Wenn ich einen anstrengenden Tag habe, brauche ich erst recht jemanden, der mich danach im Arm hält. Auch wenn sich das kitschig anhört, genau das stelle ich mir unter einer guten Beziehung vor. So unrealistisch gutlaufende Beziehungen auch sind.

Ich stecke das Handy weg, ohne ihm zu antworten. Meine Beine ändern ihre Richtung und anstatt in meine Straße einzubiegen, laufe ich weiter in Richtung von Tills Haus.

Da er mir getextet hat, muss er schon Feierabend haben und ist wahrscheinlich auch gerade in seiner Wohnung angekommen. Er wohnt nicht einmal 15 Minuten von mir entfernt, weshalb ich beschließe, ihn zur Rede zu stellen. Ich habe es satt, tagelang auf ein Lebenszeichen von ihm zu warten, nur um dann eine weitere Entschuldigung zu bekommen. Ich frage mich, wann ich überhaupt das letzte Mal bei ihm oder geschweige denn mit ihm geschlafen habe. Ich glaube es selbst kaum, aber ich vermisse ihn, und es hinterlässt ein klaffendes Loch in meiner Brust, dass es ihm anscheinend anders ergeht. Ich erwarte nicht einmal, dass er ähnliche Gefühle für mich hegt, wie ich für ihn. Schon früh habe ich in meinem Leben gelernt, Männern nicht zu vertrauen und schon gar nicht, ihnen das Herz zu schenken. Von meiner Mutter weiß ich nicht viel und die Sachen, die ich weiß, sind zu deprimierend, um daran zu denken. Aber ich weiß, dass dies alles ein Resultat ihres gebrochenen Herzens war. Mein Vater hat es ihr gebrochen. Das weiß ich, weil er uns verlassen hat, bevor ich überhaupt reden konnte. Deswegen – und noch wegen vieler anderer Gründe, die meinen Therapeuten wahnsinnig interessiert haben – erwarte ich schon gar nicht viel von Männern. Was ich aber erwarte, ist Ehrlichkeit.

Als ich mich dem Haus nähere, werde ich langsamer, mein Blick bereit, in sein Fenster zu spähen, sobald es in Sichtweite kommt. Als ich sehen kann, dass Licht in seinem Schlaf- und Wohnzimmer brennt, rast mein Herz vor Aufregung. Ich laufe die vier Stufen zur Haustür hoch und drücke auf den Knopf neben seinem Namensschild. Seine Eltern wohnen im dritten Stock, während er vor Kurzem erst in die untere Wohnung eingezogen ist. Ein eigenes Reich – wie sehr ich mich vor ein paar Monaten noch darüber gefreut habe, doch in der Realität habe ich nicht viel von seinen eigenen vier Wänden gesehen.

Das erlösende Surren ertönt und ich drücke die Tür auf, flüchte vor der anbrechenden Nacht ins hell erleuchtete Innere. Doch statt Geborgenheit treffe ich auf einen bodenlosen Abgrund.

Till steht bereits an seiner Wohnungstür. Nur in Jogginghosen. Eine Sekunde lang klebt mein Blick auf seinem durchtrainierten Oberkörper – das Werk eines langjährigen Fitnessstudio-Besuchers – dann blicke ich ihm fragend in die Augen.

»Du bist nicht der Pizzabote«, stellt er mit gerunzelter Stirn fest – und dann ist da noch etwas in seinem Blick. Ich kenne ihn zu gut, ich durchschaue Menschen zu schnell: In seinem Blick flackert Angst. Und diese Angst schubst mein Herz den Abgrund hinunter. Es fällt mit rasender Geschwindigkeit und ich kann das Ziehen in meinem Magen spüren.

»Du ... hast dir eine Pizza bestellt?«, frage ich und komme ein paar Schritte auf ihn zu. Ich schlucke, weil ich bereits eine Vorahnung habe. Weil ich weiß, worauf das hier hinausläuft. Er steht im Türrahmen, die Tür hinter ihm angelehnt, sodass ich nicht reinsehen kann.

Mein fallendes Herz sucht die Reißleinen eines Fallschirms.

»Ja«, bestätigt er und tritt einen Schritt zurück, will wieder in seine Wohnung flüchten, ohne mich zur Begrüßung auch nur anzufassen, geschweige denn zu küssen. Sein Anblick, diese tiefbraunen Augen und die unordentlichen nussbraunen Haare, sind mir so vertraut, und doch fühlt es sich in dem Moment an, als wäre er ein Fremder. Als wäre er nicht mehr der zuvorkommende Junge, den ich vor einem Jahr im Supermarkt kennengelernt habe, als mir all meine Einkäufe aus den Händen auf den Boden gefallen sind und er sie hilfsbereit mit einem charmanten Lächeln aufgesammelt und mich dann auf einen Kaffee eingeladen hat.

Mein Herz fällt so schnell, dass es nicht einmal mehr klopfen kann.

»Hast ... hast du Besuch?« Ich kann die Worte kaum herausbringen. Ich will nicht stottern, aber mein Körper kann meinem Verstand nicht mehr folgen, ist wie gelähmt.

Till lacht auf. »Was? Besuch? Nein. Wie kommst du darauf?«

Seine Stimme verrät ihn. Oder mache ich mir etwas vor? Ich will nicht dieses lächerliche eifersüchtige Ding sein. So bin ich nicht. Mir ist es egal, was er treibt. Oder mit wem er Pizza isst. Er kann -

»Till?«, höre ich dann eine weibliche Stimme aus dem Inneren seiner Wohnung.

Mein Herz zerschellt. Zerspringt an Felsen.

Es ist ein Schlag in meinen Magen. *Wie ein einziges Wort ein ganzes Jahr implodieren lassen kann ...* Ich fühle mich, als gefriert alles in mir zu Eis.

»Fuck«, flucht Till und sieht für einen Augenblick so aus, als wüsste er nicht, ob er der weiblichen Stimme antworten will oder sie verleugnen. »Das ... das ist nur eine Kommilitonin aus Sport«, macht er einen kläglichen Versuch.

»Klar. Um halb neun abends«, erwidere ich trocken, während der Eisklotz in mir wieder auftaut. Sein Schmelzen bewirkt jedoch, dass sich Tränen in meinen Augenwinkeln sammeln.

Nicht weinen, Veronika. Nicht vor ihm. Halte aus, bis du hier weg bist.

»Du bist das größte Arschloch der Welt.« Zumindest das muss ich ihm sagen. Auch wenn meine Stimme bricht und ich nach Luft japse. Was eine Beleidigung werden sollte, klingt wie eine erbärmliche Niederlage. Ich überlege, ob ich ihn ohrfeigen soll. Stattdessen balle ich meine Hände so fest zu Fäusten, dass meine Fingernägel mir schmerzhaft ins Fleisch schneiden. »Du Monster«, presse ich in einem zweiten Versuch hervor und schlucke weitere Beleidigungen hinunter. Verdränge den Wunsch, die Tür aufzureißen und die Schlampe zur Rede zu stellen. Ob sie weiß, dass er eine Freundin hat?

»Hey Nika ...« Till stöhnt und reibt sich den Nacken. Ihm fehlen offensichtlich die Worte. In mir hingegen steigen so viele Worte auf, dass ich nicht weiß, wie ich sie unterdrücken soll.

»Wusste ich doch, dass man Männern nicht trauen kann«, zische ich und schlucke die Tränen herunter, tue so, als wäre es mir immer klar gewesen und als wäre ich die Dumme, weil ich ein paar Monate lang gehofft habe, vielleicht nicht die große disneyhafte Liebe, aber zumindest einen treuen Freund gefunden zu haben. Dass er mich betrügt und dass er noch nicht einmal den Anstand hat, das zuzugeben, ist der letzte Tropfen in einem gefüllten Fass. Ich drehe mich um und renne aus der Tür, bevor noch mehr Worte meinen Mund verlassen. Worte, die nichts ändern würden, außer dass ich mich lächerlich mache.

Till ruft meinen Namen, doch ich drehe mich nicht um. Ich schlüpfe zurück in die anbrechende Nacht, die verschlingende Dunkelheit, die meine erhitzten Wangen verbirgt und gleichzeitig kühlt.

Mein im Abgrund zerschelltes Herz pocht dumpf in meiner Brust. Jede einzelne Erinnerung reißt es wieder von neuem auf. Und ich frage mich, wann ich zugelassen habe, dass er mir so viel bedeutet.

Till Zentner war mein Anker, ein Freund und Verbündeter. Er war eine Reihe erster Male und ein Versuch, meine eigene Dunkelheit zu überwinden – und nun ist er nur noch ein Lügner. Er hat mich fallen lassen, so wie mein Vater meine Mutter einst fallen ließ.

Sein Verlust reißt alte Wunden auf und als ich durch die dunklen, nur spärlich beleuchteten Straßen zu meiner Wohnung laufe, kann ich die Tränen nun doch nicht mehr zurückhalten. Sie bahnen sich einen Weg über meine Wangen und die, die nicht von meinem Kinn fallen, laufen mir über den Hals. Das Schlimme ist, dass sie mich selbst als Lügnerin enttarnen. Schon jahrelang behaupte ich, keinen Mann in meinem Leben zu brauchen. Aber wenn ich ihn nicht brauche, warum weine ich dann?

Eine Stunde später stehe ich vor meinem Spiegel und versuche mir einzureden, dass ich mein Versprechen gegenüber Miriam nicht breche. Ich bringe mich ja nicht in Gefahr, nur, weil ich abends in eine Bar gehe. Und auszugehen ist definitiv eine bessere Idee, als sich an einem Samstagabend allein im Bett die Augen aus dem Kopf zu heulen.

Ich streiche ein letztes Mal über den himmelblauen Stoff des Kleides. Es ist sehr schlicht und reicht mir bis kurz über die Knie. Die dünnen Spaghettiträger werden von meinen blonden Haaren verdeckt, die mir in

Locken über die Schultern fallen. Ich habe ein wenig mehr Makeup als sonst aufgelegt, doch genau das ist ja der Grund fürs Ausgehen. Man will von seinem normalen Leben Abstand nehmen, eine Nacht nicht daran denken, was man sonst so tut. *Und nicht daran denken, was andere tun.*

Ich höre die Vibration meines Handys und gehe zum Schreibtisch. Kurz habe ich Angst, dass es eine Nachricht von Till sein könnte, doch zum Glück ist sie nur von Finn.

Finnyboy (21: 43 Uhr): Hey meine Hübsche. Was treibst du? Hast du schon eine Zusage von einer Uni bekommen?

Ich verdrehe die Augen. So eine Nachricht kann nur daher rühren, dass Finn gerade betrunken am Strand in S' Arenal sitzt und mit anderen Jungs Cocktails aus Eimern schlürft. Ich kann es mir bildhaft vorstellen und kurz bin ich neidisch, dass ich nicht dabei bin.

Wir haben dieses Jahr zusammen unser Abi nachgeholt, er, weil er nach einer abgebrochenen Ausbildung nun doch lieber Lehrer werden wollte. Physiklehrer, um genau zu sein. Ich, weil ich während ich bei meiner Mutter gewohnt habe, nie gut genug in der Schule gewesen bin und deshalb erst seit Kurzem höhere Ambitionen habe.

Nika (21:44 Uhr): Bist du besoffen? Die Zusagen kommen doch erst im August. Wann kommst du wieder?

Finnyboy (21: 44 Uhr): Ja, bin ich :D Brauchte nur einen Gesprächsaufhänger. Komme nächste Woche wieder. I miss u.

Nika (21:45 Uhr): Ich geh mich jetzt auch betrinken.

Finnyboy (21:45 Uhr): Mit Becca?

Meine Finger schweben unschlüssig über dem Display. Wenn ich ihm die Wahrheit texte, dann wird er sich Sorgen machen. Und anlügen will ich ihn nicht. Ich habe Becca nicht einmal gefragt, ob sie heute Zeit hat. Ich bringe es einfach noch nicht über mich, es jemandem zu erzählen. Nicht jetzt, wo soeben all meine Tränenspuren unter Makeup begraben liegen. Als würde es durch mein Schweigen noch nicht real werden. Stufe eins der Trauer ist schließlich Verleugnung, deshalb verfrachte ich mein Smartphone in eine kleine schwarze Umhängetasche, ohne Finn zu antworten.

4.

Bargespräche

Nika

Samstagabend

Draußen ist es frisch und ich bereue es, keine Jacke mitgenommen zu haben. Umkehren möchte ich jetzt jedoch auch nicht. Es ist nicht weit bis zu der Bar. Zu Fuß sind es vielleicht zwanzig Minuten. Draußen wird es gerade dunkel, Laternen gehen flackernd an und werfen ihre Lichtkegel auf die leeren Straßen.

Während ich in meinen Sandalen über den Asphalt laufe, versuche ich nicht nachzudenken, sondern die ganze Umgebung in mich aufzunehmen, als könnte ich die Gerüche, den lauwarmen Wind, die Geräusche der vorbeifahrenden Autos in mir aufsaugen. Ich biege von der Hauptstraße ab und folge einer schmalen Abzweigung. Immer weniger Häuser säumen meinen Weg. Die Blätterdächer der Bäume rascheln über mir. Als ich in einiger Entfernung die Leuchttafel der Bar sehe, erfüllt Erleichterung meine Brust. »Moe's«, prangt in roten Lettern über dem Eingang. Vor dem Gebäude parken vereinzelte Autos und Motorräder. Ein paar Leute stehen vor der Tür und rauchen.

Ich straffe die Schultern, gehe an den Fremden vorbei und öffne die Türen. Meine To-Do-Liste für den heutigen Abend habe ich fest im Kopf:

- Mindestens drei Cocktails trinken
- Tills Nummer löschen, damit ich ihm nicht schreiben kann
- Mich mit der Recherche zu Miriams Fall ablenken und Detektiv spielen

Eine Glocke kündigt mein Eintreten an. Das Lokal ist in einem amerikanischen Diner Stil gehalten: der Boden ist aus dunklem Holz, rote runde Hocker säumen die Bar, auch die Sitzgarnituren vor den Tischen sind aus rotem Leder. Das Licht ist gedämpft und verschiedene Neonschilder tauchen die Wände in rötlich, gelbe Farben. Stimmengewirr schlägt mir entgegen, im Hintergrund ist heute die Musik einer Jukebox zu hören. Niemand scheint auf mich zu achten.

Ich sehe mich neugierig um, mustere die verschiedenen Grüppchen, die zusammensitzen oder in der hinteren Ecke Billard spielen, bevor ich zielgerichtet auf die Bar zusteuere und mich auf einen der Hocker setze.

»Was möchtest du trinken, Kleine?« Der Barkeeper spült gerade ein paar Gläser und lächelt mich über den Tresen hinweg an. Seine weißen Zähne strahlen im Kontrast zu seiner dunklen schokoladefarbenen Haut.

»Ähm, ich gucke noch.« Schnell greife ich nach einer Getränkekarte und klappe sie auf. Es ist nicht das erste Mal, dass ich hier bin, aber das erste Mal, dass ich allein hier bin – abgesehen von meinen Auftritten.

Mein Blick huscht über die alkoholhaltigen Getränkenamen und sucht nach fruchtigen Cocktails. Kurz überlege ich, mich an einer der außergewöhnlichen Kreationen zu probieren – letztendlich bleibe ich aber doch beim Bewährten.

»Einen Tequila Sunrise, bitte«, sage ich dem jungen Barkeeper und lege die Karte wieder auf den Tisch. Punkt 1 meiner Liste ist in Arbeit, Zeit, sich Punkt 2 zu widmen.

Ich krame mein Handy aus der Umhängetasche und lösche sowohl den Nachrichtenverlauf als auch Tills Nummer. Ha! So schwer war das gar nicht. Zufrieden lehne ich mich zurück.

Solange ich warte, wandert mein Blick über die Gäste. Das Lokal ist gut gefüllt, doch nicht so brechend voll, dass alle Tische besetzt sind. Meine Aufmerksamkeit landet schließlich auf vier jungen Männern, die in einer Sitzecke am Fenster Pommes essen und sich unterhalten. Ab und zu lachen sie laut auf. Plötzlich schaut einer von ihnen hoch und fängt meinen Blick auf. Als ich ihn erkenne, halte ich die Luft an.

Er war Donnerstagabend schon hier. Dieses markante Gesicht und die Tattoos, die unter seinen T-Shirt Ärmeln hervorluken, vergisst man nicht so schnell.

Er war am Tatort. Zum Tatzeitpunkt.

Warum habe ich diesen Gedanken? Mein Herzschlag beschleunigt sich und auf einmal muss ich an das Gespräch mit Miriam denken. Dass es sich bei dem Fall um eine Gruppe Männer handelt und um keinen Einzeltäter - laut der Zeugin zumindest.

Ich muss die Zeugin finden und befragen, schießt es mir durch den Kopf. *Bevor meine Fantasie mit mir durchgeht.*

Doch ein Foto als Anhaltspunkt könnte nicht schaden. Entschlossen greife ich nach meinem Handy, drehe mich mit dem Rücken zu den vier jungen Männern und schalte meine Frontkamera an, als würde ich ein Selfie machen wollen. Nur eben, dass ich darauf achte, den Tisch mit den Typen im Hintergrund drauf zu haben. Dies geht nur mit ein bisschen Kopf-schief-legen und einigem Manövrieren auf dem runden Barhocker. Als ich ranzoome und die Gesichter der Männer gut zu erkennen sind, lächele ich triumphierend.

Und genau in dem Moment, in dem ich auf den Auslöser drücke, guckt *er* wieder hoch.

Als ich das fertige Bild anstarre, blickt der tätowierte Typ von Donnerstag genau in die Kamera. Scheiße! Aber er kann unmöglich ahnen, dass ich ein Foto von ihnen gemacht habe. Oder?

Ich lege das Handy auf den Bartresen, beiße auf meine Unterlippe und drehe kurz meinen Kopf nach hinten, um zu gucken, ob er immer noch herschaut, doch er ist wieder in einem Gespräch mit seinen Freunden vertieft. Gott sei Dank ...

»Na, wecken sie dein Interesse?«

»Was?« Ich drehe mich mit wild klopfendem Herzen zum Barkeeper herum.

Er stellt mir meinen fertigen Tequila Sunrise auf den Tresen und nickt in die Richtung der Jungs. »Viele Mädchen – *und* Kerle – können die Blicke nicht von ihnen reißen. Hier in der Gegend sind sie ziemlich bekannt.«

»Bekannt?« Ich runzle irritiert die Stirn. »Wofür denn?« Ich wohne auch hier in der Gegend, habe aber noch nie von den Typen gehört. Vielleicht habe ich sie früher schon einmal im Moe's gesehen, doch da ich hier nur zum Singen oder manchmal zum Trinken mit Finn und Becca bin, habe ich immer wenig auf andere Gäste geachtet.

»Nun ja, so bekannt, wie anonyme zwielichtige Typen eben sein können.« Er lacht und fährt sich mit einer Hand über die kurzgeschorenen schwarzen Haare. Er ist ein paar Jahre älter als ich, vielleicht Ende zwanzig und sieht ganz attraktiv aus. »Sie haben eine Schlange von Verehrerinnen, die jedem Rockstar Konkurrenz machen würde. Doch die Mädchen schaffen es höchstens zu einem One-Night-Stand oder zu einer ihrer Partys. Seit den zwei Jahren, in denen sie hier wohnen, hatte keiner von ihnen je eine Freundin oder eine, mit der sie sich häufiger blicken gelassen hätten.«

Ich zucke unbeeindruckt mit den Schultern. »Frauenhelden eben. Aber mich wundert es, dass du so viel über sie weißt?« Fragend und gleichzeitig neckend hebe ich meine Augenbrauen. Ich greife nach einem der bunten Strohhalme in meinem Getränk und nehme einen Schluck von dem rot-gelben Cocktail. Süß und ein wenig bitter schmeckt der Saft auf meiner Zunge.

Der Barkeeper lacht wieder und wirft einen anzüglichen Blick in Richtung der vier Typen. »Erwischt. Ich gehöre wohl auch zu den Groupies.«

Ich muss über das Wort schmunzeln. Als könnte man ein Fan von jemandem sein, nur, weil derjenige gut aussieht und offenbar denkwürdige Partys veranstaltet.

»Erzähl mir mehr von den Partys«, bitte ich ihn und lege neugierig den Kopf schief.

»Oh Süße, ich will dich nicht auch noch anfixen. Die Veranstaltungen sind nichts für solche Mädchen wie dich.« Seine dunkelbraunen Augen fixieren mich wissend.

Ich lasse meinen pinken Strohhalm los. »Solche Mädchen wie ich?« Was soll das denn bitte heißen?

Der Barkeeper sieht sich zu allen Seiten um, als schaue er, ob uns jemand zuhört oder als gucke er einfach, ob jemand anderes im Moment seine Dienste benötigt. Dann lehnt er sich mir gegenüber an den Tresen, verschränkt seine Arme auf der schwarzen Oberfläche und beugt sich zu mir heran.

»Solch brave Mädchen, meinte ich damit. Blonde Locken wie ein Unschuldsengel, meist ungeschminkt, wenn du hier bist, du trägst nie zu viel Ausschnitt und deine großen, blauen Augen könnten der Spiegel der Vernunft sein.«

Ich ziehe meine Augenbrauen hoch. »Ist das dein Eindruck von mir?« Ich weiß nicht, ob ich lachen oder beleidigt sein soll. Mein Leben ist viel zu kaputt, um der brave, vernünftige Unschuldsengel zu sein. Meine Unschuld wurde mir bereits in der Kindheit genommen.

»Ich kann mehr verkraften, als du denkst. Also?«, frage ich nach.

»Okay, wenn du es sagst.« Er lehnt sich wieder zurück. »Bei den Partys handelt es sich um hemmungslose erotische Exzesse.« Er sagt es schulterzuckend, ganz ausdruckslos.

Ich reiße überrascht die Augenbrauen hoch und nehme noch einen Schluck. Für so ein Gespräch brauche ich definitiv mehr Alkohol.

»Eine Freundin von einem Freund war mal da«, erzählt der Barkeeper in gesenktem Tonfall. »Sie erinnert sich an nichts mehr, aber der Freund hat berichtet, dass die Freundin überall Blutergüsse, Knutschflecke, Kratzspuren und sogar *Biss*spuren hatte. Sie konnte sich eine Woche nicht mehr schmerzfrei hinsetzen.« Er zwinkert mir zu.

Ich verziehe den Mund. Für mich klingt das nicht sehr verlockend. Wilder Sex schön und gut, aber erstens nicht auf Partys, bei denen mehrere Personen währenddessen im Raum sind, und zweitens nicht so wild, dass ich bleibende Schäden oder Schmerzen davontrage.

»Auf der nächsten wollte ich selbst dabei sein. Habe monatelang auf der Warteliste gestanden und dann kam vor vier Wochen endlich eine Einladung.« Er seufzt und schaut sehnsuchtsvoll in die Ferne. Vermutlich auch zu der Sitzgruppe, wo die Gastgeber der Partys scheinheilig ihre Pommes essen.

»Aber?«, hake ich nach.

»Hey, bedienen Sie auch noch andere Gäste, oder was?«, unterbricht uns eine Stimme von der Seite.

»Entschuldige mich.« Der gesprächige – und anscheinend schwule - Barkeeper seufzt, stößt sich vom Tresen ab und macht sich auf den Weg zu der Frau, die ein paar Meter weiter rechts steht und offenbar dringend etwas bestellen will.

Ich pflücke die Orangenscheibe vom Glasrand, beiße hinein und denke über diese vier Kerle nach. Wie sie wohl so sind? Außer Weiberhelden natürlich. Ich kann nicht anders, als mich auf dem Barhocker wieder umzudrehen und einen Blick zu ihrem Tisch zu riskieren.

Vier namenlose Gesichter. Hinter jedem von ihnen steckt eine Geschichte. Vielleicht sogar ein Geheimnis. Vielleicht haben sie Leichen im Keller, die nicht an die Oberfläche dringen dürfen.

Sie wecken mein Interesse. Nicht nur, weil sie gutaussehen und möglicherweise etwas mit Miriams Fall zu tun haben. Sondern auch, weil ich wissen will, was sich hinter diesen Partys verbirgt. Weil ich herausfinden will, was sich hinter der Maske der Gastgeber abspielt. Sex mit vielen verschiedenen Frauen ist oft eine Ablenkung oder ein Schutzmechanismus. Ich hatte genug Therapiestunden, um zu wissen, was ein Psychologe dazu sagen würde.

Ob Till sich auch vor irgendetwas schützen wollte, als er seine Sport-Kommilitonin gevögelt hat? Bei der Erinnerung an ihn werde ich so wütend, dass ich den Knoten in meinem Bauch mit Tequila tränken will, doch gerade als ich zum Schluck ansetze, steht einer der Jungs am Tisch auf ... und kommt auf mich zu. Er läuft genau auf mich zu!

Wegschauen?

Umdrehen?

Aufstehen und gehen?

Es ist der Dunkelblonde von Donnerstagabend, der mir süße Träume gewünscht hat. Er sieht mir genau in die Augen, während er die Distanz zwischen uns überwindet. Ob er mich erkannt hat und deshalb kommt? Nein. Ohne die Perücke und das dunkle Makeup würde er nicht auf den Gedanken kommen, dass ich dasselbe Mädchen bin. Falls er sich überhaupt noch an mich erinnert.

Und dann ist er schon da und steht direkt vor mir.

»Gibt es einen Grund dafür, dass du uns die ganze Zeit anstarrst?«

Mein Herz macht bei seiner Frage einen Satz. Völlig lässig setzt er sich neben mich auf den freien Barhocker und dreht sich zu mir. Mir bleibt nichts anderes übrig, als mich auch zu drehen, sodass wir uns gegenüber sitzen.

»Tue ich nicht«, antworte ich, da etwas anderes als Leugnen nicht in dem Programm meines Gehirns steht.

»Und ein Foto von uns hast du also auch nicht gemacht?« Er legt seinen Kopf schief und blickt mich aus grün-braunen Augen ernst an. Todernst.

Scheiße.

Ich spüre augenblicklich die Hitze in meine Wangen schießen. Nicht, dass sie nicht schon vom ganzen Alkohol genug glühen würden. Und von der Anwesenheit dieses doch sehr einschüchternden jungen Mannes. Er ist offensichtlich nicht hier, um mich anzuflirten. Oder er muss dringend an seinen Flirtkünsten arbeiten.

Da ich nichts sage, fährt er fort. »Also? Wieso hast du ein Foto von uns gemacht?«

Shit. »Ähm ja.« Ich sauge einmal an meinem Strohhalm, um Zeit zu schinden, klimpere unschuldig mit den Wimpern, bevor mir die einzig mögliche Ausrede einfällt. »Ich bin ein Groupie von euch.«

»Was bist du?« In seinen bisher ernsten Gesichtszügen spiegelt sich auf einmal Überraschung. Mit dieser Antwort hat er wohl nicht gerechnet. Ich auch nicht.

»Du weißt schon, ein Fangirl, das gern mit euch ins Bett will.« Ich wackele vielsagend mit den Augenbrauen, um mein Statement zu untermauern. Er muss es mir schließlich abkaufen. Auch wenn mein Herzschlag gerade Amok läuft und meine Hände zu schwitzen beginnen.

Er räuspert sich und ich schlurfe an meinem Getränk.

»Okay klar, mit uns vieren gleichzeitig?« Fragend hebt er eine Augenbraue.

Ich verschlucke mich an dem Cocktail, der sich gerade in meinem Mund befindet und beinahe seinen Weg durch meine Nase nach draußen findet. Stattdessen halte ich die Hand vor mein Gesicht und huste.

»Nein, einer reicht. Sorry, ich habe mich wohl falsch ausgedrückt«, stelle ich klar.

Er schweigt eine Weile und sieht mich einfach nur an. Ich tue es ihm gleich. Diese kantigen Gesichtszüge, die bernsteinfarbenen Sprenkel in seinen Augen, die Tattoos, die unter dem Saum seines T-Shirts beginnen und sich bis zu seinen Handgelenken erstrecken. Ich habe auch schon seit geraumer Zeit mit dem Gedanken gespielt, mir ein Symbol auf der Haut verewigen zu lassen. Etwas, das eine Bedeutung hat und niemals verschwindet.

Mein Blick verweilt ein paar Sekunden zu lange auf den schwarzen und farbigen Bildern, bevor ich mir ins Gedächtnis rufe, dass dieser Mann eventuell ein gesuchter Vergewaltiger ist. Ich habe ihn schließlich zur Tatzeit am Tatort gesehen. Wobei ich mich wundern würde, warum Typen wie er es nötig hätten, Frauen gegen ihren Willen zu nehmen. Andererseits: wenn er krank im Kopf ist, macht ihn vielleicht genau das an. Er ist vermutlich ein Psychopath und ich, ich schaue ihn an, als wäre er .... ja, wie schaue ich ihn an?

Mein Gegenüber stellt seinen Ellbogen auf den Tresen ab und stützt den Kopf in seine Hand, während er den Blick nicht von mir lässt. »Und wie heißt unser neuer Stalker?«

Ich brauche ein paar Sekunden, bevor seine Frage in meinem Kopf Sinn ergibt. »Nika«, antworte ich dann hastig, sobald mir klar wird, dass er mich damit meint. »Kurzform von Veronika.«

»Lösch das Foto, *Veronica.*« Er spricht meinen Namen englisch aus und die Art, wie er ihn ausspricht, der Klang seiner Stimme dabei, jagt mir eine Gänsehaut über den Körper. Ich will ihn fragen, ob er Amerikaner ist, ich will wissen, ob seine Tattoos eine Bedeutung haben, stattdessen sage ich: »Ich habe kein Foto von euch gemacht. Ehrlich nicht. Es war nur ein Selfie, das ich meinem Freund schicken wollte.« Ich will das Bild in jedem Fall behalten!

In seinen grün-braunen Augen blitzt etwas auf. »Du hast einen Freund?«

Was? »Ja«, gebe ich zögerlich zurück. Hatte ich zumindest bis vor ein paar Stunden noch. Für mich ist klar, dass die Beziehung jetzt vorbei ist. Da braucht es keine offizielle Trennung. Es sei denn, Till hat wirklich nichts mit dem Mädchen und es war ein Missverständnis. Nein. Ich schüttle den Gedanken ab. Wenn es harmlos gewesen wäre, wäre er a) nicht halbnackt gewesen und b) hätte er die Tür öffnen und mich seiner Kommilitonin vorstellen können.

»Hat dein Freund nichts dagegen, dass du Fantasien von uns hast?« Die Miene des Blonden bleibt skeptisch.

Verdammt, ich sollte meine Lügen besser aufeinander abstimmen. Ich inhaliere den Rest meines Cocktails, um ein paar Sekunden zu gewinnen.

Schließlich entscheide ich mich, den Kopf zu schütteln. Je weniger ich sage, desto weniger kann gegen mich verwendet werden.

Der Typ nickt wissend und nimmt sich dann mein Handy, welches noch immer vor mir auf dem Bartresen gelegen hat. Ich protestiere nicht einmal, sondern starre ihn nur an.

Nachdenklich dreht er es in alle Richtungen. Auf meinem Sperrbildschirm leuchtet ihm ein zuckersüßes Foto von Fellknäuel entgegen, als sie erst ein paar Monate alt war.

»Ich wiederhole mich nur sehr ungern. Wir fühlen uns geehrt, dass du uns scharf findest – aber Fotos sind nicht erlaubt. Ich hoffe, das verstehst du.« Er reicht mir das Handy und sieht mir dabei in die Augen.

Ich wage es nicht einmal zu blinzeln oder zu atmen, geschweige denn seine unausgesprochene Drohung zu ignorieren.

»Natürlich«, wispere ich und entsperre mein Handy. Als ich hinuntersehe, um den Foto-Ordner aufzurufen, spüre ich noch immer seine brennenden Blicke auf mir, die mehr als Angst oder Nervosität in mir auslösen.

»Aus dem Papierkorb ebenfalls«, befiehlt er – und ich gehorche.

Ich muss ihm wohl nachgestarrt haben, denn nachdem er weg ist, höre ich ein Pfeifen hinter mir.

»Was war das denn?«

Ich drehe mich zum Barkeeper um und weiß weder, was ich antworten, noch wie ich mich fühlen soll.

»Noch einen Sunrise?«, fragt er mitleidig, als würde er mich voll und ganz verstehen.

Ich nicke und stütze mein Kinn in die Hände. Mein Herzschlag wird wieder spürbar langsamer und ich atme zittrig aus. Diese Begegnung war ganz und gar nicht gesund für meinen Seelenfrieden, das ahne ich jetzt schon.

»Hat Eindruck hinterlassen, oder?«, hakt der Barkeeper nach, während er mein Getränk zubereitet.

Oh ja, das hat er. Aber vermutlich nicht auf die Weise, an die mein selbsternannter Seelenklempner gerade denkt.

»Ich hab' etwas für dich, was dich aufmuntern wird«, meint er plötzlich.

Ach ja? Ich hebe interessiert - wenn auch skeptisch - den Blick.

Er zieht etwas aus seiner Hosentasche und schiebt es mir über den Tresen. Eine schwarzlackierte Visitenkarte. Ich runzle die Stirn und greife danach. Erst dann erkenne ich, dass es gar keine Visitenkarte ist.

»Aber die hast du nicht von mir«, sagt der Barkeeper in gesenktem Tonfall. »Nur Ausgewählte bekommen eine Einladung. Ohne kommst du nicht rein.«

Langsam dämmert es mir, was das hier ist. Auf der einen Seite steht *key to hell*, auf der anderen Seite eine Adresse.

»Und was ist dann mit dir?«, frage ich.

Er seufzt theatralisch schmachtend. »Mein Beziehungsstatus hat sich vor ein paar Wochen geändert und so gern ich auch auf die Party will ... Es ist etwas Ernstes und das möchte ich nicht für eine heiße Nacht aufs Spiel setzen.«

Ich nicke wissend und versuche mich an einem aufmunternden Gesichtsausdruck, während mein Herz mir fast aus der Brust springt. Ich will auf keinen Fall auf so eine Party! Aber ich will wissen, was diese Jungs zu verbergen haben. Und ich möchte ein Foto – schließlich kann es noch zu belastendem Beweismaterial werden.

Mr. Seelenklempner stellt den zweiten fertig gemixten Tequila Sunrise vor mir ab. »Wenn du Samstagnacht überlebst, Kleine, versprich mir, dass du herkommst und mir erzählst, wie es war.«

Kilian

Während Mace mit ihr spricht, wütet in meinem Inneren ein Sturm. Kein leichtes Gewitter, bei dem ich gerne draußen wäre, um die Naturgewalten zu beobachten und den strömenden Regen auf meinem Gesicht zu spüren – sondern die Art von Sturm, die sich zu einem alles niederreißenden Hurrikan entwickelt. Ein Sturm, der das Potenzial hat, eine ganze Stadt zu zerstören.

Oder mich.

Rapha und Lio bekommen nichts von meiner Nervosität mit und kommentieren Mace' Gespräch mit der Blondine nur mit dummen Witzen und anzüglichen Grimassen.

»Ob er die vor der Party noch vernaschen will? Wenn er nicht teilt, dann kriegt er aufs Maul.« Rapha lacht.

Ich ignoriere ihn. Schon seit sie die Bar betreten und ich ihre Blicke auf uns gespürt habe, jagt nur noch ein einziger Gedanke unaufhörlich durch meinen Kopf.

Sie kann sich nicht erinnern. Sie kann sich unmöglich erinnern.

Und jedes Mal, wenn sie herguckt, bleibt mein Herz kurz stehen und ich denke für einen Wimpernschlag lang, dass sie sich doch erinnert. An mich und an die zwei Nächte. An unsere Gespräche, wenn sie aus ihrem Schlaf erwachte und ich sie nach Hause begleitet habe. An die zwei hauchzarten Küsse, die ich ihr gestohlen habe, um ihre Erinnerungen zu verschleiern.

Als Mace zurückkommt und sich neben mich auf die Lederpolster sinken lässt, sitze ich so steif da, als hätte ich einen Stock verschluckt. Lio wirft mir über den Tisch hinweg seltsame, fragende Blicke zu und ich versuche mich zu entspannen.

»Und? Was wolltest du von der Kleinen?«, frage ich so desinteressiert, wie ich kann.

»Na was denn wohl?«, wirft Raphael ein und steckt sich lasziv eine Pommes in den Mund. Dass sie nun die Aufmerksamkeit von meinem ganzen Rudel auf sich gezogen hat, gefällt mir nicht. Wieso musste sie auch ausgerechnet heute vorbeikommen – in diesem leuchtenden blauen Kleid? Es ist so anständig, dass es ihr tatsächlich bis zu den Knien reicht, trotzdem ist die Farbe so auffällig, dass man sie anschauen muss. Jetzt, wo ihr Körper nicht mehr von einem übergroßen T-Shirt verhüllt wird, sieht man auch etwas von ihrer athletischen Statur und zarten Rundungen.

»Sie hat ein Foto von uns gemacht. Ich habe dafür gesorgt, dass sie es löscht«, erwidert Mace und reißt mich damit aus den Gedanken.

Ich verschlucke mich an meiner Cola und bekomme einen Hustenanfall.

»Sie hat was?«, fragt Lio währenddessen das, was mir auf der Zunge liegt.

»Wieso sollte sie das getan haben?«, will nun auch Rapha wissen, dem sein dreckiges Grinsen bei dieser Information abhanden gekommen ist.

»Keine Ahnung. Aber wir werden sie im Auge behalten.« Mace blickt zu ihr rüber und mir wird übel.

Bitte nicht.

5.

Der Schlüssel zur Hölle

Nika

Eine Woche später

Egal wie viele Seiten ich mit Songtexten bekritzle, egal wie viele Romane ich verschlinge, wie oft ich mit Becca brunchen gehe oder wie viele Züge ich im Schwimmbecken mache: es gibt drei Dinge, die mir den Nerv rauben, an die ich ständig denken muss, und die ich dennoch nicht ändern kann. Die Tatsache, dass ich wieder schlafwandle und Miriam schon einen Termin bei meinem alten Therapeuten gemacht hat, die Trennung von Till, und die Begegnung mit diesem tätowierten Frauenhelden.

Ich kann nicht einmal sagen, welches dieser drei Dinge mich am meisten um den Verstand bringt.

Ich sitze mit Miriam gerade beim Abendbrot, als ihr Diensthandy vibriert. Sie wirft einen Blick darauf und eine Sekunde später schießt sie von ihrem Stuhl hoch, als hätte eine Hornisse sie in den Hintern gestochen.

»Alles gut?«, frage ich und beiße in den roten Paprikastreifen, den ich in der Hand halte.

»Es gibt Neuigkeiten in Maries Fall!«, ruft sie, als hätte sie im Lotto gewonnen und eilt zur Kaffeemaschine. Während sie in aller Hektik einen Thermobecher drunter stellt, schiele ich über den Tisch hinweg zu der geöffneten Fallakte, die auf ihrem Platz liegt. Miriam denkt immer beim Essen nach, sie sagt, dann funktionieren ihre Gehirnzellen am besten. Und über diesen Fall grübelt sie schon eine Woche. Obwohl es offiziell keine Vergewaltigung gab, muss sie irgendetwas trotzdem stutzig machen.

Ich sehe mir kopfüber das Foto von Marie an, das ganz oben auf dem Stapel liegt. Im nächsten Moment hat Miriam die Akte bereits zugeklappt und klemmt sie sich unter den Arm.

»Bis morgen früh!«, ruft sie noch, als sie aus der Küche stürmt.

Wenn sie nur wüsste, dass auch mich dieser Fall noch nicht losgelassen hat ... wenn sie nur wüsste, wen ich verdächtige. Aber erst brauche ich Beweise, bevor ich Miriam meinen Verdacht nahelegen kann.

Eine Stunde später stehe ich vor meinem Spiegel und ziehe tatsächlich in Erwägung, zu dieser *extravaganten* Party zu gehen. Ich war noch nie auf einer derartigen Veranstaltung, habe keine Ahnung, wie so etwas abläuft, aber ich versuche mir einzureden, dass mich dort ja niemand zwingen kann, intim mit jemandem zu werden. Doch ich bin auch nicht scharf darauf, anderen dabei zuzusehen ...

Ich schüttele diese Vorstellung ab. Vielleicht wird die Party auch gar nicht so schlimm, wie ich es mir ausmale. Auch wenn ich viel lieber mit Finn, der gestern aus dem Urlaub zurückkam, einen Netflix Abend machen würde. Das wäre zumindest die einfachere, gemütliche Variante, das Wochenende einzuläuten. Es wäre sicher – das Gegenteil von gefährlich. Nur weil ich eine Trennung durchmache, heißt es nicht automatisch, dass ich dem Drang nachgeben muss, etwas Halsbrecherisches zu tun. Gerade jetzt sollte ich lieber die langweiligen Abende vorziehen, bis diese Phase vorbei ist und ich wieder klar denken kann. Sonst mache ich noch etwas Dummes. Diese Party zum Beispiel ist etwas Dummes.

Ich greife nach dem Haarspray, das auf einem Regalbrett neben meinem Spiegel steht, und sprühe meine blonden Locken damit ein.

Ich habe Finn, und eigentlich noch niemandem außer Becca, von der Trennung mit Till erzählt. Sich bei jemandem auszuheulen und meine Wut endlich herauszulassen, anstatt sie mit mir herumzutragen, wäre bestimmt durchaus gesünder für mich. Es wäre das, was jedes normale Mädchen in meinem Alter tun würde. Vermutlich bedeutet das, dass ich nicht normal bin, wenn ich stattdessen darüber nachdenke, auf eine Sexparty zu gehen, um vier mutmaßliche Verbrecher zu beschatten.

Aber habe ich jemals geglaubt, zu der normalen Sorte von Mädchen zu gehören?

Als mein Handy klingelt, nehme ich zu vorschnell ab und verfluche mich dafür, nicht auf die Nummer geachtet zu haben. »Ja?«

»Hey Schatz, können wir reden?«

Augenblicklich bekomme ich keine Luft mehr. Es kostet mich alles an Kraft, nicht sofort wieder aufzulegen. Warum ruft er an? Warum zum Teufel nennt er mich *Schatz*? Es muss etwas Furchtbares passiert sein. Vielleicht liegt er im Krankenhaus und will, dass ich ihn besuche. Vielleicht steckt er im Knast und will, dass ich ihn besuche.

»Till?«, frage ich überflüssigerweise.

»Ich hatte Zeit nachzudenken, und ich glaube ... ich glaube, ich vermisse dich.«

Er *glaubt*, er vermisst mich? Das ist das Dümmste, was ich je gehört habe. Ich weiß nicht einmal, was ich dazu sagen soll. Was *kann* man auf so etwas bitte sagen? Es ist lächerlich. Und total unpassend.

»Können wir uns treffen?«, fragt er, als ich nicht reagiere.

Ich hole tief Luft und schüttle den Kopf, in meinem Magen dreht sich alles einmal um 180 Grad. »Nein, ich gehe schon auf eine Party«, bringe ich heraus.

Es tut verdammt gut, das zu sagen! Und damit ist die Entscheidung gefallen. Ohne ein weiteres Wort lege ich auf und funkle mein Spiegelbild an. Ich *muss* heute etwas Halsbrecherisches tun.

Fick dich, Till Zentner.

Warum liegt dieses Haus mitten im Nirgendwo?

Ich fluche laut, während ich den schmalen Trampelpfad mit Miriams Audi entlangfahre. Rechts und links ragen Bäume in die Höhe, um mich herum nichts als Dunkelheit, nur die Scheinwerfer meines Wagens erleuchten den Weg, der durch diesen Wald führt. Ob man hier überhaupt langfahren darf? Vermutlich nicht. Aber ich werde bestimmt nicht aussteigen und diesen Weg zu Fuß gehen! Ob man meine Leiche je finden wird, wenn ich hier draußen sterbe?

Nein, denk an etwas Fröhliches. Oh Gott, wieso hüpfen vor meinem geistigen Auge jetzt Teletubbies herum?

»Noch fünfzig Meter bis zum Ziel, Ihr Ziel befindet sich rechts«, trällert mein Handy in die Stille hinein.

Und dann ist da auf einmal dieser Zaun vor mir. Ich drücke schlagartig auf die Bremse und bekomme einen halben Herzinfarkt. Ein großes gelbes Schild mit der Aufschrift ‚*Privatgrundstück. Betreten verboten*' sticht mir entgegen. Neben dem Betreten wird bestimmt auch das Befahren verboten sein. Scheint, als ende meine Reise hier. Ich will gerade den Rückwärtsgang einlegen und wenden, als ich in einiger Entfernung Licht sehe.

Um mehr erkennen zu können, schalte ich die Scheinwerfer meines Wagens aus. Tatsächlich: gut fünfzig Meter hinter dem Zaun erhellen die beleuchteten Fenster eines Gebäudes die Nacht. Den Rest erledige ich auf Autopilot, da die Angst vor der Dunkelheit etwas ist, was man nicht einfach so abschütteln kann. Diese Angst hatte zwanzig Jahre Zeit, sich in meine Knochen zu fressen und zu einem Teil von mir zu werden. Ich versuche nicht allzu viel darüber nachzudenken, als ich das Auto abseits hinter einem Gebüsch parke, mit meinem kurzen schwarzen Kleid aus dem Wagen steige und dann den Zaun erklimme. Gott sei Dank ist kein Starkstrom drauf und Gott sei Dank ist es nicht der erste Zaun, über den ich klettere. Ich habe also Übung. Ich vermute, dass das gelbe Warnschild nur zur Abschreckung von ungebetenen Gästen dienen soll.

Als ich, oben angekommen, meine Beine über den Zaun schwinge, bleibt mein Kleid an einer der spitzen Zacken hängen. Bei dem Versuch, den Stoff ohne größere Schäden zu befreien, stürze ich fast in die Tiefe, mein Verstand drängt mich lautstark umzukehren – *das ist ein Zeichen, hau ab, solange du noch kannst* -, aber eine Laufmasche und vier halbe Herzinfarkte später stehe ich mit beiden Beinen auf der anderen Seite des Zaunes.

War doch halb so schlimm, rede ich mir gut zu und streiche das Kleid glatt. Hoffentlich hat niemand zugesehen und hoffentlich gibt es hier keine Videokameras, sonst hat mein Hintern bestimmt unfreiwillig Zuschauer gehabt, so knapp wie mein Outfit heute ist.

Ich wende mich dem Licht zu und stackse auf meinen hohen Schuhen über die unebene Rasenfläche. Je näher ich dem Gebäude komme, desto mehr verlässt mich der Mut. Das Haus ist größer, als ich angenommen hatte. Ein Anwesen, das von außen ungepflegt, wenn nicht gar leerstehend wirkt. Nur das gedämpfte Licht hinter Vorhängen verrät, dass sich jemand im Haus befindet. Der Garten ist mit Unkraut überwuchert und Efeuranken schlängeln sich zwei Säulen hinauf, die den Eingang rahmen. Es ist kein Mensch zu sehen und kein Ton zu hören. Wenn da drin eine Party steigt, sollte dann nicht die Musik bis nach draußen hallen?

Ich erklimme die Marmorstufen zu der massiven Eingangstür. Kein Licht, das durch einen Bewegungssensor ausgelöst wird, und kein Namensschild, das verrät, ob ich hier richtig bin. Mittlerweile hat mein Nervositätslevel den Punkt erreicht, an dem jeder Arzt meine Körperfunktionen als kritisch einstufen würde. Schweißausbrüche, die dem Niagarafall Konkurrenz machen, zittrige Hände, die einem Epilepsie-Anfall entspringen könnten, und Herzrasen, das meinen Puls in neue Dimensionen treibt.

Angst ist in der Evolution ein enorm wichtiger Überlebensmechanismus – und mein Körper versucht mir gerade unmissverständlich zu sagen, dass ich hier abhauen soll. Trotzdem hebe ich den Arm und greife nach dem Türklopfer, dessen Ring im Maul eines goldenen Löwen hängt.

Ich kann nicht einmal sagen, wieso mir das hier so wichtig ist, wieso ich auf keinen Fall umdrehen und mich zu Hause verstecken will. Vielleicht, weil ich das Gefühl habe, nachts auch nicht mehr in meinen eigenen vier Wänden sicher zu sein. Ich habe *nirgendwo* mehr das Gefühl, sicher zu sein, also kann ich genauso gut auch hier sein.

Ich klopfe an und warte. Die Sekunden fühlen sich so endlos an, dass ich schon denke, dass mir niemand mehr öffnen wird. Doch dann schwingt die Tür auf und ein kleiner bulliger Mann mit Glatze nickt mich hinein.

Zögerlich trete ich über die Türschwelle in einen schmalen kurzen Flur, der nicht einmal zwei Meter weiter erneut an einer massiven Eichentür endet. Ein elektronischer Kerzenleuchter an der Wand sorgt für dämmriges Licht. Außerdem dringen nun die Bässe der Musik zu mir durch. Ich bin hier also doch richtig und das Gebäude ist nur besser isoliert, als es von außen den Anschein macht.

»Schlüssel«, sagt der Mann vor mir und erinnert mich an seine Gegenwart.

»Ah, ja, genau, die Einladung«, stammle ich und krame in meiner kleinen Handtasche die lackierte Karte heraus.

Zu meiner Überraschung führt er sie in ein elektronisches Kartelesegerät ein, dann gibt er mir sie nickend zurück.

»Hier rein, bitte«, sagt der in einen Smoking gekleidete Glatzkopf und tritt einen Schritt beiseite. Erst jetzt bemerke ich die dritte Tür in diesem Flur. »Nach dem Papierkram können Sie den Aufenthalt hier in vollen Zügen genießen.« Er öffnet die Tür für mich, hinter der sich ein dunkler Raum mit einem runden großen Tisch in der Mitte befindet. Über dem Tisch baumelt eine Lampe, die einen Stapel Papier und mehrere Kugelschreiber beleuchtet, die auf dem dunklen Holz verteilt sind, sowie eine junge blonde Frau, die auf einem der Stühle sitzt und etwas ausfüllt.

Sobald ich drin bin, höre ich wie sich die Tür hinter mir schließt.

Die junge Frau hebt den Kopf und sieht mich an. Ihre roten Lippen verziehen sich zu einem halben Lächeln. »Ah, auch eine Nachzüglerin?«

Komme ich etwa zu spät? »Auf der Einladung stand keine Uhrzeit«, verteidige ich mich und sehe mich unschlüssig im Raum um.

»Das erste Mal hier?«, fragt sie und senkt ihren Blick wieder auf die Unterlagen vor ihr. Sie zückt den Kugelschreiber und unterschreibt etwas.

»Ja.« Ich bleibe unschlüssig vor dem Tisch stehen und greife nach einem Papierbogen.

»Eine Verschwiegenheitserklärung?«, frage ich verwundert, als ich die ersten Zeilen überfliege.

Die Blondine mit den roten Lippen hebt nur eine Augenbraue. Sie legt den Kugelschreiber auf den Tisch zurück und steht auf. Ich beobachte, wie sie den unterschriebenen Geheimhaltungsvertrag in einen an der Wand befestigten Briefkasten wirft.

»Genieß die Nacht«, flüstert sie verschwörerisch, als sie an mir vorbeigeht.

Ihr blumiges Parfum hängt mir für ein paar Wimpernschläge in der Nase, dann höre ich, wie die Tür hinter ihr zufällt. Ich setze mich an den Tisch und blicke auf den Geheimhaltungsvertrag hinunter. Eigentlich hätte ich ja mit so etwas rechnen müssen, logisch betrachtet macht so ein Vertrag Sinn, bei dem, was sich hier hinter verschlossenen Türen abspielt. Trotzdem schüchtert mich die Anzahl der Klauseln ziemlich ein. Mit meiner Unterschrift würde ich einwilligen, dass die Gastgeber für keine Form von körperlicher Gewalt haftbar waren, dass alles, was mir hier drin passiert, auf meinen eigenen Wunsch hin geschieht und dass ich mir im Klaren bin, ein gesundheitliches Risiko einzugehen, für alle Verletzungen eigenverantwortlich bin und dass mich niemand gezwungen hat, diese Veranstaltung aufzusuchen. Details über sexuelle Handlungen, Gespräche und Identitäten der Personen dürften diese Mauern nicht verlassen.

»Alles klar.« Ich fülle auf der ersten Seite die Angaben zu meiner Person aus, auf der letzten Seite unterschreibe ich. Fertig.

Kurz frage ich mich, wann ich das letzte Mal etwas so Irrationales getan habe, doch dann verwerfe ich den Gedanken, bevor noch mehr Zeit verstreicht. Mittlerweile müsste es schon nach Mitternacht sein. *Die Stunde der bösen Geister.* Ich werfe den Vertrag in den Briefkasten und trete zurück in den Flur, wo der stämmige kahle Mann in seinem Anzug bereits auf mich wartet. Ob alle Männer hier mit Smoking und Fliege herumstolzieren?

Ohne ein Wort öffnet er mir die Tür und die Musik schlägt mir im vollen Maße entgegen. Ein ruhiger, stimmungsvoller Song mit einer männlichen Stimme, die von einem Klavier begleitet wird. Ich kenne das Lied nicht, doch es gefällt mir. Während ich über die Türschwelle trete, sauge ich alle Eindrücke in mich auf. Im Vergleich zu den meisten Frauen sehe ich aus wie ein christliches Mauerblümchen. Viele tragen lediglich aufreizende Dessous oder durchsichtige Negligés, während die Männer tatsächlich in Abendgarderobe gekommen sind. Auch wenn einige Krawatten nur noch lose um den Nacken hängen und viele der Hemden aufgeknöpft wurden.

Auf dem dunklen Holzboden liegt mittig ein bordeauxfarbener Teppich, an den dunkelgrauen Wänden flackern ebenso wie im Foyer elektronische Kerzenhalter. In der Mitte des großen Raums führt eine Wendeltreppe nach oben, die ich direkt als mein Ziel anvisiere. Ich möchte schließlich die Gastgeber finden und die vermute ich nicht direkt in der Eingangshalle sich die Beine in den Bauch stehend. Trotzdem lasse ich im Vorbeigehen meinen Blick langsam über die Gäste schweifen. Die meisten stehen mit Getränken in Grüppchen und unterhalten sich. Abgesehen von dem seltsamen Dresscode scheint es hier überraschend sittsam zuzugehen.

Neben der Treppe, an eine der Säulen gelehnt, entdecke ich schließlich ein bekanntes Gesicht. Er ist einer der Typen aus dem Moe´s. Seine dunkelbraunen Haare fallen ihm bis auf die Schultern, seine Haut hat einen leichten Mocca-Ton, was ihm einen südländischen Touch verleiht, und der Smoking mit der schwarzen Fliege steht ihm unheimlich gut.

Vergiss die Beweisfotos nicht, meldet sich meine Detektivstimme. Unauffällig ziehe ich mein Smartphone aus der Handtasche, halte das Handy auf Hüfthöhe, damit ich kein Aufsehen errege, und mache ein Bild. Dann reiße ich schnell den Blick von ihm los, bevor er mich entdecken kann, und erklimme die Wendeltreppe.

Verdächtiger Nr.1 – Check.

In der oberen Etage erstreckt sich ein dunkler Flur vor mir, auch hier stehen Gäste mit Sekt- und Weingläsern in der Hand – wo zum Teufel gibt es den Alkohol? – und mehrere Türen gehen von dem Flur ab, von denen einige geschlossen sind. Die Pärchen stehen hier bereits dichter aneinander, einige berühren und küssen sich. Ich lasse das Handy zurück in meine Tasche gleiten und vermeide es, in die dunkleren Ecken zu blicken, aus Angst, etwas zu sehen, was ich nicht sehen möchte.

»Du wirkst etwas verloren«, spricht mich jemand von der Seite an und ich drehe mich überrascht zu dem jungen großen Mann um.

»Ich bin das erste Mal hier«, gebe ich zu und versuche mich an einem Lächeln. Hat ja echt nicht lange gedauert, bis man hier angebaggert wird. Man sollte diesen Ort als Dating-Plattform an verzweifelte Singles empfehlen.

Der Mann lacht mich an. Er ist breitgebaut – *sehr* breit – und ein funkelnder Ohrring steckt in seinem linken Ohrläppchen. »Willst du was trinken?«

»Sehr gern!«, rufe ich etwas zu enthusiastisch aus. Der Typ grinst daraufhin wissend und verschwindet mit einem verschwörerischen Augenzwinkern.

Verdammt, vermutlich wäre es jetzt weniger schlau, auf den Drink zu warten.

Ich flüchte in das nächstbeste Zimmer, bevor der Mann zurückkommen kann und meinen Enthusiasmus falsch interpretiert, und werde prompt unfreiwilliger Zuschauer eines bevorstehenden Dreiers. In den Zimmern finden also die eigentlichen erotischen Handlungen statt – das hätte ich mir auch denken können. Eigentlich will ich mich direkt wieder verdrücken, doch auf einmal ruft einer der beiden Männer von der Couch »Hey, warte!«.

Ich wäre natürlich trotzdem gegangen, wenn ich die Stimme nicht wiedererkannt hätte. Wie angewurzelt bleibe ich stehen und schaue diesmal genauer zu dem Sofa.

Wenn ich an der halbbekleideten Frau auf seinem Schoß vorbeiblicke, erkenne ich das kantige Gesicht von dem blonden tätowierten Typen, der ein Meister in ernsten bedrohlichen Gesichtsausdrücken ist. Selbst mit einer halbnackten Frau auf dem Schoß zieht er ein Gesicht, als hätte er noch nie Glück in seinem Leben erfahren. Seine Mundwinkel wissen bestimmt gar nicht, wie es geht, sich zu heben.

Er hingegen kann sich sehr wohl erheben. Ohne mit der Wimper zu zucken, schubst er die brünette Frau von seinem Schoß und steht auf. Als mir bewusst wird, dass er auf mich zugeht, ist es bereits zu spät.

»Ich mach bei euch nicht mit«, stelle ich sofort klar und gehe einen Schritt rückwärts.

Der namenlose Gastgeber schaut irritiert zu mir, dann dreht er sich zum Sofa um. »Haut ab.«

»Was?«, fragen die Frau und der Mann wie aus einem Mund.

»Nun geht!« Sein Tonfall lässt keine Widerrede zu. Ein guter Gastgeber sollte sich meiner Meinung nach anders verhalten, doch das sage ich nicht. Ich werde gar nichts sagen, denn ich fühle mich, als hätte ich jegliche Sprachfähigkeit verloren.

Als er sich zu mir umdreht, beiße ich mir auf die Zunge. Durch den Schmerz zucke ich zusammen, doch er lenkt mich zumindest von der Hitze ab, die sich plötzlich in meinem Magen breitmacht.

Wie konnte es bloß passieren, dass ich nach nicht einmal fünf Minuten in diesem Haus in einem Zimmer mit *ihm* lande? Ob das Glück oder Pech ist, weiß ich gerade beim besten Willen nicht zu sagen. *Er* ist es, von dem ich unbedingt ein Beweisfoto will, doch ich habe nicht die geringste Ahnung, wie ich unter seinen bohrenden Blicken unauffällig nach meinem Handy greifen soll.

»Du bleibst hier«, sagt Mister Griesgram, als müsse er noch extra betonen, dass sein Rauswurf nur für die andere Frau und den Mann gilt, der sich offenbar die Frau mit ihm teilen wollte. Ob Mister Griesgram sich öfter Frauen mit anderen Männern teilt? Ob er diese Vorliebe sogar mit Gewalt durchziehen würde?

Sobald die beiden Gäste mit empörten Gesichtern an mir vorbeirauschen, schüttele ich langsam den Kopf. »Ich sollte auch gehen.« *Und ein Stoßgebet gen Himmel schicken, dass meine Lippen sich doch noch bewegen können.*

»Was machst du auf meiner Party?«

»Deine Party …« Ich schlucke und durchforste mein Hirn nach einer logischen Antwort. »Deine Party, genau. Ja.« Mein Kopf ist wie leergefegt, wenn er mich so ansieht. Mein Magen schlägt Purzelbäume. Ich wende den Kopf zur offenen Tür.

»Von wem hast du die Einladung bekommen?« Er läuft durch mein Blickfeld und schließt meine einzige Fluchtmöglichkeit vor meinen Augen. Jetzt sitze ich in der Falle.

»Ein Freund«, antworte ich vorsichtig. »Er konnte heute leider nicht.«

»Und da dachtest du, du kommst stattdessen hierher?« Er lehnt sich gegen die geschlossene Tür und verschränkt die Arme vor seiner Brust. Sie ist muskulös und sein weißes Hemd spannt darüber. Nicht zu muskulös, nicht zu breit – aber doch so, dass man erahnen kann, wie gut er in Form ist.

»Ja?«, antworte ich schließlich auf seine Frage.

»Da musst du dich als unser Groupie bestimmt gefreut haben …« Er sieht mich herausfordernd an.

Das Blut schießt mir in den Kopf bei der Erinnerung an meine Notlüge. »Ja.«

»Kannst du auch noch was anderes als Ja sagen?«

»Ja.« *Verdammt.*

Er legt den Kopf schräg und streckt dann seine Hand aus. »Komm her.«

»Was? Nein.« Damit habe ich nicht gerechnet.

»Wieso? Du bist doch hier, um mit einem von uns zu schlafen, oder nicht?« Nun wird sein Blick skeptisch und mein Herz schlägt so schnell, als müsse es vor etwas fliehen. »Oder bist du wegen etwas anderem hier, *Veronica*?«

Ich fühle mich so ertappt, dass es mir unmöglich scheint, meine Lügen vor ihm zu verbergen. Aber was soll ich ihm sagen? Wenn er wüsste, für was ich ihn und seine Freunde verdächtige, würde ich hochkant hier rausgeworfen werden. Oder wenn sie tatsächlich schuldig sind … dann würde ich nie wieder das Tageslicht erblicken. Dessen bin ich mir sicher. Wie konnte ich nur so dumm sein, ohne einen Plan in die Höhle des Löwen zu gehen? Mich auf eigenen Füßen zur Schlachtbank zu bringen? Wie konnte ich –

»Veronica?« Der Blonde hat seine Hand sinken lassen und kommt einen Schritt auf mich zu.

Was habe ich mir bloß gedacht?

»Nein, ich bin wegen euch hier«, sage ich schnell und setze meine ganze Willenskraft dafür ein, nicht vor ihm zurückzuweichen. »Wegen einem Bestimmten von euch. Ich … ich kenne seinen Namen nicht.«

Direkt vor mir bleibt er stehen. Ich rieche seinen Duft. Seine Nähe erschlägt mich. Sein Blick treibt mir die Hitze in die Wangen. Wieso hat er nur eine solche Anziehung auf mich?

»Natürlich kennst du ihn nicht«, sagt er leise und sieht mich weiter an. »Wer von uns?«, will er wissen.

»Der mit den braunen langen Haaren«, flüstere ich.

Er schnaubt. Eine erste Regung, die ich Mr. Eisskulptur entlocken konnte. »K also. Wer hätte das gedacht? Du wartest hier.«

Er dreht sich plötzlich um und öffnet die Tür.

Und ich – warte hier?

6.

Fegefeuer

Kilian

Samstagnacht

»Ich habe eine Überraschung für dich.«

Irgendwie ist dieser Satz aus Mace' Mund Unheil verkündend.

»Ich habe mich hier unten blendend amüsiert, du musst mich nicht nach oben zu einer eurer Orgien schleppen.« Kaum habe ich das Wort über die Lippen gebracht, bereue ich es. Ich sehe, wie auch Mace kurz zusammenzuckt.

»Ich meine nur, der Abend ist noch jung. Wir können uns später eine aussuchen. Oder?«, versuche ich, die Stimmung zu entschärfen.

Mace führt mich zu einer geschlossenen Tür, ohne auf mich einzugehen. Ich kann erraten, was sich dahinter befindet. Eine unbestimmte Anzahl an nackten Frauen. Wenn ich Glück habe, sind es weniger als drei. Doch als die Tür aufschwingt, ist es wie ein Faustschlag ins Gesicht, als ich *sie* sehe. Angezogen. Gott sei Dank.

Doch nach dem ersten Schock breitet sich das ›Wieso‹ in meiner Brust aus. Es schlägt seine Klauen in mein Herz. Wieso ist sie hier? Ausgerechnet sie.

Sie kann sich unmöglich an dich erinnern. Sie kann sich nicht erinnern. Sie -

»Klaus, das ist Veronica. Veronica, das ist Klaus. Es ist mir ein Vergnügen, euch einander vorzustellen. Du musst wissen, mein Freund hier hatte schon lange keinen Spaß mehr mit Frauen.«

Wie bitte? Was zur Hölle geht hier vor? Ihren Namen in Mace′ amerikanischer Aussprache zu hören, verwirrt mich fast genauso stark wie der Name *Klaus*. Das ist nicht mein Deckname, den wir für gewöhnlich verwenden.

»Was soll das?«, knurre ich.

Mace grinst mich an. »Du wirst heute mal wieder Spaß haben. Sie hat behauptet, sie vögelt mit dir.«

Es kostet mich alles an Überwindung, meine Gesichtszüge unter Kontrolle zu behalten und die mir vertraute Blondine nicht total verstört anzuglotzen.

»Sie hat *was*?«, frage ich, als hätte ich mich lediglich verhört. Ich muss mich verhört haben oder Mace macht wieder geschmacklose Witze. Denn dieses Mädchen kann mich nicht kennen. Sie darf sich nicht erinnern. Und schon gar nicht darf sie sich wünschen, Sex mit mir zu haben.

»Sie ist ein Groupie von dir.« Mace läuft zum dunkelroten Sofa, das an der Wand steht, uns setzt sich, als wäre das hier das normalste Gespräch der Welt.

Ich schaue Veronika an, die mitten im Raum steht und so deplatziert und verloren wirkt, dass ich am liebsten das tun würde, was ich auch die vergangenen Nächte mit ihr getan habe: sie nach Hause zu bringen.

Im Vergleich zu unseren nächtlichen Begegnungen sind ihre Wangen nun gerötet, ihre grau-blauen Augen glänzen – und sie ist natürlich komplett aufgestylt. Nicht ganz so aufreizend, wie die meisten unserer weiblichen Gäste, aber doch so, dass sie eine bestimmte Wirkung mit ihrem knappen Outfit erzielen wollte. Während jeder auf der Party sie nun mit Mascara und Lippenstift, mit Schmuck und in diesem knappen Kleid sieht, weiß ich, wie sie ungeschminkt aussieht, wie sie aussieht, wenn ihre Haare ihr wirr in die Stirn fallen, wenn ihre Figur in einem schlabbrigen übergroßen T-Shirt versteckt wird und das Make-up nicht ihre Sommersprossen verdeckt.

Ich frage mich, ob es seltsam ist, dass ich sie ungestylt schöner finde als jetzt. Sie sieht dann unschuldiger aus. Meine innere Dunkelheit verzehrt sich nach Unschuld.

»Dein Freund hat Recht. Ich bin wegen dir hier«, sagt sie und durchbricht meine wirren Gedanken. Sie errötet noch stärker, also mache ich sie entweder verlegen oder die Situation ist ihr furchtbar unangenehm.

Verwirrt schaue ich von ihr zu Mace. Ich bin immer noch nicht in der Lage zu begreifen, warum sie überhaupt auf unserer Party ist. Wer hat sie eingeladen? Kennt Mace sie? Weiß Mace, dass ich seit über einer Woche jede Nacht mit ihr verbringe? Hat er mir nachspioniert und will es mir nun unter die Nase reiben?

»Muss ich gehen oder darf ich zugucken?«, fragt er in seiner typischen überheblichen Manier. Sein rechter Mundwinkel hebt sich einen Millimeter zu einem schiefen, herausfordernden Grinsen, während er das Mädchen anguckt und auf ihre Antwort wartet. Fehlt nur noch, dass er sich Popcorn holt.

»Race, kann ich dich kurz sprechen?«, frage ich mit gepresster Stimme.

Er breitet gespielt theatralisch die Arme aus. »Was? Sie ist extra hergekommen, um von dir gevögelt zu werden! Du willst doch jetzt nicht kneifen!«

Ich bezweifle, dass sie deshalb hergekommen ist.

Für eine Sekunde schließe ich die Augen. »Entschuldige«, sage ich an Veronika gewandt. Dann gehe ich zu Mace hinüber, packe ihn am Arm und zerre ihn von der Couch. »Setz dich bitte, ich komme gleich«, sage ich zu ihr, was sie eigentlich beruhigen sollte, doch stattdessen gleicht ihr

Gesicht einer rot leuchtenden Ampel. *Super, Kilian. Jetzt denkt sie, du wirst dich gleich über sie hermachen.*

Um es nicht noch schlimmer zu machen, schleife ich Mace ohne ein weiteres Wort gewaltsam aus dem Zimmer und schließe die Tür hinter uns.

»Klaus? Seit wann heiße ich Klaus?«, fahre ich ihn an.

»Es musste ein Name mit K sein. Ich hatte dich in ihrer Gegenwart ausversehen K genannt«, erwidert er unbeeindruckt und entreißt mir seinen Arm.

»Und da ist dir kein anderer Name eingefallen als Klaus?«

»Würdest du jetzt lieber Kevin heißen?«

Ich atme tief durch. Der Name ist mein geringstes Problem. Dass das Mädchen, welches ich Nacht für Nacht behütete wie meinen Augapfel, auf einer unserer Partys ist – *das* ist mein Problem. Sie gehört hier nicht hin und keiner wird sie anrühren. Niemand aus meinem Rudel und auch keiner der anderen Gäste. Doch wie kann ich Mace das beibringen, ohne zu riskieren, dass sie sein Interesse weckt?

Noch ist sie nur ein Mädchen unter vielen. Dass er in der Bar bereits auf sie aufmerksam wurde, weil sie uns fotografierte, ist schlimm genug – wenn er weiß, dass ich meine Nächte mit ihr verbringe, ohne sie zu berühren, wäre das allerdings schlimmer.

»Hast du sie eingeladen?«, will ich wissen.

Er schüttelt den Kopf. »Hat sich angeblich auf eigene Faust die Einladung eines Freundes geholt, um dich hier zu treffen.«

Hoffentlich ist das eine Lüge. Es muss eine Lüge sein. Ansonsten würde es bedeuten, dass sie sich erinnert …

»Also willst du sie nun vernaschen oder-?«

»Findest du nicht, wir sollten lieber herausfinden, wieso sie uns nachspioniert?«, unterbreche ich ihn.

Damit erziele ich die gewünschte Wirkung und seine Stimmung bekommt einen Dämpfer.

»Also denkst du auch nicht, dass es Zufall ist, dass sie heute hier ist.« Mace schaut hinunter auf seine zu Fäusten geballten Hände und lässt seine Knöchel knacken.

»Wir sollten dem zumindest auf den Grund gehen«, gebe ich widerwillig zu.

»Gut, wenn du sie vorher nicht vernaschen willst, kannst du die anderen holen gehen. Ich werde herausfinden, was sie über uns weiß.«

»Nein, ich komme mit.« Das Letzte, was ich will, ist, sie mit ihm allein zu lassen. Ich habe gesehen, wie er sie angesehen hat. Sie gefällt ihm. Sie passt zwar nicht in sein Beuteschema der letzten zwei Jahre, doch sie sieht *ihr* viel zu ähnlich.

Mace' schlammgrüne Augen durchbohren mich. Ich bin normalerweise nicht der, der Widerworte gibt. Obwohl ich älter als Mace bin, habe ich ihn die letzten Jahre machen lassen, Entscheidungen fällen lassen, sich wie das Alphatier aufführen lassen. Dass ich jetzt Nein sage, gefällt ihm nicht. Ich wäge ab, ob dieses Mädchen einen Streit wert ist, ob sie es wert ist, dass sich die Macht in unserem Rudel verschiebt.

»Schon gut, ich hole die anderen. Mach keinen Mist«, warne ich ihn. Einen Streit zu provozieren, wäre jetzt der falsche Weg. Ich muss mich unauffällig verhalten.

»Ich werde sie nicht anfassen«, verspricht Mace augenrollend und ich nicke ihm zu, bevor er die Tür zum Zimmer wieder aufstößt.

Ihn da reingehen zu sehen, fühlt sich an, als würde mein Körper Feuer fangen. Ohne, dass ich es zugeben will, weiß ich, dass ich Angst habe.

Lio und Raphael zu finden, dauert länger, als ich gedacht hätte. Ein paar der Zimmertüren sind verschlossen und nachdem ich alle offenen Zimmer in diesem Haus abgesucht habe, beginne ich, die geschlossenen Türen einzutreten.

Wumm.

Die Frauen in dem Zimmer schreien auf. Mein Blick huscht unbeeindruckt über die nackte Haut, über Ärsche und Brüste, zu den Männern – doch es sind nicht meine Brüder.

»Lasst euch nicht stören«, sage ich und gehe mit großen Schritten zum nächsten Zimmer. Die Zeit rinnt durch meine Finger. Ich weiß einfach, dass in dem Raum mit Mace und Veronika gerade nichts Gutes passiert. Ich habe es im Gefühl. Aber ich durfte Mace nicht zeigen, dass dieses Mädchen mir wichtig ist. Es gibt keinen rationalen Grund dafür, dass sie mir nicht egal sein kann.

Kurz bevor ich vor der nächsten Tür stehe, stellt sich mir ein Mann in den Weg. Mein Herz braucht ein paar Schläge, um zu realisieren, wer sich vor mir befindet. Danach bleibt es stehen, für ein, zwei, drei Sekunden.

»Was willst du hier? Sind im Süden die Partys nicht mehr so gut?«, frage ich und ärgere mich über den gebrochenen Tonfall in meiner Stimme.

»Eure sind einfach legendär«, sagt Sebastian und beugt sich zu mir heran. »Wie geht es dir?«

»Besser, wenn du mich in Ruhe lässt«, zische ich, doch ich weiche nicht vor ihm zurück. Die Genugtuung werde ich ihm nicht geben.

Sebastians blaue Augen erkunden mein Gesicht. Er ist mir so nah, dass ich die leichten Sommersprossen unter seinen Augen und auf seinem Nasenrücken sehen kann, obwohl sonst niemand sagen würde, dass er überhaupt Sommersprossen hat. Mir fallen sie auf.

»Wissen deine Brüder mittlerweile, wieso du so selten mit ihnen Frauen abschleppst? Oder denken sie immer noch, du bist einfach nur vernünftig?« Er grinst.

»Geh mir aus dem Weg!« Ich schubse ihn zur Seite und rüttele an der Türklinke rechts von mir. »Aufmachen oder ich trete die Tür ein!«, rufe ich diesmal als Vorwarnung. Alle Türen in diesem Haus zu demolieren, würde vermutlich den Ruf unserer Veranstaltungen enorm schmälern.

»Wieso so aggressiv? Lange keine Energie mehr getankt?«, erklingt Sebastians raue Stimme an meinem linken Ohr. Er ist also immer noch nicht abgehauen. Wunderbar.

Ich fahre zu ihm herum und pralle direkt gegen ihn, so dicht stand er hinter mir. Unsere Nasenspitzen trennen nur Millimeter. »Richtig. Ich habe schon seit Wochen nichts mehr zu mir genommen. Ich bin also leicht reizbar. Entweder du lässt mich in Ruhe oder –«

Weiter komme ich nicht, weil er seine Lippen auf meine drückt. Ich verstumme schlagartig und gemeinsam mit meiner Stimme verstummt auch die Musik um mich herum. Als wäre ich von einem Moment auf den anderen taub geworden. Stumm. Und atemlos.

Die Überraschung gepaart mit seiner Nähe bringen mein Herz zum Rasen. Es dauert nur Bruchstücke einer Sekunde, bis der Dämon in mir erwacht und seine Hände nach ihm ausstreckt. Nur Bruchstücke eines Herzschlags, bis sein Dämon dasselbe tut und nach mir greift.

Zum Glück schaltet sich mein Verstand schnell genug ein. Ich stoße ihn von mir und sehe mich um. Die kalte Leere, die mich umgibt, sobald er mich loslässt, ignoriere ich.

»Paranoid. Wie immer schon«, kommentiert Sebastian. Seine Stimme klingt ein klein wenig atemlos, was mir eine seltsame Art von Genugtuung verschafft. Die Gewissheit, dass nicht nur mein Herzschlag in die Höhe geschossen ist.

»Nein. Nur vorsichtig«, sage ich. Das, was wir hier tun, das, was er und ich schon seit einigen Monaten immer mal wieder tun, ist gegen unsere Natur. Anstatt von Menschen ernähren wir uns voneinander, saugen uns gegenseitig aus. Unser krankes, schmutziges Geheimnis.

»Dann lass uns ein Zimmer suchen, in dem wir ungestört sind.«

Ich schüttele den Kopf, auch wenn meine Brust sich vor Sehnsucht zusammenzieht. Die Sehnsucht nach ihm – und nicht nur nach Energie. Genau das ist das Problem. »Ich kann nicht. Ich muss was erledigen.«

Und damit trete ich die Tür ein, vor der wir stehen.

Wieder schreit eine Frau.

»Kilian, du Spaßverderber!«, ruft Rapha. »Du kleiner, mieser Randale!« Sein Lachen schallt durch den Raum und ich verdrehe die Augen. Erleichterung flutet meine Brust, als ich meine zwei Brüder auf dem Bett neben einer schwarzhaarigen Schönheit entdecke.

»Zieht euch an, ich brauche euch.« Zum Glück ist Lio gleich mit von der Partie. Ich gucke weg, während die beiden sich anziehen und ihr Spielzeug vertrösten.

»Seb, du solltest gehen«, sage ich, weil er immer noch neben mir steht.

»Okay. Ich habe verstanden«, sagt er kühl. Zu kühl.

Sein plötzlich harter Tonfall lässt mich kaum merklich zusammenzucken, doch es ist besser so. Ich schaue ihm nicht einmal nach, als er geht, obwohl alles in mir sich danach verzehrt.

Meine persönliche Hölle findet ihren Höhepunkt, als wir auf das Zimmer zusteuern, in dem sich Veronika befindet, und Mace genau in diesem Moment aus der Tür tritt. An seiner Miene kann ich bereits ablesen, dass wir am Arsch sind.

»Was ist passiert?«, frage ich.

»Da seid ihr ja endlich.« Mace fährt sich mit der Hand übers Gesicht. Ein äußerst schlechtes Zeichen. Er ist sonst durch nichts aus der Ruhe zu bringen. Was könnte in den letzten fünfzehn Minuten nur vorgefallen sein? Ich will es mir gar nicht ausmalen. Mace sollte jetzt anfangen zu reden, bevor ich mich vergesse, ihn am Kragen packe und die Antwort aus ihm herausschüttele.

»Ihre Tante ist Polizistin.«

»Was?« Lio sieht aus, als würde er gleich einen Herzinfarkt bekommen. »Kriegen wir jetzt Ärger mit der Polizei?«

»Sie hat es zwar nicht zugegeben, aber ihre Fragen lassen vermuten, dass sie uns für Vergewaltiger hält.«

»Was ja auch gewisser Maßen stimmt«, gebe ich zähneknirschend von mir.

»Wir müssen sie vergessen lassen«, sagt Mace. Seine Worte treffen mich unvorbereitet. Während ich noch damit ringe, was das zu bedeuten hat, nickt Rapha.

»Lass mich das machen.«

Er will sich an Mace vorbei zum Zimmer drängen, doch ich halte ihn am Arm fest.

»Wie viel willst du sie vergessen lassen?« Mein Blick liegt auf Mace. Sein kantiges Gesicht wirkt ernster als sonst. Doch hinter seiner aufgesetzten Gleichgültigkeit sehe ich es in seinen Augen brennen. Dort flammt der Rest seiner Gefühle. Jeder von uns hat sein eigenes Fegefeuer im Inneren. Und jetzt gerade sehe ich seins.

»Unser Gespräch, den heutigen Abend, dieses Haus, die Einladung, den Abend im Moe's, als sie uns fotografiert hat. *Alles.*«

Eine Gänsehaut breitet sich auf meinen Armen aus und kriecht über meinen Nacken. Um sie so viel vergessen zu lassen, muss sie unserem Rausch erliegen, und selbst dann werden unsere Gesichter sie noch in ihren Träumen verfolgen.

Ich schüttele den Kopf. »Das ist zu gefährlich.«

Mace schnaubt. »Was willst du sonst machen? Mit ihr reden? Ihr erklären, was wir sind? Ich habe mich so verdächtig aufgeführt, dass wenn sie die Bullen nicht jetzt schon gerufen hat, sie die Cops spätestens morgen früh auf uns hetzen wird.«

»Du Idiot!«, zische ich und unterdrücke den Drang, ihn gegen die Wand zu stoßen. Stattdessen schließe ich die Augen und massiere meine Schläfen. Wie konnte es nur so weit kommen? Dass Mace mir wieder Kopfzerbrechen bereitet, ist so typisch. Ich hätte ihn nie mit Veronika allein lassen dürfen.

»Lass uns da endlich rein!«, ruft Rapha und versucht seinen Arm zu entreißen, den ich noch immer umklammert halte.

»Ich muss nachdenken!«, brülle ich zurück. Dass Veronika uns und diese Party hier vergisst, ist das Beste für sie und für uns. Falls ihre Tante wirklich Polizistin ist und Veronika einen Verdacht hegt ... wir dürfen in dieser Stadt nicht auffallen. Unser Geheimnis zu hüten, ist wichtiger, als der irrationale Wunsch, sie von den Händen meiner Brüder fernzuhalten.

»Okay, lasst uns das Problem beheben«, gebe ich nach. Ich weiß, dass es keine andere Lösung gibt, egal wie lange ich darüber nachdenken würde.

Als ich die Augen öffne, grinst Raphael mich lüstern an. »Wie in alten Zeiten.«

Wie in alten Zeiten …

Wenn ich vor zehn Minuten noch gedacht hätte, den Höhepunkt meines Höllenszenarios bereits erreicht zu haben, so habe ich mich geirrt.

»Sie hat keinen Puls mehr!«

Der Satz zerreißt meinen Schädel wie eine Kugel.

Mein Kopf schießt herum. Ich habe mir das Ganze nicht mitansehen können, zu sehr schmerzte es mich, beobachten zu müssen, wie die Unschuld, die sie umgab, von ihnen befleckt wird, doch nun hat mein Rudel meine Aufmerksamkeit wiedererlangt. Sie eingefordert, als hätte jemand einen Schuss abgegeben.

»Wie, sie hat keinen Puls mehr?«, brülle ich und stürme auf meine Brüder zu. Mace hält die zusammengesunkene Veronika im Arm. Ihr Lippenstift ist verschmiert, ihre Lider geschlossen.

Raphael packt seinen Schwanz wieder ein und schließt den Reißverschluss seiner Hose.

Alles Blut schießt in meinen Kopf. »Was habt ihr getan?! Ihr solltet mit ihr rummachen und sie nicht direkt vögeln!«

Ich entreiße Mace die bewusstlose Blondine und lege sie auf den Boden. Mit meinen Händen taste ich nach ihrem Puls, doch ich spüre keinen. Mein Blickfeld wird von schwarzen Punkten getrübt.

»Wir haben nichts gemacht! Wir haben gerade erst angefangen!«, verteidigt sich Raphael – was bei ihm mehr nach einer Beschwerde klingt.

Ich neige mein Gesicht über Veronikas und schließe die Augen. Mit all meinen Sinnen versuche ich auszumachen, ob sie atmet, aber sie atmet nicht. Scheiße, sie atmet tatsächlich nicht!

»Das kann doch nicht wahr sein«, murmle ich und ringe selbst nach Luft. Ich habe das Gefühl zu ersticken.

»Was?« Raphael lacht auf einmal laut auf. »Uns ist schon seit Jahren niemand mehr weggestorben und ausgerechnet die Cop-Tussi kratzt ab?«

»Das ist Teil unseres Fluchs. Es kann jeden treffen. Jederzeit.« Mace' Stimme hört sich weit weit weg an.

Ich richte mich wieder auf und sehe zu ihm hoch, sehe in seinem Gesicht, dass der Schock ihn genauso lähmt wie mich.

Raphael hingegen hört nicht auf zu lachen. »Sie ist tot. Sie ist tot, Mann, dabei haben wir sie nicht einmal nackt gesehen!«

»Fuck, was machen wir jetzt?« Lio fährt sich mit beiden Händen durch sein braunes Haar. Sein Gesicht ist leichenblass. Im Gegensatz zu uns anderen ist das hier sein erstes Todesopfer. »Sie ist nicht wirklich tot, oder? Ich habe sie nur geküsst. Es war doch nur ein Kuss.« Seine zitternden Hände schlagen sich über seinem Mund zusammen und ihm entweicht ein Wimmern.

Ich weiß nicht, was ich tun soll. Mein Rudel sollte mir wichtiger sein als das Leben dieses fremden Mädchens. Und doch fühle ich mich, als sollte *ich* jetzt tot auf diesem Boden liegen. Als würde jeder von uns es mehr verdienen als sie.

»Vielleicht wacht sie wieder auf.« Mace kniet sich zu mir auf den Holzboden.

Ich nicke. Eine Ohnmacht ist das häufigste Resultat bei unseren Opfern. Sie sacken bewusstlos zusammen, wenn wir zu viel ihrer Lebensenergie rauben. Aber wenn man ohnmächtig ist, hat man trotzdem einen Herzschlag. Und man atmet.

»Nun, zumindest sind jetzt alle satt.« Raphael lacht. »Außer Kilian natürlich.«

Sein hysterisches Gelächter verursacht ein dumpfes Pochen in meinem Schädel. Das alles ist zu viel. Dass ich zugelassen habe, dass sie sie anfassen und küssen. Dass ich das Risiko eingegangen bin, ihr Leben zu beenden. Ich will hier weg, doch als ich zu Mace blicke, weiß ich, dass ich nicht weg kann. Er braucht mich hier. Mein Rudel braucht mich.

»Wir halten uns an unsere Regeln«, murmele ich und meine Brust hebt und senkt sich jetzt wieder langsamer. Ich habe es unter Kontrolle. »Wenn jemand stirbt, verhalten wir uns professionell. Wir drehen nicht durch.« Ich ersteche Rapha dabei mit meinen Blicken. Wenn er sich nicht auf der Stelle zusammenreißt, haben wir gleich ein größeres Problem als die Leiche dieses unschuldigen Mädchens. »Wir wissen, wie das geht.« Dabei vermeide ich es, Mace ins Gesicht zu blicken. Und auch *sie* kann ich nicht noch einmal ansehen. Die Schuldgefühle und das Mitgefühl müssen warten, auch wenn die Emotionen bereits auf die Barrikaden meines Herzens steigen.

Dämonen wie wir dürfen keinen Verlust empfinden.

Mitleid und Schuld sind hier fehl am Platz.

Zwei Stunden später beobachten wir, wie ihr Auto im Fluss versinkt. Wie das Metall unter die Wasseroberfläche gezogen wird und nach ein paar Luftbläschen alles still ist. Alles wie immer ist.

Als hätte Veronika nie existiert. Als hätten wir dieses Mädchen nie gekannt, das das Pech hatte, uns über den Weg zu laufen.

So ist es mit allen Menschen, die unseren Weg kreuzen. Wir vernichten sie auf die ein oder andere Weise immer.

7.

Die ernstzunehmende Möglichkeit, dass Zombies existieren

Mace

»Was?«

Sie ist verwirrt, dass wir nun zu viert ins Zimmer kommen, vielleicht auch ein wenig eingeschüchtert. Statt auf mich heftet sich ihr Blick auf Kilian, als würde sie wissen, dass er der Vernünftigste von uns ist – oder als wäre er tatsächlich das Ziel ihres Begehrens.

Für einen kurzen Augenblick hat sie mich aus dem Konzept gebracht, denn ich verpasse den Moment, in dem ich die Zügel übernehmen sollte.

Statt mir nimmt Rapha diesen Part ein. Er geht vor – sie weicht zurück. Wir folgen.

»Was wollt ihr?«, fragt sie. Ihre Augen weit aufgerissen. Sie ahnt bereits, was wir wollen.

Keine Sorge, es wird nicht wehtun.

»Dich«, sagt Rapha und hebt die Hand, um ihr eine blonde Strähne hinters Ohr zu streichen. Sie schlägt die Hand weg. Ihr Rücken prallt

gegen die Wand – es gibt keinen Platz mehr, um weiter zurückzuweichen. Er hat sie in die Ecke gedrängt.

Dieses Mal streckt Rapha die Hand nicht aus, um ihr zart das Haar wegzustreichen, sondern um es zu packen und nach hinten zu zerren, sodass sie ihren Kopf in den Nacken legen muss. Bevor sie einen Laut von sich geben kann, drückt er seine Lippen auf ihre.

Ich hole tief Luft. Ich weiß nicht, warum ich mich so zurückhalte, warum ich zögere. Zögern gehört nicht zu unserer Natur. Für eine Sekunde schließe ich die Augen, bewege meinen Kopf nach links und rechts, um meine Muskeln zu entspannen und besinne mich auf meine natürlichsten Triebe.

Da wir ein zivilisiertes Rudel sind, jagen wir nicht oft und auch nicht in der Form, in der unsere Vorfahren gejagt haben. Ich sollte also jede Gelegenheit dankbar aufsaugen, sie in vollen Zügen genießen.

Als ich die Augen wieder öffne, übernehme ich die Führung. Ich reiße das Mädchen aus Raphas Händen und sehe ihr tief in die Augen, bevor ich sie ebenfalls küsse. Sie rührt sich nicht, als meine Lippen, die ihren berühren. Sie wehrt sich nicht. Sie steht einfach nur da, als würde der Schock sie lähmen. Sprachlos. Machtlos.

Verdammt, ich kann meine Gedanken nicht abschalten. Ich versuche, mich auf etwas anderes zu konzentrieren, auf das Gefühl, sie zu halten, auf das Gefühl ihrer Lippen, aber ich kann nicht. Ich lasse von ihr ab und nicke stattdessen Lio zu. Er muss ohnehin mehr praktische Erfahrungen sammeln. Rapha hat sich seiner Lust bereits hingegeben, seine Iriden strahlen golden, während er das Szenario beobachtet und sich die Lippen leckt.

Sein persönlicher live Porno. Er zieht den Reißverschluss seiner Hose auf und berührt sich selbst.

Ich wende meinen Blick ab und suche zum ersten Mal nach Kilian. Erst jetzt fällt mir auf, dass er nicht mitmacht. Er steht mit dem Rücken zu uns, als könne er das Ganze nicht mitansehen. Zum ersten Mal kann ein Teil von mir ihn verstehen.

Doch dieser Teil ist winzig.

16 Stunden später
Sonntagnachmittag

»Mace? Ist alles okay?«

»Mir geht es gut. Hör auf, dich wie meine Mutter aufzuführen!«

Ich schmeiße die Tür hinter mir zu und stürme die Treppen hinunter. Draußen entriegele ich meinen Wagen, werfe meine Sporttasche auf die Rückbank und setze mich hinters Steuer.

Wie gebannt starre ich auf die Windschutzscheibe, ohne die Welt dahinter wahrzunehmen oder mich zu rühren. Ich atme tief durch, um die Wut auf Kilian in die hinterste Ecke meines Körpers zu verbannen.

Mir geht es gut! Wieso sollte es auch nicht? Seine besorgten Blicke den ganzen Tag über rauben mir den letzten Nerv. Ich habe nicht einmal für meine Prüfungen lernen können. Ja, wegen seinen Blicken geht es mir nicht gut. Er versaut mir die Stimmung. Er versaut uns allen die Stimmung mit seiner melancholischen Fresse. Als wäre jemand gestorben, der uns wichtig wäre! Pah!

Sie ist – *war* – ein Niemand. Ein Niemand, der zu viel in unserem Dreck gewühlt hat. Ich würde sogar sagen, sie hat es nicht anders verdient. Wer seine Nase in unsere Angelegenheiten steckt, der verreckt halt.

Ich drehe den Schlüssel um und starte den Motor. Ein paar Bahnen im eiskalten Wasser sind jetzt genau das, was ich brauche, um wieder runterzukommen.

Der Tod des Mädchens juckt mich nicht, aber dass unsere Party auf diese Weise geendet hat, hinterlässt einen bitteren Nachgeschmack. Wir haben sie schließlich monatelang geplant, einige unserer Freunde sind über 300 km gefahren, um dabei sein zu können. Und unser Höhepunkt sollte dieses blonde Mädchen mit den großen Kulleraugen und der Stupsnase gewesen sein? Ein paar vereinzelte Küsse von uns und sie sackte einfach leblos in meinen Armen zusammen … Ich kneife mir in den Nasenrücken und konzentriere mich wieder auf den Straßenverkehr.

An sie zu denken, ist das Letzte, was ich momentan gebrauchen kann.

Ich muss unbedingt wieder eine flachlegen, ohne Angst zu haben, dass sie krepiert. Das ist es! Meine Miene hellt sich auf. Unser Pech hält sich in Grenzen, wie wahrscheinlich wäre es also, dass ich heute noch jemanden umbringe? Dass zwei Tage hintereinander jemand stirbt … das ist noch nie vorgefallen. Das ist so unwahrscheinlich, dass ich tatsächlich zu grinsen beginne. Ich fühle mich, als hätte ich durch Veronicas Tod nun einen Freifahrtschein gewonnen.

Ich sollte Rapha fragen, ob er nach dem Schwimmen mit mir in einen Club geht.

Oder nein, wieso so lange warten?

Im Hallenbad angekommen bezahle ich für eine Stunde und ziehe mich dann in einer Umkleidekabine um. Als ich die Tür öffne, sehe ich ein junges Mädel in einem knappen roten Bikini, das gerade ihre Sachen im Spind verstaut.

Das Schicksal scheint auf meiner Seite zu sein.

Ich trete nur mit meiner Badeshorts bekleidet neben sie und lege meine Kleidung in den Spind neben ihrem. Als sie einen kurzen Seitenblick zu mir riskiert, ziehe ich einen Mundwinkel nach oben und erwidere offen ihren Blick.

Sofort färben sich ihre Wangen rosa.

»Du bist hübsch«, sage ich, ohne Zeit zu verlieren. Ernst gemeinte Komplimente kommen mir normalerweise nur schwer über die Lippen, aber ich will dieses Mädchen nicht mit einer vulgären Anmache vergraulen. Heute will ich alles richtig machen. Sie entspricht meinem Typ, ein kurvenreicher gebräunter Körper und dunkle Haare. Ihre mandelförmigen braunen Augen strahlen mich an. *Das komplette Gegenteil von Veronica.* Dass sie nicht verlegen auf den Boden schaut, sondern sich über das Kompliment zu freuen scheint, werte ich als gutes Zeichen.

»Wie heißt du?«, will ich wissen, schließe meinen Spind und lehne mich mit der Schulter dagegen. Mir entgeht nicht, wie sie meinen Körper mustert und dabei den Bildern auf meiner Haut folgt. Ich mag es nicht, wenn man mich betrachtet wie ein Kunstwerk, aber ich sage nichts dazu und warte geduldig auf ihre Antwort.

»Valeria.« Ihr Blick kommt wieder oben in meinem Gesicht an. *Shit. Der Name ist zu ähnlich.*

»Hast du einen Freund, Valeria?« Ich werde jetzt deshalb keinen Rückzieher machen. Sobald Valeria nackt sein wird, werde ich die Bilder von Stupsnase schon aus meinem Kopf bekommen.

Mittlerweile weiß Valeria, worauf ich hinauswill, denn sie grinst anzüglich, als sie den Kopf schüttelt. Manchmal würde ich zu gern wissen, ob von unserer dämonischen Existenz wirklich eine übersinnliche Anziehungskraft ausgeht, die es uns leichter macht, oder ob ich den Frauen genauso gefallen würde, wenn ich ein stinknormaler Mensch wäre.

Ich schaue mich nach links und rechts um, dann greife ich ihr Handgelenk und ziehe sie zu mir heran. Ihr halbnackter Körper prallt gegen meinen und ich spüre ihre weiche warme Haut an meiner. Meine Lippen senken sich auf ihren Mund, während ich mit den Händen ihren runden, festen Hintern greife.

Perfekt.

Das Gefühl, einen weiblichen warmen Körper an meiner nackten Brust zu spüren, ist so lange her, dass mir unwillkürlich ein Stöhnen entweicht.

Scheiß Regeln. Dank den Gesetzen unseres Rudels habe ich schon lange keine Zweisamkeit mehr genossen. Dass wir hier vollkommen allein auf dem Gang stehen, dass niemand kommen wird, dass wir uns nicht verstecken müssen und dass ich mich einfach wie ein normaler Anfang

Zwanzigjähriger fühlen kann, der im Hallenbad eine hübsche Frau kennengelernt hat - das alles berauscht mich. Ich fühle mich, als wäre ich high.

Während Valeria unseren Kuss vertieft und mit ihrer Zunge an meiner spielt, wird meine Hose bedeutend enger. Ich will mehr. Ich brauche mehr.

Da alles Blut in meinen Schwanz fließt, kann ich kaum noch klar denken. Weil alles Weitere ein bisschen mehr nackte Haut erfordert, ziehe ich Valeria kurzerhand in die Umkleidekabine zurück, die ich vor zwei Minuten noch verlassen habe, und verriegele die Tür.

Nur sie und ich. Allein.

»Gott ist das heiß«, murmelt Valeria gegen meine Lippen. »Zum Glück hab' ich letzten Monat wieder mit der Pille angefangen.«

Ich kann ihr nur zustimmen. Meine Finger ziehen an den Schnüren ihres Bikinihöschens und der Stofffetzen landet auf den grauen Fliesen.

»Du hast es echt eilig.« Ich spüre ihr Lächeln. Also scheint sie nicht so viel gegen mein schnelles Tempo zu haben. »Das glaubt Kim mir nie, wenn ich ihr das erzähle.«

Okay, sie redet zu viel. »Sei still.« Um sicherzugehen, dass sie ab jetzt die Klappe hält, halte ich ihr mit einer Hand den Mund zu und küsse ihren Hals. *Du wirst deiner Freundin ohnehin nichts erzählen können, wenn ich mit dir fertig bin.* Mit der anderen Hand gleite ich zwischen ihre Beine. Ihr Stöhnen gegen meine Hand entfacht endlich den Energiefluss. Meine Lippen pressen sich gegen ihre erhitzte Haut und der letzte Rest meines Verstandes verabschiedet sich. Zurück bleibt nackte, unstillbare Gier.

Das kalte Wasser der Dusche tut meinem erhitzten Körper gut. Meine Muskeln entspannen sich und mit ihnen auch meine wirren Gedanken. Das Wasser spült sie einfach fort wie den Schweiß meines Körpers. Es ist mir ohnehin ein Rätsel, wie ich nach diesem Sex noch an Veronica denken kann. Wieso ich, wenn ich die Augen schließe, *immer noch* ihr Gesicht sehe anstatt Valerias.

Ich sehne mich zurück in die Umkleidekabine, denn dort habe ich für zehn Minuten tatsächlich alles vergessen können.

»Meine Tante ist Polizistin. Sie weiß, dass ich hier bin. Wenn ihr mir also etwas tut –« Veronicas blau-graue Augen sind weit aufgerissen. Sie hat Angst. Vor mir.

»Was sollte ich dir denn tun?«, frage ich.

»Ich ... ich weiß nicht.« Sie weicht immer weiter vor mir zurück, bis sie gegen die Wand hinter sich stößt. Ihre Reaktion verursacht ein Ziehen in meiner Magengegend. Sie so in die Ecke zu treiben, macht mich mehr an, als es sollte.

Im Gegensatz zu den meisten Frauen scheint sie nicht von mir berührt werden zu wollen. Findet sie mich nicht attraktiv? Nicht anziehend?

»Du hast Fragen an uns, richtig?«

Sie nickt. Ihr Blick heftet sich auf meine Lippen und ich frage mich, was sie denkt. Was siehst du, wenn du mich ansiehst?

»Dann stell sie doch.«

Zu meiner Überraschung spricht sie wieder vom Moe's. »Ihr seid öfter dort, oder?«, fragt sie.

»Ab und zu.«

»Ich habe dich Donnerstag vor einer Woche gesehen.«

»Und?«

»Hast du an dem Abend ein Mädchen namens Marie gesehen? Lange braune Haare. Ungefähr in meinem Alter.«

Dass sie den Namen erwähnt, den ich schon beinahe vergessen habe, bringt mich aus dem Konzept. Hoffentlich sieht sie mir die Überraschung nicht an.

»Nein, nicht, dass ich wüsste«, lüge ich. Und das Ziehen in meinem Bauch verwandelt sich in etwas anderes. Das Knistern zwischen uns ist einer Ahnung gewichen. Ich glaube, ich weiß nun, warum sie hier ist ...

Ich kraule mit einer solchen Kraft durch das Wasser, als wäre ein weißer Hai hinter mir her. Man sollte meinen, dass mich die schnelle unkomplizierte Nummer in der Kabine ausgelaugt hätte, doch mein Körper ist aus irgendeinem Grund immer noch auf hundertachtzig. Mir gelingt es einfach nicht, mich zu entspannen.

Ich hätte Valeria nach ihrer Handynummer fragen sollen.

Ich schwimme zum Beckenrand und ziehe mich hoch. In dem Moment sehe ich sie. Vor Schreck geben meine Finger nach und ich falle mit einem Planschen zurück ins Wasser. Für eine Sekunde bin ich wie erstarrt, dann kämpfe ich mich hoch an die Wasseroberfläche und schaue mich nach ihr um. Mein Herz rast, als hätte ich einen Geist gesehen. Und das habe ich gewissermaßen ja auch.

Da sie an mir vorbeigegangen ist, sehe ich sie jetzt nur von hinten. Schnell ziehe ich mich aus dem Becken und renne ihr nach. Ihre helle Haut, ihr schlanker und doch sportlicher Körper, ihre Haare, die nun etwas dunkler als sonst über ihren Rücken fallen, weil sie nass sind – das alles überschüttet mich mit noch mehr Erinnerungsfetzen. Ich rutsche auf dem nassen Boden beinahe aus, kann mich in letzter Sekunde aber noch halten. Ich weiß, dass ich mich gerade wie ein Vollidiot aufführe, aber es geht nicht anders.

Veronica ist tot. Sie kann unmöglich hier im Schwimmbad sein, nur ein paar Meter vor mir in diesem schwarzen Badeanzug.

»Hey!«, rufe ich, kurz bevor sie die Tür zur Dusche erreicht, zu der nur Frauen Zugang haben. »Veronica!« *Bitte dreh dich um. Dreh dich um und sei nicht Veronica.*

Sie bleibt stehen und blickt sich um. Ihr Blick streift mich voller Desinteresse, als wäre ich gar nicht anwesend. Da sie niemanden entdeckt, den sie kennt, dreht sie sich wieder um und verschwindet hinter der Tür.

Ich bleibe wie erstarrt stehen und ringe nach Luft. Mein Körper scheint vergessen zu haben, wie man atmet. Aber eins weiß ich klarer als vorher: ich kenne nun das Gefühl, den Boden unter den Füßen zu verlieren. Ich weiß, wie es sich anfühlt, wenn die Welt unter einem zusammenbricht.

Fünfzehn Minuten später sitze ich mit Kilian, Raphael und Lio auf einer der Bänke im Eingangsbereich des Schwimmbads. Ich habe Veronica das Gebäude noch nicht verlassen sehen und ich frage mich, was sie so lange treibt. Sie kann sich unmöglich schneller geduscht und angezogen haben als ich.

»Sie wird nicht rauskommen, weil sie gar nicht hier ist, M«, wiederholt Raphael nun zum dritten Mal.

»Ich habe sie mir nicht eingebildet!«

»Dann war sie ein Geist. Wuhuu.«

»Haltet die Fresse!«, blafft Kilian. Und da er sonst die Ruhe in Person ist, verstummt Rapha tatsächlich - wohl eher aus Überraschung.

Genau in diesem Moment passiert Veronica die Schranke. Ihre hellblonden Haare sind trockengeföhnt - was wohl der Grund für ihr spätes Auftauchen ist - und fallen ihr über die Schultern.

Lio schnappt hörbar nach Luft und auch Kilian versteift sich neben mir.

Doch mein Triumphgefühl hält nicht lange an. Als Veronica an uns vorbeigeht, als wären wir Fremde, kann ich nicht einmal einen vorlauten Spruch bringen. Jedes »Ich hab' es euch gesagt« ist überflüssig.

»Jungs, jetzt mal ehrlich.« Ich fahre mir ratlos durchs Haar. »*Wie* kann das sein? Hat mir gestern einer von euch Drogen untergeschoben und ich habe halluziniert?« War das gestern nur ein Horrortrip, bei dem ich mir ihren Tod eingebildet habe?

»Nein, M. Wir waren alle dabei. Sie war tot. Sie hat nicht überlebt.«

»Dann vielleicht ein Zwilling?«, fragt Lio.

Überrascht schaue ich ihn an.

»Die Idee ist gut!« Ich fische mein Handy aus der Hosentasche und öffne die App mit den Notizen. Meine Finger zittern und ich balle meine

Hand ein, zwei Mal zur Faust. »Ich schreib mir auf, was wir sie alles fragen müssen«, erkläre ich, während ich *Zwillingsschwester* in mein Handy tippe. Irgendeine logische Erklärung *muss* es hierfür ja geben. Und irgendwomit muss ich meine Hände beschäftigen, um nicht durchzudrehen.

»Was noch?«, frage ich, lechzend nach Antworten, die mich nicht als Verrückten darstellen.

»Ähm Zombie?«, fragt Lio. Ich werfe ihm einen bösen Blick zu und er zuckt ratlos mit den Schultern.

»Vielleicht gibt es tatsächlich noch andere übernatürliche Wesen. Eine weitere rationale Erklärung fällt mir nämlich nicht ein«, meint Kilian.

Ich knurre vor mich hin und schlage mein Handy unzufrieden gegen mein Knie. Nur eine rationale Erklärung wird mich zufriedenstellen. Obwohl wir selbst übernatürlich sind, glaube ich nicht an andere Mythen. Zombies, Hexen, Vampire, das alles ist Schwachsinn.

»Über Generationen hinweg ist von unseren Vorfahren nur von Incubi die Rede. Wenn irgendwer schon einmal einem Zombie, Vampir oder Hexer begegnet wäre, dann hätten es unsere Großväter wohl erwähnt, oder nicht?«

Mein Rudel nickt zustimmend.

»Und wie wahrscheinlich ist es bitte, dass wir die ersten sind, die einem Zombie oder einer Hexe begegnen?«

Lio seufzt. »Du hast Recht, M. Aber was ist sie dann? Wie ist das möglich?«

»Vielleicht sollte ich sie einfach fragen, was sie gestern Abend gemacht hat«, denke ich laut und schreibe das ebenfalls in meine Notiz-App. Ich habe Angst, dass all meine Überlegungen in dem Moment verpuffen, in dem ich ihr wieder gegenüberstehe. Sie festzuhalten, ist meine Art, nicht den Verstand zu verlieren.

Raphael lacht. »Als ob sie dir sagen würde, dass wir sie umgebracht haben.«

»Oder, dass sie sich erinnert, in ihren Träumen Sex mit dir gehabt zu haben.« Kilian hebt vielsagend eine Augenbraue, während Raphael seinen Mund öffnet und wild mit seiner Zunge herumwedelt. Sollten sich unsere Opfer überhaupt an uns erinnern, dann normalerweise nur in Form eines heißen Sextraumes, selbst wenn wir nicht einmal Sex mit ihnen hatten.

»Wenn du so küsst oder leckst, dann wunder ich mich, dass du überhaupt noch Frauen abbekommst«, kommentiere ich seine Zungenperformance und starre dann wieder auf mein Handy. Statt dem Bildschirm habe ich aber das Bild von *ihr* im Kopf. Den ganzen Tag über verfolgt es mich schon. Ihr blasses Gesicht, ihre Stupsnase, die Sommersprossen und ihre silbergrauen Augen. Und verdammt, sie hat einen heißen Körper, das habe ich letzte Nacht schon bemerkt, als sie in diesem kurzen Kleid vor mir stand. Etwas zu dürr für meinen Geschmack, aber irgendetwas reizt mich trotzdem daran.

Es gibt Frauen, die überleben sogar, wenn jeder von uns in ihnen war. Nacheinander. Oder gleichzeitig. Und Stupsnase hat nicht einmal Lios Kuss überlebt ... Genau sowas ist es, was mich immer wieder daran erinnert, dass der Kontakt mit uns jedes Mal lebensgefährlich ist. Dass wir Monster sind und nur den Tod bringen. Die Nummer mit Valeria vorhin war töricht und naiv. Ich schüttle den Kopf über meine eigene Dummheit. Aber selbst wenn - Ich habe schon lange keine moralischen Bedenken mehr gehabt und es nervt mich, dass sie jetzt wiederkommen. Dabei ist Stupsnase augenscheinlich ja nicht einmal tot!

»Okay der Plan ist folgender«, sage ich und stecke mein Handy wieder weg. »Ich hefte mich an ihre Fersen und finde heraus, ob sie etwas weiß, ob sie eine Schwester hat oder was sonst dahinterstecken könnte.« Ich springe von der Bank. Auf einmal fühle ich mich, als könnte ich keine Sekunde länger damit verschwenden, über etwas nachzudenken, was ich nur auf eigene Faust würde herausfinden können. »Und ihr googelt im Internet alles über mögliche übernatürliche Gestalten, die nicht sterben können oder wieder zurück ins Leben kommen. Klar?«

»Klar, Chef.«

Kilian

Nur widerwillig lasse ich Mace gehen. Er will sich an ihre Fersen heften und ich weiß, dass dies bedeutet, dass ihr Tod ihn mehr mitgenommen hat, als er zugab. Seine Suche nach ihr ist sein Weg, das zu verarbeiten, und um seinetwillen lasse ich ihn ziehen. Dass ich selbst auch eine Verarbeitungstherapie gebrauchen könnte, ignoriere ich. Seit Mace' Anruf handle ich nur auf Autopilot. Ich funktioniere, um uns zusammenzuhalten.

Ich weiß, dass ich Mace ihre Adresse geben sollte, doch irgendetwas hält mich zurück, mich von meinem Geheimnis zu trennen. Als würde ein egoistischer Teil von mir, Veronika nicht mit ihm teilen wollen. Stattdessen weiß ich, dass ich heute Nacht auf sie warten werde, um sie beim Schlafwandeln zu begleiten.

Falls dieses Mädchen überhaupt Veronika ist.

Wenn sie es ist, dann werde ich sie heute Nacht sehen. Es ist wie ein unausgesprochenes Gesetz, eine Logik, an der mein Gehirn festhält.

Während wir zu dritt die Treppen zu unserer Wohnung erklimmen, bin ich komplett in Gedanken. Ob es vielleicht in unserer Natur liegt, Geister von kürzlich Verstorbenen zu sehen? Ich bin mir zwar sicher, dass wir dann bestimmt schon von unseren Großvätern von dieser Gabe gehört hätten, aber wir müssen auf Nummer sichergehen und noch einmal nachfragen. Vielleicht haben sie ja vergessen, dieses klitzekleine Detail zu erwähnen. Vielleicht können wir Geister sehen. Oder wir vier sind alle gleichzeitig dem Wahnsinn verfallen.

Ich schließe die Wohnungstür auf. Seit zwei Jahren leben wir hier und haben die Wohnung in ein regelrechtes Loft umgebaut.

Unverputztes Mauerwerk und kaum Wände: sobald ich durch die Tür komme, stehe ich in einem riesigen offenen Raum, der uns sowohl als Küche, wie auch als Wohn- und Esszimmer dient. In der Ecke steht ein Kickertisch, über dem eine schwarze Metalltreppe nach oben zu unseren Schlafzimmern führt.

»Also ich bestelle mir erstmal eine Pizza. Wollt ihr auch etwas?« Raphael lässt sich lässig auf unsere braune Ledercouch fallen und angelt sein Handy aus der Hosentasche. Als ich ihn nur sprachlos anstarre, hebt er die Augenbrauen. »Was denn? Chillt mal. Sie lebt, wir sollten uns freuen.«

»Sie lebt nicht!«, knurre ich und hole mein MacBook aus dem Schrank. Ich lasse mich neben Raphael nieder und klappe das Ding auf. Wir haben verdammt nochmal ihre Leiche versenkt. Ich bin mir zu 100 Prozent sicher, dass sie nicht mehr lebt.

»Vielleicht sollten wir heute Nacht zum Fluss und nachsehen, ob sie noch … ob sie noch da drin ist.«

Ich kneife bei Lios Vorschlag die Augen zusammen. Um nichts in der Welt, wollte ich je wieder zu diesem Ufer zurückkehren. Ich wollte das Bild ihres Leichnams aus meinem Gedächtnis löschen – stattdessen werde ich jetzt wohl doch noch öfter an sie denken müssen.

»Kommt nicht in Frage«, meint Rapha. »Es ist zu riskant, nochmal zum Tatort zurückzukehren. Wenn uns jemand sieht oder wir Spuren hinterlassen …« Er schüttelt den Kopf. »Ich kann dir ein paar Serien auf Netflix zu dem Thema empfehlen. Fang mit *How to get away with murder* an. Also bestelle ich mir jetzt alleine eine Pizza?« Er blickt von seinem Handy auf und guckt uns fragend an.

Ich schüttele den Kopf über ihn, rufe die Suchmaschine auf meinem Laptop auf und tippe ein: *Von den Toten auferstanden.*

Eine Stunde später hören wir das Schloss unserer Wohnungstür klicken.

»Und?«, fragt Mace, während er mit einem Fuß die Tür hinter sich zukickt und seinen Schlüssel an den dafür vorgesehenen Haken hängt. Ich schaue vom Bildschirm meines MacBooks hoch und beobachte Mace von der Couch aus.

»Schon was gefunden?«, fragt er und geht auf direktem Weg zum Kühlschrank. Er blickt uns nicht einmal an. Kein gutes Zeichen.

»Nur das Übliche«, antwortet Rapha, der links neben mir sitzt und das letzte Stück seiner Pizza verschlingt.

Mace öffnet ein Bier mit dem Flaschenöffner, der an der Kühlschranktür hängt, und schlurft zu uns hinüber.

»Dafür sieht das aber ganz schön spannend aus, wenn ihr noch nicht einmal von dem Bildschirm weggucken könnt«, meint er und lässt sich neben Rapha auf die Armlehne nieder.

»Hast du sie denn gefunden und mit ihr geredet?«, fragt Lio, ohne vom MacBook aufzuschauen, auf dem er einen Wikipedia-Artikel studiert.

»Nope.«

»Dann werden wir wohl nicht weiterkommen.« Ich schließe das Notebook und lege es auf dem Couchtisch ab, was mir von den anderen beiden protestierende Blicke einbringt.

»Ich hatte den Artikel über die Banshee noch nicht fertig gelesen!«, kommt es von Lio.

»Sie ist keine Banshee. Und auch bestimmt kein Engel, Vampir oder Zombie. Sie war ein lebendiger normaler Mensch, als wir sie heute gesehen haben und auch als sie gestern auf unsere Party kam. Wir hätten gespürt, wenn irgendetwas an ihr nicht *normal* gewesen wäre«, sage ich. Ich habe genug von dem Thema. Ich stehe auf und bediene mich ebenfalls am Kühlschrank. Zwischen zwei Schlucken aus der Bierflasche, meine ich: »Falls ihr noch weiter über das Mädchen grübeln wollt, dann soll Rapha seinen Opa fragen.«

Das ist wohl der vernünftigste Vorschlag heute. Raphaels Großvater ist der einzige noch lebende Incubus der Generation vor uns. Das Gen überspringt bei der Vererbung eine Generation und wird auch nur an die männlichen Nachfolger vererbt. Logisch, denn Incubi sind immer männlich.

»Ich ruf ihn nachher an. Um die Zeit ist der immer beim Golfen.«

»Wir können auch in dem Buch nachsehen«, schlägt Lio vor. Wir haben von unseren Großvätern ein Buch vererbt bekommen, in dem handschriftlich seit mehreren Generationen alles Wissen über unsere Spezies festgehalten wird. Lios Vorschlag wundert mich, weil meine drei jüngeren Brüder nicht sonderlich auf Lesen stehen. Dementsprechend ignoriert auch jetzt jeder Lios Vorschlag.

»Gut, dann lese ich nachher eben allein«, murmelt er und verschränkt beleidigt die Arme. Er gibt ein perfektes Bilderbuch-Nesthäkchen ab und erinnert mich immer wieder daran, dass ich ganze vier Jahre älter bin als er. Sein Verhalten würde mir normalerweise ein Lächeln entlocken, doch heute werden sich meine Mundwinkel nicht mehr nach oben bewegen. Eigentlich würde ich Lio gern Gesellschaft beim Lesen leisten, doch ich habe das Gefühl, heute nichts mehr über das Thema ertragen zu können. Egal in welche Richtung unsere Recherchen gehen würden, es macht unser Leben komplizierter. *Sie* macht unser Leben kompliziert. Ich hoffe, dass ich heute Nacht schlauer sein werde.

Als ich Veronika vor zehn Tagen zum ersten Mal gesehen habe, da ahnte ich zwar bereits, dass sie mir Kopfzerbrechen bereiten würde - wie sehr habe ich natürlich nicht wissen können.

8.

Von umgestürzten Bäumen und verheerenden Blackouts

Nika

10 Stunden zuvor
Sonntagmorgen

Till.
Till.

Meine Augen zu öffnen und aus dem Bett zu kommen, erweist sich beinahe als ein Ding der Unmöglichkeit. Noch nie habe ich mich so platt gefühlt, so am Boden zerstört.

Ich habe in meiner Vergangenheit so viel erlebt, dass ich geglaubt habe, ein starkes Mädchen zu sein. Mich wegen einem Mann schwach zu fühlen und mein Leben zu hassen, ist für mich ein absolutes No-go. Und trotzdem liege ich schwerfällig hier, denke an Tills Betrug, während die Sonne ins Zimmer scheint, auf meine geschlossenen Lider rote Flecken zaubert, und fühle mich wie ein umgestürzter Baum. Jemand muss kommen und diesen Baum wieder aufstellen – doch dafür wird niemand kommen, weil umgestürzte Bäume einfach nur fortgeschafft werden.

»Veronika bist du wach?« Zeitgleich klopft es an meiner Tür.

Umgekippte Bäume können nicht reden, denke ich und schweige. Doch das macht mich nur wütender. Ich bin wütend auf mich selbst. Ich bin wütend, weil ich mich so schlecht und schwach fühle. Ich bin wütend, weil ich an Till denke und meine Lunge sich so anfühlt, als würde ich nicht genug Luft bekommen.

»Willst du mit mir frühstücken?«, dringt es durch die geschlossene Tür.

Ich muss. Wenn ich mich nicht weiter selbst bemitleiden möchte, dann muss ich.

»Okay, komme gleich.« Meine Stimme krächzt und meine Lungen brennen. Buchstäblich. Scheiße, vielleicht werde ich krank.

Miriams Schritte entfernen sich und ein paar Sekunden später höre ich sie in der Küche hantieren. Normalerweise summt sie dabei oder schaltet das Radio ein, doch heute ist alles still. Kein gutes Zeichen. Ob es etwas Neues in ihrem Fall gibt? Moment … Schwach erinnere ich mich an ein Gespräch mit einer Gruppe junger Männer. Doch genauso schnell, wie mir die Erinnerung gekommen ist, entgleitet sie mir wieder.

Ich fasse mir an den pochenden Schädel. Was ist gestern passiert? Habe ich zu viel getrunken? Die Erinnerungsfetzen, die meinen gespalteten Schädel fluten, werden zunehmend abstruser. Nackte Haut – zu viel nackte Haut, doch ich kann mich beim besten Willen an nichts mehr erinnern. Den letzten Gedanken, den ich klar fassen kann, ist der Abend, an dem ich mich von Till getrennt habe. Wollte ich danach nicht ins Moe's einen trinken?

Ich schlage die Bettdecke zur Seite, schwinge meine Beine aus dem Bett, und erstarre, als ich das schwarze Abendkleid sehe, in dem ich stecke. Und ich weiß, dass ich nicht einfach nur damit eingeschlafen bin, weil ich zu müde war, es auszuziehen. Das Kleid ist noch feucht und klebt unangenehm an meinem Körper. Ich drehe mich um und meine Hände betasten das nasse Bettlaken, auf dem ich gelegen habe. Ich fliege förmlich aus meinem Bett zu meinem Spiegel – etwas, was zu einem morgendlichen Ritual geworden zu sein scheint. Und habe ich mich die letzten Morgen immer durch mein Spiegelbild beruhigen können, so versetzt es mich heute in Panik.

Mein Make-up ist verschmiert, die Wimperntusche unter meinen Augen verlaufen. Meine Haare sind feucht und verknotet, als hätte ich mich nach dem Duschen direkt ins Bett gelegt - nur hängen noch Algen darin.

Mit zittrigen Fingern zupfe ich das Grünzeug aus meinen Strähnen.

Mein Blick fällt nach unten auf meine nackten Füße, sie sind von Schmutz und blutigen Kratzern bedeckt.

Ein Kloß bildet sich in meinem Hals. So groß, dass ich zu ersticken drohe.

Als Miriam erneut meinen Namen ruft, zucke ich erschrocken zusammen. Hastig schäle ich mich aus dem Kleid und schlüpfe in graue Jogginghosen, flauschige Kuschelsocken und ein weißes T-Shirt. Mein Herz hämmert so laut gegen meinen Brustkorb, dass alles andere um mich herum in einem Nebel verschwindet. Ich fahre mir durchs Haar und suche mein Abschminkzeug heraus, um mich für Miriam vorzeigbar zu machen.

»Du siehst besorgt aus, ist alles in Ordnung?«, fragt sie am Frühstückstisch. Ich blinzele, damit ich nicht in Tränen ausbreche. Sie spielt nicht oft meine Seelenklempnerin, was heißt, dass ich heute besonders beschissen aussehen muss. Dabei habe ich alles versucht, um mir nichts anmerken zu lassen. Ich weiß, dass sie es nur gut meint, das weiß ich wirklich, doch sie müsste mich langsam gut genug kennen, um zu wissen, dass ich über mein Gefühlsleben nicht rede. Niemals. Mit niemandem. Außerdem ist ‚besorgt' die reinste Untertreibung, wenn man bedenkt, in welche Panik meine nächtlichen Ausflüge mich mittlerweile versetzen. Dieser Schock hat sogar meine Trauer verdrängt. Apropos Trauer – ich könnte die Trennung zumindest als Grund vorschieben.

»Till«, krächze ich also und hoffe, das ist ihr genug als Antwort.

Sie seufzt. »Ich hab' schon seit einer Woche gemerkt, dass zwischen euch etwas nicht stimmt. Willst du drüber reden? Ist es endgültig vorbei?«

Seit einer Woche? Ich schüttele den Kopf. Weil ich nicht darüber reden will und nicht, weil es nicht vorbei ist.

»Gibst du mir die Nutella?«, frage ich.

Wortlos reicht sie mir das Glas. Die nächsten Minuten sagt keiner mehr etwas. Normalerweise habe ich nichts gegen Ruhe, doch heute stört sie mich. Sie fühlt sich bedrückend an.

»Welchen Tag haben wir heute?«, frage ich schließlich. Die Erinnerungslücken in meinem Kopf machen mir Sorgen, doch ich will nicht zu verwirrt wirken, sonst würde mich Dr. Gäring früher auf seiner Couch zurückhaben, als uns beiden lieb ist. Aber vielleicht wäre eine Sitzung bei ihm gar nicht so schlecht. Zur Not kann er mir wieder Diazepam verschreiben und das Schlafwandeln wird aufhören.

»Sonntag«, gibt Miriam langsam von sich. Dabei wirft sie mir diesen besorgten, irritierten Blick zu, dem ich eigentlich entgehen wollte.

»Ich meine das Datum. Du weißt doch, in den Ferien verliert man schnell den Überblick.« Ich lächle sie unschuldig an, doch ihre vertieften Falten auf der Stirn zeigen, dass mein Lächeln eher kontraproduktiv ist.

»Der zweite. Wieso?«

Der zweite Juli? Ich tue alles, um zu verhindern, dass meine Gesichtsmuskeln entgleiten. Meinem Gehirn nach haben wir heute den fünfundzwanzigsten. Es ist Sonntag der fünfundzwanzigste Juni, nicht der zweite Juli!

»Du hast morgen einen Termin bei Dr. Gäring. Das weißt du noch, oder?« Sie beäugt mich kritisch über den Rand ihrer Kaffeetasse und ich nicke rasch.

Mir fehlt eine ganze Woche.

Vielleicht sollte ich dankbar dafür sein, dass ich morgen offenbar einen Termin bei meinem Therapeuten habe. Ein Termin, von dem ich bis gerade nichts wusste.

Ich schlinge den letzten Bissen von meinem Brötchen hinunter, dann stehe ich auf und räume mein Geschirr ab.

»Musst du heute irgendwo hin?«, fragt Miriam verwundert über meinen schnellen Abgang. Wir frühstücken nicht oft zusammen, doch so wortkarg hat sie mich vermutlich seit gut drei Jahren nicht mehr erlebt.

»Ich will nur ein paar Bahnen ziehen«, sage ich und setze ein unschuldiges Lächeln auf, bei dem ich mich fühle, als hätte ich mir Heftzwecken in die Wangen getackert.

In meinem Zimmer suche ich verzweifelt nach meinem Handy. Ich finde es schließlich in meiner schwarzen Umhängetasche, die ich normalerweise nur zu festlichen Anlässen trage. Das Innenleben meiner Tasche ist feucht und bestätigt mich nur in dem Verdacht, dass ich in der letzten Nacht in einen Teich oder ähnliches gefallen sein muss. Ich ziehe mein Handy heraus und betrachte es besorgt von allen Seiten. Der schwarze Bildschirm bleibt aus und ist leicht beschlagen. Ich fluche und eile zurück in die Küche, wo ich mir unter Miriams skeptischen Blicken eine Schüssel und eine Packung Reis aus dem Schrank nehme.

»Mein Handy ist ins Klo gefallen«, erkläre ich ihr.

Zurück in meinem Zimmer verbuddele ich mein Telefon in einem Berg Reis, schnappe mir stattdessen meinen iPod und packe in Windeseile meine Sporttasche.

Ich verlasse die Wohnung so schnell, dass ich glaube, irgendetwas vergessen zu haben. Mein Portmonee. Oder meinen Badeanzug. Ich wühle in meiner Sporttasche und kontrolliere, ob ich alles dabeihabe. Unten auf der Straße fällt mir auf, dass Miriams Wagen nicht dort steht, wo er sonst immer steht. Hat sie ihn gestern irgendwo anders geparkt?

Ich ziehe meine Kopfhörer aus der Tasche und befestige sie an dem iPod. Musik war schon immer das Einzige, was mir Frieden schenken kann, wenn alles andere einem Schlachtfeld gleicht, wenn mein Hirn sich mal wieder gegen mich verschworen und mir den Krieg erklärt hat. Wenn ich meinen eigenen Gedanken nicht mehr trauen kann. Doch erst, als ich meine Arme durchs Wasser ziehe und durch das kühle Nass gleite wie ein

Delphin, wie ein Fisch im offenen Meer, erst dann fällt die Anspannung der letzten Stunden vollständig von mir ab und ich kann wieder atmen.

Nach etwa vierzig Minuten intensiven Trainings verlasse ich das Becken und will zu den Duschen, als jemand meinen Namen ruft. Verwirrt bleibe ich stehen und drehe mich zu der männlichen Stimme um. Da ich oft hier bin, kenne ich ein paar der Leute, die ebenfalls regelmäßig trainieren. Doch die Stimme ist mir fremd und als ich mich in der Halle umsehe, entdecke ich niemanden, der mir bekannt vorkommt. Mein Blick streift einen attraktiven jungen Mann, dessen Arme von unzähligen Tattoos übersät sind. Er schaut in meine Richtung, weshalb ich mich schnell wieder umdrehe.

Neue Männer kennenzulernen, ist das Letzte, was ich jetzt brauche. Außerdem stehen so Typen wie er ohnehin nicht auf Mädchen wie mich. Ich straffe die Schultern und öffne die Tür zu den Duschen.

Montagmorgen

»Sie schlafwandeln wieder?«

»Diesmal ist es besonders schlimm.« Ich schaue auf meine im Schoß gefalteten Hände. »In der Nacht von Samstag auf Sonntag … ich bin gestern in nassen Klamotten in meinem Bett aufgewacht. Und ich habe Miriams Auto verloren. Ich erinnere mich an nichts, aber kann es sein … kann es sein, dass man während man schläft, Auto fahren kann?«

Ich habe gestern Abend die längste Standpauke meines Lebens von Miriam erhalten, als wir feststellten, dass das Auto weg ist. Als ich ihr sagte, dass ich mich nicht an den vergangenen Abend erinnere, hat sie zwar aufgehört zu schreien, doch der Ausdruck, der danach in ihren Augen getreten ist, war mir nur noch unangenehmer. Für die Nacht hat sie dann von außen meine Zimmertür verschlossen, sodass ich das Haus im

Schlaf nicht mehr verlassen kann. Soweit ich das beurteilen kann, hat zumindest das funktioniert.

»Es kann durchaus sein, dass Sie sich im Schlaf ins Auto gesetzt haben«, erklärt Dr. Gäring. Er schiebt mit dem Zeigefinger seine Hornbrille zurecht. »Dass Sie weit gekommen sind, wage ich aber zu bezweifeln. Sie sollten in Erwägung ziehen, Ihre Tante zu bitten, nachts Ihre Zimmertür von außen zu verschließen. Damit Sie nicht mehr das Haus verlassen.«

Ich nicke. »Das tun wir schon seit gestern.« Wenn es wieder so schlimm ist wie damals, sollte ich lieber eingesperrt bleiben, bevor irgendetwas passiert. Nein. Es *ist* schon etwas passiert.

»Und Sie erinnern sich an gar nichts? An Träume vielleicht?«

Ich werde rot. »Träume habe ich viele ... wobei nein ... ich glaube, es ist immer derselbe.«

»Und der wäre?«

»Ich ... ich werde geküsst. Wir – wir lieben uns. Und dann auf einmal ertrinke ich.« Das ist der letzte Traum, an den ich mich erinnere. Wobei das mit dem Ertrinken seit Samstag neu ist.

»Wer ist wir, Veronika? Wissen Sie, wen Sie im Traum küssen?«

»Nein. Nein, das weiß ich nicht.« Erst dachte ich, es wäre Till, aber mittlerweile bin ich mir sicher, dass er es nicht ist.

Dr. Gäring notiert schweigend etwas.

»Da – da wäre noch etwas.«

Er sieht mich fragend an.

»Meinem Gedächtnis fehlt eine ganze Woche.«

Nun bilden sich zum ersten Mal während unseres Gesprächs Sorgenfalten auf seiner Stirn. »Sie wissen nicht mehr, was Sie gestern gemacht haben?«

»Doch. Gestern schon, aber ich weiß nicht, was ich vorgestern gemacht habe. Oder den Tag davor. Oder davor.«

»Haben Sie mit jemandem darüber gesprochen?«

Ich schüttele den Kopf. Miriam sagte ich, mir fehle ein Abend. Ihr das volle Ausmaß meines Blackouts einzugestehen, kam nicht in Frage.

»Ich mache Ihnen einen Termin bei Dr. Fork. Er wird ein CT bei Ihnen machen und weitere Untersuchungen veranlassen. Vielleicht sind Sie in einer der Nächte schwer gestürzt. Haben Sie gestern Kopfschmerzen oder Schwindelgefühle gehabt?«

Ich kneife die Augenbrauen zusammen. Der ernste Ton, den Dr. Gäring eingeschlagen hat, macht mir Sorgen. Offenbar ist mit mir etwas nicht in Ordnung, etwas, was über meine Schlafstörungen hinausgeht. Offenbar ist Schlafwandeln nicht mehr mein einziges Problem.

Als ich die Praxis verlasse, scheint mir die Sonne ins Gesicht. Es ist so warm, dass ich mich dafür verfluche, keine kurze Hose angezogen zu haben. Ich stecke mir Kopfhörer in die Ohren und mache die Musik auf meinem Handy an, während ich auf den Bus warte. *Two Feeds I feel like I'm drowning* beginnt zu spielen und ich schreibe Finn eine kurze Nachricht, dass ich auf dem Weg bin.

Zum Glück hat mein Handy wieder funktioniert, nachdem ich es heute Morgen aus dem Reisberg befreit habe.

Als ich in der Stadt an unserem Stammcafé ankomme, sitzt Finn bereits draußen auf einem der Klappstühle an einem runden Holztisch und wartet auf mich. Da es erst kurz nach elf an einem Montag ist, sitzen nur ein paar ältere Damen draußen an den Tischen. Das Café befindet sich dicht an dicht neben zahlreichen anderen Cafés, Eisdielen und Restaurants in einer kleinen Seitengasse der Innenstadt.

Ich lasse mich gegenüber von Finn in den Stuhl fallen und lege stöhnend den Kopf in den Nacken.

»Gott sei Dank hast du einen Schattenplatz ausgesucht.« Meine langen Haare kleben in meinem verschwitzten Nacken, weshalb ich sie mit dem Zopfgummi, was ich immer um mein Handgelenk trage, nach oben binde.

»Gegrillt werden wir später noch genug, wenn wir nachher zu Beccas Fußballspiel gehen«, sagt Finn lachend.

Ich setze mich aufrecht hin und betrachte meinen besten Freund. Er trägt wie fast immer seine rot-schwarze Basecap umgekehrt auf dem Kopf. Eins seiner Ohrlöcher ziert ein kleiner schwarzer Tunnel. Nicht einmal groß genug, um meinen kleinen Finger durchzustecken. Seine Haut ist etwas gebräunter als sonst und der Blick seiner braunen Augen liegt mitleidig auf mir.

»Tut mir leid, das mit Till. Becca hat mir davon erzählt.«

Ich verziehe den Mund, aber ich bin ihr nicht böse. Wir drei erzählen uns alles, es war demnach klar, dass sie nicht dichthalten kann, sobald Finn aus dem Urlaub kommt.

»Er ist ein Idiot, wenn er dich gegen eine Affäre tauscht.«

Ich verdrehe die Augen. »Sag ihm das mal.«

Finns Gesichtsausdruck verändert sich plötzlich und er guckt seitlich an mir vorbei die Straße runter. »Das könnte ich tatsächlich«, murmelt er. *Das ist jetzt nicht sein Ernst!* Als ich panisch die Augen aufreiße, fügt er schnell hinzu: »Nicht hinsehen.«

Doch diese Warnung hält mich natürlich trotzdem nicht davon ab. Ich drehe den Kopf und sofort fällt er mir ins Auge. Wie er Hand in Hand mit einer jungen Frau die Fußgängerpassage entlangläuft.

Mir wird schwindelig und ich kralle meine Finger um den Rand des Tisches. Während ich hoffe, dass die beiden an uns vorbeigehen, ohne hinzugucken, gucke ich mir das Mädchen an seiner Seite ganz genau an. Sie erinnert an ein californisches sonnengebräuntes Fitnessmodel, entsprungen aus dem Cover eines Bademodenkataloges.

Mein Puls beschleunigt sich, als ich sie lachen höre. Von wegen er vermisst mich. Gut, dass wir noch nichts zu essen bestellt haben, sonst wäre mir alles wieder hochgekommen.

Sobald sie an uns vorbeigelaufen sind, stoße ich die angehaltene Luft aus.

»Was ein Flittchen«, kommentiert Finn. Ich ziehe skeptisch die Augenbrauen hoch, doch Finns Miene ist todernst. »Glaub mir, außer einem tollen Körper hat sie bestimmt nichts zu bieten. Er wird es bereuen, dich verloren zu haben.«

»Danke, aber du brauchst mich nicht aufmuntern. Mir geht es gut.« Da er mir nicht zu glauben scheint, füge ich noch ein »Wirklich« hinzu. Und fast stimmt es ja auch. Die Erinnerungen an Till zerfetzen mir zwar jedes Mal das Herz, aber im Moment ist das bei weitem nicht mein größtes Problem.

»Guten Morgen. Was darf es denn sein?«, unterbricht uns die Bedienung.

Wir bestellen unser Frühstück und die junge Frau geht wieder ins Innere des Lokals.

»Ich glaube, ich geh mal kurz auf Toilette.« Ich schiebe den Stuhl zurück und stehe auf.

Nachdem ich fertig bin und mir die Hände gewaschen habe, spritze ich mir etwas kaltes Wasser ins Gesicht und begutachte mein Spiegelbild. Was stimmt nicht mit mir? Wäre ich wie jeder normale Mensch, wäre mein Liebeskummer die größte meiner Sorgen. Ich würde alles daran setzen, Till zu vergessen. Und jemanden zu vergessen, ist bei weitem einfacher, als zu versuchen, sich an etwas zu erinnern. *Ich habe etwas Wichtiges vergessen.* Ich spüre es einfach. Nicht nur in meinem Gedächtnis ist dieses Loch, ich spüre den Verlust auch in jedem anderen Teil meines Körpers.

Manchmal erinnern wir uns absichtlich nicht an Dinge, um uns selbst zu schützen. Vielleicht ist das der Fall. Vielleicht ist etwas so Schreckliches passiert, dass ich froh sein sollte, es vergessen zu haben. Denn immer, wenn ich das Gefühl habe, dass eine Erinnerung aufflammt, so kurz wie ein Streichholz in einer regnerischen Nacht, fühle ich mich, als würde ich ertrinken. Und das meine ich nicht sinnbildlich, sondern wortwörtlich.

9. Das kalte Blau seiner Augen

Kilian

Montag

*N**ein!*** Mir bleibt der Mund offenstehen, als ich aus dem Fenster gucke und *sie* dort sitzen sehe. Am helllichten Tag, direkt gegenüber von meinem Café. Sie sieht kerngesund und lebendig aus. So wie sie da mit einem Jungen in ihrem Alter sitzt und sich unbeschwert unterhält, habe ich sie noch nie gesehen. Als würde die Mittagssonne ein ganz anderes Licht auf sie werfen, welches sie irgendwie realer erscheinen lässt als bei unseren nächtlichen Begegnungen.

Sie sieht beinahe fremd für mich aus.

Sie sieht *gewöhnlich* aus.

Ich müsste nur rausgehen und könnte sie ansprechen.

Nachdem ich vergangene Nacht am Morgentaupark vergeblich auf sie gewartet habe, habe ich die Hoffnung schon aufgegeben, sie noch einmal zu sehen. Dass ich sie nicht beim Schlafwandeln antraf, war irgendwie eine Bestätigung dafür gewesen, dass sie nicht mehr lebt.

Ich lehne mich gegen den Tresen und ziehe mein Handy aus der Hosentasche.

Komm her. Sie ist hier, schreibe ich an Mace.

Ein paar Sekunden später kommt direkt seine Antwort. Sie?

Noch bevor ich etwas erwidern kann, schreibt er: Ich bin an der Uni. Bis ich da wäre, ist es zu spät.

Kilian (11:09 Uhr): Ok, ich kümmere mich darum.

Ich stecke das Handy wieder ein und sehe erneut aus der großen Fensterfront. In dem Moment schiebt Veronika ihren Stuhl zurück und steht auf. Sie trägt eine enge helle blue Jeans, die ihre langen Beine perfekt in Szene setzt, dazu ein schlichtes weißes T-Shirt. Ein paar Herzschläge lang kann ich ihr nur nachstarren und zusehen, wie sie im Inneren des Lokals auf der anderen Straßenseite verschwindet. Am Rande wird mir bewusst, wie laut und kräftig diese wenigen Herzschläge sind, in denen ich sie beobachte. Es tut beinahe weh. Dann reiße ich mich zusammen und verlasse mein eigenes Café.

Das Handy in meiner Hosentasche summt und ich ziehe es heraus, um einen Blick drauf zu werfen.

Mace (11:11 Uhr): Sieht sie denn aus wie ein Zombie oder ein Geist?

Ich verdrehe die Augen, stecke das Handy weg und steuere, ohne zu zögern, den Tisch an, an dem ihr Freund sitzt. Der Junge sieht mich nicht kommen, doch als ich direkt vor ihm stehen bleibe, guckt er verwirrt zu mir hoch.

»Bist du mit Veronika zusammen?«, frage ich ohne Umschweife. Für meinen Plan ist es einfacher, wenn er es nicht ist.

Er runzelt die Stirn, lacht dann. »Nein. Wieso?«

»Weißt du, ob sie einen Freund hat?« *Bitte sag nein.*

»Ex-Freund. Und der ist ein Arsch.« Er verengt seine braunen Augen und mustert mich skeptisch. »Hast du etwa Interesse?«

Mir gefällt seine Art. Er fragt nicht, wer ich bin oder woher ich Veronika kenne. Und warum ich ihn mitten auf der Straße mit solchen Fragen belästige.

»Wenn es so wäre, gibst du mir ihre Nummer?«

Er lacht schon wieder. »Du siehst gut aus. Ich wette, du bist genau ihr Typ!«

Heißt das ja? Ich wittere meine Chance und setze ein vertrauenswürdiges Lächeln auf. Dass ich genau ihrem Typ entspreche, versuche ich zu ignorieren. Diese Information ist irrelevant für mich und trotzdem macht sie etwas mit meinem Körper.

»Danke. Sie ist mir schon länger aufgefallen, aber ich habe mich bisher nicht getraut, sie anzusprechen«, lüge ich.

Der Junge mit der Basecap schnalzt mit der Zunge und scheint ein paar Sekunden zu überlegen. Er mustert mich von oben bis unten, legt den Kopf schief. »Weißt du was? Ich glaube, Nika hat ein bisschen Ablenkung nötig. Aber wehe du nutzt sie nur aus.« Er streckt seine Hand aus. »Gib mir dein Handy, ich speicher dir ihre Nummer ein.«

Ich reiße mein Smartphone so stürmisch aus der Tasche, dass es mir fast aus der Hand fliegt. Während er die Nummer eintippt, kann ich mein Glück kaum fassen. Wie Veronika es wohl finden wird, dass ihr Kumpel sie so leichtfertig verkuppeln will?

»Danke Mann, du bist ein guter Freund. Wirst es nicht bereuen«, sage ich zum Abschied. Ich will mich umdrehen und gehen, als mir noch etwas einfällt.

»Weißt du, ob Veronika eine Schwester hat?«, frage ich.

Er blinzelt verdutzt. »Nein, hat sie nicht«, antwortet er und ich weiß nicht, ob mich seine Antwort zerschmettern oder beflügeln soll.

Zurück im Café will ich mich am hintersten Tisch in der Ecke verschanzen und meine Angestellten den Job machen lassen, für den sie bezahlt werden. Ich will Mace von meinem Erfolg berichten und überlegen, was ich Veronika schreiben kann. Doch ich komme zu nichts davon, weil vor dem Tresen Sebastian steht, der gerade einen Frappucino to go ausgehändigt bekommt. Als er mich sieht, geht einer seiner Mundwinkel nach oben. Ich starre sein Gesicht an, als wäre es ein Kunstwerk.

»Du bist also doch hier. Gott sei Dank«, sagt er.

Blinzelnd kämpfe ich mich aus meiner Überraschung, die mich für einen Moment erstarren ließ. »Gott hat damit nichts zu tun. Da der Laden mir gehört, bin ich achtzig Prozent meiner Zeit hier. Was willst du?«

Dass er nur etwas trinken will, kommt nicht eine Sekunde lang in Frage. Vor allem weil er nicht einmal in dieser Stadt wohnt. Eigentlich hatte ich angenommen, dass er direkt nach der Party mit seinem Rudel bereits wieder gen Süden gezogen war.

»Ich wollte dich sehen.«

Seine Dreistigkeit lässt all die positiven Gefühle, die ich gerade eben noch wegen Veronika verspürt habe, verschwinden. Alles in meiner Brust wird ersetzt von Wut.

Ich schüttle ungläubig den Kopf. »Wir hatten alles geklärt. Wir beide – du und ich – wir treffen uns nicht mehr«, sage ich und betone jedes einzelne Wort, als wiege jedes davon dutzende von Kilos. Das tun sie gewissermaßen auch und liegen auf meiner Brust, drücken auf mein Herz. Nehmen mir die Luft.

»Ich habe dich nach zwei Uhr nirgendswo mehr auf der Party gesehen. Und deine Brüder auch nicht.« Die Skepsis und die bohrende Neugierde schwingt unmissverständlich in Sebastians Stimme mit und versetzt mich zusätzlich in eine ganz andere Art der Alarmbereitschaft. Dass er hier unangekündigt auftaucht, ist eine Sache – aber dass er die Nacht von Veronikas Tod anspricht, führt zu kaltem Schweiß, der sich über meinen Nacken legt.

Bilder von gestern Nacht rasen durch meinen Kopf. Wie wir nachts in den Wäldern ihr Auto gesucht haben. Wie wir ihren leblosen Körper aus dem Haus getragen haben. Wie wir den Wagen an den Fluss gefahren haben, pingelig darauf bedacht, keine Fingerabdrücke zu hinterlassen und von niemandem gesehen zu werden.

»Hast du dich mit jemandem amüsiert? Oder dich einfach bloß versorgt?« Die Richtung, die Sebastians Fragen nehmen, lockert den Knoten in meiner Brust. Er ahnt nichts.

»Eifersüchtig?«, frage ich und ziehe die Augenbrauen hoch. Ich weiß, dass er es eigentlich nicht ist. Ich weiß, dass ich für ihn nie mehr war, als ein aufregender Zeitvertreib und eine risikoarme Nahrungsquelle. Das war schließlich der Grund, weshalb sich unsere Wege trennten. Dass ich irgendwie mehr sein wollte als ein Zeitvertreib. Doch das weiß er nicht – und soll er auch niemals.

»Ich habe zu tun«, sage ich schnell, bevor er auf meine Frage antworten kann und gehe ungerührt an ihm vorbei. Ich lasse ihn mitten im Gang stehen und steuere einen Tisch im hinteren Teil des Cafés an – so, wie ich es ursprünglich vorhatte.

Dass Sebastian mir folgt, erwarte ich dennoch. Zumindest ein kleiner, dummer Teil von mir wünscht es sich. Ich lasse mich auf die gelb gepolsterte Sitzecke nieder und betrachte den braunhaarigen Dämon, der gegenüber von mir Platz nimmt und seinen Frappucino auf den Tisch zwischen uns stellt. Die Sahne wird von einer Karamellsoße geziert.

»So sieht das aus, wenn du zu tun hast?«, fragt Sebastian und zieht an dem blauen Strohhalm.

Ich verfluche ihn innerlich für seine Ausstrahlung und für die Wirkung, die er auf mich hat.

»*Ich habe zu tun*, ist ein höfliches Synonym für *Ich habe gerade andere Dinge im Kopf* oder einfach nur für *Verschwinde*«, erkläre ich ihm. Aber ich weiß, dass ich trotz der ganzen Geschichte mit Veronika gerade ohnehin nichts machen kann. Ich werde bis heute Abend warten, um ihr zu schreiben. Und Mace und Lio sind an der Universität, Raphael ist beim Fußballtraining – und ich sitze hier fest. Mit einem Mann, den ich mir geschworen habe, aus meinem Leben zu verbannen.

»Ist dein Rudel noch hier?«, frage ich in gesenktem Tonfall. Um diese Zeit ist das Café zwar fast leer, doch ich will trotzdem nicht riskieren, dass uns irgendein Mensch zuhört. Solche Gespräche sind nichts für die Öffentlichkeit, doch ich würde mich hüten, mit Sebastian ein privateres Umfeld aufzusuchen.

Sobald das Wort ‚Rudel' fällt, sieht auch Sebastian sich noch einmal wachsam um. Eine Paranoia, die uns in den Genen liegt.

»Nur noch heute. Keine Sorge, nach der Party haben wir nicht mehr gejagt.«

Ich nicke seine Information ab. Die Regeln verbieten es, sich im Territorium anderer auszutoben. Es gibt zwar nur wenige sesshafte Rudel, doch wenn Dämonen sich zu diesem Schritt entschließen und an einem Ort für längere Zeit bleiben wollen, ist es eine Sache des Respekts, ihre Diskretion zu unterstützen und sich den Menschen gegenüber unauffällig zu verhalten.

Nur noch heute.

Wir schweigen, tauschen Blicke, die mehr sagen, als das, was unsere Lippen herauslassen. Die Sekunden, in denen er mich über den Tisch hinweg ansieht, sagen so viel mehr als alles, was er bisher ausgesprochen hat. Vielleicht sagen sie sogar zu viel. Vielleicht interpretiere ich zu viel. Ich weiß, dass ich damit aufhören muss. Dass ich damit aufhören muss, ihn so anzugucken, doch ich kann nicht. Ich verliere mich in seinem Gesicht, in seinen atemberaubenden Zügen, in jedem Wimpernschlag und in jedem Zentimeter seiner perfekten Haut. In der Farbe seiner Augen. Eisblau. Wie seine Seele. Kalt. So kalt, dass man sich daran trotzdem verbrennen kann.

Er hat ein liebes Gesicht, doch der Schein trügt. Ich kenne seine dunklen Seiten, seine Verbrechen und Sünden. Er ist kein guter Mensch, selbst unter den Dämonen gehört er zu der Sorte, vor der man sich besser hüten sollte. Ich mag diese Seite an ihm nicht, ich hasse seine Sünden, seine Kälte ist nichts, was mich anzieht. Ich brauche das Licht, das Menschliche einer Seele, um ihr zu verfallen – so war es immer. So ist es noch. Das merke ich, wenn ich Veronika ansehe.

Deshalb verfluche ich den Tag, an dem ich Sebastian kennengelernt habe. Er ist niemand für den es sich lohnt, ihm zu verfallen. Er ist niemand, den ich in mein Herz lassen will. Vielleicht habe ich Angst davor, dass er es mit seiner Kälte ansteckt. Vielleicht habe ich Angst davor, dass seine Schatten das letzte Licht in mir für immer löschen.

»Du solltest jetzt gehen«, sage ich. Und ich hoffe, Sebastian merkt nicht, wie schwer mir diese Worte fallen.

Er nickt bloß und steht auf. In dem Moment, in dem er sich von mir abwendet, scheint es für eine Sekunde, als würde etwas in seinen Augen zerbrechen.

Hoffnung.

10.

Rotkäppchen und der Wolf

Nika

Montagabend

Die Dunkelheit und ich, wir spielen schon, seit ich denken kann, ein Fangspiel. Ich verstecke mich vor ihr, laufe vor ihr weg – und sie versucht mich zu fangen, mich einzuholen. Manchmal kriegt sie mich und ich weiß, dass ich am Zug bin. Die Dunkelheit klebt bereits mein Leben lang an mir, wie ein Fluch, der meine Seele jagt, sich nach ihr verzehrt. Ich weiß nicht, was sie von mir will, aber ich habe Angst, es herauszufinden.

Es ist dunkel, sowohl draußen vor den Fenstern als auch in meinem Zimmer. Einzig zwei Kerzen auf meinem Nachttisch kämpfen gegen die Schatten an. Meine Zimmertür ist wieder von außen abgeschlossen und ich koste meinen Netflix Account in vollen Zügen aus. Wenn der Schlaf mich holt, werde ich diesmal nicht draußen herumspazieren. Bloß Fellknäuels Schnurren wird mir beim Einschlafen fehlen.

Plötzlich vibriert mein Handy neben mir.

Vor Schreck zucke ich kurz zusammen und werfe einen Blick drauf. Eine unbekannte Nummer hat mir geschrieben. Mit gerunzelter Stirn öffne ich den Chat.

Guten Abend.

Nika (23:04): Wer bist du?

Die Person tippt etwas. Dann hört sie auf zu schreiben. Mehrere Sekunden starre ich den Chat an und warte. Ich denke schon, es kommt keine Antwort mehr, als plötzlich ein Foto erscheint.

Das Bild bringt meinen Herzschlag aus dem Rhythmus.

Wieso sollte mir ein so gut aussehender Kerl schreiben?, ist mein erster Gedanke. Ich betrachte sein kantiges, markantes Gesicht, die dunkelblonden Haare und seine Augen. Sie wirken auf dem Selfie dunkelgrün, irgendwie sumpffarben.

Nika (23:07): Woher hast du meine Nummer?

Wieder kommt längere Zeit keine Antwort, obwohl er online ist. In meinem Kopf jagt ein verrücktes Szenario das nächste. Hält er mich für jemand anderen und hat die Nummer falsch eingespeichert? Erlaubt sich Till oder seine Neue einen Spaß mit mir? Hat jemand, den ich kenne, Aushänge an Pfosten geklebt, auf denen man meine Nummer abreißen kann?

Unbekannte Nummer (23:10): Weißt du, wer ich bin?

Zumindest ein Kerl, der auf Kommasetzung im Chat achtet. Ich schaue mir noch einmal das Foto an und ja, irgendetwas hat er an sich, das mir bekannt vorkommt. Als hätte ich ihn vor kurzem flüchtig irgendwo gesehen.

Als es mir einfällt, schnappe ich nach Luft.

Nika (23:11): Im Schwimmbad. Ich habe dich gestern dort gesehen.

Unbekannte Nummer (23:12): Und sonst noch nie?

Seine Fragen verwirren mich. Er hat immer noch nicht auf meine geantwortet, stattdessen verhält er sich irgendwie seltsam. Vielleicht ist er ein Stalker.

Nika (23:13): Wie heißt du?

Unbekannte Nummer (23:13): Ist das wichtig?

So langsam werde ich nervös.

Nika (23:14): Ja, wenn du dich weiter mit mir unterhalten möchtest, dann schon.

Unbekannte Nummer (23:15): Ich kann dir einen anderen Grund geben, dich weiter mit mir zu unterhalten.

Okay, das ist jetzt pervers. Ich lege das Handy auf meine Bettdecke und weigere mich, darauf zu antworten. Doch nachdem ich zwei Minuten auf meinen Fernseher gestarrt habe, ohne die Serie weiter verfolgen zu können, gewinnt meine Neugierde die Oberhand. Um sein Profilfoto sehen zu können, muss ich seine Nummer einspeichern. Da ich seinen Namen nicht kenne, tippe ich Mr. X in das Feld.

Zurück im Chat leuchtet mir sein Profilbild entgegen. Es zeigt ihn von der Seite in einem schwarzen T-Shirt auf dem Dach eines Hochhauses bei Sonnenuntergang. Unter den Ärmeln seines T-Shirts luken schwarze Tattoos hervor. Zumindest war das Selfie vorhin wirklich von ihm. Kann es sein, dass er gestern im Schwimmbad meinen Namen gerufen hat?

Mr. X (23:19): Das sollte jetzt nicht pervers klingen ...

Ich blinzele verwirrt und muss dann unwillkürlich grinsen.

Nika (23:19): Hat es aber.

Mr. X (23:20): Erinnerst du dich noch an Samstag Abend?

Das Handy entgleitet meinen Fingern und landet auf meiner geblümten Bettdecke. Ich habe nach wie vor nicht die leiseste Ahnung, was ich am Samstag getan habe. Dass ausgerechnet dieser Fremde mich auf diesen Tag anspricht, kann kein Zufall sein. Mein Herzschlag beschleunigt sich.

Nika (23:21): Haben wir uns Samstag kennengelernt?

Mit angehaltenem Atem warte ich auf seine Antwort.

Mr. X (23:22): Kann man so sagen.

Ich schließe die Augen und atme tief durch. Zehn, neun, acht, sieben. Die Panik flutet wellenartig meinen Brustkorb. Sechs, fünf, vier. Ich öffne meine Augen und starre auf den Chat. Er ist immer noch online. Drei, zwei eins.

Wenn ich ihn frage, wo wir uns kennengelernt haben, hält er mich für verrückt.

Nika (23:23): Ich glaube, ich habe zu viel getrunken an dem Abend. Ich erinnere mich nicht an dich.

Mr. X (23:23): Schade. Du hast Eindruck hinterlassen.

Als er offline geht, durchzuckt mich ein irrationaler Stich von Enttäuschung. Mein Gehirn versucht auf Hochtouren zu arbeiten und zu analysieren, wie ich am besten vorgehen könnte, um ihm die Informationen zu entlocken, nach denen ich die letzten Tage so verzweifelt in meinem Kopf gesucht habe. Dieser gutaussehende Fremde scheint meine beste Möglichkeit zu sein, um die Lücken in meinem Kopf zu füllen.

Nika (23:24): Erzählst du mir, wie wir uns kennengelernt haben?

Ich warte ganze zwei Minuten, bis er mir antwortet.

Mr. X (23:26): Morgen Abend bei einem Bier im Moe's?

Irgendetwas an seiner Nachricht versetzt mein Herz wieder in Panik, doch ich bin zu erleichtert und zu nervös, um zu erkennen, wovor mein Unterbewusstsein mich warnen will. Ich stimme dem Treffen zu und lege das Handy weg. Erst eine halbe Stunde später, als mir bereits die Augen zufallen, realisiere ich im Halbschlaf, was meine Skepsis geweckt hat. Woher weiß er, dass ich in der Nähe vom Moe's wohne?

Kilian

Das Display meines Smartphones zeigt Mitternacht an und ich habe nichts Besseres zu tun, als unterhalb der Woche um diese Zeit draußen unter einer Laterne zu stehen, zu warten und zu rauchen. Eigentlich habe ich schon vor Jahren aufgehört. Gestern war der Tag, an dem ich wieder angefangen habe. Ihretwegen. Sie hat, ohne es zu wissen, meine Welt auf den Kopf gestellt - und ich hasse sie dafür. Ich hasse sie, weil sie nicht nur meine Welt zerstört hat, sondern die von uns allen. Ich hasse es, dass ein Mensch eine solche Macht über uns hat. Ich hasse es, dass Mace sich wieder von uns zurückzieht. Dass Raphael keine Witze mehr reißt und nur noch beim Training ist, dass Lio sich hinter Büchern verschanzt – entweder hinter denen für sein Studium oder hinter dem Grimoire unserer Vorfahren.

Raphael hat heute mit seinem Großvater telefoniert, der uns unsere Geschichte nicht glaubt, aber versprach, uns am kommenden Wochenende zu besuchen und in Ruhe darüber zu reden.

Ich ziehe ein letztes Mal an der Kippe und schnipse sie weg. Während ich den Rauch aus meiner Lunge entlasse und ihn zwischen meinen Lippen hinauspresse, frage ich mich, über was wir mit ihm reden sollen. Denn offenbar ist Samstagnacht nichts vorgefallen. Die Nacht unserer Party kommt mir mittlerweile wie ein vergangener Albtraum vor, aus dem wir mit Herzklopfen erwacht sind. Aber wir sind erwacht und das ist das, was zählt.

Vielleicht haben wir sie tatsächlich nicht umgebracht. *Aber wir haben sie in ihr Auto gesetzt und im Fluss versenkt …*

Wie aufs Stichwort taucht sie vor mir auf. Ihre weiße Silhouette reißt die Dunkelheit in dem Park entzwei. Sie läuft den verlassenen Weg zu mir herunter, genau auf mich zu, doch ihr Blick ist in die Leere gerichtet, ihre Schritte langsam – und ihre nackten Arme sind von zahlreichen Schnittwunden übersäht.

Je näher sie kommt, desto panischer schlägt mein Herz. Auch ihr Gesicht zieren frische Schrammen. Ich ringe mit dem Impuls, auf sie zuzurennen und sie zu fragen, was passiert ist. Ein Teil von mir verflucht mich dafür, Mace einfach ihre Handynummer überlassen zu haben, ohne selbst mit ihr zu schreiben. Ich weiß, dass ich es besser machen würde, dass ich eine bessere Verbindung zu ihr aufbauen könnte, als er es tun kann – und vielleicht ist genau das der Grund, weshalb ich die Finger davon gelassen habe. Dass ich heute Nacht hier stehe und auf sie warte, ist schon zu viel des Guten, aber ich musste mich einfach davon überzeugen, dass dieses Mädchen immer noch sie ist. Da sie vergangene Nacht nicht aufgetaucht war, hatte ich schon gar nicht damit gerechnet, sie heute zu sehen.

Aber nun ist sie hier. Verletzt und irgendwie blasser als sonst, aber sie ist hier. Als sie unter dem Kegel der Laterne ankommt, nur zwei Schritte von mir entfernt, bleibt sie stehen und blinzelt ins Licht.

»Veronika«, murmle ich und strecke die Hand nach ihr aus, nach ihrem nackten Arm, auf dem der kühle Wind eine Gänsehaut hinterlassen hat. Ich berühre sie nicht, verharre mit meinen Fingern ein paar Millimeter vor ihrer Haut, und ziehe die Hand schließlich zurück, als ich in ihrem Gesicht die ersten Anzeichen dafür bemerke, dass sie aufwacht. Immer wenn ich sie ansehe, schießt mir ein einziges Wort durch den Kopf: Zerbrechlichkeit.

Ihr weißes übergroßes Schlafshirt verstärkt diesen Eindruck nur, denn ihr ganzer Körper wird darin verschluckt und sieht noch dünner aus als sonst schon. Dass der weiße Stoff schmutzig ist, beunruhigt mich. Ich suche sie nach weiteren, schwerwiegenderen Verletzungen ab, während sie langsam zur Besinnung kommt.

Ein letztes Mal blinzelt sie orientierungslos, bevor sie mich entdeckt, und ihre Augenbrauen nachdenklich zusammenzieht. Sie ist nicht erschrocken oder ängstlich. Nur verwirrt.

»Alles ist in Ordnung. Du bist geschlafwandelt«, erkläre ich ihr sanft.

Sie schüttelt den Kopf und sieht an sich herab. »Das kann nicht sein«, flüstert sie mit rauer Stimme.

Ich weiß, dass sie sich in einem seltsamen Wachzustand zwischen Schlaf und Wirklichkeit befindet. Nicht selten kam es vergangene Woche vor, dass sie in dieser Bewusstseinsebene durchaus wusste, wer ich war. Dass sie sich an Dinge erinnerte, die wir sie vergessen lassen wollten.

»Veronika?«, frage ich vorsichtig.

Sie schüttelt immer noch ihren Kopf. »Ich dürfte nicht hier sein. Wie bin ich hier hergekommen?« Ihre Pupillen weiten sich, als sie von ihren Händen aufschaut und mir ins Gesicht blickt. Ich merke, dass sie nun doch langsam panisch wird. »Ich muss aus dem Fenster gestiegen sein. Ich muss …«

»Alles ist gut. Wir laufen einfach wieder zurück zu dir.«

Sie macht einen großen Schritt nach hinten. »Nichts ist gut.«

Ich verstehe nicht, woher ihre plötzliche Panik kommt. Von unseren früheren nächtlichen Begegnungen weiß ich, dass das Schlafwandeln an sich für sie nicht neu ist. Es muss diesmal etwas anderes sein, was ihr zusetzt.

»Woher hast du die Verletzungen, Veronika?«

Sie betastet mit ihren Fingern das Gesicht und als sie mit der Fingerkuppe über eine der Schnitte auf ihrer Wange fährt, zuckt sie kurz zusammen.

»Die Rosenhecke auf der Rückseite unseres Hauses … ich muss die Hauswand am Spalier hinuntergeklettert sein.« Ihre Stimme klingt ungläubig.

Ich will nichts weiter, als sie in den Arm nehmen und ihr Trost spenden, ich will ihren halbnackten Körper mit meinem wärmen und schützen. Doch um sie zu schützen, bin ich viel zu spät dran. Ich werde das

Schuldgefühl nicht los und das Gefühl, dass ich das alles irgendwie hätte verhindern können.

»Wir sollten dich jetzt nach Hause bringen«, sage ich mit Nachdruck, eine Bitterkeit in meiner Stimme, die ich nicht zurückhalten kann. Sie ist hier nicht sicher, nicht einmal in meiner Gegenwart – *schon gar nicht* in meiner Gegenwart.

»Ich weiß, wer du bist«, stellt sie fest und scheint gleichzeitig verwirrt darüber. Sie verschränkt die Arme vor ihrer Brust und beißt sich auf die Lippe. Je länger sie mit mir spricht, desto nüchterner und klarer wird sie. Doch sie scheint sich noch nicht entscheiden zu können, wie sie zu mir steht. Ihre Haltung ist auf Distanz aus, doch in ihren Augen flackert eine Neugierde, die ungesund für sie ist.

Ich will nicht einmal wissen, wieviel sie über mich weiß. Und vor allem will ich nicht wissen, ob sie sich daran erinnert, dass ich an ihrem Mord beteiligt war, dass ich meinem Rudel die *Erlaubnis* gegeben habe, sie anzufassen.

»Komm mit!«, fahre ich sie etwas zu laut an. Die Stimmung in mir ist gekippt. Der Hass, den ich heute auf sie verspürt habe, schlägt mit voller Wucht wieder zu. Ich hasse es, dass sie Schuldgefühle in mir weckt.

»Wieso hast du es so eilig?«, fragt sie. Ich greife währenddessen nach ihrem Arm und zerre sie mit mir. Zum Glück wehrt sie sich nicht und läuft neben mir her.

»Es ist gefährlich hier für dich«, erkläre ich. Ihr Arm fühlt sich kalt an unter meiner Hand.

»Warum?«

Ich seufze. Ich könnte schweigen, doch aus irgendeinem Grund will ich ihr begreiflich machen, in welcher Situation sie sich befindet. »Stell dir vor, ein Rudel böser Wölfe hat es auf dich abgesehen. Sie verstecken sich in den Schatten der Nacht, beobachten dich, warten auf den richtigen Moment. Was wäre, wenn du ihr Rotkäppchen bist und sie sich bereits vorstellen, wie sie dich vernaschen?«

Ich blicke sie von der Seite an, um ihre Reaktion zu beobachten, doch ihr Gesicht bleibt ausdruckslos. Sie hat keine Ahnung, welche Wahrheit in meinen Worten steckt.

»Mein Leben ist kein Märchen«, antwortet sie schließlich, während wir den Park durchqueren.

»Das macht es nur noch schlimmer.« Mein Blick wandert zu jedem Schatten, den die Bäume werfen, als würde ich tatsächlich erwarten, dass ein Raubtier dort auf sie lauert. In gewisser Weise bin ich bereits das Raubtier, das auf sie gewartet hat. Aber ich bin nicht das schlimmste von ihnen. Ich denke an den Plan, den Mace hat, und frage mich, ob wir das Richtige tun.

»Ich kann froh sein, dass ich nachts immer dich treffe und nicht den Sexualstraftäter, der hier in der Gegend sein Unwesen treibt«, murmelt sie irgendwann und mir läuft es kalt den Rücken hinunter.

»Sexualstraftäter?«, frage ich gespielt unwissend. Die Zeitungen und Nachrichten haben noch über nichts in der Richtung berichtet. Also hatte Mace zumindest Recht und sie verfügt über Insiderinformationen, die gefährlich für uns werden können.

»Miriam warnt mich ständig davor. Sie spricht mit all den traumatisierten Mädchen, die gegen ihren Willen angefasst werden. Ich werde das Gefühl nicht los, dass es hier ganz in der Nähe passiert. Dass es zu oft passiert und zu wenig dagegen gemacht werden kann.«

»Wer ist Miriam?«, frage ich und hoffe, dass meine Fragerei nicht auffällig wird. Aber Veronika scheint so sehr in Gedanken, beinahe lethargisch.

»Sie ist Kriminalpolizistin. Ich darf die Fallakten eigentlich nicht sehen, aber sie lässt sie immer auf dem Küchentisch liegen. Weißt du, sie kann besser nachdenken, wenn sie isst.«

Ich sauge die Informationen auf wie ein Schwamm, nehme alles, was ich von ihr kriegen kann. Ich bin froh, sie heute Nacht getroffen zu haben. War ich vorher noch unsicher über unseren Plan, unsicher darüber, was das Richtige ist, so hat sie mir nun die Augen geöffnet.

Der Schutz des Rudels steht an erster Stelle.

Als wir vor ihrem Haus ankommen, den Weg in einer solchen Selbstverständlichkeit hinter uns gebracht, als würden wir ihn jeden Abend zusammen gehen, bleibt sie stehen und schaut zu mir hoch. Das Silbergrau ihrer Augen wirkt heute nicht mehr greifbar. Veronika ist für mich in eine unbestimmte Ferne gerückt und fast fühlt es sich an wie ein Abschied. Ich hebe meine Hand und streiche eine verirrte Haarsträhne hinter ihr Ohr zurück.

Wenn sie wieder oben in ihrem Zimmer sein wird, wird nichts von ihr bleiben, außer die Frage, warum sie überlebt hat.

Sie wendet den Blick von mir ab und sieht zur Eingangstür. »Ich habe diesmal keinen Schlüssel mit.«

»Lass mich raten, und anklingeln willst du auch nicht?«

Sie errötet leicht und schüttelt den Kopf. Ich weiß nicht, warum sie das Ausmaß ihres Schlafwandelns vor ihrer Tante geheim halten will. Wenn ich mit ihr zusammenwohnen würde, würde ich es wissen wollen, um bessere Vorkehrungen treffen zu können. Ihre Zimmertür zu verschließen, scheint nicht zu reichen.

»Zeig mir den Weg, auf dem du rausgekommen bist«, sage ich.

Sie führt mich hinters Haus, an dem Rosen und Weinreben ein gitterförmiges Spalier nach oben klettern, das sich fast über die gesamte Hauswand erstreckt.

»Welches Fenster ist deins?«, frage ich, doch in derselben Sekunde, entdecke ich das geöffnete Fenster in der zweiten Etage. Mir wird ganz mulmig bei der Vorstellung, wie sie im Schlaf das Spalier heruntergeklettert sein muss. Ihren Verletzungen nach zu urteilen, ist sie den letzten Meter vermutlich sogar gefallen und in den Büschen gelandet, die sich in einer Hecke unten ums Haus ziehen.

Sie stellt sich in die Hecke und sucht mit ihren Händen nach Halt, als ich sie zurückhalte.

»Warte noch.«

Überrascht dreht sie sich zu mir um. Ich gehe einen Schritt auf sie zu, bis ich genau vor ihr stehe, dann nehme ich ihr Gesicht in meine Hände und beuge mich zu ihr herunter. Sie steht ganz still da, während ich einen Kuss auf ihre Lippen hauche. Nur hauchzart berühren sich unsere Münder. Es muss reichen, damit sie sich an mich nur noch in Form eines Traumes erinnert.

»Ich helfe dir hoch«, ist das Einzige, was ich herausbringe, als ich mich von ihr löse. Es ist das Letzte, was ich zu ihr sage und ich frage mich, ob ich sie jemals wiedersehen werde.

Ich hebe sie hoch und warte, bis sie sicheren Halt an dem Spalier gefunden hat. Dann trete ich einen Schritt zurück und beobachte sie beim Hochklettern. Ein einziges Mal schaut sie zu mir zurück, doch ich kann in ihrem Gesicht keinen ihrer Gedanken lesen.

Ein schlechtes Gewissen durchzuckt mich beim Anblick ihrer schlanken nackten Beine, die nur in einer kurzen Hotpants stecken, die man unter ihrem Schlafshirt zuvor nicht einmal gesehen hat. Zumindest ist sie eine geschickte Kletterin. Und ein Fliegengewicht.

»Sei vorsichtig, Rotkäppchen«, murmle ich, als sie ihre Fensterbank erreicht und sich ins Zimmer hievt. Obwohl sie jetzt wieder in Sicherheit ist, weiß ich, dass die Gefahr für sie gerade erst begonnen hat.

Sie hat das Aufsehen der Wölfe erregt.

Ein Cocktail zu viel

Nika

Dienstag

Alles ist gut. Du warst nur draußen.

Meine Finger liegen auf dem kühlen Glas an der Stelle, an dem sich die Lippen meines Spiegelbildes befinden. Nachdem ich ein paar Mal tief ein und aus geatmet habe, nehme ich die Finger von dem Spiegel und lege sie stattdessen auf meine eigenen Lippen. Noch immer spüre ich auf ihnen den Hauch eines Kusses. Ich begreife nicht, warum ich Nacht für Nacht Sexträume habe. Hin und wieder einen heißen Traum zu haben, ist bestimmt schön und normal – aber langsam wird es merkwürdig. Normalerweise – zumindest früher – wurde ich in den Nächten, in denen ich rausging, von unruhigen Albträumen geplagt. Diese erotischen Fantasien seit ein, zwei Wochen sind neu – und machen mich wahnsinnig.

Ich sollte beunruhigt über die Schrammen und feinen Kratzer auf meinen Wangen, Armen und Beinen sein, stattdessen bin ich besorgt über das Tempo meines Herzens und über das Pulsieren zwischen meinen Beinen. Ich fühle mich unausgefüllt. Unausgeglichen. Als würde mir etwas fehlen – und ich weigere mich auch nur für eine Sekunde zu glauben, dass Sex das ist, was mir fehlt.

Ich brauche doch keinen Sex, um mich ausgeglichen zu fühlen. Das ist lächerlich. Was ich brauche, ist mal wieder eine Nacht, in der ich durchschlafe – vorzugsweise in meinem Bett. Ich gehe zu meinem Kleiderschrank und suche zwischen den ganzen Sommerklamotten nach etwas Langärmligen, um meine Schrammen vergangener Nacht vor Miriam zu verstecken, doch als ich in einer Leggins und einem Sweatshirt vor dem Spiegel stehe, merke ich, dass es zum einen lächerlich auffällig ist und zum anderen, dass ich die feinen Kratzer auf meiner Wange ohnehin nicht verbergen kann. Also wechsle ich stattdessen zu einem geblümten Sommerkleid und wappne mich innerlich für die schonungslose Wahrheit.

Als ich aus meinem Zimmer komme, ist Miriam offenbar in ihrem wöchentlichen Hausputz-Modus. Sie hat Musikstöpsel in den Ohren – um mich vermutlich ausschlafen zu lassen – und tanzt mit dem Wischmop durch unser Wohnzimmer. Fellknäuel rennt dem Mop hinterher und schlittert dabei über den nassen Boden. Ich muss mir ein Grinsen verkneifen und lehne mich gegen den Türrahmen.

Ich beobachte das Spektakel ein paar Sekunden lang, bis Miriam sich umdreht und mich durch Zufall in der Tür stehen sieht. Vor Schreck lässt sie den Wischmop fallen und fasst sich ans Herz.

»Nika!« Sie zieht die Musik aus ihren Ohren und holt tief Luft. »Gott, hast du mich erschreckt!«

Ich lache. »Sorry. Ich nehme an, du hast schon gegessen?«

Sie setzt gerade zu einer Antwort an, als ihr Blick über meinen Körper schweift. Ihre Augen weiten sich. »Was ist passiert?«

»Bin wohl wieder draußen gewesen«, sage ich schulterzuckend.

»Aber –« Sie steht da mit offenem Mund und weiß nicht weiter. Genau das wollte ich vermeiden. Ich will nicht, dass sie sich Sorgen macht. Oder dass sie nicht weiterweiß. Ich will ihr keine Probleme machen, will nicht, dass meine Probleme zu ihren werden. *Vielleicht konnte mich Mom deshalb nicht behalten. Weil ich zu viele Probleme gemacht habe.*

»Muss wohl aus dem Fenster geklettert sein«, beantworte ich ihre unausgesprochene Frage.

Sie presst ihre Lippen zusammen, blinzelt mich stumm an und geht dann auf einmal an mir vorbei. Den Wischmop lässt sie einfach auf dem Boden liegen.

»Miriam?« Ich drehe mich zu ihr um und sehe ihr dabei zu, wie sie die Schuhe anzieht.

»Wohin gehst du?«, bohre ich nach, weil ich mir langsam Sorgen mache. Sie greift nach den neuen Autoschlüsseln, die zu einem sehr alten Gebrauchtwagen gehören, den wir seit gestern besitzen, und öffnet die Wohnungstür.

»Ich fahre zum Baumarkt und besorge eine Fenstersicherung.«

Als ich um sieben Uhr das Moe's betrete und meine Verabredung am Tresen lehnen sehe, erwischt mich das Deja-vu mit voller Wucht.

Mr. X. Der rötliche Schein der Lampen, der Geruch und die Atmosphäre dieser Bar treten etwas in mir los, auf das ich nicht vorbereitet war. Wie die Fetzen eines längst vergessenen Traumes gleiten unscharfe Bilder an mir vorbei, ich kann sie nicht anhalten oder festhalten. Das Einzige, was sie hinterlassen, ist das Gefühl, dass ich ihn hier schon einmal gesehen habe. Ich würde Fellknäuel darauf verwetten, dass ich mit diesem Mann bereits an eben dieser Bar gesessen und mit ihm gesprochen hatte.

Zumindest hat er demnach nicht gelogen und er ist kein Fremder für mich. Das sollte mich eigentlich beruhigen, doch als ich mich über den dunklen Holzboden Schritt für Schritt der Bar nähere, stellt sich kein Gefühl von Erleichterung ein. Im Gegenteil. Die Gefühle, die sein Anblick in mir wachruft, sind besorgniserregend. Ihn anzusehen, fühlt sich fast genauso an, wie morgens nach dem Schlafen aufzustehen und in den Spiegel zu sehen, auf der Suche nach Verletzungen oder Spuren der letzten Nacht. Meine nächtlichen Ausflüge haben so schnell meinen Alltag zurückerobert, dass ich es kaum glauben kann, dass es tatsächlich einige Jahre gegeben hat, in denen ich vor ihnen verschont geblieben bin. In denen ich die Angst, in den Spiegel zu gucken, losgeworden bin.

Diesen dunkelblonden Mann anzusehen und nach Spuren für etwas zu suchen, was meine Erinnerung wiederbeschafft, fühlt sich genauso an. Ich habe Angst davor, was ich bei seinem Anblick finden könnte. Welche vergessenen Geheimnisse er mir offenbart.

Mr. X sieht mich nicht kommen, sondern schaut auf sein Handy.

Ich straffe meine Schultern und rede mir ein, dass ich bereit dafür bin, meine Erinnerungslücken aufzudecken. Ich will wissen, wer dieser Mann ist. Ich muss wissen, was Samstagnacht passiert ist.

»Hallo«, sage ich und schwinge mich auf den Barhocker neben seinem. Dabei zupfe ich an den losen Enden meiner Jeansshorts, weil sie auf einmal viel zu kurz wirkt. Die Schrammen letzter Nacht zieren meine nackten Beine und ich frage mich, wieso ich nicht zumindest eine blickdichte Strumpfhose angezogen habe.

Mr. X sieht vom Handy auf und starrt mich an. Kein Lächeln huscht über sein Gesicht, was mich nur noch nervöser macht. Er sieht unfreundlich aus, aber vielleicht hatte er auch nur einen schlechten Tag. Ich will keine voreiligen Schlüsse ziehen, weshalb ich ihn freundlich anlächele.

Er erwidert es immer noch nicht. Und ‚Hallo' sagt er ebenfalls nicht.

Nervös rutsche ich auf dem Hocker herum und lasse meinen Blick durch die Bar wandern, nur um dem seinen zu entgehen. Sein wortloses Starren verunsichert mich. Ich war schon lange auf keinem Date mehr – Halt, nein, das hier ist ohnehin kein Date. Ich sitze zwar mit einem attraktiven Mann an einer Bar, aber hierbei geht es lediglich darum, meine Erinnerungen wiederzuerlangen.

Als mein Blick den Barkeeper streift, grinst dieser mich breit an und ich erinnere mich dunkel daran, dass ich bei meinem letzten Besuch hier ein längeres Gespräch mit ihm hatte. Aber worüber haben wir uns unterhalten? Es will mir beim besten Willen nicht einfallen. Ich musste am Abend meiner Trennung von Till offenbar mehr getrunken haben, als mir bisher bewusst war.

»Und?«, fragt mich auf einmal Mr. Griesgram.

Überrascht sehe ich wieder zu ihm. »Was und?«

»Weckt mein Anblick irgendwelche Erinnerungen?«

Die Art, wie er das fragt, weckt in mir zum ersten Mal die Befürchtung, dass ich ihn nicht nur kenne, sondern vielleicht mit ihm geschlafen haben könnte.

Mein Puls schießt zusammen mit meinem Blut in die Höhe. »Wir haben aber nicht miteinander –« Ich räuspere mich. »Du weißt schon.«

Mr. Griesgram hebt eine Augenbraue. Diese Vorstellung scheint für ihn genauso überraschend zu kommen wie für mich. »Nein. Wir haben nicht gefickt.«

Vor Erleichterung greife ich mir an die Brust und ignoriere seine harte Ausdrucksweise. »Oh Gott sei Dank.«

Nicht, dass ich es mir besonders schlimm vorstelle, mit diesem Mann im Bett zu landen, aber Sex gehört definitiv zu den Sachen, die ich nicht im Vollrausch mit einem Fremden machen und anschließend vergessen möchte. Ich möchte mich gerne daran erinnern, wenn es schon dazu kommen sollte.

»Was wollt ihr trinken?«, fragt der Barkeeper, bevor Mr. Griesgram noch irgendetwas zu dem Thema sagen kann, was mich vermutlich nur noch mehr in Verlegenheit gebracht hätte.

»Einen Tequila Sunrise«, bestelle ich aus Gewohnheit.

Mr. Griesgram bestellt lediglich ein Bier. Auf meinen fragenden Blick hin, antwortet er, dass er mit dem Motorrad hier sei. Ich frage mich, wieso er mich dann ausgerechnet in dieser Bar treffen wollte.

»Wir waren hier, stimmt's?«, will ich wissen. »Ich erinnere mich dunkel daran, dass wir beide hier schon einmal saßen.«

Er sieht mich nicht an, sondern starrt auf die glatte schwarze Oberfläche des Tresens und zieht die Stirn kraus. Irgendetwas an meiner Frage scheint ihm nicht zu gefallen, doch er nickt.

Je länger ich sein Gesicht ansehe, desto vertrauter wirkt er. Beinahe *zu* vertraut. Dieses intensive Gefühl erschreckt mich.

»Ist irgendetwas ... vorgefallen?«, taste ich mich vorsichtig heran. Sein Verhalten lässt mich mit noch mehr Fragezeichen zurück, als ich sie gestern noch hatte. Wieso wollte er sich mit mir treffen? Irgendetwas *muss* zwischen uns vorgefallen sein, doch ich kann mir beim besten Willen nicht vorstellen was.

»Hier bitteschön!« Gut gelaunt stellt der Barkeeper die Getränke vor uns auf den Tresen. Bevor er sich wieder umdreht und geht, zwinkert er mir vielsagend zu und ich mache mir eine mentale Notiz, dass wenn ich nicht genug Infos aus Mr. Griesgram quetschen kann, ich stattdessen ein Gespräch mit dem Barkeeper führen sollte.

»Wie heißt du überhaupt?«, will ich von meinem schweigsamen Gegenüber wissen.

»Du kannst mich Race nennen«, sagt er und setzt die Flasche Bier an seine Lippen. Er hat schöne Lippen. Nicht zu voll, nicht zu dünn. Verdammt! Ich wende meinen Blick von ihm ab und frage mich stattdessen, was seine Formulierung zu bedeuten hat. Ich kann ihn Race nennen. Heißt das, es ist nur ein Spitzname? Und da er mich nicht nach meinem Namen fragt, heißt das, dass er ihn noch von Samstag kennt?

Das Vibrieren meines Handys reißt mich aus meinen Gedanken. Kurz erwäge ich aus Höflichkeit, das Vibrieren zu ignorieren, aber andererseits – er ist auch nicht gerade die Höflichkeit in Person. Außerdem will ich das plötzliche Schweigen zwischen uns füllen.

»Entschuldige bitte«, sage ich also und ziehe mein Handy aus der Hosentasche. Ich will nur einen flüchtigen Blick darauf werfen, doch als ich sehe, dass die Nachricht von Miriam ist, lese ich sie mir durch.

Hey Nika, bist du noch lange weg? Ich glaube, ich habe gerade in aller Eile den Backofen vergessen auszumachen. Kannst du nach Hause kommen und ihn ausmachen?

»Scheiße«, entfährt es meinen Lippen. Normalerweise bin ich die Vergesslichere von uns beiden, der so etwas Dummes passieren könnte. »Ich muss nochmal schnell weg.« Als ich hochgucke, schauen mich ein Paar braun-grüner Augen aufmerksam an.

Eine interessante Augenfarbe.

»Was ist?«, will er wissen.

Ich trinke einen großen Schluck von dem Cocktail und frage mich in dem Moment, ob es sich lohnt, zurück nach Hause und dann wieder hierhin zu laufen. Der Weg ist zwar nicht weit, doch Mr. Griesgram sieht nicht so aus, als würde er den ganzen Abend mit mir verbringen wollen oder als würde er noch viel über Samstagnacht zu erzählen haben. Das hier ist wohl eine Sackgasse. Eine attraktive, doch sehr wortkarge Sackgasse.

»Meine Tante hat den Backofen angelassen, ich muss zurück nach Hause«, erkläre ich, während ich noch immer meine Optionen abwäge.

»Hm«, macht er und bestätigt mich in meinem Eindruck. Doch dann fügt er auf einmal hinzu: »Trink aus, danach kann ich dich fahren.«

Das ist überraschend. Ich weiß nicht, was ich von seinem Angebot halten soll, aber als er mir zu prostet, nehme ich mein Glas in die Hand und tue es ihm gleich. Forschend beobachte ich ihn über den Rand meines Glases hinweg, während ich an dem neongelben Strohhalm ziehe. Es wäre viel zu schade, dieses leuchtend orangene Getränk einfach stehen zu lassen. Ich wünschte, er würde auch etwas Höherprozentigeres trinken, vielleicht würde das seine Zunge lockern. Aber vielleicht würde es auch reichen, ein wenig mehr Zeit mit ihm zu verbringen, um meinem eigenen Gedächtnis auf die Sprünge zu helfen. Wer weiß, vielleicht saß ich schon einmal auf seinem Motorrad und das würde weitere Erinnerungen in mir wachrufen?

Ich schmunzele über die Vorstellung und genieße den fruchtigen Geschmack auf meiner Zunge. So langsam beginne ich mich zu entspannen und mich in seiner Gegenwart nicht mehr wie ein nervöser Teenager zu fühlen. Mein Blick klebt förmlich an jedem Zentimeter seiner nackten Haut – zu viel davon wird nicht von seinem T-Shirt verdeckt. Vielleicht ist es ja doch schade, dass zwischen ihm und mir Samstagnacht nicht mehr passiert ist. Andererseits hat er nur verneint, mit mir geschlafen zu haben – vielleicht haben wir ja andere Sachen getan?

Ich starre wieder auf seine Lippen. Nein. Ich bin mir sicher, dass ich diese Lippen noch niemals geküsst habe. Daran würde ich mich auf jeden Fall erinnern.

In Rekordzeit habe ich mein Glas leer und kann nicht anders, als auch noch das Fruchtgummi vom Rand zu pflücken und mir in den Mund zu stecken.

Race lässt das zum Glück unkommentiert, er legt einen Geldschein auf den Tresen und macht sich auf den Weg Richtung Ausgang. Ich zupfe mein hellblaues Top zurecht, springe vom Hocker auf, wobei sich der Raum kurz einmal dreht - und folge ihm.

»Bist du schon einmal mitgefahren?«, will Race von mir wissen, als er vor dem Lokal an einem schwarzen Ungetüm stehenbleibt. Ich frage mich, ob sein Spitzname hiervon rührt. Vielleicht fährt er Rennen mit diesem Ding.

Ich schüttle nur den Kopf und starre den einen Helm an, der auf dem Lenker hängt. Zumindest erinnere ich mich nicht daran, schon einmal mitgefahren zu sein.

»Angst?«, fragt Race. Vermutlich weil ich auf einmal so still bin. Ich sollte öfter still sein, vielleicht stellt er mir dann mehr Fragen. Wobei mir Antworten lieber wären als Fragen.

»Nein«, sage ich. Es gibt nur eine Sache, vor der ich mich fürchte und das ist die Nacht. Mit Geschwindigkeit oder Höhe habe ich nie ein Problem gehabt.

»Dann hoffe ich, dass es nicht weit bis zu dir ist. Ich habe nur einen Helm. Willst du ihn aufsetzen?« Er schwingt sich auf den Sitz und guckt mich erwartungsvoll an.

Ich schüttle automatisch den Kopf, doch Race verdreht die Augen. Obwohl er nicht so wirkt, als würde er sich viel um das Leben anderer sorgen, streckt er mir den Helm hin und sieht dabei nicht so aus, als würde er Widerworte zulassen.

Etwas unbeholfen nehme ich ihm den schwarzen Helm ab und setze ihn mir auf. Er fühlt sich groß und schwer an.

»Komm, jetzt steig endlich auf.« Geduld gehört wohl ebenfalls nicht zu seinen Stärken.

Ich will sie auch wirklich nicht überstrapazieren, aber hinter ihm ist kaum noch Platz. Als meinem Körper bewusst wird, wie nah ich seinem gleich kommen werde, reagiert er total über. Alles andere als elegant klettere ich zu ihm rauf und der Adrenalinstoß erwischt mich völlig unvorbereitet. Vielleicht liegt es auch an der Mischung mit dem schnell hinuntergestürzten Alkohol, doch ich fühle mich plötzlich, als würde ich auf der Klippe eines Berges stehen.

»Bereit?«, fragt er.

Race.

Mein Mount Everest.

Ich schlinge meine Arme um seinen Oberkörper, spüre durch das T-Shirt jeden einzelnen Muskel und nicke.

Wenige Minuten später stehen wir vor meinem Haus.

»Hier wohnst du?«

Nein, ich habe dich willkürlich zu einem völlig fremden Haus in der Stadt geführt. Ich ziehe den Helm aus und schüttle meine Haare aus. »Willst du kurz mit raufkommen?«, frage ich und reiche ihm den Helm. Meine Beine fühlen sich noch ganz wackelig von der schnellen Fahrt an, doch es ist ein gutes Gefühl. Als würde man gerade aus einer Achterbahn gestiegen sein und noch einmal fahren wollen.

»Wieso nicht?«, antwortet er und folgt mir zur Haustür.

Den ganzen Weg hinauf kann ich das Grinsen nicht von meinem Gesicht wischen, das sich dort breitgemacht hat. Wieso grinse ich überhaupt? Vermutlich liegt das an den ganzen Hormonen, die meine Sexträume Nacht für Nacht ausschütten, dass ich jetzt so intensiv auf diesen Kerl reagiere. In meinen Träumen würde ich vermutlich nicht lange fackeln und ihn direkt in mein Schlafzimmer führen.

Oben in der Wohnung begrüßt uns Fellknäuel. Miauend läuft sie zwischen unseren Beinen umher und ich schiele unauffällig zu Mr. Griesgram, um zu sehen, ob er sich von einer süßen kleinen Katze erweichen lässt. Doch er schaut nur unbeeindruckt zu ihr herunter. Er verzieht nicht einmal seinen Mund zu einem Lächeln!

»Das ist Fellknäuel. Du darfst sie ruhig streicheln«, erkläre ich.

»Wer hat sich denn diesen grausamen Namen für das Tier ausgedacht?«

Ich ziehe meine Augenbrauen hoch und mein Grinsen erlischt. *Idiot!* »Wie würdest du denn ein flauschiges Katzenbaby nennen?«

»Ich würde mir niemals eins zulegen, Schätzchen. Und wenn doch, dann würde ich dem Ding einen normalen Namen geben. Fellknäuel ist doch kein Name.«

Ich verdrehe die Augen und gehe in die Küche. Der Alkohol hat mich wohl für kurze Zeit vergessen lassen, dass man mit diesem Mann kein Gespräch führen kann. Das hatte ich in den ersten fünf Minuten in der Bar bereits gemerkt. Ich halte mich für eine gute Menschenkennerin. Habe ich im ersten Moment vielleicht noch gedacht, seine harte Schale wäre nur aufgesetzt, so bin ich mittlerweile der Meinung, dass eine gewisse Portion Unhöflichkeit, Arroganz und Verschwiegenheit zu seinem Charakter gehört und er sie auch nach einiger Zeit nicht ablegen wird.

Als ich vor dem Backofen stehe, merke ich, dass er gar nicht an ist. Offensichtlich hat sich Miriam geirrt und sie hat ihn doch noch ausgeschalten, bevor sie das Haus verlassen hat. *Na toll.*

Ich seufze und gehe stattdessen an den Vorratsschrank, um Fellknäuel ihr Abendessen zu geben. »Falscher Alarm!«, rufe ich währenddessen in den Flur. »Hier ist alles in Ordnung.«

Jetzt sind wir ganz umsonst hierhin gekommen. Fellknäuel kommt angerannt, als sie das Trockenfutter in ihre Schale rieseln hört. Schnurrend reibt sie sich an meinen Beinen und ich streiche ihr durchs grauweiße Fell.

Als ich zurück in den Flur komme, schaut Race sich die gerahmten Schwarz-weiß-Fotografien an, die an unserer grau gestrichenen Wand hängen. Sie zeigen Nahaufnahmen von Blumen, Knospen und Zweigen.

»Keine Familienportraits?«, fragt Race.

Ich schüttle den Kopf. »Miriam und mich kann man wohl kaum als Familie bezeichnen.« Mehr will ich dazu nicht sagen und er bohrt auch Gott sei Dank nicht weiter nach.

Ich will ihn gerade fragen, ob er noch einmal zurück ins Moe's will, als er laut flucht und sich durch die Haare geht.

»Ich habe meine Lederjacke an der Bar liegen lassen«, erklärt er.

»Du hast bei dem Wetter eine Lederjacke mitgehabt?«

»Nachts kann es kühl werden, Schätzchen, wenn man mit dem Motorrad unterwegs ist.« Dass er mich schon zum zweiten Mal Schätzchen nennt, irritiert mich. Und gefällt mir nicht. Als ich daraufhin nichts sage, guckt er mich an. »Willst du nochmal mitkommen? Noch etwas trinken, bevor sich unsere Wege trennen?«

Ich verschränke die Arme vor meiner Brust, weil ich ihm nicht das Gefühl geben will, als hätte ich auf diese Frage gewartet oder als hätte ich selbst vor wenigen Minuten noch daran gedacht.

»Du hast mir immer noch nichts über Samstag verraten. Das war der einzige Grund, weshalb wir uns getroffen haben«, erinnere ich ihn.

»Ach ja, war es das?«

Ich spüre, wie mir unter seinem Blick warm wird. »Natürlich«, sage ich schnell. Dieser Typ ist ganz schön eingebildet, wenn er denkt, dass ich mich aus einem anderen Grund mit ihm getroffen habe. Sein Leck an

Nettigkeit oder Geduld wird durch sein Selbstbewusstsein kompensiert und ich frage mich, was falsch mit mir ist, weil ein Teil von mir das anziehend findet.

»Wenn du mitkommst, verrate ich dir, wo du Samstag warst.«

Ich runzele verwirrt die Stirn. »Ich war nicht im Moe's?«

»Nein, Schätzchen, warst du nicht.«

Und damit hat er mich an der Angel. Ich halte meinen Zeigefinger hoch und schaue ihm in die Augen. »Aber wehe, du nennst mich noch einmal Schätzchen!«

Er grinst. Was heißt, dass er zum ersten Mal, seit ich ihn kenne, seine Mundwinkel hebt – zumindest einen davon – und ich bin gleichermaßen froh und traurig darüber, dass er es so selten tut.

Verwirrt über das, was er in mir auslöst, folge ich ihm nach draußen und steige zum zweiten Mal hinter ihm auf sein Motorrad. Diesmal ist das Gefühl weniger befremdlich und ich zögere nicht, mich an ihm festzuhalten. Als uns bei der Fahrt der Wind streift, merke ich genau, weshalb er selbst im Juli eine Lederjacke braucht. Ich wünschte, ich hätte auch eine an.

Die Türglocke läutet, als wir fünf Minuten später das Moe's erneut betreten. Der Weg zur Bar erscheint mir diesmal jedoch viel länger und ich merke erst, dass ich wanke, als ich mich an Race' Arm festhalten will. Verdammt, wirkt der Tequila diesmal spät. Die letzten fünfzehn Minuten habe ich kaum etwas davon gespürt.

Als wir an der Bar ankommen, liegt Race' Jacke tatsächlich auf einem der Hocker. Habe ich je daran gezweifelt? Ich fühle mich verwirrt und lasse mich auf einem der Hocker nieder.

»Willst du noch etwas hierbleiben?«, fragt er mich. Ich nehme alles nur noch wie durch einen Nebel wahr, aber ich nicke. Jetzt direkt wieder zu fahren, erscheint mir unsinnig. Außerdem will ich nicht wieder aufstehen. Jetzt noch nicht. Hier ist es schön warm und kuschelig. Ich will mich wieder an seinen steinharten Körper kuscheln. Ich wusste gar nicht, dass kuscheln mit einem Stein so angenehm sein kann.

»Ich geh dann eben kurz auf Toilette«, informiert er mich.

Nein geh nicht, will ich sagen, doch meine Lippen sind zu langsam. Ich sehe seinem breiten Rücken nach. Mir gefällt seine Rückenansicht. Als er hinter der nächsten Ecke verschwindet, drehe ich mich selig lächelnd um.

»Und willst du noch etwas trinken? Die Party Samstag scheint ja ein voller Erfolg gewesen zu sein, wenn du ihn jetzt sogar datest.«

Ich blicke den Barkeeper an. Er steht vor mir auf der anderen Seite der Bar und grinst mich wissend an. Er scheint sogar mehr zu wissen als ich. Denn ich runzle nur irritiert die Stirn.

»Party?«, wiederhole ich. Meine Stimme klingt eigenartig fremd und ich räuspere mich. Von welcher Party reden wir?

Nun runzelt auch der Barkeeper die Stirn. Seine braunen Augen mustern mich eindringlich. »Du bist doch hingegangen, oder?«

»Bin ich?«

»Oh Mann«, er seufzt theatralisch. »Und ich hatte gedacht, du hast zumindest Fotos für mich gemacht!«

Fotos ... Ich greife nach meinem Handy und es fühlt sich wie eine motorische Königsdisziplin an, es nicht fallen zu lassen und den Ordner mit den Bildern zu öffnen. Wieso bin ich bloß nicht früher auf die Idee gekommen? Die Wahrscheinlichkeit, dass ich ausgerechnet an dem Abend Bilder gemacht habe, ist zwar nicht äußerst hoch, doch wer weiß schon, was mein betrunkenes Ich festhalten wollte? Als ich in meinen Aufnahmen tatsächlich ein Foto und eine Videodatei entdecke, schlägt mein Herz gleich schneller. Ich will drauftippen, doch vor meinen Augen verschwimmt alles. Statt aufs Foto zu klicken, drücke ich offenbar auf den Home-Button und Fellknäuel schaut mich zwischen all den Apps an.

»Wie kann man sie nicht süß finden?«, frage ich.

»Ist alles gut bei dir?«, höre ich die Stimme des Barkeepers von weit weit weg. Wieso ist er auf einmal so weit weg? Nachdem ich das nächste Mal blinzele, bleibt alles schwarz.

12.

Ein Haus am See

Mace

Dienstagabend

Auf der Liste meiner Verbrechen steht jetzt offensichtlich auch eine Entführung. Ich schaue auf das bewusstlose Mädchen vor mir, beziehungsweise auf ihre hellblonden Haare herunter, die mir dauernd ins Gesicht wehen – viel mehr als ihren Hinterkopf kann ich nämlich nicht sehen. Ich habe sie mit einem Gurt vor meinen Körper geschnallt und nun hoffe ich, dass sie nicht aufwacht, bis wir am Ferienhaus meiner Eltern ankommen.

Ob sie mir die Hölle dafür heiß machen wird, dass ich sie mit zu mir genommen habe – oder ob sie meine Erklärung ohne viel Drama schlucken wird? Noch kann ich dieses Mädchen nicht einschätzen. Aber dass ich sie aus der Stadt schaffen muss, während Kilian und die anderen ihre Wohnung und ihre Tante durchleuchten, stand außer Frage. Bisher läuft alles wie am Schnürchen. Die Jungs haben das Handy ihrer Tante geklaut, als diese ihre Wohnung verlassen hat. Ich habe einen Stift zwischen Tür und Türrahmen liegen lassen, sodass ihre Wohnungstür nicht zugefallen ist. Entweder war Veronica zu diesem Zeitpunkt schon unter dem Einfluss der k-o-Tropfen oder meine Gegenwart allein hat sie so stark abgelenkt, dass sie dies nicht mitbekam.

Während ich also mit ihr die Stadt für ein, zwei Tage verlasse, können meine Jungs ungestört Nachforschungen über sie anstellen. Sie können allem auf den Grund gehen, was ihre Wohnung und ihre Tante über sie preisgeben – und ich kann mich dem widmen, was *sie* mir preisgeben wird.

Hinter ihrer Stupsnase, den Sommersprossen und den unschuldigen silberblauen Augen verbirgt sich etwas, was tiefe Schatten wirft. Ich weiß, wie es aussieht, wenn Leute ein dunkles Geheimnis mit sich tragen und ich würde unser Loft darauf verwetten, dass dieses Mädchen auch eins hat.

Vielleicht gelingt es mir ja, ihr Vertrauen zu erschleichen oder sie mit meiner dämonischen Anziehungskraft um den Finger zu wickeln. Manipulation liegt uns im Blut, ist eine der Konsequenzen unserer Macht. Dass Veronica auch gar nicht so schüchtern zu sein scheint, wie ich sie anfangs eingeschätzt habe, wird das Ganze noch leichter machen.

Ein Kinderspiel.

Es ist bereits Nacht, als wir auf das Grundstück auffahren. Nachdem ich den Code eingegeben habe, schiebe ich das Motorrad durch das geöffnete Tor. Veronica liegt bäuchlings über dem Sitz wie auf dem Rücken eines Pferdes, mein Helm baumelt an der rechten Seite des Lenkers. Der Bewegungsmelder lässt die kleinen Leuchten anspringen, die einen schmalen gepflasterten Weg säumen, der hoch zum Haus führt. Ich höre, wie sich hinter mir das Tor quietschend schließt.

Während ich meine Maschine neben mir herschiebe und darauf achte, dass Veronica nicht herunterfällt, überlege ich, wann ich das letzte Mal hier gewesen war. Es muss mit Claire gewesen sein, weshalb ich diesen

Ort auch zwei Jahre lang gemieden habe. Es wird höchste Zeit, die letzten Gespenster der Vergangenheit fortzujagen, so dass ich sogar froh bin, jetzt hier zu sein. Es fühlt sich an wie ein Sieg.

Als mein Handy in meiner Hosentasche vibriert, bleibe ich stehen und gehe dran.

»Was gibt's?«, frage ich und blicke hoch in den schwarzen Sternenhimmel.

»Wir haben die Wohnung durchsucht. Es gibt keine aktuellen Fallakten im Bürozimmer ihrer Tante, die uns belasten können. Falls sie an irgendetwas dran ist, dann hatte sie es heute bei sich. Wir haben auch das Wohnzimmer nach allen möglichen Informationen zur Familiengeschichte abgesucht, aber kaum etwas gefunden. Es existiert nur ein einziges Kinderfoto von Veronika, wo sie mit einer Frau drauf ist, die ihre Mutter sein könnte. Ansonsten haben wir noch keinerlei Anhaltspunkte«, berichtet Kilian.

»Habt ihr das Handy zurückgegeben?«

»Haben es in ihrer Wohnung gelassen, als hätte sie es dort vergessen.«

»Gut. Wird sich Raphael wie geplant mit Miriam verabreden?«

»Ja.«

Ich nicke und fahre mir mit der anderen Hand durchs Haar. Wenn es nach mir ginge, hätte Kilian diesen Part übernehmen sollen, doch er hat sich strikt dagegen geweigert. Es wird jetzt nichts bringen, diese Diskussion erneut anzufachen.

»Okay, dann reden wir morgen wieder«, will ich mich verabschieden.

»Mace«, sagt Kilian.

»Was?«

»Bist du sicher, dass du es schaffst?«

Ich kneife fragend meine Augen zusammen. Was denkt er, sollte ich an dieser Situation *nicht* bewältigen können? Ich schiele zu dem bewusstlosen Mädchen auf meinem Motorrad hinüber. Ich kann mir zwar spannendere Dinge vorstellen, als die nächsten zwei Tage Babysitter und Verführer in einem zu spielen, aber nichts von beidem sollte mir Probleme bereiten oder mich – wie K vermutlich befürchtet – wieder zur Flasche greifen lassen.

»Bist du noch dran? Alles in Ordnung bei dir?«, dringt Kilians Stimme aus meinem Handy.

Ich verdrehe die Augen. »Nein, sie hat mich überwältigt, mein Geheimnis aufgedeckt *und* mir mein Herz gestohlen!«

Kilian stöhnt.

»Nein, ehrlich. Ich werde nie wieder derselbe sein«, stichele ich weiter.

»Okay, okay. Alles klar, Alter«, beschwichtigt er. »Viel Spaß mit ihr.«

»Den werde ich haben.« Ich lege auf und schüttle den Kopf. Dabei weiß ich genau, dass ich selbst schuld bin, dass K sich so viele Gedanken um mich macht. Ich habe ihm in der Vergangenheit allen Grund dazu gegeben, sich um mich zu sorgen, doch mittlerweile kann er das Großer-Bruder-Gehabe ruhig wieder einstellen. Ich bin schon lange wieder in der Spur, ich mache meinen Abschluss in Medizin und habe mit meinen inneren Dämonen Frieden geschlossen.

Diesen Frieden lasse ich mir von niemandem nehmen – schon gar nicht von einem Mädchen wie diesem. Ich schiebe mein Handy in die Hosentasche zurück und hebe Veronica vom Sitz des Motorrads. Kurzerhand werfe ich sie mir über die Schultern und erklimme die Treppen zur Veranda.

Als ich sie über die Türschwelle trage, kommt mir auf einmal ein neuer Gedanke. Vielleicht ist Kilian gar nicht um mich besorgt – sondern um sie.

Nika

Kopfschmerzen. Ich habe höllische Kopfschmerzen.

Ich traue mich nicht einmal, die Augen zu öffnen, aus Angst, dass es dann schlimmer wird. Also bleibe ich mehrere Sekunden reglos liegen, bis der Schmerz so weit abflacht, dass ich auch an andere Dinge denken kann. Wie spät es wohl ist? Ich habe eine unvorstellbar starke Lust darauf, schwimmen zu gehen. Mir kommt es vor, als wäre ich schon mehrere Tage nicht mehr im Wasser gewesen und als würde mein Körper deshalb einen Entzug durchmachen. H2O ist meine persönliche Droge. Genau wie Musik.

Als ich mich endlich traue, meine Augen zu öffnen, trifft mich die fremde Umgebung wie ein Schlag. Das ist nicht meine Bettwäsche. Das ist nicht meine Zimmerwand!

Innerhalb des nächsten Herzschlages sitze ich kerzengrade im Bett, ignoriere den Schmerz, der sich dabei durch meinen Schädel zieht, und sehe einen halbnackten Mann vor einem geöffneten Kleiderschrank stehen. Er steht mit dem Rücken zu mir und fischt mit seinen Armen etwas aus dem obersten Regal. Seine Arme sind tätowiert und mit einem Mal weiß ich, wer er ist. Was ich aber nicht weiß, ist, wo ich bin.

»Du hast mich entführt?«, frage ich etwas zu laut. Wenn er mich tatsächlich entführt hat, war das nur die Generalprobe für meine Stimmbänder.

Er dreht sich mit einem schwarzen T-Shirt in der Hand zu mir um. »Oh du bist wach«, sagt er wie beiläufig und zieht sich das Shirt über den Kopf.

»Ja, das bin ich! Was ist passiert? Wo sind wir?« Schnell gucke ich an mir hinab und stelle beruhigt fest, dass ich zumindest noch mein blaues Top und die hellen Jeansshorts trage. Ich versuche in Sekundenschnelle meine letzten Erinnerungen zu rekonstruieren, doch wie ich es von meinem Kopf schon gewohnt bin, macht er da nicht mit. Ich wollte mich mit Mr. Griesgram im Moe's treffen, weil er mich von Samstagabend kennt … Race. Ich erinnere mich an seinen Namen und an ein paar vereinzelte Gesprächsfetzen. Doch nichts, was erklären könnte, warum ich in diesem fremden Bett liege. Draußen vor den Fenstern ist es tiefste Nacht.

»Du warst nach deinem zweiten Drink total weg. Ich wusste nicht, was ich mit dir machen soll. Ich konnte dich ja schlecht einfach im Moe's liegen lassen«, erklärt er. Er schaut mir dabei in die Augen und nichts deutet daraufhin, dass er lügt.

»Und dann hast du mich einfach mit zu dir genommen?«, frage ich skeptisch. Mein Blick wandert diesmal langsamer durch das Zimmer und mir wird bewusst, was mich so skeptisch macht. Ich kenne keinen Mitte-Zwanzigjährigen mit einer solchen Holzverkleidung an den Wänden. Außerdem ist alles viel zu hell und freundlich für einen Typen wie ihn. Die weißen Holzpaneele würden eher zum Landhaus meiner Großeltern passen – auch wenn ich nie Kontakt zu meinen Großeltern hatte und keine Ahnung habe, ob sie ein Landhaus besitzen oder überhaupt noch leben.

»Nicht ganz«, sagt er und setzt sich zu mir auf die Bettkante. Er schaut sich ebenfalls im Zimmer um, als würde er versuchen, es durch meine Augen zu sehen. »Das ist das Ferienhaus meiner Eltern, sie verbringen eigentlich den ganzen Sommer hier, aber mein Dad musste kurzfristig geschäftlich die Stadt verlassen. Ich muss für zwei Tage auf den Hund aufpassen.«

Er veräppelt mich, oder? Ich sage nichts und fasse mir an den pochenden Schädel. Ich habe noch nie viel Alkohol vertragen, doch nach zwei Cocktails einen derartigen Filmriss zu haben, ist selbst für mich ungewöhnlich. Vielleicht hat mein Filmriss aber auch mit meinen anderen Blackouts zu tun. Vielleicht habe ich einen Tumor im Gehirn, der sich langsam aber sicher durch meinen Verstand frisst. Wann war nochmal mein Termin für das CT? So langsam mache ich mir wirklich Sorgen um meine Gesundheit.

»Muss ich jetzt etwa mit dir hierbleiben, bis du zurückfährst?«, frage ich.

»Wenn du kein Taxi nehmen willst. Zu Fuß könnte es ein wenig weit sein.«

»Wie weit?«, will ich wissen.

»120 Kilometer?«

Ich sage wieder nichts, sondern atme nur aus. Bevor ich mich mit dieser Situation auseinandersetzen kann, muss ich mich mit meinem Kater auseinandersetzen. Wenn mir nicht mehr so schlecht wäre, könnte ich anfangen, mich mit der Frage zu beschäftigen, wie schlimm ich es finde, zwei Tage mit diesem Mann hier festzusitzen. Oder mit der Frage, ob er mich anlügt. Welchen Sinn würde es haben, mich anzulügen?

»Wann? Wann fährst du zurück?«

»Wir können Donnerstagmorgen fahren. Dann kannst du abends sogar noch im Moe's singen, wenn du magst.«

Ich erstarre, nehme die Hand von meinem Gesicht und blinzele ihn an. Woher zur Hölle weiß er das?

»Ich habe dich mal singen hören«, gibt er schulterzuckend von sich. »*Dark Princess.*«

Die Art, wie er den Namen betont, gefällt mir nicht und erinnert mich daran, dass ich ihn auch schon vor dem zweiten Cocktail unsympathisch fand. Mein Körper findet zwar durchaus Gefallen an seinem, doch außer der naturgegebenen Anziehung zwischen uns, scheint nicht viel mehr vorhanden zu sein. Keine Gemeinsamkeiten und keine gleiche Wellenlänge, auf der wir kommunizieren könnten.

Ich ziehe mein Handy aus der Shorts, um auf die Uhr zu sehen, doch der Akku ist leer.

»Wie spät ist es?«, frage ich.

»Es müsste kurz nach Mitternacht sein. Ich wollte jetzt ins Bett und hoffe, du kannst auch noch ein paar Stunden schlafen, obwohl du die ganze Fahrt über ja quasi geschlafen hast.«

Ich rümpfe die Nase. Die Vorstellung, wie er mich auf seinem Motorrad durch die halbe Weltgeschichte kutschiert hat, ist mir unangenehm. Aber was kann ich ihm vorwerfen? Er hätte mich tatsächlich schlecht einfach in der Bar lassen können, wenn ich wirklich so betrunken gewesen war. Er hätte es bei mir zuhause versuchen können, doch ich bezweifle, dass Miriam schon da gewesen wäre. Er hätte meine Handtasche nach meinem Schlüssel durchsuchen können, aber wäre mir das wirklich lieber gewesen? Dass er ohne meine Erlaubnis meine Wohnung aufgeschlossen hätte?

»Hast du ein Ladekabel und eine Kopfschmerztablette?«, frage ich.

Er nickt und geht wortlos aus dem Zimmer. Sobald er weg ist, lasse ich mich wieder in die Kissen fallen und schließe die Augen. Ich erinnere mich dumpf daran, dass Race im Moe's irgendwann zur Toilette gegangen ist und mich allein gelassen hat. Kann es sein, dass ich dann kurz nicht aufgepasst und mir jemand etwas ins Glas geschüttet hat? Vielleicht sogar der Barkeeper? Aus irgendeinem Grund habe ich ständig sein zweideutiges Zwinkern vor Augen.

Ich schüttele die Gedanken ab. Egal, ob der Alkohol oder etwas anderes mich aus den Latschen gehauen hat – passiert ist mir zum Glück nichts. So finster und arrogant Race auch manchmal ist, ich glaube nicht, dass er mir etwas antun würde. Wenn er gewollt hätte, hätte er sich ja schon an mir vergreifen können und ich fühle mich nicht so, als hätte sich jemand in den letzten Stunden zwischen meinen Beinen befunden. Im Grunde hat sich schon sehr lange niemand mehr dort befunden.

»Hier.«

Race' Stimme lässt mich aufschrecken. Ich habe gar nicht gehört, wie er zurück ins Zimmer gekommen ist. Jetzt, wo die Kopfschmerzen kaum noch zu spüren sind, merke ich, dass ich immer noch müde bin. Es wird also kein Problem für mich, bis zum Morgengrauen durchzuschlafen.

Ich setze mich auf und nehme Race dankend das Glas Wasser und die Tablette aus den Händen. Das Ladekabel wirft er aufs Bett.

»Du kannst entweder mit mir in diesem Zimmer schlafen oder dein eigenes haben«, sagt er, während ich trinke.

Wie gütig von ihm, mir diese Wahl zu lassen. Eigentlich sollte es nicht einmal eine Wahl geben. Ich sollte selbstverständlich in einem anderen Zimmer schlafen. Das wäre vernünftiger. Schließlich kenne ich ihn erst wenige Stunden – auch wenn er mich scheinbar länger kennt. Dabei fällt mir ein, dass er mir noch einige Antworten schuldig ist, doch ich habe im Moment nicht den Nerv, sie aus seiner Nase zu ziehen. Leicht wird er es mir bestimmt nicht machen.

Ich stehe vom Bett auf und stelle das leere Wasserglas auf den rustikalen Nachttisch ab. »Du kannst mir gerne mein Zimmer zeigen.«

Er nickt und seine Miene verrät nichts darüber, ob er sich eine andere Antwort von mir erhofft hat. Irgendwie frustriert es mich, nicht einschätzen zu können, wie er mich findet oder was er denkt. Geht hinter dieser makellosen Stirn überhaupt irgendeine Art von Aktivität vor sich?

Als er sich in Bewegung setzt, nehme ich schnell das Ladekabel vom Bett und folge ihm aus dem Zimmer. Er zeigt mir ohne viele Worte den Rest des Hauses, da er sich aber nirgendwo die Mühe macht, das Licht einzuschalten, sehe ich auch dementsprechend nicht viel von den Räumen.

Auch vom Hund sehe ich nichts. Ob er sich den ausgedacht hat? Wenn er sich den ausgedacht hat, muss ich schleunigst die Polizei rufen.

»Hier kannst du schlafen.« Race öffnet die Tür und da er auch hier kein Licht macht, trete ich ein und taste selbst nach einem Lichtschalter.

Die Lampe an der Decke geht flackernd an und taucht das Zimmer in ein dämmriges Licht, das nur langsam heller wird. Auch hier sind die Wände mit weißen Holzpaneelen verkleidet, doch sieht man von ihnen kaum etwas, da jeder freie Meter an der Wand von Bücherregalen oder Bildern belegt wird. Bei den meisten handelt es sich um Landschaftsgemälde.

»Meine Mutter hat eine Zeit lang viel gemalt«, erklärt er. Fasziniert sehe ich mich in dem Zimmer um. In einer der Ecken steht tatsächlich auch eine leere Staffelei. In der Mitte des Zimmers befindet sich ein 1,40 m breites Bett aus weißem Kiefernholz, das mit türkisfarbener Bettwäsche bezogen ist. Es hat die Farbe von kristallklarem Wasser in einem Pool. Ich *liebe* das Zimmer.

»Hoffentlich hat deine Mutter nichts dagegen, wenn ich hier schlafe.«

Statt darauf zu antworten, wünscht er mir eine gute Nacht. Das ist alles, was er sagt, und als ich mich zu ihm umdrehe, ist er bereits wieder zurückgegangen.

Seltsamer Typ.

»Gute Nacht«, murmle ich, ohne dass er es hört.

Ich schließe das Handy ans Stromnetz, laufe zum Nachttisch, um die kleine Lampe darauf anzumachen und laufe dann zurück, um das Licht zu löschen. Kurz zögere ich an der Tür und überlege, ob ich sie zu ziehen soll, entscheide mich aber dagegen. Ich linse noch ein letztes Mal in den Flur, um zu sehen, ob Race bei sich bereits das Licht gelöscht hat.

Hat er.

Mit einem Seufzen gehe ich zum Bett, schäle mich aus meiner Shorts, ziehe meinen BH aus und krieche nur mit meinem Top und Slip bekleidet unter die Bettdecke. Sie ist schön kühl und riecht nach frisch gewaschener Wäsche.

Ich knipse die Nachttischlampe aus und starre in die Dunkelheit.

Mir kommt es vor, als wäre es hier noch schwärzer als in meinem Zimmer Zuhause. Schnell mache ich das Licht wieder an.

Was tue ich hier überhaupt?

Was ist, wenn ich heute Nacht wieder schlafwandle? Ich bin in einer fremden Umgebung, ich weiß nicht einmal, was sich da draußen befindet. Ein Wald? Ein See? Was ist, wenn es da draußen wilde Tiere gibt oder ich eine Klippe hinunterfalle?

Ich schaue nach oben an die weiße Decke und irgendetwas hier im Zimmer wirft gespenstische Schatten. Mein Herz beginnt zu rasen und ich lausche so angestrengt in die Nacht, dass ich bei jeder Windböe zusammenzucke, die durch die Fenster pfeift. Ich weiß nicht, wie lange ich so daliege, bis ich es nicht mehr aushalte und auf Zehenspitzen aus dem Zimmer schleiche. Die Dielen knarzen unter meinen nackten Füßen.

Als erstes führt mich mein Weg in den offenen Wohnbereich, wo ich das Licht anmache und mich umsehe. Rechts von mir befindet sich eine Küchenzeile, gegenüber von mir die Haustür, hinter deren Glasscheibe alles schwarz ist, und ich deshalb schnell weggucke. Links steht eine gemütliche Sitzecke um einen alten Teppich mit orientalischem Muster – und da in der Ecke neben einem Kamin steht ein Hundekorb. Mit einem friedlich schlafenden Hund darin.

Gott sei Dank. Erleichtert lösche ich das Licht und schleiche zurück zu Race' geschlossener Zimmertür.

Im Flur gehe ich mehrere Minuten auf und ab, weil ich mich nicht traue, an seine Tür zu klopfen. Er hat bisher mit keinem Wort und keiner Geste gezeigt, dass er mich in irgendeiner Form mag. Vielleicht will er mich gar nicht in seinem Bett haben. Vielleicht findet er mich nicht einmal attraktiv.

Aber er hat es mir angeboten, so abgeneigt kann er also nicht sein.

Oder er wollte nur höflich sein.

Ach verdammt. Ich nehme all meinen Mut zusammen und klopfe an die Tür. Zu meiner Überraschung geht sie im selben Moment auf, in dem meine Knöchel das Holz berühren. Vor Schreck japse ich einmal laut nach Luft und schaue dann zu ihm hoch. Mir ist bisher nicht einmal aufgefallen, wie groß er ist, bis er jetzt den kompletten Türrahmen vor mir ausfüllt und meine Nasenspitze fast seine Brust berührt. Zum Glück schläft er im T-Shirt, sonst wäre das Ganze noch peinlicher.

»Wieso läufst du seit einer viertel Stunde vor meinem Zimmer auf und ab?«, fragt er.

Okay, ich habe mich geirrt. Noch peinlicher geht es nicht.

»Ich – ich habe da so ein Problem.« Mit dem Schlafen. Und der Nacht. Und mit Dunkelheit. Aber egal, was ich davon in meinem Kopf formuliere, es klingt dämlich, weshalb ich einfach nicht weiterspreche.

Race zieht fragend die Augenbrauen hoch und schaut weiter auf mich herab.

»Kann ich bei dir schlafen?«, presse ich heraus.

Eine seiner Augenbrauen zuckt und ich frage mich, was das heißt. Ist er davon überrascht? Erfreut? Genervt?

Dieses dauernde Ratespiel ist ganz schön ätzend.

»Okay«, sagt er nur und geht einen Schritt zurück. Offenbar, um mir Platz zu machen, damit ich ins Zimmer schlüpfen kann, doch ich finde, zwischen seinem Körper und dem Türrahmen ist noch nicht genug Platz, um da hindurch zu schlüpfen.

Ein paar Sekunden schauen wir uns einfach nur an und ich würde in dem Moment alles dafür geben, die Superkraft zu besitzen, seine Gedanken lesen zu können.

Schließlich wird er das Starren leid oder er will sich nicht weiter die Beine in den Bauch stehen, denn er wendet sich von mir ab und geht zurück zu dem Bett.

»Aber ich werde nicht mit dir schlafen.« Ich weiß nicht, warum ich das gerade gesagt habe. Ich bereue es im selben Moment, in dem er sich noch einmal zu mir umdreht und mich mit erhobenen Augenbrauen ansieht.

Angesichts seiner Miene fühle ich mich gezwungen, zu erklären: »Ich steh nicht auf bedeutungslosen Sex mit jemandem, der mich weder kennt noch mag.« Ich hoffe, er hat mich nicht dafür in das Ferienhaus mitgenommen. Wenn er auf zwei Tage voller Sex gehofft hat, dann muss ich ihn leider enttäuschen. Ich halte es für richtig, ihn so früh wie möglich darauf hinzuweisen.

Er setzt sich aufs Bett und nickt mir zu. »Schön, heilige Jungfrau, aber willst du deshalb die ganze Nacht dort stehen bleiben?«

Ich öffne den Mund, um etwas dazu zu sagen, entscheide mich dann aber doch dagegen. Unter seinen musternden Blicken – mir fällt auf, dass ich viel zu wenig anhabe – eile ich über den kalten Boden und krieche auf der anderen Seite zu ihm ins Bett. Schnell ziehe ich die Decke über meinen Körper bis hoch zum Kinn.

Er hat sich in der Zwischenzeit zu mir gedreht und mich offenbar beobachtet, denn nun kräuselt sich sowas wie ein Lächeln um seine Lippen. Schön, dass ich Mr. Griesgram damit amüsieren kann! Ich will, dass der Boden sich unter mir auftut und mich verschluckt!

»Du weißt, dass wir uns die Decke teilen müssen und sie nicht für uns beide reicht, wenn du sie bis zu deiner Nase ziehst?«, fragt er.

Mein erster Impuls ist es, wieder aufzustehen und ihm das Bett einfach zu überlassen, aber andererseits gefällt es mir auch, dass er mich neckt. Hier im warmen Schein der Nachttischlampe, nur Zentimeter von mir entfernt liegend, wirkt er gar nicht mehr so finster und unnahbar. Im Gegenteil. Er wirkt zu nah. Und damit meine ich nicht nur seinen Körper, nach dem ich nur meine Hand ausstrecken bräuchte.

»Wieso willst du nicht alleine schlafen? Und lieber hier mit einem Fremden, der dich deiner Meinung nach offenbar nicht einmal mag.«

Mir ist es hier viel zu warm. War es gerade auch schon so warm? Um Zeit zu schinden, gebe ich ihm ein Stück Decke ab. Als er noch näher zu mir heranrutscht, wird mir noch wärmer. Was wird das hier?

Flirtet er mit mir?

Findet er mich doch anziehend?

Ich finde ihn anziehend.

Zu sehr.

Verdammt, wie lautete nochmal seine Frage?

Ich schaue ihm ins Gesicht, das auf einmal noch näher ist. »Kann sein, dass ich nachts schlafwandle. Du solltest also besser auf mich aufpassen und die Zimmertür verschließen.«

Ich habe es wirklich drauf, zurück zu flirten – nicht.

Aus seinem Gesicht versuche ich zu lesen, was er von dieser Information hält, doch seine Augen verraten ihn nicht. »Interessant«, ist alles, was er dazu sagt. Er scheint noch ein wenig darüber nachzudenken. Dann steht er plötzlich auf und geht zur Tür. Sobald er nicht mehr neben mir liegt, kann ich tief Luft holen. Ich habe nicht einmal gemerkt, dass seine Nähe mir die Luft abschnürt. Er raubt mir wortwörtlich den Atem. Seine unmittelbare Nähe ist zu übermächtig. Präsent. Dominierend. Ich spüre ihn körperlich, obwohl er mich nicht einmal berührt.

Wie würde es sich dann erst anfühlen, wenn er mich berührt?

Es ist besorgniserregend, in welche Richtung meine Gedanken gehen.

Es ist auch besorgniserregend, wie schnell nach der Trennung mit Till ich bereit bin, das Bett mit einem anderen Mann zu teilen. Aber ich habe keine Angst davor, die Nacht neben diesem Fremden zu verbringen. Ich freue mich darauf. Meine Haut prickelt und mein Herz rast, als würde es ihm am liebsten entgegenrennen. Vielleicht ist dieser Fremde genau das, was ich jetzt brauche, um endgültig über Till hinwegzukommen.

Als er die Tür abschließt und zurückkommt, klopft mein Herz noch schneller. Ob es eine Höchstgeschwindigkeit für Herzen gibt? Meins bricht mit Sicherheit gerade alle Rekorde.

»Was ist mit dem Hund?«, frage ich.

»Was soll mit ihm sein?«

»Wird er nicht hier rein wollen?« Eigentlich ist mir das gerade sowas von egal, doch ich will lieber über etwas Belangloses reden, bevor ich innerlich verglühe.

»Er weiß, dass er nicht ins Bett darf. Jack schläft tief und fest in seinem Körbchen und wird warten, bis jemand morgen früh mit ihm Gassi geht.«

Ich nicke. Zu mehr bin ich nicht fähig. Das mit dem Smalltalk war doch eine blöde Idee – ich *will* verglühen.

»Und wo soll ich den nun verstecken?«, fragt Race und hält den Zimmertürschlüssel in die Höhe.

»Am besten an einem Ort, an den ich nicht hinkomme.« Selbst in meinen Ohren klingt das zweideutig und sein schiefes Grinsen ist die Bestätigung. *Er grinst.*

Mir gefällt es, dass ich es schaffe, seine Mundwinkel nach oben zu bewegen – auch wenn es nur einer ist und sein Grinsen nicht länger als eine Sekunde anhält. Vermutlich ist es nicht einmal als Grinsen, sondern eher als Schmunzeln zu bezeichnen.

»Dann mach die Augen zu«, sagt er.

Ich folge seinem Befehl ohne zu zögern. Ein paar Sekunden liege ich mit rasendem Herzen und geschlossenen Augen da und lausche seinen Bewegungen. Auch wenn ich gewollt hätte, höre ich nichts, was mir einen Anhaltspunkt gibt.

»So, er ist versteckt. Heute Nacht kommst du hier nicht raus.«

Ich öffne meine Augen und Race steigt zu mir ins Bett. *Ich will hier auch gar nicht raus, Race.*

Auf einmal bin ich ganz froh darüber, zwei Nächte mit ihm hier festzusitzen.

Als ich aufwache, scheint die Sonne und von Race ist nichts zu sehen. Die Tür zum Schlafzimmer steht offen. Ich lasse meinen Kopf noch einmal zurück in die Kissen sinken und denke an vergangene Nacht zurück. Er hat mich nicht angerührt, nicht einmal mit dem kleinen Finger und dennoch wird mir ganz heiß bei dem Gedanken, die letzten Stunden neben ihm gelegen zu haben. Ich glaube, ich bin verrückt geworden. Wie kann mich die bloße Nähe eines anderen Menschen so glücklich machen? So nervös? So aufgeregt?

Dabei weiß ich, dass er nicht zu der Sorte Mann gehört, in den man Gefühle investieren sollte. Ich muss darauf Acht geben, dass er mir nicht zu sehr gefällt. Aber vielleicht sollte ich diesen Ausflug – der sich wie eine Auszeit von meinem echten Leben anfühlt, von meinen Schlafstörungen und meinen Sorgen – dafür nutzen, um ein wenig Spaß zu haben.

Mein Statement von gestern bezüglich Sex mit Fremden ist zwar immer noch aktuell, aber *soo* fremd ist er nun auch nicht mehr. Und *soo* wenig mögen kann er mich ebenfalls nicht.

Grinsend schwinge ich mich aus dem Bett und mache mich auf die Suche nach Race. Ihn finde ich nirgendwo, doch stattdessen eine Notiz, die auf der Küchenanrichte liegt.

Bin mit dem Hund raus. Essen ist im Kühlschrank. Im Kleiderschrank des Zimmers, das ich eigentlich für dich vorgesehen habe, findest du Kleidung und Handtücher. Bediene dich.

Ich schmunzle über seine Nachricht und muss zugeben, dass mein erster Eindruck von ihm vielleicht doch zu überstürzt war. Vielleicht hat er einen Grund, Fremden mit einer finsteren Maske zu begegnen und nicht jeder Mensch redet direkt wie ein Wasserfall. Das sollte gerade ich am besten wissen. Ich vertraue mich Menschen auch nicht gerne an, rede weder gern über Gefühle oder meine Vergangenheit, noch stehe ich auf belanglosen Smalltalk.

Ich kann seine schweigsame Art also irgendwie nachvollziehen.

Seinem Angebot folgend, suche ich mir aus dem Kleiderschrank eine weiße kurzärmlige Bluse, die ich zu meinen Jeansshorts tragen könnte. Auch wenn mir nicht ganz wohl dabei ist, mich an der Kleidung seiner Mutter zu bedienen. Doch ihrem Geschmack und der Einrichtung dieses Zimmers nach zu urteilen, muss sie eine wundervolle Frau sein, sehr kreativ und belesen. Ob ich sie jemals kennenlernen werde?

Mit einem Handtuch unterm Arm betrete ich das Bad und mache mich kurz frisch. Als ich wieder rauskomme, ist Race wieder zurück. Ich folge dem Bellen eines Hundes in das Zimmer, in dem wir geschlafen haben, und frage mich, ob dies das Zimmer seines Vaters ist, und wenn ja, warum seine Eltern getrennte Schlafzimmer haben.

Race bemerkt mich nicht direkt, zu vertieft ist er in das Spielen mit Jack, der wie eine Mischung aus einem Wolf und einem Schäferhund für mich aussieht. Ich erinnere mich an das, was er über Fellknäuels Namen gesagt hat und muss schmunzeln. Ob er mit Jacks Namen zufrieden ist, nur, weil es ein richtiger Name ist – ob er selbst vielleicht den Hund so genannt hat?

Als Race den Spielknochen aus dem Zimmer werfen will, fällt ihm auf, dass ich im Türrahmen stehe und ihn beobachte. Er hat jedoch bereits ausgeholt und seine Hand lässt den Knochen los und schleudert ihn genau in meine Richtung. Ich reiße die Hände hoch und drehe mich zur Seite. In der selben Sekunde höre ich Jack bereits an mir vorbeirauschen. Seine Krallen kratzen beim Rennen über den Holzboden und er schlittert durch den Flur.

»Wie lange stehst du da schon?«, fragt Race.

Ich lasse meine Hände wieder sinken und schaue ihn an. »Lange genug, um bemerkt zu haben, dass du Hunde mehr magst als Katzen.«

»Das trügt«, sagt er und steht auf.

»Ach ja?« Ich lächle ihn an und tänzle auf Zehenspitzen ins Zimmer. Ich will an ihm vorbei zum Bett, doch Race hält mich auf. Sein Arm greift meinen und mir bleibt schlagartig die Luft weg. Ich schaue nach unten auf seine Hand. Dann hoch in sein Gesicht. Mein ganzer Körper steht unter Strom, nur, weil er meinen Arm festhält.

Ich starre ihn an wie ein Alien, als wäre er von einem fremden Planeten und habe hier auf der Erde nichts zu suchen. In dem Moment kommt Jack mit dem Spielzeugknochen im Maul angerannt. Race beachtet ihn nicht und Jack läuft winselnd seine Kreise um uns.

»Dein Hund will mit dir spielen«, gebe ich atemlos von mir.

»Nicht jeder kann grad das haben, was er will.«

Und was willst du? Doch ich traue mich nicht zu fragen. »Was ist das überhaupt für eine Rasse?«, frage ich, um der Spannung zwischen uns zu entgehen. Und in der Hoffnung, dass er dann endlich meinen Arm loslässt. Es fühlt sich nämlich an, als könnten seine Finger ein Loch durch meine Haut brennen. Ein Teil von mir hat gedacht, das Knistern vergangene Nacht wäre vielleicht der späten Stunde und dem Restalkohol zu verdanken, doch ich habe mich wohl geirrt.

Race braucht ein paar Sekunden, bis er antwortet. »Saarloswolfhund«, erwidert er dann.

»Aha.«

»Wieso hast du gestern angedeutet, dass ich dich nicht mögen würde?«

Mit der Frage habe ich nicht gerechnet. »Weil du immer so grimmig guckst«, antworte ich wahrheitsgemäß.

Das entlockt ihm zumindest ein Zucken seiner Lippen. Doch er presst sie fest aufeinander, um nicht die Andeutung eines Lächelns zuzulassen. Es muss ganz schön anstrengend sein, niemals lächeln zu wollen. Aber vielleicht ist er auch nur in meiner Gegenwart so.

»Und weil du mich nicht kennst. Du kannst mich also gar nicht mögen. Nicht *wirklich* zumindest«, erkläre ich.

Er schüttelt den Kopf und macht einen Schritt auf mich zu. Doch weil zwischen uns gar kein Platz ist, um einen Schritt zu machen, bin ich gezwungen, nach hinten auszuweichen. Erst als ich mit meinem Fuß gegen die Bettkante stoße, wird mir bewusst, dass das sein Plan gewesen sein muss. Sanft drückt er mich aufs Bett und mein Körper lässt sich von ihm dirigieren, bis ich mit dem Rücken auf der Matratze liege und er über mir kniet.

Atme, Veronika.

Seine Hände wandern auf einmal meine Arme entlang, bis sie meine Handgelenke umklammern und sie über meinem Kopf positionieren.

Was wird das hier?

Mein Herz setzt einen Takt aus, nur um danach mit dreifacher Geschwindigkeit weiter zu schlagen. Er hat meine Schwachstelle entdeckt. *Das hier* ist meine Schwachstelle.

»Lass das«, hauche ich, doch ich würde mir nicht einmal selbst glauben.

»Das, was du sagst, stimmt nicht, Veronica.«

Ich mag es, wie er meinen Namen ausspricht. Der Klang ist wie Musik in meinen Ohren.

Auf einmal verlagert er sein Gewicht, sodass er meine Handgelenke nur noch mit einer Hand festhält. Die andere streicht so zart meinen Arm hinunter, dass seine Finger meine Haut kaum berühren.

»Es stimmt nicht, weil ich mag, wie du mich ansiehst«, spricht er weiter.

Unsere Blicke begegnen sich, verhaken sich ineinander.

»Ich mag, wie dein Atem unter meinem Blick stockt. Ich mag, wie du errötest.«

Seine freie Hand streicht über meine Wange und es fühlt sich an, als würden seine Fingerspitzen eine brennende Spur auf meiner Haut hinterlassen.

»Ich mag, wie deine Brust sich hebt und senkt.« Seine Hand gleitet meinen Hals hinunter bis zu der Stelle, an der mein Herz schlägt. Nein, rast. Ich starre ihm weiter in die Augen. Durch das Sonnenlicht, das durch das gegenüberliegende Fenster dringt, schimmern sie beinahe golden.

»Ich mag, wie unsere Körper aufeinander reagieren, wie sie sich anziehen, wie sie sich gegenseitig versengen.«

Er hat so Recht.

»Das sind alles Dinge, die ich mag.«

Es sind alles nur körperliche, hormongesteuerte Dinge, die er aufgezählt hat. Trotzdem steht mein Körper in Flammen, als seine Finger am obersten Knopf meiner Bluse zu spielen beginnen. Dass er ganz genau zu wissen scheint, welche Wirkung er auf mich hat, ärgert mich. Er soll das nicht wissen. Es darf nämlich gar nicht sein, dass ich so heftig auf ihn reagiere. Dass ich mir am liebsten die Kleider vom Leib reißen würde und ihn bitten würde, sich auf mich zu legen.

»Wehe du machst diesen Knopf auf«, flüstere ich und versuche meine Hände aus seinem Griff zu befreien. Dabei weiß ich nicht einmal, ob ich gegen ihn ankämpfe oder gegen mich selbst. Vielleicht macht mir dieses Knistern zwischen uns Angst. Mehr als die Dunkelheit, vor der ich mein Leben lang davonrenne.

Er schmunzelt. Greift mich fester. Reißt meine Bluse auf.

Vor Überraschung keuche ich laut auf. Fassungslos starre ich auf meine Brust hinunter, die nur noch von meinem BH verdeckt wird. Diesmal ziehe ich mit mehr Kraft, um mich aus seinem Griff zu befreien. Mir gelingt es, ihm meine Arme zu entreißen, und mit einem energischen Schubs befördere ich ihn auf die Matratze und tausche mit ihm den Platz.

Nun hocke ich über ihm und schaue auf ihn hinab. Da mich dieses Manöver einiges an Kraft gekostet hat und weil er mir zuvor schon jeglichen Atem geraubt hat, keuche ich ihn nur an.

Er starrt ungeniert auf mein Dekolleté. Als er mir hoch in die Augen blickt, sehe ich den Schalk darin. »Du wehrst dich?«, fragt er, als würde ihn das wundern.

»Natürlich! Ich habe dir doch gestern gesagt, dass ich nicht mit dir schlafen werde!« Auch wenn ich heute bereits selbst meine Prinzipien hundertmal über Bord werfen wollte. Er muss es ja nicht erfahren. Muss nicht erfahren, wie schwach mich seine Gegenwart macht. Einem Ego wie seinem tut so eine Bestätigung ohnehin nicht gut – sein Ego ist bereits viel zu groß.

Ich richte mich auf, immer noch über seinem Schoß, und versuche, die Knöpfe der Bluse wieder zu schließen. Ein paar davon sind abgerissen und ich will ihm gerade sagen, dass er das seiner Mutter erklären darf, als ich sehe, wie ernst und finster sein Gesicht wieder geworden ist.

Seine Miene lässt mich stumm bleiben und meine Finger an einem der Knöpfe verharren.

Er packt meine Taille - doch nur, um mich von sich herunter zu heben. Als er vom Bett aufsteht, guckt er mich nicht einmal an. »Ich weiß«, sagt er mit dem Rücken zu mir. »Du und ich, wir werden niemals miteinander schlafen.«

13.

Zwischen Nähe und Distanz

Nika

Mittwoch

Was zur Hölle ist hier gerade passiert?

Ich sehe sprachlos zu, wie er das Zimmer verlässt und wie Jack ihm schwanzwedelnd hinterherläuft. Race' Stimmungsschwankung verunsichert mich. Mein Herz klopft noch immer von dem, was wir hier so plötzlich und ohne nachzudenken auf dem Bett gemacht haben. Ich lege meine flache Hand auf die Brust und warte, bis mein Herz sich wieder beruhigt hat. Dann klettere ich vom Bett und gehe zurück in das andere Zimmer, wo ich mir ein neues Oberteil aus dem Schrank suche. Diesmal ein gelbes schlichtes T-Shirt. Keine Knöpfe. Sicherheitshalber.

Ich überlege, ob ich Race suchen soll, doch dann entscheide ich mich dagegen. Es wird wohl das Beste sein, ihm seinen Freiraum zu lassen und auf Abstand zu gehen. Egal aus welchem Grund er vorhin das Schlafzimmer so plötzlich verlassen hat - Distanz ist auch das, was ich brauche, wenn ich nicht will, dass dieses Herzklopfen Langzeitfolgen mit sich zieht.

Ich habe gedacht, ein wenig unverbindlicher Spaß würde mir guttun, doch mittlerweile bezweifle ich, dass ich das kann. Dass ich das kann, ohne ihn zu nah an mich heranzulassen.

Ich nehme mein aufgeladenes Handy vom Nachttisch und setze mich damit aufs Bett. Nachdem ich den Pin-Code eingegeben habe, erreichen mich mehrere Nachrichten.

Becca (gestern, 22:04): Wir müssen dringend wieder quatschen. Habe ein neues Pablo-Update.

Becca (gestern, 23:56): ???

Becca (heute, 00:02): Passt dir morgen?

Finnyboy (heute, 09:32): Gibt's was Neues bei dir? ;)

Miriam (heute, 10:01): Wo bist du?

Ich seufze und beginne bei meinen Antworten bei der letzten Nachricht.

Nika (10:44): Bin bis morgen noch bei Becca.

Nika (10:44): Nein, wieso fragst du?

Nika (10:45): Sorry :D Ich bin gespannt. Wie wäre es mit Freitag morgens? Kaffee bei Lutz? Und falls Miriam fragt, ich bin bis morgen noch bei dir.

Ich schließe die Chats und will mein Handy gerade weglegen, als mir etwas einfällt. Mit einem unguten Gefühl im Magen öffne ich meine Fotogalerie.

Die letzten Aufnahmen sind von Montag bei Beccas Fußballspiel entstanden, doch die davor sind von Samstag. Ich klicke auf Bild Nummer eins, das einen attraktiven jungen Mann zeigt. Er kommt mir irgendwie bekannt vor, doch ich kann ihn nirgendwo einordnen. Er trägt einen Smoking und eine schwarze Fliege und steht neben einer Wendeltreppe. Am Rand des Bildes sind noch ein paar weitere Menschen zu erkennen, die ebenfalls schwarze Anzüge tragen. Wo zur Hölle war ich bitte? Das ist mit Sicherheit *nicht* das Moe's.

Ich wische nach rechts und komme zu einem Video. Als ich auf Play klicke, bleibt alles dunkel. Aber ich höre Stimmen.

»Meine Tante ist Polizistin. Sie weiß, dass ich hier bin. Wenn ihr mir also etwas tut –« Ich erkenne meine eigene Stimme wieder und es läuft mir eiskalt den Rücken hinunter.

»Was sollte ich dir denn tun?«, fragt eine Männerstimme und auch die erkenne ich. Es ist Race' Stimme. Ich drücke mir eine Hand auf den Mund, während der Schock meinen ganzen Körper lähmt. Irgendetwas an seiner Stimme klingt bedrohlich und die Schwärze, die mein Handy aufnimmt, weckt in mir das Gefühl, dass ich dieses Video heimlich gedreht habe.

»Ich ... ich weiß nicht«, stammelt mein verängstigtes Ich.

»Du hast Fragen an uns, richtig?«

Stille.

»Dann stell sie doch«, fordert Race mich auf, weil ich schweige.

»Ihr seid öfter dort, oder?« Ich glaube, ich meine das Moe's.

»Ab und zu.«

»Ich habe dich Donnerstag vor einer Woche gesehen.« Ok, ja, ich meine das Moe's. Aber wieso spreche ich ihn darauf an? Worauf will ich hinaus?

»Und?«

»Hast du an dem Abend ein Mädchen namens Marie gesehen? Lange braune Haare. Ungefähr in meinem Alter.« Der Name ist das letzte Puzzleteil, das ich brauche, um das Gesamtbild endlich erkennen zu können.

Ich schließe die Augen und vergrabe mein Gesicht in den Händen. Das Video endet an dieser Stelle, doch ich wünschte, es ginge weiter. Ich wünschte, Race bestätigte mir an diesem Abend, dass ich mit meiner Vermutung total danebenlag und er nichts mit dem Übergriff auf Marie zu tun hat.

Ich gehe innerlich die letzten Stunden mit ihm durch, an alles, an was ich mich erinnere, doch nichts passt dazu, ihn für eine versuchte Vergewaltigung zu beschuldigen. Ich höre mir die Videoaufnahme noch einmal an. Und noch einmal. Die Kälte in seiner Stimme beunruhigt mich, genauso wie die Angst in meiner. Ich könnte Race darauf ansprechen, doch irgendetwas sagt mir, dass ich lieber die Klappe halten soll, bis ich mehr weiß. Im Moment denkt Race, dass ich nichts von Samstag weiß und da er mir keine meiner bisherigen Fragen richtig beantwortet hat, gehe ich davon aus, dass er auch nicht will, dass ich mich erinnere.

Was ist nach diesem Gespräch passiert?

Ich lege mein Handy zurück auf den Nachttisch und starre die Bücherregale vor mir an. Es sind hauptsächlich ältere Bücher – Klassiker – und die meisten davon auf Englisch. Nachdem ich eine gefühlte Ewigkeit einfach nur so dasitze, meldet sich mein Magen zu Wort. Vom Hunger getrieben stehe ich auf und mache mich auf den Weg in die Küche.

Wie soll ich reagieren, wenn ich Race gegenüberstehe?

Werde ich es schaffen, mir nichts anmerken zu lassen?

Meine Sorgen sind unbegründet, denn er ist gar nicht da. Auf der Anrichte stehen noch die Reste eines Frühstücks. Ich suche in den Schränken nach einem Teller und nehme mir dann eins von den Aufbackbrötchen, die noch neben dem Backofen liegen. Während ich mir das Frühstück mache, merke ich zu meiner Überraschung, dass ich ein wenig enttäuscht darüber bin, dass Race mich allein gelassen hat. Ich habe nun mittlerweile schon mindestens zwei gute Gründe, um ihm aus dem Weg zu gehen, und trotzdem kann ich den Hauch der Enttäuschung nicht abschütteln. Er hat mich hierhergeschleppt und nun sitze ich ganz allein in diesem Haus fest?

Auf dem Tisch entdecke ich eine halbleere Kaffeekanne und bediene mich daran. Der Kaffee ist noch warm und zumindest scheint es, als hätte Race ihn absichtlich für zwei gekocht. Warum ich Distanz wahren sollte, ist mir klar, aber ich frage mich, was seine Gründe sind.

Da ich noch etwas Zeit für mich brauche und die Videoaufnahme verdauen muss, bevor ich ihm gegenübertrete, beschließe ich mir nach dem Frühstück ein Bad zu gönnen. Von Race und Jack fehlt weiterhin jede

Spur, trotzdem schließe ich vorsichtshalber das Badezimmer ab. Ein Aufeinandertreffen im nackten Zustand wäre definitiv keine gute Idee.

Ich setze mich auf den Badewannenrand und beobachte das Wasser beim Einlaufen. Es schäumt von dem Badezusatz, den ich dazugetan habe, und verströmt einen blumigen Duft.

Als sich die Wanne zu einem großen Teil gefüllt hat, klettere ich hinein und lege mich in das warme Wasser. Es schwappt über meine angewinkelten Beine, umspielt meine blasse Haut. Ich sollte wohl den Sommer nutzen und öfter in die Sonne gehen. Die meisten Kratzer an meinen Armen und Beinen sind bereits verblasst. Die Schrammen von Samstagnacht an meinen Füßen gingen tiefer und haben helle Striemen hinterlassen, wie feine Narben, nur mit dem Unterschied, dass auch sie verblassen werden. Ich verteile mit meinen Händen den Schaum auf meiner Haut. Alles verblasst auf ihr, alle Spuren von allem, was ich erlebe. Bewusst oder unbewusst. Als wären die Wunden nicht schlimm genug, um Narben zu hinterlassen. Doch ich weiß es besser. Die Wunden gehen tiefer und haben Narben auf meiner Seele hinterlassen, anstatt auf meinem Körper.

Nach dem Bad mache ich mich doch auf die Suche nach Race. Es bringt nichts, ihm weiter aus dem Weg zu gehen. Früher oder später werden wir sowieso wieder auf einander treffen – spätestens wenn die Nacht anbricht, denn ich will sie gewiss nicht alleine verbringen, nachdem ich heute die erste Nacht seit langem friedlich durchgeschlafen habe.

Ich brauche Race auch gar nicht lange zu suchen, denn kaum trete ich auf die Veranda, sehe ich ihn unter der Mittagssonne im Garten hantieren. Das Grundstück um dieses Haus herum ist echt riesig. Meine Augen können sich gar nicht entscheiden, wo sie hingucken sollen, ob sie die Umgebung überhaupt beachten sollen, bei dem Anblick, den Race mir bietet. Er hat kein T-Shirt an und ich kann das Spiel seiner Muskeln betrachten, während er mit einem Rechen das Beet bearbeitet. Sein Körper glänzt von dem ganzen Schweiß auf seiner Haut und ich glaube noch nie im Leben habe ich einen verschwitzten Körper so anziehend gefunden.

Was ist nur los mit mir?

Ich muss mich wirklich zwingen, mir in Erinnerung zu rufen, weshalb ich ihn nicht anschmachten darf, dass er einen fürchterlichen Charakter hat und womöglich gefährlich ist. Als er sich zu mir umdreht und mich sieht, bekommen die Argumente Risse und beginnen zu bröckeln.

»Hast du gegessen?«, fragt er.

Ich nicke.

Hast du mich hierhin verschleppt, weil ich eine Zeugin bin und aus dem Weg geräumt werden muss?

»Gut.« Er harkt weiter durch die Erde, wobei das bei ihm aussieht, als müsste er irgendwelche Aggressionen abbauen. Ich weiß immer noch nicht, warum er vorhin so schlecht gelaunt aus dem Zimmer marschiert ist. Ich weiß so vieles nicht, was ihn angeht.

»Was versuchst du da eigentlich?«, frage ich und laufe die Verandastufen zu ihm herunter. Die Sonne blendet mich und ich halte mir schützend eine Hand vors Gesicht.

»Hier ist alles voller Moos und Unkraut. Ich habe keine Ahnung von Gartenarbeit«, gesteht er und lässt von seinem wilden Herumgehacke ab.

»Das sieht man.«

Bei seinem finsteren Blick, den er mir zuwirft, muss ich mir ein Lachen verkneifen. »Du solltest es einfach rauszupfen, wenn du nicht die kompletten Blumenbeete mit abreißen willst.«

»Das dauert dann ja ewig.«

Ich zucke mit den Schultern und versuche, den Blickkontakt zu halten, anstatt mich von seinem freien Oberkörper ablenken zu lassen.

Race steckt den Rechen in die Erde und lehnt sich an dem langen Holzstiel an, während er mich anguckt, als wäre ich die Hauptvorstellung in einem Kinosaal. Dabei bin nicht ich hier die Halbnackte!

»Was?«, frage ich verunsichert.

»Nichts.« Er schaut hinunter auf das Chaos, das er in dem Beet angerichtet hat. Ich schaue auf seine tätowierten Arme. Zum ersten Mal habe ich einen vollständigen Blick auf die Bilder und ich erkenne einen Vogelkäfig auf seinem Oberarm, in dem ein Rabe gefangen ist. In mir keimt der Wunsch, seinen Arm zu nehmen und all die anderen Bilder zu betrachten, die sich dicht an dicht lückenlos über seine Haut erstrecken, als er den Rechen plötzlich fallen lässt und mich wieder ansieht.

Sofort schnellt mein Blick wieder hoch in sein Gesicht.

»Du warst baden?«, fragt er, was anhand meiner noch feuchten Haare nicht schwer zu erkennen ist. Versucht er jetzt Smalltalk zu führen? Ich nicke.

»Komm mit, ich zeig dir etwas.«

»Was?«, frage ich überrascht. »Aber das Beet ... « Ich deute auf die umgewühlte Erde, die von Moos und herausgerissenem Unkraut geschmückt wird. Das kann er doch nicht einfach so liegen lassen.

Race ist bereits losgegangen und mir bleibt nichts anderes übrig, als ihm zu folgen. Während wir über den gigantischen Garten um das Haus gehen, wächst meine Neugierde. Mein Kopf erinnert mich daran, dass ich Angst haben sollte, doch ich habe keine. Er könnte mich ohne Probleme niederschlagen und auf diesem riesigen Grundstück verscharren. Mich würde niemand jemals finden. Aber ich naive Gans würde Race vermutlich überall hin folgen, nur um herauszufinden, was er mir zeigen will. Anstatt Stoppschilder sind seine Geheimnisse wie grüne Ampeln, die mich dazu animieren, die Strecke durchzurasen, bevor es rot wird. Ich weiß, dass es ein zeitliches Limit gibt. Ich weiß, dass ich irgendwann vor einer roten Ampel stehen werde und eine Vollbremsung machen muss. Doch bis dahin trete ich aufs Gaspedal.

Auf der anderen Seite des Hauses führt ein Steg einen kleinen Hang hinunter, der zum Ufer eines Sees führt. Als ich das Wasser sehe, bleibe ich abrupt stehen.

Nicht zum ersten Mal schießt mir diese eine Frage durch den Kopf: *Woher weiß er das?*

Er weiß von meinen zwei geheimen Leidenschaften und ich weiß rein gar nichts über ihn, außer dass er Motorrad fährt und Hunde lieber mag als Katzen.

Als er sieht, dass ich ihm nicht mehr folge, dreht er sich zu mir um.

»Das gefällt mir nicht«, sage ich.

»Was?« Er blickt verwirrt hinter sich zum Wasser, wo die Sonnenstrahlen die Oberfläche glitzern lassen, dann zurück zu mir.

»Dass du so viel über mich weißt.«

Er schüttelt den Kopf und geht rückwärts den Steg hinunter. Mit jedem Schritt, den er tut, trete ich einen nach vorne. »Das stimmt nicht, Veronica. Das kommt dir nur so vor. Ich weiß nichts über dich.«

Seine Schritte sind kleiner als meine. Ich habe ihn fast eingeholt. Dabei sollte ich vermutlich besser in die andere Richtung laufen. *Du hast dich am Wochenende noch von ihm bedroht gefühlt und ihn für einen Kriminellen gehalten und nun verhältst du dich, als wärst du mit ihm in einem Sommercamp!*, fährt mich meine Vernunft an.

»Zumindest kennst du meinen echten Namen«, sage ich, als mir bewusst wird, dass ich nicht einmal *das* über ihn weiß.

Und niemand weiß, dass ich mit ihm hier bin ...

»Wie kommst du darauf, dass meiner nicht echt ist?«

Mittlerweile ist er am Ende des Stegs angekommen. Noch ein Schritt und er fällt ins Wasser. Ich habe mich noch nicht entschieden, ob ich ihn warnen soll oder ob ich der Genugtuung, ihn fallen zu sehen, nicht widerstehen kann. Doch ich muss mich gar nicht entscheiden, denn Race scheint genau zu wissen, dass er am Ende des Stegs steht. Er springt hoch und macht einen Rückwärtssalto ins Wasser.

Mit offenem Mund beobachte ich, wie er elegant durch die Wasseroberfläche abtaucht und zwei Wimpernschläge später wieder auftaucht. Schnell schließe ich meinen Mund wieder, damit er nicht sieht, wie beeindruckend ich das fand.

Bitte sei kein Mörder. Du kannst kein Mörder sein.

Er schüttelt sich die nassen Haare aus der Stirn und schaut herausfordernd zu mir hoch. Ich will, nein muss, die Herausforderung annehmen, doch da ich ungerne mit diesen Klamotten ins Wasser springen will – vor allem, weil es sich um meine einzige Shorts handelt, die ich dabeihabe und ich von seiner Mutter nicht noch mehr Kleidung borgen will – fasse ich meinen Mut zusammen und öffne unter seinen Blicken den Knopf meiner Hose.

Als ihm bewusst wird, was ich da mache, glaube ich zu sehen, wie seine Augen sich weiten. Ich ziehe den Reißverschluss nach unten, gehe mit meinen Fingern unter den Bund der Hose und streife sie herunter.

Race lässt mich dabei keine Sekunde aus den Augen. Und ich ihn nicht.

Es fühlt sich an wie eine Mutprobe.

Als die Hose am Boden liegt, greife ich nach dem Saum meines T-Shirts und streife es mir über den Kopf. Nur noch mit meiner Unterwäsche bekleidet nehme ich Anlauf und mache einen Kopfsprung ins Wasser.

Die plötzliche Kälte, die mich empfängt, ist genau das, was ich jetzt brauche. Ich genieße sie, sauge sie auf, schwimme in ihr, bis mir die Luft ausgeht und ich auftauchen muss.

Ich blinzle in die Sonne und streiche mir mit einer Hand das Wasser aus dem Gesicht. Race schwimmt ein paar Meter von mir entfernt auf der Stelle und beobachtet mich.

Ich grinse und schwimme auf ihn zu. Mich im Wasser zu bewegen, setzt so viele Glückshormone in mir frei, dass ich die ganze Welt umarmen könnte. Das Wasser ist mein Zuhause, mein sicherer Hafen, ganz gleich, in welcher Stadt oder an welchem Ort ich mich befinde. Ganz gleich, in welcher Gesellschaft ich bin.

Als ich bei Race ankomme, zieht er vielsagend die Augenbrauen hoch. »Sieh an. Lass mich raten, du bist doch keine heilige Jungfrau.«

Ich werfe einen Blick zum Steg, wo meine Klamotten liegen, dann sehe ich Race in seine grün-braun gesprenkelten Augen. »Du hast recht.« Ich schwimme so nah an ihn heran, dass sich unsere Schultern fast berühren. »Ich bin weder das eine, noch das andere.«

Race macht einen kräftigen Beinzug und treibt von mir weg. Aus einiger Entfernung betrachtet er mich, als würde er durch die Wasseroberfläche meinen Körper mustern, doch das Wasser ist so trüb, dass ich weiß, dass er nichts sehen kann. Trotzdem schießt mir bei seinem Blick die Hitze in die Wangen.

Ich weiß gar nicht, wie er es schafft, mich dazu zu bringen, ständig so offensiv mit ihm zu flirten. Ich habe schon ewig mit niemandem mehr geflirtet.

Da ich ihn – oder mich? – auf andere Gedanken bringen will, frage ich: »Einmal bis zum anderen Ufer und wieder zurück?«

Er blinzelt mich an. »Bist du irre?«

Ich muss über seine geschockte Miene lachen. »Nein. Ich bin Leistungsschwimmerin, hast du das etwa noch nicht gewusst?«

Er schüttelt den Kopf und sieht dann zum anderen Ende des Sees. »Das dauert ja ewig.«

»Glaubst du, du schaffst es nicht?« Ich würde keinem unerfahrenen Schwimmer jemals eine solche Strecke zumuten, doch es reizt mich, Race an seine Grenzen zu treiben. Es muss schrecklich für sein Ego sein, zuzugeben, dass er etwas nicht schafft.

Er schnaubt und sieht mich wieder an. »Einmal hin und zurück. Wer als erster wieder hier ist, gewinnt.«

Er will eine Wette daraus machen? Nun bin ich diejenige, die ihre geschockte Miene herunterspielen muss.

»Das schaffst du nicht, Race. Du hast keine Chance gegen mich.« Das Letzte, was ich will, ist, dass er sich überschätzt und ich ihn am Ende Mund zu Mund beatmen muss.

»Das wollen wir mal sehen. Wenn ich gewinne, beantwortest du mir eine Frage über dich.«

Ein seltsamer Preis. »Und was ist, wenn ich gewinne?«, will ich wissen. Ich kann es nicht glauben, dass ich diese Wette ernsthaft in Erwägung ziehe. Doch Race scheint siegessicher.

»Dann beantworte ich dir ebenfalls eine Frage«, antwortet er. Gut. Ich hatte gehofft, dass er das sagt.

Wie konnte das passieren? Ich habe die Entfernung unterschätzt und ich habe ihn unterschätzt. Bei so einem Backflip hätte mir klar sein können, dass er kein unerfahrener Schwimmer ist. Ich habe selten jemanden gesehen, der sich mit einer solchen Präzision und Schnelligkeit im Wasser bewegt. Schon bald sehe ich ihn nur noch von hinten und gebe mein Bestes, um nicht zu stark zurückzufallen.

Bei dieser Strecke war mein ursprünglicher Plan, mir meine Kräfte einzuteilen, doch da Race offenbar alles gibt, bleibt mir nichts anderes übrig, als es ihm gleichzutun.

Als wir uns an der gegenüberliegenden Seite des Sees einem fremden Bootssteg nähern, brennen meine Muskeln, meine Arme und Beine schmerzen, als würde sie mir jemand amputieren. Mein Atem geht nur noch stoßweise. Ich korrigiere meine Gedanken von vorhin: das Letzte, was ich will, ist, dass ich ohnmächtig werde und *er* mich Mund zu Mund beatmen muss.

Race kommt als erster an dem Steg an, mit nur ein paar Sekunden Vorsprung. Ich hoffe, *flehe* innerlich, dass er hier eine kurze Verschnaufpause macht, doch er tippt das Holz nur einmal an, dreht sich um und schwimmt wieder zurück.

Ich fühle mich, als wäre meine beste Option, mich hier an Ort und Stelle einfach zu ertränken. Wie kann ich beinahe täglich zum Schwimmtraining gehen und gegen Race verlieren? Und wieso habe ich im Voraus solch große Töne gespuckt? Es geschieht mir ganz recht. Hochmut wird immer bestraft. Ich halte mich für ein paar Sekunden an dem Steg fest und atme tief durch, bevor ich erneut loskraule. Diesmal versuche ich, den Großteil der Strecke unter Wasser hinzulegen, da ich unter der Wasseroberfläche schneller vorankomme. Obwohl ich in diesem trüben Gewässer nur ungern mit offenen Augen schwimme, bleibt mir nichts anderes übrig, wenn ich Kurs halten will. Ich bringe meinen Körper bis an seine Grenzen, doch es lohnt sich. Ich sehe Race' Beine vor mir. Es fehlen mir nur noch Zentimeter, um ihn einzuholen. Ich tauche wieder auf, um abzusehen, wie lang die Strecke noch ist, und muss feststellen, dass unser kleines Wettrennen vorbei ist. Genau in dem Moment, in dem ich auftauche, kommt Race an dem Steg an. Er schwingt einen Arm hoch und hält sich an dem Holz fest.

Ein paar Herzschläge später komme ich neben ihm an und klammere mich mit meinen Händen ebenfalls an dem Holzbrett fest.

Ein paar Sekunden lang sagt niemand von uns ein Wort, zu beschäftigt sind wir damit, zu keuchen und unsere Atmung zu normalisieren. Das hier war anstrengender als ein Marathonlauf, aber zumindest habe ich die Genugtuung, dass es Race' ebenso viel Kraft gekostet hat. Ich drehe meinen Kopf zu ihm und sein erschöpfter Ausdruck bringt mich zum Grinsen. Das hier macht meine Niederlage fast wieder wett.

Er muss meinen Blick bemerkt haben, denn nun dreht er ebenfalls den Kopf und sieht mich an.

»Was?«, keucht er. »Grinst du immer, wenn du verlierst? Stehst du drauf?«

Sein Keuchen gefällt mir. Wir sollten öfter Sachen machen, die uns aus der Puste bringen.

»Ich gebe zu … ich habe mich überschätzt«, bringe ich heraus. Mein Stolz ist etwas angeschlagen und am meisten stört mich, dass ich nun nicht die Gelegenheit haben werde, eine Frage von ihm beantwortet zu kriegen, doch traurig macht es mich nicht, gegen ihn verloren zu haben. Ich bin nur noch beeindruckter von ihm.

Mein Blick gleitet seinen Hals hinunter zu seinem Oberkörper, auf dem die Wassertropfen um die Wette glitzern, doch das, was mir ins Auge springt, ist ein Medaillon, das er an einer feinen Silberkette um den Hals hängen hat. Mir ist es zuvor nie aufgefallen, weil es offenbar immer unter seinem T-Shirt versteckt war. Am liebsten würde ich es in die Hand nehmen und es mir näher ansehen, doch ich weiß, dass Race das nicht zulassen würde.

Noch nicht zumindest.

»Willst du deinen Preis jetzt einfordern?«, frage ich und schaue wieder hoch in sein Gesicht. Fast so gespannt, als dürfte ich die Frage selbst stellen, bin ich auf das, was er von mir wissen wollen wird. Eine Frage kann ebenso viel über einen Menschen verraten wie eine Antwort.

Race verdreht die Augen. »Geduld gehört nicht zu deinen Tugenden, oder?« Er hebt nun auch den rechten Arm und zieht sich an dem Steg hoch. Die kurze dunkle Chino-Hose, die er trägt, klebt wie eine zweite Haut an seinen Beinen. Ich beobachte ihn beim Raufklettern, kann mich selbst aber noch nicht dazu überwinden, mich zu rühren.

Nein, Geduld ist keine meiner Tugenden. Aber seine ja bekanntlich auch nicht.

Als er über mir steht, guckt er auf mich herab. Er scheint darauf zu warten, dass ich ebenfalls hinaufklettere, doch da muss ich ihn enttäuschen.

»Ich glaube, ich hänge hier noch ein Weilchen rum. Mein Körper fühlt sich an wie Blei.« Ich lache und lege meinen Kopf in den Nacken. Die Sonne trocknet die Wasserperlen auf meinem Gesicht und ich schaue in den wolkenlosen Himmel. *Danke Race! Dank diesem Wettschwimmen werde ich noch tagelang Muskelkater haben.* Vielleicht sollte ich mich in Zukunft davor hüten, mich mit jemandem auf ein Wettrennen einzulassen, der den Namen Race trägt.

14.

Zwischen Verlangen und Vernunft

Mace

Der Laut ihres Lachens hat die Macht, die Welt anzuhalten.
Meine Welt.

Als Veronica sich schließlich doch aus dem Wasser hievt, muss ich mich anstrengen, ihr nicht meine Hand hinzuhalten, um ihr hoch zu helfen. Und ich muss mich zwingen, sie nicht anzusehen, als wäre sie ... was Besonderes? Als wäre sie anders als andere Frauen, die gesichtslos, bedeutungslos und meist namenlos meinen Alltag streifen.

Ich weiß selbst nicht, was mit meinem Körper los ist. Oder mit meinem Verstand. Ich weiß nicht einmal, von welchem Organ diese dummen Impulse produziert werden. Aber was ich mit Sicherheit noch weiß, ist, dass es für mich keine Zukunft mit diesem Mädchen gibt – nicht einmal eine Gegenwart mit ihr wäre möglich. Und wenn sie von meiner Vergangenheit wüsste, würde sie vor mir fliehen, so weit sie ihre Beine tragen.

Es ist lächerlich, dass ich mir das nochmal ins Gedächtnis rufen muss. Und doch kann ich nicht leugnen, dass die Zeit mit ihr mir gefällt. Vor

24 Stunden noch hätte ich es nie für möglich gehalten, dass ich tatsächlich *gerne* die Zeit mit einem Mädchen verbringe. Mein Rudel ist gleichzeitig meine Familie, ich verbringe jeden meiner Tage mit ihnen – und wenn ich mal doch mit Menschen abhänge, dann sind es Studenten – *männliche* Studenten, die ich an der Uni kennengelernt habe. Ich habe immer nur mit Männern zu tun. Mit Frauen trete ich nur zu einem einzigen Zweck in Kontakt.

Seit Claire.

Ich schaue Veronica an, die sich ihr langes Haar auswringt und dann mit den Händen die Körbchen ihres BHs ausdrückt. Das Wasser läuft ihr in Rinnsalen über den flachen Bauch, hinunter zu ihrem klitschnassen rosa Slip. Und obwohl mich dieser Anblick heiß macht und gewisse Wünsche in mir weckt, sehe ich sie nicht als nächste Nahrungsquelle. Sie ist tabu, bis ich ihr Geheimnis kenne ... Mir hat es gereicht, sie einmal in meinen Armen sterben zu sehen. Ich will das Ganze nicht noch einmal erleben.

»Ich glaub, ich muss mich in die Sonne legen, bis meine Unterwäsche trocken ist«, sagt sie und sieht mich von unten mit einem unschuldigen Augenaufschlag an. Doch ich weiß, dass ihre Worte gar nicht so unschuldig gemeint sind. Sie spielt mit mir und ich weiß noch nicht, ob mir das gefällt.

Ich sollte ihr vielleicht sagen, dass ein Spiel mit mir nicht mutig, sondern dumm ist.

»Du könntest die Unterwäsche auch ausziehen, bevor du was Trockenes anziehst«, schlage ich stattdessen vor. Ein Sommerkleidchen vielleicht. Ohne Slip und BH.

Die Hitze in mir steigt und allein bei der Vorstellung rast mein Herz. Doch es ist mehr als der Hunger meines inneren Dämons oder triebgesteuertes Verlangen.

Ich liebe es, wie sie empört über meine Worte die Lippen ein klein wenig öffnet, wie sie auf brav tun will und dennoch bei der Vorstellung errötet. Ich muss mir ein Grinsen verkneifen und da weiß ich, was mir an der Zeit mit ihr so gefällt.

Wenn ich bei ihr bin, fühle ich mich weniger schuldig, weniger wie ein Verbrecher, der hinter Gitter gehört. Ich fühle mich, als wäre ich ein normaler Mensch, als könnte ich ein normales Leben führen, normalen Träumen hinterherjagen. Wenn ich bei ihr bin, vergesse ich für den Bruchteil einer Sekunde, wer ich bin und was ich getan habe. Was ich immer wieder werde tun müssen. Und diese Sekunden, in denen ich das vergesse, genieße ich. Sie geben mir eine Art von Freiheit, die mir bisher verwehrt geblieben ist.

Ich trete einen Schritt auf sie zu, hebe ihr Kinn an und beuge mich zu ihrem Ohr. »Mir kannst du nichts vormachen, Veronica. Du bist nicht so unschuldig, wie du aussiehst. Ich sehe die Dunkelheit in deinem Licht.«

Ich kenne mich aus mit Dunkelheit.

Als ich mich wieder zurücklehne, streife ich mit meinen Lippen absichtlich beinahe ihre Wange. Beinahe. Nur so, dass sie meinen Atem auf ihrer Haut spüren kann. Das ist die einzige Genugtuung, die ich mir selbst verschaffen darf. Wenn sie mich schon um meinen Verstand bringt, dann will ich zumindest wissen, dass ich sie ebenfalls um ihren Verstand bringe.

Auge um Auge, kleine Veronica.

Sie sieht mir mit erhobenem Kinn in die Augen. »Ich mag Dunkelheit nicht.«

»Ich weiß. Du hast Angst vor ihr.«

Ihre silbergrauen Augen verengen sich zu Schlitzen. »Woher weißt du das?«

»Du traust dich nachts nicht allein zu schlafen«, sage ich schulterzuckend.

Sie presst ihre Lippen aufeinander. »Weil ich nicht schlafwandelnd in irgendeiner Grube landen will.«

Ich schüttle den Kopf. »Das ist nur die halbe Wahrheit.«

Unser Blickduell dauert an. Sie erwidert nichts mehr, was heißt, dass ich Recht habe. Sie mag die Dunkelheit nicht nur nicht, sie fürchtet sie.

Ich sehe sie schlucken. Dann leckt sie sich kurz über die Lippen. »Es ist, als würde sie mich schon mein ganzes Leben lang verfolgen«, gibt sie leise zu. Es fühlt sich so an, als wäre es das erste Geheimnis, das sie mir preisgibt, mir anvertraut. Ich denke über ihre Worte nach, tue sie nicht leichtfertig ab, wie ich es bei anderen machen würde.

»Vielleicht hat es einen Grund, dass du dich von der Dunkelheit verfolgt fühlst«, antworte ich ihr. »Vielleicht ist sie ein Teil von dir.«

Ihre Unterwäsche trocknet auf der Veranda. Doch statt einem Kleid hat sie immer noch diese Shorts und das gelbe T-Shirt an.

Obwohl ich wirklich versuche, ihr nicht auf die Brüste zu schauen, tue ich es immer wieder. Wenn ich weiß, dass sie keinen BH trägt, ist das ja geradezu eine Einladung. Wir sitzen im Wohnzimmer, beziehungsweise sie sitzt auf dem Sofa, während ich vor dem Fernseher hocke und die Playstation anschließe, die meine Eltern aus irgendeinem Grund in einen der Schränke verbannt haben.

»Oh!«, macht Veronica plötzlich und ich drehe mich zu ihr um. Ihr Blick ist in eine der Zimmerecken gerichtet und ich folge ihm, um zu sehen, was sie so in Entzücken versetzt.

Die Gitarre von meinem Dad.

»Darf ich?«, fragt sie.

Ich nicke, schließe das letzte Kabel an und starte die Playstation. Während sie hochfährt, beobachte ich Veronica dabei, wie sie es sich mit der Gitarre auf dem Sofa bequem macht. Sie fährt mit ihren Fingern zaghaft über die Saiten, als teste sie ihren Klang. Ihre hellblonden Haare – mittlerweile wieder trocken - fallen ihr dabei wie ein Vorhang ins Gesicht.

»Spielst du auch?«, fragt sie, schaut mich dabei aber nicht an, zu vertieft ist sie darin, das Instrument zu bewundern, als würde sie zum ersten

Mal so etwas in der Hand halten. Aber an den Tönen, die ihre Finger fabrizieren, merke ich sofort, dass sie nicht zum ersten Mal eine Gitarre in der Hand hält.

»Nein«, ist alles, was ich sage.

Sie bleibt still und ich weiß, dass sie sich eine ausführlichere Antwort gewünscht hätte. Wer aus meiner Familie Gitarre spielt, ob ich überhaupt ein Musikinstrument spiele oder wieso ich es nie gelernt habe. Ich habe oft das Gefühl, Frauen würden am liebsten immer gleich die ganze Lebensgeschichte von einem hören wollen – etwas, was ich nicht nachvollziehen kann. Was bringt einem all dieses Wissen? Man geht doch nicht durch das Leben und sammelt Insiderinformationen über dutzend fremde Menschen, als wären sie Pokémonkarten.

Ich suche die DVD heraus, mit der ich ein wenig Zeit totschlagen will, als Veronicas wahlloses Gezupfe plötzlich in eine sanfte Melodie umschlägt.

»It's like I'm drowning. I'm drowning in my dreams«, singt sie leise.

Ich halte in meiner Bewegung, die DVD einzulegen, inne und lausche ihrer Stimme. Schon am ersten Abend im Moe's hat ihr Gesang mich bis ins Mark getroffen. Ich habe gedacht, es lag an ihrer Songauswahl, doch diesmal kenne ich das Lied nicht und es macht mich trotzdem sprachlos.

Musik hat eine seltsame Macht über uns Menschen.

»Was ist das für ein Lied?«, frage ich. Bereue es aber sofort, weil sie zum einen mit dem Singen aufhört und zum anderen, weil ich damit mehr Interesse an ihr zeige, als ich wollte.

Sie blickt von der Gitarre auf und sieht zu mir rüber, dabei färben sich ihre Wangen rosa, als hätte ich sie etwas Unanständiges gefragt und nicht nur nach dem Namen des Songs.

»Es hat noch keinen Titel. Ich habe mir den Song vor ein paar Tagen ausgedacht«, gesteht sie. Das erklärt ihre Reaktion. Dass sie nicht nur gut singen kann, sondern auch ihre eigenen Texte schreibt, imponiert mir. Beinahe hake ich nach, doch im letzten Moment beiße ich mir auf die

Innenseite der Unterlippe. Ihre Hobbys werden mir nicht dabei weiterhelfen, etwas darüber in Erfahrung zu bringen, wie sie von den Toten auferstehen konnte. Das Schreiben von Liedern ist nicht das dunkle Geheimnis, auf welches ich hinaus möchte.

»Normalerweise singe ich die Lieder nicht, die ich schreibe«, gesteht sie.

»Solltest du aber«, antworte ich automatisch. Sollte sie wirklich, aber ich sollte nicht derjenige sein, der ihr das sagt.

Sie stellt die Gitarre zurück an ihren Platz und wirft mir einen verwunderten Blick zu, in dem Moment klingelt es an der Tür. Gott sei Dank. Ohne ein weiteres Wort stehe ich auf und verlasse dankbar das Wohnzimmer. Auf den Lieferservice ist immer Verlass, er kommt genau zur richtigen Zeit.

Ich nehme dem Boten die zwei Schachteln ab und gebe ihm sein Geld. Mit dem Fuß schiebe ich die Tür wieder zu und gehe zurück ins Wohnzimmer.

»Wir gucken die letzte Staffel Game of Thrones?«, fragt Veronica verblüfft, als ich mich neben sie auf die Couch setze. Sie muss die DVD-Verpackung neben dem Fernseher entdeckt haben.

»Ja, bevor die nächste Staffel rauskommt, wollte ich diese noch einmal sehen«, erkläre ich und reiche ihr die Margherita. Keine Ahnung, wieso Menschen freiwillig auf den Genuss von Pizzabelag verzichten. Ich kann mich nie entscheiden, was und wieviel ich draufhaben will, und dann gibt es Menschen, die freiwillig *nichts* draufhaben wollen.

»Du bist ein kleiner Nerd, so so!«, ruft sie überrascht aus.

Ich verziehe nur meine Augenbrauen und lasse das unkommentiert. Wenn ich ihr sage, dass ich sogar alle Bücher der Reihe verschlungen habe, wird sie bestimmt nur noch erfreuter quietschen. Irgendwie ist es mir unangenehm, wenn sie mich so anstrahlt. Dabei gehörte es doch zu meinem Plan, ihr Vertrauen zu wecken und mich ihr anzunähern.

Ich sollte mich langsam an das Thema heranwagen, was mich wirklich interessiert und weshalb wir hier sind. Ich habe nur noch wenige Stunden, um mich an ihr dunkles Geheimnis zu tasten.

»Wieso bist du immer so still?«, fragt sie plötzlich und reißt mich damit aus meinen Gedanken.

»Manche Menschen stehen eben nicht drauf, Fragen zu beantworten.«

»Stehst du eher drauf, die Fragen zu stellen?« Sie beißt von ihrem Pizzastück ab und lässt mich dabei nicht aus den Augen. Ich muss zugeben, dass sie ein süßes Exemplar von einem Mädchen ist. In ihr vereinen sich die Adjektive *brav*, *süß* und *heiß* zu einer perfekten Symphonie.

»Auch nicht«, antworte ich. Es ist besser für sie, nicht zu wissen, auf was ich so stehe.

Veronica scheint enttäuscht, dabei soll sie mal nicht so scheinheilig tun. Sie findet es schade, dass ich so wenig von mir preisgebe, aber sie ist auch niemand, der ein offenes Buch ist.

»Wir sind uns ähnlicher, als du denkst«, sage ich und öffne die Schachtel, die auf meinem Schoß liegt. Der Geruch von meiner Diavolo Pizza schlägt mir mitsamt der Hitze entgegen.

Überrascht über meine Aussage schaut Veronica mich an.

»Auch du behältst deine dunklen Geheimnisse für dich«, erkläre ich.

»Denkst du etwa, ich habe welche?«

Oh ja.

»Natürlich. Der einzige Unterschied zwischen uns ist lediglich, dass deine Geheimnisse hinter einer unschuldigen, süßen Fassade versteckt sind. Meine Maske ist nur weniger *süß*.«

Über diese Worte muss sie erst einmal nachdenken. Ich angle nach dem Controller und starte den Film. Als die Titelmusik ertönt und ich mich in dem Sofa zurücklehne, streifen sich kurz unsere Knie.

Ich lasse mein Bein genau dort, wo es ist, obwohl ich es vermutlich wegziehen sollte.

Sie lässt ihr Bein ebenfalls da, wo es ist.

Ich sitze auf den Stufen der Veranda und beobachte, wie die Sonne am Horizont untergeht, während ich fieberhaft überlege, welche Frage ich Veronica aufgrund der gewonnenen Wette stellen kann. Die Zeit hier ist viel zu schnell vergangen und morgen früh würden wir wieder abreisen. Es wäre für uns beide durchaus gesünder, wenn wir uns ab dann wieder meiden. Ich *sollte* sie danach meiden.

Deshalb bleiben mir nur noch wenige Stunden, um die richtigen Fragen zu stellen, und etwas über ihre Familiengeschichte zu erfahren, um herauszufinden, ob sie einen übernatürlichen Hintergrund hat. Selbst wenn sie durch unseren Kuss auf der Party nur ohnmächtig geworden wäre – wie konnte sie dann aus einem sinkenden Auto steigen und sich an nichts erinnern?

Die Stelle des Flusses, an der wir ihren Wagen versenkt haben, ist tief. Durch den Druck des Wassers ist es unheimlich schwer, überhaupt eine Tür aufzukriegen, bis sich nicht der ganze Wagen mit Wasser gefüllt hat. Wenn wir sie nicht umgebracht haben, dann wäre sie spätestens ertrunken. Wir standen schließlich noch mehrere Minuten am Ufer und haben gewartet, bis nichts mehr von dem Wagen zu sehen war.

Ich vergrabe meinen Kopf in den Händen und frage mich, was wir getan haben. Was wir *ihr* angetan haben.

»Hey, kann ich mich zu dir setzen?«

Sie kommt genau im richtigen Moment, bevor ich in meiner Verzweiflung versinken kann. Ich fühle mich, als wäre ich in dem dunklen Fluss ertrunken und nicht sie.

Statt ihr zu antworten, frage ich: »Um was geht es in diesem Lied, das du heute Mittag gesungen hast?«

Ich beobachte sie, wie sie sich mit ernstem Gesichtsausdruck neben mich setzt. Statt mich anzusehen, heftet sich ihr Blick auf den Sonnenuntergang. Es sieht aus, als würde der Himmel in Flammen stehen. Er brennt mit der Sonne um die Wette. Dabei steht schon von Anfang an fest, wer der Verlierer sein wird.

»Wenn ich nicht mit dem Schlafwandeln zu kämpfen habe, habe ich es mit Albträumen. Das war schon immer so«, sagt Veronica.

Ich lasse ihr Zeit und sage nichts. Diesmal erwartet sie auch nicht, dass ich irgendetwas tue, um die Stille zu brechen. Es ist eine andere Art von Stille.

»Seit ein paar Nächten plagt mich das Gefühl zu ertrinken. Deshalb habe ich dieses Lied geschrieben. Das mache ich immer so, wenn mich etwas beschäftigt, dann schreibe ich es auf.« Sie zuckt mit den Schultern. »Das hilft mir dabei, Sachen zu verarbeiten.«

Sie sieht mich immer noch nicht an, doch ich sehe sie dafür umso intensiver. Ich nehme ihr zur Sonne gewandtes Gesicht in mir auf, als würde ich ein Gemälde von ihr malen wollen. Jedes Detail ihres Gesichtes.

Starr sie nicht so an, Mace.

Ich blicke hinunter auf meine Hände, die zwischen meinen gespreizten Beinen hängen. Die Art, wie sie von ihren Albträumen erzählt, lässt mich annehmen, dass sie eine nicht so schöne Vergangenheit hatte. Und plötzlich weiß ich meine Frage.

»Ich löse die Wettschulden ein«, warne ich sie vor. Die Art von Frage sollte man nicht ohne Vorwarnung stellen.

Ich spüre, dass sie den Blick von der Sonne gelöst hat und stattdessen nun mich ansieht.

»Wieso wohnst du bei deiner Tante und nicht bei deinen Eltern?«, will ich wissen und schaue sie nun ebenfalls an. Unsere Blicke treffen sich und ein paar Herzschläge lang sehen wir uns in die Augen. Sie lässt sich nicht anmerken, was sie von meiner Frage hält. Ob sie zu persönlich ist. Ob sie ihr unangenehm ist.

»Wie kommst du darauf? Das habe ich nie gesagt.«

Verwirrt runzle ich meine Stirn. Habe ich etwas missverstanden?

»Ich komme super mit meinen Eltern klar. Ich erzähle ihnen sogar alles. Ich habe ihnen auch von dir erzählt und sie wollen dich kennenlernen.«

Warte - Was? Verarscht sie mich?

Ihr Gesicht ist vollkommen ernst und mein Herz beginnt zu rasen. Diesmal nicht, weil Veronica mich anzieht, sondern weil ich in Panik gerate. Haben wir die Puzzleteile falsch zusammengesetzt und sie wohnt gar nicht bei ihrer Tante, von der sie dauernd erzählt? Wie konnten wir das missverstanden haben? Und wie konnte es so weit kommen, dass sie glaubt, jemandem von mir erzählen zu müssen?

Mir wird bewusst, dass ich zu weit gegangen sein muss. Sie hierhin mitzunehmen und mit ihr zu flirten – vielleicht denkt sie jetzt, es wird mehr aus uns.

»Das war nur ein Scherz, Race.«

»Was?« Ich blinzele sie an.

»Du hättest dein Gesicht sehen müssen!« Sie lacht. Sie lacht!

Verdammte Scheiße. Mein Kiefer spannt sich an. Ist das ihr verfluchter Ernst? Über sowas macht man keine Witze! Dass ihre Eltern mich kennenlernen wollen, ist wohl das schlimmste Szenario, das ich mir vorstellen kann. Sie weiß ja gar nicht, wie wichtig Verschwiegenheit ist. Wie wichtig es für mich ist, als namenloser Geist in unserer Gesellschaft zu existieren. Niemals dürften ihre Eltern mich kennenlernen!

Ich stemme mich von der Treppe hoch und will aufstehen, als sie plötzlich mein Handgelenk umklammert. Ich zögere, bleibe aber stehen.

»Ich habe meinen Vater nie kennengelernt und meine Mutter war nicht in der Lage, für mich zu sorgen«, sagt sie leise.

Die Wut über ihren dummen Scherz schlägt noch ihre Wellen in mir, doch ich setze mich wieder. Ich sage nichts zu ihrer Offenbarung. Ein »Tut mir leid« liegt mir auf der Zunge, doch ich schlucke es herunter. Und weitere Nachfragen, wieso ihre Mutter sich nicht um sie kümmern konnte, halte ich für diesen Augenblick für unangebracht. Vielleicht werde ich wann anders nachhaken. Doch nicht jetzt. Ihre Hand hält noch immer mein Handgelenk, als befürchte sie, dass ich meine Meinung ändern und doch gehen könnte.

Ich will sie nicht ansehen, deswegen erwischt sie mich kalt, als sie plötzlich direkt vor mir ist. Wie sie ihre Beine lässig über mich schwingt, das eine rechts von mir, das andere links von mir, und sich auf meinen Schoß platziert – als wäre es das Natürlichste auf der Welt. Als hätten wir das schon öfter getan.

Sprachlos starre ich sie an.

Dass sie aus dem Nichts auf mir sitzt, gefällt mir etwas zu gut. Wie warm und weich sie sich auf mir anfühlt, gefällt mir zu sehr. Und meine Finger krallen sich zu stark in ihre Oberschenkel. Die Wut, die ich gerade noch verspürt habe, weicht etwas anderem. Hitze durchflutet mich von oben bis unten und mein Puls steigt mit jeder Sekunde.

Ich sollte sie runter bitten, doch ich schweige.

Ich sollte sie runter heben, doch ich rühre mich nicht.

Dass sie das getan hat, wird ihr noch zum Verhängnis werden.

»Du spielst mit dem Feuer, Schätzchen«, warne ich sie.

Ihre Lippen kräuseln sich zu einem Lächeln. »Fällt dir nichts Originelleres ein?« Sie legt ihre Hände an meinen Hals und zu meiner Überraschung fischen ihre Finger das Medaillon aus dem Ausschnitt meines T-Shirts. Sie hält es in ihrer Hand und betrachtet es. Ich weiß genau, was sie sieht. Das eingravierte Kreuz mit den Rosen. Ich nehme es ihr schnell aus der Hand und lasse es wieder unter mein T-Shirt gleiten, bevor sie auf die Idee kommt, es zu öffnen und hineinsehen zu wollen.

»Bist du gläubig?«, fragt sie leicht verwundert.

Ich schüttele den Kopf. Doch nicht, um ihre Frage zu beantworten, sondern um ihr zu signalisieren, dass sie die Fragen über mich sein lassen soll.

Ich sehe auf ihre Lippen, die sich direkt auf meiner Augenhöhe befinden. Dass sie geschlossen bleiben, erleichtert mich. Sie hat begriffen.

Ein paar Sekunden lang schweigen wir und alles in mir verzehrt sich danach, sie zu küssen. Nicht nur der Dämon in mir, sondern ich. *Ich* will sie küssen. Ich will sie spüren, die Augen schließen und mich in ihr verlieren.

Fuck.

Wieso löst sie das alles in mir aus?

Als ich den Blick von ihren Lippen losreiße, sehe ich, dass in ihren Augen derselbe Kampf stattfindet. Mit dem Unterschied, dass sie nicht weiß, wie tödlich ein Kuss von mir enden kann. Wenn ich sie nicht aufhalte, wird sie gleich wohlmöglich etwas Dummes machen. Doch statt sie von meinem Schoß zu schieben, wandern meine Finger über ihre nackten Oberschenkel, fahren Millimeter um Millimeter über ihre Haut.

Sie zieht die Luft ein und hält sie an. Dass sie unter einer so harmlosen Berührung bereits zu atmen aufhört, macht mich wahnsinnig. Ich weiß nicht, ob ich eine Frau jemals mehr als in diesem Augenblick gewollt habe. Noch nie war das Verbot, eine Frau zu berühren, so reizvoll wie jetzt. So fühlt es sich zumindest an.

Ein flehender Ausdruck tritt in ihre grauen Augen. Sie sagt kein Wort. Sie rührt sich nicht und doch sagt ihr Blick mehr als Worte könnten.

Vielleicht bilde ich mir das aber auch nur ein. Vielleicht wünsche ich mir das nur. Dass sie genauso wahnsinnig nach mir ist, wie ich es gerade nach ihr bin.

Meine Hände legen sich um ihren Po und ziehen sie enger an mich. Ein überraschtes, leises Keuchen entweicht ihrem Mund und mein Schwanz drängt sich schmerzhaft gegen meine Jeans.

Mach dieses Geräusch noch einmal, Veronica.

Sie legt den Kopf in den Nacken und ich senke meine Nasenspitze zu ihrem Hals, atme an ihrer Haut aus, ohne sie mit meinen Lippen zu streifen.

Ein Tauziehen zwischen Nähe und Distanz. Ein Kampf zwischen Verlangen und Vernunft.

Während meine eine Hand an ihrem Hintern gekrallt bleibt, lege ich die andere zurück auf ihren Oberschenkel. Ich will mehr von ihr spüren. Ich will das Tauziehen bis zum letzten Moment ausreizen. Langsam schiebe ich meine Hand zu den Fransen ihrer Shorts, dann gleite ich ihre Hose hinauf zu dem Knopf. Wie mutig sie ihn heute am Steg geöffnet hat, ohne zu zögern. Sie ist definitiv nicht so unschuldig, wie sie tut. Aber sie ist unschuldiger als alles, was ich in den letzten Jahren berührt habe.

Statt den Knopf zu öffnen, fährt meine Hand weiter hoch und schiebt sich unter den Stoff ihres T-Shirts. Ich gleite über ihre warme, samtweiche Haut bis zu ihren Brüsten.

Ich bemerke, wie sie sich versteift, doch sie macht keine Anstalten, von mir herunterzuklettern. Ob sie nun bereut, keinen BH anzuhaben?

Ich lehne meine Stirn in ihre Halsbeuge und sauge ihren Duft ein, warte darauf, dass sie sich entspannt oder sich von mir stößt. Wie wird sie sich entscheiden?

Wenn ich aufhören soll, musst du es mir schon sagen, Veronica.

Ihre Haare kitzeln meine Wangen und ich schließe die Augen. Alles auf dieser Welt hat sich auf sie und mich reduziert. Da ist sie wieder: die Stopptaste für mein Leben. Sie auf mir. Meine Hand an ihrer Brust. Sie hat mich immer noch nicht von sich gestoßen, was ich als Erlaubnis auffasse. Mit beiden Händen greife ich nach ihrem T-Shirt und ziehe es ihr über den Kopf. Sie japst nach Luft und ich schaue auf ihren nackten Oberkörper. Ein wunderschöner Anblick.

Meine Hände streifen erst zart ihre Brüste, bis sich ihre Nippel mir entgegenstrecken, dann greife ich fester zu und sie krallt sich in meine Haare. Ich weiß nicht, ob sie versucht mich wegzuziehen, oder sich an mir zu halten.

Ich lasse von ihren perfekten, runden, kleinen Brüsten ab und wandere nun doch zurück zum Knopf ihrer Hose. Sie hat den Hunger in mir geweckt – ich will mehr sehen. Ich will *alles* sehen.

»Was tust du da, Race?« Ihre Stimme klingt leicht panisch.

»Dich für deinen geschmacklosen Streich bestrafen.« Ich ziehe den Reißverschluss auf, damit meine Hand genug Platz hat, um sich in ihre Hose zu schieben.

Sie reißt ihre Augen auf und öffnet ihre Lippen. Sie sagt nichts. Ich sage nichts. Während meine Finger sie berühren, schaue ich ihr die ganze Zeit in die Augen. Ich will sie büßen lassen und doch scheint es, als wäre ich derjenige, der gerade büßt.

»Race«, stöhnt sie und ihre Beine spannen sich an, als würde sie aufstehen wollen.

Ich halte sie fest. Die Art, wie sie meinen Namen gestöhnt hat, hat das letzte Bisschen Vernunft in meinem Inneren zerbrochen. Ich will, dass sie es nochmal macht. Ich gebe ihr die Erlaubnis, hier und jetzt mein Inneres zu zertrümmern. Mein Gewissen. Meine Regeln. Meine Schuld.

Leg es in Schutt und Asche, Veronica.

Mit der Hand, die nicht zwischen ihren Beinen steckt, greife ich in ihre Haare und ziehe vorsichtig ihren Kopf zurück. Sie beißt sich auf die Lippen, um ein Aufstöhnen zu unterdrücken. Doch dass sie sich auf die Lippen beißt, ist nicht weniger heiß. Ich ziehe stärker an ihren Haaren, um ihr einen Laut zu entlocken. Irgendeinen.

»Hör auf«, bittet sie. Ihre Stimme klingt leidend. Gut so.

Leide mit mir.

»Besser du scherzt nie wieder mit mir«, antworte ich mit belegter Stimme. Ich beginne, meinen Finger in sie zu schieben, und spüre, wie sie sich enger zusammenzieht. Ihre Hände krallen sich haltsuchend in meine Schultern und ich gebe mein Bestes, um meine Atmung einigermaßen unter Kontrolle zu halten. Ich weiß, dass ich zu weit gehe, dass das, was ich hier tue, dermaßen falsch ist, aber es fühlt sich einfach zu gut an.

»Scheiße, Veronica. Wenn du wüsstest, wie gern ich dich jetzt nehmen würde.«

Meine Worte lassen sie wimmern. Ihr dabei ins Gesicht zu sehen, während ich ihre warme Feuchtigkeit an meinen Fingern spüre, lässt mich so hart werden, dass ich mich fast vergesse. Dass ich vergesse, wer ich bin, wer sie ist und weshalb wir hier sind.

Ich vergesse, dass ich ihr nur eine Lektion erteilen wollte.

Ich will, dass sie hier und jetzt auf meiner Hand kommt. Ich will sie stöhnen hören. Ich ziehe meine Finger aus ihr und beginne stattdessen, sie zu reiben.

»Oh Gott.« Sie keucht und drückt mir ihr Becken entgegen. Auch ihren Kopf will sie zu mir ziehen, mich vermutlich küssen, doch ich halte ihre Haare weiter umklammert, sodass sie mir mit ihrem Gesicht nicht näherkommen kann.

»Race, bitte!«, stöhnt sie und ich weiß nicht, um was sie bittet. Will sie, dass ich sie loslasse? Will sie, dass ich ihr Erlösung schenke? Will sie, dass ich aufhöre oder dass ich weitermache?

Im Grunde ist es egal, was sie will, denn ich bin in einem Rausch gefangen und kann ohnehin nicht aufhören. Ich kann nicht aufhören, ihre nasse Hitze auf meiner Hand spüren zu wollen. Ich kann nicht genug bekommen von ihrem Anblick, ihrem geröteten Gesicht und ihren Augen, die meinem Blick standhalten.

Ich verstärke den Druck meiner Finger, bis ich spüre, wie ihre Beine zu zittern beginnen. Das Blut in meinen Ohren rauscht so laut und vereint sich mit ihrem Stöhnen zu einer der schönsten Aneinanderreihungen von Tönen, die ich je gehört habe.

Und dann ist es vorbei.

Ihr Körper entspannt sich und ich ziehe meine Finger aus ihrer Shorts. Ich lasse ihre Haare los und sie meine Schultern. Keuchend und sprachlos starren wir uns an.

Zu meiner Überraschung vertieft sich das Rot ihrer Wangen um noch eine Nuance. Verlegen schlägt sie ihre Augen nieder und es ist keine gespielte Verlegenheit. Es ist nur eine Frage von Sekunden, bis sie beschämt von meinem Schoß hinunterklettert. Bis wir uns danach aus dem Weg gehen und das soeben Geschehene bereuen. Sie wird es auf jeden Fall bereuen. Das sehe ich ihr an. Ich könnte sie jetzt noch festhalten, ihre Hose hinunterschieben und sie hier und jetzt auf den Treppenstufen vögeln. Ich bin so scharf auf sie, dass ich dieser Vorstellung tatsächlich länger nachhänge, als ich sollte.

»Geh runter von mir, ich muss meine Hände waschen«, blaffe ich sie an, um den Moment so schnell wie möglich zu beenden. Um das zusammenzukratzen, was in meinem Inneren an Regeln, Vernunft und Gewissen noch übrig ist.

Für einen Wimpernschlag schaut sie mich an, als hätte ich sie geschlagen. Dann klettert sie so eilig von meinem Schoß herunter, dass sie fast hinfällt. Ich versuche, ihr keine Beachtung zu schenken. Ohne ein weiteres Wort stehe ich auf und gehe ins Haus.

Jeden Schritt, den ich tue, tue ich ohne zu zögern.

Ich weiß, dass es grausam ist, sie jetzt derart stehen zu lassen, aber es ist die einzig sinnvolle Option. Wir *müssen* bereuen, was wir gerade gemacht haben. Denn wenn wir es nicht tun, besteht die Gefahr einer Wiederholung. Und wenn wir das Ganze wiederholen, weiß ich nicht, ob ich mich ein zweites Mal zurückhalten kann.

15.

Weil jedes Lebwohl auch ein Auf Wiedersehen ist

Nika

Mittwochabend

Ich schnappe nach Luft, als wäre ich ein Fisch auf dem Trockenen. Sein Satz ist wie eine Klinge, die in meiner Brust steckt.

Sobald Race im Haus verschwunden ist, bücke ich mich nach meinem T-Shirt und ziehe es über. Mit zittrigen Fingern schließe ich den Reißverschluss und den Knopf meiner Hose, dann sinke ich auf den Treppenstufen zusammen. Meine Beine können mich nicht halten, sie zittern, als bestünden sie aus Wackelpudding.

Ich balle meine Hand zur Faust und beiße mir in den Finger, um einen Schrei zu unterdrücken. Ich will schreien und um mich schlagen. Ich will mich selbst schlagen und ich will Race schlagen.

Wieso hat er das gemacht, wenn er sich danach so verhält? Wie kann man von einer Sekunde auf die andere solch starke Stimmungsschwankungen haben? Wie kann er mir in die Augen sehen, während ich komme, nur um mich danach anzublaffen und einfach zu gehen? Ich habe nicht erwartet, dass wir anschließend händchenhaltend ins Schlafzimmer gehen und kuscheln, aber das hier? Ich schaue zu der Haustür, als könnte ich nicht fassen, dass er sie einfach hinter sich geschlossen hat. Dass er mich mit dem Gefühl zurückgelassen hat, wir hätten etwas Schmutziges und Dummes gemacht.

Ich habe nicht die leiseste Ahnung, warum er diesen Moment zerstören musste. Warum er unsere Zeit hier zerstört hat. Warum er einen Teil von mir zerstört hat.

Das Schlimme daran ist, dass ich nicht weiß, wo ich jetzt hinsoll. Alles in mir weigert sich, ihm ins Haus zu folgen, doch hier die ganze Nacht sitzen bleiben, kann ich auch nicht. Es ist mittlerweile kühl und dunkel draußen geworden.

In meinen Augenwinkeln sammeln sich Tränen. Ich schlinge meine Arme um meinen Körper und halte mich fest, als würde es mich daran hindern, hier auf den Stufen in tausend Teile zu zerbrechen.

Ein Mann, den ich kaum 24 Stunden kenne, sollte nicht die Macht haben, mich zu zerbrechen. Aber es ist, als würde ich seine Hand noch immer auf mir spüren. Und wenn ich die Augen schließe, sehe ich immer noch seinen eindringlichen Blick. Dieser Blick hatte nichts Kaltes an sich. Es gab nichts darin, was mich darauf vorbereitet hätte, derartig schroff sitzen gelassen zu werden, nachdem ich gerade das intimste Erlebnis meines Lebens hatte. Noch nie haben Till und ich uns so angeguckt, während wir miteinander geschlafen haben. Noch nie hat sich die Berührung eines Mannes so intensiv angefühlt, dass ich nach zwei Minuten auf einen Höhepunkt zuraste. Obwohl er nicht einmal ein Kleidungsstück von sich ausgezogen hatte, habe ich das Gefühl gehabt, dass wir uns in einem solchen leidenschaftlichen Strudel befanden, dass keiner von uns beiden aufhören könne.

Doch er hat aufgehört.

Er konnte aufhören, bevor er selbst irgendeine Art von Befriedigung bekam, was heißt, dass ich in diesem Strudel allein war. Die ganze Zeit.

Die ganzen fünf Minuten auf seinem Schoß, die sich fast wie eine kleine Ewigkeit in einem Paralleluniversum angefühlt haben.

Ich hasse dich Race. Ich habe nicht nur das Wettschwimmen gegen dich verloren. Ich verliere jeden Wettstreit gegen dich. Denn nichts anderes war das vorhin. Wir haben um die Wette gebrannt – und ich habe verloren.

Mittlerweile ist bestimmt eine Stunde vergangen. Ich frage mich, ob Kerle wie Race kein Gewissen haben. Fühlen sie sich nicht schlecht, wenn sie ein Mädchen fingern und danach einfach abziehen?

Nachdem ich mir ein wenig auf dem Grundstück die Beine vertreten habe und eine Weile am Steg war und die Füße ins kalte Wasser gehalten habe, sitze ich wieder auf der Veranda. Hier brennt wenigstens Licht. Am See wurde es mir schnell zu dunkel.

Ich zupfe gedankenverloren an den Fransen meiner Shorts und freunde mich gerade mit der Vorstellung an, hier auf der Veranda zu übernachten, als ich hinter mir höre, wie die Tür geöffnet wird.

Eine Mischung aus Erleichterung und Trotz flutet meine Brust. Ich bin so froh, dass er doch noch herausgekommen ist – um sich vielleicht zu entschuldigen oder mich zumindest ins Haus zu holen – aber ich werde ihn gewiss spüren lassen, dass er sich wie ein Arschloch verhalten hat.

»Du kannst nicht die ganze Nacht da draußen sitzen«, sagt er.

Ich drehe mich nicht zu ihm um. Ich sage nichts. Schließlich war das noch keine Entschuldigung.

»Jetzt sag nicht, du schmollst, weil ich danach nicht mit dir gekuschelt habe.«

Die Erleichterung in meiner Brust verschwindet. Spurlos. Mein Brustkorb bebt stattdessen vor Wut. Ich schürze die Lippen und schweige weiter.

Gut, dass er in meinem Rücken steht und ich ihn nicht ansehen muss, sonst könnte ich vermutlich keine Ruhe bewahren und würde ihm stattdessen an die Gurgel springen.

»Veronica.«

Nur meinen Namen zu sagen, hilft ihm auch nicht weiter. Zum ersten Mal, seit ich ihn kenne, flammt in mir das Bedürfnis auf, mich umzudrehen und ihn zu verbessern. *»Veronika! Mit k, du Depp!«* Doch ich tue es nicht, weil das Wort an ihn zu richten, einer Niederlage gleichkäme.

Ich höre Schritte hinter mir und versteife mich, wappne mich vor seiner Nähe, als müsste ich eine Rüstung anlegen.

Als er eine Hand auf meine Schulter legt, schlage ich sie fort, springe auf und fahre zu ihm herum.

»Fass mich nicht an, nie wieder oder du wirst es bereuen!«, warne ich ihn.

Er schnaubt. »Bereuen, ja?« In seinen Augen fehlt jegliche Spur von Reue.

Ich funkele ihn an. Wieso zur Hölle kann er sich nicht einfach entschuldigen? Eine Erklärung wäre vielleicht auch ganz nett!

»Also willst du nicht mit mir in einem Zimmer schlafen?«, fragt er, bevor ich ihn anbrüllen kann. Diesmal klingt seine Stimme nicht herablassend. Der ernste, beinahe sanfte Tonfall bringt eine schlagartige Ruhe in meinem Inneren mit sich, als hätte jemand bei einem Film die Stummtaste gedrückt. Alles ist auf einmal leise. Hier draußen und auch in meinem Kopf. Ich will ihn nicht mehr anbrüllen.

Er hat ‚in meinem Zimmer' gesagt und nicht ‚in meinem Bett'.

»Ich leg mich auf den Boden und pass nur auf, dass du nicht schlafwandelst«, fügt er hinzu, als müsse er es für mich noch einmal erklären. Aber ich habe schon verstanden, wie er es gemeint hat. Und dass er damit ausdrückt, dass ihm bewusst ist, dass er sich wie ein Arschloch verhalten hat.

Obwohl er sich nach wie vor um Gleichgültigkeit in seinem Blick bemüht, sehe ich da noch etwas anderes.

»Du könntest mich auch einfach in dem anderen Zimmer einsperren«, wende ich ein. Nur, um seine Antwort darauf zu hören.

»Aber dann wärst du allein. Ich dachte, dir ist es lieber, nachts nicht allein zu sein«, antwortet er. Verdammt. Seine Worte dringen wie ein Pfeil zielsicher durch meine Rüstung.

Es ist zwar keine Entschuldigung, aber es ist das Schönste, was ich bisher aus seinem Mund gehört habe.

Ich putze mir die Zähne, während Race eine letzte Runde mit Jack geht. Als er zurückkommt, liege ich schon im Bett unter der Decke. Ich habe die Augen geschlossen und tue so, als würde ich schlafen. Ich weiß ohnehin, dass kein Gespräch mehr stattfindet, dass er mir keine Erklärung für das liefern wird, was vor nicht einmal zwei Stunden zwischen uns passiert ist.

Ich will nicht streiten oder reden – ich will einfach nur schlafen.

Ich höre, wie er die Tür hinter sich schließt und dann durch das Zimmer läuft. Ein paar Sekunden später höre ich, wie er das Nachtlicht ausknipst und hinter meinen geschlossenen Lidern wird es nun vollkommen dunkel. Schwarz.

Ich atme tief ein und versuche mich zu entspannen. Selbst zuhause schlafe ich nie ohne ein kleines Nachtlicht, doch an fremden Orten fällt es mir besonders schwer, mich nachts zu beruhigen. Es gibt nichts, was mir Sicherheit spenden kann – außer die verschlossene Tür und Race.

Seltsam. Bei Till konnte ich nie übernachten, ohne mehrere Panikattacken zu durchleben. Wenn wir zusammen die Nacht verbrachten, dann immer bei mir Zuhause.

Obwohl ich Race immer noch für das hasse, was er auf der Veranda getan hat, wünscht ein kleiner Teil von mir sich, dass er vom Boden zu mir ins Bett wechselt. Seinen warmen Körper neben mir zu spüren, hat mir vergangene Nacht so gut geholfen, dass ich dieses Gefühl zurückwill. Ganz gleich, was für ein unsensibler Mistkerl er ist.

Ich habe das Gefühl, Race weiß, dass ich noch nicht schlafe. Ich weiß nicht, wieso ich davon ausgehe, dass dieser Mann mich so gut kennt, aber er wusste bisher so vieles über mich, von dem ich es nicht erwartet hätte. Auf irgendeiner Ebene kennt er mich sogar besser als Finn und Becca es tun. Meine Freunde ahnen nichts von meinen Gesangsauftritten und kennen auch nicht das Ausmaß meiner Schlafstörungen.

Race kennt sie.

Ich drehe mich herum, sodass ich mit dem Gesicht zum Fenster liege, doch es dringt kein Licht dadurch in das Zimmer. Auf einmal vermisse ich die Straßenlaternen der Stadt. In einer Stadt ist es nie ganz dunkel. Ich spiele gerade mit dem Gedanken, einfach das Licht anzumachen und im Hellen zu schlafen – in der Hoffnung, Race würde davon nicht wachwerden – als ich ihn vom Boden aufstehen höre.

Ich bleibe reglos auf der Seite liegen und halte die Luft an. Ich weiß nach wie vor nicht, ob er denkt, dass ich schon schlafe, aber er steigt wortlos zu mir ins Bett. Vielleicht war ihm der Boden auch einfach zu unbequem und er denkt, ich bekomme es nicht mit, wenn er sich nachts zu mir legt.

Oder er weiß, dass ich ihn gern neben mir hätte, es aus Stolz aber niemals zugeben würde.

Er zupft ein wenig an der Decke, um ebenfalls etwas davon zu haben, danach nehme ich nichts mehr von ihm wahr, außer der Wärme, die er ausstrahlt. Sein Arm berührt leicht meinen Rücken. Das ist der einzige Kontakt, den unsere Körper haben, doch es reicht mir, um wieder frei durchatmen zu können.

Es ist paradox.

In manchen Momenten stiehlt Race mir die Luft – und in manchen hilft er mir zu atmen.

Als ich am Morgen vor dem Badezimmerspiegel stehe und mich mustere – wie ich es jeden Morgen tue – fühlt es sich anders an als sonst. Ich habe keine Angst davor, neue Kratzer in meinem Gesicht zu entdecken und nicht zu wissen, was passiert ist.

Ich hebe die Hand und berühre das kühle Glas, streiche meinem Spiegelbild über die Haut und überlege, wann ich mich das letzte Mal so gefühlt habe. *Frei.*

Mir fallen die Worte ein, die Dr. Gäring einst zu mir gesagt hat. Das war vor etlichen Jahren, als das Schlafwandeln aufhörte und wir am Ende meiner damaligen Therapie waren. *»Frei bist du erst, wenn du vor deinem Spiegelbild stehen kannst und nicht das Gefühl hast, hinter dem Glas eingesperrt zu sein.«*

Bis heute wusste ich nicht, was er meinte.

Der dumpfe Laut von Race' Stimme lenkt mich von meinen eigenen Gedanken ab. Mit wem redet er?

Ich wende mich von dem Spiegel ab und schleiche zur Tür, wo ich ein Ohr gegen das Holz drücke.

»Deine Sorgen sind unbegründet, Bruder. Sie ist nicht wie Claire.«

Race' Stimme lähmt mich. Diesmal nimmt er mir die Luft.

Sie ist nicht wie Claire. Was hat das zu bedeuten?

»Ja wir machen uns gleich auf den Rückweg. Bis nachher.«

Als ich seine Schritte auf dem Flur höre, eile ich von der Tür weg und wende mich wieder meinem Spiegelbild zu. Meine Wangen sind blasser, meine Pupillen geweitet. Ich streiche mir mit den Fingern durch die Haare, als würde ich damit meine Frisur richten, in Wahrheit versuche ich nur, Zeit zu schinden, um meinen Herzschlag wieder zu beruhigen.

Ich weiß gar nicht, wieso mein Herz bei der Erwähnung eines Frauennamens so ausflippt. Vielleicht erinnert es mich daran, dass Race Geheimnisse hat, die für mich gefährlicher werden können als das, was auf der Veranda passiert ist.

Im Spiegel sehe ich auf einmal, wie sich die Tür hinter mir bewegt. Er klopft nicht an, sondern schiebt die Tür einfach auf. Er wünscht mir auch keinen guten Morgen, sagt nichts und sieht mich nur für den Bruchteil einer Sekunde an, wenn überhaupt. Durch das Glas beobachte ich, wie er seine Boxershorts herunterzieht und schnell wende ich den Blick ab, bevor ich zu viel sehen kann.

Seine Dreistigkeit erreicht jeden Tag ein neues Level. Dass er mich dabei wie Luft behandelt, ärgert mich. Ob das noch wegen unserem Streit von gestern ist? Dabei müsste *ich* diejenige sein, die ihn ignoriert – nicht umgekehrt.

Nachdem er in die Dusche steigt und das Wasser aufdreht, verlasse ich fluchtartig das Zimmer. Ich weiß nicht, ob er darauf gehofft hat, dass ich zu ihm steige und wir uns auf diese Art versöhnen, doch darauf wird er vergeblich warten. Dass ich mit ihm in einem Bett geschlafen habe, heißt nicht einmal ansatzweise, dass ich ihm verziehen habe. Immer, wenn es intimer zwischen uns wird, beendet er es so abrupt und plötzlich und *unhöflich*, dass ich mich davor hüten werde, ihm je wieder so nah zu kommen wie auf den Stufen der Veranda.

Ich gehe zurück ins Schlafzimmer und will meine eigenen Klamotten anziehen, in denen ich hergekommen bin, als mir seine Jeans auffällt, die auf dem Boden vor dem Bett liegt. Und aus dieser Jeans steckt zur Hälfte ein Portmonee.

Das Schicksal fordert mich geradezu heraus.

Mein Puls beschleunigt sich, bei dem Gedanken, der sich in mir einnistet. Ich schaue mich um, als befürchte ich, dass Race hinter mir steht, obwohl ich die Dusche noch immer höre. Schnell laufe ich zu der Hose und bücke mich, um seine Geldbörse herauszuziehen. Ich komme mir unheimlich schlecht dabei vor, aber ich *muss* es einfach wissen.

Ich klappe sie auf und suche direkt nach einem Personalausweis oder seinem Führerschein. Als ich fündig werde, ziehe ich ihn mit zitternden Händen heraus.

Wer bist du, Race?

Es ist sein Gesicht, das mir auf dem Foto grimmig entgegen guckt, doch es ist wie erwartet ein anderer Name. Obwohl ich wusste, dass Race vermutlich nur sowas wie ein Spitzname ist, ist es wie ein Schlag ins Gesicht.

Mace Marvin Harsen.

Geburtsjahr 1993. Er ist jetzt also 24. Drei und halb Jahre älter als ich.

Geburtsort New York. Das überrascht mich.

Da ich keine Zeit verlieren darf, suche ich schnell nach meinem Handy und mache ein Foto von seinem Ausweis. Als ich alles wieder zurück an seinen Platz lege, schnürt mir das schlechte Gewissen die Luft ab, doch ich weiß, dass es das Richtige war.

Ich muss wissen, ob Mace Harsen ein gesuchter Vergewaltiger ist.

Ich muss wissen, wie sehr ich mich in ihm täusche. Und wie verloren ich bin, wenn meine schlimmsten Befürchtungen sich bewahrheiten.

Ich kuschle mit Jack auf dem Wohnzimmerteppich, als Mace/Race aus dem Bad kommt und ins Schlafzimmer geht. Dass ich nicht einmal weiß, wie ich ihn in Gedanken nennen soll, macht mich wütend. Alles an ihm macht mich wütend.

Wieso kann mich nicht ein normaler, höflicher Mann in meinem Vollrausch aus dem Moe's abgeschleppt haben? Ein Mann, der mir und meinem Leben ausnahmsweise mal gut tun würde, anstatt es in ein Schlachtfeld zu verwandeln.

»Dein blödes Herrchen kommt gleich, du Süßer«, sage ich in einer Stimme zu dem Hund, die die meisten Menschen für Babys reserviert haben. Ich wuschle Jack durch das weiche Fell. »Ich hoffe, seine Eltern sind lieber als er. Sie kommen bestimmt bald zurück und sind für dich da.«

Ich lasse ein letztes Mal meine Hand von Jack abschlabbern, dann stehe ich auf und flüchte noch einmal ins Bad. Ich schließe die Tür ab und drehe den Wasserhahn auf, dann ziehe ich mein Handy hervor und tippe auf Miriams Nummer.

Es wird Zeit, die Wahrheit über Mace Harsen herauszufinden.

Ein Freizeichen folgt dem nächsten, bis schließlich die Mailbox anspringt. »Hey Miriam, bitte ruf mich zurück, wenn du das hörst. Ich schicke dir außerdem ein Foto. Bitte sieh nach, ob der Typ irgendwelche Vorstrafen hat.«

Ich schicke ihr das Foto von Mace' Personalausweis und drücke dann das Handy an meine Brust. Es ist ganz normal, dass ich Nachforschungen anstelle bei den ganzen Ungereimtheiten, die dieser Mann mit sich bringt, rede ich mir ein. Es ist ganz normal, dass ich wissen will, mit wem ich die letzten zwei Tage in einem Bett geschlafen habe.

Als es an der Tür klopft, mache ich vor Schreck einen Satz in die Luft und lasse fast mein Handy fallen.

»Wir müssen gleich los. Ich habe heute Nachmittag eine wichtige Prüfung, zu der ich pünktlich sein will«, sagt Race durch die geschlossene Tür.

»Bin gleich soweit!«, rufe ich zurück. Gleichzeitig frage ich mich, wie er so gelassen kurz vor einer Prüfung mal eben für zwei Tage aus der Stadt fahren kann. Dieser Typ hat vielleicht Nerven.

Als ich die Tür öffne, wartet er bereits im Flur auf mich.

»Hätte ich heute eine Prüfung, fände man mich nur mit der Nase in einem Buch«, sage ich und schlüpfe in meine Riemchensandalen. Ich versuche mir nichts anmerken zu lassen, was gar nicht so schwer ist, denn Race schaut mir kein einziges Mal ins Gesicht.

»Hat man dir nie beigebracht, dass Lernen auf den letzten Drücker nichts mehr bringt?« Er angelt nach seinem Schlüssel und schiebt mit dem Fuß Jack von der Tür weg.

Ich folge Race nach draußen und sehe zu, wie er die Tür abschließt.

»Also bist du ein Streber?«, frage ich. Ich komm mir mit meinen Fragen dämlich vor, vor allem, weil ich a) ganz genau weiß, dass er es lästig findet und b) nach gestern Abend ohnehin auf jeglichen Smalltalk mit ihm verzichten würde, aber mein Gehirn hält Schweigen für verräterisch. Ich kann nicht anders, als die Stille zwischen uns zu füllen.

»Kann man so sagen.« Er streift mich kurz mit einem verwirrten Blick, als würde er sich über meine Fragerei genauso wundern wie ich. Schließlich hatten wir gestern bereits geklärt, dass er nicht darauf steht, Fragen zu beantworten.

Ich haue mir dafür innerlich selbst eine runter und folge ihm schweigend zu seinem Motorrad. Er schiebt es neben sich den Weg herunter, der an einem Tor endet. Race gibt einen Code ein und das doppelflügelige Tor schwingt quietschend auf. Ob seine Eltern wohl reich sind? Was sie beruflich wohl machen? Was Race wohl studiert? Mein Gehirn will all die Fragen losfeuern, doch ich beiße mir auf die Lippen. Reden ist wohl doch verräterischer als Schweigen.

Obwohl es noch früh am Morgen ist, brennt die Sonne mit voller Kraft auf uns herunter. Nach der Heimfahrt wird mit Sicherheit ein feuerroter Sonnenbrand meine Arme und Beine zieren. Ich bereue es, im Haus nicht daran gedacht zu haben. Seine Eltern haben bestimmt Sonnenmilch im Haus.

»Hier nimm.« Er reicht mir den Helm, so wie vor zwei Tagen schon und ich kann nicht anders als daran zu denken, wie viel diese zwei Tage verändert haben. Ich habe mich mit Race getroffen, um meine Fragen über Samstagnacht beantwortet zu bekommen, doch statt Antworten habe ich ein Dutzend weiterer Fragen bekommen. Statt Klarheit erhielt ich Verwirrung. Das Einzige, was ich weiß, ist, dass dieser Mann die widersprüchlichste Person ist, die ich je kennengelernt habe – und dass er die widersprüchlichsten Gefühle in mir weckt, die auf dieser Erde existieren.

Während ich den Helm aufsetze, würdigt er mich immer noch keines Blickes.

»Weißt du, was der Nachteil bei einem Motorrad ist?«, frage ich, als ich hinter ihm aufsteige und versuche zu überspielen, wie es mich trifft, dass er mich nicht einmal mehr ansieht. Nur zögerlich schließen sich meine Hände diesmal um seinen Oberkörper. Als er noch ein komplett Fremder war, fiel es mir leichter, ihn zu berühren.

»Was?«, fragt er, kurz bevor er den Motor startet.

»Man kann während der Fahrt keine Musik hören«, gebe ich zu, auch wenn ihm meine Antwort vermutlich am Arsch vorbeigeht. Die Musik liebe ich an langen Autofahrten immer am meisten. Egal, ob ich den Liedern nur lausche oder lauthals mitsinge, wenn ich irgendwo hinfahre, egal ob mit dem Auto oder mit dem Bus, ich höre immer Musik. Bei dieser Fahrt wird sie mir besonders fehlen, vielleicht kam ich deshalb darauf.

Ich erwarte nicht, dass Race in irgendeiner Form darauf eingeht. Umso überraschter bin ich, als er tief seufzt.

»Okay, hör zu. Das, was ich dir jetzt sage, sage ich nur einmal. Du weißt ja, ich behalte meine Meinung gewöhnlich für mich.«

»Ja?« *Wenn deine Meinung verletzend ist, kannst du sie auch ruhig weiter für dich behalten.*

»Du solltest heute Abend singen«, sagt er zu meiner vollkommenen Überraschung. »Und zwar nicht irgendeinen Cover-Song, sondern deinen Song. Wenn du Lieder schreibst, solltest du sie auch singen.«

»Wieso sagst du mir das?« Dieses Gespräch verwirrt mich beinahe mehr als alles zuvor.

»Weil du dich nicht verstecken sollst.«

Statt einer Antwort greife ich fester um seinen Oberkörper und kralle mich mit den Fingern in den Stoff seines Shirts.

Race fährt los.

Race hat keine Ahnung, was seine Worte in mir anrichten.

Ich verbringe die Fahrt damit, die vorbeirauschende Umgebung zu betrachten, Race' Duft einzusaugen und meine Gedanken schweifen zu lassen. Ich denke an nichts und gleichzeitig an alles. Es ist, als würden meine Gedanken genauso schnell von einem Thema zum anderen fliegen, wie wir an Feldern und Wäldern vorbeirasen.

Während wir fahren, ist alles auf Stand-by.

Als ich schließlich das Ortseingangsschild mit dem Namen unserer Kleinstadt vor uns sehe, weckt das gemischte Gefühle in mir.

Ich weiß nicht, ob ich Race jemals wiedersehe. Ich weiß nicht, ob ich mir wünschen darf, ihn wiederzusehen. Vielleicht sollte ich einfach nur froh sein, die zwei Tage heil überstanden zu haben.

Sobald wir an einer Ampel stehen, sagt er zu mir: »Ich fahr kurz bei mir Zuhause vorbei, weil ich meine Uni Sachen brauche. Danach setze ich dich bei dir ab und fahr dann von dort zur Uni. Ist der kürzeste Weg.«

Ich nicke, obwohl er das nicht sehen kann. *Ich werde gleich herausfinden, wo er wohnt.* Diese Tatsache sollte mich nicht so nervös machen. Aber dass er mir von sich aus etwas über sich verrät, mir etwas Persönliches zeigt, macht mich stutzig und neugierig zugleich.

Die nächsten Minuten der Fahrt verfolge ich aufmerksam. Ich fühle mich schon beinahe kriminell oder wie ein Stalker, wann immer ich einen Straßennamen lese und ihn mir einpräge.

Hey Mace, ich habe zwar Angst, dass du hier der Psychopath bist, aber offenbar bin ich es. Du solltest mir nicht zeigen, wo du wohnst, sonst könnte es sein, dass ich irgendwann vor deiner Tür stehe.

Ich bin eindeutig endgültig verrückt geworden. So verrückt, dass selbst mein Therapeut überrascht wäre.

Als Race vor einem Haus hält und die Maschine unter mir endlich zum Schweigen kommt, habe ich vergessen, wie man sich bewegt.

»Ich bin gleich wieder da«, informiert er mich und steigt ab.

»Warte!«, rufe ich schnell. »Kann ich mit hochkommen? Ich muss dringend pinkeln.« Das ist gelogen. Ich bin nur so wahnsinnig, dass ich unbedingt die Chance nutzen und deine Wohnung sehen will.

Race zögert, aber ich bin schon aufgesprungen und fummel an dem Riemchen für den Helm herum. Als ich ihn absetze und an den Lenker hängen will, nimmt er in mir einfach aus der Hand und geht zur Wohnungstür.

»Kann sein, dass ein paar von den Jungs Zuhause sind. Ignorier die bitte einfach – egal, was sie sagen.«

Ich nicke. Also wohnt er in einer WG? Dass ich gleich vielleicht seine Mitbewohner kennenlerne, macht mich nur noch nervöser.

Wir laufen einen schicken Hausflur hoch, der viel edler und moderner aussieht, als das Treppenhaus in unserem Haus.

Ich weiß nicht, wie ich mir seine Wohnung vorgestellt habe, doch als er aufschließt und mich hereinlässt, bin ich überwältigt. Das hier ist keine typische gemütliche Wohnung – das hier sieht aus wie ein Loft aus einer amerikanischen Serie. Der graue Betonboden und die Backsteinwände geben dem Ganzen etwas Rohes, Unfertiges und doch hat das seinen Charme. Auf einer alten Ledercouch – zumindest sieht sie alt aus, aber vielleicht ist das so gewollt – sitzen zwei Typen, die mich mit großen Augen anstarren. Auf dem Fernsehbildschirm läuft ein Fußballspiel und auf dem Tisch vor ihnen stehen zwei Bierflaschen, obwohl es vielleicht gerade Mal zwölf Uhr mittags ist.

»Ihr fangt ja früh mit dem Trinken an«, sage ich und lächele etwas unsicher.

Seine Mitbewohner – der eine dunkelhaarig, der andere hellblond – starren mich immer noch wortlos an. Als hätten sie noch nie im Leben eine Frau gesehen.

»Hi«, sage ich und winke einmal. Scheiße. Habe ich gerade wirklich gewunken? Ich lasse die Hand wieder sinken und will zu Race schauen, als ich den Blick von dem Dunkelhaarigen auffange. Als sich unsere Blicke verhaken, trifft mich die Erkenntnis wie ein Schlag. Er ist der Mann im Smoking, den ich fotografiert habe. Egal, wo ich Samstag gewesen bin, er ist auch dort gewesen. Und egal wie viel mein Gehirn vergessen hat, ich weiß, dass ich ihn kenne.

»Bin sofort wieder da. Die Toilette ist hier rechts«, sagt Race.

Ich reiße den Blick von seinem Mitbewohner los und straffe die Schultern. Während Race in die andere Richtung verschwindet, folge ich seinem Fingerzeig und gehe ins Bad.

Unruhig gehe ich auf dem blauen Badezimmerteppich auf und ab. Die Eckbadewanne und die Regendusche habe ich ebenfalls registriert und dass hier alles so perfekt ist, vermittelt mir nur noch mehr den Eindruck, dass ich im falschen Film gefangen bin.

Ich habe ein Problem. Damit meine ich ein größeres als zuvor schon. Jetzt will ich nämlich nicht nur alles über Mace Harsen herausfinden, sondern ich muss auch unbedingt wissen, wer sein Mitbewohner ist und warum ich ihn fotografiert habe. Wo waren wir am Samstag alle?

Es gibt nur noch eine Person, die ich das fragen kann, ohne Race' Misstrauen zu wecken.

16.

Ohne sie

Mace

Donnerstagabend

Man hätte meinen können, die anderthalb Tage mit ihr hätten mir irgendetwas gegeben. Eine Erkenntnis, Informationen, zwei heiße Nächte – oder, wenn man ehrlich ist, vielleicht auch Gefühle, die ich weder haben will noch darf. Aber die Wahrheit ist, dass die Zeit mit ihr mir nichts gegeben, sondern genommen hat. Sie hat einen Krater in meinem Leben hinterlassen, ist eingeschlagen wie ein Komet und nun ist da ein Loch in meinem Alltag.

Die Klausur für Innere Medizin hätte ich Gott sei Dank auch im Schlaf schreiben können. Ansonsten hätte ich bei dem Plan definitiv nicht mitgemacht. Ich stehe kurz vor meinem zweiten Staatsexamen, die Probleme mit Veronica sind das Letze, was ich im Moment gebrauchen kann. Dabei wäre ich schon froh, wenn mein einziges Problem mit ihr darin bestünde, dass wir nicht wissen, warum sie lebt oder ob die Ermittlungen ihrer Tante uns gefährlich werden könnten. Ich wäre so froh, wenn das die einzigen Fragen wären, die mich in ihrer Hinsicht beschäftigen. Doch leider ist dem nicht so.

Ich schaue auf die Uhrzeit an meinem Handybildschirm und überlege, ob ich zum Moe's fahren soll.

Die Jungs warten bestimmt Zuhause auf mich, ich hatte noch keine Zeit, um mit ihnen zu reden. Ich habe meine Klausur erst vor vierzig Minuten abgegeben und war danach noch etwas essen. Ständig gucke ich seitdem aufs Handy, um zu sehen, ob sie mir schreibt. Meine Nummer hat sie. Ich will gar nicht, dass sie mir schreibt. Aber ich warte dennoch darauf. Ein Teil von mir erwartet es irgendwie.

Auch will ich sie heute im Moe's nicht wiedersehen. Aber ich frage mich, ob sie da sein und singen wird. Und wenn sie singt, interessiert mich, was sie singt.

»Verdammte Scheiße!«, fluche ich laut und meine Stimme hallt in dem Parkhaus wider. Kein Mensch ist zu sehen und nur noch wenige Autos stehen in den Parkboxen. Das Licht geht flackernd an, weil draußen die Abenddämmerung einsetzt.

Ich will nicht nach Hause und mich den Fragen meines Rudels stellen, deshalb schwinge ich mich auf mein Motorrad und fahre zu der Bar, die noch zu unserem Verhängnis wird. In dieser Bar hat alles angefangen. Wir verbringen definitiv zu viel Zeit dort.

Ich betrete das Moe´s eine halbe Stunde, bevor die Live-Auftritte beginnen. Um die Zeit zu überbrücken, will ich mir ein Bier an der Theke bestellen, als ich *sie* entdecke. Obwohl sie mit dem Rücken zu mir sitzt, erkenne ich das Blond ihrer Haare sofort, genauso wie ihre Rückenansicht. Ein bisschen wundert es mich, dass sie nicht die Perücke trägt, mit der ich sie vor zwei Wochen hier gesehen habe. Vielleicht hat sie sich aber auch nur noch nicht umgezogen.

Sie unterhält sich mit dem Barkeeper und irgendwie sehen sie vertraut miteinander aus. Er hat sich tief zu ihr rüber gebeugt, während er mit ihr spricht. Sie hört zu und spielt mit dem Strohhalm ihres Getränks.

Ich nähere mich ihnen und stelle mich mit dem Rücken zu ihr in Hörweite. Dass ich sie instinktiv belauschen will, sollte mir vermutlich zu denken geben, doch bereits nach den ersten Worten, die ich aufschnappe, bereue ich diesen Entschluss keine Sekunde.

»Und du erinnerst dich echt nicht, dass du auf ihrer Party warst?«, fragt der Barkeeper. Entweder bin ich in all den Jahren paranoid geworden oder sie reden über *unsere* Party. Ich fahre mit meinen Fingern über den Bieruntersetzer, der auf dem Tresen liegt, und versuche, mich unauffällig zu verhalten.

»Nein, aber ich habe Fotos und eine Videoaufnahme. Ich war also offensichtlich dort.«

Ihre Worte reißen mir den Boden unter den Füßen weg. Sie hat *was*?

»Hast du noch die Eintrittskarte?«, fragt der Barkeeper und ich nehme mir vor, gleich als Erstes seinen Namen bei der Geschäftsleitung herauszufinden.

»Nein, gab es eine?«

»Ich habe sie dir gegeben. Dort stand eine Adresse drauf, ich habe sie bestimmt noch irgendwo auf meinem Handy gespeichert, als ich bei google Maps mal geguckt habe, wie ich da hinkommen soll«, sagt er.

»Gut, ich gebe dir meine Handynummer, dann kannst du sie mir nachher schicken.«

Ein paar Sekunden bleibt es still und ich versuche, ruhig ein und auszuatmen und den Bieruntersetzer, den ich in den Händen halte, nicht komplett zu zerrupfen. Die Partys sind nichts, was uns Ärger bereiten könnte, doch dass Veronica nicht lockerlässt und irgendwelche Aufnahmen von uns besitzt, führt uns wieder an den Anfang der Geschichte. Sie darf nicht weiterwühlen. Sie muss damit aufhören.

»Okay, ich danke dir«, verkündet Veronica schließlich.

»Du willst schon gehen?«, fragt der Barkeeper. »Willst du nicht noch ein wenig bleiben und die Show genießen, die gleich beginnt?«

»Nein, heute nicht«, sagt sie zu meiner Überraschung. In ihrer Stimme schwingt eine Traurigkeit mit, die ich nicht begreifen kann.

Heute Morgen noch hat sie gebeichtet, dass sie die Musik vermisst, und nun meidet sie sie mit voller Absicht? Ich will mich zu ihr umdrehen und sie fragen, wieso zur Hölle sie nicht da auf die Bühne geht und ihre Gefühle mit einem Lied ausdrückt, doch ich reiße mich zusammen.

Veronica sollte mich hier nicht sehen. Sie muss mich vergessen und dafür ist es das Beste, wenn sie nicht mehr an mich erinnert wird.

Als ich mich das nächste Mal zur Bar umdrehe, ist sie fort.

Als ich am nächsten Morgen aufwache, weiß ich, dass ich von ihr geträumt habe. Ich wünschte, es wäre ein erotischer Traum oder ein Albtraum, in dem sie auf grässliche Art und Weise ihr Leben verliert – mit solchen Träumen kann ich umgehen.

Aber mit dem hier? Ich weiß nichts damit anzufangen und will dieses Gefühl loswerden, das durch diesen Traum an mir haftet. Ich bin ein Straßenrennen mit ihr gefahren – und das obwohl ich die Rennen immer ohne Beifahrer fahre. Es ist zwar durchaus üblich, dass Frauen als Beifahrerinnen mitkommen, aber ich habe noch nie eine Frau dahin mitgenommen.

Ich kann ihre kleinen Hände noch immer um meinen Bauch geschlungen fühlen. Mit meinen Händen taste ich nach dem Kopfkissen und drücke es mir aufs Gesicht.

Fünf Minuten später schäle ich mich aus dem Bett, ziehe ein graues T-Shirt über und schlürfe in die Küche. Kilian und Raphael sitzen bereits am Esstisch und stochern in ihrem Rührei, dabei blättert K in der Zeitung und Rapha ist in sein Handy vertieft.

»Morgen.« Ich gehe zum Kühlschrank, öffne ihn und starre sekundenlang hinein, ohne etwas herauszunehmen. Es gibt nichts, worauf ich Appetit hätte. Dabei ist der Kühlschrank für unsere Verhältnisse sogar gut gefüllt – man merkt, dass K vor kurzem eingekauft hat. Wenn Rapha oder

Lio dran sind, haben wir nichts als Bier, Orangensaft, Hähnchen und Quark hier drin.

»Ist Lio schon zur Uni gefahren?«, frage ich und mache den Kühlschrank wieder zu, ohne etwas rausgeholt zu haben.

»Jap, der Streber ist vor einer Stunde los«, antwortet Rapha, ohne von seinem Handy aufzublicken. Als ich hinter ihm vorbeigehe, um zur Kaffeekanne zu gelangen, sehe ich auch, was er an seinem Smartphone treibt.

»Du tinderst? Dein Ernst?«

Nun schaut auch Kilian hoch und bedenkt Rapha mit einem strengen Blick. »Hör auf mit dem Mist. Du kannst ohnehin mit keiner der Frauen was anfangen.«

Rapha zuckt nur mit den Achseln. »Entspannt euch, ich treffe mich nicht mit denen. Die schicken mir nur Nacktbilder.«

Ich verdrehe die Augen und gieße mir eine Tasse Kaffee ein.

Auch Kilian scheint durch Raphas Antwort beruhigt zu sein. Doch er wendet sich nicht wieder seiner Zeitung zu, sondern mir.

»Sag mal, was ist in den zwei Tagen zwischen euch passiert?«

»Zwischen wem?«, stelle ich mich blöd.

Kilian erwidert meinen Blick, ohne eine Miene zu verziehen.

Ich setze mich zu ihnen an den Tisch und stöhne. »Nichts.« Auf seinen zweifelnden Blick hin, füge ich hinzu. »Wirklich nichts, was von Belang wäre. Raphael würde sagen, ich habe sie nicht einmal nackt gesehen.« Das ist für Rapha immer der Maßstab, wenn es darum geht, ob das, was wir tun, notwendig oder Spaß ist.

»Mein Beileid, Bro«, kommt es von ihm. Da er immer noch am Handy ist, greife ich über den Tisch und nehme es ihm aus der Hand.

»Sagt mir lieber, was der Stand der Dinge ist. Wie geht es mit Miriam voran?«, frage ich.

»Ey Alter, gib wieder her!«

Ich schiebe mir das Handy unter meinen Hintern und setze mich drauf.

Rapha verengt seine eisblauen Augen. »Das ist eklig Mann, wehe du lässt darauf einen fahren.«

»Also? Miriam?«, frage ich mit hochgezogenen Brauen.

»Ich bin dran. Haben heute Abend ein Date. Nachdem Grandpa hier war.«

»Apropos Grandpa, wann kommt Hektor?«, will Kilian wissen.

»Circa vier. Krieg ich jetzt mein Handy wieder?«

Ich gebe mich geschlagen und gebe ihm sein Spielzeug zurück.

»Ich bin hin und hergerissen, was Veronica angeht«, sage ich an Kilian gewandt. Wenn mir jemand einen sinnvollen Rat geben kann, dann er. Er behält immer den Durchblick, tut immer das, was das Richtige ist – er ist für mich wie der große Bruder, den ich nie hatte.

»Wieso? Was ist los?«

Okay, vielleicht hätte ich ihn doch nicht fragen sollen. Er denkt dann immer sofort das Schlimmste.

»Einerseits sollten wir uns lieber von ihr fernhalten, damit die ganze Sache sich legt und in Vergessenheit geraten kann, du weißt schon«, erkläre ich ihm unnötigerweise. »Abgesehen davon, dass es für sie gefährlich ist, mehr Zeit mit uns zu verbringen.«

»Aaaaber?«

»Aaaaber«, ich nehme einen großen Schluck von meinem Kaffee, »ich glaube nicht, dass sie von allein aufhört, weiter in unseren Angelegenheiten herumzustochern. Wir haben ihre Neugierde oder ihre Skepsis geweckt – ich weiß nicht, ob sie das Thema ruhen lässt oder solange weitersucht, bis sie etwas gegen uns in der Hand hat.«

Kilian atmet hörbar aus und stützt seine Stirn in seine Hand. Ich kann nicht einschätzen, ob er nur nachdenklich ist, frustriert oder verzweifelt.

»Also hat es nichts gebracht, dass du mit ihr weggefahren bist?«, fährt er mich aus dem Nichts an. Okay, also offenbar verzweifelt.

Aufgrund seines unhöflichen Tonfalls ziehe ich meine Augenbrauen hoch, doch Kilian ist noch nicht fertig. »Ich dachte, du wolltest ihr Vertrauen gewinnen. Ihr keinen Grund geben, etwas zu hinterfragen!«

»Was hätte ich denn deiner Meinung nach tun sollen, ohne sie auf Dämonenart zu manipulieren? Ich dachte, es wäre klar, dass wir unsere Kräfte nicht wieder bei ihr einsetzen!« Ich schiebe die Kaffeetasse so energisch von mir, dass ein wenig heiße Flüssigkeit über den Rand schwappt.

»Du hättest dich wie ein normaler Sterblicher verhalten können! Wie einer, der kein Krimineller ist!«

Das reicht. Ich rücke den Stuhl vom Tisch und stehe auf. »Vielleicht habe ich ja vergessen, wie das geht!« Ich gehe davon, doch drehe ich mich noch einmal zu ihm um. »Ich denke nicht, dass es verhindert hätte, dass sie und Steven Seiler sich munter über unsere Party unterhalten. Vielleicht sollten wir niemanden auf die Gästeliste lassen, der fünf Mal die Woche in unserer Stammbar arbeitet!«

Mit diesen Worten verlasse ich den Frühstückstisch und erklimme die Metalltreppe, die hoch zu unseren Schlafzimmern führt.

Vielleicht wird der Besuch von Hektor es ja schaffen, die Wogen zu glätten. Ich fürs Erste gebe es auf.

»Grandpa, schön, dass du da bist!« Raphael, der nur in der Gegenwart seines Großvaters so höflich sprechen kann, öffnet ihm die Tür und schiebt einen Koffer in unsere Wohnung. »Nanu, wie lange willst du denn bleiben?«, fragt er.

»Scheint, als hättet ihr Probleme. Da dachte ich, ich bleibe ein paar Tage und guck mir den Mist an, den ihr gebaut habt!«, dröhnt Hektors Stimme durch den Raum.

Ich liege quer über der Couch und gehe auf meinem Laptop ein paar Mitschriften für die Uni durch. Bei Hektors Worten verdrehe ich die Augen. Der alte Mann scheint das bemerkt zu haben.

»Mein Sohn, das habe ich gesehen! Du bist der Erste, dessen Ohren ich gleich langziehen werde.« Er lacht und kommt zu mir ans Sofa.

Ich lege meinen Laptop auf dem Couchtisch ab und stehe auf, um Hektor zu begrüßen.

»Nur damit das klar ist«, sage ich. »*Ich* habe keinen Mist gebaut.«

»Genau, genau. Wie immer, mein Junge. Wo sind die anderen?« Er sieht sich suchend um.

»Kilian ist noch im Café und hat um 18 Uhr Feierabend. Lio müsste jeden Moment hier sein.«

»Gut, gut.« Hektor lässt sich mit einem Stöhnen auf das Sofa fallen und verschränkt die Arme hinter dem Nacken. »Wer gibt denn dem alten Herrn etwas Ordentliches zu trinken, während wir auf die beiden Trödeltaschen warten?«

Drei Stunden und eine Whiskeyflasche später, ist Hektor vollkommen in unserem Problem aufgegangen. Es scheint beinahe, als vermisse er die Probleme, die ein Rudel Dämonen mit sich bringt.

»Das Mädchen könnte gegen eure dämonischen Kräfte einfach immun sein und ist deshalb nicht tot«, bietet er als Lösungsansatz an.

»Aber wir haben keinen Puls gespürt.«

»Ach, den habt ihr im Eifer des Gefechts einfach nicht wahrgenommen.«

Ich ziehe fragend eine Augenbraue hoch. Ich bin mein ganzes Leben unter Ärzten aufgewachsen und werde selbst einer. Wenn ich mir bei etwas sicher bin, dann dabei, dass sie keinen Puls hatte. Sowohl ihre Lungen, als auch ihr Herz haben ihre Funktion komplett eingestellt von dem Moment an, wo sie in meinen Armen zusammengesunken ist, bis wir sie in ihr Auto gehievt haben.

Hektor sieht meine Skepsis. »Vielleicht war sie durch den Energieverlust sogar kurz tot, aber ihr Herz hat nach einiger Zeit doch einfach weitergeschlagen? Seid ihr euch denn sicher, dass ein Energiefluss stattgefunden hat?«

Rapha, Lio und auch ich nicken. Nur Kilian schweigt und starrt mit mahlendem Kiefer an die Backsteinwand. Ich verstehe nicht, warum es ihm so viel ausmacht, wenn er nicht einmal daran beteiligt war. Er hat sie nicht angefasst – er ist aus dem Schneider.

»Hm«, macht Hektor. »Dann ist sie auch nicht immun. Zumindest nicht auf die Weise, wie ich sie bisher erlebt habe.«

»Sie ist nicht immun, sonst würde der Gedächtnisverlust nicht stattgefunden haben!«, bricht Kilian sein Schweigen. Sein harscher Tonfall überrascht nicht nur mich.

Hektor sieht ihn mitleidig an. »Mein Junge, dein Grandpa hätte nicht gewollt, dass du dich so quälst.« Hektor und Vincent waren ihr Leben lang beste Freunde und Teil eines Rudels, das noch um einiges größer war als unseres. Vincent, K's Großvater, ist vor zwei Jahren verstorben, kurz nach unserer Tragödie mit Claire.

»Ich quäle mich nicht«, knurrt K.

Hektor lächelt. »Dass du den Tod als deinen Begleiter immer noch nicht akzeptierst, ist für deine Seele Segen und Fluch zugleich.«

Ich schaue Kilian an. Er jagt so gut wie nie mit uns, ist fast nie dabei, wenn wir Frauen einladen und doch fühlt er sich am schuldigsten von uns allen. Als würde er die Last von jedem von uns mittragen, weil wir sie auf dem Weg abgeworfen haben.

»Aber wenn dieses Mädchen lebt und sich an nichts erinnert, dann habt ihr doch den Jackpot gezogen. Vergesst diese Nacht.« Hektor macht eine wegwerfende Handbewegung.

»Sie will uns aber nicht vergessen. Sie ist zu neugierig. Und ihre Tante ermittelt offenbar in ein paar offenen Fällen von Sexualverbrechen«, sage ich.

Hektor zieht lediglich eine Augenbraue hoch. »Na und? Neugierde verfliegt. Und ermittelt wurde gegen uns schon immer, aber da nach einer Nacht alle Erinnerungen weg sind ... Ich halte euch für schlau genug, darauf zu achten, dass ihr niemals Zeugen habt?«

Raphael nickt, doch ich seufze. »Irgendetwas muss es gegen uns geben, sonst wären die Ermittlungen schon längst eingestellt worden.«

Hektor tätschelt meine Schulter. »Rapha und ich statten dem Revier heute Nacht einen Besuch ab und kümmern uns darum.«

»Tun wir das?«, fragt sein Enkel.

Hektor zwinkert ihm zu. »Ihr braucht ohnehin noch ein paar Übungslektionen zum Thema Gedankenkontrolle. Ich hab' gehört, du hast gleich ein Date mit besagter Polizistin?«

Er nickt.

»Gut. Dann wird es Zeit, dass sie den Fall fallen lässt.«

»Und wann bringst du *uns* mehr über Gedankenkontrolle bei?«, fragt Lio. Da seine Kräfte erst vor wenigen Wochen erwacht sind, kann er sie noch am wenigsten steuern. Doch bevor er Lektionen zum Thema Gedächtnismanipulation angehen kann, muss er lernen, den Energiefluss zu kontrollieren. Je älter wir werden, je mehr Erfahrung wir sammeln, desto mehr haben wir unseren inneren Dämon unter Kontrolle; desto niedriger ist unsere Mordrate.

»Lio, wir haben heute Nacht etwas anderes vor«, sage ich.

»Ach ja und was?«

Der Plan ist mir zwar gerade erst gekommen, doch ich finde ihn gut. Ein bisschen Ablenkung kann uns nicht schaden, während Hektor sich um den Rest kümmert. »Chantall. Und ein Lagerfeuer. Rapha kann sich ja später zu uns gesellen.«

17.

Der Geruch von Lagerfeuer

Nika

Freitagabend

»Kann ich das Auto haben?«, rufe ich und verschließe den Nudelsalat mit einem Tupperdeckel.

»Nein, du nimmst den Bus. Und du bist vor Mitternacht wieder zuhause!«, kommt es aus dem Wohnzimmer.

Damit habe ich leider gerechnet. Einen Versuch war es trotzdem wert.

Ich schlüpfe in meine abgetragenen roten Chucks, klemme die Schüssel mit dem Nudelsalat unter meinen Arm und öffne die Wohnungstür.

»Okay, bis später!«, rufe ich und ziehe die Tür hinter mir zu.

Nachdem sich gestern noch all meine Gedanken um Mace' Geheimnisse gedreht haben, habe ich mir vorgenommen, dass heute wieder ein normaler Tag wird. Ich habe ein Frühstück mit meiner besten Freundin hinter mir, bei dem sie mir wegen ihrer neusten Flamme Pablo ein Ohr abgekaut hat, ich habe eine weitere Sitzung bei Dr. Gäring hinter mir, bei der ich ihm von meinem Erfolg erzählt habe, dass ich die letzten drei Nächte friedlich durchgeschlafen habe, und ich habe ein Gespräch mit Miriam hinter mir, bei dem sie mir bestätigt hat, dass Mace Marvin Harsen keine Vorstrafen hat und nicht im System gelistet ist. Doch sie kann mir nichts vormachen. Irgendetwas an meinem Foto von seinem Ausweis hat sie dennoch stutzig gemacht, denn sie hat mich über seine Tattoos ausgefragt. Ob ein Wolf und ein Kompass auf seinen Armen sind. Doch da ich mir seine Tätowierungen nie in Ruhe angucken konnte, habe ich ihr nur von dem Vogelkäfig auf seinem Oberarm erzählen können. Im Endeffekt sind wir im Unentschieden aus diesem Gespräch herausgegangen, denn sie hat mir nicht gesagt, wieso sie mich darüber ausfragt und ich habe ihr nicht gesagt, woher ich Mace kenne.

Dass ich ihn von einer Sexparty kenne – laut meiner neusten Quelle - , muss ich ohnehin noch sacken lassen. Wer zur Hölle geht auf solche Partys? Und noch wichtiger: wer veranstaltet sowas?

Als der Bus vor mir hält, schüttle ich meinen Kopf und damit auch meine Gedanken ab. Die restlichen Stunden dieses Tages will ich ausnahmsweise mal *nicht* an ihn denken. Mein Kopf dreht sich schon, als würde ich zu lange auf einem Karussell festsitzen. So langsam wird mir schwindelig davon.

Nachdem ich aus dem Bus gestiegen bin, laufe ich über einen Kiesweg zu den Schrebergärten. Sie liegen abgelegen am Rande unseres kleinen Städtchens zwischen einem Friedhof und einem Gefängnis. Nachts würde ich hier allein nicht mehr freiwillig lang laufen. Zum Glück scheint die Sonne noch und taucht alles in goldenes Licht.

Ich komme an zahlreichen Kleingärten vorbei, die meisten davon verwildert und verlassen, bis ich zu Beccas Grundstück gelange. Ich öffne den hüfthohen Zaun und laufe auf eine kleine blaugestrichene Hütte zu, die neben einem aufgebauten Pavillon das Herzstück des Gartens bildet.

Das Stimmengewirr und das Lachen verraten mir, dass ich eine der Letzten bin. Becca hat einige Leute aus unserem Abiturjahrgang eingeladen, um sich ein letztes Mal zu sehen, bevor es alle in unterschiedliche

Städte und auf unterschiedliche Lebenswege verschlägt. Ich habe mich nie besonders gut mit den anderen Mitschülern verstanden – es lag nicht an ihnen, sondern an mir. Ich wollte niemanden an mich heranlassen. Seit Mom mich an Miriam abgegeben hat, bin ich vom Problemteenager zum Einzelgänger mutiert. Einzig Finn und Becca hatten es geschafft, mich aus der Reserve zu locken. Vielleicht ist das der Grund, weshalb ich erst so spät bei dieser Gartenparty auftauche. Ich reiße mich nicht gerade darum, Zeit mit diesen Menschen zu verbringen. Ich freue mich viel mehr auf die Zeit, wenn die meisten Gäste gehen, wenn wir drei zurückbleiben, es stiller wird, man kein Lächeln mehr aufsetzen und sich keine Gesprächsthemen aus den Fingern saugen muss.

Ich wappne mich innerlich, als mich die ersten meiner ehemaligen Mitschüler entdecken. Einige lächeln mir bloß zu, andere winken und rufen meinen Namen, einige ignorieren mich auch und reden weiter mit ihrem Nachbar. Die meisten sitzen auf Bierbänken, auf den Tischen liegen Pappteller – viele davon jedoch nur noch mit Resten gefüllt.

Ich entdecke Becca auf einer der Bänke in einem Gespräch mit einem Jungen, den ich nicht kenne. Ich steuere auf sie zu, stelle den mitgebrachten Nudelsalat auf den Tisch und setze mich neben sie. Becca dreht sich strahlend zu mir um.

»Na endlich! Das hier ist übrigens Timothy, der jüngere Bruder von Chris!«

»Hi, Tim reicht völlig«, sagt er und reicht mir die Hand.

Etwas überrascht strecke ich ihm meine Hand entgegen. Seine ist groß und warm, als er meine Finger damit umschließt. »Hi«, erwidere ich.

»Das ist Veronika, von der ich dir erzählt habe«, erklärt Becca, weil ich es versäumt habe, mich selbst vorzustellen. Dass sie ihm jedoch von mir erzählt hat, macht mich stutzig.

»Er studiert ebenfalls Sport«, sagt sie an mich gewandt. »Bleib hier und unterhalte dich doch ein wenig, ich bring dir eben einen sauberen Teller und was zu trinken.« Und schon ist sie aufgestanden und eilt davon. Ganz toll.

Offenbar stehen heute meine Gedanken für jeden sichtbar auf meine Stirn geschrieben, denn Timothy sagt sofort: »Du musst dich natürlich nicht mit mir unterhalten, wenn du nicht willst.«

Ich schaue über den Tisch hinweg in sein süßes Milchgesicht – man sieht ihm an, dass er ein, zwei Jahre jünger ist als wir – und lächele entschuldigend. »Nein, nein. Alles gut. Ich bin nur etwas fertig vom Tag.« Oder von der gesamten letzten Woche.

Timothy erwidert mein Lächeln und er gehört zu der Sorte Mensch, die dabei ganz viele Zähne zeigen. »Rebecca hat mir erzählt, dass du auch Sport studieren willst?«

»Sportwissenschaft und Gesundheit.« Ich nicke. »Meine erste Wahl wäre Psychologie, aber dafür reicht mein NC nicht aus.« Ich frage mich zwar, wieso ein Fremder Interesse an diesen Informationen aus meinem Leben hat, aber Tims blaue Augen kleben neugierig an meinen Lippen.

»Hast du eine Lieblingssportart?«, will er wissen und stützt sein Kinn in seine Hand.

Ich lache. Ich weiß nicht einmal, wieso ich lachen muss. Darüber, dass Becca mich offensichtlich verkuppeln will, darüber wie unschuldig süß dieser Timothy ist oder dass ich bei dem Gedanken ans Schwimmen sofort an mein Wettschwimmen mit Race denken muss. Race ist überall, selbst hier auf dieser Gartenparty, während ich mit einem anderen Typen rede, der das komplette Gegenteil von ihm ist.

Zwei Stunden später hat sich der Pavillon geleert. Becca verabschiedet gerade die letzte Gruppe ihrer Gäste und ich liege mit Finn auf den Bierzeltbänken. Wir haben zwei davon nebeneinander geschoben und nun liegen wir flach mit dem Rücken auf dem Holz und starren nach oben an die weiße Decke des Pavillons.

Aufgrund meiner letzten Erfahrungen habe ich heute Abend auf Alkohol verzichtet, dennoch fühle ich mich irgendwie von meinem Körper losgelöst.

Ich höre Beccas Schritte und wie sie sich stöhnend zu mir auf die Bank setzt.

»Wisst ihr, wie dieser Sommer werden sollte?«, frage ich in die Stille hinein. Es ist unser letzter Sommer, bevor das Studium für mich und Finn beginnt und für Becca die Ausbildung. Es ist irgendwie so, als wäre es der letzte Sommer, bevor der Ernst des Lebens beginnt. Und vor allem ist es vielleicht der letzte Sommer, den wir zu dritt verbringen. Den wir *hier* verbringen.

»Legendär?«, kommt es von Finn.

»Unvergesslich?«, fragt Becca.

»Ich dachte eher an sowas wie locker, leicht und entspannend«, sage ich. Ich wollte einen ruhigen Sommer, um emotional Kraft zu tanken, stattdessen habe ich das Gegenteil bekommen. Es sind Ferien und ich fühle mich alles andere als entspannt.

Meine Freunde lachen. »Entspannen kannst du dich, wenn du in Rente gehst.«

»Nicht jedem reicht es, seine freien Tage mit einem Buch oder mit ein paar Stunden im Schwimmbad zu verbringen«, tadelt mich Becca.

»Okay und was bevorzugst du? Wir sind zu arm, um irgendwelche Städtetrips oder Urlaube in andere Länder zu unternehmen.« Zu reisen, und die Welt zu sehen, wäre natürlich eine lukrative Art, den Sommer zu verbringen, doch ich kam mein ganzes bisheriges Leben noch nicht aus dieser Stadt raus. Urlaube stehen erst nach dem Studium für mich auf dem Programm, es sei denn ich gerate zwischenzeitlich zufällig an ein Vermögen.

»Nein, aber wir könnten öfter feiern gehen, wir könnten irgendwelche gefährlichen dummen Dinge machen, die man nur machen kann, wenn man noch nicht erwachsen ist. Und ich will diesen Sommer auf jeden Fall noch eine heiße Affäre mit einem Fremden beginnen.« Becca guckt schmachtend in den Sternenhimmel und ich ziehe die Augenbrauen hoch. Ihre Dates mit Pablo sind ihr offenbar nicht genug.

»Wieso hast du dir dann nicht Timothy geschnappt?«

»Ich fand halt, er passt besser zu dir!«

Ich verdrehe die Augen. »Glaub mir, ne Affäre mit einem Fremden ist das Letzte, was ich diesen Sommer will«, kommt es viel zu schnell von mir.

Becca und Finn sehen mich überrascht an. Ich spüre ihre Blicke auf mir, obwohl ich immer noch nach oben schaue.

»Aha, haben wir etwas verpasst?«, fragt Becca.

»Hat es mit dem einen Typen, der deine Nummer wollte, etwa doch geklappt?«, will Finn wissen.

Ich setze mich kerzengerade auf und sehe ihn verwirrt an. »Welchen Typen?«

Ein breites Grinsen von einem Ohr zum anderen ziert sein Gesicht, gepaart mit dem unschuldigsten Blick, den er drauf hat. »Vor ein paar Tagen hat mich ein Kerl danach gefragt. An dem Morgen, als wir zusammen frühstücken waren.«

Ich kann nicht fassen, was er da gerade gesagt hat.

»Und du hast ihm einfach so meine Nummer gegeben?«, rufe ich ungläubig aus.

»Er sah gut aus und ich dachte, ein bisschen Ablenkung kann dir nicht schaden.« Er schlägt schützend die Hände über seinem Kopf zusammen, als ich mich vorbeuge, um ihn zu schlagen.

»Hatte er zufällig dunkelblonde Haare, einen athletischen Körper und voll tätowierte Arme?«, frage ich, da ich nun ahne, wie Race an meine Handynummer kam.

Doch zu meiner Überraschung schüttelt Finn den Kopf. »Nein, er hatte dunkles langes Haar. Also für einen Mann lang. Und Tattoos habe ich auch keine gesehen.«

Ich ziehe nachdenklich die Augenbrauen zusammen.

»Siehst du, ich bin zumindest nicht die Einzige, die dich verkuppeln will!«, ruft Becca, als würde sie diese Tatsache freuen. Tut sie offenbar wirklich, denn die beiden klatschen sich im nächsten Moment ab und grinsen vielsagend.

»Ich will nicht verkuppelt werden!«, stöhne ich und gucke auf die Uhr. Ich bin schon viel länger geblieben, als ich wollte. Es ist gleich Mitternacht und ich habe versprochen, vorher zuhause zu sein.

Als meine Freunde mitbekommen, dass ich drauf und dran bin zu gehen, protestieren sie lautstark. »Kommt nicht in Frage, Nika!«

»Bleib noch ein bisschen und erzähl uns von deiner heißen Affäre. Wie ist er so? Wie heißt er?«

Theoretisch dürfte ich seinen richtigen Namen nicht einmal wissen und theoretisch wäre es möglich, dass er und seine Freunde gesuchte Sexualstraftäter sind. Also nein, ich brenne nicht darauf, Becca und Finn von Mace zu erzählen. Ich kann mich in meinen eigenen Gedanken nicht einmal entscheiden, wie ich ihn nenne. Es ist, als wäre er in meinem Gehirn unter zwei verschiedenen Persönlichkeiten gespeichert. Es gibt Race, mit dem ich all diese atemberaubenden Momente erlebt habe. In denen ich vergessen habe, wie man atmet, nur, weil er mich angesehen oder sein Knie mein Knie gestreift hat. Der ein Wettschwimmen gegen mich gewonnen hat und auf dessen Schoß ich gekommen bin. Kurz bevor er sich zu dem kalten Mace verwandelt hat, der niemals lächelt und über den ich kein Sterbenswörtchen wissen darf. Über den es vermutlich besser ist, nichts zu wissen, weil wenn ich seine Geheimnisse aufdecke, bin ich mir sicher, dass sie dunkel sein werden. So dunkel, dass ich beten werde, Mace niemals kennengelernt zu haben.

»Mein nächster Bus kommt gleich. Ich muss echt gehen, sonst flippt Miriam aus«, sage ich und stehe von der Bank auf.

Becca zerrt mich an meinem Arm zurück. »Nichts da! In einer halben Stunde kommt der letzte Bus – den kannst du nehmen. Die paar Minuten werden Miriam auch egal sein. Vermutlich schläft sie ohnehin schon.«

Ich seufze und lasse mich zurück auf die Bank zerren.

»Ansonsten folgen wir dir und terrorisieren dich, bis du uns alles erzählt hast!«, stimmt Finn mit ein.

»Ist ja schon gut.« Ich hebe kapitulierend die Hände. Wenn die beiden Nervensägen etwas wittern, kann man ihnen nicht entkommen. Wenn ich nicht über Race hätte reden wollen, hätte ich kein Sterbenswörtchen über das Thema verlieren dürfen. Normalerweise bin ich gut im Geheimnisse hüten, doch Race ist ein so lautes Geheimnis. Es will sich Gehör verschaffen.

»Was glaubt ihr, wie schnell kann man sich in jemanden verlieben?«, frage ich und habe schlagartig die vollste Aufmerksamkeit meiner Freunde. Finn springt fast von seiner Bank.

»Nika! Verlieben?!«

»Hör auf! Jetzt darfst du erst recht nicht gehen, bis du mit der Sprache herausgerückt hast!«

»Es ist nicht viel passiert. Aber er geht mir irgendwie nicht mehr aus dem Kopf«, wiegele ich ab. Nervös kaue ich auf meiner Unterlippe herum.

»Wieviel Zeit habt ihr denn zusammen verbracht?«

»Zwei Tage.« Es klingt so verdammt wenig und doch war es so verdammt viel.

»Also man kann sich weitaus schneller als innerhalb von zwei Tagen verlieben!«

»Ist das so?«, fragt Finn.

»Ich hab' mich mal direkt nach dem ersten Kuss in einen verliebt«, erzählt Becca. »Es war wie Magie. Dieser Moment war einfach perfekt. Der Kuss war nicht wie andere Küsse. Man merkt es sofort, wenn zwei Menschen zusammengehören. Es macht einfach *Wumm.*«

»Wer war das?«, will ich wissen. Becca ist schon, seit ich sie kenne, Single. Zwar kein einsamer, trauriger Single, sondern eher die Sorte, die die Freiheit nutzt, mehrere Kerle zu verführen und sich von mehreren verführen zu lassen.

»Marcel. Siebte Klasse«, antwortet sie schmachtend.

Finn lacht. Doch Beccas eisiger Blick unterbricht ihn. »Man kann mit 13 genauso heftig lieben wie mit 20!«, fährt sie ihn an.

Ich stimme ihr zwar grundsätzlich zu, dennoch möchte ich das Knistern, das zwischen Race und mir stattgefunden hat, nicht mit einer Teenagerschwärmerei vergleichen.

»Das Einzige, was ich dir bestätigen kann«, meint Finn und sieht mich ernst an, »ist, dass es diese chemische Anziehung zwischen zwei Menschen gibt. Eine Verbindung, die man sofort spürt und die in 99% aller Fälle auf Gegenseitigkeit beruht. Selbst wenn eine der Personen es leugnet.« Er zuckt unbeeindruckt mit den Schultern, aber ich weiß, dass ihn der letzte Punkt aufgrund seiner Homosexualität schon öfter gekränkt haben muss. Dass er trotzdem daran glaubt, dass diese magische Anziehung grundsätzlich immer gegenseitig ist, wundert mich.

Selbst bei mir und Race könnte ich nicht sagen, ob es auf Gegenseitigkeit beruht. Er hatte seine Hand zwischen meinen Beinen und ich weiß nicht, ob er mich genauso anziehend findet wie ich ihn. Das ist verrückt!

»Wir brauchen schon noch ein paar mehr Details«, fordert Becca.

Ich erzähle ihnen in einer harmloseren Variante von den zwei Tagen und den zwei Nächten, die wir verbracht haben.

»Und wie habt ihr euch verabschiedet? Hat er dich geküsst? Oder nur umarmt?«

»Nichts davon.« Stöhnend lege ich mein Gesicht in meine Hände. Ich will an den Abschied gar nicht erst erinnert werden. Er hat mich bei mir zuhause abgesetzt und nicht einmal angesehen, als ich ihm ‚Tschüss' gesagt habe.

»Hat er sich danach noch mal bei dir gemeldet? Schreibt ihr noch?«, will Becca wissen.

Ich verziehe meine Lippen und schüttele den Kopf. Irgendwie habe ich das Gefühl, er sollte sich als Erster melden, *wenn* ich ihm irgendwie gefallen habe. Aber er hat sich nicht gemeldet, also ist es offensichtlich, dass er kein weiteres Interesse hat.

»Schreib ihm einfach ein Hey und warte ab, was passiert«, schlägt Finn vor. »Manche Männer brauchen einen Anstoß.«

Wenn es nur so einfach wäre ... Ich seufze und schaue auf die Uhr. Nur noch zehn Minuten, bis der letzte Bus fährt.

»Ich muss jetzt echt gehen, aber danke fürs Zuhören.«

»Bei sowas immer wieder gern.« Becca zwinkert mir zu.

»Halt uns auf dem Laufenden. Wenn er schreibt, schreib uns das!«, trichtert Finn mir ein, als ginge es um Leben und Tod. Ich lache, umarme die beiden und gehe zum Gartentor.

Während ich in der Dunkelheit zwischen den Schrebergärten entlang laufe, ist alles still. Eine unheimliche Art von Stille. Und hier sind viel zu wenige Straßenlaternen. Nervös beschleunige ich meine Schritte und halte mein Handy in der rechten Hand fest umklammert, als könnte ich es im Notfall als Waffe benutzen, als ich auf einmal dumpfe Stimmen vernehme. Ich schaue mich in der Dunkelheit um und sehe Rauch in den Himmel aufsteigen. Der Geruch von einem Lagerfeuer hängt in der Luft.

Meine Beine tragen mich automatisch in die Richtung des Feuers, auch wenn das nicht wirklich auf meinem Weg liegt. Irgendetwas an den Stimmen bringt mein Herz zum Rasen und je näher ich dem Feuer komme, desto sicherer werde ich mir. Auch wenn es unmöglich ist. Auch wenn mich mein Verstand für verrückt erklärt.

»Hat noch jemand Lust auf Kratzeis?«

Nun bin ich so nah, dass ich die Stimmen verstehen kann.

»Welche Sorte?«

Und ich kenne diese Stimme. Schlagartig bleibe ich stehen, als mir bewusst wird, dass das hier keine Wunschfantasie ist. Kurz spiele ich mit dem Gedanken, Becca und Finn anzurufen und sie zu fragen, was ich machen soll. Wegrennen oder hingehen? Die Sache ist die, dass ich ganz genau weiß, was sie sagen würde. Und selbst wenn sie wider erwarten die andere Möglichkeit wählen sollten, würde ich nicht darauf hören und trotzdem hingehen. Ich kann gar nicht anders. *Zumindest nur einen Blick auf ihn werfen.*

Meine Beine setzen sich wieder in Bewegung und ich tue so, als würde ich zufällig an dem Schrebergarten vorbeigehen. Über den hüfthohen Zaun schaue ich ins Innere. Mein Blick haftet sich sofort auf das lodernde Lagerfeuer und die Personen, die darum sitzen. Genauer gesagt sind es zwei junge Männer und eine Frau. Einen der Männer erkenne ich sofort als Race' Mitbewohner, bin aber verwirrt darüber, dass ich Race' selbst nirgendwo sehe. Dabei war es seine Stimme, die ich vorhin gehört habe. Kein Zweifel.

Vermutlich ist er das Eis holen gegangen.

Auf einmal schaut der eine Typ, den ich noch nicht kenne, hoch und sieht mich an. Der helle Schein des Feuers hebt sein Gesicht von der Dunkelheit ab, orange glühende Funken fliegen durch die Schwärze der Nacht. Blut schießt in meine Wangen, ich will mich umdrehen und das Weite suchen, da sehe ich, wie der Kerl in meine Richtung deutet und seinem Nebenmann etwas zuraunt. Verdammte Scheiße. Wieso kann die Dunkelheit mich nicht einfach verschlucken? Ich sehe mich um und entdecke, dass ich dummerweise genau neben einer der wenigen Straßenlaternen stehe, die hier so spärlich verteilt sind. Das ist doch ein Witz! Ich will die Beine in die Hand nehmen und rennen, als Race' Mitbewohner auf einmal aufsteht und auf mich zukommt.

Langsam bewege ich mich von dem Gartentor weg, laufe rückwärts, bis sich in meinem Kopf ein Schalter umlegt, ich mich umdrehe und loslaufe.

Doch mein Fluchtinstinkt hat zu spät eingesetzt.

»Scheiße!«, höre ich eine Stimme hinter mir fluchen. »Veronika!«

Woher kennt er meinen Namen? Hat Race ihm von mir erzählt? Was hat er wohl über mich erzählt?

Ich komme nicht weit, bis ich eingeholt und am Arm gepackt werde. Mein Herz hüpft mir fast aus dem Hals, als ich mich zu meinem Verfolger umdrehe und in der Dunkelheit nach seinen Gesichtszügen suche. Er steht mit dem Rücken zu der nächstgelegenen Laterne, weshalb sein Gesicht im Schatten liegt. Trotzdem erkenne ich genug, um dieses seltsame

Gefühl des Wiedererkennens zu spüren. Genau das Gefühl, das ich auch gestern in seiner Wohnung hatte, als unsere Blicke sich begegneten. Und etwas sagt mir, dass er auch der Mann ist, dem Finn meine Handynummer gegeben hat.

»Ich kenne dich«, stelle ich fest, bevor er irgendetwas sagen kann. Ich will nicht, dass er mich fragt, wieso ich zum Beispiel vor seinem Garten herumlungere. Ich will nicht für einen Stalker gehalten werden. Obwohl ich dann vermutlich eine andere Aussage hätte treffen sollen, als die von mir soeben gewählte.

»Ja?«, fragt er nur. Diese Frage hilft mir kein bisschen weiter, doch seine Stimme ... sie weckt Erinnerungen. Keine Bilder oder Gesprächsfetzen – eher Gefühle. Sie sind nicht besorgniserregend, sondern vertraut.

Ich entspanne mich ein bisschen, was mir meine Muskeln sofort danken. Ich habe gar nicht gemerkt, wie steif ich stehen geblieben bin.

»Bitte sag Race nicht, dass ich hier war. Ich will nicht, dass er denkt, dass ich ihm nachspioniere.«

Der Mann vor mir legt den Kopf schief und die langen braunen Haare streifen seine Schultern. Seine dunklen Augen ruhen auf mir. »Tust du das denn? Ihm nachspionieren?«

»Nein! Natürlich nicht.«

»Du musst dich von ihm fernhalten, Nika.«

Eine Gänsehaut kriecht über meinen Körper und ich weiß nicht, ob sie von seinen Worten herrührt oder von dem Spitznamen, den er für mich verwendet. Woher weiß er, dass ich lieber Nika als Veronika genannt werde?

»Wie heißt du?«, will ich wissen.

Er schweigt ein paar Herzschläge zu lange, bevor er antwortet. »Klaus.«

Ich lege meine Stirn skeptisch in Falten und verschränke die Arme vor meiner Brust. Bei der Bewegung leuchtet mein Handy auf, das ich noch immer in der Hand halte, und verhöhnt mich mit der Uhrzeit. Der letzte Bus ist soeben abgefahren. Das wird eine lange Nacht.

»Und wieso soll ich mich von Race fernhalten, *Klaus*?«, frage ich. Ich hoffe er sieht meinen überheblichen Blick, denn ich will ihm zeigen, dass er mich nicht einschüchtern kann.

Klaus seufzt. Laut und tief. »Er ist nicht der, für den du ihn hältst.«

»Dass er in echt Mace heißt, weiß ich schon«, gebe ich schulterzuckend zurück.

Er blinzelt mich überrascht an, doch zwei Sekunden später hat er seine Miene wieder unter Kontrolle. »Weiß er, dass du es weißt?« Ich schüttle den Kopf und er atmet schwer aus. »Sein Name ist nicht das Einzige, bei dem er dir etwas vorgemacht hat.«

Etwas vorgemacht hat. Seine Worte krempeln meinen Magen um. Auf einmal bin ich mir sicher, dass Race auf jeden Fall mit seinem Mitbewohner über mich gesprochen hat. Doch es war nichts Positives. Es war nicht die Art von Gespräch, die ich soeben noch mit Finn und Becca geführt habe.

»Verstehst du, was ich dir sage?«, will Klaus wissen, da ihn mein Schweigen offenbar beunruhigt.

Ich nicke und versuche meine Emotionen hinter einer Maske von Gelassenheit zu verstecken. Ich glaube nicht, dass man seine Worte falsch interpretieren kann. Ich sollte Race' Nummer löschen und ihn vergessen.

»Er wird sich nie auf einen Menschen einlassen, geh und vergiss ihn!«

Geh und vergiss ihn – mit diesem Teil seines Satzes kann ich mich vollstens identifizieren, doch der erste Teil trifft einen wunden Punkt in meinem Inneren.

Auf einen Menschen? Seine Wortwahl lässt meine Maske bröckeln. Verwirrt schaue ihn an und bitte stumm um eine Erklärung.

»Du weißt doch, jede Geschichte hat einen Bösewicht«, sagt Klaus langsam, »... und in dieser ist es Mace.«

Ich schüttle den Kopf. Wie kann er sowas über seinen Freund behaupten? Selbst wenn Race mir etwas vorgemacht hat – womit auch immer – so sollte sein Mitbewohner doch trotzdem auf der Seite seines Freundes stehen. Es sei denn Race hat schlimmere Dinge getan, als zu lügen. Wenn Race tatsächlich ... wenn er ... weiß Klaus dann davon?

»Wenn er der Bösewicht ist, dann musst du mir schon von seinen Sünden erzählen«, sage ich. »Was macht ihn zum Bösewicht?« Ich will es hören. Ich will es endlich ins Gesicht gesagt bekommen und nicht dauernd irgendwelche Vermutungen anstellen oder um den heißen Brei herumreden.

Klaus sieht zur Seite, in die Tiefe des angrenzenden Kleingartens, und ich würde nur zu gern wissen, was er eigentlich sieht, wenn er ins Nichts starrt. Was kann ihn dazu bewegen, so schlecht von seinem Freund zu denken? Sie sind doch Freunde, oder?

»Er ist ein Monster. Das sind wir alle. Du musst dich von uns fernhalten, solange es noch geht.«

»Was meinst du damit?« Meine Stimme klingt nicht länger, als würde ich eine Frage stellen, sie klingt, als würde ich ihn anflehen. Als würde ich den Stoff seines T-Shirts packen wollen, ihn zu mir ziehen und ihn zu bitten, mir Einlass in seinen Kopf zu gewähren.

Er fährt sich mit seiner Hand durch die Haare. Er wirkt ähnlich verzweifelt wie ich. Sag es mir einfach. Bitte sag es mir endlich.

Wie gefährlich ist Mace?

Als er seine Hand sinken lässt und mich ansieht, hat ein trauriger Ausdruck sein Gesicht erobert.

»Seine Sünden sind unerheblich. Es reicht, dass er wegen seiner Ex-Freundin keine Frau je wieder an sich heranlassen wird.«

Wegen seiner Ex? Damit habe ich nicht gerechnet. Beinahe lache ich laut auf. Auch ich habe in meiner letzten – und einzigen – Beziehung schlechte Erfahrungen gemacht, aber das hat mich trotzdem nicht daran gehindert, mich Race gegenüber zu öffnen. Vielleicht wäre es besser gewesen, wenn es mich daran gehindert hätte. Dann würde ich hier jetzt nicht wie eine Idiotin dastehen.

»Verlier einfach niemals dein Herz an ihn. Er wird seines nicht für dich öffnen. Verstehst du? Niemals.«

18.

Der Unterschied zwischen Aufgabe und Akzeptanz

Kilian

Freitagnacht

Zum Glück kann ich sie überreden, sie nach Hause zu fahren. Einerseits will ich sie dafür schütteln, wie naiv sie sich zu einem Fremden in den Wagen setzt, andererseits bin ich erleichtert, sie dadurch ohne großen Aufwand in Sicherheit bringen zu können.

Während der Autofahrt ertappe ich sie dabei, wie sie mich immer wieder von der Seite aus ansieht. Die Art, wie sie mich anguckt, bestätigt mir, dass ich für sie kein Fremder bin. Und ich weiß nicht, wie ich das finden soll. Beunruhigend sollte ich das finden. Sie dürfte sich gar nicht an mich erinnern. Aber ihr Unterbewusstsein tut es trotzdem. Sie lässt sich von mir nach Hause bringen, weil ich es schon unzählige Male getan habe. Weil es das ist, was unsere Beziehung ausmacht. Ich bringe sie immer nach Hause.

»Du weißt, wo ich wohne«, stellt sie nach einiger Zeit fest.

Ich presse meinen Kiefer zusammen. Scheiße. Dass ihr Unterbewusstsein sich an mich erinnert, heißt nicht, dass ich nicht vorsichtig sein sollte und zumindest den Schein wahren, dass ich nichts weiter bin als ein Freund von Mace.

»Mace hat mir gesagt, wo du wohnst.«

»Wieso sollte er das tun?«

Berechtigte Frage, auf die ich keine Antwort weiß. Sie weiß ohnehin, dass ich lüge. Dabei will ich das nicht. Ich will nicht, dass sie mich für einen Lügner hält.

»Samstag. Wir kennen uns von letztem Samstag«, gebe ich ein Stück der Wahrheit preis, die ich für ungefährlich halte.

»Ich weiß. Ich habe ein Foto von dir, auf dem du einen Smoking trägst.«

Ich umklammere das Lenkrad fester und gehe sofort vom Gaspedal herunter, um vor Schock nicht in die Leitplanke zu rasen.

»Ich weiß, dass es eine geheime Sexparty gab und deshalb niemand darüber reden will«, fährt sie fort. Mit jedem Wort, das über ihre Lippen kommt, macht sie es allerdings nur schlimmer. Im Sinne unserer Sicherheit halte ich es für ratsamer, an den Straßenrand zu fahren und stehen zu bleiben.

»Wieso halten wir?«, fragt sie überrascht – vielleicht ein klein wenig ängstlich. Gut so, dann ist ihr Selbsterhaltungstrieb zumindest noch so weit erhalten, dass sie Angst verspürt. Aufgrund ihrer Taten hätte man durchaus meinen können, dass sie den verloren hat.

Ich drehe mich zu ihr um. »Tust du mir einen Gefallen und löscht diese Bilder, die du von dem Abend hast? Du erinnerst dich vielleicht nicht, aber du hast eine Verschwiegenheitserklärung unterschrieben. Fotos zu machen, war an diesem Abend nicht erlaubt. Du kannst demnach rechtliche Probleme bekommen.«

Sie beißt auf ihre Unterlippe und schaut mich aus großen Augen an. Auf einmal ist die Stille zwischen uns viel präsenter, die Luft zwischen uns schwerer. Sie darf mich nicht so angucken. Und sie darf nicht so nah bei mir sitzen. Jetzt fühle ich mich wie der Naive, der sie in sein Auto gelassen hat.

»Wenn ich sie lösche, beantwortest du mir dann eine Frage? Und zwar ehrlich?«

Ich nicke, auch wenn ich weiß, dass das unklug ist, ihr so ein Versprechen zu geben. Ich habe nicht die geringste Ahnung, was sie mich fragen will, aber ich nehme mir vor, ihr die Wahrheit zu sagen.

Zu meiner Erleichterung entsperrt sie ihr Handy und geht sofort in ihren Fotoordner. Ich beobachte ihre schlanken Finger dabei, wie sie zwei Aufnahmen löscht. Dann klemmt sie ihr Handy wieder zwischen ihre nackten Oberschenkel. Sie trägt nur ein geblümtes Sommerkleid, weshalb sie keine Taschen oder ähnliches hat. Ich starre einen Moment zu lange auf ihre nackten Oberschenkel. Der Saum ihres Kleides ist ein wenig hochgerutscht, sodass ich sehr viel von ihren Schenkeln sehen kann. Nicht mehr, als wenn sie eine Shorts anhätte, aber irgendwie macht mich der Anblick dieser nackten Beine in diesem Kleid dennoch wahnsinnig. Ich bereue es sogar, mich nicht von Chantall ernährt zu haben, die wir für unsere Zwecke heute Nacht in unseren Garten eingeladen haben. Sie ist eine von den sehr wenigen Frauen, die von unserem Geheimnis weiß und sich gerne als Nahrungsquelle zur Verfügung stellt – gegen Bezahlung. Doch ich mache mir etwas vor. Als würde ich auch nur eine Sekunde lang glauben, dass ich Veronika anders ansehen würde, wenn ich mich zuvor mit einer anderen Frau beschäftigt hätte.

Unter größter Anstrengung reiße ich den Blick von ihren Beinen hoch in ihr Gesicht. Obwohl ich nicht länger als zwei Sekunden gestarrt haben kann, ist es unmöglich, dass sie meinen Blick nicht mitgekriegt hat. Doch sie verliert kein Wort darüber, sondern wendet ihren Blick zur Windschutzscheibe, hinter der sich die Nacht erstreckt.

»Hat in jener Nacht einer von euch … hatte ich mit einem von euch etwas?«

Ihre Frage ist wie ein Zementbrocken, der auf meine Lunge fällt. Ich will nach wie vor ehrlich sein, aber wie … wie sagt man so etwas?

»Keiner von uns hat mit dir … nun ja, geschlafen. Wenn du das meinst.« Vielleicht ist sie dadurch ja bereits beruhigt. Vielleicht reicht ihr das als Antwort.

»Und geküsst?«, fragt sie.

Ich will ihr sagen, dass zwischen küssen und vögeln noch viel mehr Dinge liegen können. Ich will ihr sagen, dass ich ihr nur eine Frage beantworten wollte. Ich will ihr sagen, dass ihre Frage nicht spezifiziert, wer und wie viele von uns sie berührt haben. Stattdessen sage ich einfach »Ja« und hoffe, dass sie sich damit zufriedengibt.

Sie dreht den Kopf und sieht mich wieder an. Etwas in ihrem Blick hat sich verändert. Er ist anders, anklagend irgendwie. Vielleicht weil mein »Ja« zu schuldbewusst klang. Dabei war nicht ich es, der sie am Samstag berührt hat, doch das macht keinen Unterschied, denn ich habe sie schon mehrmals geküsst. Vielleicht weiß sie es. Vielleicht weiß sie, dass ich sie schon geküsst habe.

Ich schaue auf ihre Lippen und mein Magen vollführt einen doppelten Rückwärtssalto. Die Vorstellung, mich vorzulehnen und meinen Mund auf ihren zu legen, raubt mir für einen Moment die Luft. Doch die Gefahr, dass sie dann aus meinem Wagen flüchtet, ist zu groß. Heute ist sie nicht benebelt vom Schlafwandeln – heute sitzt sie bei vollem Bewusstsein neben mir.

»Kannst du mich einfach nach Hause fahren?«, fragt sie und ich bin so froh, dass sie die Stille zerreißt. Es tut weh. In meiner Brust, in meinem Körper, doch es hält mich davon ab, etwas Dummes zu tun.

Als ich zurück in unserem Schrebergarten bin, den wir vor einem Jahr gemietet haben, ist das Feuer beinahe heruntergebrannt.

»Wo warst du, Alter?«, fragt Mace. Chantall sitzt zwischen ihm und Lio. Da Lios Augen golden leuchten, gehe ich davon aus, dass sie die Dreisamkeit gut genutzt haben. Ein bisschen wundert es mich, dass

Rapha immer noch nicht hier ist. Ich weiß, dass er mit Hektor heute anderes auf dem Plan hatte, aber mittlerweile ist es schon spät – und Rapha liebt es, wenn wir Chantall zu uns einladen. Aufgrund der bekannten Risiken tun wir das natürlich nicht allzu oft, umso seltsamer, dass Rapha sich diese Gelegenheit entgehen lässt. Er ist der Einzige von uns, der ihren Besuch jedes Mal *komplett* ausnutzt. Nicht, dass wir anderen uns dann nicht auch das eine oder andere Mal hinreißen lassen …

»Ich habe mich um unser letztes Problem mit Nika gekümmert. Die Fotos sind von ihrem Handy gelöscht. Und sie wird sich ab jetzt von uns fernhalten«, sage ich und lasse mich auf den liegenden Baumstamm am Feuer nieder, gegenüber von den anderen, die alle nebeneinander auf einem sitzen. Lio kuschelt beinahe mit Chantall und ich muss darüber schmunzeln, wie sie sich aneinander schmiegen. Die rothaarige Frau sieht bereits müde und ausgelaugt aus.

Schade, schießt mir durch den Kopf. Vielleicht hätte ich sonst … Nein, ich schüttele den Kopf. Jetzt ist es ohnehin egal. Es reizt mich nicht, sie in diesem erschöpften Zustand noch auszunutzen, auch wenn mein Körper mich langsam spüren lässt, dass ich ihm eine ungewohnt lange Durststrecke zumute.

Während Mace mich noch mit Fragen zu Nika löchert und ich sie ihm alle geduldig beantworte, gelten meine Gedanken Sebastian. Es wäre nicht das erste Mal, dass ich mich an ihn wende, um eine Durststrecke zu beenden. Je länger wir keine Lebensenergie aufnehmen, desto schwächer, kränker oder auch aggressiver fühlen wir uns. Im schlimmsten Fall kann es zur ernsthaften körperlichen Schäden kommen, doch bevor wir an dieser Art von Hunger sterben, würden wir vermutlich wahnsinnig werden.

»Wenn Rapha und Hektor alles mit Miriam klären und du alles mit Veronika geklärt hast, dann ist alles wieder gut?«, fragt Lio. Der glühende Schein seiner Augen nimmt langsam wieder ab und zurück bleibt nur das letzte Flackern der glühenden Scheite zwischen uns.

Ich nicke und ziehe mein Smartphone aus der Hose. Unschlüssig verweilen meine Finger über Sebastians Namen. Es wäre einerseits so leicht mit ihm und andererseits so schwer. Ich hebe den Blick und schaue Chantall an, die genau vor mir sitzt und sich mit geschlossenen Augen und einem Lächeln auf den Lippen an Lios Schulter lehnt. Seine Hände halten ihre Hände. Jemand sollte ihm dringend den professionellen Umgang mit Nutten beibringen, bevor das zu einem Problem wird.

Ich stecke mein Handy wieder weg, ohne Sebastian geschrieben zu haben. Jetzt, wo wir die Sache zwischen uns beendet haben, wäre es dumm, sie wieder anzufangen, nur weil ich schon länger keine Kraft mehr getankt habe. Ich werde mir wen anders suchen. Aber ein paar Tage werde ich schon noch durchhalten.

Am Rande bekomme ich mit, dass Mace mich immer noch über Veronika vollquatscht. »Also lassen wir das Thema einfach ruhen und vergessen, was passiert ist? Vergessen, dass sie vielleicht auch ein dunkles Geheimnis mit sich herumträgt?«

Ich blicke über das Feuer hinweg und sehe Mace direkt in die Augen. »Was erwartest du für ein Geheimnis zu finden, Mace? Sie ist ein Mensch, der einfach nur Glück hatte. Weiter nichts. Akzeptier das einfach. Strapazier ihr Glück nicht über und halte dich von ihr fern.«

Nika

Dienstagabend

Verlier einfach niemals dein Herz an ihn. Wenn das so einfach wäre. Es sind nun vier Tage seit dem Lagerfeuer vergangen. Fünf Tage, die ich Mace nicht gesehen habe. Und allein, dass mein Gehirn offenbar die Tage zählt, sollte mir Sorgen bereiten. Das zwischen uns hat sich irgendwie echt angefühlt und jetzt ist es weg, es ist außer Reichweite und gibt mir das Gefühl, mir etwas eingebildet zu haben.

Hätte ich wenigstens sagen können, dass ich mich an Klaus' Rat gehalten und deshalb keinen Kontakt mehr zu Mace habe, würde das wenigstens von Selbstdisziplin zeugen. Aber dass ich seit vier Tagen nichts von ihm gehört habe, liegt einzig und allein daran, dass er offenbar beschlossen hat, mich zu ignorieren. Ich habe vor zwei Tagen nämlich Finns blöden Ratschlag befolgt und ihm einfach eine Nachricht mit einem Hey dagelassen. Es kam nichts zurück. Vielleicht hat Klaus ihm ja denselben Rat gegeben wie mir – aber ich frage mich mit welcher Begründung.

Wieso sollte Mace sich von mir fernhalten? Außer dem offensichtlichen Grund, dass er kein Interesse an mir hat, nie hatte und die Anziehung zwischen uns bloß einseitig war. Dass ich mir eine Verbindung zwischen uns nur eingebildet habe.

Ich erinnere mich daran, wie er seit unserem Streit auf der Veranda jedem Blickkontakt mit mir ausgewichen ist. Er hat mich den ganzen Donnerstag über nicht angeguckt. Mit diesem Detail habe ich mich bisher nicht befasst, doch jetzt stört es mich. Ich dachte, es lag an unserem Streit am Vorabend, aber vielleicht lag es gar nicht daran. Vielleicht weiß Finn mehr. Und selbst wenn er nichts weiß, ich muss mein Gedankenkarussell trotzdem mit ihm teilen, also drücke ich auf die Stopptaste.

Sofort dreht er den Kopf zu mir und blickt mich fragend an. Irgendwie auch vorwurfsvoll, als würde er fragen, wie ich es wagen könne, unseren Netflix-Marathon an gerade dieser Stelle zu unterbrechen. Dabei muss ich gestehen, dass ich nicht einmal weiß, an welcher Stelle wir uns überhaupt befinden.

»Wenn jemand den Blickkontakt mit jemandem meidet, dann heißt es, dass er sich unwohl in der Gegenwart des anderen fühlt, richtig?«, frage ich und versuche es so allgemein wie möglich zu halten.

Finn blickt mich fassungslos an. »Was?«

»Wenn jemand den Blick-«

»Ich weiß, was du gesagt hast!«, unterbricht er mich. »Aber wieso zur Hölle fragst du mich das?«

Ich presse meine Lippen zusammen und senke den Blick. Ohne zu antworten, drücke ich wieder auf Play. Es war dumm, das Thema angeschnitten zu haben.

Finn seufzt theatralisch laut und reißt mir den Controller aus der Hand, um wieder auf Stopp zu drücken.

»Das muss es nicht heißen«, antwortet er.

»Finn, er kann mir nicht in die Augen gucken! Was soll das denn sonst heißen?« Scheiß auf die Verallgemeinerung, Finn weiß sowieso, von wem ich rede.

»Dass jemand einem nicht in die Augen gucken kann, kann viele Gründe haben. Vielleicht versucht er Distanz zu wahren. Oder er hat Angst vor den Gefühlen, die ihn bei zu langem Augenkontakt überrollen. Oder er ist voller Reue, weil er etwas getan hat oder dir etwas verschweigt. Vielleicht ist es auch eine Mischung aus allem.«

Ich sehe ihn skeptisch an und spiele nervös mit einer Haarsträhne, die sich aus meinem Pferdeschwanz gelöst hat. »Deine Alternativen klingen nicht gerade beruhigend«, sage ich. Und ich ahne auch schon, welche davon am realistischsten ist.

»Der nicht vorhandene Blickkontakt ist doch eh egal, wenn er dir nicht einmal zurückschreibt?« Als er meinen Blick daraufhin sieht, fügt er schnell noch ein »Sorry« hinzu. Doch er hat Recht. Wem mache ich hier etwas vor?

Ich werde Race nie wiedersehen. Da ist es egal, warum er mir schon vorher nicht mehr in die Augen gucken konnte oder wollte. Es hätte für mich am Donnerstag schon ein Zeichen sein sollen, dass wir uns nicht mehr wiedersehen.

Und es ist vermutlich auch besser so, rede ich mir ein.

Mittwochmorgen

»Hat das Schlafwandeln aufgehört?«

»Seit Miriam sowohl die Tür, als auch das Fenster abschließt, scheint alles normal zu sein.«

»Und ihre Träume?«

Meine Wangen glühen und ich sehe zu Boden. Ein langweiliger grauer Teppichboden. »Durchgehend erotischer Natur.«

»Aber keine Albträume mehr?«

Ich schüttele den Kopf.

»Also geht es Ihnen besser?«

»Sollte es, oder? Alles ist gut. Ich verlasse nachts nicht mehr das Haus. Das CT und die Tests waren alle unauffällig, also krepiere ich auch nicht an einem Tumor und gestern wurde sogar Miriams Wagen gefunden!«

»Der Wagen, den Sie an jenem Samstag gefahren sind?«

Jener Samstag. Wie sich das anhört. Wenn er wüsste, dass ich damit zu einer Sexparty gefahren bin …

»Ja. Zwei Jugendliche haben das Auto in ’nem Fluss gefunden, als sie dort unerlaubter Weise schwimmen wollten.« Ich verdrehe die Augen und spiele an dem Saum meines schwarzen Rocks.

»In einem Fluss also. Meinen Sie, das hängt mit Ihren Träumen über das Ertrinken zusammen?«

Ich zucke mit den Schultern. Für diese Erkenntnis braucht man bestimmt nicht einmal den Doktortitel in Psychologie.

»Hat der Fund des Wagens Ihnen Erleichterung verschafft?«

Was? Fragend blicke ich Dr. Gäring an.

»Das Gefühl, als könnten Sie jetzt damit abschließen?«

Kann ich damit abschließen?

»Oder haben Sie noch das Gefühl, dass noch etwas ungelöst ist?«

Mace

Mittwochabend

Die Tage vergehen, Hektor ist wieder abgereist und obwohl alle Dinge rund um Veronica und ihre Tante geklärt sind, geht sie mir nicht aus dem Kopf. In unserem Rudel ist wieder Ruhe eingekehrt, Raphael trifft sich diese Woche nur noch ein letztes Mal mit Miriam, um sich zu verabschieden und sicherzugehen, dass die Manipulation ihrer Erinnerungen so geklappt hat, wie gewollt. Alle Akteneinträge, die auf uns hindeuteten, wurden manipuliert, das Phantombild, welches von mir laut den Aussagen einer Zeugin angefertigt wurde, wurde von Hektor durch ein anderes ersetzt – mit nur minimalen Änderungen, aber so, dass ich nicht mehr als Täter überführt werden könnte. Meine Tattoos waren die ausschlaggebenden Punkte und Hektor hat erneut sein Missfallen darüber äußern können, doch seine Worte prallten einfach an mir ab. Es ist mir egal, wenn mich meine Tätowierungen irgendwann in Schwierigkeiten bringen können, weil ich dadurch weniger anonym bin. Ich würde auf keines dieser Bilder auf meinem Körper verzichten.

Als ich das Moe's betrete und die Glocke mein Ankommen ankündigt, gleitet mein Blick automatisch suchend über die Tische bis zur Bar. Ich kann es nicht abstellen, nach ihr Ausschau zu halten. Es ist schon beinahe eine Woche vergangen, seit ich sie das letzte Mal gesehen habe. Ich dachte, die Zeit würde mich sie vergessen lassen. Dass sie mir nach ein paar Tagen endlich egal sein wird – denn das sollte sie – es gibt keinen Grund mehr, warum mein Verstand sich weiter mit ihr befassen sollte, doch es hört nicht auf.

Es hört einfach nicht auf, verdammt!

Ich setze mich diesmal nicht an die Bar, sondern an einen kleinen Tisch in der Ecke des Raumes. Seit sie mir dieses »Hey« geschrieben hat, juckt es in meinen Fingern, ihr zu antworten. Ich will sie sehen. Und mein Körper sehnt sich danach, den ihren zu berühren. Einfach zu wiederholen, was wir vor einer Woche getan haben.

Da ich jedoch genau weiß, wie so etwas endet, habe ich keine andere Wahl, als mein Verlangen zu bekämpfen. Die letzten Tage lernte ich für Klausuren, ging mit Rapha drei Mal die Woche ins Fitnessstudio und abends genehmigte ich mir hin und wieder ein paar Bier. Doch egal, wie gut ich mich beschäftige, ich werde den Gedanken nicht los, dass ich mich mit ihr lebendiger gefühlt habe als all die Monate zuvor. Besser irgendwie. Vielleicht sogar ansatzweise glücklich.

Da Bier offenbar nicht reicht, um mit diesen albernen Gedanken aufzuhören, bestelle ich mir einen Scotch. Ich habe seit anderthalb Jahren nichts Stärkeres mehr als Bier angerührt und das aus gutem Grund. Claire hat mich beinahe zu einem Alkoholiker gemacht. Wenn Kilian wüsste, was ich jetzt hier tue ... er würde mir den Kopf abreißen.

Dankend nehme ich der Kellnerin das Glas ab und bestelle gleich die ganze Flasche hinterher. Ein Glas wird ebenfalls nicht reichen.

Vielleicht bin ich verrückt, aber es ärgert mich, dass K und die anderen das Thema so schnell ruhen gelassen haben. Was ist, wenn in ihr ebenfalls dämonisches Blut fließt? Wenn es doch noch andere übernatürliche Wesen als uns gibt? Ich spüre einfach, dass sie ein dunkles Geheimnis hat, das über eine schwierige Kindheit und Schlafstörungen hinausgeht. Da ist mehr.

Vielleicht kann ich deshalb nicht loslassen.

Ich hoffe, dass ich deshalb nicht loslassen kann.

Nika

Mittwochabend

Beim Eintreten scanne ich die Bar ab, wie ich es jedes Mal tue. Normalerweise suche ich nach niemand Bestimmten, doch heute spüre ich, dass ich trotz besseren Wissens nach ihm Ausschau halte. Eigentlich bin ich nur hier, um mich für Morgen als Live-Akt anzumelden, in der Hoffnung, dass das nicht zu kurzfristig ist. Normalerweise melde ich mich drei Tage im Voraus an. Zur Not würde ich einfach für die Show nächste

Woche schon einmal eine Anmeldung ausfüllen. Mein Blick streift die Tische in der Bar, ohne wirklich zu erwarten, dass er hier ist, deshalb zucke ich zusammen, als ich ihn tatsächlich an einem der Tische sitzen sehe.

Sofort schlägt mein Herz schneller. Mein Stolz verbietet mir, zu ihm zu gehen, andererseits ist es beinahe unmöglich, diesem Drang zu widerstehen. Er könnte mir zumindest ins Gesicht sagen, dass das auf der Veranda ein einmaliges Gefummel war, welches nichts zu bedeuteten hat und dass er kein Interesse an mir hat. Vielleicht auch, dass er noch an seiner Ex hängt. Was weiß ich. Ich merke, dass meine Nervosität ziemlich schnell in Wut umschlägt – bis ich den Ausdruck in seinem Gesicht sehe. Wie verloren er in sein Whiskeyglas schaut. Als wäre die Welt darin untergegangen. Verdammt, ich habe ihn noch nie so … verletzt gesehen. Entweder denkt er, dass niemand ihn beobachtet und er hat deshalb nicht seine sonstige Maske auf, oder die Gefühle in seinem Inneren sind so stark, dass sie sich von keiner Maske der Welt verbergen lassen.

Seinetwegen hoffe ich auf Ersteres.

In meinen Gedanken verfluche ich mich selbst, während mich meine Beine zu seinem Tisch tragen. Ich bin nicht lebensmüde und setze mich an seinen Tisch oder spreche ihn an. Nein, ich setze mich an den Tisch daneben und warte, dass er mich anspricht. Ich mache es mir auf dem roten Polster der Sitzbank bequem und greife seelenruhig nach der Getränkekarte, während all meine Organe am liebsten aus meinem Körper hüpfen würden.

»Sag mal, verfolgst du mich?«

Ich gebe mein Bestes, um nicht triumphierend zu grinsen. Zu gern würde ich seinen Gesichtsausdruck sehen, doch ich studiere lieber weiterhin gespielt gelangweilt die Karte.

»Nein. Vielleicht solltest du dir eine andere Bar suchen«, gebe ich ihm als Tipp und würdige ihn keines Blickes. Wenn er beschlossen hat, mich zu ignorieren, werde ich ihm in der Hinsicht entgegenkommen.

»Vielleicht solltest du dir eine andere Bar suchen!«, faucht er.

Dass er nicht so gelassen wie sonst reagiert, weckt in mir eine ungesunde Art von Schadenfreude. Es heißt, dass etwas nicht stimmt und dennoch erfüllt es mich mit der Genugtuung, dass ich ihn nicht kalt lasse.

Vielleicht ist er aber auch einfach nur genervt und es liegt nicht an mir.

Als ich endlich hochgucke und zur Seite blicke, weiß ich, dass es 100%ig an mir liegt. Die Art, wie er mich ansieht, macht irgendetwas Schreckliches mit meinem Gehirn, denn in der nächsten Sekunde höre ich mich sagen:

»Weißt du, Klaus hat mir von deiner Ex erzählt. Dass du wegen ihr nicht fähig bist, jemals eine andere zu lieben.«

Am liebsten würde ich meine Zunge abbeißen, um niemals wieder sowas Dummes zu sagen. Mit angehaltenem Atem warte ich auf eine Reaktion von ihm.

Er blinzelt und da ist sie wieder: Die Mauer, die er wieder hochfährt. Ich sehe, wie er sie Stein für Stein errichtet. Schnell grätsche ich dazwischen, will die Steine, die er draufstellt, wieder hinunterreißen.

»Ich weiß nicht, was vorgefallen ist, und ich will dir auch nicht sagen, wie du zu trauern hast, aber wenn du reden willst ... Oder auch schweigen ... Ich kenn mich aus mit dem Thema.«

Ich kenn mich aus mit dem Thema – ist das mein Ernst?

»Was soll das werden?«, fragt er und dasselbe könnte ich mich selbst fragen. Ich gehörte nie zu den Personen, die anderen etwas Intimes aus der Nase ziehen wollten.

»Ich will nur ...« Doch meine Worte laufen ins Nichts. Ich weiß nicht, was ich hier versuche zu bezwecken. Ich kann mir selbst nicht erklären, warum ich hier sitze und mit ihm rede. Warum ich auf niemanden höre, der mich vor ihm warnen will. Davor, dass ich in mein eigenes Unglück renne.

»Anstatt mir zu helfen, solltest du auf *Klaus'* Warnung hören und das Weite suchen.«

Ich blicke hinunter auf meine Hände, weil ich die Intensität seines Blickes nicht ertrage.

»Ich bin niemand, der gerettet werden muss«, fährt er fort. »Ich habe keine Albträume wegen dem, was mir passiert ist. Ich rufe nachts auch nicht ihren Namen und ich versuche die Lücke in meiner Brust nicht mit zig anderen Frauen zu füllen. Mir geht es gut. Hast du verstanden?«

»Verstanden«, murmle ich und stehe auf. Es ist ein Wunder, dass mich meine Beine tragen, dass sich der Raum nicht dreht und der Boden nicht kippt, wie es in einem schlechten Liebesfilm gezeigt werden würde. Ich nehme alles nüchtern und klarer denn je in mir auf. Doch bevor ich zum Ausgang gehe, drehe ich mich noch einmal zu ihm um.

»Sag es mir.«

»Was?« Er sieht mich verwirrt an.

»Sag mir ins Gesicht, dass du kein Interesse an mir hast.« Ich weiß nicht, wieso ich diese verbale Folter brauche, seit wann ich ein Masochist bin oder seit wann mir mein Stolz so wenig bedeutet. Aber aus irgendeinem Grund kann etwas in mir dem *noch immer* nicht glauben. Wenn es stimmt, dann soll er mir in die Augen sehen und das verdammt nochmal aussprechen.

Und genau das tut er. »Ich habe keinerlei Interesse an dir, Veronica.«

Ich hole mir die verbale Ohrfeige ab und gehe direkt zum Ausgang. Ich will morgen nicht singen.

19.

Die ganze Wahrheit und nichts als die Wahrheit

Nika

Freitagabend

Heute hat nicht einmal die Stunde im Wasser ausgereicht, um gegen meine schlechte Laune anzukommen. Vielleicht liegt es auch daran, dass Till zwei Mal versucht hat anzurufen. Ich kann mir nicht vorstellen, was er möchte, und ich brenne auch nicht darauf, es herauszufinden. Obwohl seit seinem Betrug an mir mittlerweile ein paar Wochen ins Land gezogen sind, liegt meine Lust auf ein klärendes Gespräch mit ihm weiterhin bei Null.

Als ich den Schlüssel ins Türschloss stecken will, merke ich, dass etwas nicht stimmt. *Kann dieser Tag noch schlimmer werden?* Die Wohnungstür ist nur angelehnt und aus dem Inneren höre ich Geräusche. Diese sind so ungewohnt für meine Ohren, dass ich erst Sekunden später realisiere, dass es sich dabei um ein Kichern und Tuscheln handelt.

Ich runzele die Stirn. Miriam nimmt nicht oft Besuch mit nach Hause. Im Grunde nie. Und wenn sie mal ein Date mit nach Hause nimmt, dann sagt sie mir immer vorher Bescheid. Ich drücke mit meiner flachen Hand die Tür auf und betrete vorsichtig den dunklen Flur. Meine Sporttasche lasse ich direkt neben der Tür fallen, den Haustürschlüssel noch immer in der Hand. Aus dem Wohnzimmer flackert schwaches Kerzenlicht herüber und Miriams Lachen weht bis in den Flur.

Ich schüttle den Kopf und ziehe die Wohnungstür hinter mir zu. Hat ihr Date ihr so sehr den Kopf verdreht, dass sie sogar vergessen hat, die Tür zu schließen? Ich sollte vermutlich froh sein, keine Dates zu haben, die mich so vergesslich machen – aber andererseits: wenn Miriams Liebesleben auch nur einen Ticken besser läuft als meines, dann kann sie sich glücklich schätzen.

Ich will gerade in mein Zimmer gehen, als ich den schwachen Lichtschein daraus bemerke, der durch die angelehnte Tür fällt.

In meinem Inneren setzt etwas aus. Mit angehaltenem Atem nähere ich mich meiner Tür, hoffe, bete, flehe inständig, dass ich mich täusche und sich niemand in meinem Zimmer befindet. Vielleicht bin ich einfach nur paranoid geworden. Vielleicht habe ich lediglich vergessen, die Schreibtischlampe auszumachen. Oder vielleicht hat Miriam das Licht angemacht, weil sie in meinem Zimmer etwas suchte.

Als ich die Tür aufdrücke und sie leise knarzend aufschwingt, kann ich nicht einmal schreien. Ich stolpere stumm einen Schritt zurück, als hätte man mir in den Magen geboxt.

Mace.

Was zur Hölle geht hier vor sich?

Er muss meine Schritte oder das Quietschen der Tür gehört haben, denn er dreht sich überrascht zu mir um. In seinen Händen hält er meinen Collegeblock, der auf dem Nachttisch lag und in den ich täglich meine intimsten Gedanken in Versform niederschreibe. Unzählige Worte aus den Tiefen meines Herzens, unzensiert und niemals für die Augen von jemand anderem bestimmt.

Ich kann nicht fassen, dass er diesen Block in den Händen hält. Ich kann nicht fassen, dass er in meinem Zimmer steht, nachdem ich tagelang nichts von ihm gehört habe. Nachdem er mich in der Bar weggeschickt hat, weil er nicht über seine Probleme reden wollte. Nachdem er mir eiskalt einen Korb gegeben und mich damit als Idiotin hingestellt hat.

Ich habe kein Wort, keine Beleidigung – ich habe nichts über, was ich ihm an den Kopf schleudern könnte. Ich blinzele gegen den Tränenschleier an und renne zurück zur Wohnungstür. Ich versuche schneller zu rennen, als mein Herz schlägt, stürme das Treppenhaus hinunter und schlüpfe hinaus in die anbrechende Nacht.

Welch Ironie, dass ich mich immer wieder in die schützenden Hände der Dunkelheit begebe, dass ich mich immer wieder in den Mantel der Nacht verkrieche, obwohl ich mich so sehr vor der Dunkelheit fürchte. Sie ist es dennoch, die mich jedes Mal auffängt. Die jedes Mal ihre Arme für mich öffnet und mich empfängt.

Ich lehne mich an die Hauswand und schließe die Augen. Mein ganzer Körper zittert und ich versuche, ihn zum Aufhören zu bewegen. Ich will, dass es aufhört.

»Veronica!«

Ich reiße die Augen auf und sehe Mace auf mich zu stürzen.

»Bleib weg von mir!«, warne ich ihn und strecke meine Arme vor meinen Körper aus.

Er hebt kapitulierend die Hände und bleibt in sicherem Abstand vor mir stehen. Aber der Abstand ist nicht klein genug. Ich will den halben Meter überbrücken und meine Hand in sein Gesicht schlagen. Noch nie zuvor hatte ich jemals so stark das Bedürfnis, eine andere Person zu schlagen. Mitten in sein hübsches, arrogantes, emotionsloses Gesicht!

»Was fällt dir ein?!«, schreie ich ihn an. »Bei mir einzubrechen? Dein Ernst? Während meine Tante im Wohnzimmer sitzt, brichst du bei uns ein und durchsuchst mein Zimmer?!« Ich schreie so laut, dass meine Kehle schmerzt und dass mich bestimmt die halbe Nachbarschaft hört, doch das ist mir egal. Wenn ich könnte, würde ich noch lauter schreien.

Soll die Nachbarschaft doch die Polizei rufen, dann können sie ihn direkt mitnehmen.

Was ist er? Ein Einbrecher? Was hatte er in unserer Wohnung zu suchen?

Ich fasse einfach nicht, was ich gerade gesehen habe. Ich fasse nicht, dass das hier wirklich passiert.

»Lass mich erklären –«

»Was hast du gesucht?«, falle ich ihm ins Wort und stoße meine Hände gegen seine steinharte Brust. Als er nicht sofort antwortet, schubse ich ihn noch einmal. »Was? Was hast du gesucht?«, will ich von ihm wissen. Diesmal lasse ich ihn nicht ohne eine Antwort davonkommen. Diesmal ist er mir die Wahrheit schuldig. Meine Hände landen immer und immer wieder auf seinem Brustkorb, immer fester versuche ich ihn zu schubsen, als könnte ich ihn damit aus meinem Leben stoßen.

Oder aus meinem Herzen.

Wieso tut es so weh, ihn zu sehen?

Auf einmal hält Mace meine Hände fest und ich höre auf. Ich höre auf zu schreien und ihn zu schlagen. Ich stehe einfach nur so da und befreie meine Hände nicht einmal aus den seinen. Sie sind groß. Warm. Irgendwie vertraut. Dass eine einzige Berührung von ihm sich so anfühlt, lässt mich aufschluchzen. Mein Körper hat ihm ein Vertrauen geschenkt, das er nicht verdient hat. Er hat es nicht verdient, dass sein Körper mir Geborgenheit spendet.

Warum besteht diese Verbindung zwischen uns noch?

Es waren nur zwei Nächte und die liegen nun schon über eine Woche zurück.

»Weißt du noch, was ich am See zu dir gesagt habe?«, fragt er mich.

Ich schüttle den Kopf. Nicht, weil ich seine Frage beantworte, sondern weil ich seine Frage nicht begreife. Er hat so vieles zu mir gesagt. Und wenn er den See erwähnt, weckt es zu viele Erinnerungen in mir. Ich will in ihnen nicht abtauchen. Ich darf in ihnen nicht abtauchen. Das mit uns ist vorbei – war niemals echt und plötzlich machen Klaus' Worte Sinn.

Sein Name ist nicht das Einzige, bei dem er dir etwas vorgemacht hat.

Er wollte, dass ich mich verliebe.

»Das war von Anfang an geplant ...«, murmle ich und entziehe ihm meine Hände.

»Vielleicht hat es einen Grund, dass du dich von der Dunkelheit verfolgt fühlst. Vielleicht ist sie ein Teil von dir«, wiederholt Mace seine Worte von damals, ohne auf mich einzugehen.

Ich schüttle den Kopf, als mir alles dämmert.

»Dein dunkles Geheimnis – ich wusste von Anfang an, dass du eins hast. Wir mussten alles tun, um es zu ergründen. Um herauszufinden, was du vor uns versteckst.« Mace redet weiter, ohne zu merken, dass ich ihm kaum noch zuhöre. Auf einmal fühle ich mich wie die Personen, die man bei *Die versteckte Kamera* verarscht.

»Wir?«, hake ich nach. Ich schaue an unserem Haus hoch, wo über unseren Köpfen irgendwo das Wohnzimmerfenster ist, hinter dem Miriam sich befindet. Eine ungute Ahnung macht sich in meinem Körper breit. »Der Einbruch war auch geplant. Irgendeiner von deinen Freunden lenkt Miriam ab, hab' ich Recht?«

Sie hat nicht einfach nur vergessen, die Wohnungstür zu schließen.

Er atmet tief aus und ich stoße ein weiteres Mal gegen seinen Oberkörper, diesmal so stark, dass er zurückstolpert. Abscheu durchflutet meine Brust, vergiftet mein Herz. Dass er sogar nicht davor zurückschreckt durch mich an meine Familie zu gelangen, macht ihn zu einem noch größeren Monster.

»Klaus hatte Recht. Nichts von dem, was im Ferienhaus passiert ist, entspricht der Wahrheit. Du hast mich nur benutzt und jetzt weiß ich auch wofür.« Ich presse meine Lippen fest aufeinander, damit er ihr Beben nicht sieht. Wie konnte ich nur eine Sekunde lang geglaubt haben, dass da mehr zwischen uns war? Ich verstehe zwar nicht, was Mace bei mir zu finden glaubte, aber dass das alles nur eingefädelt war, um in unserer Wohnung herumzuschnüffeln, ist mehr als offensichtlich.

»Das stimmt nicht!«, fährt er mich an. »Hörst du mir überhaupt zu? Die Tage im Ferienhaus ... ich habe dich gesehen, Nika. Ich habe alles von dir gesehen. Auch die Teile deines Ichs, die du niemandem zeigen wolltest. Ich habe die Dunkelheit in deinem Licht gesehen. Du bist nicht so unschuldig, wie Kilian denkt.«

»Kilian?«, frage ich. Und was hat meine verdammte Unschuld damit zu tun?

»Ach fuck!« Mace flucht und beißt in seine geballte Faust. »Scheiß drauf, du hast Recht, es war alles gelogen!
Selbst unsere Namen!«

Dass sein Mitbewohner da mit drin hängt, hätte ich mir denken können. Dass auch Klaus' Name falsch war, war schon beinahe offensichtlich. Das Ausmaß ihrer Lügen kann mich nicht mehr treffen.

»Wer ist da oben bei Miriam? Wie lange geht das schon?«, will ich von ihm wissen. Alles andere interessiert mich nicht mehr.

Mace schweigt.

»Wenn du es mir nicht sagst, gehe ich hoch und finde es heraus.«

»Tue das nicht.«

»Wer ist es, *Mace*?«

Er blinzelt mich an, verzieht aber sonst keine Miene. »Raphael, einer meiner Mitbewohner. Er datet Miriam, seit ich dich ins Ferienhaus genommen habe, aber heute trifft er sich nur mit ihr, um sich zu verabschieden und sie alles vergessen zu lassen, was mit uns zu tun hat.«

Ich drehe meinen Kopf von ihm weg und balle meine Hand zur Faust. Nur schwer kann ich dem Drang widerstehen, diese Faust mit all meiner Kraft in die Hauswand zu donnern.

»Vergessen lassen, ja?«, echoe ich. »Wir Frauen vergessen nicht so einfach, auch wenn ihr uns sagt, wir sollen euch vergessen!«

Er presst seine Lippen zusammen und schaut zur Seite. Sagen kann er dazu nichts. Natürlich nicht.

»Ich versteh es nicht. Ich versteh es einfach nicht.« Mein Verstand sucht nach Zusammenhängen, geht alle Gespräche durch, die mit Mace, das mit Klaus – oder Kilian oder wie auch immer er heißt. Ich suche nach der Antwort, die das alles erklärt, doch ich kann sie nicht finden.

»Die ganzen Fragen über meine Familie. Das Rumschnüffeln in meinem Zimmer. Worauf seid ihr aus? Bin es ich oder geht es um Miriam? Um ihren Job? Ist es, weil sie etwas gegen euch in der Hand hat?« Ich nicke, als mir die Erklärung beinahe ins Gesicht springt. »Ihr seid die Vergewaltiger. Ich hatte von Anfang an Recht mit meiner Theorie. Ihr wollt uns um den Finger wickeln. Die Akten verschwinden lassen. Ich versteh schon.« Ich nicke weiter vor mich hin und bringe es endlich über mich, ihn wieder anzusehen.

»Nichts verstehst du!«, blafft Mace zu meiner Überraschung viel zu laut. Die gehasste Ausdruckslosigkeit ist endlich aus seinem Gesicht verschwunden. Ersetzt wird sie durch Wut. Seine Nasenflügel blähen sich auf, sein Kiefer ist angespannt. »Natürlich ging es anfänglich auch darum, unsere Spuren zu verwischen. Aber das haben wir schon vor Tagen erledigt. Ich sollte lockerlassen, aber hier geht es um dich, Veronica! Du bist mehr als ein unschuldiger, gewöhnlicher Mensch und das will ich beweisen!«

Ich schlucke mein Entsetzen hinunter. Seine letzten Worte bekomme ich kaum noch mit, weil der eine Satz gereicht hat, um mir den Boden unter den Füßen wegzureißen. Mehrere Sekunden starre ich ihn mit offenem Mund an.

»Ist dir grad eigentlich klar, dass du es zugegeben hast? Dass du zugegeben hast, dass ihr –« Ich kann das Wort nicht einmal aussprechen. Ich merke, dass das Zittern wieder anfängt, noch bevor die Angst meinen Verstand erreicht. Ich habe zwei Nächte allein mit einem Sexualstraftäter verbracht. Er hat unzählige Mädchen mit Gewalt und gegen ihren Willen missbraucht. *Er hat es soeben zugegeben.*

Die Wand in meinem Rücken scheint zu kippen, die Welt sich vor meinen Augen zu drehen.

Ein Schrei liegt mir auf der Zunge, als ich noch sehe, wie Mace sich zu mir rüber beugt. Ich muss um Hilfe rufen – doch dann ist alles weg.

Als ich meine Augen aufschlage, muss ich mehrmals blinzeln, um ein scharfes Bild zu bekommen. Wo zur Hölle bin ich? Graue Wände, ein dunkles Boxspringbett. Es handelt sich um ein mir fremdes Schlafzimmer und als mir das letzte Gespräch mit Mace einfällt, läuft es mir eiskalt den Rücken hinunter.

Ich schaue an mir herunter und stelle fest, dass ich an einen Stuhl gebunden bin. Meine Hände sind hinter dem Rücken verschränkt und mit einem Seil festgeknotet, sodass ich sie nicht bewegen kann. Keinen Millimeter.

Angst schnürt mir die Kehle zu, doch das Gefühl, das meine Brust in Ketten hält, ist ein ganz anderes: die verzweifelte Hoffnung, dass das alles nur ein Missverständnis ist. Die Hoffnung, dass ich mich nicht in ihm geirrt habe. Nicht dermaßen. Nicht so. Er sagt, er hat die Dunkelheit in meinem Licht gesehen – doch ich habe das Licht in seiner Finsternis gesehen. Er ist kein Monster. Das kann er nicht sein.

Klaus' Worte holen mich wieder ein. Er hat mir wortwörtlich bestätigt, dass Mace ein Monster ist. Er hat mich gewarnt. Aber was hätte ich ab dem Zeitpunkt noch ausrichten können? Was hätte ich machen können?

Die Verzweiflung schwappt in ihrem vollsten Ausmaß über meinem Kopf zusammen, sodass ein Beben durch meinen ganzen Körper geht. Ich werde von den unterschiedlichsten Emotionen geschüttelt. Von Angst, Wut, Enttäuschung, Trauer, Hoffnungslosigkeit, Ekel – und einer irrationalen Zuneigung und Verbundenheit. Das alles tut nur so weh, weil es für Klaus' Warnung schon längst zu spät war und ich Mace bereits in mein Herz gelassen habe.

Aus irgendeinem Grund ist er da drin.

»Bitte weine nicht.«

Ich erstarre und öffne die Augen, die ich unbewusst zusammengekniffen haben muss. Ich schaue Mace an, der im Türrahmen steht, und ich blinzele die heißen Tränen weg, die er verursacht hat. Der Gedanke, der mir durch den Kopf schießt, sollte besorgniserregend sein, doch stattdessen flutet er mich mit Ruhe:

Zumindest hat jetzt alles ein Ende. Er hat seine Verbrechen gestanden und um seine Spuren zu verwischen, muss er mich aus dem Weg schaffen. Das alles wird hier und heute ein Ende finden.

Beende es, Mace Harsen.

Sein Gesichtsausdruck spiegelt nichts von dem wider, was in ihm vorgeht. Ich wünschte, ich hätte die Hände frei, um die Spuren meiner Tränen von den Wangen zu wischen.

»Wirst du mich gleich töten oder wirst du erst … wirst du mich erst …« Ich kann es nicht aussprechen. Ich kann es einfach nicht. Ich kann mir auch nicht vorstellen, wie dieser Mann vor mir all das tut, was er gestanden hat zu tun.

»Du verurteilst mich, dabei kennst du noch gar nicht unser größtes Verbrechen«, sagt er.

»Schlimmer als zahlreiche junge Frauen zu missbrauchen?« Meine Stimme klingt zum Glück stärker, als ich mich fühle.

»Ich schlafe mit keiner Frau gegen ihren Willen. Niemals.«

»Ach redest du dir das ein, ja?« Ich lache auf. Ich weiß, dass es nicht hilft, jetzt hysterisch zu werden, aber diese Situation ist so absurd, dass ich nicht aufhören kann zu lachen.

Er stößt sich vom Türrahmen ab und kommt auf mich zu, doch irgendetwas in meinem Gesicht scheint ihn aufzuhalten, denn nach nur wenigen Schritten bleibt er mitten im Zimmer stehen. Er sieht mich stumm an, und so, wie er da steht, wirkt er irgendwie verloren.

Ich höre auf zu lachen.

»Hast du schon einmal jemanden getötet?«, frage ich. Meine Stimme nicht mehr als ein Hauch. Nachdem er bereits gesagt hat, dass er Schlimmeres als die sexuellen Übergriffe begangen hat, muss ich diese Frage einfach stellen.

Die Sekunden verstreichen und er sagt kein Wort. Ich habe nicht die geringste Ahnung, was in seinem Kopf vorgeht. Kurz wünsche ich mir, ich könnte seine Gedanken lesen, ich könnte hinter das Sumpfgrün seiner Augen blicken – doch dann ermahne ich mich, dass es keinen Sinn macht, die Gedanken eines Psychopathen verstehen zu wollen.

»Dich«, sagt er auf einmal. Diese Silbe ist so aus dem Kontext gerissen, dass ich gefühlte Minuten brauche, um sie als eine Antwort auf meine Frage zu identifizieren.

Mich?, echot es in meinem Kopf, doch ich kann das Wort nicht herausbringen.

»Wir haben dich getötet, Veronica. Das ist der Grund, weshalb ich nach deinem Geheimnis suchte. Das ist der Grund, weshalb ich dich über deine Familie ausgefragt habe und jeder Spur deiner dunklen Vergangenheit auf den Grund gehen möchte. Mag sein, dass ich ein Monster bin, Veronica – doch du bist auch eins.«

Nach diesen Worten geht er zu seinem Bett und lässt sich darauf nieder, als wäre nichts. Ich starre ihn an, als hätte er den letzten Funken seines Verstandes verloren. Mir wird bewusst, dass ich diesen Mann niemals gekannt habe. Und dass ich die miserabelste Menschenkennerin der ganzen Welt bin. Ich habe mich in einen Psychopathen verliebt und geglaubt, seine Seele zu kennen, das Gute in ihm gesehen zu haben.

»Ich weiß, wie Kilian dich vor mir gewarnt hat. Aber du hast seine Warnung nicht ernst genommen. Du hast nicht geglaubt, dass wir wortwörtlich Monster sind. Wir sind nicht menschlich, Veronica. *Ich* bin kein Mensch.«

Als ich nicht antworte, fügt er hinzu: »Und ich glaube, du hast auch etwas Übersinnliches an dir. Etwas, was dich vor uns beschützt. Du hättest tot sein müssen, du hast ... hast einfach aufgehört zu atmen, dein Herz hat aufgehört zu schlagen. Und wir haben dich mit deinem Wagen im Fluss ertränkt. Aber hier sitzt du nun – immer noch lebendig, dein Herz schlägt schneller als jemals zuvor. Du bist von den Toten auferstanden, Veronica. Und ich wollte unbedingt wissen, wie das möglich ist.«

Ich versuche, ruhig weiter zu atmen, doch ich kann nicht. Meine Lungen sind plötzlich wie mit Wasser gefüllt und ich erinnere mich, ich erinnere mich an das Gefühl zu ertrinken. Es hat sich nächtelang durch meine Albträume gezogen, es hat mich tagelang jeden Morgen geweckt.

»Ihr habt mich in einem Fluss versenkt?« Ich wünschte, ich könnte erneut ohnmächtig werden, nur um dieser Situation zu entfliehen, um eine Pausetaste zu drücken und den Film anzuhalten, der sich hier abspielt. Am liebsten würde ich alles aus seinem Mund als Lügen abstempeln, doch er kann unmöglich wissen, dass Miriams Audi in einem Fluss gefunden wurde. Es sei denn, er war dabei gewesen, als er versenkt wurde.

Er wendet den Kopf von mir ab. Und ich will sein Kinn greifen und es zu mir herumdrehen, damit er mir gefälligst in die Augen dabei sieht.

»Was seid ihr?«, frage ich. Obwohl ich das Gefühl habe, dass jede meiner Fragen nur für neue Schusslöcher in meinem Schädel sorgt. Jede seiner Offenbarungen ist wie eine Kugel in meinen Kopf. Wenn er mit mir fertig ist und ich hier mit meinem Leben rauskomme, wird von meinem Gehirn kaum mehr übrig sein als von einem Schweizer Käse. Ich werde nie wieder die Couch meines Therapeuten verlassen.

»Sagt dir die Bezeichnung Incubus was?«

Ich nicke zögerlich. »Sind das nicht Dämonen, die sich nachts mit Menschen paaren?«

Er nickt ebenfalls, schaut mich aber immer noch nicht an, sondern hinunter auf seine Hände. »Genau. Sie ernähren sich durch die Lebensenergie von Menschen. Insbesondere durch intimen Kontakt.«

»Das heißt ...?« Ich verstehe nicht, worauf er hinauswill. Vielleicht will ich es auch nicht verstehen. Vielleicht *kann* ich es nicht verstehen.

Er hebt den Blick und sieht mir in die Augen. »Das heißt, dass dich zu küssen, bereits einem Mordversuch gleichkäme.«

»Was?«

Er steht auf und kommt auf mich zu. Wenn seine Worte mir noch nicht den Verstand geraubt hätten, dann tut es jetzt spätestens seine Nähe. Genau vor mir bleibt er stehen und geht in die Hocke, sodass wir uns auf Augenhöhe befinden. Ich weiß nicht, ob es reine Angst ist, die durch meine Adern peitscht, oder noch etwas anderes.

»Ein Kuss von mir kann jemanden umbringen«, sagt er langsam und deutlich.

Ich schaue in das Sumpfgrün seiner Augen, die Iriden mit den bernsteinfarbenen Sprenkeln, und das Erste, was mir dazu in den Sinn kommt, verlässt ungefragt meine Lippen. »Wie gut, dass du mich niemals küssen wirst.«

Wie gut, dass du nicht weißt, wie oft ich es mir vorgestellt habe.

Gewünscht habe.

Sein Blick wandert hinunter zu meinen Lippen. Dann wieder hoch. »Das stimmt nur zur Hälfte. Ich habe dich bereits einmal geküsst. An dem Samstagabend, von dem du keine Erinnerungen mehr besitzt. Ich habe dich geküsst und du bist in meinen Armen gestorben.«

Ein Kloß bildet sich in meinem Hals. Ich wünschte, das hier wären neue Lügen, die er mir auftischt. Ich wünschte, er wäre wirklich ein Psychopath. Vielleicht kann ich das glauben, wenn ich es mir nur oft genug einrede.

»Wenn wir intimen Kontakt zu Menschen haben, können wir sie vergessen lassen, sodass sie sich nur noch in Form eines erotischen Traumes an uns erinnern.«

Ich schüttle den Kopf, um ihm zu signalisieren, dass ich genug gehört habe. Tränen verschleiern meine Sicht.

Doch Mace spricht trotzdem weiter. »Es gibt keinen Weg, es dir zu beweisen. Es gibt nichts, was uns sichtbar unterscheidet, außer das goldene Glühen unserer Augen, wenn wir die Energie eines Menschen aussaugen. Doch ich würd' dir das jetzt ungern vormachen.«

Meine Tränen fallen und ich sehe ein schwaches schiefes Lächeln in seinem Gesicht, das seinen Worten folgt. Es lässt mich an meinen Fesseln zerren. Ich will meine Hände befreien, um ihm dieses Grinsen aus dem Gesicht zu schlagen. Wie kann man das hier in irgendeiner Form komisch finden? Wie kann er sich darüber amüsieren?

»Bereitet es dir Spaß?«, frage ich ihn und zerre so fest an den Fesseln, dass das Seil in meine Handgelenke schneidet und einen brennenden Schmerz hinterlässt. »Ist das deine übliche Vorgehensweise? Deine Opfer an die Grenzen ihrer Nerven zu bringen? Sie psychisch zu quälen?«

Mace' Blick haftet nun ernst an den nassen Spuren auf meinen Wangen und zu meiner Überraschung steht er auf. Ich hole tief Luft. Statt vor mir stehen zu bleiben, geht er um den Stuhl herum, sodass ich ihn nicht mehr in meinem Blickfeld habe.

Was hat er vor?

Kurz darauf spüre ich seinen Atem an meinem rechten Ohr und seine Finger an meinen Handgelenken.

Ich halte die Luft an und rühre mich nicht.

»Ich werde dich gehen lassen, wenn du versprichst, unser Geheimnis zu hüten und dich von uns fernzuhalten«, flüstert er von hinten.

Ich kann fast seine Lippen mein Haar streifen fühlen.

Ich kann seinen warmen Atem an meinem Hals fühlen.

Eine Gänsehaut überzieht meine nackten Arme und der Impuls, meinen Kopf zurückzulehnen, nur ein paar Millimeter, ist so übermächtig, dass ich die Augen schließe. Ich habe bis zu diesem Moment in meinem Leben nicht gewusst, wie nah Sehnsucht und Wahnsinn beieinanderliegen. Mein Körper sehnt sich so sehr nach seinem, dass ich das Gefühl habe, verrückt zu werden. Oder bereits verrückt zu sein.

Es gibt keinen dümmeren Zeitpunkt für die Erinnerungen an Beccas Worte am Abend ihrer Gartenparty. *Man merkt es sofort, wenn zwei Menschen füreinander geschaffen sind.*

Ich höre, wie das Seil auf dem Holzboden landet. Meine Hände sind frei und doch bewege ich sie nicht. Meine Augen bleiben geschlossen. Ich verharre, genauso wie seine Finger noch an meinen Gelenken verharren. Als hätte man die Zeit angehalten.

Vielleicht ist das die letzte Berührung, die wir jemals miteinander teilen.

Ich neige den Kopf nach unten. Meine Haare fallen nach vorne und streifen meine Wangen.

»Wieso sollte ich nicht wollen, dass man dich für deine Verbrechen einsperrt?«, frage ich leise, immer noch mit geschlossenen Lidern.

Er bewegt sich kaum merklich und auf einmal spüre ich seine Stirn an meinem Rücken lehnen. »Weil wir keine Wahl haben, als uns von eurer Lebensenergie zu ernähren. Aber wir vergewaltigen niemanden, ich schwöre es. Wir müssen den Geschlechtsakt nicht vollziehen, um an die Energie zu gelangen. Und wenn wir ihn doch vollziehen, dann nur mit dem Einverständnis der Personen. Frauen sind uns meist ... sehr zugetan.«

Ich schnaube und öffne die Augen. *Sehr zugetan.* Ich will gar nicht mehr darüber hören. Ich entziehe ihm meine Hände und stehe auf.

Eigentlich will ich das Zimmer verlassen, ohne mich noch einmal umzudrehen, doch irgendetwas hält mich noch auf. Die Zahnräder in meinem Kopf verarbeiten die letzten Details unseres Gespräches und auf einmal rasten sie ein.

»Erotische Träume ...« Ich drehe mich zu ihm um. Er hockt noch immer auf dem Boden und hält sich an der Stuhllehne fest.

»Was?«

»Du hast gesagt, eure Opfer erinnern sich in Form von erotischen Träumen an euch.«

Er nickt und sieht mich verständnislos an.

»Ich habe ungewöhnlich viele in letzter Zeit.« Dass ich das anspreche, heißt nicht, dass ich seiner Geschichte glaube. Es heißt nicht, dass ich ohne Weiteres akzeptiere, dass Dämonen existieren. Ich spreche es einfach nur aus, weil ich für diese eine Nacht nicht anders kann, als seine Geschichte hinzunehmen. Ich habe nicht die Kraft, sie zu zerdenken und auseinanderzunehmen. Ich tue gerade so, als hätte er mir die Wahrheit gesagt, weil es der einfachste Weg ist.

»Von wem träumst du?«, will er wissen und erhebt sich.

»Ich weiß es nicht genau«, lüge ich. Die Gesichter der Männer verschwimmen in meinen Erinnerungen. Ich weiß, dass es mehrere sind. Ich weiß, dass Mace ebenfalls dabei war. Auch Klaus' Gesicht kam mir viel zu bekannt vor, als ich ihn am Lagerfeuer gesehen hatte.

»Dass du kurz nach deinem vermeintlichen Tod Träume von uns hattest, ist normal. Aber falls diese Träume darüber hinaus angehalten haben … Nika – wann hattest du den letzten Traum?«

Dass seine Stimme so ernst, ja beinahe besorgt ist, irritiert mich.

»Ich habe sie jede Nacht, Mace. Auch gestern.«

20.

Ist Blut wirklich dicker als Wasser?

Mace

Freitagnacht

Als sie aus meinem Zimmer geht, hofft ein Teil von mir, sie niemals wiederzusehen. Sie nicht mehr wiederzusehen, würde bedeuten, dass sie uns los wäre, dass die Sache ein Ende fände, ohne dass jemand sein Leben dafür lassen muss. Ich will, dass sie ein normales, gewöhnliches Leben führt. Dass sie im Herbst zu studieren beginnt und am besten in eine andere Stadt dafür zieht, dass sie nie wieder einem Incubus begegnet, dass sie nie wieder von uns träumt. Dass ich nie wieder ihr Leben riskiere, weil ich sie auf jede erdenkliche Art berühren will.

Doch ein anderer Teil von mir weiß, dass diese Sache noch nicht vorbei ist. Sie kennt nun mein Geheimnis, aber ich nach wie vor nicht das ihre. Außerdem habe ich die Befürchtung, dass ein anderer Dämon sie nachts heimsucht, anders kann ich mir ihre Träume nicht erklären. Bei dem Gedanken daran balle ich vor Zorn meine Fäuste. Die Vorstellung, dass sich jemand im Schlaf an ihr vergreift, weckt eine ungeahnte Wut in mir. So roh, so animalisch, dass ich nicht in der Haut des Dämons stecken will, den ich dabei erwische. Mir wird nichts anderes übrigbleiben, als dem auf dem Grund zu gehen. Ich werde die Angelegenheit klären und danach mit Veronica abschließen.

Danach kann ich guten Gewissens mit dem Thema abschließen, rede ich mir auch ein, als ich mitten in der Nacht vor ihrem Haus stehe. Kilian habe ich eingeweiht und mitgenommen. Ich bin kein Idiot und solange wir nicht wissen, mit wem wir es zu tun haben, werde ich mich nicht allein mit einem anderen Dämon anlegen. Abgesehen davon, dass das zu rudelübergreifenden Problemen führen und Kilian mich dafür aus unserer kleinen Familie verstoßen kann. Ich verhalte mich also regelkonform und unternehme nichts ohne meinen Anführer. Nicht immer sind die Ältesten automatisch die Anführer, doch bei uns hat Kilian nie jemand diese Rolle streitig gemacht. Ich weiß, dass ich es ihm hin und wieder schwermache, wenn ich mich wie das Alphatier aufführe, doch bisher habe ich nie über die Stränge geschlagen.

Veronica soll mich nicht dazu bringen. Deshalb bete ich, dass ich – falls sie gleich tatsächlich von einem Dämon heimgesucht wird – nicht die Kontrolle verliere und ihm das Genick breche.

»Vielleicht sollte einer von uns hinten am Haus Wache halten. Dort ist ein Spalier, an dem man hochklettern könnte.«

»Woher weißt du das?«, frage ich und sehe meinen Möchtegern-Großen-Bruder skeptisch an.

»Du weißt doch, dass ich sie am Abend des Lagerfeuers heimgefahren habe«, sagt er nur.

Ich nicke und gehe wortlos um das Haus herum. Hier ist alles noch dunkler als vorne an der Straße. Das Mondlicht beleuchtet die Rasenfläche nur spärlich. Mein Blick huscht über die Häuserfassade und sucht nach ihrem Schlafzimmerfenster. Ich weiß nicht genau, welches das ihre ist, aber ich weiß, dass ihr Zimmer sich im ersten Stock befindet. Mein Blick bleibt an einem Zimmer hängen, aus dem ein schwacher bläulicher

Lichtschein fällt. Ich muss schmunzeln. Nicht, weil irgendetwas an dieser Situation erheiternd ist, sondern weil ich Veronica kenne. Weil ich *weiß*, dass das ihr Fenster ist.

Ich habe keine Ahnung, wie viele Minuten ich einfach so dastehe und in ihr Fenster gucke, bis sich etwas verändert. Es ist nicht so, dass ich von meiner Position vorher irgendetwas großartig in ihrem Zimmer erkennen konnte, aber jetzt gerade huscht ein Schatten dadurch. Ein Schatten, der da nicht hingehört.

Ohne eine weitere Sekunde zu verlieren, renne ich los. Ich stürme ums Haus herum, nur um festzustellen, dass Kilian nicht mehr auf seinem Posten steht und die Haustür gerade zufällt. In letzter Sekunde werfe ich mich dagegen und kann sie davon abhalten, ins Schloss zu fallen.

Im Hausflur ist es dunkel.

»Kilian?«, flüstere ich in die Stille hinein. Verdammt wo steckt er?

Ich lasse das Licht aus und taste mich bis zu den Treppen vorwärts.

»Psscht«, kommt es von weiter oben und ich stöhne vor Erleichterung auf.

Ich erklimme ein paar Treppenstufen, bis ich auf Kilians schwarze Silhouette stoße, die sich vom restlichen Dunkelgrau abhebt. »Hast du jemanden das Haus betreten sehen?«, frage ich.

»Ja. Ich konnte nicht erkennen, wer es war. Da es sich vielleicht einfach nur um einen Nachbarn handelt, wollte ich ihn nicht direkt überfallen.«

Ich schnaube. »Er ist in Nikas Zimmer. Wir dürfen keine Zeit verlieren.«

Daraufhin bleibt es eine Sekunde still und ich vermute, dass Kilian mich ansieht. Wieso wir hier im Dunkeln stehen, weiß ich nicht. Natürlich musste K auf Nummer sicher gehen, vielleicht ist der Dämon nicht allein gekommen – deshalb stehen wir im Dunkeln – doch ich scheiß auf K's Vorsichtsmaßnahmen und überbrücke die Distanz zum nächsten Lichtschalter, der mit einem kleinen orangenen Licht auf sich aufmerksam macht.

Die letzten Stufen rennen wir, doch vor Nikas Wohnungstür bleiben wir stehen. Die Tür ist zu. Natürlich
– wieso sollte sie auch offenstehen?

Ich raufe mir die Haare, will sie buchstäblich aus meinem Kopf reißen, um der Verzweiflung Luft zu machen, die in meiner Brust hohe Wellen schlägt.

»Er ist da drin, K! Ich habe seinen Schatten im Zimmer gesehen! Da ist jemand bei ihr!«

»Psscht!«, zischt er mich nur wieder an.

Ich verstumme, doch in meinem Kopf herrscht das reinste Chaos. Noch nie waren meine Gedanken so laut.

Kilian ist bleicher als eine Leiche, doch er bleibt ruhig. Wie kann er ruhig bleiben? Er legt sein Ohr an die Wohnungstür und lauscht.

Mein Geduldsfaden reißt.

»Ich schwöre bei Gott, wenn wir zu spät kommen, und er sie gerade im Schlaf fickt, dann töte ich ihn! Wer auch immer sie vögelt, ich töte ihn!« Das ist mein bitterer Ernst. Nichts und niemand wird mich davon abhalten können.

»Hör auf damit!«, fährt mein Freund mich an. »Denkst du, es macht jetzt noch einen Unterschied? Er kann sich bereits nächte- oder wochenlang an ihr vergreifen! Wir haben keine Möglichkeit, da jetzt reinzukommen. Wir müssen warten, bis er wieder rauskommt!«

Ich blinzele ihn an, als hätte er mir eine Ohrfeige verpasst. »Du willst einfach nur warten, bis er mit ihr fertig ist? Du willst hier stehen und zulassen, dass jemand ein unschuldiges Mädchen ...« Mir bleiben die Worte in der Kehle stecken.

Kilian sieht mich ungläubig an. »Seit wann spielst *du* den Moralapostel? Seit wann kümmert dich das Schicksal anderer Menschen? Sie sind nur dazu da, um uns zu ernähren. War das nicht immer deine Devise? Und jetzt gerade ernährt Veronika jemand anderen.«

Meine Faust kracht in sein Gesicht. Die Knochen in seiner Nase geben ein grässliches Geräusch von sich, als sie brechen. Mir ist es gleichgültig, wie er mich daraufhin ansieht oder wie das Blut über seine Lippen strömt. Hauptsache, es hat wehgetan!

Dabei weiß ich, dass er Recht hat. Wir können nichts tun außer warten. Und wäre es jemand anderes als Veronica, dann wäre es mir vermutlich sogar egal. Ich habe mich schon lange mit dem abgefunden, was wir sind. Und nur weil unser Rudel bestimmte Regeln hat, heißt das nicht, dass alle Dämonen sich mit dem zufriedengeben, was wir Jagd nennen. Ein bisschen Gefummel reicht denen nicht – sie fühlen sich nur dann lebendig, wenn sie ihren Dämonen freien Lauf lassen. Wenn sie sich mit den Menschen paaren – so wie es der Mythos von uns verlangt. Unsere dunkle Seite will aufs Ganze gehen.

Das Licht im Treppenhaus erlischt und ich bin froh darum. Jetzt muss ich K's demoliertes Gesicht nicht mehr sehen. Und er meins nicht. Er muss nicht den Hass darin sehen, den ich gerade auf unsere eigene Spezies hege.

Es fühlt sich an wie eine Ewigkeit, bis wir Schritte hinter der Tür hören. Was auch immer der Dämon zuvor mit Veronica gemacht hat, hat keinen Laut an uns herangetragen. Ich weiß noch nicht, ob ich das als gutes Zeichen werten soll. Hätte ich sie beide in ihrer Lust stöhnen gehört, ich hätte für nichts mehr garantieren können. Vermutlich hätte ich Sturm geklingelt und es wäre mir scheißegal gewesen, Miriam damit zu wecken und uns alle zu enttarnen.

Ich spüre, dass auch K sich neben mir anspannt.

Als die Tür aufgeht, mache ich mich bereit. Es ist dunkel, deshalb kann niemand von uns viel sehen, doch das Überraschungsmoment liegt definitiv auf unserer Seite. Sobald der Dämon Veronicas Wohnung verlässt und die Tür hinter sich schließt, schießen K und ich nach vorne und packen ihn. Ich presse meine Hand auf seinen Mund und ersticke sein überraschtes Aufkeuchen. Im ersten Moment versucht er sich zu wehren, doch als er merkt, dass es zwei von uns sind, lässt er locker. Schlaues Bürschchen.

Wir führen ihn das Treppenhaus hinunter ohne ein Wort. Sobald wir die Haustür aufstoßen und ihn nach draußen zerren, holt uns das Licht der Straßenlaternen ein, zu lange waren wir im Dunkeln – im wahrsten Sinne des Wortes.

Als ich sehe, wen wir da auf die Straße gezerrt haben, lasse ich von ihm ab, als hätte ich mir die Finger an ihm verbrannt.

»Raphael?«, krächze ich. Mir wird schlecht. Mein Magen kann diese Tatsache noch schlechter verkraften als ich.

Hilfesuchend schaue ich Kilian an. Seine Blässe ist einem Burgunderrot gewichen.

All meine Gewaltfantasien zerplatzen, überschlagen sich, bauen sich erneut auf, höher, brutaler, nur, um wieder zusammenzubrechen.

»Was hattest du in ihrem Schlafzimmer zu suchen?«, presst Kilian zwischen zusammengebissenen Zähnen hervor. Er lässt Raphas Nacken los, den er in einem eisernen Griff hatte, doch anhand seiner Körpersprache wird klar, dass er am liebsten fester zupacken würde.

K und ich warten auf Raphas Antwort. Wir haben da oben so lange gewartet, dass mir das Warten nun nichts mehr ausmacht. Ich begrüße es. Ich genieße die letzten Sekunden, bevor Raphas Antwort etwas für immer zerstören wird.

Ich halte ihn nicht einmal an, schneller zu antworten.

Als er es endlich ausspricht, ist er für mich gestorben.

»Na was denn wohl? Ich hatte es satt, mich dauernd zurückzuhalten, um das Risiko möglichst klein zu halten.« Er äfft Kilians vernünftige Stimme nach und verschränkt die Arme. »Nachdem klar war, dass diese Blondine aus irgendeinem Grund nicht gestorben ist, vielleicht gar nicht durch uns sterben *kann* … Was soll ich sagen? Als ich dann auch noch die Möglichkeit bekam, einen Schlüssel von ihrer Wohnung nachzumachen.« Er zuckt mit den Schultern. »Sie wurde mir quasi auf dem Silbertablett serviert. Nennt mir einen Grund, wieso ich mich *nicht* von ihr ernähren sollte.«

K sieht meinen nächsten Schritt kommen, denn er hält mich fest, bevor ich Raphael ebenfalls die Nase brechen kann. Ich versuche mich aus seinem Griff zu befreien, versuche meine Hände freizubekommen, um Raphael *irgendetwas* zu brechen, doch K lässt nicht locker.

Raphael lacht. »Stellt euch nicht so an. Von wem wurdest du überhaupt verprügelt?«, will er von Kilian wissen.

»Na von wem wohl?«

Raphaels Blick landet auf mir. »Muss ich nicht verstehen, oder?«

Da ich meine Hände nicht benutzen kann, spucke ich Rapha ins Gesicht. »Wie lange schon? Wie lange geht das?«

Er wischt sich mit der Hand die Spucke aus dem Gesicht, ohne eine Miene zu verziehen, dann sieht er hinter sich zu dem Haus, aus dem wir gerade gekommen sind. »Du meinst meine Besuche bei ihr?«

Sagt mal, hält der mich für dumm?

Wieso sagt K nichts?

Wieso bleibt K so ruhig?

»Seit du sie zurückgebracht hast von eurem kleinen Ausflug. Der ja nebenbei gesagt, ein totaler Reinfall war. Ich habe wenigstens das Beste aus der Situation gemacht und mir ein wenig Spaß gegönnt.«

Ich schwöre, wenn Kilian mich nicht sofort loslässt, dann muss er noch einmal daran glauben. Doch ich komme nicht dazu, beide meiner Brüder niederzustrecken, denn K lässt plötzlich von mir ab – so plötzlich, dass ich zur Seite taumle – und im nächsten Moment schlägt er Raphael mit der Faust ins Gesicht. Bevor Raphael zu Boden gehen kann, greift Kilian den Kragen seines T-Shirts und hält seinen Freund fest. Die Faust noch erhoben.

»Hast du mit ihr geschlafen?«

Die Frage verknotet meine Eingeweide. Ich weiß nicht, warum ich solche Angst vor der Antwort habe. Aber die Frage hängt über uns wie ein Damoklesschwert.

Rapha schnaubt. »Und wenn ich ja sage, was dann? Verprügelst du mich dann auch? Stößt du mich aus deinem ach so tollen Rudel? Denk daran, wer mit dir dieses Rudel aufgebaut hat! Unsere Großväter waren Freunde! Wir sind eine Familie!«

»Wir sind keine Familie!«, zischt Kilian. »Familie verrät sich nicht! Du hast dieses Mädchen hinter unserem Rücken besucht, du hast dich an ihr vergangen, obwohl unsere Regeln dagegen sprechen! Du bist kein Mitglied dieses Rudels mehr!«

»Das ist nicht dein Ernst! Nein, ich habe nicht mit ihr gevögelt! Macht das irgendetwas besser? Ich brauchte nur mehr! Das musst du doch verstehen! Ich kann mich ernähren, von wem ich will und wann ich will. Ich habe niemanden in Gefahr gebracht. Dieses Mädchen kann durch uns nicht einmal sterben!«

»Das weißt du nicht!«, brüllt Kilian und lässt Raphael los. Dieser schlägt auf dem Asphalt auf und schaut ungläubig zu K hoch.

Auch ich starre K an, als hätte ich ihn noch nie zuvor gesehen. Fest steht, dass ich ihn noch nie jemanden so anbrüllen gehört habe.

»Du willst einen Freund aus dem Rudel werfen, weil ich mich von einem Mädchen hinter deinem Rücken ernährt habe? Das ist lächerlich, Kilian!«

»Wer sich nicht an unsere Gesetze halten kann, muss gehen! Und ein Freund muss nichts hinter dem Rücken anderer machen. Dieses Mädchen war tabu, das wusstest du!«

Raphael rappelt sich auf und schüttelt den Kopf. Er guckt von Kilian zu mir und wieder zurück. »Ihr seid beide verrückt. Sagt Bescheid, wenn ihr nicht mehr blind vor Liebe seid. Familie ist das, was zählt. *Ich* bin wichtiger als sie.« Er deutet nach oben auf das Haus, wirft uns noch einen letzten vernichtenden Blick zu und wendet sich dann schnaufend von uns ab.

Ich stehe da und sehe zu, wie er mit seiner Hand das Blut aus seinem Gesicht wischt und die Straße hinunterläuft. Seine Silhouette wird immer kleiner, bis sie in der Dunkelheit verschwindet. Ich frage mich, wohin er geht. Er ist nicht so dumm, zurück ins Loft zu gehen. Zumindest nicht heute Nacht.

Heute Nacht bist du nicht wichtiger als sie.

»M, ist alles in Ordnung?«, fragt Kilian.

Ich drehe mich zu ihm um und sehe ihn an. Das Blut in seinem Gesicht ist getrocknet, seine Nase steht in einem unnatürlichen Winkel und muss dringend wieder gerade gebogen werden. Vermutlich sollte ich mich entschuldigen. Schließlich hat er soeben Rapha wegen mir aus unserem Rudel verbannt.

Das war doch wegen mir, oder?

»Sie ist jetzt in Sicherheit«, sagt er. »Er wird sie nicht mehr anfassen. Sie ist uns endlich los.«

Wieso bringt dieser Gedanke dann keinen Frieden mit sich?

Epilog

Ich sing für dich

Nika

Donnerstagabend, neun Uhr

»Dark Princess, Sie sind dran.«
Ich atme tief durch und trete auf die Bühne. Für einen Moment ist alles dunkel, bevor der Scheinwerfer auf mich gerichtet wird und mich blendet.

Mit einer Hand streiche ich mir eine schwarze Strähne meiner Perücke zurück, mit der anderen greife ich die Gitarre fester. Laut meiner Mutter ist es die Gitarre meines Vaters. Ich habe sie mitgenommen, als ich zu Miriam ging, aber schon ewig nicht mehr angerührt.

Heute ist das erste Mal seit vier Wochen, dass ich wieder auf der Bühne stehe. Und es ist das erste Mal überhaupt, dass ich mit einer Gitarre hier stehe.

Nervös gehe ich zu dem Hocker, der vor dem Mikrofon steht und nehme Platz. Die Stille wird von leichtem Gemurmel erfasst und davongetragen.

Als ich endlich soweit bin und den ersten Ton spiele, schaue ich nicht in die Menge. Ich halte meinen Blick die ganze Zeit über auf meine Finger gesenkt.

Erst als ich zum Ende des Liedes komme, schaue ich auf.

»We are all hiding our inner demons.
Sometimes we run from them
And sometimes we kiss.«

Ich merke nicht, dass ich nach ihm Ausschau gehalten habe, bis das Licht gedimmt wird und meine Stimme zusammen mit den letzten zarten Tönen der Gitarre verklingt. Applaus bricht aus, doch die Menschen in dieser Bar sind nur gesichtslose, namenlose Fremde ohne Bedeutung.

Ich verlasse die Bühne viel zu schnell und ich stürme den Gang zu den Toiletten viel zu kopflos herunter. Zu verwirrt bin ich von der Enttäuschung, die sich in mir breitmacht. Es sollte ein positives Gefühl sein, zum ersten Mal ein Lied von mir gesungen zu haben. Positiv! Mein eigener Text, mein eigenes Stück Musik – ein Stück von mir.

Aber wieso, wieso bin ich dann so enttäuscht?

Blindlings laufe ich kurz vor den Toiletten in jemanden rein. Ich schaue hoch und will automatisch »Entschuldigung« murmeln, als mir das Wort in der Kehle stecken bleibt.

»We will never kiss. Du solltest rennen, Veronica. Ich dachte, das hätte ich dir klargemacht.«

Teil 2:

INCUBI

KISSING DEMONS

Liebe lässt uns dem Wahnsinn verfallen.
Sie macht uns abhängig, blind und krank.
Trotzdem gieren wir nach ihr
wie Heroinsüchtige nach ihrem nächsten Schuss.

Prolog

Jede Rose hat Dornen

Nika

Mittwochnachmittag

Sechs Tage haben 144 Stunden. 8.640 Minuten. Und 8.640 Minuten können sich verdammt lang anfühlen, wenn man jede einzelne davon an einen bestimmten Menschen denkt. Wenn man ihn jede einzelne Minute am Tag vermisst. Wenn man ihn aus dem Kopf bekommen will, unbedingt, und dafür sogar bereit wäre, sich Ziegelsteine gegen den Schädel zu schlagen, wenn es nur helfen würde. Man würde sich mit eigenen Händen sein verfluchtes Herz herausreißen, wenn dadurch die Sehnsucht aufhören würde.

Aber sie hört nicht auf.

Tag für Tag denke ich, es muss leichter werden, aber es wird nicht leichter. Irgendwann wird es das, das weiß ich. Aber ich weiß nicht, ob ich es bis dahin aushalte. Ich war mit Mace nie zusammen, bei Gott, nicht einmal annähernd, und trotzdem fehlt er mir mehr, als mir Till je gefehlt hat. Seine feindselige Art. Sein griesgrämiges Gesicht. Seine gefährlichen Geheimnisse. Und die Gefühle, die er in mir geweckt hat.

Wieso ist das so mit Menschen? Wieso können sie uns fehlen, wenn sie doch nie zu uns gehört haben?

Ich zupfe gedankenverloren die vertrockneten und vergilbten Blätter meiner Zwergrose mit einer Pinzette ab. Es ist schon meine zweite – die erste ist mir nach nur wenigen Wochen eingegangen. Auf diese hier will ich nun mehr Acht geben. Ich liebe die Schönheit von Rosen, gepaart mit ihrer Macht, andere zu verletzen. *Autsch!* Ein Dorn hat meinen Finger durchstochen. Ich ziehe meine Hand zurück und schaue auf den kleinen Bluttropfen, der sich aus dem Einstich wölbt.

Mace.

Sein Name ist so oft in meinem Kopf.

Ich sollte ihn hassen. Ich weiß das. Und in gewisser Weise tue ich das auch. Das, was er getan hat, kann man nicht vergeben. Das Monster, was er ist, kann man nicht gut reden. Ich habe unzählige Stunden das Internet nach allen Artikeln und Legenden über Dämonen – insbesondere über Incubi – durchforstet, habe mir Bücher darüber in der Stadtbibliothek ausgeliehen, aber nichts davon kann ich für bare Münze nehmen. Nichts davon garantiert mir die Wahrheit. Ich weiß nicht, was er wirklich ist. Ich weiß nicht, inwiefern er sich von einem normalen Menschen unterscheidet. Ich weiß nicht einmal, ob ich ihm glauben kann, dass er kein Mensch ist.

Wer würde sowas auch einfach glauben?

Ich lecke das Blut von meinem Finger und lege die Pinzette weg. Stattdessen greife ich nach der weißen kleinen Gießkanne auf meiner Fensterbank.

Unzählige Male hat mich unser letztes Gespräch bis in meine Albträume hinein verfolgt. Unzählige Nächte habe ich mir jedes seiner Worte in Erinnerung zu rufen versucht – und doch nur immer wieder den

Hauch seines Atems in meinem Nacken gespürt, als er meine Fesseln gelöst und sich von mir verabschiedet hat.

Versprich mir, dich von uns fernzuhalten.

Ein Klingeln zerreißt meine Gedanken und lässt mich zusammenzucken. Ein wenig Wasser schwappt auf die Fensterbank.

»Scheiße!« Ich stelle die Gießkanne ab und eile in den Flur, wo ich den Knopf dafür drücke, um Becca und Finn herein zu lassen. Dann eile ich weiter in die Küche, schnappe mir einen Lappen und wische das Wasser von meiner Fensterbank. Als ich das feuchte Tuch zurück in die Küche bringe, höre ich Becca und Finn im Hausflur reden. Nein, sich lautstark über etwas unterhalten.

»Das ist so krass!«, kommt es von Finn.

»Das ausgerechnet hier sowas passiert. Und dann auch noch jemandem, den wir kennen.«

»Entfernt kennen«, korrigiert Finn. »Was auch besser so ist, sonst würdest du mit dem Flennen nicht aufhören.«

»Hey, was ist los?«, frage ich die beiden, als sie durch die Wohnungstür kommen.

»Becca hat krasse Nachrichten gehört.« Finn zieht seine Schuhe im Flur aus und läuft geradewegs in mein Zimmer. Becca rollt mit den Augen und tut es ihm nach.

Ich ahne Schlimmes. Dieses mulmige Gefühl in meinem Bauch täuscht mich selten. Aber ich hatte diesen Sommer schon mehr als genug ›krasse Nachrichten‹ – ich bin nicht erpicht darauf, neue zu hören.

Meine Zimmertür schließe ich nicht hinter uns, weil Miriam heute Abend ohnehin nicht da ist. Außerdem kann Fellknäuel so kommen und gehen, wie es ihr passt. Sie hasst geschlossene Türen in der Wohnung.

Finn schmeißt sich auf mein Bett, während Becca sich im Schneidersitz auf den Teppich setzt, der neben dem Bett liegt.

»Nun erzähl es ihr!«, fordert mein bester Freund.

»Es sind schlimme Nachrichten, das ist keine Sensation, Finn!«, tadelt Becca ihn und wirft ihre schwarzen Locken zurück. Ihre dunkelbraunen

Mandelaugen heften sich mitleidig auf mich. »Kanntest du Maxi? So eine große Rothaarige, die auf unserer Schule war, ein Jahr über uns.«

Ich runzele nachdenklich die Stirn und gehe langsam zu meinem Schreibtischstuhl. Etwas sagt mir, dass ich mich lieber hinsetzen sollte.

»Was ist mit ihr?«, frage ich.

»Tot«, kommt es von Finn.

Becca knurrt, als wäre sie ein Raubtier. »Du bist so … so unempathisch wie eine Kartoffel!«

»Man hat sie in den frühen Morgenstunden im Morgentaupark gefunden. Sie ist wohl von einer Party spätabends heimgelaufen«, erzählt Finn ungerührt.

»Wie ist sie gestorben?«, hake ich nach, ein kalter Schauer läuft über meinen Rücken.

»Keiner kann sich ihren Tod erklären.«

Der kalte Schauer verursacht eine Gänsehaut auf meinen Armen, obwohl den ganzen Tag über schon eine stickige Hitze in meinem Zimmer herrscht.

»Finn, jetzt lass mich doch mal erzählen!«, fährt Becca ihn an. »Also meine Mutter hat mich vorhin eingeweiht. Es soll noch keine große Runde machen. Eine umfangreiche Autopsie steht noch an, weil keine äußerlichen Spuren von Gewalteinwirkung oder ähnlichem festgestellt werden konnten. Die Ärzte sprachen von plötzlichem Herzversagen …«

»Aber in dem Alter!«, wirft Finn mit hochgezogenen Brauen ein.

»…Die Polizei ermittelt, als wäre Mord nicht ausgeschlossen.«

»Mord?«, hauche ich und wende meinen Blick von Becca und Finn ab. In meiner Brust wird es auf einmal eng. *Keine äußerlichen Spuren von Gewalt. Plötzliches Herzversagen.* Meine Hände ballen sich zu Fäusten, um das Zittern zu unterdrücken, das durch meinen Körper geht. Ich richte meinen Blick zum Fenster, hinter dem die Abendsonne den Horizont in ein tiefes Rot färbt. Ich sehe hinunter auf die Rose auf meiner Fensterbank. Ich bin so vernarrt in ihre Schönheit, die dunkelrote Farbe ihrer Blütenblätter, dass ich ihre Dornen oft vergesse. Aber Rosen sorgen dafür, dass man nie allzu lange vergisst. Mit einem plötzlichen kurzen Stich sorgen sie schon dafür, an den Schmerz zu erinnern, den sie fähig sind, zu verursachen.

1.

Vergiss mein nicht

Nika

Donnerstag

Auf Zehenspitzen schleiche ich durch die dunkle, stille Wohnung. Es ist ganz plötzlich still geworden, vor ein paar Minuten habe ich Mami noch gehört.

Ob es ihr gut geht?

Barfuß und nur mit meinem Pocahontas-Pyjama tapse ich durch den schwarzen Flur zu Mamis Tür, unter der das Licht hindurchflutet. Das Licht zieht mich an. Es verspricht Geborgenheit. Sicherheit. Wärme.

»Mami?«

Ich schiebe die Tür mit einer Hand auf – sie ist nur angelehnt. Da in der Mitte des Schlafzimmers ihr Bett steht, fängt es sofort meinen Blick. Um genauer zu sein, der fremde Mann, der darauf liegt. Er sieht aus, als würde er schlafen.

Meine Mami dreht sich zu mir um, sie steht am Fenster und hat ihr Handy in der Hand. Als sie mich sieht, lässt sie es fallen.

»Geh zurück ins Bett, Nika!«, ruft sie mit gedämpfter Stimme. Ich zucke zurück, aber nicht wegen dem, was sie sagt. Sondern wegen ihrer Augen. Sie leuchten golden.

Es ist mitten in der Nacht, als ich schweißgebadet aus einem Albtraum schrecke. Einer der schlimmen Sorte, die mich schon von Kind an verfolgen. Einer, der zu viel von meinen eigenen Erinnerungen enthält.

Es gibt nichts, was uns sichtbar unterscheidet, außer das goldene Glühen unserer Augen. Mace' Worte vermischen sich mit den Bildern meines Traums und für einen Moment kann ich Realität und Traum nicht mehr auseinanderhalten. Wieviel davon hat meine eigene Fantasie hinzugedichtet?

Ich schiebe mir mit beiden Händen meine feuchten Haare aus der Stirn und starre an die Zimmerdecke.

So langsam vermisse ich meine Sexträume. Sie haben aufgehört, als Mace aus meinem Leben ging. Es ist, als wäre die Zeit mit ihm mein persönlicher Traumfänger gewesen. Ein Grund mehr, weshalb ich ihn nicht vergessen kann. Ich sollte eine Pro- und Contra- Liste erstellen. Während ich hinter seinen dunklen Geheimnissen her war, hatte ich meine eigenen vergessen. Auf irgendeine verkorkste Weise hat mir das gutgetan.

Jetzt ist er weg und meine Albträume zurück.

Ist es egoistisch und naiv, ihn mir in solchen Momenten zurückzuwünschen? Alles dafür geben zu wollen, die Zeit zurückzudrehen, nur um die zwei Nächte erneut neben ihm einschlafen zu können? Die leichte Berührung unserer Körper zu spüren, wenn mitten in der Nacht sein Arm zufällig meinen Rücken streift. Ich schließe die Augen und versuche das Gefühl festzuhalten, doch es wird von dem vergiftet, was Becca mir vor ein paar Stunden erzählt hat. Ich kann die Geborgenheit nicht abrufen, weil mein Herz in Panik gerät, sobald ich daran denke, dass Mace und seine Freunde für einen Mord verantwortlich sein könnten. Sie haben mich getötet und ohne mit der Wimper zu zucken in einem Fluss versenkt. Sie wären also dazu fähig, ich weiß das. Und ich hasse diesen Gedanken. Ich hasse diese Ungewissheit.

Mace hat mich um den Finger gewickelt und ich habe ihn für seine Taten nicht angezeigt. Vielleicht war das ein Fehler. Vielleicht sollte irgendjemand Bescheid wissen über das, was Mace und seine Freunde sind – über das, was sie im Stande sind zu tun.

Da nun ohnehin nicht mehr an Schlaf zu denken ist, knipse ich das Licht auf meinem Nachttisch an und greife nach meinem Block und dem Stift, die immer neben dem Bett parat liegen. Es dauert nicht lange, bis ich mit dem Kugelschreiber die ersten Worte auf das Papier kritzele.

And in the nights I lay awake
and think I miss a monster.

Die Türglocke klingelt über mir, als ich das Moe's verlasse. Es ist bereits dunkel draußen, aber noch nicht so dunkel, dass mich der Nachhauseweg abschrecken würde. Das ist das Gute am Sommer. Die Nacht hat nur einen kleinen Teil des Tages für sich.

Ich atme die frische Luft ein und versuche mich an dem Gefühl festzuhalten, welches der Applaus vorhin in mir geweckt hat. Heute ist das zweite Mal, dass ich mich traute, einen von meinen eigenen Texten zu singen. Ich sage mir, dass ich nicht weiß, woher ich auf einmal diesen Mut habe, doch im Grunde weiß ich es genau. Es ist offensichtlich, woran es liegt, dass ich meine eigenen Lieder singe.

Jeder Künstler braucht seine Muse.

Vielleicht ist das meine Art, um an ihm festzuhalten.

Vielleicht ist es eine Art der Therapie, weil ich Dr. Gäring unmöglich alles darüber erzählen kann und die Wahrheit dennoch ein Schlupfloch braucht, um nach draußen zu gelangen. Auf der Bühne kann ich meine Wahrheit präsentieren und sie als Kunst verkleiden.

Es ist meine Art, um mit dem Loch fertig zu werden, das Mace und seine Freunde in meinem Leben hinterlassen haben. Ich will nicht melodramatisch klingen, aber die Ereignisse der letzten Wochen, insbesondere die Enthüllung darüber, dass Dämonen sich von mir *ernährt* und mich in einem Fluss *versenkt* haben, haben mein Leben in der Luft zerrissen, es in tausend Stücke zerbrochen. Alles andere ist dadurch unwichtig geworden. Alles ist auf den Kopf gestellt. Es gab endlich den Ansatz einer Erklärung für meine Blackouts – und doch gab es diese Erklärung nicht wirklich. Ich konnte sie nicht festhalten, ich konnte nicht nachhaken. Es ist, als hätte Mace mich mit seinem Geheimnis angefixt wie mit einer Droge und nun bin ich auf kaltem Entzug. Ich will mehr wissen. Ich habe tausend Fragen an ihn. Vielleicht hatte ich sogar gehofft, ihn heute wiederzusehen, nachdem er letzte Woche ebenfalls ...

»Hey Nika!«

Überrascht bleibe ich stehen und drehe mich um. Ich habe mich erst ein paar Schritte vom Moe's entfernt. Aus der Bar kommt gerade niemand geringeres als Till.

Er hat mich singen gehört!

Verflucht! Der Gedanke daran lässt erst eine Hitzewelle durch meinen Körper jagen, nur um dann einen eisigen Schauer in mir zu verursachen. Warum musste er ausgerechnet heute da sein?

Mein Ex kommt im lockeren Tempo auf mich zugejoggt und bleibt dann vor mir stehen, vergräbt die Hände in den Taschen seiner Jeans und schaut unsicher auf mich herunter. Er ist definitiv der letzte Mensch, mit dem ich jetzt reden möchte.

»Ich äh – handelte das Lied von mir?«, fragt er.

Perplex starre ich ihn an. Eigentlich will ich lachen, aber mein Körper verweigert jegliche Bewegung. Die Vorstellung, dass Till meinen geschriebenen Text auf sich bezogen hat, ist einerseits lächerlich, doch andererseits auch so beschämend, dass ich spüre, wie ich rot werde.

Das erweckt bei ihm natürlich nur noch mehr den Eindruck, dass er mit seiner Aussage Recht hat.

»Du wolltest so oft von mir, dass ich ins Moe's komme donnerstags ... ich wusste nicht ... ich wusste nicht, dass du hier singst. Wieso hast du mir das nie gesagt?«

Weil du dich nie dafür interessiert hast, du Schwachkopf. Wärst du an einem der Abende gekommen, hättest du es ja gesehen.

»Es war ein schönes Lied.«

»Danke.« Ich habe zum Glück meine Stimme wiedergefunden, sie trieft vor Ironie.

»Ich wollte mich noch bei dir entschuldigen. Du hast mir ja nie die Gelegenheit gegeben ...«

»Danke«, sage ich wieder, diesmal stirnrunzelnd. Ich fühle mich wie ein Roboter, der nur dieses eine Wort einprogrammiert hat. Kann jemand diesen Jungen hier bitte einfach entfernen? Ich will weder seine Komplimente, noch seine mickrige Entschuldigung.

»Wir können ja mal bei einem Kaffee darüber reden?« Seine schokoladenbraunen Augen mustern mich mit einem schuldigen Gesichtsausdruck. Wenigstens hat er ein Gewissen. Ich hoffe, es geht ihm dreckig.

»Nein, danke«, antworte ich diesmal energischer und räuspere mich. »Ich äh, muss jetzt gehen.« *Bitte lass mich einfach gehen.*

»Oh natürlich. Okay, dann eh ... bis dann.« Der Blick aus seinen braunen Augen bleibt an mir kleben und erinnert mich an Zeiten, in denen diese Augen mein Zuhause waren.

Bis hoffentlich auf nimmer wiedersehen. Ich setze ein mechanisches Lächeln auf und drehe mich um, weil ich seinem Blick nicht länger standhalten kann. Es gibt nichts zu bereden. Es gibt keinen Grund und keine Entschuldigung der Welt, die das wieder aufwiegen können, was er mir angetan hat. Ich will weder meine Nerven noch Zeit an diesen Jungen verschwenden. Er hat mich schon zu viel von beidem gekostet und bevor mich der Hass auf ihn wieder einholt, kehre ich ihm lieber den Rücken.

Nach ein paar Schritten kontrolliere ich, ob er mir folgt, doch er ist Gott sei Dank wieder zurück in die Bar gegangen. Vermutlich zu seiner neuen Freundin. Bisher habe ich sie nur einmal zusammen in der Stadt gesehen, das ist schon Wochen her, doch wie sie händchenhaltend durch die Sonne liefen, wird mir wohl auf ewig ins Gedächtnis eingebrannt sein. Ich atme tief ein, um mich darüber nicht aufzuregen. Die Luft heute ist frisch und kühl – es riecht nach bevorstehendem Regen. Ich bin froh, dass obwohl wir elf Monate zusammen waren, ich Till nicht wirklich vermisse. Aber vielleicht ist das auch nur ein Schutzmechanismus meines Herzens, das Till direkt verbannt hat, als sich herausstellte, was für ein Lügner er ist.

Ich wünschte mir, mein Herz könnte dasselbe auch mit Mace tun.

Seufzend schaue ich hoch in den wolkenverhangenen Nachthimmel. Hoffentlich komme ich Zuhause an, bevor ein Platzregen mich überrascht. Das Gespräch mit Till hat definitiv mein heutiges Pensum für ungewollte Überraschungen gesprengt. Ich beschleunige meine Schritte und laufe in einem zügigen Tempo die menschenleere Straße entlang. Felder säumen rechts und links meinen Weg und die nächsten Häuser befinden sich kaum noch in Sichtweite.

Ich will gerade mein Handy aus der hinteren Tasche meiner Jeans ziehen und mir Musik anmachen, als ich etwas auf der Straße entdecke.

Ein dunkler großer Schatten liegt mitten auf der Fahrbahn – er hat die Form und Größe eines Menschen.

Mein Herz schlägt augenblicklich schneller und ich renne auf den am Boden liegenden Körper zu. Ich blicke nach rechts und links, doch es ist kein Auto in Sicht. Als ich nur noch wenige Meter von ihm entfernt bin, erkenne ich, dass es sich um einen Mann handelt, der auf dem Rücken liegt, sein Gesicht jedoch von mir abgewandt. Ob er verletzt ist? Oder tot?

Wie kommt er hierher? Ob ihn vor ein paar Minuten jemand umgefahren und Fahrerflucht ergriffen hat?

Verfluchter Mist!

Ich ziehe mein Handy heraus, bereit, den Notruf zu wählen, als ich direkt vor dem Mann stehen bleibe, und Erkennen mein Herz aussetzen lässt. Für einen grässlichen Moment hört es einfach auf zu schlagen. Das Handy gleitet mir aus der Hand.

Ich kann sein Gesicht zwar nicht sehen, doch alles andere an ihm reicht, um eine Vermutung in mir aufkeimen zu lassen. Als ich mich zu ihm herunterbeuge, weiß ich noch nicht, ob ich die Vermutung bestätigt haben will oder nicht.

Eine Blutlache hat sich unter seinem Körper gebildet und meine Hände zittern, als ich ihm die langen braunen Locken aus seinem Gesicht streiche.

Es ist Klaus. Oder Kilian, wie Mace ihn bei unserem letzten Gespräch genannt hat. Ich weiß seinen Namen nicht mit Gewissheit und doch weiß ich aus vollster Überzeugung, dass er mich immer nur hatte beschützen wollen. Er hat mich gewarnt. Er hat mich sicher nach Hause gefahren. Er hat mir ein Stück Wahrheit gegeben, als Mace sich noch hinter Lügen versteckt hat.

Meine Beine knicken ein und meine nackten Knie schlagen auf der Straße auf. Hilflos sitze ich neben seinem Körper und starre ihn an. Er sieht aus, als wäre er tot, und ich frage mich gerade, was das verfickte Schicksal mit mir vorhat, dass es mir *das* hier auftischt, als Mace' Mitbewohner auf einmal die Augen aufschlägt.

Goldene Iriden leuchten mir entgegen.

Vor Schreck zucke ich zurück und stütze mich mit meinen Händen auf dem Asphalt ab, um nicht nach hinten zu kippen. Mein Herz schlägt mir bis zum Hals.

»Hi«, sage ich langsam. Ich glaube, ich stehe unter Schock. Was Sinnvolleres kann mein Gehirn nämlich nicht produzieren.

Er schließt die Augen wieder und stöhnt.

Aber er lebt!

»Wir müssen von der Straße runter«, bemerke ich. Ich Sherlock.

Kilian sieht nicht aus, als würde er laufen können, und ich bezweifle, dass ich einen ausgewachsenen Mann tragen kann. Anhand des Blutes, das irgendwo und irgendwie aus seinem Körper strömt, möchte ich ihn ohnehin nur ungern unnötig bewegen.

»Was – was ist passiert?«, frage ich. Als Erstes muss ich herausfinden, was für eine Verletzung er hat. Und als Nächstes sollte ich einen Krankenwagen rufen. Genau. Einen Krankenwagen!

Ich taste mit meinen zittrigen Händen nach meinem Telefon, das neben mir auf der Straße liegt. Der Bildschirm ist zerbrochen. Fuck.

Das Schicksal hat eindeutig was gegen mich.

»Du solltest uns doch vergessen«, murmelt Kilian auf einmal.

»Was?« Ich lache auf und starre ihn fassungslos an. »Das wollte ich doch. Aber wie soll ich euch vergessen, wenn ich dich halbtot auf der Straße finde?«

Soll ich das ignorieren und einfach weitergehen?

Seine Mundwinkel verziehen sich zu einem Lächeln, aber seine Augenlider bleiben weiterhin geschlossen.

»Verdammt, ich rufe jetzt einen Krankenwagen!«

»Nein!« Sofort reißt er seine Augen auf.

Verwirrt blicke ich ihn an. »Natürlich! Du verblutest sonst!«

»Schusswunden müssen gemeldet werden. Ich kann in kein Krankenhaus.«

Entsetzt öffne ich meinen Mund. »Du wurdest *angeschossen*?«

Das wird ja immer besser. Zu meinem noch größeren Entsetzen versucht er tatsächlich, sich aufzusetzen.

»Oh mein Gott, bleib liegen!«, fahre ich ihn an. »Wo zur Hölle sind Mace und die anderen?«

»Bei einem Rennen«, stöhnt er – und sackt dann bewusstlos zusammen.

Mace

Donnerstagabend, halb zehn

E*s ist dreizehn Tage her:* Noch immer sehe ich die Tränen ihre Wangen hinabkullern, während sie gefesselt auf meinem Stuhl sitzt.

Ich lehne mich vor und beschleunige.

Es ist sieben Tage her: Noch immer höre ich sie dieses eine Lied singen. Liedzeile für Liedzeile eingebrannt in meinen Kopf.

We're all hiding our inner demons. Sometimes we run from them, and sometimes we kiss.

Mein Adrenalin rauscht mit dem Wind um die Wette und ich kneife meine Augen zusammen. Die Dämmerung hat vor ein paar Minuten eingesetzt und die letzten Sonnenstrahlen am Horizont vertrieben. Die Nacht breitet sich langsam über uns aus, während ich mich mit Höchstgeschwindigkeit in die nächste Kurve lege. Mein Motorrad neigt sich der Straße entgegen und ich fahre so schnell, als könne ich damit meine Erinnerungen abhängen.

Lichter und Lichtreflexe blitzen in den Rückspiegeln auf. Die meisten meiner Mitstreiter habe ich hinter mir gelassen. Nur noch einer ist vor mir.

Ich schalte weiter rauf und brause über den Asphalt, als die ersten Regentropfen fallen. Das Rücklicht meines Wettstreiters habe ich fest im Blick, während ich ihm immer näherkomme. Die Kurve gerade hat mir einen guten Vorsprung verschafft. Auch den plötzlichen Regenschauer betrachte ich als Chance. Jeder Normalsterbliche bei klarem Verstand geht beim Regen etwas vom Gas. Ich nicht. Nicht hier. Nicht heute.

Ich kann kaum noch etwas sehen, außer das rote Rücklicht meines Vordermanns. Zum Glück kenne ich die Strecke mittlerweile in und auswendig.

Ich beuge mich in die nächste Kurve und hole die andere Maschine ein. Auf den letzten Metern bis zum Ziel rase ich mit dröhnendem Motor an ihm vorbei.

Eine Menschenmenge reißt die Hände in die Luft und jubelt, als ich über die Zielmarkierung brettere. Mit einer Schreckschusspistole wird ein Knall abgefeuert. Ich bremse und ziehe meinen Lenker herum. Schlitternd komme ich auf der klitschnassen Straße zum Stehen und meine Kawasaki Z1000 gibt ein letztes Aufheulen von sich. Ich ziehe mir den Helm vom Kopf und beobachte, wie das zweite Motorrad direkt neben mir abbremst. Lediglich Sekunden trennen uns – ein knappes Rennen.

Der Regen prasselt auf mich nieder, durchnässt mein Haar binnen weniger Wimpernschläge.

Der zweite Fahrer nimmt ebenfalls seinen Helm ab, in einer roten leuchtenden Farbe – nur, dass darunter ein Wasserfall von blondem Haar herausfällt. Der Fahrer ist eine *Frau*?

Ungläubig starre ich sie an.

Sie schüttelt ihr Haar aus und grinst mich an. »Das war sehr gewagt. Ich habe dich wohl unterschätzt.«

»Es war lebensmüde, ich weiß«, erwidere ich ausdruckslos, ohne was von meiner Überraschung preiszugeben.

Ein erneuter Schuss kündigt den Drittplatzierten an. Doch ich drehe mich nicht einmal zu ihm um. Der Anblick der Fahrerin nimmt mich zu sehr gefangen. Ihre blonde Mähne wird vom Regen durchnässt, doch sie scheint es nicht zu stören. Ihre Lippen sind knallrot angemalt, passend zu ihrer rot lackierten Honda Hornet, und ihre Wimperntusche scheint wasserfest zu sein.

Sie klappt den Ständer ihrer Maschine aus, steigt ab und zieht ihre Handschuhe aus. »Ich bin Ophelia«, sagt sie und streckt mir eine Hand entgegen.

Immer mehr Fahrer erreichen mittlerweile das Ziel, die Schreckschusspistole wird nicht mehr abgefeuert, stattdessen wird die Luft von immer mehr dröhnenden Motoren erfüllt. Gelächter und Stimmengewirr dringen zu uns herüber.

»Race«, sage ich und drücke ihre zierliche Hand. Der Regen perlt nass und kalt auf unserer erhitzten Haut. Sie beendet die Berührung, obwohl ich sie gern länger gehalten hätte.

Bevor sie noch etwas sagen kann, stürzen die ersten Leute auf uns ein. Es regnet Glückwunsche und Schulterklopfer. Ich sehe, dass Ophelia die Aufmerksamkeit genauso egal ist wie mir.

»Mann, du warst der Erste! Ich fass es nicht!« Lios Stimme bringt mich endlich dazu, mich umzusehen. Er hat sich durch die Masse an Schaulustigen gedrängt und springt mir von hinten auf den Rücken.

Es ist das erste Mal, dass ich ihn mitgenommen habe. Ansonsten begleitet mich meist Raphael zu den Rennen oder ich gehe allein.

Auch die Freundinnen von Ophelia scheinen sich endlich zu uns durchgedrängt zu haben, denn neben ihr tauchen zwei Frauen auf.

»Wie konntest du nur gegen diesen Proll verlieren?«

»Das Preisgeld hätten wir gut gebrauchen können«, sagt die andere.

Lio wird hellhörig und springt von meinem Rücken herunter. »Preisgeld?«

Ich verdrehe die Augen. »Komm, wir sollten es uns abholen und gehen, bevor die Bullen hier auftauchen.«

»Die Cops?« Lios Augen werden noch größer.

»Bist du beim nächsten Mal wieder hier?«, wende ich mich noch ein letztes Mal an die Blondine, die mich um ein Haar geschlagen hätte. »Vielleicht hast du beim nächsten Mal mehr Glück.«

Sie grinst schief und schenkt mir einen verführerischen Augenaufschlag, bevor sie antwortet. »Ich habe mich zu sehr in Sicherheit gewogen. Beim nächsten Mal weiß ich, worauf ich mich einlasse.«

Sie stößt mit ihrem Fuß den Seitenständer ihrer Maschine zurück, wendet sie und schiebt sie neben sich her. Ein paar Augenblicke später dreht sie sich noch einmal zu mir um. »Man sieht sich!«, ruft sie mit einem breiten Grinsen über die Schulter und verschwindet mit ihren zwei Freundinnen in der Nacht.

Ein paar Sekunden starre ich ihr noch nach, dann schüttele ich den Kopf. Die Straße hat sich mittlerweile ein wenig geleert. Ich schiebe mein Motorrad neben mir her und führe Lio zum Preisrichter. Er scheint schon auf mich gewartet zu haben.

»Wird langsam langweilig, du bringst kaum noch Kohle ein. Jeder weiß, dass du gewinnst und kaum einer wettet noch auf wen anders!« Er überreicht mir einen schlichten Briefumschlag.

Ich zähle nicht nach, sondern schiebe den Umschlag direkt in die Tasche meiner Lederjacke. Das Preisgeld interessiert mich ansonsten herzlich wenig, doch diesmal ist es sogar zu was nutze. Es ist ein Anteil von dem, was ich dem Privatdetektiv schulde, den ich vor ein paar Tagen engagiert habe. Nachdem meine eigenen Recherchen bezüglich Veronicas Familiengeschichte ins Nichts liefen, wurde es Zeit, einen Profi ranzulassen.

»Bis zum nächsten Mal. Vielleicht verliere ich dann ja extra.« Ich zwinkere dem bulligen Mann in der Lederjacke zu und verlasse mit Lio den Platz.

»Kann ich das nächste Mal auch mitfahren?«, fragt Lio.

Ich lache auf. »Mit welcher Maschine?«

Er wirft mir einen Seitenblick zu. »Du könntest mir deine leihen.«

Ich ziehe die Augenbrauen hoch. »Nur über meine Leiche.«

Lio zieht einen Schmollmund und trottet weiter neben mir her. Wir könnten auch zusammen auf meinem Motorrad nach Hause fahren, aber irgendwie ist dieser Spaziergang jetzt genau das, was ich brauche. Der Regen hat wieder aufgehört, aber die Straßen sind immer noch nass. Ich liebe den Geruch, der jetzt in der Luft hängt.

»Fährst du immer so halsbrecherisch?«, fragt Lio schließlich.

»Nicht immer.«

»Und heute hast du es getan, wegen *ihr*?«

Ich bleibe stehen und schaue ihn an. Die Lichter der Stadt haben wir auf der Hauptstraße hinter uns gelassen. Hier in einer der Seitengassen in einem kleinen Wohnviertel ist fast alles dunkel.

Verhalte ich mich so offensichtlich, dass selbst *Lio* es merkt? Ich bin das Rennen heute nur aus einem Grund gefahren. Weil ich ganz genau weiß, wo *sie* sich heute Abend aufhält, und ich mich davon abhalten musste, dort aufzutauchen. Nachdem ich letzten Donnerstag schon den Fehler gemacht habe und zu neugierig war - nachdem ich gehört habe, wie sie ein Lied über *mich* gesungen hat, habe ich beschlossen, mich donnerstags vom Moe's lieber fernzuhalten.

»Ich bin nicht blind, M. Hör auf, dich selbst zu geißeln.«

Ich hoffe für Lio, dass er weiß, auf was für gefährliches Terrain er sich gerade begibt.

»Was meinst du?«, frage ich mit warnendem Unterton. Mein Handy vibriert in meiner Hosentasche, doch ich ignoriere es.

»Dieses Mädchen. Veronika.« Ich fasse es nicht, dass er ihren Namen tatsächlich ausspricht. Er fährt fort, als wäre nichts. »Es ist offensichtlich, dass sie es dir angetan hat. Eins habe ich in meiner Zeit als Dämon schon gelernt. Trotz unserer dunklen Seite und unserer ungewöhnlichen Ernährungsart, fühlen wir dennoch wie Menschen. Es gibt keinen Schalter, der sich ab dem einundzwanzigsten Geburtstag einfach umlegen lässt. Du kannst Gefühle nicht abstellen oder kontrollieren, wie die Vampire aus *Vampire Diaries.*«

Ich schnaube. Der Junge guckt definitiv die falschen Serien. »Du irrst dich. Das ist eine der Lektionen, die du noch lernen musst. Ohne deine Gefühle abzuschalten, wirst du nicht lange als Dämon überleben.« Und das meine ich bitterernst. Ich hoffe für ihn, dass er es kapiert, ohne eigene Erfahrungen machen zu müssen, die seine Seele für immer zerbrechen. Aber wahrscheinlich brauchen wir das: unsere eigenen schmerzhaften Lektionen, bevor wir es begreifen.

»Ich weiß, was du denkst und warum du so denkst. Ich war damals zwar nicht dabei, aber ich weiß, was passiert ist.«

»Hör auf«, warne ich ihn und hebe die Hand. Es reicht. Doch Lio hört nicht auf mich, er plappert weiter, als habe er die Worte schon zu lange für sich behalten.

»Du denkst, das Resultat wird wieder dasselbe sein. Aber das muss es nicht. Veronika ist ein anderes Mädchen. Es ist ein anderer Zeitpunkt, eine komplett andere Ausgangslage ...«

»Und doch wird das Resultat dasselbe sein!«, fahre ich dazwischen. Ich muss mir keine Lebensweisheiten von einem Dämon anhören, der vor kurzem erst 21 geworden ist!

Wütend ziehe ich mein Handy aus meiner Jeans, da es ohne Unterlass vibriert hat. Zwei verpasste Anrufe von Kilian. Eine hinterlassene Mailbox-Nachricht.

Was zum Teufel kann verflucht nochmal so wichtig sein?

2.

Blutendes Herz

Kilian

Donnerstagnacht

»Verdammt Kilian, sag mir, was ich tun soll!«, brüllt mich eine Stimme aus Leibeskräften an.

Ich kenne diese Stimme. Ich will sie beruhigen. Aber es ist so schwer, meine Augen zu öffnen oder meine Lippen zu bewegen.

»Du wirst hier nicht sterben! Du darfst jetzt nicht sterben!«

Wieso klingt sie so verzweifelt? Sie kennt mich doch gar nicht richtig. Aber sie ist ein Mensch. Es ist fast so, als hätte ich vergessen, wie mitfühlend Menschen sein können. Außerdem ist Veronika ein liebes Mädchen. Sie würde sich um jeden sorgen, der angeschossen auf der Straße liegt. Scheiße, wir befinden uns mitten auf der Straße. Ich will nicht, dass sie weiter hier neben mir sitzt. Wenn ein Auto kommt, wird der Fahrer uns nicht früh genug sehen können.

Ich zwinge mich dazu, meine Augen zu öffnen und meine Kräfte in meinen Gliedmaßen zu bündeln, ich will mich bewegen und aufstehen, doch es ist, als hätte mein Körper keinen Funken Kraft mehr in sich. Ich bin leer gezehrt. Dass ich zu lange auf die Lebensenergie von Menschen verzichtet habe, fordert seinen Preis. Und weil ich Menschen schützen wollte, bringe ich Veronika nun in Gefahr. Was für eine Ironie. Ich starre hinauf in den sternenlosen, wolkenverhangenen Himmel, als erste Regentropfen auf meinem Gesicht landen.

Sie platschen auf meine kalte Haut.

Ich hasse mein Leben.

Ich weiß, dass Veronika den Notruf wählen wird, wenn ich ihr nicht gleich eine Alternative nenne. Sie darf keinen Krankenwagen herbestellen. Es würde die Polizei auf den Plan rufen. Außerdem können sie das Loch in meiner Brust zwar flicken, doch ich werde ohnehin verrecken, wenn ich nicht bald an etwas menschliche Energie komme. Oder an Sebastians Energie.

Genau deshalb war ich heute Nacht überhaupt hier.

Ich schnaube vor Belustigung. Lachen ist zu anstrengend, aber schnauben funktioniert gut.

»Kilian!«, brüllt Veronika wieder.

Seit wann nennt sie mich überhaupt bei meinem echten Namen? Mir ist es egal, woher sie ihn kennt. Ich liebe, wie sie ihn ausspricht.

»Sebastian«, erwidere ich. Ich will meinen Kopf drehen und sie ansehen, doch selbst die kleinste Bewegung erscheint mir unmöglich. Vielleicht bin ich ja gelähmt. Doch meine Sinne funktionieren besser denn je, als befinde mein Körper sich im Jagdmodus. Unter dem Geruch von Regen rieche ich *sie*. Unter dem Prasseln der Tropfen höre ich ihr Herz schlagen.

»Was?«, fragt sie. Veronika klingt genauso überrascht, wie ich sie mir vorstelle. Witzig. Es ist, als würde ich glauben, sie zu kennen. Ich glaube, ich habe sie vermisst. Was auch witzig ist. Denn wieso sollte ich ein Menschenmädchen vermissen?

Ich habe die letzten zwölf Nächte vor ihrem Haus gestanden und Wache gehalten. Nicht, weil ich Angst hatte, dass sie wieder schlafwandelt –

ich weiß, dass ihre Zimmertür und ihr Fenster nachts verschlossen sind. Ich vertraue ihrer Tante da. Wem ich nicht vertraue, ist Raphael. Seit der Nacht, in der ich ihn aus dem Rudel geworfen habe, hat keiner von uns ihn gesehen oder von ihm gehört. Eines Tages war sein Kleiderschrank ausgeräumt – er muss seine Klamotten geholt haben, als keiner von uns Zuhause war, die anderen Sachen in seinem Zimmer stehen noch unangerührt da. Mace und ich haben alles versucht, um ihn ausfindig zu machen. Nicht, weil wir ihn zurück im Rudel haben wollen, sondern weil wir in jener Nacht etwas Wichtiges vergessen haben.

Wir haben vergessen, den Schlüssel zu Veronikas Wohnung einzufordern, den er sich hat nachmachen lassen. Er hat noch immer den Schlüssel zu ihrer Wohnung.

»Wer ist Sebastian?«, schreit Veronika und reißt mich aus meinen Gedanken. Zum Glück, denn ich merke, wie ich immer weiter abdrifte. Ich habe nicht einmal gemerkt, dass sich die Regentropfen zu einem Platzregen entwickelt haben und auf mich einprasseln wie ein Kugelhagel. Ich schließe die Augen, um mich vor dem Wasser zu schützen.

»Ruf ihn an. Er ist ganz in der Nähe. Wir wollten uns im Moe's treffen.«

So viele Worte. Ich bin stolz, dass sie alle meinen Mund verlassen. Ich kann so stolz auf mich sein. Hoffentlich hat sie auch alles gehört. Der Regen ist laut. So laut. Das Rauschen in meinem Kopf lauter. Ihr Herzschlag wird leiserer – aber vielleicht ist es auch nur der meine.

Hol mein Handy aus meiner Hosentasche und ruf Sebastian an. Bitte.

Er wird doch kommen, wenn ich ihn brauche. Oder?

Das Nächste, was ich spüre, ist ein warmer Körper. Es ist immer noch alles klitschnass, aber an meiner Wange ist eine steinharte Brust. Ich atme seinen Duft ein. Er benutzt noch immer das gleiche Parfum wie damals, als wir uns vor einem Jahr kennengelernt haben.

»Hey, ist hier noch frei? Für vier?«, frage ich. Der Kinosaal ist schon gut gefüllt und in dieser Reihe sind beinahe als einzige noch freie Plätze.

»Klar. Ich halte nur die vier auf der anderen Seite frei«, sagt er.

Ich sehe ihm an, dass er jünger ist als ich, vielleicht gerade erst erwacht. Es ist vermutlich seine erste Rudelversammlung. Die bundesweiten Versammlungen finden einmal im Jahr statt und sind Pflicht für alle sesshaften Rudel.

Ich klappe den mit rotem Samt beschlagenen Sitz nach unten und setze mich auf den Platz neben ihn. Die ganzen nächsten zwei Stunden habe ich sein Parfum gerochen. Und immer mal wieder unauffällig zu ihm hinübergeschaut, habe zugehört, wenn er sich im Flüsterton mit seinen Brüdern unterhalten hat.

Nach dem offiziellen Teil der Veranstaltung – das heißt, nachdem unser Präsident die neusten Gesetze erläutert und die jüngsten Mordfälle durch Dämonen besprochen hat, uns in Erinnerung gerufen hat, wie und weshalb wir unsere Spuren verwischen, und nach der offiziellen Begrüßung und Registrierung aller neuen Incubi – kenne ich seinen Namen. Er ist letztes Jahr erwacht und dies ist tatsächlich seine erste Versammlung. Sebastian Morgen.

Als ich das nächste Mal die Augen öffne, hat eine Zimmerdecke den Nachthimmel ersetzt. Der Regen hat aufgehört. Und die harten Muskeln, die mich umgeben haben, sind etwas Weichem gewichen.

»Wir müssen dich aus deinen nassen Klamotten befreien. Sebastian kommt gleich wieder. Er ist kurz weg und holt ein paar Sachen für dich.«

Er ist weg?

Aber Veronika ist hier. Das ist gut. Ich denke, ich bin bei ihr Zuhause. Sie wohnt ganz in der Nähe, es ist der sinnvollste Ort, an den sie mich bringen konnten.

»Die Blutung ist vorerst gestillt. Sebastian hat sie provisorisch mit seiner Sweatjacke verbunden. Aber wir sollten dringend einen Arzt holen. Ich will nicht, dass Sebastian dir die Kugel aus der Brust zieht. Aber ich glaube, genau das hat er vor.«

Ich drehe meinen Kopf zu ihrer Stimme. Als ich sie sehe, wird mir direkt um ein paar Grad wärmer. Sie sitzt auf der Bettkante und sieht mich an. Die Art, wie sie mich ansieht, macht mir Sorgen und gleichzeitig wärmt sie mich.

Sie sieht aus, als hätte sie geweint, aber vielleicht war es auch nur der Regen, durch den ihre Wimperntusche verlaufen ist.

Du kennst mich doch gar nicht, Veronika. Sorg dich nicht so um mich. Ich bin ein Monster. Du solltest dich von uns fernhalten. Stattdessen weiß nun noch ein weiterer Dämon von dir. Sebastian weiß, wo du wohnst. Das ist alles meine Schuld.

»Kann ich irgendetwas tun? Soll ich Mace anrufen?« Sie beißt sich auf die Unterlippe und sieht mich so intensiv aus diesen großen, graublauen Augen an, dass mir plötzlich die Luft wegbleibt. Sie könnte tatsächlich etwas für mich tun. Doch darum werde ich sie nicht bitten.

Wieso hat sie eigentlich keine Angst vor mir?

Um ihre Frage bezüglich Mace zu beantworten, blinzele ich einmal, was ›Ja‹ bedeutet. Sie versteht es. Im nächsten Moment hat sie bereits mein Handy am Ohr und wartet darauf, dass Mace drangeht. Wenn er gerade fährt, wird er allerdings nicht rangehen können.

»Mailbox«, informiert sie mich. Wie erwartet.

Ich blinzele wieder und sie nickt.

»Hey Mace, hier ist äh ... Veronika. Es geht um Kilian. Er ist verletzt und liegt mit einer Schusswunde auf meinem Bett. Wenn du das hörst, ruf zurück. Danke.«

Als sie auflegt, sind ihre Wangen gerötet. Es muss sie aufgewühlt haben, mit Mace zu reden – obwohl sie nicht einmal wirklich mit ihm geredet hat. Aber sie ist mit ihm in Kontakt getreten. Wegen mir. Ich würde mir selbst erneut in die Brust schießen, wenn ich könnte. Ich hatte mir doch geschworen, die beiden voneinander fern zu halten. Ich habe mir selbst versprochen, alles dafür zu tun, dass die beiden sich nicht ineinander verlieben. Darin habe ich scheinbar bereits versagt, aber nun darf ich ihren Kontakt nicht auch noch fördern!

Sie legt das Handy auf den Nachttisch und schaut mich wieder besorgt an.

Sie weiß, *was* ich bin. Sie sollte Angst vor mir haben ...

»Kann ich sonst noch was für dich tun? Ist dir kalt?« Ihre Finger zupfen an der Decke, in die sie mich eingewickelt hat wie ein Baby.

Sie kann etwas ganz anderes für mich tun.

Ich könnte sie bitten, mir aus den nassen Klamotten zu helfen. Wollte sie sie mir vorhin nicht ausziehen?

Mir gefällt die Richtung nicht, die meine Gedanken nehmen, aber ich kann nichts mehr dagegen tun. Ich merke, wie der Dämon in mir die Oberhand ergreift, der Hunger hat mich zu sehr geschwächt, um weiter dagegen anzukämpfen.

»Ich brauche Energie. Ich bin nur so schwach, weil ich schon ... zu lange darauf verzichte.« Meine Worte sind für mich genauso laut wie mein Herz, das gegen meine Rippen donnert.

Als sie begreift, was ich da gerade gesagt habe, schnappt sie leise nach Luft. Ich registriere diesen Laut. Ich registriere jedes Detail – wie ein Raubtier auf der Lauer.

Bitte lass Sebastian schnell wiederkommen, bevor ich etwas tue oder sage, was ich später bereue. Sebastian kann mit meinen Dämonen umgehen. Und vor allem ist Sebastian vor meinen Dämonen sicher.

Nika ist es nicht.

»Du bist gekommen?«, frage ich überflüssigerweise, denn ich sehe ja, dass er hier ist. In einem schicken Smoking steht er vor mir, eine schwarze Fliege um seinen Hals. Er sieht anders aus, nicht so lässig, wie die anderen zwei Male, die ich ihn bisher gesehen habe.

Als sein Rudel vor zwei Monaten auf einer Durchreise in unserer Stadt war, habe ich sie für unsere nächste Party eingeladen. Ich war mir nicht sicher, ob sie kommen würden.

»Gekommen noch nicht«, erwidert er mit einem selbstgefälligen Grinsen. »Nur Joshua und ich«, fügt er dann aber schnell an.

»Und wo ist Joshua?«, will ich wissen, ohne auf den ersten Teil seines Satzes einzugehen.

»Er war auf der Suche nach Getränken und ist dann verschollen.« Sebastian lacht.

Ich muss ebenfalls lächeln. »Ja, hier kann man sich schnell verlaufen. Oder abgelenkt werden.« Vielleicht ist Joshua ja bereits gekommen.

Sebastians Blick schweift über die Gäste. »Eine exzellente Auswahl. Und verschwiegen, wie ich gehört habe. Ich kann es Josh nicht verübeln, wenn er bereits zugebissen hat. Wie versaut geht es bei euren Partys denn so zu?« Als er mich wieder ansieht, funkelt etwas in seinen Augen, das ich zuvor nie bemerkt habe, was mein Herz jedoch zum Rasen bringt.

Sein burschenhaftes, unschuldiges Aussehen täuscht.

Ich räuspere mich. »Zum Teil sehr. Ich hoffe, du bist nicht prüde.« Was ich nicht vermute nach den paar Sätzen, die wir bisher gewechselt haben.

Sebastian lacht. »Ich bin der Schlimmste von allen.«

»Glaube ich dir kaum.« Er ist vielleicht nicht prüde, aber der Schlimmste kann er nicht sein. Er kennt meine Brüder nicht. Rapha und Mace haben mich abgehärtet. Ich habe auf diesen Partys dank ihnen schon alles gesehen und bei allem mitgemacht.

Der arglos aussehende Junge mit den strahlendblauen Augen und den haselnussbraunen Haaren zwinkert mir zu. »Ich werde es dir beweisen.«

Weiche Lippen berühren die meinen. Ein warmer Körper befindet sich über meinem, sitzt auf meinem Unterleib. Ich spüre das Gewicht, welches ein sehnsuchtsvolles Ziehen in meiner Leistengegend verursacht, und ich will meine Hüften nach oben schieben.

Ich muss halluzinieren.

Meine Augenlider flattern und meine Hände greifen nach dem Gesicht, das sich über mir befindet. Feuchte Haarsträhnen liegen auf meiner Haut. Ich fasse ihre Wangen, streiche über ihre Haut, genieße den Kuss, den sie mir gibt.

Ich träume.

Veronika.

Nein, ich träume nicht.

»Hör auf«, murmle ich und schiebe sie zurück – so weit ich kann, auch wenn es nur ein paar Zentimeter sind.

Das Hier und Jetzt vermischt sich immer stärker mit den Bildern der Vergangenheit.

»Such dir eine aus, dann zeige ich dir, was wir auf solchen Partys machen.«

Sebastians Blick streift durch den Raum, doch er bleibt nirgendwo kleben, bis er wieder in meinem Gesicht ankommt.

»Such du eine aus.«

Ich hätte nur zu gern meinem Gast die Wahl gelassen, doch da er mich darum bittet und ich keine lange Diskussion anfangen will, gebe ich seinem Wunsch nach. Ich brauche auch nicht lange, um mich zu entscheiden, da es mir ohnehin egal ist, welche der Frauen wir mit nach oben nehmen. Attraktiv, verschwiegen und willig sind sie alle. Irgendwie sind sie alle gleich. Ich führe Sebastian zu einer zierlichen Schwarzhaarigen mit asiatischer Abstammung. Sie sieht niedlich aus, hält ein Champagnerglas in der Hand und wirkt etwas verloren.

Als wir vor ihr stehen bleiben, lächelt sie uns schüchtern, aber interessiert an.

Ich beuge mich zu ihr herunter. »Willst du mit uns nach oben gehen?«, flüstere ich in ihr Ohr.

Zehn Minuten später steht sie mit uns in einem Zimmer und ich versuche mit meinen Küssen, ihre Energie zu stehlen. Doch der Energiefluss springt nicht an – der Funke schwappt nicht über. Es braucht Leidenschaft, um den Energiefluss zu aktivieren. Vielleicht stört mich Sebastians Gegenwart. Sie macht mich irgendwie nervös.

»Hier, fang du an«, sage ich zu ihm und schiebe das Mädchen sachte in seine Richtung.

Zu meiner Überraschung schüttelt er den Kopf. »Ich stehe nicht auf Frauen.«

»Oh.« Oh.

»Wir hätten auch einen Mann … ich meine, wir könnten einen Kerl fragen, ob er …«

Wieso hat er nicht vorher schon etwas gesagt?

Sebastian unterbricht mein Gestotter mit einem Lachen. »Ich habe nicht das Bedürfnis, einen der Typen da draußen zu fragen, ob er uns Gesellschaft leistet. Ich bin bereits mit dem Mann in dem Zimmer, den ich hier haben will.«

Auf einmal brennt mein Gesicht vor Hitze. Und als ich befürchte, Sebastian könnte es merken, spüre ich, wie meine Wangen noch mehr glühen. Zum Glück habe ich nicht gerade den hellsten Hautton – mich zum Erröten zu bringen, ist wahrlich eine Kunst.

Und ich bin sprachlos. Ich habe nicht die geringste Ahnung, was ich darauf erwidern sollte.

»Es ist okay, wenn du nur auf Frauen stehst. Ich kann zugucken«, sagt Sebastian in mein Schweigen hinein. Ohne auf meine Antwort zu warten, befiehlt er dem Mädchen: »Zieh ihm seine Hose aus und nimm ihn in den Mund.«

Heilige Scheiße.

Es hat noch nie nur einen Satz gebraucht, um mich so hart werden zu lassen.

Veronikas Augen starren mich an und ihre blonden langen Haare fallen rechts und links an ihrem Gesicht hinab, wie ein Vorhang, der uns von der restlichen Welt abschirmt.

»Ich will dir helfen«, flüstert sie, ihre Lippen nur Millimeter von meinen entfernt. Weiß sie überhaupt, was sie da sagt?

Wut brodelt in mir, gepaart mit der Lust, die wie siedendes Feuer in meinem gesamten Körper wütet. Ich bin zu schwach, um Nika von mir herunter zu heben. Zu verwirrt, um einen klaren Gedanken zu fassen.

Ihre Nähe macht mich verrückt. Sie muss von mir runtergehen, vielleicht hören diese Sekundenträume dann auf.

»Geh runter. Ich warte auf Sebastian«, bringe ich irgendwie heraus.

Ihr Blick – weiterhin nur Zentimeter über meinem – mustert mich besorgt. Als hätte der Teufel persönlich sie mir geschickt, um mich mit ihrem Puppengesicht in Versuchung zu führen.

»Sebastian kann dir doch auch nicht helfen. Lass mich dir ein bisschen Energie geben. Es ist grad keine andere Frau hier, von der du dich sonst ernähren kannst.«

Wenn ich es nicht besser wüsste, würde ich sagen, sie klingt beinahe eingeschnappt. Als wäre sie beleidigt, dass ich sie nicht in Lebensgefahr bringen will? Sie kann natürlich nicht wissen, dass mir Sebastian auf dieselbe Weise helfen kann. Ich weiß nicht, was sie überhaupt über uns weiß. Dass Mace sie eingeweiht hat, halte ich nach wie vor für einen Fehler, doch er scheint ihrer Verschwiegenheit zu vertrauen und ich war nicht erpicht darauf, erneut zu versuchen, ihr Gedächtnis zu verändern.

In diesem Moment höre ich, wie die Wohnungstür aufgeschlossen wird.

Nika und ich erstarren.

3.

Sicherheit ist ein Ammenmärchen

Nika

Donnerstagnacht

Ich sitze noch rittlings auf Kilian, als ich höre, wie die Wohnungstür aufgeschlossen wird. Ich habe Sebastian meinen Schlüssel gegeben, damit er schneller wieder reinkommen kann, ohne dass er anklingeln muss.

Ich habe auch kein Problem damit, dass Sebastian in mein Zimmer stürmt und mich auf Kilian wiederfindet. Zwar weiß ich nicht genau, wer dieser Sebastian ist, doch er hat sicherlich nichts dagegen einzuwenden, dass ich seinem Freund mit allen mir möglichen Mitteln helfe. – Aber womit ich ein klitzekleines Problem habe, ist, dass Sebastian nicht allein durch die Tür geeilt kommt. Mace ist bei ihm. *Mace* steht in meinem Schlafzimmer und sieht mich auf Kilian hocken.

Für eine Sekunde starren wir uns stumm an. Die sieben Tagen, die wir uns nicht gesehen haben, lösen sich in Luft auf. Während ich mir sicher bin, dass mein Gesicht das volle Ausmaß meiner Überraschung wiedergibt, kann ich in seinem absolut nichts lesen oder erkennen.

Da er sich in *meinem* Schlafzimmer befindet, sollte sich seine Überraschung, mich zu sehen, vermutlich in Grenzen halten.

»Was tust du da?«, fährt er mich an. Sein Tonfall schärfer, als ich erwartet habe.

Endlich löse ich mich aus meiner Starre und klettere eilig von Kilians Schoß hinunter. Auf meine Beine ist jedoch kein Verlass, denn ich falle fast hin, kaum, dass ich auf dem Boden stehe. Mein Herz hüpft indessen unkontrolliert in meiner Brust und schreit die ganze Zeit *»Mace ist hier! Mace ist hier!«*. Schnell bringe ich so viel Abstand wie möglich zwischen mich und das Bett, bis ich mein Ikea-Regal im Rücken habe und mich daran abstützen kann.

»Er meinte, er braucht Energie. Ich wollte nur helfen«, erkläre ich.

»Helfen?« Mace geht mit großen Schritten auf das Bett zu und ich weiche instinktiv zurück. Als würde mein Körper den größtmöglichen Abstand zu ihm einhalten wollen. »Glaubst du ihm ist geholfen, wenn er mit der Schuld leben muss, dich getötet zu haben?«

Ich gebe mir Mühe, bei seinen Worten nicht zusammenzuzucken, auch wenn sie sich wie eine Ohrfeige anfühlen.

»Beruhig dich, Mace. Es ist nichts passiert. So schnell stirbt schon niemand«, ergreift dieser mysteriöse Sebastian das Wort. Er hat sich auf die andere Seite des Bettes gestellt und obwohl sein Blick in meine Richtung finster ist, bin ich froh, dass er für mich Partei ergreift. Als unsere Blicke sich kurz treffen, guckt er hinunter zu Kilian und streicht mit der Hand das nasse Haar aus seiner Stirn.

Gehört dieser Sebastian auch zu Mace und seiner Clique?

Kilians Augen fallen immer wieder zu und ich bin mir nicht sicher, wie viel er hiervon mitkriegt. Ich bin mir auch nicht sicher, ob meine Küsse irgendetwas gebracht haben. Ich habe dabei nichts Ungewöhnliches gespürt, außer ein wenig Nervosität – doch ich vermute, das hat nichts damit zu tun, dass er ein Dämon ist. Hat mein Kuss gereicht, um ihm etwas von meiner Lebensenergie zu geben?

»Er hat Fieberträume«, meint Sebastian, während seine Hand noch immer auf der Stirn seines Freundes ruht.

»Ich rufe meinen Vater an und frage, ob er Zeit hat. Wir bringen ihn zu ihm«, erklärt Mace. Als er aus dem Zimmer geht, sehe ich ihm unschlüssig nach. Mein Körper kann sich offenbar nicht entscheiden, ob er sich Distanz oder Nähe zu ihm wünscht.

»Veronika – so heißt du doch, oder?«

Ich drehe mich überrascht zu Sebastian um. »Ja?«

»Kannst du mich und K einen Moment allein lassen?«

Seine Bitte kommt unerwartet, doch ich nicke schnell. »Natürlich.« Ich stoße mich vom Regal ab und atme tief durch. Meine Beine fühlen sich immer noch schwach an, doch irgendwie schaffe ich es bis zur Tür.

»Kannst du die Tür hinter dir schließen?«

Skeptisch mustere ich die beiden. »Du willst ihm aber nicht die Kugel rausziehen, oder?«

Sebastian lacht leise und schüttelt den Kopf. Ich weiß zwar nicht, was die beiden Privates besprechen wollen, ob Kilian überhaupt zu einem ernsten Gespräch in der Lage ist, doch ich nicke und lasse die beiden allein.

Aus dem Wohnzimmer höre ich Mace telefonieren.

»Wir wären in einer Stunde da. Ja, er scheint stabil ... Nein, ich weiß nicht, wer auf ihn geschossen hat ... Ein Mädchen ... Dad, ich erzähle dir später alles.«

Ich lehne mich an die kühle Wand im Flur und lasse mich an ihr herunter gleiten, bis ich mit angezogenen Knien auf dem Boden sitze. Meine Klamotten und meine Haare sind noch feucht vom Regen. Ich lege meinen Kopf in den Nacken und starre auf die gerahmten Bilder in unserem Flur. Aus dem Wohnzimmer dringt nur gedämpft Licht bis an die grauen Wände.

So viele Fragen schießen durch meinen Kopf.

In den letzten Tagen habe ich mir viele, sehr viele Szenarien ausgemalt, in denen Mace und ich uns wiedersehen. In manchen davon trafen wir uns zufällig in der Stadt oder im Moe's, in anderen stand er nachts vor meinem Fenster und gestand mir, dass er nicht aufhören kann, an mich zu denken. Ich habe mir Gespräche vorgestellt, von denen ich weiß, dass sie niemals stattfinden werden. Doch nicht in meinen kühnsten Träumen hätte ich gedacht, ihn jemals wieder in meiner Wohnung zu haben. *Gleich drei Dämonen auf einmal. Ich bin von ihnen umringt. Egal, was ich tue oder nicht tue.*

Das mit dem Fernhalten hat wohl nicht funktioniert, aber das ist ganz gewiss nicht meine Schuld.

»Okay, bis gleich«, höre ich Mace sagen. Danach bleibt es einige Sekunden still. Er hat aufgelegt. Ich schließe die Augen und warte auf das Geräusch von Schritten.

Wie erwartet nähern sie sich mir und bleiben schließlich vor mir stehen.

»Danke«, sagt er.

Überrascht öffne ich die Augen und schaue zu ihm hoch. Im Halbdunkel kann ich sein Gesicht kaum erkennen, doch der Anblick reicht trotzdem, um alle Erinnerungen und Gefühle wachzurufen, die mit diesem Mann in Verbindung stehen.

»Wofür?« Ich habe eher damit gerechnet, dass er wieder etwas Vernichtendes sagt. Mir meine Fehler oder meine Dummheit aufzeigt. Ich wusste gar nicht, dass so etwas wie ›Danke‹ zu seinem Wortschatz gehört.

»Dafür, dass du ihn nicht einfach auf der Straße hast liegen lassen. Dass du geholfen hast.«

»Das ist doch selbstverständlich«, murmle ich und muss schlucken.

»Trotzdem darfst du Dämonen nicht einfach so leichtfertig küssen.«

Ich nicke einfach nur, weil ich nicht weiß, was ich dazu sagen soll.

»Was passiert jetzt mit ihm?«, frage ich schließlich.

»Wir bringen ihn zu meinem Vater. Er ist Arzt.«

»Weiß er, was ihr seid?«

Seinem Blick nach zu urteilen, ging diese Frage zu weit, doch er antwortet trotzdem mit einem knappen »Ja«. Sein Unterton sagt mir jedoch ganz deutlich, dass ich mir meine weiteren Fragen zu dem Thema verkneifen kann. *Ist dein Vater auch ein Dämon? Wird man als Dämon geboren? Habt ihr übernatürliche Kräfte?*

Ich schlucke sie alle hinunter und stehe stattdessen auf.

Mace geht zu meinem Zimmer und öffnet die Tür. »Wir hauen ab. Kannst du ihn allein tragen?«

»Klar«, erklingt es aus dem Zimmer.

Ich beobachte, wie Sebastian mit Kilian auf dem Arm in den Flur kommt. Mace öffnet die Wohnungstür und sieht mich noch einmal an. »Der Abend heute ändert nichts daran, dass du dich von uns fernhalten wirst.« Natürlich nicht. *So schnell und plötzlich wie er hergekommen ist, wird er auch wieder gehen.*

Er lässt Sebastian und Kilian vorbei, doch sein Blick klebt noch immer auf mir, als habe er noch etwas zu sagen. Nervös warte ich darauf, dass er etwas hinzufügt.

»Noch was ...« Mace seufzt. »K wird die nächste Zeit nicht mehr vor deinem Haus Wache halten können, deshalb solltest du es vermutlich erfahren. Raphael hat euren Wohnungs- und Haustürschlüssel nachmachen lassen. Ihr solltet euren Vermieter bitten, das Schloss zu wechseln. Und du solltest bis dahin vorsichtig sein.«

»Was?« Mein Gehirn schafft es nicht, zu begreifen, was Mace mir damit sagen will.

Er verdreht die Augen und wirft mir einen ungeduldigen oder gar genervten Blick zu. »Erinnerst du dich an deine Sexträume?«

Bei dem Wort steigt mir sofort die Hitze ins Gesicht. Wie sollte ich die vergessen haben?

»Raphael ist ein Dämon, der sich ein paar Nächte lang von dir ernährt hat. Es kann sein, dass er wiederkommt. Pass einfach nur auf dich auf und verschließ alle Türen, okay?« Bevor ich antworten kann, wendet er sich von mir ab und zieht die Tür hinter sich zu.

Mit offenem Mund und rasendem Herzen starre ich das Holz an.
Ein Dämon hat *was*?!

Raphael, war das nicht auch ein Freund von Mace? War das nicht der Typ, der mit Miriam ausgegangen ist?

Bei der Vorstellung, dass er mich nächtelang besucht hat, während ich geschlafen habe, gefriert mir das Blut in den Adern. Ich lag vollkommen hilflos und ahnungslos in meinem Bett! Mir wird schlecht. Ich stürze ins Bad und übergebe mich. Die kalten Fliesen drücken sich gegen meine Knie und ich kralle mich mit aller Kraft an der Toilettenbrille fest.

Wie kann Mace davon reden, als wäre es nichts?

Wie kann er das all die Tage für sich behalten haben?

Wie kann er zugelassen haben, dass einer seiner Freunde sich an mir vergreift?

Um nicht in Panik zu verfallen, kämpfe ich um innere Ruhe. Ich stehe von dem kalten Boden auf, wasche mein Gesicht mit zitternden Händen und gehe zurück in mein Zimmer. Da sowohl meine Bettwäsche als auch das T-Shirt, das ich trage, etwas von Kilians Blut abbekommen haben, behandle ich die Flecken mit Bleichmittel und packe alles anschließend in die Waschmaschine. Wie ein Zombie setze ich mich davor und beobachte die rotierende Trommel. Irgendwie hat das etwas Beruhigendes an sich.

Ich bin ein Wrack.

Mace und seine Freunde haben die letzten funktionierenden Teile meiner Psyche zerstört. Sie haben auch die letzten normalen Teile meines Lebens ausgelöscht. Nun ist alles hinüber, was noch heil war.

Ich lehne meinen Kopf nach hinten gegen den kühlen Fliesenspiegel. Nach ein paar Minuten leistet Fellknäuel mir Gesellschaft, springt auf meinen Schoß und rollt sich schnurrend darauf zusammen.

Wann immer ich für ein paar Sekunden die Augen schließen will, brennen sich Bilder meiner heißen Träume in meine Lider. Doch statt

Lust wecken sie in mir nur noch Ekel. Ich reiße die Augen auf und kämpfe gegen meinen in die Höhe schießenden Puls an.

Was hat dieses Arschloch alles nachts mit mir gemacht?

Da die Waschmaschine einen Timer hat, weiß ich, dass ich genau 32 Minuten brauche, bis ich realisiere, in was für einer Gefahr ich schwebe. An Schlafengehen ist nicht zu denken, bevor Miriam nach Hause kommt. Aber auch wenn sie zuhause ist, kann mir das keine Sicherheit garantieren, solange irgendein kranker dämonischer Psycho einen Schlüssel zu unserer Wohnung hat. Deshalb hebe ich Fellknäuel kurzerhand von meinen Oberschenkeln – wogegen sie heftig miauend protestiert – und gehe in die Küche, wo ich mir das größte Messer schnappe, das wir besitzen.

Wenn dieser Dämon es wagen würde, mich heute Nacht zu besuchen, würde er mich nicht wehrlos vorfinden.

Nach diesem Abend habe ich gefühlt hundert Fragen mehr an Mace und ich bin so wütend auf ihn, dass ich ihn sogar anrufen und ihm all meine Fragen hinterlassen will – wenn nötig auf seiner Mailbox oder in einer SMS – bis mir auffällt, dass mein Handybildschirm so zersplittert ist, dass es unbrauchbar ist. Was für eine verdammte Scheiße! Es überlebt, wenn ich im Fluss ertränkt werde, aber wenn ich es dann auf der Straße einmal fallen lasse, ist es hinüber? Das hat mir gerade noch gefehlt!

Unruhig tigere ich in der Wohnung auf und ab. Bei jedem kleinsten Geräusch zucke ich zusammen. Als die Waschmaschine zu piepen anfängt, lasse ich vor Schreck das Messer fallen. Mit rasendem Herzen begebe ich mich ins Bad und hänge die Wäsche auf. Doch es hilft alles nichts. Vielleicht sollte ich zu Mace' Wohnung fahren. Aber vermutlich wird er heute Nacht nicht einmal da sein, weil er irgendetwas davon gesagt hat, dass sie Kilian zu Mace' Vater bringen. Und Mace' Vater verbringt den Sommer am Arsch der Welt. Ich würde niemals allein den Weg zu dieser Ferienhütte finden.

Ich drehe mich mit meinen Gedanken so lange im Kreis, bis ich in der ohrenbetäubenden Stille um mich herum plötzlich Schritte im Treppenhaus höre. Sofort springe ich von meinem Bett auf, das Messer in meiner Hand, und renne durch die Wohnung, um überall das Licht zu löschen.

Die Schritte werden lauter.

Mein Herz rast.

Nur eine kleine Nachtlicht-Steckdose im Flur ist ein blauer Punkt in der Dunkelheit. Ich stelle mich flach an die Wand in der Nähe der Wohnungstür und warte. Als sich die Schritte unserer Tür nähern, halte ich den Atem an. Ist diese Wohnung das Ziel dieser Schritte oder ist es nur ein Nachbar, der spät nach Hause kommt?

Die nächste Sekunde fühlt sich an wie eine Ewigkeit.

Meine Befürchtung bestätigt sich, als ich höre, wie ein Schlüssel in unser Schloss gesteckt wird. *Bitte lass es nur Miriam sein.* Es muss Miriam sein.

Ich umklammere den Griff des Messers so fest, dass es wehtut.

Würde ich es im Ernstfall benützen? Könnte ich es in den Körper von jemandem rammen?

Als die Tür aufgeht und ich Miriams Silhouette im Licht des Treppenhauses erkenne, seufze ich so laut auf, dass meine Tante einen kurzen Sprung in die Luft macht. Ihre Hand tastet nach dem Lichtschalter. Schnell verstecke ich das Küchenmesser hinter meinem Rücken, damit ich Miriam nicht zu Tode erschrecke.

»Wieso lauerst du hier rum?«, fährt sie mich an, sobald sie mich erblickt.

»Ich konnte nicht schlafen und habe auf dich gewartet.« Meine Stimme zittert kaum merklich von der Anspannung, die in mir abfällt.

»Im Flur? Im Dunkeln?«

Berechtigte Fragen. Ich zucke mit den Achseln und lächele unschuldig, während mein Herz noch immer vor Aufregung rast.

Miriam rollt mit den Augen und zieht ihre Schuhe aus. »Es ist schon spät. Du solltest ins Bett gehen. Ich verschließe die Tür von außen.«

Das tun wir immer, seit das Schlafwandeln wieder angefangen hat.

»Kannst du auch den Schlüssel mit in dein Zimmer nehmen und unter dein Kopfkissen legen oder so?«

»Wieso?« Sie beäugt mich skeptisch.

»Dann fühle ich mich sicherer. Und ich wäre dir dankbar, wenn du unser Türschloss austauschen lässt. Ich habe letztens glaube ich meinen Wohnungsschlüssel verloren.«

»Nika …«

»Gute Nacht, Miriam!« Ich drehe mich schnell um und will in mein Zimmer huschen, als mir noch etwas einfällt. »Warte.« Ich wende mich erneut zu ihr. »Stimmt es, dass Maximiliane aus der Stufe über mir ermordet wurde?«

Miriams Augen werden groß. »Von Mord ist bisher nicht die Rede. Wie kommst du darauf?«

»Bisher. Das heißt, es ist nicht ausgeschlossen. Ermittelst du in dem Fall?«

Miriam verschränkt die Arme vor ihrer Brust und sieht mich misstrauisch an. Obwohl sie selbst keine Kinder hat, hat sie den Blick einer strengen Mutter ganz schön gut drauf. Ich war vermutlich eine gute Übung dafür. »Die Todesursache ist noch nicht ganz klar, das stimmt wohl. Aber nein, das ist nicht mein Fall.«

»Zum Glück«, murmle ich.

Ihr Blick wird noch skeptischer. Bevor sie noch auf die Idee kommt, nachzuhaken, verschwinde ich schnell in meinem Zimmer und schließe die Tür hinter mir. Mit dem Rücken gegen das Holz gelehnt bleibe ich stehen und lausche.

Ein paar Sekunden später höre ich, wie Miriam seufzend den Schlüssel umdreht und herauszieht. Ich weiß, dass ich diese Nacht trotzdem kein Auge zu machen werde.

Kilian

Freitag

Als ich aufwache und die Augen öffne, fällt es mir schwer zu begreifen, wo ich bin. Das ist kein Zimmer unseres Lofts. Das ist auch nicht Veronikas Zimmer, an das ich mich noch dunkel erinnere.

Verdammt, wo bin ich?

Ich versuche mich aufzusetzen und werde prompt mit einem Stechen in der Brust dafür bestraft.

»Kilian, mein Junge, du solltest einfach liegen bleiben.«

Ich drehe meinen Kopf zu der bekannten Stimme. »Mr. Harsen.«

»Wieso so überrascht?«

Er hat Recht. Ich hätte mir denken können, dass Mace mich zu ihm bringt.

»Wo ist Mace?«, frage ich und setze mich soweit auf, dass ich mich an das Kopfende des Bettes lehnen kann.

»Schläft noch.«

»Sebastian?«, hake ich nach, traue mich aber kaum, diesen Namen laut auszusprechen. Ich schlucke.

Mace' Vater nickt nur mit dem Kopf und mein Blick folgt der Richtung, in die er zeigt. Sebastian sitzt auf einem Sessel auf der anderen Seite des Bettes. Sein Kopf ist zur Seite geneigt, seine Lider geschlossen.

»Er wollte nicht von deiner Seite weichen.«

Bei Mr. Harsens Worten steigt eine unangenehme Wärme in meine Wangen. Hoffentlich findet er an Sebastians oder meinem Verhalten nichts Seltsames.

Ein paar Sekunden verweilen meine Gedanken bei dem zwei Jahre jüngeren Dämon. Bei dem Kuss, den wir in Nikas Zimmer geteilt haben und der mir vorkommt wie ein Traum. Fast wünsche ich, ich hätte ihn nur erträumt, doch dann wäre Nikas Bett bestimmt nicht der Schauplatz gewesen. Verdammt, Veronika. Sie hat mich auch geküsst ...

»Wer hat auf dich geschossen, K?«

Die Frage reißt mich zurück ins Hier und Jetzt. Es ist ein Wunder, dass sie so lange unausgesprochen blieb.

»Ich weiß es nicht«, erwidere ich wahrheitsgetreu.

Mr. Harsen mustert mich aus stechendgrünen Augen, sein ergrautes Haar ist penibel frisiert. »Man wird in diesem Land auf offener Straße nicht einfach angeschossen, Kilian.«

»Offenbar doch.« Ich bin Mace' Vater keine Rechenschaft schuldig, weshalb ich das Gespräch hier für beendet erkläre. Ich schließe meine Augen und atme tief durch, um den Schmerz zu verdrängen, der sich durch meinen Oberkörper zieht. Er ist aushaltbar, weshalb ich davon ausgehe, dass man mir Schmerzmittel verabreicht hat.

»Ruh dich aus. Sobald Mace wach ist, fahrt ihr zurück. Ich weiß nicht, ob euch jemand auf den Fersen ist.«

Ich behalte die Augen geschlossen und höre, wie die Tür ins Schloss fällt. Seine Message ist deutlich geworden. Er will nicht, dass wir Ärger mit hierhin bringen. Ob er mit seiner Befürchtung Recht hat und uns jemand auf der Spur ist? Wurde ich angeschossen, weil jemand weiß, was ich bin? Was ich getan habe? Es war kein Raubüberfall, so viel ist sicher. Und der Täter muss in einiger Distanz gelauert und auf mich gewartet haben. Der Schuss war präzise, die Straße menschenleer. Waren wir zu unvorsichtig mit den Frauen, die wir in unser Geheimnis einweihten? Fest steht, dass wir jede von ihnen werden durchleuchten müssen. Eine von denen scheint etwas gegen uns zu haben.

»Bist du wach?«

Bei Sebastians Stimme schlage ich die Augen auf. Er hat sich in dem türkisfarbenen Sessel vorgebeugt, sodass seine Arme auf der Bettkante ruhen. Seine nussbraunen Haare werden von der Sonne angeschienen. Aus eisblauen Augen schaut er mich an. Ein für ihn untypischer Ausdruck liegt in seinem Gesicht: Besorgnis. Das ist neu. Das ist gefährlich.

»Wieso bist du noch hier?«, frage ich etwas taktlos.

Sofort verschwindet dieser neue Ausdruck aus seinen Augen. Er richtet sich auf und nimmt die Arme vom Bett. »Wollte wissen, ob du in Ordnung bist. Was offensichtlich der Fall ist.«

Ich bereue meinen schroffen Ton. Ich bereue meine Worte. Eigentlich will ich nichts anderes, als dass er sich für ein paar Minuten neben mich legt und mich im Arm hält. Ich will, dass er sagt, dass alles gut wird und niemand nach meinem Leben trachtet. Dass ich in Sicherheit bin.

Aber Sicherheit – was ist das schon? Es ist ein trügerisches Gefühl, was uns einen Zustand vorgaukelt, bei dem wir unvorsichtig und verletzlich werden. Es ist klüger, sich niemals in Sicherheit zu wiegen.

»Dann fahr ich halt.« Sebastian erhebt sich plötzlich und mein Herz macht einen so großen Satz, dass es mir fast aus dem Hals springt – Hauptsache ihm hinterher.

»Nein, warte.«

Er dreht sich zu mir um, doch da ist nichts als Kälte in seinem Blick. Ich halte die Luft an.

»Worauf?«, fragt er und schnaubt. »Ich gehe. Du hast gestern ein wenig Energie bekommen, das sollte reichen, damit du in Kürze auf die Beine kommst. Und danach solltest du öfter mal ... du weißt schon. Nicht so lange hungern. Spaß haben. Mit anderen. Das tue ich auch. Das solltest du ebenfalls.« Und dann dreht er sich um und geht.

Ich bleibe zurück und auf einmal fühlt es sich so an, als hätte ich noch ein zweites Einschussloch in meiner Brust. Diesmal hat es mein Herz jedoch nicht verfehlt.

Die erste Hälfte der Rückfahrt über schweigen wir. Was diesmal nicht an Mace liegt, sondern an mir. Da sie mich vergangene Nacht in Sebastians Wagen hergefahren haben und M nur mit seinem Motorrad hinterher ist, musste er sich heute den Wagen seines Vaters leihen. Ein weiterer Punkt, warum Mr. Harsen vermutlich etwas gegen unseren Besuch hat. Ich kann es ihm nicht verübeln.

Ich liege mit dem Rücken auf der Rückbank, die Beine angewinkelt und starre an die graue Decke des SUVs.

»Hast du deine Zunge verschluckt, oder was?«, kommt es von vorne.

Ich antworte nicht.

»Gestern schien sie noch einsatzfähig im Mund von Veronica.«

Ich presse meine Zähne knirschend aufeinander. *Erinner' mich nicht daran, Mace. Ich weiß, dass das ein Fehler war.*

»Hoffentlich lernst du draus und sagst auf unserer nächsten Party nicht mehr nein. Wo wir bei dem Thema sind, wann ist die nächste?«

Versucht er sich jetzt echt an lockerem Smalltalk?

»Wir sollten auf die nächste Party verzichten. Wir müssen vorsichtiger sein«, grummele ich.

»Aha. Ich wusste, dass du das sagst!« Sein Stolz darüber, dass ich seinen Köder geschluckt und mein Schweigen gebrochen habe, ist nicht zu überhören. Ich verdrehe die Augen.

»Das ist mein Ernst. Wenn mir jemand nachts mit einer Knarre auflauert, heißt es, dass wir einen Gang zurückschalten müssen.«

»Nein, das heißt nur, dass wir gefährlich leben. Aber das wussten wir schon immer. Wir können die Party als Köder nutzen und so herausfinden, wer unser Möchtegern-Mörder ist.«

Ich schweige wieder. Diesmal jedoch, weil ich über Mace' Vorschlag ernsthaft nachdenke. Es scheint gar kein so dummer Plan zu sein.

»In zwei Wochen könnten wir eine starten«, überlege ich laut. »Wenn ich bis dahin noch lebe.«

»Klar, du verlässt einfach zwei Wochen nicht mehr das Haus.«

Super Vorschlag.

»Wir müssen noch das Problem mit Nika und Raphael lösen.« Es ist mir unangenehm, ihren Namen auszusprechen, weil wir das Thema seit zwei Wochen gekonnt meiden. Ich weiß, dass M nicht über sie reden will. Und ich will es eigentlich auch nicht.

»Ich hab' ihr von Raphael erzählt und dass sie ihr Türschloss wechseln müssen. Damit wäre es aus der Welt geschafft.«

»Du hast was?« Vor Schock versuche ich mich aufzusetzen, lege mich aber sofort wieder stöhnend zurück. Ruckartige Bewegungen sind wohl noch nicht drin.

»Denkst du, ich hab' nicht mitgekriegt, dass du dich jede Nacht herausgeschlichen hast? Ich bin dir einmal gefolgt und hab' gesehen, was du die ganze Nacht treibst. Das ist nicht gesund. Es wurde Zeit, dass sie es weiß. Du kannst jetzt also mit deiner Nachtwache aufhören, du bist nicht Jon Schnee.«

Ich knurre und starre wieder an die Decke des Wagens. Aus dem Panoramadach scheint mir die Sonne entgegen. Ein wolkenloser, strahlendblauer Himmel verspricht einen Sommertag mit Höchsttemperaturen. Wenn es nach mir geht, könnte ich allerdings den ganzen Tag in diesem klimatisierten Auto verbringen. Ich bin kein Sommermensch. Der Herbst und der Winter sind meine liebsten Jahreszeiten.

Viel zu schnell halten wir und Mace schaltet den Motor aus. Wir sind schon da? Ich muss kurz eingedöst sein.

»Wirst du mich jetzt über unsere Türschwelle tragen wie eine Braut?«, necke ich ihn, als er sich abschnallt.

»Stell dich nicht an und lauf selbst«, erwidert er und lässt die Fahrertür hinter sich zufallen.

Ich lache und hieve mich aus dem Wagen. Mittlerweile verursacht nicht mehr jede Bewegung ein Stechen in meiner Brust, was ich als gutes Zeichen werte. Die paar Stunden Ruhe, Mr. Harsens Eingriff, die Schmerztabletten und die Energie von Sebastian scheinen geholfen zu haben. Es ist nicht so, dass uns das Tanken von Lebensenergie Superheilkräfte verleiht, aber es unterstützt durchaus unseren Selbstheilungsprozess.

Ich sollte auf Sebastians Rat hören und in nächster Zeit ein wenig mehr Lebensenergie zu mir nehmen – von anderen. Egal von wem. Vorzugsweise jedoch nicht von Nika.

Gemeinsam mit Mace erklimme ich die Treppen zu unserer Wohnung – ich habe noch nie so lange dafür gebraucht und ich bin dabei auch noch nie derartig ins Schwitzen gekommen. Als wir das Loft betreten, wartet Lio bereits. Eigentlich wäre er um diese Zeit in der Uni, doch Mace muss ihm erzählt haben, was vergangene Nacht passiert ist. Ich wappne mich innerlich für ein ernstes Rudelgespräch und eine Lagebesprechung – vielleicht würden wir sogar in Erwägung ziehen, Raphael zurückzuholen. Schließlich ist es eine ernste Sache, wenn jemand in den Straßen mit einer Waffe auf uns lauert. Wir müssen ihn zumindest warnen. Womit ich jedoch nicht rechne ist, dass Lio Mace zuzwinkert und auf die gepackte Tasche zu seinen Füßen zeigt.

»Wir können los«, erwidert er grinsend.

»Wie los?«, frage ich. Wir sind gerade erst angekommen. Ich bin diese ganzen verfluchten Stufen hier raufgegangen.

»Damit du nicht depressiv wirst, brauchst du ein paar Sonnenstrahlen.«

Mace klopft mir auf den Rücken. »Tut mir leid, Mann. War nicht meine Idee. Aber Lio hat Recht. Ein bisschen Sonne tut uns allen ganz gut.« Er geht zur Garderobe, wo unter dem Spiegel eine schwarze Sonnenbrille von ihm liegt. Er setzt sie sich auf und grinst mich an.

Verdammt, ich hatte ganz vergessen, dass ich der Einzige hier bin, der den Sommer nicht ausstehen kann!

»Hättest du mir das nicht sagen können, bevor wir hier hoch sind?«

Er hebt die Tasche vom Boden auf und wirft sie sich über die Schulter. »Ein bisschen Sport hat noch niemandem geschadet.«

Angeschossenen Leuten bestimmt schon, denke ich, doch ich verkneife es mir. Irgendetwas sagt mir, dass Mace schadenfroh ist. Vermutlich ist dieses dreckige Grinsen Indiz genug bei einem Gesicht, das ansonsten die Mimik einer Steinskulptur bevorzugt.

Das ist doch nicht seine Rache dafür, dass er mich mit Nika auf dem Schoß erwischt hat, *oder*?!

4.

Zufall oder Schicksal?

Nika

Freitagvormittag

»Nika, willst du noch den Rest vom Nudelauflauf?«

Ich kann den Blick nicht von dem Zeitungsartikel lösen, von dem lächelnden Portrait dieses Mädchens, dem ich letztes Jahr hin und wieder in den Schulgängen oder auf dem Pausenhof begegnet bin.

»Hast du das gesehen?«, frage ich Miriam, ohne auf ihre Frage einzugehen.

Sie stöhnt und lässt sich mit ihrem Nachschlag an Nudeln gegenüber von mir an dem Esstisch nieder. »Die Polizei bittet um weitere Hinweise. Vielleicht hat irgendjemand noch irgendetwas mitbekommen«, gibt sie widerwillig zu.

»Also liegt der Autopsiebericht mittlerweile vor?« Ich reiße mich von dem Artikel los, doch Miriam weicht meinem neugierigen Blick aus.

»Du und deine Freunde wart Dienstag nicht auf der Poolparty, oder?«, will sie stattdessen wissen.

Ich schüttele den Kopf. »Wieso? Ich dachte, es ist auf dem Rückweg passiert. Und man hat keine Zeichen von äußerlicher Gewalteinwirkung feststellen können?«

Miriam schürzt ihre Lippen. »Du stellst viel zu viele Fragen, Kind. Hat dir das schon einmal jemand gesagt?«

Ja. Vermutlich ist genau das diese Eigenschaft von mir, die mich immer wieder in Schwierigkeiten bringt. Aber ich kann das nicht einfach abstellen.

Ich durchbohre die jüngere Schwester meiner Mutter mit fragenden Blicken, bis sie aufgibt und laut seufzt. »An den Armen und Handgelenken hat sie einige blaue Flecken. Diese könnten natürlich auch von einer Auseinandersetzung auf der Party herrühren, weshalb die Polizei momentan alle Jugendlichen befragt, die dort waren.«

Hm. Ob Mace oder einer seiner Freunde an dem Dienstagabend auch dort waren? Ich stürze den Rest meines Wasserglases hinunter und verstricke mich in meinen Überlegungen. Seine Warnung, mich nicht mehr in ihre Angelegenheiten einzumischen, ist mir noch deutlich im Kopf, doch es geht hier um *Mord.* Da kann ich nicht einfach drüber hinwegsehen.

»Auf jeden Fall bin ich froh, dass du nicht da warst«, meint Miriam und schiebt sich die letzte Gabel ihres Auflaufes in den Mund.

Und ich bin froh, dass du diesmal nicht an den Ermittlungen beteiligt bist, denke ich. Dass noch einmal ein Dämon darauf angesetzt wird, unsere Erinnerungen zu löschen und den Fall zu manipulieren, brauche ich diesen Sommer kein zweites Mal. Apropos.

»Kennst du eigentlich einen Raphael?«, frage ich und versuche möglichst beiläufig zu klingen. Mein Herz klopft schneller bei der Erwähnung seines Namens. *Sind deine Erinnerungen wirklich gelöscht?*

Sie legt die Stirn in Falten. »Ich kenne bestimmt einen Raphael, lass mich überlegen.«

»Nein, ich meine, ob du in den letzten paar Wochen einen getroffen hast. Ihn näher kennengelernt hast. Du weißt schon.«

»Nein, ich weiß nicht. Worauf willst du hinaus?«

Ich zucke mit den Schultern und spiele mit meinem leeren Glas. »Du hast mir nur nicht gesagt, wie der letzte Mann hieß, mit dem du dich so oft auf Dates verabredet hast.«

Sie lacht auf. »Ich habe mich schon ewig mit niemandem mehr auf Dates verabredet, Nika. Es gibt einen Arbeitskollegen namens Dennis, der es immer wieder bei mir versucht, aber nein danke.« Sie beäugt mich misstrauisch über den Tisch hinweg. Mace hatte Recht: Dämonen sind offensichtlich zur Gedankenmanipulation fähig. Miriam hat keine Ahnung mehr, dass sie sich mit Raphael getroffen hat und dieser Mann deshalb an unseren Wohnungsschlüssel kam. »Wie kommst du auf das Thema? Hast du etwa jemanden, den du datest?«

Sie liegt mit ihrer Vermutung sowas von daneben. Zum Glück. »Nein, momentan nicht«, sage ich und stehe auf. Ich habe alles in Erfahrung gebracht, was ich wollte, und die Küchenuhr zeigt, dass ich sowieso schon spät dran bin. »Ich bin mit Becca und Marion im Freibad verabredet. Bis heute Abend!«, rufe ich und verlasse die Küche.

»Möchte noch jemand von euch ein Eis?«, frage ich, ohne den Kopf zu heben. Er ist auf meine Unterarme gebettet und meine Nase berührt den Stoff meines Handtuchs. Es riecht nach Sonnenmilch und Chlor – genauso wie meine Haut. Da ich die ganze letzte Nacht kein Auge zu gemacht habe, habe ich gehofft, hier ein paar Stunden dösen zu können, doch vergebens. Ich bin viel zu aufgekratzt, um mich von der Müdigkeit übermannen zu lassen.

»Ich nicht«, kommt es von rechts. Ich hätte mir auch denken können, dass Marion keins möchte, wegen der strengen Diät, die sie momentan ausprobiert.

»Ich würde mitkommen«, meint Becca.

Ich rolle mich ächzend auf die Seite. Alles an meinem Körper schwitzt. Die Temperaturen sind heute zum ersten Mal dieses Jahr auf über dreißig Grad gestiegen. Der Sommer hat lange auf sich warten lassen, aber nun scheint er keine Rücksicht auf uns armen Menschen zu nehmen. Wahrscheinlich kriege ich trotz Lichtschutzfaktor fünfzig einen Sonnenbrand.

»Super.« Ich wühle in meiner Tasche nach meinem Portmonee und Becca tut es mir gleich.

Barfuß laufen wir über den erhitzten Sand und ich bereue es nach nur wenigen Metern, nicht in meine Flip Flops geschlüpft zu sein. Um meine Fußsohlen vor hochgradigen Verbrennungen zu schützen, hüpfe ich von einem Schatten zum nächsten. Becca stimmt in meinen Parkour mit ein und gemeinsam erreichen wir lachend den Eiswagen.

Ich will sie gerade fragen, welche Sorte sie nimmt, als sie als Erste das Wort ergreift. »Sag mal, wie läuft es eigentlich mit dem Typen, den du nicht aus deinem Kopf bekommen konntest?«

Sie wackelt zweideutig mit den Augenbrauen und zupft sich ihr gestreiftes Bikinioberteil zurecht. Beim Herumrennen verrutscht es schnell bei solch einer Oberweite. Manchmal bin ich neidisch darauf.

»Ähm …«

»Oder sollen wir ihn zum Tabu-Thema erklären?«, fragt sie mit großen Augen. Das machen wir immer, wenn einer von uns einen Schwarm aufgeben muss. Wenn es hoffnungslos ist, wird es den anderen verboten, weiter nachzuhaken und damit die Wunde immer wieder aufzureißen.

Ich überlege noch, welche Antwort ich ihr geben soll, als wir dran sind und der Eisverkäufer uns nach unseren Wünschen fragt.

Wir bestellen beide eine Kugel Erdbeere. Ich nehme mein Hörnchen entgegen, drehe mich um – und lasse es prompt vor Schreck fallen.

»Nika!«, ruft Becca. Ich weiß nicht, ob aus Mitleid mit der Eiscreme, die im Sand verläuft, oder weil sie so überrascht von meinen zwei linken Händen ist.

Aber ich kann ihr nicht antworten. Ich muss Kilian anstarren, der ebenfalls auf dem Weg zum Eiswagen ist und mich im selben Moment entdeckt hat, in dem mir das Eis heruntergefallen ist. Auch er ist kurz stehen geblieben und ich meine in seinen Augen sogar kurz den Gedanken zu sehen, einfach umzukehren. Doch dann hat er sich wieder gefasst und kommt weiter auf uns zu.

Ich kann meine Überraschung nicht einfach so schnell wegblinzeln wie er. Größtenteils weil er gestern Nacht noch halbtot in meinem Zimmer lag und sich nicht bewegen konnte und jetzt so fit vor mir steht, dass ich kurz glaube, die Ereignisse vergangener Nacht nur geträumt zu haben.

Was schwierig wäre, weil ich überhaupt nicht geschlafen habe.

Ich packe Beccas Arm, als wäre sie eine Boje, an der ich mich im offenen Meer festhalten kann. Oder eher fest*krallen*.

»Was ist?«, fragt sie erschrocken.

Ich bin immer noch unfähig zu antworten. Ich will einfach nur, dass sie mich hier wegzieht.

»Sollen wir uns noch einmal anstellen und dir ein neues Eis holen?«

»Nein«, flüstere ich.

»Wieso flüstern wir?«, flüstert sie zurück.

Nun ist es zu spät. Kilian steht direkt vor uns und jetzt merkt auch Becca, dass mein Verhalten mit ihm zu tun haben muss.

»Hey«, sagt er und schaut von mir herunter zu der Kugel Eis, die ich ›verloren‹ habe. Peinlich. Augenblicklich spüre ich Hitze in meine Wangen steigen.

»Hi, ich bin Becca«, trällert meine beste Freundin derweilen und streckt Kilian die Hand entgegen.

»Ähm hi. Ich bin Klaus. Ein Bekannter von Nika.« Er schüttelt ihre Hand und mein Blick wandert dabei über seinen gebräunten Oberkörper, der mit einem Verband umschlungen ist. Was zumindest ein Beweis dafür ist, dass vergangene Nacht wirklich passiert ist. Aber ihm scheint es schon viel besser zu gehen, wenn er sich in einem Freibad Eis holen kann. Das hier ist sicherlich der letzte Ort, an dem ich ihn erwartet habe.

Mein Blick wandert wieder hoch zu seinem Gesicht, bleibt für einen Herzschlag an seinen Lippen hängen, die ich vor fünfzehn Stunden noch geküsst habe, und findet dann seine braunen Augen. Sie starren mich an.

Bei der Erinnerung daran, wie ich gestern auf ihm gesessen habe, werden meine Wangen noch wärmer. *Scheiße.*

Ob er sich an den Kuss noch erinnern kann? Hoffentlich nicht.

»Freut mich, dass es dir gut geht«, presse ich heraus. Wenn er hier ist, bedeutet es, dass Mace hier auch irgendwo ist? Ich will es gar nicht erst herausfinden. Ich will einfach nur weg. »Wir müssen jetzt los.«

»Soll ich dir nicht ein neues Eis kaufen?«, fragt er, bevor ich losstürmen kann. »Ist vermutlich meine Schuld, dass es dir heruntergefallen ist.«

Unter der Haut meines Gesichts wütet mittlerweile ein Inferno.

»Nein, danke!« Energisch ziehe ich Becca mit mir und ergreife die Flucht, ohne ihn noch einmal anzusehen.

Während wir durch den heißen Sand stampfen, spüre ich Beccas fragende Blicke auf mir. »Hast du einen Sonnenbrand oder bist du wegen dem heißen Typen jetzt so rot geworden?«, fragt sie mich zu allem Überfluss, sobald wir aus Kilians Hörweite sind.

Mir platzt der Kragen. »Er hat gesagt, ich soll mich von ihm und seinen Freunden fernhalten. Und nun taucht er hier auf! Was macht er hier? Wie soll ich ihn so vergessen?« Es war auch schon schwer genug, nicht an ihn zu denken, wenn er mir nicht auflauerte. Jetzt funktioniert es erst recht nicht mehr.

»Okay ... also noch kein Tabu-Thema«, stellt Becca fest. »Aber hattest du nicht irgendetwas von blond und tätowiert erzählt? Nicht, dass er nicht auch so ein Sahneschnittchen ist, aber ich habe ihn mir anders vorgestellt.«

Ich stöhne. »Ja, den meine ich auch nicht. Ich meine seinen Freund.« Wobei die beiden im Doppelpack noch viel besser darin sind, mir Kopfzerbrechen und Schnappatmung zu bereiten.

Als wir uns zurück auf unsere Handtücher pflanzen, fehlt von Marion jede Spur. Vermutlich ist sie eine Runde schwimmen. Ich halte es in der

Hitze ebenfalls kaum noch aus – vor allem, weil ich nun nicht einmal meine gewünschte Abkühlung habe. Mit heruntergezogenen Mundwinkeln starre ich auf Beccas Eis.

Sie bemerkt meine neidischen Blicke und dreht sich so um, dass sie ihr Eis vor meinen Blicken schützt.

»Meins«, warnt sie mich. Ich lache und meine Wut klingt langsam ab.

»Können wir gleich abhauen, wenn Marion zurück ist?«, frage ich, während sie von unten an ihrem Hörnchen knabbert. »Ich will nicht Gefahr laufen, du weißt schon wem über den Weg zu laufen.«

»Ich glaube nicht, dass Voldemort hier auf einem Strandtuch rumliegt«, erwidert sie trocken. Ich schlage ihr spielerisch gegen die Schulter.

»Aua. Ok, ok. Auch wenn ich die Sahneschnitte gern wiedergesehen hätte. Wenn du seinen Freund willst, hast du doch nichts dagegen, wenn ich Klaus nehme, oder? Auch wenn das ein echt seltsamer Name für einen Typen in unserem Alter ist. Passt überhaupt nicht zu ihm.«

Stimmt, Kilian passt viel besser. Doch das behalte ich für mich.

Kilian

Als ich mit drei Eisbechern zurückkomme, erwähne ich nicht, wen ich gerade getroffen habe. Es würde Mace lediglich die Stimmung verderben. Vermutlich würde er sofort gehen wollen. Ich bin zwar nicht in Begeisterung ausgebrochen, als auf dem Plan stand, zum Stranddeck zu fahren – es ist natürlich kein richtiger Strand, sondern nur ein Badesee mit ein bisschen aufgeschüttetem Sand – aber im Schatten des Sonnenschirms habe ich es mir mittlerweile gemütlich gemacht und die Jungs sind in bester Stimmung.

»Hey du Trottel, ich wollte Nuss und nicht Schokolade«, beschwert sich Mace.

»Sorry, hab' ich vergessen.«

»Wie kann man etwas auf zehn Metern vergessen?« Er schüttelt gespielt entrüstet den Kopf und schiebt sich einen Löffel Schokoeis in den Mund.

Indem man jemanden trifft, mit dem man hier nicht gerechnet hat.

Schon zum zweiten Mal innerhalb von vierundzwanzig Stunden.

Ich lege mich wieder auf mein Handtuch und schaue mich unauffällig um, doch von der Blondine und ihrer dunkelhaarigen Freundin ist nichts zu sehen. Ich hätte gerne mit Nika gesprochen. Da ich weiß, wie unsensibel Mace sein kann, nehme ich an, dass er ihr das mit Raphael bestimmt nicht auf die sanfte Tour nähergebracht hat. Sie muss verängstigt, verwirrt, vielleicht sogar wütend sein. Wahrscheinlich hat sie die ganze Nacht kein Auge zugemacht. Ich greife zu meinem Handy und versuche zum zehnten Mal in dieser Woche, Raphael anzurufen. Wie immer drückt er mich weg. Auch er ist vermutlich wütend – und ich weiß nicht, zu was er in seiner Wut im Stande ist. Kurz schießt mir der Gedanke durch den Kopf, dass er mich hätte töten wollen – oder mir zumindest Angst einjagen, aber dann verwerfe ich diesen Gedanken schnell. So weit würde selbst Raphael nicht gehen. Wir kennen uns schon, seit wir Kinder sind. Da unsere Großväter befreundet waren, haben sie dafür gesorgt, dass unsere Familien zusammen aufwachsen. Es war für sie klar, dass ihre Enkelkinder zusammen ein Rudel gründen würden.

Und nun habe ich ihn wegen eines Mädchens verbannt. Zum ersten Mal in den zwei Wochen fühle ich mich schuldig deswegen. Unsere kleine Familie ist geschrumpft und seine Abwesenheit ist deutlich zu spüren. Vor allem Lio hat daran zu knabbern, er hat es bisher nicht angesprochen, aber ich merke es.

Stöhnend lege ich mein Handy weg und reibe mir die Schläfen. Statt an Raphael denke ich wieder an das Loch in meiner Brust. Meine Gedanken kreisen von einem leidigen Thema zum nächsten.

»Wir vertrauen Chantall, oder?«, frage ich in die Runde und beginne endlich damit, mein halb geschmolzenes Eis zu löffeln.

Mace blickt überrascht hoch. Er ist den ganzen Tag schon am Handy und checkt und schreibt E-Mails. Ich frage mich, mit wem er in einem solch regen Austausch steht. »Wie kommst du darauf?«

»Weil es mal wieder Zeit wird, dass wir uns amüsieren. Du weißt doch, ich habe ein paar Treffen sausen lassen.« Ich meine nicht wirklich ›amüsieren‹ – für mich bleibt es Ernährung, aber ›amüsieren‹ hört sich besser an als ›ernähren‹.

»Soll ich sie fragen, wann sie das nächste Mal Zeit hat?«, fragt er, offensichtlich froh darüber, dass ich mit meinem Hungerstreik aufhöre.

Ich nicke und lasse meinen Blick zum Wasser wandern, an dessen Ufer sich hauptsächlich Teenager tummeln, sich gegenseitig ins Wasser werfen, mit einem Ball spielen oder einfach nur herumrennen.

»Oder wir nehmen eine fremde Frau mit zu uns«, spreche ich meine Gedanken laut aus. Es ist nicht so, dass ich Chantall etwas unterstellen möchte, aber es besteht die Möglichkeit, dass wir irgendwo ein undichtes Loch in unseren Kontakten haben und solange wir nicht wissen, ob und durch wen wir aufgeflogen sind, werde ich jedem mit Skepsis begegnen. Gott, ich habe vor ein paar Minuten sogar noch Raphael verdächtigt, mich kalt machen zu wollen! Mein Verstand geht langsam mit mir durch. Sebastian hat Recht: es würde mir gut tun, öfter etwas Kraft zu tanken.

»Hältst du noch ein paar Tage durch? Dann organisier ich was«, sagt Mace. Er muss mir meine Verzweiflung anmerken.

Ich nicke wieder und atme tief aus. Der letzte Löffel Vanilleeis zergeht auf meiner Zunge.

Es ist schon spät abends, als wir unsere Wohnung erreichen. Wir sind so lange am Stranddeck geblieben, bis die Sonne unterging und es zu kalt wurde, um oberkörperfrei Karten zu spielen. Nika habe ich an diesem

Nachmittag nicht mehr gesehen, worüber ich ganz froh bin. Sie nimmt so schon einen zu großen Teil meiner Gedanken ein.

Ich habe sie immer vor Mace gewarnt, aber vielleicht bin ich noch schlimmer als er. In meinem derzeitigen Zustand kann ich für nichts garantieren.

Als wir ins Loft kommen, geht Mace direkt zu unserer Bar, während Lio unsere Tasche auspackt und die feuchten Handtücher aufhängt. Misstrauisch beobachte ich, wie Mace eine leere Jack Daniels Flasche nach der anderen greift. »Haben wir nichts mehr da, oder was?«, fragt er.

»Seit wann trinkst du wieder Hochprozentiges?«

Er scheint nun doch noch eine halbvolle Flasche Whiskey gefunden zu haben, denn er schüttet sich davon etwas in ein Glas. Auch noch pur. Mein Puls beschleunigt sich. Es hatte schon seinen Grund, weshalb er das letzte Jahr nichts stärkeres als Bier mehr angerührt hat.

Er setzt das Glas an seine Lippen, fängt meinen Blick auf und lässt das Glas wieder sinken. »Nun schau nicht so, als wäre ich ein rückfälliger Alkoholiker.«

Ich kneife mir in den Nasenrücken. »Seit wann?«, will ich einfach nur wissen. Jetzt mit Mace zu streiten, übersteigt meine Geduld.

»Vermutlich seitdem du wieder Zigarettenschachteln kaufst.« Er stürzt den Alkohol in einem Zug hinunter. »Denkst du, ich habe die Schachteln nicht gesehen? Oder merke nicht, wenn du nach Qualm stinkend das Loft betrittst?«

Scheiße.

Ich überlege gerade, ob es sich lohnt, mit ihm eine Diskussion anzufangen, oder ob ich ihn einfach in Ruhe lassen soll, als mein Handy klingelt.

Überrascht schaue ich auf das Display. Sebastians Name leuchtet mir entgegen und beinahe lache ich auf. *Mein Laster Nr.2.* Er macht es mir aber auch nicht gerade einfach, ihn zu vergessen.

Ich schüttele den Kopf und gehe ran. Nach der Art und Weise unseres Abschieds heute Morgen würde er nicht anrufen, wenn es nicht wichtig wäre. Ich gebe Mace ein Zeichen, dass ich nach oben gehe und lasse ihn mit Lio im Wohnzimmer zurück. Ein Glas Whiskey hat noch niemanden umgebracht.

»Hallo?«, frage ich auf dem Weg zu meinem Schlafzimmer.

Am anderen Ende der Leitung bleibt es still, aber ich höre ihn atmen. Eine Gänsehaut überzieht meine Arme. »Sebastian?«

Ich knipse das Licht in meinem Zimmer an, um die Dunkelheit hier oben zu vertreiben.

»Kilian ...«, kommt es erstickt zurück. Mace und Nika verschwinden schlagartig aus meinen Gedanken.

Die Art, wie er meinen Namen ausspricht, lässt mich mein Handy fester greifen. Ich weiß augenblicklich, dass etwas nicht stimmt. Dass etwas passiert sein muss.

»Was ist los?«, frage ich. Ich bin mitten in meinem Zimmer stehen geblieben. Meine Beine rühren sich keinen Zentimeter.

»Etwas stimmt hier nicht.«

Das weiß ich bereits. »Wo bist du?«

»Ich bin zu unserem Verbindungshaus gefahren.« Sebastian und sein Rudel haben sich gemeinsam in ein Haus am Campus ihrer Uni einquartiert. Ich war bisher einmal dort gewesen. Sein Rudel ist mittlerweile um einiges größer als meins.

»Was stimmt nicht?«, hake ich nach, weil Sebastian von selbst nicht weiterspricht.

Auf einmal schnappt er nach Luft. Sein Atem geht nur noch rasselnd. Ich verfalle allmählich in Panik. »Seb, rede mit mir!« Am liebsten will ich durch das Handy zu ihm kriechen.

»Hier ist überall Blut.«

»Was?«

»Blut ... verdammt ... es ist so still hier. Ich traue mich nicht, mich von der Stelle zu rühren.«

Ich weiß nicht, was ich ihm raten soll. Meine Gedanken überschlagen sich. Könnte jemand bei ihnen eingebrochen sein? Ist er in Gefahr?

Am anderen Ende der Leitung ertönt ein Rumpeln und mein Herz macht einen Aussetzer. »Sebastian?!«

»Linus ist tot.«

Seine Worte hören sich weit weit weg an. In meinem Kopf rauscht alles. »Seb, hau ab!«

»Ich gehe hoch und sehe nach den anderen ... hier ist so viel Blut, K ... Irgendjemand hat ... Fuck-«

Die plötzliche Stille reißt mein Herz entzwei.

»Sebastian?« Ich flüstere, obwohl ich schreien will. Er antwortet nicht mehr. Und dann legt er auf. Oder jemand anderes legt für ihn auf. Ich weiß es nicht. Meine Gedanken fahren Achterbahn, überschlagen sich und stürzen in die Tiefe.

Das Handy gleitet aus meiner Hand und landet auf dem Fußboden. Es kostet mich alles an Kraft, um nicht neben meinem Handy zu Boden zu sinken. Umzufallen wie ein Sack Kartoffeln. Stattdessen reiße ich mich zusammen und gehe zum Kleiderschrank, um mir frische Klamotten anzuziehen. Ich hebe mein Handy vom Boden auf, stürme die Treppen hinunter und angle an dem Schlüsselboard nach dem Wagenschlüssel für das Auto, das M und ich uns teilen.

»Ich bin weg!«, rufe ich und eile das Treppenhaus hinunter, ohne auf eine Antwort von den Jungs zu warten. Ohne auf das Stechen in meiner Brust zu achten. Es wird Stunden dauern, bis ich bei Sebastian bin, aber tatenlos hier herumsitzen, kann ich nicht.

Als ich die Haustür aufreiße, steht jedoch jemand direkt davor. Fast hätte ich sie umgerannt. Das Mädchen weicht erschrocken einen Schritt zurück und hebt dann ihren Kopf, um mich überrascht aus silbergrauen Augen zu mustern.

Scheiße. Sie hat mir gerade noch gefehlt.

5.

Unter Wölfen

Nika

Freitagabend

Mit meiner gepackten Sporttasche stehe ich vor dem Hauseingang und trete unschlüssig von einem Bein aufs andere. Meine Haut glüht von dem heutigen Tag in der Sonne. Die Sporttasche dient nur meiner Tarnung. Ich habe Miriam gesagt, dass ich noch ein paar Bahnen ziehe, doch ich hatte nie vor, heute noch zum Hallenbad zu fahren. Stattdessen stehe ich vor Mace' Haus und schaue mir die Klingelschilder an. *Harsen*, steht tatsächlich auf einem davon, direkt neben zwei anderen Nachnamen.

Ich muss ihn einfach sprechen, oder einen seiner Mitbewohner, ansonsten weiß ich, dass ich nie wieder zur Ruhe kommen werde. Noch eine schlaflose Nacht will ich mir nicht antun. Ich will nicht mit einem Küchenmesser unter meinem Kissen im Bett liegen und der Stille lauschen. Ich will nicht bei jedem Geräusch zusammenzucken und befürchten müssen, dass ein Dämon in unsere Wohnung schleicht.

Ein Teil von mir hat zwar Angst, dass Mace denken könnte, ich bin nur hier, weil ich mich wie eine Irre Hals über Kopf in ihn verliebt habe und ihn nun stalke – aber deshalb bin ich nicht hier. Es geht um Leben und Tod. Es geht um sein Geheimnis, das er mir vor die Füße geknallt hat und das mir nun keine Ruhe mehr lässt. Es geht um seinen psychopathischen Freund, der einen Schlüssel zu meiner Wohnung besitzt.

Ich nehme all meinen Mut zusammen und drücke auf das Klingelschild.

Ein paar Sekunden lang passiert nichts und ich denke schon, es ist vielleicht niemand Zuhause, als plötzlich jemand die Haustür aufreißt und fast in mich hineinläuft.

Hastig trete ich einen Schritt zurück. Der Mann vor mir bleibt in der Tür stehen.

»Was tust du denn hier?« Kilian schaut mich ungläubig an.

Ich schaue mindestens genauso überrascht zurück. Wie oft innerhalb von vierundzwanzig Stunden kann man sich eigentlich zufällig über den Weg laufen? Okay, er wohnt hier – aber ich habe trotzdem nicht damit gerechnet, ihm erneut so plötzlich gegenüberzustehen.

Er hat seine dunkelbraunen Locken zu einem unordentlichen Dutt gebunden und trägt ein enges weißes T-Shirt, das seine gebräunte Haut perfekt unterstreicht, und unter dem man um seine Brust herum noch immer den Verband sieht. Wäre ich sein Arzt, hätte ich ihm definitiv Bettruhe verordnet. Aber vielleicht gehört er auch zu der Sorte Mann, die sich darüber hinwegsetzt. Ich kenne ihn zwar kaum, habe ihn aber für vernünftiger als Mace gehalten. Vielleicht haben Dämonen aber auch Superkräfte, von denen ich nichts weiß, und er turnt deshalb so munter von einem Ort zum nächsten.

»Du schon wieder«, murmele ich nervös und spiele am Riemen meiner Tasche. *Okay, jetzt verhalte dich nicht wie ein grenzdebiler Teenager, sondern sag, weshalb du hier bist.*

»Das beantwortet meine Frage nicht«, stellt Kilian fest, bevor ich ein zweites Mal ansetzen kann. Er sieht skeptisch und irgendwie auch mürrisch auf mich hinab. Seltsam, dabei habe ich ihn als den Guten in Erinnerung. Das mürrisch-Gucken war sonst immer die Spezialität von Mace. Vielleicht hält Kilian mich mittlerweile wirklich für einen Stalker. Ich würde es ihm nicht einmal verübeln.

Da ich seine Frage immer noch nicht beantwortet habe, fährt er fort: »Hör zu, jetzt ist echt ein ungünstiger Zeitpunkt. Es ist gerade wirklich viel los.«

Will er mich etwa loswerden?

Mein Herz schlägt schneller und ich spüre, wie ich rot werde. Erneut. War es ein Fehler, herzukommen? Natürlich war es einer. Aber ich hatte nicht damit gerechnet, dass ausgerechnet Mace' Mitbewohner mich wegschickt – und dann auch noch nicht einmal versucht, höflich dabei zu sein. Als wäre ich nichts weiter als ein lästiges Insekt, das man mit einer Handbewegung fortjagt. Könnte er nicht zumindest ein wenig Dankbarkeit zeigen, dass ich ihm vergangene Nacht das Leben gerettet habe?

»Ich finde, ich habe ein Recht auf ein paar Antworten«, sage ich trotzig und straffe die Schultern. »Mace kann mir nicht einfach vor die Nase knallen, dass sich ein Dämon Nacht für Nacht an mir vergriffen hat, und ich muss es dann einfach hinnehmen. Es kann ein paar Tage dauern, bis das Schloss von unserem Vermieter gewechselt wird und ich will nicht jede Nacht Angst haben müssen, vergewaltigt zu werden!«

Ich bin etwas lauter geworden, als beabsichtigt. Ich atme hastig aus und sehe mich um. Zum Glück haben wir keine weiteren Zuhörer.

»Sssch!«, zischt Kilian und zerrt mich mit sich, während er zu einem Wagen läuft. Meine Worte haben offenbar Wirkung gezeigt. »Setz dich rein.«

Ich gehorche, in der Hoffnung, endlich mit jemandem vernünftig über alles reden zu können. Nervös schlüpfe ich auf den Sitz und ziehe die Tür hinter mir zu. Kilian setzt sich ans Steuer. Er steckt den Schlüssel jedoch nicht rein, sondern legt nur seinen Kopf nach hinten zurück und schließt die Augen. Er seufzt tief, bleibt aber still.

Kurz denke ich daran, dass ich vermutlich Angst haben sollte, mit ihm allein in einem Wagen zu sitzen, aber Kilian hat mir nie das Gefühl gegeben, eine Gefahr für mich zu sein. *Was wenn sie alle in den Mord von Maxi verwickelt sind? Dann sind sie sehr wohl eine Gefahr.*

Mit angehaltenem Atem schaue ich ihn an. Er sieht total fertig aus. Nicht nur erschöpft, sondern wahrlich am Boden zerstört. Er hat scheinbar nicht gelogen, als er meinte, ich sei zu einem ungünstigen Zeitpunkt hier. Meine Nervosität flacht ab und wird durch Mitgefühl ersetzt. Ich weiß zwar nicht, was passiert ist, aber ich dränge ihn nicht, mir irgendetwas zu erklären. Im Prinzip ist er mir ja auch nichts schuldig. Mace ist es. Aber Mace ist nicht hier. Wo ist er überhaupt? Sollte ich nach ihm fragen?

»Mace hat alles nur noch schlimmer gemacht«, seufzt Kilian schließlich.

Ich kann dem zwar grob zustimmen, wüsste aber gerne, was genau er meint.

»Er hätte es dir nicht sagen dürfen. Nicht so.«

»Meinst du das mit eurem Freund Raphael? Das hätte er mir schon früher sagen sollen«, stelle ich klar.

»Er hat dich nicht vergewaltigt. Er hat sich nur von dir ernährt.«

»Oh – macht es das irgendwie besser, ja?« Verteidigt er ihn etwa? Ich kann mir zwar nichts Genaueres unter ›ernährt‹ vorstellen, doch das, was ich dazu im Internet gefunden habe, in Verbindung mit meinen erotischen Träumen, macht es unmöglich, ein ›nur‹ davor zu setzen.

Kilian dreht den Kopf zu mir und sieht mich an. Dann senkt er den Blick. »Nein, du hast Recht. Deshalb habe ich ihn ja auch aus dem Rudel verbannt.«

»Oh.« Ich lehne mich zurück und meine plötzliche Wut legt sich wieder. Obwohl ich nicht weiß, was genau das bedeutet, tut es gut zu hören, dass Kilian es ihm nicht einfach hat durchgehen lassen. Ich will diesen Raphael dafür bestraft wissen.

Wir schweigen eine Weile. An Kilians angespannter Miene merke ich, dass er es noch immer eilig hat und dass er offenbar nicht weiter über

Raphael reden will. Für mich ist das Thema zwar noch nicht gegessen, doch ich glaube nicht, dass Kilian mir jetzt gerade etwas geben kann, was mir inneren Frieden verschafft.

Ich verschränke die Arme vor meiner Brust und schaue aus der Windschutzscheibe. Das Grau der Abenddämmerung wird durch die noch dunklere Nacht ersetzt.

»Wohin willst du eigentlich?«, frage ich. Er wollte ja schnell los, bevor ich ihn aufgehalten habe.

»Ich muss einen Freund besuchen.«

»Kann ich mitkommen?«

Ich spüre seinen überraschten Blick auf mir, doch ich drehe mich nicht zu ihm um. »Ich kann bei mir Zuhause nicht schlafen«, erkläre ich. Und da er und Mace in gewisser Weise dafür verantwortlich sind, finde ich, dass er mir da entgegenkommen kann.

»Da wo ich hinfahre, ist es gefährlich. Du kannst stattdessen hochgehen und bei uns schlafen.«

Ich beiße mir auf die Unterlippe. »Ist dieser Raphael denn da?« Dass er aus dem Rudel verbannt wurde, heißt ja nicht automatisch, dass er nicht mehr bei ihnen wohnt. Mit ihm werde ich ganz gewiss nicht unter einem Dach schlafen können.

»Nein.«

»Und Mace?« Ich fasse es nicht, dass ich Kilians Angebot ernsthaft in Erwägung ziehe. Aber eine ruhige Nacht wäre mir im Moment vieles wert.

»Ja, er ist oben.«

Ich kaue unschlüssig auf meiner Lippe herum. »Ich glaube nicht, dass Mace mich da haben will. Er wird mich bestimmt wegschicken.«

Aber war das nicht der Plan, Nika? Da hochzugehen und dich Mace zu stellen?

Kilian seufzt wieder und lässt mir keine Zeit für meinen inneren Kampf. »Ich darf keine Zeit verlieren, ich muss jetzt wirklich los.«

»Dann nimm mich einfach mit.« Auch auf die Gefahr hin, dass ich wie ein quengeliges Kind klinge, kann ich nicht anders, als es noch einmal zu versuchen. Ich weiß nicht, was Kilian an sich hat, aber irgendetwas an ihm verspricht mir Sicherheit. Ich muss nicht zwingend mit Mace reden. Meine Fragen kann auch Kilian beantworten. Und im Moment steht Schlaf ohnehin ganz oben auf meiner Liste. Ich könnte einfach während der Autofahrt ein Nickerchen machen.

»Das geht nicht, Nika. Bei uns im Loft bist du sicherer. Geh hoch und sag Mace, dass ich dir erlaubt habe, in meinem Zimmer zu schlafen. Er darf dich nicht wegschicken, wenn ich sage, dass du bleiben kannst.«

Diese Worte muss ich erst einmal sacken lassen. Da er von einem Rudel gesprochen hat, nehme ich an, dass er dann so etwas wie das Alphatier ist. In meiner Vorstellung passt es zwar nicht, dass Mace sich den Befehlen eines anderen unterordnet, aber Kilian hat eine so viel reifere und erwachsenere Ausstrahlung. Es ist logisch, dass er das Sagen hat.

Bei uns im Loft bist du sicherer. Vermutlich hat Kilian recht. Aber wie paradox ist es, dass ich als sichersten Ort der Stadt die Wohnung eines Dämonenrudels wähle?

»Okay«, kapituliere ich schließlich. Ich will Kilian nicht länger aufhalten. Doch bevor ich aussteige, lege ich instinktiv meine Hand auf seine, die auf dem Schaltknüppel ruht.

Überrascht von der Berührung senkt er den Blick auf meine Finger.

»Pass auf dich auf«, sage ich und drücke seine Hand. Was auch immer ›gefährlich‹ bedeutet, ich weiß, dass das keine Übertreibung ist. Nach gestern Nacht habe ich den Hauch einer Ahnung, wie gefährlich das Leben von Kilian und seinem Rudel ist. Und ich finde die Vorstellung schrecklich, dass jemand erneut auf ihn schießen könnte – und diesmal keiner da ist, der ihn vorm Verbluten rettet.

Obwohl Mace mich gewarnt hat, mich nicht in ihre Angelegenheiten einzumischen, kann ich nichts gegen die Fragen tun, die sich in mich brennen: *Wer hat auf dich geschossen? Wer will deinen Tod?*

Als ich seine Hand loslasse, wandert auch sein Blick wieder hoch. »Danke«, sagt er leise.

Zu gern wüsste ich, wofür er sich bedankt. Ob für meine Worte hier im Wagen oder für vergangene Nacht. Es ist, als würden all die unausgesprochenen Dinge zwischen uns irgendeine Art von Verbindung geschaffen haben. Wie ein Seil oder eine unsichtbare Brücke zwischen uns.

Erinnerst du dich an den Kuss, mit dem ich dein Leben retten wollte? Hat es funktioniert, oder war es naiv von mir, es probiert zu haben? Und wieso habe ich nur immer das Gefühl, dich schon länger zu kennen als nur durch die paar Gespräche, an die ich mich erinnere? Kann es sein, dass du meine Erinnerung an sie gelöscht hast, Kilian?

Mein Gedächtnis spielt zwar gegen mich, aber ich bin nicht dumm.

Als ich diesmal auf die Klingel neben dem Namensschild drücke, wird mir die Tür beinahe augenblicklich geöffnet. Sobald das Surren ertönt, drücke ich sie auf und erklimme langsam die Treppenstufen. Obwohl ich mich die letzten Stunden schon innerlich darauf vorbereitet habe, bin ich noch nicht bereit dafür, Mace wieder gegenüberzutreten. Die Wahrheit ist vermutlich, dass ich niemals dazu bereit sein würde.

Kilian ist ebenfalls ein Dämon, seine Schatten sind nicht weniger tief, und trotzdem ist es mit ihm leichter. In seiner Nähe fühle ich mich nicht, als hätte ich mich in der Dunkelheit verloren.

Die Wohnungstür ist bloß angelehnt. Vermutlich denkt Mace, Kilian habe nur etwas vergessen. Sobald ich die Tür aufdrücke, rast mein Herz, als würde ich die Wohnung eines Serienkillers betreten. Vielleicht würde ich doch keine gute Polizistin abgeben. Ich würde mir jedes Mal fast in die Hosen machen, wenn ich einen Tatort betrete.

Ich schließe die Tür hinter mir und schaue mich in dem offenen, hell erleuchteten Wohnungsbereich um. Niemand ist zu sehen. Und es herrscht Stille.

»Hallo?«, rufe ich. Mein Blick heftet sich auf eine Metalltreppe, die in ein oberes Stockwerk führt. Vielleicht sollte ich mich einfach unbemerkt in Kilians Schlafzimmer schleichen und dort übernachten, ohne, dass jemand es mitkriegt. Aber bei meinem Glück würde ich bei der Suche nach Kilians Zimmer bestimmt in Mace' Zimmer reinplatzen und ihn beim Masturbieren erwischen.

»Veronica.«

Bei seiner Stimme zucke ich zusammen. Ich sehe nach rechts, wo Mace plötzlich um die Ecke kommt. Seine Wohnung ist noch geräumiger, als ich dachte.

»Was tust du hier?« Er trägt nur eine graue Jogginghose. Sonst nichts.

Ein halbleeres Whiskeyglas befindet sich in seiner Hand. Er verschränkt die tätowierten Arme vor seiner nackten Brust und lehnt sich an die Wand. Für mich bleibt die Zeit stehen, doch in echt läuft sie weiter, weshalb Mace fragt: »Soll ich die Hose auch noch ausziehen? Dann musst du dir heute Nacht keinen Porno mehr reinziehen.«

Schnell reiße ich meinen Blick hoch und gebe mein Bestes, um Worte zu produzieren und nicht so zu schauen, als wäre es verboten, halbnackt in seiner eigenen Wohnung herumzulaufen. Doch sein Gesicht ist nicht weniger gefährlich für mein Gefühlsleben. Dieser finstere, ernste Ausdruck weckt Erinnerungen. Mr. Griesgram.

Wieso zur Hölle bin ich nochmal hier?

»Was zur Hölle machst du in meiner Wohnung?«, wiederholt er. *Danke Mace, die gleiche Frage habe ich mir auch soeben gestellt.*

»Kilian. Er äh, hat gesagt, ich kann in seinem Bett schlafen.« Gott, das war eine grässliche Erklärung!

Mace zieht überrascht eine Augenbraue hoch. »Wann hast du K gesehen und wieso sollte er dich zu sich zum Schlafen einladen? In sein *Bett*?«

Meine Wangen beginnen zu glühen und ich suche noch nach den richtigen Worten, als Mace sich schon seine eigene Erklärung zusammengereimt hat. Er schnaubt. »Ach deshalb saßt du gestern Nacht auf seinem Schoß und hast ihn geküsst. Ihr seid jetzt zusammen oder was?«

Das ist so lächerlich, dass ich immer noch keinen Ton herausbringe. Dieser Mann macht mich sprachlos.

»So ein scheinheiliger Wichser«, murmelt Mace und leert sein Glas. Etwas zu energisch stellt er es auf der Kommode neben sich ab und stößt sich dann kopfschüttelnd von der Wand.

Stumm und perplex beobachte ich, wie er den Raum durchquert und die Treppe zur oberen Etage erklimmt. »Mach das Licht aus, wenn du hochkommst!«, ruft er, als er aus meinem Blickfeld verschwindet.

Wow.

Ich blinzele ein paar Mal.

Das verlief definitiv anders als geplant. Aber zum ersten Mal seit ich Mace kenne, scheine ich Glück zu haben, denn nun habe ich gleich mehrere Fliegen mit einer Klatsche geschlagen. Langsam aber sicher sickern die positiven Konsequenzen aus dieser Lüge in mein Bewusstsein: Mace wird mich nicht wegschicken. Mace wird mich nicht belästigen. Er wird nicht mit mir flirten und er wird nicht mehr denken, dass ich noch immer hoffnungslos in ihn verliebt sein könnte.

In meiner Brust fallen gleich mehrere Tonnen Last von mir ab. Ein Lächeln der Erleichterung stiehlt sich auf meine Lippen und ich presse sie zusammen, um es zu unterdrücken. Einfacher hätte es kaum laufen können! *Schlaf, ich komme!*

Schnell suche ich nach dem Lichtschalter, um Mace' Wunsch nachzugehen. Von oben brennt noch Licht, sodass ich nicht vollkommen im Dunkeln stehe. Ich schultere meine Sporttasche und gehe die schmale Treppe hinauf.

Hier stehe ich nun vor fünf geschlossenen Türen und weiß nicht, welche ich nehmen soll. Mace hätte ruhig ein wenig mehr Gastfreundlichkeit beweisen und mir meinen Schlafplatz für heute Nacht zeigen können. Aber ich weiß, dass das nur eine unrealistische Wunschvorstellung ist. Hätte Mace sich wirklich wie ein anständiger Gastgeber verhalten, dann hätte ich panisch die Flucht ergreifen müssen, denn das hieße vermutlich, dass er mich nachts umbringen will.

Vorsichtig gehe ich zu einer der Türen, lausche angestrengt und klopfe dann zaghaft. Als niemand antwortet, öffne ich die Tür einen Spalt breit und spähe ins Innere. Dunkelheit. Ich öffne die Tür noch ein wenig weiter, um das Licht hereinzulassen, das mir daraufhin ein geräumiges Badezimmer offenbart. Ich schließe die Tür wieder und gehe zur nächsten. Auch hier lausche ich erst einmal und klopfe dann. Wieder keine Antwort.

Ich öffne auch diese Tür und die erneute Dunkelheit werte ich als gutes Zeichen. Es wird wohl kaum zwei Badezimmer hier auf dieser Etage geben. Ich erkenne die Schemen eines Schlafzimmers und taste mit der linken Hand nach dem Lichtschalter.

Offenbar bin ich hier richtig.

Ich knipse die Beleuchtung im Flur aus und schlüpfe dann in das fremde Schlafzimmer. Hinter mir schließe ich die Tür. Es ist seltsam, in dem Zimmer von jemandem zu stehen, der nicht hier ist und den ich eigentlich nicht gut genug kenne, um das Recht zu haben, hier zu schlafen.

Es riecht schwach nach einem Männerparfüm. Und es sieht anders aus, als ich es mir bei einem Mann wie Kilian vorgestellt habe. Die Wände sind in einem matten Blau gestrichen und es hängen ziemlich viele Fußballposter an den Wänden. Ein paar Pokale entdecke ich ebenfalls. Ich wusste gar nicht, dass Kilian Fußballer ist. Ich gehe zu dem großen Bett und setze mich auf die Kante, während ich die Eindrücke des Zimmers in mich aufsauge.

Mir fällt auf, dass Kilian gar nicht erwähnt hat, wann er wieder zurückkommt. Wird er noch heute Nacht wiederkommen? Oder erst morgen früh? Der eigentliche Grund für meinen Besuch lastet plötzlich schwer auf meiner Brust. Wenn Kilian zurück ist, werde ich ihn auf jeden Fall fragen müssen, was er und sein Rudel zum Zeitpunkt von Maxis Tod gemacht haben. Hoffentlich nimmt er mir die Frage nicht übel … Und hoffentlich liege ich mit meinen Befürchtungen diesmal daneben.

Ich strecke mich auf dem Bett aus und spüre die Müdigkeit in jedem Winkel meines Körpers. Verdammt, ich muss Miriam noch Bescheid geben, dass ich irgendwo anders übernachte. Dass ich hier wirklich schlafe, war so nicht geplant gewesen, als ich heute Abend mit meiner Notlüge übers Bahnen-ziehen das Haus verlassen habe. Ich bereue, dass ich mir heute Mittag kein neues Handy gekauft habe. Denn das heißt, dass ich Mace nun doch noch einmal belästigen muss.

Ich verlasse wirklich ungern dieses Zimmer, aber mir bleibt nichts anderes übrig. Miriam wird vor Sorge sterben und einen Suchtrupp nach mir losschicken – vermutlich nicht in dieser Reihenfolge – wenn ich in ein paar Stunden nicht nach Hause komme.

Zähneknirschend stehe ich auf und verlasse das Zimmer. Da ich es so schnell wie möglich hinter mich bringen will, klopfe ich ohne lange zu zögern an die nächstgelegene Tür.

»Ja?«

Das ist nicht Mace' Stimme.

Ich öffne die Tür und sehe einen fremden Kerl, der auf seinem Bett sitzt und Fifa zockt. Überrascht schaut er mich an. Seine haselnussbraunen Haare stehen in alle Richtungen ab und er trägt nur eine karierte Pyjamahose. »Veronika. Was machst du hier?«

Wieso weiß hier eigentlich jeder, wer ich bin?

»Ich schlafe eine Nacht hier. Und du bist?« Zum Glück macht mich sein nackter Oberkörper nicht so sprachlos wie der von Mace. Das hätte mir auch echt Sorgen bereitet, wenn mich ein bisschen nackte Haut nun immer so aus der Fassung bringen würde. Andererseits hatte ich aber gehofft, dass es vielleicht irgendwie an dem Dämonen-Ding liegen würde und ich nur deshalb so auf Mace reagiere.

Der Typ springt vom Bett und lässt sein Spiel links liegen, was ihm direkt eine Menge Pluspunkte einbringt. Wenn ich Till früher beim Zocken gestört habe, hat er sich immer tierisch aufgeregt.

»Ich bin Lio, hi. Schön dich endlich mal kennenzulernen.« Er grinst mich an, bleibt aber etwas unschlüssig vor mir stehen, wirkt, als überlege er, ob er mich umarmen oder mir die Hand reichen soll. Ich bin froh, dass er nichts von beidem tut.

»Hi«, erwidere ich unsicher und sehe mich um. Er hat eine ganz schön große Sammlung an DVDs und Videospielen. »Ich äh – müsste mal kurz telefonieren.« Vielleicht hält meine Glückssträhne an und ich kann Mace weiterhin meiden.

Seit wann bin ich eigentlich so ein Feigling?

Vielleicht seit ich mich in Mace' Nähe nicht mehr auf mein Sprachzentrum verlassen kann. Bei unserem nächsten Gespräch sollte es demnach Tag sein und er sollte etwas anhaben. Das sind ab jetzt die Grundvoraussetzungen, falls ich mit diesem Dämon jemals etwas klären möchte.

»Oh klar, du kannst von meinem Handy anrufen.« Lio greift nach dem Smartphone, welches auf seinem Bett liegt, entsperrt es und reicht es mir.

»Danke.« Ich schenke ihm ein kurzes Lächeln und tippe dann Miriams Nummer ein. Die einzige Handynummer, die ich auswendig kann. Miriam hat darauf bestanden, dass ich sie als Teenager auswendig lerne.

Wie erwartet springt die Mailbox an, doch das reicht mir vollkommen.

»Hey, hier ist Nika. Ich wollte dir nur Bescheid geben, dass ich heute Nacht bei Becca übernachte. Mach dir also keine Sorgen. Gute Nacht.«

Ich gebe Lio sein Handy zurück, der mich die ganze Zeit nicht aus den Augen gelassen hat. Er sieht mich so fasziniert an, als wäre ich eine vom Aussterben bedrohte Tierart. Gruselig. Einmal mehr frage ich mich, was Mace seinen Freunden über mich erzählt hat.

Ob dieser Lio auch ein Dämon ist? Seltsam, er sieht erst recht nicht danach aus. Nach einigen weiteren Sekunden wird das stumme Anschweigen komisch, weshalb ich mich räuspere und zurück in Kilians Zimmer fliehen will, als mir noch etwas einfällt.

»Ähm, könntest du mir vielleicht einen Gefallen tun?«, frage ich.

Seine Augen werden groß. »Ja klar! Was denn?«

Ich lege meine Hand in den Nacken und suche nach den richtigen Worten. Es ist kein Thema, über das ich gerne und oft spreche. »Das hört sich jetzt vielleicht seltsam an, aber könntest du hinter mir das Zimmer abschließen für die Nacht? Ich bin Schlafwandlerin und möchte niemanden von euch im Schlaf abstechen.« Es als Witz zu verpacken, macht es immer wieder einfacher.

Lio scheint erst überrascht, nickt dann aber.

Zehn Minuten später liege ich nur in meiner Unterwäsche in Kilians Bett und starre an die Decke. Das Licht habe ich angelassen, trotzdem fällt es mir schwer, mich zu entspannen. Wieso habe ich eigentlich nicht voraus gedacht und ein paar Anziehsachen zum Schlafen in meine Sporttasche gepackt? Ob ich mir von Kilian eins seiner T-Shirts leihen kann?

Ich entscheide mich dagegen, schließe die Augen und atme tief durch. Mir gefällt der Geruch, der noch an der Bettwäsche haftet. Alles ist still. Obwohl ich todmüde bin, kann ich nicht abschalten.

Ob Mace bereits schläft?

Ich stelle mir vor, wie er nur ein Zimmer weiter ebenfalls allein in einem großen Bett liegt. Da ich schon einmal in seinem Zimmer war, fällt es mir leicht, ihn mir dort vorzustellen. Ob er nie Probleme mit dem Einschlafen hat? Ich beneide die Leute, die sich hinlegen und innerhalb weniger Minuten einfach wegdämmern. Meine Gedanken sind dafür zu penetrant. Damit die Albträume fernbleiben, versuche ich immer möglichst an etwas Schönes zu denken. Doch das Einzige, was mir heute einfällt, ist Mace.

Wie er oberkörperfrei unten an der Wand gelehnt hat, wie sich seine helle Haut über seinen athletischen Körper gezogen hat. Ich bezweifle, dass er in der Jogginghose schläft. Vermutlich hat er sie ausgezogen und liegt jetzt nur mit einer engen Boxershorts im Bett. Oder er gehört zu den Leuten, die komplett nackt schlafen.

Gott, ich sollte diese Gedanken lassen, aber verdammt … ich kann nicht aufhören, an ihn zu denken. Und das allein reicht, um meinen Herzschlag zu beschleunigen und eine Hitze in mir aufkommen zu lassen. Scheiße, Mace, du musst nicht einmal im selben Zimmer sein, um mich verrückt zu machen.

Langsam und zögerlich wandert meine Hand zwischen meine Schenkel. Normalerweise tue ich das selten und schon gar nicht in einem fremden Bett. Aber dieser Ort gibt mir nur noch einen zusätzlichen Kick. Meine Fantasie springt zwischen der Vorstellung, jetzt zu Mace ins Zimmer zu gehen, und unseren fünf Minuten auf der Veranda hin und her. Die Bilder vermischen sich zu einem erregenden Strudel, in dem ich nur allzu bereitwillig ertrinke. Mal klettere ich nur in meiner Unterwäsche bekleidet zu Mace ins Bett und mal sitze ich angezogen auf seinem Schoß und spüre seine Hand in meine Hose gleiten. Wenn wir es schon in echt nie wieder tun, kann ich ihm zumindest in meiner Vorstellung erlauben, mich noch einmal zu berühren.

Berühre mich, Mace.

Auf mein Keuchen und Zittern folgt die Ermattung. Ich nehme das Kissen von meinem Gesicht, mit dem ich mein Stöhnen erstickt habe. Meine Wangen brennen vor Hitze und das nicht nur wegen dem Sonnenbrand, den ich habe.

Die Erschöpfung, die sich in den Winkeln meines Körpers versteckt hat, kann nun endlich über mich herfallen. Ich schließe die Augen mit den Gedanken an Mace, doch meine Träume verscheuchen ihn. Die Hitze in meinem Körper wird durch Kälte ersetzt. Das Einzige, was die Nacht über gleichbleibt, ist mein rasendes Herz, das in einem Albtraum gefangen ist.

»Oh, hey Kleine. Ich wollte nur schnell auf die Toilette.«

»Aber ich bade gerade!« Wieso hat Mami dem Mann nicht gesagt, dass das Bad besetzt ist? Genau deshalb will ich immer abschließen, aber Mami sagt, ich soll das nicht. Sie hat Angst, dass ich nachher die Tür nicht mehr aufbekomme.

Ich spiele mit dem Schaum und warte darauf, dass der Mann geht. Doch er geht nicht, sondern schließt die Tür und läuft zur Toilette. Er will doch nicht pinkeln, während ich hier bade?

»Iiih!«, mache ich, als er seine Hose aufmacht. Er setzt sich nicht hin, wie Mami oder ich es tun, sondern bleibt stehen, hält sein Ding – wie Mami das bei Männern immer nennt – in der Hand und strullert in die Kloschlüssel. Ich halte mir die Hände vor die Augen und warte auf das Geräusch der Spülung. Als es ertönt, nehme ich die Hände wieder runter, weil ich glaube, dass der Mann jetzt einfach geht und mich allein lässt. Ich liebe baden. Und ich liebe den Schaum, der nach Erdbeere riecht. Der Mann stört mich. Wenn er hier ist, liebe ich baden nicht.

Doch er geht nicht weg. Erst sieht es so aus, weil er zur Tür läuft, doch er macht nur das Licht aus. Auf einmal ist alles dunkel. Ich halte den Atem an und lausche. Ich höre, wie er sich zu mir neben die Badewanne kniet.

Es ist so leise, dass ich nicht atmen kann.

»Du hast doch keine Angst vor der Dunkelheit, oder?«

Danach reißen die Bilder meines Traums. Mami stürmt ins Badezimmer und es wird wieder hell. Da ist überall Blut auf den weißen Fliesen. Ich stehe aufrecht in der Badewanne. Das warme Wasser schwappt mir bis zu den Oberschenkeln. Mir ist kalt. So kalt. Der Mann bewegt sich nicht mehr. Gott sei Dank.

»Was ist passiert, mein Schatz?« Mami schreit nicht. Sie ist ganz leise. Ob sie sauer ist, dass der Mann jetzt tot ist? Ich weiß nicht, warum so viel rote Flüssigkeit aus seinem Kopf kommt. Vielleicht weil ich es mir gewünscht habe.

»Bist du böse auf mich?«, frage ich und schaue Mami an.

Als Mami den Blick von dem vielen Blut löst und mich endlich anguckt, zuckt sie vor mir zurück.

6.

Vergessene Feinde

Kilian

Freitagnacht

Es ist tiefste Nacht, als ich vor dem Verbindungshaus parke. Die Straße liegt ruhig und verlassen vor mir. Was seltsam für einen Freitag ist, normalerweise steigen am Wochenende hier durchgängig Studentenpartys, heute ist keine Menschenseele zu sehen. Ein paar Straßenlaternen zerreißen die Dunkelheit.

Während der Autofahrt habe ich immer wieder versucht, Sebastian anzurufen, doch jedes Mal sprang sofort die Mailbox an. Die Fahrt hierhin war die schlimmste meines Lebens. Es grenzt an ein Wunder, dass ich ohne einen Unfall zu bauen, hier angekommen bin.

Ich steige aus dem Wagen und renne den Kiesweg zu dem Verbindungshaus hoch. Dass die Tür nur angelehnt ist, bestätigt meine schlimmsten Vermutungen. *Sie sind alle tot. Niedergemetzelt.* Ich kämpfe den Impuls nieder, blindlings ins Haus zu stürmen, und zwinge mich zur Ruhe. Ich darf jetzt nicht kopflos handeln. Zu spät fällt mir ein, dass ich etwas als Waffe hätte mitnehmen müssen. Im Endeffekt bleibt mir jedoch nichts anderes übrig, als mir ein Bild von der Situation zu machen und auf das Beste zu hoffen: das Beste, was mindestens eine Leiche und ein Blutbad beinhaltet.

Vorsichtig drücke ich die Tür auf und versuche, kein Geräusch zu verursachen. Ich sehe sofort, was Sebastian am Telefon gemeint hat. Das Licht brennt, weshalb mir nichts von dem Szenario verborgen bleiben könnte. Dunkelrote Spuren ziehen sich durch die gesamte Eingangshalle. Als wäre jemand blutend über den Holzboden gerobbt und hätte noch versucht, die Treppe zu erklimmen.

Innerlich sehe ich mich schon selbst in diesem Haus sterben. Es war dämlich, allein herzukommen, und doch würde ich mich immer wieder so entscheiden, wenn ich die letzten zwei Stunden zurückdrehen könnte.

Ich will nach Sebastian rufen, doch ich weiß nicht, ob der Täter sich noch im Haus aufhält – auch wenn ich das für sehr unwahrscheinlich halte. Es ist logisch betrachtet unrealistisch. Zu viel Zeit ist bereits vergangen. *Ich komme zu spät.* Geräuschlos schleiche ich ins Wohnzimmer, wo ich die erste Leiche finde. Da Sebastians Anruf mich darauf vorbereitet hat, zucke ich nicht einmal mit der Wimper.

Ich knie mich neben den jungen Mann, doch jegliches Pulsfühlen ist überflüssig. Seine Brust ist von drei Einschüssen durchlöchert. Der Farbe des Blutes nach zu urteilen, das sich unter ihm ausgebreitet hat, ist er schon viele Stunden tot. Für einen Moment schließe ich die Augen und atme tief durch. In meiner Existenz als Dämon ist der Tod mein ständiger Begleiter, die Leichen, die meinen Weg bisher säumten, haben mich abgestumpft und dennoch wird mir schwindelig bei der Vorstellung, dass ich hier und heute auch Sebastians Leichnam finden könnte. Dass er irgendwo hier liegt und mit leblosen Augen an die Decke starrt.

Ich stehe auf, sehe mich weiter im Erdgeschoss um und entdecke noch einen weiteren Toten. Ebenfalls erschossen – diesmal ein gezielter Kopfschuss. In mir wächst die Vermutung, dass es mehr als einen Schützen gab. *Jemand hat sie gezielt ausgeschaltet.* Plötzlich spüre ich das Loch in meiner eigenen Brust viel zu deutlich. Doch es ist unmöglich, dass es sich dabei um denselben Schützen handeln kann. Sebastian und ich wohnen zu weit voneinander weg und trotzdem ist der Zufall besorgniserregend.

Ich gehe hoch in den zweiten Stock, wo ich direkt am obersten Treppenabsatz eine weitere Leiche vorfinde. Dieser Typ scheint tatsächlich die ganzen Stufen hochgerobbt zu sein, um dann hier dem Blutverlust zu erliegen. Ich will gerade weitergehen, als ich *ihn* sehe. An der Wand liegt ein vierter zusammengesunkener Körper, von mir abgewandt und doch erkenne ich ihn sofort.

»Sebastian!« Diesmal kann ich seinen Namen nicht zurückhalten.

Ich stürze vorwärts und falle neben ihm auf die Knie. Mein Herz schlägt auf einmal so stark, dass es sich anfühlt, als würde es jeden Moment meine Rippen durchbrechen. Sofort drehe ich Sebastian um und ziehe seinen Körper auf meinen Schoß. Mein Blick scannt ihn von Kopf bis Fuß. Ich sehe kein Einschussloch, weder in seiner Brust, noch in seiner Stirn. Stattdessen hat er eine blutige Platzwunde an der Schläfe. Meine Finger tasten nach seinem Puls. Sie zittern so sehr, dass ich mir erst nicht sicher bin und zur Kontrolle meinen Kopf auf seine Brust bette. *WummWummWumm.* Sein Herzschlag pocht deutlich unter meinem Ohr.

»Oh Gott sei Dank!«

Erleichtert sacke ich auf ihm zusammen und lausche dem Schlagen seines Herzens, als wäre es ein Lied, das mich in den Schlaf wiegen könnte, eine Melodie, die Kindern ihre Angst vor der Nacht nimmt. Ich weiß nicht, wie lange wir so auf dem Boden hocken, ein Knäuel aus zwei Menschen. Ineinander verschlungen. Übereinander gebettet.

Irgendwann stöhnt er auf und bewegt sich, was mich ebenfalls dazu bringt, meinen Kopf zu heben.

Sebastian fasst sich an die Schläfe und kneift seine Augen zusammen. »Scheiße, was machst du hier?«, ist das Erste, was er sagt.

Ich kann darauf nicht einmal antworten. *Ich habe mir Sorgen gemacht*, klingt nicht nach etwas, was ich zu ihm sagen könnte. Ich kann es einfach nicht aussprechen.

»Hast du ihn gesehen?«, frage ich stattdessen. Meine eigene Stimme klingt fremd für mich. Sie passt nicht zu dem, was ich im Inneren fühle.

Sebastian weiß, wen ich meine. Er schüttelt leicht den Kopf, kaum merklich. »Als ich Daniels Puls gefühlt habe, wurde ich niedergeschlagen.« Seine Stimme zittert vor unterdrückter Wut – oder vor Trauer. Ich beobachte, wie sein Blick Richtung Treppe gleitet, wo einer seiner Freunde liegt. Noch nie habe ich so viel Schmerz in seinem Gesicht gesehen.

»Wieso haben sie dich nicht getötet?«, überlege ich laut. Ich bin so unendlich froh, dass sie ihn nicht getötet haben, doch in meinem Kopf ergibt es keinen Sinn. *Wieso sind alle in diesem Haus tot außer er?*

»Glaubst du, es waren Jäger?«, fragt er, anstatt zu antworten.

Das Wort löst einen eisigen Schauer bei mir aus. Ich nicke zögerlich. »Es sei denn, ihr habt andere Feinde hier in der Gegend.«

Er schüttelt den Kopf und setzt sich auf. Statt an mir lehnt er nun an der Wand. Der Abstand zwischen uns fühlt sich falsch an, doch ich lasse ihn ihm.

»Vielleicht haben sie dich nicht getötet, weil sie nicht wussten, ob du nicht vielleicht nur ein Mensch bist«, schlage ich vor. Es fühlt sich sicherer an, über dieses Thema zu sprechen, als über die Tatsache, dass ich nach unserem Telefonat sofort hergefahren bin.

»Oder sie wollten, dass einer übrigbleibt, um die frohe Botschaft zu verkünden. Die Jäger sind wieder zurück.« Er verzieht seine Mundwinkel nach unten.

Zu meinem Bedauern klingt Sebastians Vermutung logischer als meine. Viele von den jüngeren Dämonen haben die Existenz der Jäger verdrängt oder gar vergessen. Scheint, als würden sie sich uns in Erinnerung rufen wollen. Vielleicht war der Angriff auf mich ebenfalls ein Warnschuss der Jäger. Doch wie kann es sein, dass sie uns zur selben Zeit aufgespürt haben? Wieso kommen sie ausgerechnet jetzt aus ihrer jahrelangen Deckung?

Sebastian stöhnt und legt den Kopf in den Nacken. »Mein Schädel fühlt sich an, als würde er gleich explodieren.«

»Muss vermutlich genäht werden.«

Statt zu antworten, sieht Sebastian mich nur an. Ich weiß nicht, was es ist, was die Atmosphäre plötzlich verändert. Die Stille. Sein Blick. Oder dass der Adrenalinstoß langsam nachlässt, die Panik mich verlässt und Platz für etwas anderes macht.

»Sebas-«, setze ich an, doch er unterbricht mich. Ich will ihm sagen, wie leid es mir um seine Familie tut. Ich will ihm sagen, dass wir uns rächen werden. Dass er nicht allein ist.

»Nicht reden.«

Ich schlucke. Vielleicht hat er recht. Keines von meinen Worten wird der Situation gerecht. Oder dem Gefühl von Erleichterung, das mich bei seinem Anblick durchströmt.

Die Luft entweicht meinen Lungen und ich robbe näher zu ihm heran, bis ich genau gegenüber von ihm sitze. Seine Beine stehen angewinkelt zwischen meinen. Ich lange über seine Knie hinweg nach seinem Gesicht, berühre es, wie ich es schon allzu lange nicht mehr berührt habe. Ich habe es mir in meinen Träumen gewünscht - ihn wieder so anfassen zu können. Unter meinen Fingern seine weiche Haut zu spüren, seine Wangen entlang zu fahren, um an der Wölbung seiner Lippe inne zu halten und zu verweilen.

Er entzieht sich mir nicht, sondern lässt mich gewähren.

Wieso haben wir je damit aufgehört?

Wieso haben wir uns gestritten, anstatt weiter mit einander Liebe zu machen?

Ich bin so froh, dass du nicht tot bist.

»Ich nehme dich mit zu uns«, sage ich und bette meine Stirn an seine. Die anderen Wörter sage ich nur in meinem Kopf. Meine Stimme bricht unter der Last meiner Gefühle. *Er hätte tot sein können.* Dieser Gedanke schnürt mir die Brust zu.

Sebastians eisblaue Augen schnüren sie wieder auf.

Ich liebe diese helle Farbe. Wie die Gletscher der Antarktis.

»Aber vorher küsst du mich.«

Oh Sebastian … Seine Worte durchfahren mich von Kopf bis Fuß. Er hat keine Ahnung, wieviel er in mir auslöst. Und trotzdem schließe ich die Augen und komme ihm die letzten Millimeter entgegen, die unsere Lippen trennen. Er will vermutlich nur wieder zu Kräften kommen, und trotzdem rast mein Herz so sehr, als wäre es ein Kuss aus Liebe, den wir gleich teilen.

Ein bisschen ist es das auch.

Denn auch wenn nur einer liebt, ist es ein Kuss aus Liebe.

7.

Pheromone und erste Puzzleteile

Nika

Samstag

»Guten Morgen, Dornröschen. Eine ziemliche Stromverschwendung veranstaltest du hier.«

Ich blinzele in das helle Licht. Mein Herzschlag hämmert noch immer von dem Traum, der sich mir mit jeder Sekunde, die vergeht, weiter entzieht, bis nichts mehr davon übrigbleibt als ein beklemmendes Gefühl in meiner Brust. Als ich die Augen richtig öffne, weiß ich, was die Stimme mit Stromverschwendung meint. Ich bin mit dem Licht eingeschlafen. Das erklärt aber nicht, wieso *seine* Stimme das Erste ist, was ich am Morgen höre.

»Du weißt schon, dass, wenn du Angst hattest, du auch einfach zu mir ins Bett hättest kriechen können, oder? Wie in alten Zeiten.« Mace läuft quer durch das Zimmer und lehnt sich an ein Regal, das gegenüber von dem Bett steht, in dem ich liege. Ich weiß, dass er mich damit nur aufzieht und die Worte nicht ernst meint, trotzdem richten sie in meinem Inneren etwas an.

Ich setze mich kerzengrade auf und kontrolliere schnell, ob die Bettdecke jeden Zentimeter meines Körpers bedeckt. Da ich nur in Unterwäsche geschlafen habe, will ich Mace keine kostenlose Peepshow bieten.

»Ich dachte, Lio würde mir morgens die Tür aufschließen, nicht du«, sage ich dann. Wie kam Lio bloß auf die Idee, sich zu denken: Ach, überlassen wir den Schlüssel einfach Mace. Er hat bestimmt eh nichts Besseres am Morgen zu tun.

Mace zuckt nur mit den Schultern und mustert mich mit einem intensiven Blick. So intensiv, dass man annehmen könnte, er habe die Fähigkeit, durch diese Bettdecke zu schauen oder in mein Gehirn. Von Röntgenblicken war bei meiner Dämonen-Recherche zum Glück jedoch nie die Rede.

»Was?«, fahre ich ihn also an und kralle mich mit einer Hand fester in die Decke vor meiner Brust. Mit der anderen Hand streiche ich mir meine Haare aus der Stirn und merke, wie verschwitzt ich bin.

»Hattest du wenigstens feuchte Träume? Wenn du schon in einem Haus voller Sexdämonen schläfst.«

Bei der Erinnerung an das, was ich gestern Nacht vor dem Einschlafen gemacht habe, schießt mir die Hitze in die Wangen. Zornig funkele ich Mace an und will gerade zu einer schlagfertigen Antwort ansetzen, da lacht er bereits auf.

»Das ist Antwort genug! Die Frage ist wohl nur, von wem, was?« Er zwinkert mir zu und wendet sich zum Gehen. Auf der Türschwelle bleibt er jedoch noch einmal kurz stehen und dreht sich zu mir um. »Du weißt aber schon, dass das Raphaels Bett ist, in dem du geschlafen hast, oder?«

Das ist *Raphaels* Zimmer?

Vor Schock klappt mir die Kinnlade herunter.

Sobald Mace aus der Tür ist, springe ich so schnell aus dem Bett, als würde es in Flammen stehen. Ich bekomme nicht mehr genug Luft. Nach Sauerstoff japsend laufe ich im Zimmer auf und ab. Die blauen Wände scheinen sich zu drehen und immer näher an mich heranzurücken. Ich wusste es. Ich wusste von Anfang an, dass es nicht wie Kilians Zimmer aussieht! Wie kann ich nur in *seinem* Bett geschlafen haben? Es schüttelt mich am ganzen Körper. Schnell klaube ich meine Klamotten vom Boden, nehme meine Tasche und renne aus dem Zimmer. Keine Sekunde länger will ich hier drin verbringen.

Im Flur kann ich schon viel besser atmen. Da ich ohnehin total verschwitzt bin, beschließe ich, Mace' Dusche in Beschlag zu nehmen und dieses eklige Gefühl mit kaltem Wasser davonzuspülen. Ich schließe mich in dem Bad ein und wühle in meiner Sporttasche nach meinem Duschgel und meinem Shampoo. Es gibt nichts Schlimmeres, als sich seine Haare mit einem Männer 3in1-Produkt waschen zu müssen. Wartet, doch gibt es: In dem Bett von dem Mann zu schlafen, der sich ohne dein Wissen nächtelang an dir vergriffen hat!

Ich schüttele den Gedanken ab und befreie mich von meiner Unterwäsche.

In dem luxuriösen Bad gibt es sogar zwei Waschbecken und man hat die Wahl zwischen einer Eckbadewanne mit Massagedrüsen und einer ebenerdigen Dusche. Da ich nicht viel Zeit verlieren will, ziehe ich die Dusche vor.

Mit einem Schwamm und meinem nach Mango duftenden Duschgel schrubbe ich mir den Schweiß, das Gefühl meines Albtraums und das Wissen, in Raphaels Bett geschlafen zu haben, von meinem Körper. Erst als meine Haut brennt, fühle ich mich sauber. Ob die reinigende Wirkung von Wasser etwas mit meiner Liebe für dieses Element zu tun hat?

Ich lege den Schwamm zurück, drehe das Wasser kälter und konzentriere mich darauf, wie die Rinnsale über mein Gesicht und meinen Körper laufen.

Ich hätte einfach nicht so stolz sein dürfen, und Mace nach Kilians Zimmer fragen sollen. Unser ständiger Wechsel zwischen Ignorieren und den sarkastischen Bemerkungen ist ohnehin lächerlich. Er will, dass ich mich von ihm fernhalte, aber trotzdem hält er sich nicht dran. Wir sollten erwachsen genug sein, um vernünftig miteinander reden zu können.

Und ich sollte endlich den Mut aufbringen und die Frage stellen, die mir seit drei Tagen auf dem Herzen liegt: Was habt ihr Dienstagnacht getrieben? Wart ihr zufällig für den Mord an einer rothaarigen ehemaligen Mitschülerin von mir verantwortlich? Ich muss die Antwort einfach kennen, auch wenn ich mich vor ihr fürchte. Wenn sie ›ja‹ lautet, dann würde ich diesmal Konsequenzen ziehen. Mace und sein Rudel würden die Konsequenzen spüren, dafür würde ich sorgen.

Ich steige aus der Dusche, wickele mich in ein Handtuch und öffne die Tür. Offenbar bin ich zu sehr in Gedanken und tue das, weil ich das immer Zuhause so mache, weswegen ich erst merke, als es zu spät ist, dass es sinnvoller gewesen wäre, mich im Bad schon anzuziehen und nicht erst auf den Flur rauszutreten. Prompt begegne ich Mace' Mitbewohner.

Mit offenem Mund starrt er mich an, als wäre ich nackt aus dem Bad gekommen und nicht mit einem Handtuch, das alle relevanten Stellen meines Körpers verdeckt.

»Ähm … guten Morgen«, stottert er und weiß offensichtlich nicht, wo er hingucken soll. Ich weiß nicht, ob ich seine Art verwirrend oder süß finden soll. Wenn man bedenkt, dass er ein *Sexdämon* ist, ist es irgendwie beides.

In dem Moment kommt auch Mace aus seinem Zimmer und sieht unser peinliches Intermezzo. Er verdreht die Augen und schlägt Lio im Vorbeigehen mit der Rückhand gegen den Hinterkopf.

»Hör auf zu starren, Mann.« An mich gewandt sagt er: »Unsere Jungfrau ist etwas unsicher im Umgang mit Frauen. Vielleicht kannst du ihm ja etwas beibringen.« Mit diesen Worten geht er die Treppe hinunter.

»Ich bin nicht wirklich Jungfrau!«, erklärt Lio schnell und ich wende meinen Blick von Mace ab. Lio fährt sich mit der Hand durch sein unordentliches Haar und weicht meinem Blick aus. »Nur als Dämon. Also seit ich einundzwanzig bin. Davor hatte ich schon einmal Sex.«

»Einmal, ja?«, wiederhole ich und verkneife mir mit Mühe ein Grinsen.

Man sieht Lio seine Verlegenheit an. »Nein, ein paar Mal mehr als einmal. Natürlich.«

»Natürlich«, wiederhole ich und presse meine Lippen zusammen. Ich will ihn mit seiner mangelnden Erfahrung auch definitiv nicht aufziehen, aber Mace' Vorlage war einfach zu gut. »Tut mir leid, du kannst jetzt ins Bad«, sage ich deshalb schnell und mache ihm Platz, bevor er sich noch wünscht, vor Scham im Boden zu versinken. Ich kenne das Gefühl und will für niemanden der Grund dafür sein, so zu empfinden.

Da ich nicht vorhabe, Raphaels Zimmer erneut zu betreten, und es auch seltsam wäre, sich in Lios Zimmer umzuziehen, bleiben mir nur zwei weitere Türen übrig. Eine davon ist für Mace' Zimmer, die andere führt zu Kilians Reich. Auf gut Glück öffne ich eine davon. Da ich weiß, dass sich Mace unten befindet, kann mir ohnehin nichts Schlimmes blühen.

Ich schlüpfe in das Zimmer und erkenne die grauen Wände und das große dunkle Boxspringbett direkt wieder. Das letzte Mal saß ich hier gefesselt auf einem Stuhl und Mace hat mich in sein dunkelstes Geheimnis eingeweiht. *War ja klar.*

Kurz erwäge ich, noch in Kilians Zimmer zu wechseln, aber letztendlich ist das lächerlich. Ich muss mir nur schnell etwas anziehen und bin dann auch wieder weg. Es ist komplett egal, wo ich mich umziehe. Mace wird ohnehin niemals davon erfahren, dass ich nackt in seinem Zimmer gestanden habe. Auch wenn der Gedanke irgendetwas Verbotenes und Aufregendes an sich hat. Seit wann stehe ich so auf Adrenalinkicks? Das sieht mir gar nicht ähnlich. Als würde das Schicksal mich verhöhnen, besteht sein Kleiderschrank auch quasi nur aus verspiegelten Türen, was mein Herz nur noch schneller schlagen lässt. Hastig bücke ich mich und suche in meiner Sporttasche nach frischer Unterwäsche. Ich angle den weißen Slip und einen dazu passenden BH heraus, lege beides aufs Bett und lasse das Handtuch fallen.

Ich schiele kurz zu den Spiegeln, die das komplette Szenario festhalten. Ich, Veronika Hoffmann, mit einem hässlichen Sonnenbrand, aber splitterfasernackt im Zimmer von Mace. Ohne, dass er es weiß. Wie er wohl reagieren würde, wenn er mich hier sieht?

Hoffentlich hat er hier keine Kameras.

Ich schüttele den Kopf über meine absurden Gedanken. Irgendetwas liegt hier eindeutig in der Luft. Als wäre diese Wohnung voll von Pheromonen. So abwegig kommt mir der Gedanke nicht einmal vor. Vielleicht senden Sexdämonen einen Botenstoff aus, der ihre Opfer willig macht, und wo sollte dieser Botenstoff konzentrierter vorkommen als an dem Ort, an dem sie alle wohnen?

Schnell schüttele ich meine Wahnvorstellungen ab und ziehe den Slip meine nackten Beine hoch. Eine Frau wird ja wohl ein bisschen träumen dürfen, auch ohne dass direkt übersinnliche Kräfte am Werk sind. Es wäre auch zu einfach, meine Fantasien einer übersinnlichen Kraft in die Schuhe zu schieben. Ich muss mich damit abfinden, dass es einfach offensichtlich ist, dass die chemische Anziehung zwischen mir und Mace stimmt. Da kann keiner etwas dafür außer die Natur.

»Du kannst den Slip ruhig unten lassen.«

Die Stimme verwandelt mich schlagartig in eine Eisskulptur.

Nein, nein, nein! Was *macht* er hier? Alles in mir schreit auf, doch mein Körper ist wie gelähmt.

»Eine nette Überraschung.«

Mace' Stimme weckt in mir den Wunsch, mich in Luft auflösen zu können. Scheiß auf andere Superkräfte wie Gedankenlesen oder Unsterblichkeit!

»Wie es Kilian wohl findet, dass seine Freundin nackt in meinem Zimmer steht? Weiß er, dass ich deine Titten nun schon zum zweiten Mal sehe?«

Seine Worte *töten* mich. Ich schwöre, es fühlt sich an, als würde mich jemand umbringen. Das Gefühl, im Boden versinken zu wollen, ist *nichts* im Vergleich hierzu. Automatisch überkreuze ich meine Arme vor meinen

Brüsten, doch ich bin nicht fähig, ihm zu antworten. Mein Sprachzentrum ist durch Scham und Überraschung komplett lahmgelegt.

Im Spiegel sehe ich, wie Mace näherkommt. Sein Blick ist erst auf mich gerichtet, mustert mich von Kopf bis Fuß, und eine Gänsehaut überzieht meinen Körper, dann guckt er ebenfalls in den Spiegel. Unsere Blicke treffen sich – und seine Augen glühen golden.

Aus irgendeinem Grund löst diese unnatürliche Farbe einen Schauer in mir aus und mein ganzer Körper erzittert.

Ich will ihn fragen, wann und warum seine Augen das manchmal tun. Als er mich auf den Verandastufen vor ein paar Wochen zum Kommen gebracht hat, haben seine Augen das nicht getan. Wieso dann jetzt? Doch ich bleibe stumm.

Er geht um mich herum, bis er genau vor mir steht und wir uns nicht mehr im Spiegel, sondern von Angesicht zu Angesicht angucken. Ich rechne es ihm hoch an, dass er mir ins Gesicht schaut. Andererseits fühlt sich das nur noch intimer an.

»Da war wohl jemand gestern zu lange in der Sonne.«

Ich schlucke. Meine Kehle fühlt sich staubtrocken an.

»Ich wollte mir nur schnell etwas anziehen«, sage ich leise, ohne auf seine Worte einzugehen. Als würde diese Erklärung es irgendwie besser machen, dass ich halbnackt in seinem Zimmer stehe.

»Ich weiß«, sagt er ebenso leise.

»Ich dachte, du würdest nicht mehr raufkommen«, ergänze ich. Er soll nicht denken, dass das hier irgendwie geplant war.

»Ich weiß«, erwidert er erneut. »Jemand sollte dich eincremen.«

»Was?«

Er dreht sich um und geht zu einer Kommode. Aus der obersten Schublade holt er eine blaue Tube. »After Sun. Mein Bruder ist offenbar nicht hier, um dir den Rücken damit einzucremen.«

Als er wieder zu mir zurückkommt, habe ich mich keinen Millimeter bewegt. Die Luft in dem Raum enthält auf einmal nicht mehr genug Sauerstoff.

»Dreh dich um.«

Das ist nicht sein Ernst. Was ist aus seiner Warnung geworden, dass ich mich von ihm fernhalten soll? Das hier hat rein gar nichts mehr mit Fernhalten zu tun.

Mace blickt mir so lange fest in die Augen, bis ich mich umdrehe.

Ich weiß nicht, warum ich ihm gehorche oder warum ich ihn nicht zum Teufel schicke. Ich könnte ihm eine klatschen, mich anziehen und aus dem Zimmer stürmen, doch stattdessen will ich wissen, was er als nächstes tut.

Er streicht mir mit einer Hand das feuchte Haar über die Schulter.

Und noch mehr will ich wissen, warum er das tut.

Es ist, als wären alle Regeln zwischen uns aufgehoben, und als starten wir ein neues Spiel. Doch will ich mich wirklich auf ein neues Spiel einlassen? Ich weiß, dass es mich im schlimmsten Fall mehr als mein Herz kosten kann. Es kann mich das Leben kosten.

Ich höre, wie er den Deckel der Tube öffnet, und zwei Sekunden später spüre ich eine kalte Berührung auf meinem Rücken. Ich zucke kurz zusammen. Seine Hände streichen langsam über meine erhitzte Haut und verteilen das kühlende Gel. Meine Finger krallen sich in mein nasses Haar, das über meiner Brust liegt, und ich spiele nervös an den Spitzen, während ich versuche, so leise wie möglich zu atmen.

Aber ich höre *ihn* atmen – lauter als sonst – und das lässt mein Herz so schnell schlagen, dass ich zu hyperventilieren drohe. Ich blicke an mir herunter, auf meine entblößten weißen Brüste und meine harten Nippel. Ob Mace mich gleich umdrehen wird, um meinen Bauch einzucremen?

Als die Bewegung seiner Hände langsamer wird, nehme ich all meinen Mut zusammen und drehe mich zu ihm um.

Was tust du da?!, brüllt meine Vernunft mich aus Leibeskräften an.

Mace guckt dorthin, wo jeder Mann hingucken würde und wo mein Herz so laut donnert, dass es alles andere übertönt. Auch die Stimme meiner Vernunft.

»Du spielst mit dem Feuer«, murmelt Mace. Seine Fingerspitzen streifen meine Hüften, während sein Blick meine Brüste verschlingt.

»Das hast du schon einmal zu mir gesagt«, erinnere ich ihn und greife nach der Tube After Sun, die neben uns auf dem Bett liegt. Mit zittrigen Fingern öffne ich sie, drücke etwas von der Creme auf meine Fingerspitzen und verteile sie anschließend auf meinen geröteten Bauch. »Ich finde, du könntest den Spruch etwas abwandeln. Wie wäre es mit, du spielst mit dem Teufel? Du tanzt mit den Dämonen. Du kämpfst mit der Dunkelheit.« Ich schaue ihm in die Augen und warte auf eine Reaktion. Doch über meine kreativen Ergüsse zieht Mace lediglich eine Augenbraue hoch. Er hört auf, meine Brüste anzustarren und geht stattdessen einen Schritt zurück.

»Die restlichen Stellen kannst du allein eincremen.«

Seine Worte sind wie kaltes Wasser, das über mir ausgeschüttet wird. Ich schlucke und atme tief durch. *Wieso tust du das mit mir, Mace? Wieso lässt du mich immer als die Dumme dastehen?*

»Ich mache mich nicht an die Freundin von meinem Kumpel ran. Wir sind sowas wie Brüder«, sagt er. Im nächsten Moment hält er mir meinen BH vor die Nase.

Mit hochrotem Kopf entreiße ich ihn seinen Fingern und ziehe ihn an. Meine dumme Lüge ärgert mich und doch bin ich nicht fähig, sie zurückzunehmen.

Als ich den Verschluss am Rücken schließe, stelle ich klar: »Ich wollte mich auch nicht an dich ranmachen.« Aber ich würde lügen, wenn ich sagen würde, dass ich nicht will, dass er mich anfasst. Die leichten Berührungen seiner Finger auf meiner Haut reichen dabei bereits. Ich könnte den ganzen Tag hier stehen und darauf warten, dass seine Fingerkuppen ab und an meine Arme streifen oder über meinen Rücken wandern.

»Ich weiß«, sagt er lediglich. Das goldene Glühen ist mittlerweile aus seinen Augen verschwunden und hinterlässt ein dumpfes Gefühl in meiner Brust. Enttäuschung?

Verglühe für mich.

Verlier die Kontrolle.

Ich will etwas in deinem Inneren berühren!

Ich glaube, daraus könnte ich einen neuen Songtext schreiben. Ich weiß, dass meine Wünsche lebensmüde sind. Aber als er sich von mir abwendet, raubt mir der Stich in meiner Brust den Atem.

Bin ich hier echt die Einzige, die etwas *fühlt*? Vielleicht fühlen Dämonen nicht. Oder er hat so viele Frauen, dass körperliche Anziehung für ihn alltäglich ist. Dass das hier für ihn alltäglich ist.

Ich hole ein schlichtes T-Shirt und eine Shorts aus meiner Tasche, während ich aus den Augenwinkeln beobachte, wie Mace einen braunen großen Umschlag von der Kommode nimmt. Ich werde mich jetzt bestimmt nicht weiter eincremen. Ich werde meine Sachen nehmen und verschwinden. Und ich werde nie wieder etwas so Dummes machen.

Plötzlich schrillt ein Klingeln durch das Haus. Für einen Moment schauen Mace und ich uns an und es kommt mir vor, als hätten wir für eine Sekunde den selben Gedanken: *Kilian.*

Was Mace wohl dabei empfindet? Er hat zwar gesagt, er mache sich nicht an die Freundin seines Bruders heran, aber das vorhin war definitiv über jegliche Grenzen geschossen. Und er hat mit dem ganzen Scheiß von wegen ›Jemand muss dich eincremen‹ angefangen! Wäre ich wirklich mit Kilian zusammen, wäre das vorhin in meinen Augen definitiv schon Betrügen gewesen. Aber wäre die Situation anders ausgegangen, wenn er nicht annehmen würde, dass ich etwas mit seinem Freund hätte?

Wir werden niemals miteinander schlafen. Ich erinnere mich an diese Worte, als hätte er sie erst gestern zu mir gesagt. Damals war Kilian noch kein Thema und genau deshalb bin ich froh, dass diese Lüge jetzt zwischen uns steht wie eine Schutzmauer. Aber vermutlich nicht mehr lange ... Mace verlässt sein Zimmer und das Klingeln verstummt.

Mein Herz hüpft direkt schneller bei der Aussicht, dass meine Lüge gleich enttarnt wird. Dabei war das nicht einmal *meine* Lüge.

Mace eilt die Treppe hinunter, ich ziehe mir mein T-Shirt über den Kopf und folge ihm. Auf der Hälfte der Treppe bleibe ich stehen und beobachte, wie Mace auf den Knopf drückt, um unten die Tür zu öffnen, und sich dann im Flur die Schuhe anzieht. Wohin will er denn jetzt?

Vor lauter Panik, er könnte jetzt direkt verschwinden, fällt mir auch wieder ein, weshalb ich eigentlich hier bin.

»Äh warte – Mace?«

Er hebt den Kopf. Sein Blick ist komplett emotionslos »Ja?«

»Was hast du Dienstagabend gemacht?« Am besten fällt man doch direkt mit der Tür ins Haus. Ich halte den Atem an, während ich auf seine Antwort warte.

Er sieht mich abfällig an. »Was ist das denn für eine Frage?« Seine Augen kneifen sich zu schmalen Schlitzen zusammen. »Willst du mich verhören oder was?«

»Nein, ich …«

In dem Moment schwingt die Wohnungstür auf und an der Türschwelle steht ein älterer Herr mit ergrautem, aber modern gestyltem Haar. Das ist definitiv *nicht* Kilian.

»Wo ist mein Junge?«, ruft er und sieht sich in dem großen Raum um, als erwarte er hier noch jemand anderen als Mace. Als sein Blick mich dabei streift, reißt er überrascht die Augen auf. »Na nu, wer ist denn das?«

»Kilians erste Freundin«, kommt Mace mir zuvor.

»Was?«, fragt der ältere Herr schockiert. Er versucht seine Überraschung nicht einmal zu verbergen.

»Hektor, kannst du auf sie aufpassen? Ich bin für ein paar Stunden weg. Hab' ein paar Sachen zu erledigen.« Mace greift wieder nach diesem ominösen Umschlag und dann nach einem Schlüsselbund.

Ich brauche keinen Babysitter. Und ich bin nicht Kilians Freundin. Doch Mace ist schon aus der Tür, bevor ich etwas davon klarstellen kann.

Nein, nein, nein! Jetzt ist er schon wieder verschwunden, ohne mir auch nur eine Frage beantwortet zu haben!

Die Tür fällt zu. Ich sinke auf der Treppe zusammen und habe den älteren Herren fast vergessen, als er auf einmal kichert. »So so, du bist also ein Mensch?«, fragt der Mann namens Hektor und durchbricht die Stille in dieser Wohnung. Allein seine Frage beweist, dass er ebenfalls in das dunkle Geheimnis der Jungs eingeweiht sein muss.

Das alles ist mir zu viel. Ich fahre mir mit meinen Händen durchs Gesicht und hole tief Luft.

»Sie sind keiner?«, frage ich und ziehe mich am Treppengeländer hoch.

Der Mann lacht und ich komme vorsichtig die letzten Treppenstufen herunter. »Nein, Kleine, bin ich nicht. Aber ich vermute, du weißt, was ich bin. Kilian …« Er schüttelt den Kopf. »Hätte nie gedacht, dass der Junge sich mal auf etwas einlässt. Ich hoffe für dich, dass eure Beziehung keine Eintagsfliege ist. Ich wünsche dem Jungen wirklich mal ein wenig Glück im Leben.«

Wer ist dieser Mann überhaupt? Es verwirrt mich, wie er über Kilian redet. Aber er ist viel zu alt, um sein Vater zu sein, oder? Und eigentlich hält mich hier in der Wohnung nichts mehr und ich wollte von hier verschwinden, aber irgendwie erscheint es mir dem alten Mann gegenüber unhöflich, wenn ich jetzt einfach gehe.

»Willst du mit mir frühstücken, Liebes? Ich warte solange auf meinen Enkel. Weißt du, ob er noch schläft oder unterwegs ist?«

Er ist also der Großvater von einem der Jungs. Das erklärt einiges. »Okay, ähm. Wer ist denn Ihr Enkel?«, frage ich vorsichtig und folge Hektor zum offenen Küchenbereich des Lofts. Mit etwas im Magen komme ich vielleicht besser auf diesen Morgen klar. Die Szene oben in Mace' Schlafzimmer muss ich noch verdauen und irgendwie muss ich mich aus der Nummer ziehen, von jedem für Kilians Freundin gehalten zu werden. Er wird diese Lüge bestimmt weniger praktisch finden als ich.

»Isst du Omelette?«, fragt Hektor mich und holt zeitgleich eine Pfanne aus einem der Schränke.

»Ja«, erwidere ich und bleibe etwas überfordert mitten im Raum stehen.

»Setz dich ruhig, ich zaubere uns schnell etwas. Wie heißt du eigentlich? Und hör auf mit dem Sie, sonst komme ich mir so alt vor.«

Irgendwie mag ich Hektor, das nimmt mir zumindest ein wenig von dem Druck. Ich setze mich an den Esstisch und schaue Hektor zu. Er holt ein paar Eier aus dem Kühlschrank.

»Nika«, antworte ich auf seine Frage.

Zu meiner Überraschung lässt Hektor prompt die Eier fallen und sieht mich entsetzt an. Eine Sekunde später hat er seine Miene wieder unter Kontrolle. »Veronika?«, hakt er nach.

Ich weiß nicht, was ich darauf antworten soll oder was ich darüber denken soll, dass nicht nur Mace' ganzes Rudel von mir weiß, sondern offenbar auch sämtliche Verwandte. Ich stehe vom Stuhl auf und helfe Hektor, die Sauerei auf dem Boden aufzuwischen.

»Zum Glück haben die Jungs immer Eier für eine ganze Fußballmannschaft im Haus«, sagt Hektor kopfschüttelnd und holt vier neue aus dem Kühlschrank.

»Sie – ich meine du, hast mir noch nicht gesagt, wer dein Enkel ist«, erinnere ich ihn.

»Raphael«, sagt er mit dem Rücken zu mir. Er schlägt die Eier in eine Schüssel und holt eine Salzmühle vom Regalbrett. Sieht er mich absichtlich nicht an? Zum Teil bin ich froh darum, denn ich brauche ein paar Momente, bis ich meinen Gesichtsausdruck einigermaßen unter Kontrolle habe. Da Hektor immer noch annimmt, dass Raphael hier wohnt, scheint er nichts davon zu wissen, dass sein Enkel aus dem Rudel verstoßen wurde. Demnach wird er auch nicht wissen, weshalb er verstoßen wurde.

»Er ist nicht zuhause«, ist alles, was ich dazu sage. Es liegt ganz gewiss nicht bei mir, ihn aufzuklären. Ich setze mich wieder an den Tisch und überlege, ob ich Hektor fragen soll, was er über mich weiß und wieso er so geschockt reagierte, als er meinen Namen gehört hat.

»Magst du Speck dazu?«

»Ja gern«, antworte ich und starre grübelnd seinen Rücken an. Für einen Großvater ist er echt fit und er trägt ein blaues Hemd und eine braune Anzughose. Ich kann mir schwer vorstellen, dass auch er ein Dämon ist und sich durch intimen Kontakt mit anderen Menschen von ihrer Lebensenergie ernähren muss. Aber er hat es mir ja quasi bestätigt. Ob Dämonen dann eigentlich auch auf normales Essen verzichten könnten? Wovon würden sie eher sterben – wenn sie aufhören würden, normales Essen zu sich zu nehmen oder wenn sie aufhören würden, sich von der Lebensenergie anderer zu ernähren?

Mir fällt auf, dass mein Fragekatalog immer weiterwächst.

Mit einem Lächeln stellt Hektor zwei gefüllte Teller für uns auf den Tisch, bringt mir sogar Besteck und setzt sich mir dann gegenüber.

»Vielen Dank«, murmele ich.

Wie bin ich hier bloß reingeraten? Ich bin hergekommen, um ein paar Antworten einzufordern, und nun sitze ich hier mit dem Dämonenältesten am Frühstückstisch und werde für Kilians feste Freundin gehalten.

Ich mustere den alten Mann vor mir wie ein exotisches Tier. Theoretisch könnte ich meine Chance nutzen und mir von ihm einige der Fragen beantworten lassen. Er scheint nett zu sein und nicht so abweisend wie Mace. Auch wenn es mir lieber wäre, wenn er Lios Großvater wäre anstatt Raphaels.

»Dieses Dämonen-Ding ist also vererbbar?«, frage ich wie beiläufig und stecke mir eine Gabel Ei in den Mund.

Hektor muss schmunzeln. »Du gehörst also noch nicht lange zum Kreis der Familie, was?«

Meine Lüge – beziehungsweise das Missverständnis, das Mace zu verdanken ist – wird mir immer unangenehmer. Ich erröte und senke den Blick. Jetzt ist es ohnehin zu spät, Hektor die Wahrheit zu erzählen, deshalb kann gern Kilian diese Aufgabe übernehmen, wenn er zurück nach Hause kommt – und ich schon längst über alle Berge bin.

»Das Dämonen-Gen überspringt eine Generation. Mein Kind ist also ein Mensch und sein Kind ist wieder ein Dämon«, erklärt er mir.

Ich stochere in meinem Omelett herum und denke über diese Antwort nach. »Also ist es egal, ob beide Elternteile Dämonen sind oder nur einer?«

Hektor lacht. »Das geht nicht, meine Liebe. Es gibt nur männliche Dämonen.«

Ich schaue überrascht auf. »Ach ja?«

Er nickt zur Bestätigung.

Ich ziehe grübelnd die Augenbrauen zusammen, während ich einen weiteren Bissen nehme. Doch ich kaue nur appetitlos vor mich hin, während ich diese Information verarbeite.

»Du siehst aus wie ein gutes Mädchen. Dir ist schon klar, welchem Risiko du dich aussetzt, oder?«, unterbricht er meine Gedanken. Ich bin überrascht, dass er ehrlich besorgt klingt.

Ich nicke. Dass die Nähe zu einem Dämon tödlich sein kann, ist durchaus bei mir angekommen, dafür hat Mace gesorgt.

»Sind Beziehungen zwischen Mensch und Dämon generell denn möglich?«, frage ich. Es muss ein einsames und trostloses Leben sein, zu wissen, dass man niemals jemanden lieben darf.

Hektor starrt mich eine Weile stumm an, bevor er seufzt und sein Besteck niederlegt. »Okay, hier sind die Fakten.« Er sieht mich mitleidig an und denkt dabei vermutlich unter welch unglücklichem Stern meine Beziehung zu Kilian doch steht. Dass ich in Gedanken dabei wen anders vor Augen habe, würde ihm nicht einmal in den Sinn kommen.

»Aber ich warne dich, dieses Spiel kannst du nicht gewinnen. Du wirst verlieren, es ist nur eine Frage der Zeit«, ermahnt er mich. Jegliche Anzeichen eines Lächelns haben sich aus seinem Gesicht verabschiedet. »Deine Überlebenschancen beim russischen Roulette wären vermutlich höher als dabei, eine Beziehung mit einem Dämon führen zu wollen.«

Ich schlucke. »Das weiß ich. Aber ich will endlich etwas Konkretes hören. Erzähl mir von den Quoten. Ich will Zahlen hören.«

Hektor starrt an die Wand, als würden dort die neusten Sterberaten geschrieben stehen. »Ein Kuss tötet dich nur zu etwa 1%. Je mehr Leidenschaft im Spiel ist, desto riskanter ist es. Es kommt darauf an, wie erfahren der Dämon ist. Ein Frischling ist gefährlicher als jemand, der schon jahrelange Erfahrung mit seinen inneren Dämonen hat. Man kann es trainieren, weißt du. Natürlich bleibt immer ein Restrisiko. Durchschnittlich eine von drei Frauen verliert das Bewusstsein beim Geschlechtsakt mit einem Incubus. Eine von fünfzig Frauen stirbt dabei. In der Geschichte hat es aber auch schon Fälle von Immunität gegeben.«

»Das heißt?«

»Das heißt, dass unsere Nähe für diese Menschen keine Gefahr darstellt, wir uns jedoch auch nicht von ihnen ernähren können. Der Energiefluss wird einfach nicht aktiviert.«

Ich runzle die Stirn.

»Das ist bei dir aber nicht der Fall, richtig?«, hakt er nach.

Ich nicke. Laut Mace haben sie sich vergangenen Monat auf der Party bereits von mir ernährt – und Raphael hat es laut Mace auch getan. Immun kann ich demnach nicht sein. Wäre ja auch zu schön gewesen. Aber vielleicht hat mein Körper aus irgendeinem Grund eine andere Art von Immunität gegen die Incubi entwickelt, die es ihnen trotzdem ermöglicht, sich von mir zu nähren, ohne dass ich dabei mein Leben verlor. Eine Win-Win Situation für alle. Doch ich weiß, dass das nur Wunschdenken ist. Ich hatte bisher einfach nur Glück gehabt.

»Küssen ist also ziemlich ungefährlich«, halte ich fest. Wenn ich daran denke, was für ein Theater Mace darum veranstaltet hat ... da habe ich kaum geglaubt, eine 99%ige Überlebenschance zu haben.

Hektor zuckt mit den Achseln und wendet seine Aufmerksamkeit wieder seinem Teller zu. »Ob die Liebe es wert ist, auch wenn die Wahrscheinlichkeit, zu sterben, gering ist?«

Er scheint davon wenig überzeugt. Andererseits existiert auch immer die Wahrscheinlichkeit, bei einem Autounfall das Leben zu verlieren, und trotzdem fährt fast jeder Mensch täglich Auto.

Ich frage mich, ob Hektor je jemanden geliebt hat und dieses Risiko eingegangen ist. Hat er die Frau, die er liebt, verloren? Plötzlich muss ich an Mace' Ex Freundin denken, die Kilian mir gegenüber mal erwähnt hat. Ist Mace deswegen so, wie er ist? Hat er das Leben seiner Geliebten auf dem Gewissen?

8. Auf den Spuren der Vergangenheit

Mace

Samstag

Erst bringe ich meinem Dad sein Auto wieder und hole mir mein Motorrad zurück. Dann mache ich mich auf den Weg zu der Adresse, die mein Privatdetektiv mir mit ein paar Fotos zukommen gelassen hat. Die langen Fahrten tun mir gut, sie helfen mir, den Kopf frei zu bekommen. Die Begegnung heute Morgen mit Veronica hat mich definitiv nicht kalt gelassen. Und zu erfahren, dass mein Bruder etwas mit ihr angefangen hat, obwohl er ständig predigte, dass ich mich von ihr fernhalten soll, hat mich erst recht kalt erwischt. Dabei hätte ich es mir am Donnerstag schon denken können, als ich sie auf ihm habe sitzen sehen. Oder ich hätte es mir denken können, als er ein dutzend Nächte in Folge vor ihrem Haus campiert hat, um sie vor Raphael zu schützen. Oder schon als er Raphael ihretwegen aus dem Rudel verstoßen hatte. Bereits da hätte ich es mir denken können.

Ich bin ein blinder Vollidiot.

Als ich sie heute nackt in meinem Zimmer erwischte, hätte ich direkt kehrtmachen sollen, anstatt zu ihr zu gehen. Ich habe etwas davon geschwafelt, dass ich einen Bruder niemals hintergehen würde, dabei habe ich mich mit voller Absicht in die Grauzone begeben. Ihren Rücken einzucremen, fühlte sich an wie eine der sieben Todsünden. Ihr danach den BH zu reichen, war genauso verwerflich, als hätte ich ihn ihr ausgezogen.

Verdammt, wieso denke ich ausgerechnet jetzt daran?

Ich sollte mich lieber für das bevorstehende Gespräch wappnen. Da ich keine Zweifel an der Arbeit des Detektives habe, steht es außer Frage, dass ich innerhalb der nächsten vierzig Minuten Veronicas Mutter sprechen werde und somit hoffentlich das ein oder andere Geheimnis ihrer Vergangenheit lüfte.

Vielleicht bringt die Wahrheit endlich Frieden in meine Gedanken. Vielleicht verhilft sie mir zu dem Schlüssel, um aus der Hölle zu entkommen, in die ich mich selbst gesperrt habe.

Ich setze meine schwarze Sonnenbrille auf und gehe mit großen Schritten durch die Wohnwagensiedlung. Aufgrund der Fotos bin ich bereits auf das vorbereitet, was mich hier erwartet.

Kindergeschrei und das Bellen eines Hundes dringen durch die Luft. Ab und zu hört man Streitfetzen aus den Fenstern der Wohnwagen oder das Klirren von Glasflaschen. Der Rasen unter meinen Füßen ist niedergetreten und vertrocknet. Zigarettenstummel und Müll sind alle paar Meter zwischen den vergilbten Grashalmen zu finden. Während ich durch die schmalen Wege des Campingplatzes nach dem Wohnwagen von Carolin Hoffmann Ausschau halte, versuche ich das Glotzen der anderen Bewohner auszublenden. Um diese Zeit und bei dem Wetter sitzen sie fast alle vor ihren Wagen – Arbeit haben hier wohl die wenigsten.

Als ich vor dem Wagen am Platz Nr.62 ankomme, sieht er verlassen aus. Statt bunter Geranien oder Veilchen wächst Unkraut in den Blumenkästen. Ich klopfe an der Tür und warte. Als ich aus dem Inneren Geräusche vernehme, bin ich erleichtert und angespannt zugleich. Nervosität ist ein Fremdwort für mich, doch ich darf dieses Gespräch nicht in den Sand setzen.

Die Tür öffnet sich einen Spalt breit und direkt schlägt mir der Gestank von Alkohol und Rauch entgegen.

»Ich habe die ganze Nacht gearbeitet, was willst du?« Erst dann sieht sie mich und verstummt. Die Frau hat mich offensichtlich für wen anders gehalten. In meinem Kopf kriege ich es nicht hin, sie als Veronicas Mutter zu bezeichnen, dafür ist ihr Erscheinungsbild so anders als das ihrer Tochter. Man erkennt gewisse Ähnlichkeiten, keine Frage, sie haben dieselben aschblonden Haare und dieselben blau-grauen Augen – doch ihre Ausstrahlung ist eine vollkommen andere. Auch abgesehen davon, dass Carolin alles andere als dezent geschminkt ist und diese Schminke total verschmiert ist, als wäre sie gerade erst aufgestanden.

»Carolin Hoffmann?«

Sie verzieht das Gesicht. »So hat mich schon ewig niemand mehr genannt. Wer bist du?«

Ich will gar nicht wissen, wie man sie stattdessen nennt. »Ich bin hier wegen Veronika Hoffmann. Das ist doch Ihre Tochter, oder?« Ich nehme die Sonnenbrille ab und stecke sie stattdessen in den Ausschnitt meines T-Shirts.

»Sie wohnt hier nicht«, blafft sie in einer rauchigen, tiefen Stimme. Sie will die Tür wieder schließen, doch ich stelle meinen Fuß hinein.

»Darum geht es auch nicht.«

Ihre Augen verengen sich skeptisch. »Worum dann?« Als ich nichts sage, wird sie auf einmal blass und reißt ihre Augen auf. »Sie ist doch nicht? Oh mein Gott, ihr ist doch nichts zugestoßen, oder?«

»Nein, nein«, beruhige ich sie schnell, überrascht davon, wie sehr der Gedanke sie aus der Fassung bringt. »Sie lebt. Ich würde aber gern ein paar Dinge in Erfahrung bringen.«

Die Stirn von Carolin Hoffmann legt sich in Falten. »Veronika ist über 18. Wenn Sie also vom Jugendamt sind, kommen Sie ein paar Jahre zu spät. Ich bin nicht mehr ihr Vormund, richten Sie Ihre Fragen bitte an Miriam Hoffmann. Und nehmen Sie Ihren Fuß aus der Tür.«

So langsam neigt sich meine Geduld dem Ende. »Warum konnten Sie nicht für Ihre Tochter sorgen? War es wegen der finanziellen Situation? Wegen Ihrem Job? Oder vielleicht wegen Ihrem Mann, dem Vater von Veronika?«

Auch sie verliert allmählich die Beherrschung. Ihr geschminktes und von Schönheitsoperationen gekünsteltes Gesicht, das ihr Alter verbergen soll, läuft rot an. Mit einem kräftigen Stoß will sie mich aus der Tür schubsen, doch sie ist nicht stark genug.

»Gehen Sie oder ich rufe die Polizei!«

Das bezweifle ich sehr. »Sagen Sie mir, wer Veronikas Vater ist, und ich gehe.«

Sie lacht auf und erneut schlägt mir ihre Alkoholfahne ins Gesicht. »Das ist lächerlich. Sie ist ohne Vater aufgewachsen.«

Mir reicht's. Ich packe sie am Arm und sehe ihr tief in die Augen. Wenn sie nicht reden will, dann muss ich halt zu anderen Mitteln greifen. »Wer ist der Erzeuger?«, frage ich erneut, diesmal eindringlicher und versuche eine Verbindung zu ihr aufzubauen. Ich will nur ungern mit Veronicas Mutter rummachen und hoffe daher, das hier funktioniert auch so.

Sie entreißt mir ihren Arm so plötzlich, dass ich ihn nicht festhalten kann. Sie wankt zwar, doch ihr Blick ist so eisern auf mich gerichtet, dass ich mich nicht rühre.

»Das funktioniert bei mir nicht!«, zischt sie und spukt mir ins Gesicht.

Das kam so unerwartet, dass ich zurückweiche. Sie nutzt den Moment und knallt mir die Tür vor der Nase zu. Angewidert und fassungslos wische ich mir mit dem Handrücken ihren Speichel aus dem Gesicht.

Eins steht fest: sie hat schon einmal Kontakt zu Dämonen gehabt.

Nika

Bevor ich Hektor mit weiteren Fragen löchern kann, werden wir von dem Geräusch eines Schlüssels unterbrochen, der sich ins Türschloss schiebt.

Da ich nicht annehme, dass Mace so schnell zurück ist, weiß ich bereits, wer jeden Moment hereinkommen wird - auch wenn Hektor vermutlich auf seinen Enkel hofft.

Einen Herzschlag später betritt wie erwartet Kilian die Wohnung – dicht gefolgt von Sebastian. So früh habe ich nicht damit gerechnet, diesen hochgewachsenen Kerl mit den eisblauen Augen wiederzusehen. Ich weiß noch nicht, was ich von ihm halten soll, aber diese Frage rückt in den Hintergrund, als ich seine frisch genähte Kopfwunde bemerke.

Erschrocken schnappe ich nach Luft. Mittlerweile hat Kilian uns beide am Küchentisch entdeckt und hebt bei Hektors Anblick verwundert die Augenbrauen.

»Was machst du hier?«, fragt er, während er seine Schuhe abstreift. Dass ich hier noch gemütlich am Frühstückstisch sitze, scheint ihn Gott sei Dank nicht zu stören.

»Ich habe schon länger nichts mehr von meinem Jungen gehört. Da wollte ich nach euch sehen.«

Oh oh. Wie erwartet verzieht Kilian sein Gesicht. Offenbar ist auch er nicht erpicht darauf, den älteren Herren über Raphaels Verbannung aufzuklären.

»Und das ist?«, fragt Hektor, bevor Kilian seiner versäumten Pflicht nachkommen kann.

Kilian dreht sich zu Sebastian um, als wüsste er nicht, wen Hektor meint. »Das? Das ist ein Freund von mir. Er hat sein Rudel verloren und gehört jetzt deshalb vorerst zu uns.«

Während ich darüber rätsele, was ›verloren‹ in diesem Kontext wohl genau heißen mag, bleibt Hektor beim letzten Teil des Satzes hängen. »Du willst ihn einfach in dein Rudel aufnehmen?«

Seinem Tonfall ist zu entnehmen, dass man das wohl nicht einfach so macht. Kilian schneidet ihm mit einem einzigen Blick das Wort ab. Leicht beeindruckt schaue ich von einem zum anderen. Machtkämpfe haben etwas Faszinierendes an sich.

»Du kannst deine Sachen hochbringen«, sagt Kilian in gesenktem Tonfall zu seinem Freund. Erst jetzt bemerke ich, dass dieser einen Koffer und eine große Tasche bei sich trägt. Ohne ein Wort geht Sebastian auf die Treppe zu und verschwindet aus meinem Sichtfeld. Er ist schweigsamer, als ich ihn in Erinnerung habe. Aber das kann auch an der drückenden Stimmung liegen, die hier im Raum steht.

»Hör zu, Hektor. Raphael –«

»Ach!«, macht der ältere Mann und steht vom Tisch auf. Zu meiner Überraschung breitet er die Arme aus und geht auf Kilian zu. »Komm erstmal her, mein Junge, und lass dich drücken!« Die beiden umarmen sich und Kilian verdreht die Augen, als er meinen Blick auffängt. Auch entgeht mir nicht, dass er kurz das Gesicht verzieht, als Hektor ihn wohl etwas zu fest an die Brust drückt. Seine Schussverletzung ist offenbar noch nicht annähernd so verheilt, wie er den Anschein machen will.

»Du hast mir gar nicht von deiner Freundin erzählt!«, bricht es aus Hektor heraus, als die beiden sich aus der Umarmung lösen. Ich spüre, wie ich rot werde, und hoffe, dass Kilian ›Freundin‹ als ›freundschaftliche Freundin‹ interpretiert. Er wirft mir einen fragenden Blick zu und ich bemühe mich um einen unschuldigen Ausdruck.

»Du müsstest ja noch wissen, wer Veronika ist. Wir ähm ... haben es nicht geschafft, sie von unserem Geheimnis fernzuhalten. Also haben wir sie eingeweiht.« Eine interessante Kurzzusammenfassung. Er hat nur ein paar winzige Details ausgelassen.

Hektor wirft mir einen Blick über die Schulter zu und zwinkert mir zu. »Eingeweiht, so so. Ich hoffe, ihr habt auch schon etwas anderes eingeweiht. Unserem kurzen Gespräch vorhin entnehme ich, dass sie sehr risikofreudig ist.« Er klopft Kilian auf die Schulter und ich verschlucke mich an meinem eigenen Speichel. »Willst du auch mit uns frühstücken?«, fragt Hektor.

Kilian bleibt sprachlos im Raum stehen, während Hektor drei Tassen aus dem Schrank holt und die Kaffeemaschine anwirft. Okay, das mit der freundschaftlichen Freundin zieht wohl doch nicht mehr.

Kilian runzelt die Stirn und kommt dann auf mich zu. Während er den Stuhl zurückschiebt und sich neben mich setzt, beugt er sich zu mir heran. »Wieso denkt Raphaels Großvater, dass wir beide zusammen sind?«, flüstert er.

»Lange Geschichte«, flüstere ich fast tonlos zurück und schenke ihm ein endschuldigendes Lächeln.

»Entschuldigt mich kurz. Meine schwache Blase erinnert mich immer wieder daran, wie alt ich bin«, sagt Hektor in das Brummen der Kaffeemaschine hinein.

Sobald er ins Bad verschwindet, klebt mein Blick neugierig an Kilian. Statt ihn in die lange Geschichte einzuweihen, scanne ich jeden Zentimeter von ihm ab, um mich von seinem Wohlergehen zu überzeugen. Hundert Fragen liegen mir auf der Zunge. Wie war seine Nacht? Was ist mit Sebastians Rudel passiert? Woher hat dieser eine so schlimme Kopfverletzung?

Doch Kilian kommt mir zuvor. »Hast du hier gut schlafen können?«

Ich lache auf. »Das ist die unwichtigste Frage von allen!«

Verwirrt schüttelt er den Kopf. »Warum? Was ist wichtiger?«

»Du warst gestern Abend nicht gerade in guter Verfassung. Und du hast mir gesagt, du fährst irgendwo hin, wo es gefährlich ist«, erinnere ich ihn.

Er winkt ab und lehnt sich im Stuhl zurück. Sein Gesicht ist nicht mehr so angespannt, wie es gestern war. Er ist auch weniger gereizt – als habe er ein paar Sorgen weniger mit sich zu tragen. Ob es daran liegt, dass er seinen Freund jetzt in Sicherheit weiß?

»Hat mit Mace alles geklappt?«, fragt er mich. Bei der plötzlichen Erwähnung seines Namens zucke ich kurz zusammen und ich kann nur hoffen, dass es Kilian nicht aufgefallen ist.

»Er hat keine Probleme gemacht«, antworte ich schnell. Doch meine Wangen lassen mich auffliegen – ich spüre, wie sie verräterisch brennen. »Aber wunder dich nicht, wenn er jetzt auch denkt, dass wir ... äh zusammen wären«, füge ich an, in der Hoffnung, Kilian damit abzulenken. Überrascht öffnet er den Mund, will etwas sagen, als in dem Moment Hektor wiederkommt.

»Was habt ihr Kinder denn heute noch so vor?«, fragt er und sieht erst dann, dass wir offenbar gerade in einem heiklen Gespräch waren. »Oh entschuldige, soll ich euch lieber allein lassen?«

»Nein, alles gut«, sage ich und stehe vom Tisch auf. Das ist wohl der richtige Zeitpunkt, um mich aus dem Staub zu machen. Veronika stiftet überall ein bisschen Chaos und geht dann wieder – das scheint mein Supertalent zu sein. »Ich habe heute noch einiges vor, deshalb müsste ich auch eigentlich mal gehen. Danke für das Frühstück, Hektor!«

»Nichts zu danken, Liebes. War schön, dich kennenzulernen.«

Ich nehme meine Sporttasche und will so schnell wie möglich aus der Wohnung flüchten, als Kilian ebenfalls aufsteht und auf mich zukommt.

»Warte noch.«

Überrascht bleibe ich vor der Haustür stehen und beobachte, wie Kilian von der Ablagefläche im Flur einen Kugelschreiber nimmt und etwas auf einen Zettel kritzelt. Anschließend faltet er den Zettel in der Mitte und reicht ihn mir.

»Was ist das?«, frage ich überflüssigerweise. Er wird mir wohl kaum einen Scheck ausgestellt oder eine Schatzkarte gezeichnet haben.

»Wenn was ist ... du kannst mich jederzeit anrufen.«

9.

Unser dunkelstes Geheimnis

Kilian

Samstag

Nachdem Nika gegangen ist und ich ein nicht ganz so angenehmes Gespräch mit Hektor hatte, bin ich froh, als ich endlich zurück in meinem Zimmer bin. Nach der durchgemachten Nacht ist mein Bett ohnehin schon eine Augenweide, doch mit Sebastian darin verkörpert es geradezu den Heiligen Gral.

Der Kleidung am Boden vor dem Bett entnehme ich, dass Sebastian nackt unter meiner Bettdecke ist und für einen Moment werde ich tatsächlich nervös.

»Fühl dich wie zuhause, muss man dir wohl nicht sagen, oder?« Ich schließe die Tür ab – für den Fall, dass Lio wieder einmal ohne zu klopfen reinplatzt, und bleibe ein paar Sekunden an der Türschwelle stehen. Ich brauche Zeit, um die Szenerie aufzunehmen, als würde ich ein Foto davon schießen, um es für später aufzubewahren. Obwohl die Umstände, die hierzu geführt haben, erdrückend sind, ist der Moment selbst ein Lichtblick.

Es ist das erste Mal, dass Sebastian in meinem Zimmer ist. Die ersten Male mit ihm machen mich immer für einen Moment sprachlos – so klein und unbedeutend diese ersten Male für andere auch sein mögen. Doch ich habe begriffen, dass solch kleinen Dinge genau dieselbe Bedeutung haben können wie die großen ersten Male. Sebastian das erste Mal in meinen eigenen vier Wänden sehen, steht auf der selben Stufe wie, Sebastian zum ersten Mal nackt sehen, Sebastians Hand zum ersten Mal halten, Sebastian zum ersten Mal zum Lachen bringen, Sebastian zum ersten Mal ein Geheimnis anvertrauen, Sebastian zum ersten Mal hassen, Sebastians Stimme zum ersten Mal am Telefon hören. Alles davon hat mir einen Herzschlag lang die Luft geraubt. Alles davon werde ich niemals vergessen.

»Und was hat der alte Mann zum Rauswurf seines Lieblingsenkels gesagt?«, fragt Seb. Er liegt auf der Seite und stützt seinen Kopf auf seinem Arm ab.

Langsam schlendere ich zu ihm rüber. Ich ziehe mich nicht aus, sondern lege mich angezogen ins Bett. Ich seufze tief und starre nach oben an die Decke. »Er verteidigt ihn, was sonst? Aber ich bin mir sicher, dass wenn Raphael demnächst ans Handy gehen sollte, er von Hektor eine Predigt um die Ohren geschleudert bekommt, die sich gewaschen hat.«

Ich drehe mich zu ihm auf die Seite und unterdrücke den Drang, meine Hand nach seinem Gesicht auszustrecken. Gott, wieso ist das so schwer?

Zum Glück bin ich dermaßen müde, dass mein Körper zu träge für irgendwelche Bewegungen ist. Selbst das Kribbeln in meinem Bauch ist machtlos gegen die bleierne Schwere, die sich über meine Gliedmaßen und meine Gedanken legt.

»Wer war dieses Mädchen unten?«, fragt Sebastian.

»Eine Freundin.« Ich runzele die Stirn. »Vielleicht sowas wie meine Freundin.« Offenbar hat sie den vergangenen Abend genutzt, um dieses Gerücht zu verbreiten. Ich kann mir zwar nicht vorstellen, dass Mace diese Lüge glaubt, aber falls doch ... mir kommt sie gelegen.

»Das ist nicht dein Ernst, oder?«, fragt Sebastian. Er klingt auf einmal hellwach, dabei hat auch er im Wagen kaum geschlafen.

Ich würde zu gern in seine Augen sehen, um herauszufinden, welche Emotionen darin zu lesen wären, doch ich traue mich nicht. Ich bin ein verdammter Feigling und ziehe stattdessen nun doch mein verschwitztes T-Shirt über den Kopf. Dabei spüre ich wieder den Schmerz in meiner Brust und schaue an mir herunter.

»Scheiße, du blutest!«

Jap. Mein Verband ist blutdurchtränkt. »Ist nicht so schlimm, wie es aussieht«, sage ich und lehne mich zurück ins Kissen.

»Wieso hast du im Krankenhaus nichts gesagt? Die hätten dich bestimmt neu verbunden.«

»Die hätten Fragen gestellt.«

»Berechtigt. Mit einer frischen Schussverletzung sollte man sich auch keine Nächte um die Ohren schlagen. Willst du mir eigentlich mal verraten, was in jener Nacht passiert ist?«

Ich werfe ihm einen Seitenblick zu und muss mir ein Grinsen verkneifen. Ein bisschen Blut reicht, um von der Tatsache abzulenken, dass ich vielleicht so etwas wie eine Freundin habe?

Ich erzähle Seb, dass ich keine Ahnung habe, wer mich auf dem Weg zum Moe's angeschossen hat, die Jäger aber auf meiner Verdächtigenliste durchaus auf Platz eins stehen, während ich mein Handy hervorziehe. Schnell hinterlasse ich Mace und Lio in unserer Messenger-Gruppe eine Nachricht.

Kilian: Heute 20 Uhr Krisensitzung. Wir haben einiges zu besprechen.

Sebastian, der mitgelesen haben muss, lacht. »Bin ich nun schon ein anderes Wort für Krise?«

Dieses Wort würde dich für mein Leben tatsächlich gut beschreiben. »Nein, aber die Jäger sind eine. Und ich weiß nicht, wie begeistert meine Jungs über ein neues Rudelmitglied sind, nachdem wir Rapha erst vor kurzem verloren haben. Erwarte also keine Willkommensparty.«

Sebastian verdreht seine eisblauen Augen und lässt seinen Kopf ebenfalls ins Kissen fallen. »Keine Sorge, ich erwarte gar nichts.«

Irgendwie klingt es deprimierend, doch es ist nur realistisch. Sebastian hat mir vor Monaten bereits die selbe Lektion beigebracht: Erwarte nichts. Hoffe auf nichts. Nimm einfach nur das, was du kriegst, oder geh mit leeren Händen.

6 Monate zuvor:

»Und das ist dein dunkelstes Geheimnis?« Sebastian lacht. Es ist lauter, wenn er getrunken hat. Der Klang umgibt mich und löst etwas von dem Druck in meiner Brust.

Ich habe bisher noch niemandem von Claire erzählt und dachte immer, ich würde das Geheimnis mit mir ins Grab nehmen. Vielleicht ist es dem Alkohol zuzuschreiben, dass ich heute zum ersten Mal darüber gesprochen habe. Seb hat mich nach meinem dunkelsten Geheimnis gefragt und mir kam nicht in den Sinn, ihn anzulügen.

»Ist deins etwa dunkler als *das*?«, frage ich. Ich weiß nicht, ob ich auf ein Ja oder ein Nein hoffe. Mit angehaltenem Atem starre ich weiter hinauf in den Schnee.

Wir liegen auf einer Picknickdecke, in der Mitte eines Wintergartens, der an das Verbindungshaus angrenzt, in dem Sebastian wohnt. Über dem gläsernen Dach liegt eine dünne Schneedecke. Wir haben beobachtet, wie der Schnee in den letzten zwei Stunden gefallen und gefallen ist, wie die Schwärze der Nacht langsam und schleichend durch die weißen Flocken vertrieben wurde.

»Ich habe viele Geheimnisse, die dunkler sind als deins«, raunt Sebastian an meinem Ohr. Er hat seinen Kopf näher an meinen gelegt. Ein angenehmer Schauer durchfährt meinen Körper und zugleich ist da wieder diese Angst: Wieso reagiere ich so auf ihn?

Heute ist das dritte Mal, dass wir uns nach jener Party getroffen haben. Nach jenem Abend, an dem er zugesehen hat, wie ich eine Frau vögele. Anschließend, beziehungsweise währenddessen, hat er mich zum ersten Mal geküsst und ich habe zum ersten Mal gespürt, wie es sich anfühlt, wenn einem die Energie entzogen wird, anstatt dass sie in einen fließt. Der Energiefluss funktioniert nicht nur in eine Richtung: es geht in beide. Es war wie ein Rausch, ein Strudel. Verboten, pervers und total krank. Dämonen ernähren sich nicht voneinander, genauso wenig wie Löwen ihresgleichen jemals zerfleischen würden.

Drei Mal haben wir uns nun getroffen und das wiederholt. Da Sebastian weiß, dass ich eigentlich nicht auf Männer stehe und er der erste Mann ist, dessen Lippen ich überhaupt berührt habe, hatten wir bisher immer eine Frau dabei. Heute sind wir das erste Mal ganz allein.

»Dann erzähl mir von deinen Sünden, Mr. Morgen«, raune ich zurück. Da ich ihm mein dunkelstes Geheimnis anvertraut habe, ist es nur fair, wenn ich seins ebenfalls höre. Mein heißer Atem bildet weiße Wölkchen in der Luft. Es ist kühl hier im Wintergarten, doch zwischen all den Pflanzen und unter der Schneedecke, hat es etwas Märchenhaftes. Ein düsteres Märchen und doch magisch. Ich beneide Sebastian für diesen Ort.

Sebastians Gesicht taucht über meinem auf. Gerade im Halbdunkeln sieht es noch schöner aus. Ich fahre mit meinen Blicken seine Gesichtszüge entlang, verharre an den Sommersprossen unter seinen Augen und auf dem Nasenrücken, an seinen langen dunklen Wimpern.

»Ich glaube nicht, dass meine Sünden dich anmachen würden. Für einen Dämon ist dein Herz zu rein. Meine Sünden würden dich abschrecken, anstatt hart werden zu lassen«, flüstert er. Seine Lippen schweben nur Zentimeter über meinen und unser Atem vermischt sich. Wenn ich es nicht besser wüsste, würde ich jetzt schon sagen, dass seine Energie in mich fließt und meine in ihn. Als würden unsere Seelen sich miteinander verweben.

Doch so funktioniert es nicht. Für den Energiefluss braucht es den direkten Körperkontakt, gepaart mit dem Hunger von Leidenschaft.

Noch passiert also rein gar nichts und trotzdem fühle ich mich so schwach und schwindelig. Seine Nähe benebelt mich. Und seine Worte erst ... *Anstatt hart werden zu lassen ...*

Ich schlucke. »Du willst mich anmachen?« Da keine Frau hier ist, war ich mir nicht sicher, ob wir uns diesmal nicht einfach nur freundschaftlich getroffen haben.

»Natürlich«, antwortet Sebastian. »Sonst kann ich mich doch nicht von dir ernähren.« Er senkt seine Lippen um ein paar Millimeter, bis sie meine hauchzart streifen.

Ich bleibe absichtlich reglos liegen und warte ab. Vielleicht brauche ich auch einfach noch Zeit, um meine Gedanken zu sortieren.

Da er der Einzige ist, von dem ich mich seit ein paar Wochen nähre, bin ich auf seine Kraft angewiesen. Ich rede mir ein, dass ich es aus rein pragmatischen Gründen tue. Wenn ich mich von ihm ernähre, bringe ich keine Menschen in Gefahr. Ein Dämon kann einen anderen Dämon nicht vollends aussaugen. Unsere Magie ist für andere Dämonen nicht tödlich – sie kann schwächen, wenn dauernd nur der andere nimmt und nicht gibt, aber sie kann niemals tödlich sein. Sebastian und ich haben einen Weg gefunden, wie wir beide gestärkt aus unseren Treffen herausgehen. So oft wollte ich ihn schon fragen, ob er das mit anderen Incubi früher bereits getan hat, aber vielleicht gehört das zu den Geheimnissen, über die ich gar nichts wissen will.

»Aus rein praktischen Gründen?« Ich weiß nicht, ob es eine Frage oder Feststellung ist. Vielleicht eine Versicherung, damit uns beiden klar ist, warum wir das hier machen.

Sebastians hellblaue Augen lassen mich nicht los. »Auf das kein weiteres Blut an unseren Händen klebt.«

Kurz denke ich an Claire. Ob er auch so etwas wie eine Claire in der Vergangenheit hat? Bevor ich andere Frauen küsse, denke ich oft an sie. Das macht es mir so schwierig, mit meinem Rudel weiterhin auf die Jagd zu gehen, selbst bei den herbestellten Nutten kann ich meinen Kopf nicht ausschalten. Das jetzt mit Sebastian ist wie Luft holen, nachdem man sie zu lange angehalten hat. Für diese paar Stunden kann ich vergessen, dass ich die Verkörperung von Tod, Kälte und Leid bin.

Als ich meine Augen schließe und Sebastian seine Lippen auf meine drückt, existiert nur noch das Gegenteil: Leben, Hitze, Leidenschaft.

Ich brauche keine Frau, um das zu verspüren. Erst jetzt wird es mir wirklich bewusst und ich frage mich, seit wann Sebastian es weiß. Er muss es vor mir gewusst haben. Ich öffne meine Lippen für ihn und als seine Zungenspitze meine berührt, ertrinke ich in Wärme.

Fühlt es sich so an, wenn man keine Angst haben muss, jemanden zu töten? Fühlt sich küssen immer so an, wenn man es ohne schlechtes Gewissen tun kann?

Seine Hände umfassen mein Gesicht und meine Finger graben sich in sein weiches Haar. Es ist, als würde ich in ihn kriechen wollen. Ich will ihn nie wieder loslassen. Ich will seinen Mund nie wieder hergeben. Es fühlt sich so gut an, dass ich für einen Moment sogar vergesse, dass Dämonen wie wir in der Hölle schmoren. In diesem Moment schwebe ich im Himmel, auf der siebten Wolke, im reinsten Paradies.

Wenn es einen Gott gibt, dann hat er jetzt gerade seine Lippen auf meinen.

Plötzlich spüre ich, wie Sebastian mit einer Hand meinen Gürtel öffnet. Sofort stockt mein Herz in seinem Rhythmus. Ich weiß nicht, was er vorhat. Aber noch mehr sorge ich mich darum, dass er merkt, wie sehr mir das hier gefällt. Ich fühle mich um Jahre zurückversetzt, als wäre ich ein Schuljunge, der zum ersten Mal durch ein Mädchen einen Ständer bekommt.

Konnte ich meine Erregung bei unseren letzten Treffen immer auf die Frau schieben, so ist spätestens jetzt klar, dass ich nicht so hetero bin, wie ich immer dachte.

»Entspann dich, Key.« Ich höre ein leises Lachen in seiner Stimme.

»Key?«, frage ich nach und öffne die Augen. Es ist das erste Mal, dass er meinen Namen abkürzt.

»Ja, du bist mein Schlüssel.«

»Zu was?«

»Das verrate ich dir nicht.« Sein einer Mundwinkel hebt sich. Eine seiner Hände schiebt sich unter meine Hose und umfasst meinen Schwanz.

Heilige Sch…

Ich halte die Luft an. Schließe die Augen, weil sich alles auf einmal dreht. Habe ich zu viel Wein getrunken? Seine Finger ertasten meine Härte und die kleinste Bewegung reicht, um jegliches Blut nach unten fließen zu lassen. Es fühlt sich an, als würde ich gleich platzen. Der Druck in meinem Schwanz ist so enorm, dass ich das Pulsieren in meinem ganzen Körper spüre.

Oh gütiger Gott, wenn es dich gibt, dann erlöse mich.

Ich will zwar, dass Seb mir verrät, zu was ich sein Schlüssel bin, doch ich kann nicht sprechen. Als er seine Hand auf und ab bewegt, bricht ein Stöhnen die Stille zwischen uns. Ich kann nicht einmal sagen, ob es meins oder seins ist. Aber es bringt alles andere ins Rollen.

Ich sehe nichts mehr. Und höre nichts mehr. Verstehe nichts mehr. Denke nichts mehr. Ich fühle nur noch.

Fühle seinen Atem an meinem Gesicht.

Seine Wärme an meinem Körper.

Spüre seine nackte Haut auf meiner nackten Haut. Ich kann nicht einmal sagen, wann und wie wir uns der Kleidung entledigt haben. Es geht alles so schnell. Ich weiß nicht mehr, was wir tun, wieso wir es tun und wie weit wir gehen werden.

Als ich mich kurz von Sebastian löse, sehe ich den Hunger in seinem glühenden Blick und meine Kehle wird trocken. Ich sehe an ihm herab. Es ist nicht das erste Mal, dass ich ihn nackt sehe, aber es ist das erste Mal, dass ich ihn anfasse. Dass wir beide uns gegenseitig anfassen.

Sebastian senkt seinen Kopf an meine Halsbeuge und seine Zähne kratzen über meine Haut, bevor er sanft hineinbeißt. Ich lege den Kopf in den Nacken und gebe ihm mehr von meinem Hals. Gebe ihm mehr von allem. Seine Lippen saugen an meiner Haut und der dumpfe Schmerz bringt mich dazu, mich näher an ihn zu drücken. Meine Hand bewegt sich schneller, weil ich will, dass er seine ebenfalls schneller bewegt. Ich will mit Höchstgeschwindigkeit dem Gefühl hinterherjagen, das er in mir auslöst. Doch stattdessen raunt er in mein Ohr: »Ich will mehr.«

Mehr wovon? Ich gebe dir alles. Meine Energie. Mein Körper. Meine Leidenschaft. Meine Seele. Treffen wir uns öfter, bin ich mir sicher, dass dir auch bald jeder einzelne meiner Gedanken gehören wird. *Du bringst mich um den Verstand, Sebastian.*

Ich höre immer auf meine Vernunft, doch Sebastian schafft es, meine Vernunft in Benzin zu tränken und in einem lodernden Feuer zu verbrennen. Wie Rumpelstilzchen tanzt er darum.

Seine Hand gleitet nun nur noch langsam über meinen Schwanz, was die reinste Qual ist. Um es ihm heimzuzahlen, mache ich es ihm nach.

Spür selbst, wie sich das anfühlt.

Sebastian rückt mit seinem Kopf ein Stück zurück, sodass er mich ansehen kann. »Pass auf, sonst vergesse ich mich.«

»Ach ja?« Herausfordernd hebe ich die Augenbrauen. »Was willst du machen?« Meine Hand hält in der Bewegung inne. Ich weiß, dass auch er schon kurz davor war.

Die Luft zwischen uns ist geladen. Er greift in meine langen Haare und zieht meinen Kopf zu sich heran. »Ich könnte vergessen, dass dein Knackarsch noch Jungfrau ist, also provozier mich nicht.«

Fuck. Er hat recht. Das Ziehen in meinem Unterleib verstärkt sich. Sebastian will nicht nur ein wenig rummachen und Kraft von unserer Leidenschaft tanken. *Er will mich vögeln.*

Scheiße. Scheiße. Scheiße.

Heilige Scheiße!

Ich erzittere. Allein der Gedanke bringt mich fast zum Kommen. Um dieser Peinlichkeit zu entgehen, will ich seine Hand von mir nehmen. Doch natürlich nimmt Seb sie erst recht nicht weg. Er schaut mich eindringlich an und ich bin so unendlich froh, dass er meine Gedanken nicht lesen kann.

»Macht dir die Vorstellung, dass ich dich ficken könnte, etwa Angst, Key?« Er senkt seinen Kopf, doch nicht zu meinen Lippen, sondern zu meiner Brust. Mit seinem Mund streift er über meine Haut und lässt mich dabei nicht aus den Augen. »Widert es dich an? Oder würde es dir gefallen, wenn ich dich nehme?«

Er geht immer tiefer. Meine Hände halten seinen Kopf fest, wollen ihn von seinem Plan abhalten. Er kann doch nicht ... Er kann nicht einfach ... Doch er kann.

»Nein«, keuche ich noch.

Dann berühren seine weichen, feuchten Lippen meinen Schwanz und ich kralle meine Finger in Sebastians Haar. Mein Kopf fällt zurück auf den steinharten Boden.

»Gott, nein.«

Ich will mein Becken nicht hochdrücken, doch ich tue es. Seine Lippen drücken gegen mich. Ich schließe die Augen und fühle, wie mein Schwanz der Länge nach in seinen Mund gleitet. *So viel Wärme.* Seine Zunge zuckt kurz über meine Spitze. Ich bäume mich auf, Hitze durchfährt mich von oben bis unten und ich stöhne Gottes Namen erneut, während ich mich in seinem Mund ergieße.

Für ein, zwei, drei Sekunden ist in meinem Kopf eine ohrenbetäubende Stille. So schrill, dass ich ein Piepen höre, das gar nicht da ist. Watte. Ich fühle mich, wie in Watte gepackt.

Dass die Stille sich so heftig anfühlt, könnte daran liegen, dass ich gerade lauter war, als ich wollte und realisiert habe. *Oh verdammt ...*

»Ich glaube, das war der kürzeste Blowjob meines Lebens.« Sebastians Lachen holt mich zurück auf den Boden der Tatsachen. Auf den kalten, harten Boden der Realität. Meine Augenlider flattern auf und ich setze mich mit rasendem Herzen hin. Es donnert so schwer unter meinen Rippen, dass ich befürchte, mein Brustkorb hält es nicht aus. *Oh nein ...*

Die Hitze wandert von unten hoch in mein Gesicht. Meine Wangen glühen. *Das ist gerade nicht wirklich passiert, oder ...*

»Ich wollte dich nur necken und nicht direkt die volle Ladung abbekommen.« Seine Augen schimmern noch immer golden.

Ich fahre mir mit den Händen übers schweißbenetzte Gesicht. »Fuck, sorry«, ist alles, was ich rausbekomme. Am liebsten will ich meine Sachen zusammenklauben und fliehen.

Sebastian greift nach meinen Händen und sieht mich stirnrunzelnd an. »Hey, es ist okay.«

Ich schüttele den Kopf. Mein Atem rasselt noch immer. Nichts ist okay. Ich habe mich gerade im Mund von einem anderen Kerl ergossen. Scheiße verdammt! Und das hatte rein gar nichts mehr mit ›sicherem Ernähren‹ zu tun!

Ich greife nach meiner Boxershorts, die neben der leeren Weinflasche liegt, und ziehe sie im Sitzen über. Sebastian hockt immer noch nackt vor mir und starrt mich an.

»Wieso hast du das getan?«, zische ich ihn an. »Ich dachte, wir ernähren uns nur voneinander!« Meine Stimme ist gepresst, erstickt und leise.

Sebastian lehnt sich mit finsterem Gesicht zurück. »Ein bisschen Spaß darf ich dabei doch wohl auch noch haben, oder?«, fragt er. »Ich bin schließlich schwul. Ich ficke für meinen Spaß keine Frauen, sondern Männer. Falls du das irgendwie verdrängt haben solltest.«

»Aber *ich* tue das nicht!«, fauche ich leise.

Sebastian schnaubt und schüttelt den Kopf. »Hast du ein Problem mit deiner eigenen Sexualität oder was?«

Das reicht. Ich stehe auf und sammle auch die restlichen Kleidungsstücke vom Boden. »Hierbei ist es egal, ob ich hetero oder bi bin.« Ich ziehe meinen grauen Pullover über, dann werfe ich Sebastian seine Boxershort hin. »Es geht um den Grund, weshalb wir das hier tun.« Ich fuchtele mit den Armen herum, als würde ich den ganzen Wintergarten mit der Picknickdecke und jeder einzelnen Pflanze vor Sebastians Nase halten wollen.

Sebastian steht ebenfalls auf, doch er ignoriert die Shorts, die ich ihm zugeworfen habe. Nackt baut er sich vor mich auf. »Du willst einen Grund? Du willst Grenzen?«

Ich nicke. »Wenn es dir um Sex geht, wenn du einfach nur jemanden suchst, an dem du deine körperlichen Triebe ausleben kannst ... das hättest du mir vorher sagen sollen.«

»Hätte ich es dir vorher gesagt, hättest du abgelehnt.«

Natürlich hätte ich das. Ich würde mich niemals mit Sebastian um des Sex' Willen treffen. Ich bin ohnehin nicht der Typ, der auf bedeutungsloses Vögeln steht. Schon vor meinem 21. Geburtstag nicht. One-Night-Stands und rein körperliche Affären reizten mich nie. Aber ich kann die Männer verstehen, die genau das suchen, die Sex ohne Gefühle brauchen.

»Es ist eine Win-Win Situation für uns beide«, sagt Seb, als ich nicht antworte. »Du tust es aus moralischen Gründen und um Menschenleben zu schützen ... ich tue es aus anderen egoistischen Gründen. Der Menschenverschleiß ist zu hoch, wenn ich jede Woche einen anderen Menschen nehme.«

Mir wird übel. »Deine Mordrate ...«

»Ist ziemlich hoch. Ja.«

»Deshalb steigst du jetzt auf Dämonen um?« Unsere Gründe sind sich ähnlich und doch grundverschieden. Unser Rudel hat eine sehr geringe Mordrate. Wir sind vorsichtig, halten uns an Regeln und unterdrücken die meiste Zeit unsere Triebe. Doch es gibt auch Dämonen, die ihrer Lust freien Lauf lassen, die sich nicht einschränken lassen, sondern sie so oft es geht ausleben wollen. Plötzlich hat der Hunger, den ich ein paar Mal in Sebastians Augen habe aufflackern sehen, eine andere Bedeutung für mich.

Er ist nicht hungrig nach mir. Er ist einfach nur ein von Sex besessener Dämon. Er lebt für die Lust. Ihm ist es dabei völlig egal, wen er unter sich hat.

Zwischen goldenen Augen und schaumiger Seifenlösung

Nika

Samstag, 13 Uhr

»Er denkt jetzt, ich bin mit einem anderen zusammen.«

»Was? Und du hast ihn in dem Glauben gelassen?«, fragt Becca schockiert. Sie hilft samstags in den Ferien immer in einer Bäckerei aus und da ich ohnehin in die Stadt wollte, habe ich sie in ihrer Mittagspause aufgegabelt.

Ich zucke ratlos mit den Schultern. »Erschien mir logisch. So als Schutzwall zwischen uns.«

Becca wirft mir einen Blick zu, der zeigt, wie wenig sie von diesem *logischen* Argument hält. Dann hält sie eine rote Korsage mit schwarzen Schleifen in die Höhe. »Wie findest du die?«

Dass sie in ihrer Mittagspause ausgerechnet in ein Reizwäschegeschäft wollte, hätte ich ja nicht ahnen können. »Äh ... sehr auffällig.«

Sie grinst. »Gut, dann kommt sie in die engere Auswahl. Du solltest auch mal wieder Dessous shoppen.«

»Für wen denn?«, frage ich und verdrehe die Augen. Selbst als ich noch in einer Beziehung war, habe ich selten Dessous getragen. Ein paar Sets von romantischer Spitzenunterwäsche sind das Erotischste, was meine Kommode beherbergt.

»Wann siehst du ihn denn wieder?«, fragt sie.

»Keine Ahnung, ob ich ihn überhaupt je wiedersehe.«

Und selbst wenn ich ihn wiedersehe, heißt es ja nicht, dass ich ihn in Dessous empfange. Nicht, dass ich nicht mal gerne wieder ein wenig Action im Schlafzimmer hätte oder einen Mann, der mich gerne in Unterwäsche sieht. Aber das Problem ist, dass ich mir für diesen Part momentan nur Mace wünsche. Und Sex mit Mace könnte tödlich enden, wie mir vor zwei Stunden noch so schön statistisch untermalt wurde – eine Tatsache, die mich tatsächlich etwas hemmt, ihn in Dessous bekleidet anzuspringen. Auch wenn ich zugeben muss, dass splitternackt in seinem Zimmer zu stehen, nicht viel cleverer war.

Becca geht zu einem Ständer mit Negligés, über dem dick und groß »2 für 1« steht. Sie hebt erwartungsvoll die Augenbrauen. »Na das schreit doch geradezu danach!«

Während sie sich ein durchsichtiges Rotes aussucht, greife ich nach einem Blickdichten aus blauem Satin und schwarzer Spitze am Dekolleté.

Ob Mace sowas gefällt?

Verfluchte Scheiße, hör auf an ihn zu denken, Nika! Er wird dich eh nur wieder eiskalt abblitzen lassen!

»Ich weiß echt nicht, zu welchem Anlass ich das tragen soll«, sage ich lachend an der Kasse.

Becca knufft mir in die Seite. »Trag es einfach als sexy Nachthemd.«

Ich glaube, meine Freundin hat Angst, dass ich als schräge Katzenlady ende, die nur noch Oma-Unterwäsche und labbrige Gammelklamotten trägt.

Nachdem wir bezahlt haben und aus dem Laden schlendern, fragt sie: »Kommst du heut Abend eigentlich mit zur Schaumparty auf dem Dach vom Beachclub?« Mein verwirrter Blick lässt sie aufstöhnen. »Ich habe dir seit gestern vier Nachrichten deswegen geschrieben!«

»Sorry, mein Handy ist noch kaputt.« Schon fast zwei Tage – erstaunlich, dass ich mein Smartphone kaum vermisst habe. Da Becca das nicht zu beschwichtigen scheint, füge ich schnell noch an: »Aber ich komme, versprochen! Sag mir nur, wann und wo.«

Es ist Samstagabend und ich habe immer noch kein neues Handy. Nachdem ich Becca zurück zu der Bäckerei begleitet habe, war ich zwar noch in einem Elektronikgeschäft, doch ich habe kein Smartphone in meiner Preisklasse gefunden, das mich angesprochen hätte. Ich würde also am Montag noch einmal mit Miriam zu einem anderen Laden fahren und vielleicht erbarmt sie sich meiner und kauft mir ein etwas teureres Modell. Als vorzeitiges Geburtstagsgeschenk zum Beispiel. Es sind schließlich nur noch knapp vier Wochen bis zum meinem Einundzwanzigsten.

Bei dem Gedanken hebt sich meine Laune und ich schaue lächelnd auf meine Armbanduhr. Eigentlich trage ich sie nie, aber da ich kein Handy habe und trotzdem gern wissen möchte, wie spät es ist, habe ich mir diese Uhr angelegt, die nun wie ein silbernes Armband mein Handgelenk umschließt. Hoffentlich überlebt sie diesen Abend. Ich weiß nicht, wie gut sich Uhrwerke und Schaum vertragen.

In fünf Minuten ist es zweiundzwanzig Uhr und wir wollten uns um diese Zeit hier vor dem Club treffen. Hoffentlich ist bei Finn und Becca nichts dazwischengekommen, sonst würde ich hier ohne es zu erfahren versauern.

Ich wippe auf meinen Schuhsohlen auf und ab und reibe mir die Arme. In meinem weißen bauchfreien Top und der kurzen Jeansshorts ist es doch recht frisch. Doch sobald wir oben tanzen werden, werden wir vor Hitze umkommen, das weiß ich jetzt schon. Da es eine Schaumparty ist und der Club auf dem Dach ohnehin einen Pool hat, habe ich unter meinen Klamotten auch noch einen Bikini an – was nicht heißt, dass ich irgendetwas von dem ausziehe, was ich anhabe. Es geht mehr um das Feeling.

Von oben dringt bereits der Bass der Musik durch die anbrechende Nacht und ein paar Jugendliche kommen lachend an mir vorbei und betreten das Gebäude, vor dem ich stehe.

Ich schaue erneut auf die Armbanduhr. Schon fünf nach. Ich bin immer viel zu pünktlich. Gerade als ich überlege, schon einmal reinzugehen und mir etwas zu trinken zu bestellen, sehe ich Finn und Becca auf mich zu kommen. *Na endlich!*

Ich bin keine wirklich gute Tänzerin und gehöre deshalb nicht zu den Mädchen, die dauernd die Blicke aller Kerle auf sich ziehen. Im Wasser bewege ich mich viel lieber als an Land. Bereits als kleines Kind hat meine Mutter mich immer eine Wassernixe genannt. Doch da ich auch Musik zu meiner größten Leidenschaft zähle, liebe ich es trotzdem, mitten auf der Tanzfläche zu stehen, die Augen halb zu schließen und die Musik meinen Körper durchfluten zu lassen.

Der Bass ist so laut, dass ich ihn bis in die Knochen spüren kann, und ich liebe dieses Gefühl. Ich liebe diese Hitze in der Mitte der Menschenmenge, in der sich alle zu demselben Rhythmus bewegen und in der alle Herzen im selben Takt schlagen. Die Musik vereint uns. Man fühlt sich weder allein noch ausgeschlossen. Hier gibt es keine Außenseiter.

Als schließlich um 23 Uhr die Schaummaschine angeworfen wird, geht das Gekreische los. Die Tanzfläche verwandelt sich in ein schneeweißes Schlachtfeld. Obwohl die Musik nun in den Hintergrund rückt, kann auch ich mich der Verzückung über die fluffige Seifenlösung nicht entziehen. Einige der Anwesenden reißen sich ihre Klamotten vom Leib und springen mit ihren Badesachen in den angrenzenden kleinen Pool. Andere bewerfen sich mit dem Schaum, als wäre es Schnee. Schon bald stehen wir bis zu den Hüften in dieser schaumigen Masse. Mein Top klebt nass an meinem Körper. Meine Haut ist so glitschig, als wäre ich in ein Becken Sonnenöl gefallen.

Ich lache gerade herzlich ausgelassen über den weißen Bart, den Finn sich ins Gesicht zu kleben versucht, als auf einmal am Rande meines Blickfelds etwas meine Aufmerksamkeit erregt. Schlagartig erstirbt mein Lachen.

Das ist unmöglich. Mein Gehirn muss mir einen Streich spielen. Ich starre eine fremde junge Frau an, die gerade heftig mit einem Typen rummacht. Ihre Augen sind im Moment wieder geschlossen, während es so aussieht, als würde sie den Mann am liebsten verschlingen. Als würde sie meinen Blick spüren, öffnet sie ihre Augen jedoch wieder – und schaut mich mit goldglühenden Iriden an.

Jeglicher Atem entweicht meinen Lungen.

Als das Mädchen mit der schneeweißen Haut und den schwarzen, glatten Haaren merkt, dass ich nicht weggucke, löst sie sich von dem Typen und zieht ihn stattdessen mit sich. Er folgt ihr und die beiden verschwinden in der mit Schaum bedeckten Menschenmenge.

»Bin gleich wieder da!«, sage ich zu Becca und Finn und setze mich in Bewegung. Vielleicht hat das Mädchen nur goldene Kontaktlinsen drin. Oder das Licht hat mir einen Streich gespielt. Ich weiß nicht, was es ist, aber ich muss dem zumindest auf den Grund gehen!

Eilig quetsche ich mich zwischen den tanzenden und herumalbernden Leuten hindurch, doch von der Frau und dem Typen ist keine Spur. Ich drehe mich ein paar Mal im Kreis, während mein Blick von einer dunklen Ecke in die nächste springt. Kurz entschlossen haste ich nach draußen auf die Dachterrasse.

Kühle Luft schmiegt sich um meinen erhitzten Körper. Ich sehe mich zwischen den Gästen um. Die meisten sind hier, um zu rauchen – da sehe ich sie. Sie stehen am weitesten vom Ausgang entfernt und lehnen sich an das gläserne Geländer. Seine Hände begrabschen ihren Hintern. Sie steht mit dem Rücken zu mir und ihr langes schwarzes Haar reicht ihr bis zu den Hüften.

Sie soll sich umdrehen und mich ansehen. Ich will wissen, ob meine Fantasie bereits mit mir durchgeht. Hat das ganze Gerede über Dämonen nun völlig meinen Verstand vernebelt? Ich bin gerade noch am Überlegen, ob ich meinen Mut zusammennehmen und einfach zu den beiden hingehen soll, als jemand anderes diesen Part übernimmt. Zwei blonde Frauen gesellen sich dazu. Das Pärchen unterbricht seinen Kuss und die drei Frauen wechseln ein paar Worte, doch ich stehe noch zu weit weg, um sie zu verstehen. Neben mir lachen ein paar betrunkene Idioten viel zu laut.

Möglichst unauffällig schlendere ich über die Dachterrasse und wünsche mir wohl zum ersten Mal in meinem Leben, dass ich rauchen würde. Dann könnte ich jetzt meine Zigaretten rausholen und niemand würde an meinem Verhalten etwas Verdächtiges finden. Hier allein mit leeren Händen herumzustehen, fühlt sich an, als befände ich mich auf einem Präsentierteller und ein roter Neonpfeil würde auf mich zeigen und jedem verkünden, dass ich jemandem nachspioniere.

Ich trete an das Glasgeländer – mit etwa zwei Metern Abstand zu den Vieren –, lege meine Arme ab und schaue auf die Straße hinab. Während ich so tue, als würde ich nur mal eben kurz frische Luft schnappen, versuche ich ein paar Gesprächsfetzen aufzuschnappen.

»Uh, der ist aber schnuckelig. Wollen wir uns den teilen?«

»Nicht hier«, antwortet die andere. »Lasst uns ihn mit ins Hotel nehmen.«

»Nur mal eben kurz kosten.«

Bei diesen Worten kann ich nicht anders, als meinen Kopf zu drehen und hinzusehen. Statt der schwarzhaarigen Frau mit den asiatischen Zügen hat nun eine Blondine nach dem Kerl gegriffen und ihre Lippen auf seine gepresst. Sie könnten natürlich auch einfach nur eine Vorliebe für Gruppensex haben, aber diese goldenen Augen im Club … ich kann mir das unmöglich eingebildet haben.

»Hey Nika, hier bist du ja!«

Erschrocken zucke ich zusammen und drehe mich zu Finn um.

»Was treibst du allein hier draußen?«

Geht's noch auffälliger?, will ich ihm am liebsten zu zischen. Ich ziehe ihn am Arm zu mir. »Brauchte nur etwas frische Luft!«, sage ich so laut und heiter wie möglich. Finn zieht eine Augenbraue hoch. Als er den Mund öffnet, halte ich ihn zu. Meine Augen spießen ihn auf und er versteht hoffentlich, dass er die Klappe halten soll. Das Trio neben uns hat aufgehört zu reden, aber es ist mir zu riskant, mich noch einmal zu ihnen umzudrehen.

»Kann ich dein Handy haben? Meins ist immer noch kaputt«, meine ich zu Finn. Ich nehme die Hand von seinem Mund und er reicht mir stumm sein Telefon. Sein Blick verweilt skeptisch auf meinem Gesicht. Vermutlich denkt er, ich will ihm eine erklärende Nachricht ins Handy tippen, doch da muss ich ihn leider enttäuschen. Stattdessen ziehe ich den zusammengefalteten Zettel mit Kilians Handynummer aus meiner Shorts. Zum Glück habe ich für heute Abend keine andere Hose mehr angezogen.

Hey Kilian. Hier ist Nika. Nicht mein Handy.

Ich glaube, hier befinden sich Dämonen auf der Party. Weibliche. Komm so schnell du kannst.

Darunter schicke ich ihm den Standort. Ich warte, bis Kilian online kommt und die Nachricht liest, dann lösche ich die obere Nachricht, damit Finn sie später nicht sehen kann. Ich schließe den Chat und gebe meinem besten Freund sein Handy zurück.

»Danke.«

»Sagst du mir jetzt, was los ist?«

Ich werfe einen schnellen Blick über meine Schulter, doch zu meiner Überraschung sind die drei Frauen verschwunden. Der Kerl ist jedoch noch da – er liegt zusammengesunken auf dem Boden.

»Oh mein Gott!«, murmle ich und renne zu ihm herüber. Finn folgt mir. Besorgt knie ich mich neben ihn und male mir direkt das Schlimmste aus. *Sie haben ihn umgebracht. Er ist tot.*

»Er hat vermutlich nur zu viel getrunken«, gibt Finn von sich und durchbricht damit meine Panik.

Der Junge hat noch einen Puls und atmet noch – trotzdem glaube ich nicht, dass er bloß zu viel getrunken hat.

»Ich hole ein Glas Wasser und gebe dem Türsteher Bescheid«, sagt Finn und macht sich auf den Weg.

Ich blicke zurück auf den bewusstlosen Kerl vor mir. Als ich seine Hand berühre, spüre ich, wie kalt er ist. Das Herz wiegt mir plötzlich schwer in der Brust. Seine niedrige Körpertemperatur erschreckt mich. Fühlt es sich so an, wenn ein Dämon jemandem das Leben aussaugt? So kalt?

Für einen Moment überkommt mich das Gefühl eines Déjà-vus. Ich schnappe nach Luft und spüre, wie meinem eigenen Körper die Wärme entzogen wird.

Ich weiß, wie sich das anfühlt.

Als der Junge stöhnt und seine Augenlider flattern, sinke ich erleichtert zurück und nehme die Hand von seiner. In dem Moment kommt auch Finn mit einem Glas Wasser und einem stämmigen, muskulösen Mann zurück.

»Er ist wieder bei Bewusstsein«, sage ich und stehe mit zittrigen Beinen auf. Was bleibt, ist das Gefühl seiner kalten Hand unter meiner und Erinnerungsbruchstücke, die ich für immer verloren glaubte.

Zurück im Inneren des Clubs gesellen Finn und ich uns zu Becca, die an der Bar steht und sich etwas bestellen will. Mein Blick schweift gedankenverloren über die feiernden Menschen. Ich weiß, dass ich das soeben Gesehene so schnell nicht mehr aus dem Kopf bekommen werde. Ob die drei Frauen wohl noch hier sind? So schnell können sie unmöglich das Weite gesucht haben. Es sei denn, sie haben bemerkt, dass ich ihnen hinterherspioniert habe.

Plötzlich erregt zwischen all den tanzenden Körpern jemand anderes meine Aufmerksamkeit. Er steht ganz still und unbeweglich da, sieht direkt zu mir rüber, obwohl uns der halbe Club voneinander trennt.

Ich habe ihn zuvor nur einmal gesehen, doch es reicht, um ihn nicht vergessen zu haben. Vor allem, weil ich dieses Gesicht in Mace' Wohnung gesehen habe. Die markanten hohen Wangenknochen, die hellen Glubschaugen und das hellblonde Haar: Mace dritter und ehemaliger Mitbewohner. Das verstoßene Rudelmitglied. Mein persönlicher Albtraum. *Nein, ich habe ihn schon mehr als einmal gesehen.* Erinnerungsfetzen und Bilder rasen vor meinem geistigen Auge. Raphael.

Er trägt den Namen eines Engels und genauso sieht er auch aus, doch ich weiß, dass er das Gegenteil ist.

Es ist nur eine Sekunde, die ich ihn dort stehen sehe – dann blinzele ich und er ist weg.

Mein Herz hüpft mir fast aus dem Hals. Das kann doch nicht wahr sein!

»Wem hast du grad eigentlich von meinem Handy aus geschrieben?«, fragt Finn mich.

»Ähm, ein Freund holt mich gleich ab«, sage ich geistesabwesend. Plötzlich wünsche ich mir, dass Kilian noch viel schneller hier auftauchen möge. Die Möglichkeit, dass Raphael hier irgendwo ist und auf mich lauert, ist noch viel beängstigender als die Möglichkeit, drei weibliche Dämoninnen entdeckt zu haben. Das Internet ist voll vom Mythos über den Succubus, es war mir also von vornherein ein Rätsel, warum Hektor behauptete, es gäbe nur die Incubi. Aber der Gedanke, dass dieser Raphael vergangenen Monat nicht nur ein paar Nächte an meinem Bett gelauert hat, sondern mich immer noch stalkt, lässt jegliches Blut in meinen Adern gefrieren.

Er verfolgt mich ...

»Wieso willst du so früh schon gehen?«, fragt Becca und reicht uns allen einen Mexikaner, doch ich lehne den Shot kopfschüttelnd ab. Alkohol ist das Letzte, was ich jetzt brauche. Ich weiß so schon nicht, ob ich nicht vielleicht halluziniere. Die weiblichen Dämonen, Raphael und dann auch noch die Bilder von einem längst vergangenen Abend, Gesprächsfetzen mit Mace und Kilian von Unterhaltungen, die aus meinem Gedächtnis gelöscht wurden. Ich habe das Gefühl, mein Kopf platzt gleich.

»Ach, ich bin nur müde und muss morgen früh raus«, lüge ich und hoffe, dass die Nervosität in meiner Stimme mich nicht verrät. Immer wieder schiele ich zum Eingangsbereich, um zu sehen, ob Kilian schon da ist.

»Sollen wir draußen mit dir warten?«, fragt Finn.

Ich schüttele erneut den Kopf und umarme meine beiden Freunde zum Abschied. Es ist besser, wenn die beiden keine Bekanntschaft mit Kilian machen. Ich will sie von dem ganzen Dämonenkram fernhalten. Becca würde sich sonst bestimmt an ihn ranschmeißen, er hat ja im Freibad bereits ihr Aufsehen erregt.

»Amüsiert euch noch. Wir schreiben, sobald ich ein neues Handy hab!«

Ich sehe ihren Gesichtern an, dass die beiden mich nur ungern ziehen lassen, aber ich muss hier einfach weg. Mein Herz rast so schnell, dass der Stich schlechten Gewissens kaum spürbar ist.

Auf dem Weg zum Ausgang schaue ich ständig nach links und rechts aus Angst, Raphael oder die drei Frauen wiederzusehen. Doch es ist, als hätten sie sich in Luft aufgelöst. *Oder als wären sie nie hier gewesen …*

Bin ich jetzt etwa verrückt geworden? Bitte lass Kilian schnell kommen und mich nach Hause fahren.

Ich lasse mich auf ein Sofa im Eingangsbereich fallen und lehne meinen Kopf an die Wand hinter mir. Hier ist es etwas kühler und ruhiger, weshalb ich erst jetzt merke, dass sowohl meine Haare, als auch mein Top verschwitzt an meiner Haut kleben. Ich will nichts lieber, als unter die Dusche und anschließend in mein Bett. Miriam hat mir heute Mittag erzählt, dass unser Wohnungstürschloss ausgetauscht wurde, was heißt, dass ich mich zuhause wieder einigermaßen sicher fühlen kann. Zumindest sicherer als hier oder anderswo.

Fick dich, Raphael, wenn du vorhattest, dich heute Nacht noch einmal an mir zu vergreifen!

»Nika!«

Ich fahre hoch und suche das passende Gesicht zu der vertrauten Stimme. Schockiert muss ich feststellen, dass Kilian nicht allein gekommen ist. Er hat Lio, Sebastian und Mace im Schlepptau. Wie die vier jungen Männer den Club betreten und auf mich zukommen, hat schon etwas Filmreifes an sich. Ich wette, jede einzelne Frau, die sich gerade im Umkreis befindet, kann die Blicke nicht von diesem Quartett wenden. Ich würde diese Hypothese ja gern kontrollieren, doch ich kann ebenfalls meinen Blick nicht abwenden. Auch wenn meiner hauptsächlich an einem von ihnen haftet.

Ich springe von der Couch auf und laufe auf Kilian zu, obwohl nicht er es ist, der meine Blicke magisch anzieht. Schande über mich.

»Geht es dir gut? Was ist passiert?«, fragt Kilian und legt seine Hände an meine Oberarme, dann streicht er mir mit einer Hand meine nassen Haare aus dem Gesicht. Sein Blick sucht besorgt den meinen und ich schaffe es endlich, von Mace wegzugucken. Was vermutlich an der Feindseligkeit liegt, die mir von ihm entgegenschlägt.

Dankbar für Kilians Wärme und Sorge, versinke ich einen Augenblick in seinen schokoladenbraunen Augen. Er hätte die anderen zuhause lassen sollen.

»Wisst ihr, wo Raphael ist?«, frage ich.

Mit dieser Frage scheint Kilian nicht gerechnet zu haben. »Nein. Wieso?« Er lässt seine Hände sinken.

Aus irgendeinem Grund fehlt mir sofort die Wärme seiner Berührung. Nervös beiße ich mir auf die Unterlippe und sehe mich um. Als hätte ich Angst, dass er uns belauscht. »Ich glaube, er ist hier.«

Kilian schüttelt den Kopf. »Ich glaube nicht, dass-«

»Können wir uns bitte auf das konzentrieren, weshalb wir hergekommen sind?«, unterbricht Mace uns.

Kilian schaut ihn scharf an. »Was ist dein Problem? Du hättest nicht mitkommen müssen, wenn du so drauf bist.«

Sehe ich genauso.

Mace schaut von mir zu seinem Rudelanführer. »Mein Problem ist, dass deine Freundin behauptet, es gibt weibliche Dämonen und wir deshalb mitten in der Nacht losfahren und diesem Schwachsinn nachgehen müssen.«

Deine Freundin … Das heißt, Kilian hat unsere Scheinbeziehung noch nicht aufgelöst. Weshalb? Ich sehe ihn verwundert an und warte, ob er irgendetwas dazu sagt, doch sein Blick huscht nur zu Sebastian. Ganz kurz. Niemand bemerkt es. Außer ich.

»Nika, sind die Frauen noch hier? Erzähl uns genau, was du gesehen hast.«

Wieso, wenn Mace es ohnehin für Schwachsinn hält?

Doch ich schlucke meine schnippische Antwort hinunter und erzähle Kilian das, was ich gesehen habe.

»Kann es sein, dass du zu viel getrunken hast?«, fragt dieser Sebastian. Jetzt stellt er sich auch schon gegen mich? Ganz toll.

»Nein, ich habe keinen Schluck getrunken. Nach meiner letzten Erfahrung mit Alkohol halte ich mich davon fern«, sage ich energisch und werfe Mace dabei einen Blick zu. Er weiß, von welchem Abend ich spreche.

»Okay, wir teilen uns auf und durchkämmen den Club. Nika, du kommst mit mir. Ihr anderen: wenn ihr jemanden seht, auf den die Beschreibung passt, oder wenn ihr zufällig Raphael sehen solltet, dann ruft mich an. Wir treffen uns in fünfzehn Minuten wieder hier.«

Scheiße, können wir nicht einfach hier weg? Becca und Finn killen mich, wenn sie mich mit den Jungs im Club sehen. Doch noch während ich die anderen angucke, weiß ich, dass meine Bitte keinen Anklang finden wird.

Lio und Sebastian nicken bereits, während Mace nur die Augen verdreht. Ist das sein Ernst? Bevor er den anderen hinterhergehen kann, greife ich seinen Arm und halte ihn fest. Es ist nur ein kurzer Impuls, über den ich nicht vorher nachgedacht habe und den ich im nächsten Moment sofort bereue.

Überrascht starrt Mace auf mich hinunter. Mein Herz springt ihm fast entgegen, doch ich ignoriere es.

»Ich weiß, was ich gesehen habe!«, zische ich. Ich hasse es, dass er mir nicht glaubt und das so offensichtlich zur Schau stellt. Ich hasse es, dass er heute Morgen noch seine Hände auf meinem nackten Körper hatte und mich nun, zwölf Stunden später, behandelt wie ein nerviges Kind.

Wortlos entreißt er mir seinen Arm und folgt Lio ins Innere des Clubs, ohne mir eine Reaktion zu schenken. Kein Wort. Kein Schnauben. Nicht einmal eine Augenbraue hebt er – er tut einfach so, als gäbe es mich nicht.

Und das hasse ich am meisten.

11.

Was wenn?

Mace

Nacht von Samstag auf Sonntag

»Glaubst du echt, Rapha treibt sich hier auf dieser Party rum?«, fragt Lio, nachdem Sebastian direkt die Bar angesteuert hat und wir auf der Tanzfläche stehen bleiben. K und Veronica haben wir irgendwo hinter uns gelassen.

»Unwahrscheinlich«, erwidere ich. Wir haben nun seit zwei Wochen nichts mehr von Raphael gehört oder gesehen, was in einer kleinen Stadt wie dieser an ein Wunder grenzt. Es ist also wahrscheinlicher, dass er die Stadt verlassen hat. Vielleicht hat er sich sogar schon einem anderen Rudel angeschlossen oder er kämpft sich als einsamer Wolf durch die Dunkelheit. Das würde zu ihm passen – er wäre frei von allen Regeln.

»Und glaubst du echt, dass K und Nika jetzt zusammen sind? So wirklich wie ein Pärchen?«

Ich sehe ihn scharf an. »Scheint wohl so.«

»Bereust du es, dass du nicht vorher-«

»Rede lieber nicht weiter, wenn du nicht mit deinem Gesicht den Fußboden küssen willst«, warne ich ihn und sehe mich in der tanzenden Menge um. Die verschwitzten und vom Schaum bedeckten Körper hüpfen im Takt der Musik. Bunte Lichter flackern über ihre Gesichter.

»Warte!« Lio packt mich plötzlich am Arm. »Ist das nicht die Bikertussi, die dich um ein Haar geschlagen hätte?«

Überrascht schaue ich erst zu Lio, dann in die Richtung, in die sein Blick gerichtet ist. Es dauert ein wenig, bis ich zwischen all den feiernden Menschen in dem hüfthohen Schaum die junge Frau erkennen kann, die ich am Donnerstag bei dem Rennen kennengelernt habe.

Was für ein verdammter Zufall!

»Sollen wir hingehen? Willst du mit ihr reden?«

Ohne Lio zu antworten, beobachte ich die Blondine, die zusammen mit einer Freundin durch ihre auffallenden Tanzbewegungen die Blicke der Männer auf sich ziehen. Veronica würde nie so tanzen. Fuck! Schon wieder ein Gedanke an sie! Ich kann nicht anders, als meinen Blick durch den Club wandern zu lassen und nach ihr und K Ausschau zu halten.

Ophelia und ihre Freundin sind mir scheißegal. Vorhin war das erste Mal, dass ich K und Veronica zusammen gesehen habe, und habe ich das Gelaber von einer Beziehung vorher selbst nicht ernst genommen, so war der Anblick der beiden vorhin wie eine kalte Dusche. Eisig. Draußen. Im Winter. In Sibirien.

Sie sind vermutlich nicht wirklich zusammen – nicht in diesem klassischen romantischen Sinn – für sowas ist in unserem Leben kein Platz und wenn das jemand weiß, dann Kilian. Aber irgendetwas läuft da. Und ich frage mich, wann das passiert ist.

»Mace? Hallo?« Lio wedelt mit seiner Hand vor meinem Gesicht herum.

Genervt wende ich mich wieder dem jüngsten meiner Brüder zu. »Ja?«

»Willst du nun hin? Ansonsten gehe ich rüber. Ich finde die beiden nämlich ziemlich scharf.«

»Dann geh doch hin. Ich geh solange zu Seb an die Bar.«

»Alles klar.« Lio grinst und ich frage mich, ob er sich bei Ophelia oder ihrer Freundin irgendwelche Chancen ausrechnet. Ich glaube irgendwie nicht, dass er Ophelias Typ ist.

»Aber vergiss bei der ganzen Flirterei nicht den Grund, weshalb wir hier sind!«, ermahne ich ihn, wenn auch nur halb im Scherz. Obwohl Nika das zu glauben scheint, was sie gesehen hat, bezweifle ich sowohl die Anwesenheit von Raphael bei dieser Party, als auch das erste Auftauchen von weiblichen Dämonen in der Geschichte. Trotzdem lässt mir der Was-wäre-wenn-Gedanke keine Ruhe.

Wenn tatsächlich weibliche Dämonen existieren ... würde es alles verändern.

»Zwei Tequila.« Ich lehne mich neben Sebastian an den Tresen. Der Barkeeper nickt mir zu und holt zwei kleine Shotgläser aus dem Schrank.

Ich beobachte, wie er die klare Flüssigkeit einfüllt, dann reiche ich ihm die Verzehrkarte, die ich vorne am Eingang bekommen habe. Ich will die Gedanken in meinem Kopf zum Schweigen bringen. Und ich will die Bilder von Kilians Händen an Veronicas Gesicht aus meinem Gehirn brennen. Ich will sie in Schwefelsäure tränken und aus meinen Synapsen ätzen. Je radikaler, desto besser.

»Trink mit mir«, sage ich zu Sebastian und schiebe ihm den Tequila rüber.

»Ich habe bereits einen Whiskey.« Er deutet mit dem Kinn auf das Glas vor ihm.

Ich verdrehe die Augen. »Trink.«

Er seufzt und greift nach dem Salzstreuer. Ohne weitere Widerworte leckt er sich über den Handrücken, streut ein wenig Salz darüber und nimmt die Zitrone in die eine Hand, den Shot in die andere. Wir prosten uns zu und stürzen den Alkohol hinunter. Da ich nachher noch zurückfahre, belasse ich es bei dem einen. Aber das Brennen in meiner Kehle und die Wärme, die sich in meinem Magen ausbreitet, ist genau das, was ich jetzt brauche.

»Habt ihr im Süden schon von weiblichen Dämonen gehört?«, frage ich ihn über die Lautstärke der Musik hinweg. Ich beiße in die Zitrone und schmecke den sauren Geschmack auf meiner Zunge.

»Nope. Succubi sind ein Ammenmärchen, weiter nichts.«

Es erleichtert mich, dass sein Rudel dieselben Informationen hat wie wir. Wenn es weibliche Dämonen gäbe, wüssten wir davon.

»Was ist das mit Key und der Kleinen?«, fragt Seb und lässt den abgekauten Rand seiner Zitrone in das kleine Glas fallen.

Die Hitze in meinem Magen breitet sich aus. Wieso fragt mich das jeder? Sehe ich aus wie der Love-Guru? »Kein Plan.«

»Dass er eine Freundin hat, passt nicht zu ihm«, murmelt Sebastian und steigt wieder auf seinen Whiskey um.

Ich schaue ihn länger an als sonst. Ist er nur so abgefuckt, weil sein ganzes Rudel tot ist, oder hat sein heutiger Alkoholkonsum noch mit etwas anderem zu tun? Ich lehne mich näher zu ihm herüber, bis meine Nase seine Wange berührt.

»Veronica ist nicht dein Problem. Lass uns lieber den Kopf darüber zerbrechen, wie wir es den Schweinen heimzahlen, die deine Familie gekillt haben. Das ist doch das, was du willst, oder? Die Jäger kaltmachen, bevor sie uns kaltmachen.«

Sebastians Kiefer spannt sich an. Ich habe wohl einen wunden Punkt getroffen. Ich lehne mich wieder zurück und klopfe ihm auf die Schulter. Er soll sich nicht in K's und meine Angelegenheiten mischen.

»Aber alles zu seiner Zeit. Und trink nicht zu viel. Ich spreche aus Erfahrung.« Ich wende mich von ihm ab und lasse ihn an der Bar stehen.

Alkohol betäubt nur. Schiebt die Probleme lediglich auf, anstatt sie zu lösen. Ich weiß das. Mein Blick gleitet durch die tanzende Menge. Der

Schaum und die bunten Lichter, die durch den dunklen Raum flackern, haben beinahe eine hypnotische Wirkung. Sie verdrängen die Realität.

Kein Wunder, dass Veronica hier Geister zu sehen glaubt, die eigentlich nur in ihrem Kopf sind.

Ich halte nach Lio, Ophelia und ihren Freundinnen Ausschau, doch stattdessen springt mir *ihr* zartes, unschuldiges Gesicht entgegen. Ihre langen blonden Haare kleben ihr verschwitzt im Nacken und ihr Blick gleitet suchend durch die Menge. Sie und Kilian scheinen sich verloren zu haben. *Oh wie schade aber auch. Suchst du deinen Traumprinzen?*

Wie ein Magnet zieht sie mich an. Ohne darüber nachzudenken, laufe ich auf sie zu – doch anstatt mich von vorn zu nähern, schleiche ich mich von hinten an sie heran.

Als ich direkt hinter ihr stehe, hat sie mich immer noch nicht bemerkt.

Mit der einen Hand halte ich ihren Mund zu, mit der anderen ziehe ich sie an meine Brust. Sobald ihr Körper gegen meinen prallt, steigt mein Puls. Die Hitze in meinem Körper verbrennt mich. Alles in meinem Kopf dreht sich für eine Sekunde. Die Sekunde, in der unsere Körper kollidieren.

Langsam nehme ich die Hand von ihrem Mund. Sie wird nicht schreien und wenn doch, dann wird ohnehin keiner auf sie achten. Ihr Kopf befindet sich direkt unter meinem Kinn. Ich fühle, dass sie zittert. Ich senke meine Lippen zu ihrem Ohr und atme spürbar aus.

»Raphael?«, fragte sie. Ich halte sie noch immer so an meinen Körper gepresst, dass sie sich nicht umdrehen kann.

Mein Mundwinkel hebt sich. Sie glaubt wirklich, dass mein Bruder hier ist. Und sie hat Angst vor ihm. Richtig so, denn das Letzte, was ich will, ist, dass sie Dämonen nicht ernst nimmt. Eine gesunde Portion Angst tut ihr gut.

»Nicht ganz«, antworte ich dicht an ihrem Ohr. Der Duft ihres blumigen Parfums steigt mir in die Nase.

Als sie meine Stimme erkennt, spannt sich ihr Körper an. Im nächsten Moment versucht sie sich mit aller Kraft aus meinem Griff zu befreien.

Doch ihre Mühen und ihr Herumgezappele bewirken nur eins: ihr Hintern drückt sich immer wieder gegen meinen Schritt und sorgt dafür, dass mein Schwanz sich aufrichtet. *Fuck!*

Veronica wölbt ihren Rücken und krallt sich mit ihren Händen in meine Arme, um meinen Griff zu lockern.

»Scheiße, das solltest du lassen«, warne ich sie. Sie macht mich so schon aus irgendeinem Grund total an, dann muss sie das nicht auch noch provozieren, indem sie sich gegen mich bäumt.

Sie verharrt in ihrem Kampf und bleibt reglos stehen. Ich weiß, dass sie jetzt die Beule in meiner Hose spürt, und frage mich, was sie denkt. Was sie fühlt. *Macht es dich auch an, Veronica? Oder gelten all deine Gedanken nur noch meinem Bruder?*

Die anderen Menschen und der hüfthohe Schaum wirken wie eine Schutzmauer. Wir sind umgeben von unzähligen Zuschauern und doch sind wir verborgen. Das Lied klingt aus und in den paar Sekunden Stille gehen zischend die Nebelmaschinen an. Noch mehr Unsichtbarkeit. Wir sind genau vor Kilians Nase und doch wird er uns nicht sehen können.

Ob Nika ihm danach hiervon erzählen wird?

Ich kann es nicht einschätzen, aber ich riskiere es. Ich würde meinen Freund niemals verraten, doch irgendwie fühlt es sich so an, als hätte er mir als Erster die Klinge in den Rücken gestoßen. Wenn er Veronica für sich haben wollte, hätte er es mir früher sagen sollen.

Viel früher.

Ein Remix von *Just can't get enough* von The Black Eyed Peas dröhnt aus den Boxen und die Tanzfläche versinkt vollkommen im Nebel. Ein paar Leute kreischen aus Ekstase und übertönen die kraftvollen Bässe, die den Schaum zum Beben bringen. *I'm addicted and I just can't get enough.*

Ich halte Nika an ihren Hüften fest und drücke sie an mich. Scheiße, ich sollte das nicht tun. Die Situation steigt mir über den Kopf und ich weiß, dass ich zu weit gehen werde, wenn ich nicht gleich aufhöre. Sie zerrt vergebens an meinen Händen. Ihr Widerstand ist süß.

Meine Lippen streifen ihre Schläfe. »Was läuft da zwischen dir und K?«

Sag mir die Wahrheit und ich lasse dich laufen.

Sie schweigt. Ich greife mit der rechten Hand ihr Kinn und drehe es in meine Richtung. »Antworte.«

Bisher kennt sie nur die liebe Version von mir. In der Ferienhütte habe ich ihr Vertrauen gewinnen wollen, anschließend habe ich sie von mir fernhalten wollen. Den echten Mace will sie nicht kennenlernen. Ich bin die Verkörperung von der Dunkelheit und damit von ihrer größten Angst. Ich weiß, dass ich nicht gut für sie bin – aber Kilian ist es auch nicht.

»Wir sind zusammen, habe ich dir doch gesagt!«

Ihre trotzige Antwort überzeugt mich nicht. »Lüg mich nicht an.«

»Erinnerst du dich an die Nacht eurer letzten Party? An unser Gespräch?«

Ich erstarre. Wie kann sie davon wissen?

»Ich habe dir von Anfang an gesagt, dass ich wegen K da bin. Du wusstest, dass mein Interesse von Anfang an ihm galt.«

Von Anfang an. Energisch drehe ich sie zu mir herum. Die Wahrheit ihrer Worte trifft mich unvorbereitet. Ein Lächeln liegt siegessicher auf ihren Lippen.

»Du dürftest dich nicht daran erinnern.«

»Tja, Pech gehabt. Ich tue es wieder.« Statt die Gelegenheit zu nutzen und von mir zurück zu weichen, kommt sie mir mit ihrem Gesicht näher. Sie stellt sich auf Zehenspitzen, um auf Augenhöhe mit mir zu sein. *Mutig.* Ich blicke auf ihre geröteten Wangen, dann in ihre großen grauen Augen, die mich wütend anfunkeln. »Und noch etwas: Fass mich noch einmal an und Kilian schmeißt dich ebenfalls aus dem Rudel!«

12.

Eispalast

Nika

Sie glauben mir nicht.

Diese Tatsache hängt zwischen uns in der Luft, als wir den Club verlassen und schweigend zu Mace' Wagen laufen. Wir haben weder Raphael, noch die drei Frauen gefunden, weshalb es sich anfühlt, als hätte ich Kilian und die anderen drei umsonst aus dem Bett geholt. Aber sie waren da. Ich habe mir das doch unmöglich eingebildet.

Außerdem haben Finn und Becca mich gesehen und ich musste ihnen erklären, warum ich eine halbe Stunde, nachdem ich mich eigentlich von ihnen verabschiedet hatte, immer noch da war. Der Abend ist die reinste Katastrophe. Zum Glück hat er bald ein Ende.

Ich steige nach Lio auf die Rückbank. Kilian sitzt mit Mace vorne.

»Du kannst bei uns schlafen«, bricht Mace zu meiner Überraschung das drückende Schweigen. Sowohl, dass er noch einmal das Wort an mich richtet, als auch der Inhalt seiner Aussage verwundern mich. Hat meine Auseinandersetzung mit ihm, ihm etwa wieder zur Vernunft verholfen?

Oder will er vor den anderen nur den scheinheiligen Gentleman spielen? Seit seiner dreisten Aktion auf der Tanzfläche weiß ich mit Sicherheit, dass nicht einmal ein Funken Gentleman in ihm steckt.

Ich schnalle mich an und starre stur nach links aus dem Fenster. »Nein, danke. Ich schlafe lieber bei mir Zuhause.« Die ganzen Dämonen können mich mal.

»Wurde euer Türschloss schon ausgetauscht?«

»Ja, heute Morgen.« *Was soll diese Fragerei?*

Mace' sagt nichts mehr und fährt los, was ich als gutes Zeichen dafür werte, dass er meinem Wunsch folgt und mich einfach nach Hause fährt.

»Morgen kaufst du dir ein neues Handy und schreibst, wenn alles in Ordnung ist.«

Wie bitte? Das ist nicht sein Ernst. Ich lache auf. Das wird ja immer lächerlicher. »Erstens ist morgen Sonntag und da bekomme ich nirgendwo ein Handy. Und zweitens: seit wann bist du so besorgt und anhänglich? Vor zwei Wochen hieß es noch, ich solle mich von dir und deinen Freunden fernhalten und wir sehen uns nie wieder«, erinnere ich ihn.

Ich habe mich gegen ein neues Spiel entschieden, ich will die alten Spielregeln zurück! Damit, ihm aus dem Weg zu gehen, kam ich irgendwie klar, aber das heute? Nein danke! Das mache ich nicht mit. Meine Wangen brennen noch immer bei dem Gedanken an die Art, wie er mich vorhin festgehalten hat. Obwohl ich ihm am Ende ordentlich die Meinung gesagt habe und als Gewinnerin aus der Situation herausgegangen bin, spüre ich seine Hände noch immer. Wie er sich an mich gedrückt hat ... und ich habe ganz genau gemerkt, wie ihn das angemacht hat. Das ist doch krank. Jetzt, wo ich offiziell mit Kilian zusammen bin, will er mich auf einmal?

»Anhänglich?«, wiederholt Mace und wirft mir einen tödlichen Blick durch den Rückspiegel zu. Verdammt! Mir ist gar nicht aufgefallen, dass ich mein trotziges Starren aus dem Fenster aufgegeben habe. Blitzschnell beende ich den kurzen Blickkontakt, bevor seine Augen etwas in mir anrichten können.

Zu meiner Überraschung sagen die anderen im Wagen kein Wort, was den Knoten in meiner Brust nur verstärkt. Jetzt streiten wir uns auch schon vor seinem gesamten Rudel? Erst bezeichnet er es als schwachsinnig, dass ich sie hergerufen habe, dann drückt er mich im Club an sich und nun tut er so, als wäre er besorgt um mich? Hat er auf der Party vielleicht doch etwas gesehen, was seine Meinung geändert hat, oder sind seine Stimmungsschwankungen psychischer Natur?

»Du kannst wirklich bei uns schlafen, wenn du dich dann sicherer fühlst«, wirft nun auch Kilian ein, doch ich lehne weiterhin ab.

Sie glauben mir ja ohnehin nicht. Nach diesem Abend will ich einfach nur noch nach Hause und Abstand von allem nehmen, was nicht menschlich ist. Kilian gehört da auch zu, obwohl ich ihm seine Sorge abkaufe und dankbar für die Freundlichkeit bin, die er mir immer entgegenbringt.

Die nächsten Minuten schweigen wir und ich lehne erschöpft meinen Kopf gegen die kühle Scheibe.

»Wie offen können wir vor ihr reden?«, fragt Lio auf einmal, als wir an einer roten Ampel halten.

»Um was geht es denn?«, will Mace wissen. Auch ich werde hellhörig.

»Kann sein, dass ich Ophelia und ihre Freundinnen vorhin zu unserer Party eingeladen habe. Kannst du sie auf die Gästeliste setzen?« Obwohl ich mich nicht zu ihm umdrehe, höre ich das breite Grinsen in seiner Stimme. Mein Kopf schnellt hoch.

»Wer ist Ophelia?«, fragt Kilian.

»Ihr veranstaltet wieder eine Sexparty?«, frage ich gleichzeitig. Die Entrüstung in meiner Stimme ist nicht zu überhören.

Keiner der Jungs sagt etwas. Ich weiß nicht, warum ich so verwundert bin. Ob ich angenommen habe, dass sie damit aufhören oder sowas wenigstens seltener praktizieren. Oder ob ich angenommen habe, dass sie sich zumindest zurückhalten, und nicht irgendwelche Frauen, die sie im Club kennenlernen, auf einmal zu einer Orgie einladen.

»Geht klar. Sie hat mir vorhin ohnehin noch ihre Nummer zugesteckt«, antwortet Mace auf Lios ursprüngliche Frage. Wenn er mir zuvor schon die Stimmung verdorben hat, so gibt mir dieser Satz den Rest. Mein Herz hämmert so laut gegen meine Rippen, dass ich es irgendwie übertönen will.

»Bin ich auch eingeladen?«, frage ich trotzig.

»Zu unserer nächsten Party? Natürlich nicht!«, kommt es prompt von Mace, was meine Wut nur noch weiter entfacht.

»Kilian?« Als mein Alibi-Freund hat er doch quasi die Pflicht, auf meiner Seite zu stehen. Wäre er mein echter Freund, wäre es selbstverständlich, dass ich zu seiner Party kommen darf.

»Ich weiß immer noch nicht, wer Ophelia ist«, weicht er meiner Frage aus.

»Erzähl ich dir zuhause.«

Nein, erzähl es ruhig jetzt, Mace. Ich werfe giftige Blicke in Richtung Mace und Kilian, doch die treffen nur auf ihre Hinterköpfe.

»Ich kann doch auch zu der Party kommen, oder Kilian Schatz?«, starte ich einen weiteren Anlauf. Ich weiß, dass ich damit den Bogen überspanne, aber ich kann nicht anders.

Mace wirft ihm einen warnenden Blick zu. Kilian seufzt. »Nika, es ist sicherer für dich, wenn du Zuhause bleibst. *Schatz.*«

Ich schnaube, wobei es klingt, als könnte ich mich nicht zwischen lachen oder ersticken entscheiden. Dabei weiß ich nicht einmal, wieso ich auf einmal das dringende Bedürfnis habe, noch einmal auf diese Party zu gehen. Nicht, dass ich mich an die letzte wirklich erinnern würde, aber mir ist bewusst, dass sie nicht sonderlich gut für mich ausgegangen ist. Und die Bilder und Gesprächsfetzen, die mir wieder eingefallen sind, sollten eigentlich ausreichen, um jede vernünftige Frau bei klarem Verstand von diesem Ort fernzuhalten.

»Ich glaube, sie hält Dämonen für niedliche Welpen, mit denen man spielen und kuscheln kann«, knurrt Mace.

Wie bitte?

Sebastian, der bisher still neben Lio auf der Rückbank saß, lacht unterdrückt. Bevor ich etwas erwidern kann, antwortet Kilian für mich: »Nein, sie hält Dämonen für normale Menschen.«

In seinem Tonfall liegt eine traurige Nüchternheit, die mich ein paar Herzschläge lang sprachlos macht. Ich öffne den Mund, sage aber keinen Ton.

»Kein Wunder, ihr habt sie auch verzogen«, murmelt Sebastian.

Ich fasse es nicht, in welche Richtung sich dieses Gespräch entwickelt hat. Und dass selbst der Neue direkt gegen mich ist.

»Ihr müsst und wollt den Menschen ja nicht wehtun. Im Grunde seid ihr genau wie wir, es gibt sowohl schlechte als auch gute und –«

»Halt die Klappe, Veronica!«

Sofort verstumme ich und begegne Mace' zornig funkelndem Blick im Rückspiegel. Mein Herz setzt einen Schlag aus und Hitze steigt mir in die Wangen. Sein Blick ist nicht mehr bloß wütend – es liegt eine Kälte darin, die auf mich überschwappt. Noch niemals hat er mich so angefahren und ich würde am liebsten die Tür aufmachen und aus dem fahrenden Auto steigen. Ein paar Prellungen und Knochenbrüche ziehe ich gerade durchaus in Erwägung.

»Rede nicht über etwas, von dem du keine Ahnung hast«, mahnt Mace mich diesmal ruhiger.

Ich presse die Lippen aufeinander. Für mehrere Minuten bleibt es ohrenbetäubend still im Wagen. Ich muss mehrmals blinzeln, damit ich keine einzige dämliche Träne vergieße und niemand in diesem Auto merkt, wie ich mich fühle.

Kilian ist der Erste, der wieder das Wort ergreift. Er schaut aus dem Seitenfenster und ich sehe nur seinen Hinterkopf, als er spricht. »Dämonen sind nicht wie Menschen. Wir haben eine viel niedrigere Hemmschwelle und wir haben eine ganz andere Vorstellung von Moral. So wie es den meisten Menschen nichts ausmacht, dass Tiere für ihr Essen sterben, so macht es den Dämonen nichts aus, wenn Menschen als unsere Nahrungsquelle sterben. Wir sehen uns von Natur aus als etwas Höheres an. Wir sind die Raubtiere und ihr das Vieh. So ist es nun mal gewollt. Hinzu kommt, dass viele Dämonen Spaß daran haben, euch zu jagen, euch leiden zu sehen, euch zu unterwerfen. Es ist ein Machtspiel. Du kannst Dämonen und Menschen *niemals* gleichsetzen.«

Ich schlucke und schaue ebenfalls aus dem Fenster. So einen Schwachsinn habe ich noch niemals aus Kilians Mund gehört. Mir ist nicht mehr danach, einen dieser Männer anzusehen. Sie versuchen mir nur klarzumachen, wie gefährlich sie sind, trotzdem hinterlassen Kilians Worte einen bitteren Beigeschmack. Ich bin kein Vieh, das nur zum Schlachten gut ist. Wenn ich ihr Vieh bin, wieso kutschieren sie mich dann nach Hause? Wieso sind sie hier? Wieso rede ich mit ihnen? Unsere ganze Bekanntschaft macht keinen Sinn, wenn er seinen eigenen Worten glaubt.

»Deshalb darfst du nie wieder auf eine unserer Partys kommen. Dort sind Dämonen, die um Weiten schlimmer sind als wir«, schließt Kilian. Jetzt sind wir wieder am Start unserer Diskussion, vielleicht auch an dem Beginn unserer Bekanntschaft.

Ich nicke nur, ohne ihn anzusehen. Seine Message ist angekommen.

Lio stößt mich von der Seite mit dem Ellbogen an. »Wieso willst du da überhaupt hin?«, fragt er mich leise, obwohl ich mich auch zu ihm nicht umdrehe. Ich weiß, dass es nur ein Versuch ist, die Stimmung zu lockern, aber die kann niemand mehr retten. »Du bist doch eh nicht scharf auf Sex, oder? Und mehr als Sex wird es da nicht geben.«

Toll. Jetzt fühle ich mich gleich viel besser, danke. Mace und Kilian werden dort Sex mit ein Dutzend Frauen haben, nur ich werde nicht einmal anwesend sein dürfen.

Was ist heute bloß los mit mir, dass ich das so nah an mich heranlasse?

Wir biegen endlich in meine Straße ein und ich war noch nie so erleichtert darüber, dieses Mehrfamilienhaus zu sehen. Als Mace rückwärts in die Parklücke einfährt, fällt mir jedoch noch eine Frage ein, die ich loswerden möchte. Nein, ich *muss* sie loswerden, um mein Bild von dem zu vervollständigen, was ich mir die letzten Wochen zusammengereimt habe. Mace und Kilian werde ich nach heute Nacht vielleicht nicht mehr wiedersehen, aber das Rätsel um die Dämonen will ich trotzdem gelöst wissen.

Es ist wie mit Sudokus und Kreuzworträtseln – ich kann nicht aufhören, bis ich nicht das letzte Kästchen ausgefüllt habe.

»Habt ihr vor ein paar Tagen eine rothaarige Studentin umgebracht?«, frage ich daher geradeheraus. Vielleicht kann ich gefühlstechnisch endlich mit ihnen abschließen, wenn ich die Antwort kenne

Mace, der sich zum Einparken nach hinten gedreht hat, schaut mich direkt an. Auch die anderen Blicke spüre ich auf mir.

»Hast du mich deshalb heute Morgen gefragt, was ich Dienstag gemacht habe? Weil du uns des Mordes verdächtigst?«, fragt er ungläubig.

Ich zucke mit den Schultern und tue gleichgültig. »Ihr habt mir doch gerade weisgemacht, dass wir für euch nur Vieh sind. Also?«

Von rechts ertönt Sebastians Lachen. »Denkst du echt, sie würden es dir sagen, wenn sie es gewesen wären?«

Ich presse meine Lippen zusammen und erwidere weiterhin Mace' Blick, fordere ihn auf, die Wahrheit zu sagen. Aus irgendeinem Grund glaube ich, dass ich eine Lüge aus seinem Mund erkennen würde, während er mich so ansieht.

»Du weißt, dass wir dazu fähig sind. Aber das waren wir nicht.« Seine sumpfgrünen Augen lassen dabei die meinen nicht los.

Ich nicke und glaube ihm. Auch wenn sich ein anderer Gedanke zeitgleich in mir einschleicht: vielleicht war es Raphael.

»Sonst noch was?«, will Mace wissen und holt mich aus meinen Gedanken. Sein Blick fordert mich geradezu heraus. Vielleicht ist das die Bestätigung dafür, dass wir uns eine lange Zeit nicht mehr sehen werden.

Ich nicke wieder und nutze die Chance, um noch ein paar andere Fragen loszuwerden. »Können sich Dämonen voneinander ernähren?«

Diese Frage scheint ihn noch mehr zu überraschen als mein Mordverdacht. Er blinzelt und schüttelt dann den Kopf. »Ginge wohl theoretisch. Aber das ist gegen unsere Natur. Abgesehen davon müsste man dafür ja schwul sein.« Er runzelt die Stirn. »Also nein, danke.«

Es sei denn, ich habe Recht und es gibt doch weibliche Dämonen. Dann müssten sie keine Menschen aussaugen, sondern könnten sich gegenseitig voneinander ernähren.

»Könnte ein Dämon einen anderen Dämon manipulieren? Also ihn vergessen lassen oder geht das nur bei Menschen?«

Mace sieht mich ernst an, als versuche er zu erraten, wohin ich mit meinen Fragen abziele. Während er schweigt, befürchte ich schon, dass er mir nicht antworten will. Wieso sollte er auch nach dem Streit, den wir gerade hatten? Doch er nickt schließlich. »Einige Dämonen beherrschen Gedankenkontrolle besser als andere«, sagt er. Sein Blick klebt skeptisch an mir. »Zwischen Dämonen wird es um einiges schwieriger sein, aber wenn einer viel mächtiger ist als der andere, halte ich es für möglich.«

Ich speichere die Informationen ab und schnalle mich ab. Das waren alle offenen Fragen, die ich noch hatte. Den Rest des Kreuzworträtsels werde ich selbst lösen.

»Das sind echt seltsame Fragen«, wirft Lio ein, bevor ich aussteigen kann.

»Noch viel seltsamer ist es, dass Mace sich erbarmt hat, sie zu beantworten«, gibt Kilian argwöhnisch von sich.

Da hat er Recht, doch was genau Mace dazu bewogen hat, mir ausnahmsweise mal in einem normalen Tonfall zu antworten, werde ich wohl nie erfahren.

»Gute Nacht«, sage ich und öffne die Tür. »Danke fürs Fahren.«

Meine Worte schmecken nach Abschied und ich frage mich, ob es den anderen ebenfalls bewusst ist. *Genießt eure Sexpartys. Seht euch ruhig weiter selbst als Raubtiere.*

»Bist du sicher, dass du nicht lieber bei uns schlafen willst?« Diesmal ist es wieder Kilian, der fragt. Doch denkt er wirklich, dass ich einwillige, nachdem er mir noch einmal eine Predigt darüber gehalten hat, was für kaltblütige Monster Incubi sind?

Ich schüttle den Kopf und steige aus dem Wagen.

Es fühlt sich an, als hätte ich den längsten Tag meines Lebens hinter mir und dennoch kann ich nicht einschlafen. Unruhig wälze ich mich von einer Seite auf die andere. Der Satinstoff meines neuen Nachthemdes klebt an meinem Körper – es ist definitiv viel zu warm in meinem Zimmer, aber wegen der Fenstersicherung kann ich noch nicht einmal frische Luft hineinlassen.

Ich fühle mich, als würde ich ersticken. Im dämmrigen Licht meiner Nachtleuchte werfen meine Möbel dunkle Schatten an die fliederfarbenen Wände. Ich weiß nicht einmal, wovor ich mehr Angst habe. Vor der Realität, die da draußen lauert, oder vor meinen Albträumen, die mit Sicherheit kommen, sobald ich meine Augen schließe. Deshalb schließe ich sie nicht.

Immer und immer wieder kreisen meine Gedanken um die Incubi. Wieso streiten sie ab, eine menschliche Seite zu besitzen? Sie haben Gefühle. Ich habe sie so oft in Kilians und sogar in Mace' Blick gesehen.

Und wieso glaubt niemand daran, dass Succubi existieren?

Obwohl ich heute lauter Antworten gesammelt habe, wie Bingo Felder auf einem Blatt, nehmen meine Fragen kein Ende. Ich sollte mich auf andere Gedanken bringen.

Ich will gerade nach dem Buch auf meinem Nachttisch greifen, als ich auf einmal ein lautes *Pling* an meinem Fenster höre. Als wäre etwas gegen die Glasscheibe geworfen worden.

Kerzengerade sitze ich im Bett und lausche in die Nacht. Doch mein lauter Herzschlag ist das Einzige, was ich höre. Warum hat Miriam ausgerechnet heute Nachtschicht? Warum war ich zu stolz, um Kilians und Mace' Angebot anzunehmen? Was ist, wenn mir die Dämonen von der Party gefolgt sind? Meine Paranoia schaukelt sich so weit hoch, bis ein erneutes *Pling* mich zusammenzucken lässt.

Ich steige aus dem Bett, mache das Nachtlicht aus und schleiche in geduckter Haltung bis zum Fenster. Falls jemand dort unten ist, will ich nicht, dass derjenige mich sieht. Was ist, wenn Raphael hier ist und festgestellt hat, dass sein Schlüssel nicht mehr passt? Vielleicht will er mich nun durch das Fenster hinaus in seine Arme locken. Ich weiß nicht, wie krass diese Gedankenmanipulation sein kann, von der Mace erzählt hat, aber ich bezweifle, dass Raphael mich durch das geschlossene Fenster hindurch hypnotisieren kann. Also wiege ich mich hier oben einigermaßen in Sicherheit.

Ich hocke mich vor die Fensterbank und gehe so weit hoch, dass ich gerade eben hinaus in den Garten schauen kann. Mein Herz klopft mir bis zum Hals, doch wenn ich eins in meinem Leben gelernt habe, dann dass blinde Unwissenheit gefährlicher ist, als sich der Angst zu stellen.

Natürlich ist alles dunkel draußen, so dunkel, dass ich nicht einmal einen Schatten erkenne. Aber das erneute *Pling* an der Fensterscheibe lässt keinen Zweifel daran, dass jemand im Garten steht und Steine gegen mein Fenster wirft. Wer macht so etwas Lächerliches? Auf einmal bezweifle ich, dass es sich dabei um Raphael oder um die weiblichen Dämonen von der Party handelt.

Eigentlich fallen mir nur drei Leute ein, denen ich so etwas Dämliches zutrauen würde.

Ich stehe auf und gehe durch das Zimmer, um das Licht anzumachen, damit man mich sehen kann. Obwohl ich jetzt erst recht nichts hinter dem Fenster erkennen kann, stelle ich mich davor und bedeute mit meinen Händen und meinem Kopf, dass die Person gefälligst rum zur Haustür kommen soll. Ein wenig ärgere ich mich darüber, dass ich das Fenster nicht einmal öffnen kann, um mit der Person da draußen zu kommunizieren.

Finn?

Kilian?

Oder Mace?

Nach der heutigen Diskussion im Wagen zweifle ich eigentlich daran, dass ich einen der Letztgenannten so schnell wiedersehe.

Am wahrscheinlichsten ist es wirklich, dass Finn nach mir sehen will, nachdem ich so plötzlich die Party verlassen habe. Er ist echt ein Goldstück.

Ich gehe zur Wohnungstür und drücke mehrmals auf den Knopf, um die untere Haustür zu entsperren. Als ich die Schritte im Hausflur höre, werde ich leicht nervös.

Was, wenn ich mich irre?

Vorsichtig ziehe ich die Tür auf und wappne mich innerlich für den Fall, dass es sich doch nicht um Finn handelt, der die Stufen hochkommt. Gut, dass ich das tue, denn so gelingt es mir, keine Miene zu verziehen, als Mace vor meiner Wohnung stehen bleibt.

Während mein Gesicht die Ruhe selbst ist, beginnt mein Herz zu rasen.

»Wieso hast du nicht wie jeder normale Mensch geklingelt?«, frage ich. In meinem Kopf antwortet eine gehässige Stimme: *Oh, weil er ja kein normaler Mensch ist.*

»Ich wollte niemanden wecken.«

Ach, und wenn du Steine gegen mein Fenster wirfst, weckt es mich nicht? Statt etwas zu erwidern, trete ich einen Schritt zurück und mache ihm Platz, damit ich die Tür hinter ihm schließen kann. Ich will dieses Gespräch nicht im Hausflur führen.

»Wieso hast du ein Negligé an?«, fragt er.

»Was?« Verdammt, ich habe ganz vergessen, dass ich es anhabe. Sofort verteufele ich Becca dafür, mich zu dem Kauf überredet zu haben.

»Schläfst du immer in so einem Teil, oder erwartest du wen Bestimmten?« Hinter dem Sarkasmus ahne ich, dass er wirklich denken könnte, ich würde auf wen anders warten. Auf Kilian? Vielleicht bereut er es in dem Moment sogar, hergekommen zu sein. Und ich bereue für einen winzigen Moment meine Lüge.

Für einen winzigen Moment erlaube ich mir zu denken, dass er hergekommen ist, weil er sich Sorgen um mich macht. Weil er weiß, dass ich nicht schlafen kann. Weil er sich wegen unseres Streits schlecht fühlt. Für einen winzigen Augenblick will ich ihm sagen, dass er der Einzige ist, den ich will. Je wollte. Von Anfang an war es er. Doch das würde ich ihm niemals sagen können. Es würde nichts daran ändern, dass wir nie würden zusammen sein können. Dass ich niemals herausfinden würde, wie es sich anfühlt, Mace Harsen zu küssen. Oder von Mace Harsen geliebt zu werden.

Mit all meiner Willenskraft löse ich den Blick von seinen Lippen.

»Ich erwarte niemanden«, stelle ich klar und verschränke meine Arme vor der Brust, damit er nicht sieht, dass ich keinen BH trage. Was vermutlich ohnehin schon zu spät ist.

»Hm«, macht er und mustert mich von oben bis unten. Nervös presse ich meine Lippen aufeinander. Hat er mir eigentlich schon erklärt, warum er überhaupt hier ist? Meine Wunschvorstellung wird ja wohl eher nicht der Wahrheit entsprechen. *Fürsorglich* ist kein Adjektiv, das für diesen Mann gemacht wurde. Und er sieht auch nicht so aus, als würde er sich für den Streit vorhin oder für irgendetwas von heute Abend entschuldigen wollen.

»Warum erstarrst du eigentlich immer zur Salzsäule, wenn du halbnackt vor mir stehst?«

Was? Hitze steigt mir in die Wangen. Dass er gemerkt hat, wie ich auf ihn reagiere, und die Taktlosigkeit besitzt, mich darauf anzusprechen, hilft mir kein bisschen weiter, besser mit dieser Situation umzugehen.

»Wie soll ich denn reagieren? Dir um den Hals fallen, oder was?«, frage ich etwas zu gereizt. Ist er etwa nur hier, um mich weiter zu demütigen?

Mace schmunzelt und lehnt sich mit dem Rücken gegen die geschlossene Wohnungstür. Er schiebt seine Hände in die Hosentaschen seiner schwarzen Jeans. »Eigentlich gibt es nur zwei Möglichkeiten. Entweder es ist dir egal, wie ich dich sehe, und du reagierst ganz lässig und tust so, als wäre da nichts bei. Oder – wenn es dir etwas ausmacht, dass ich dich so sehe – könntest du dir auch einfach schnell was überziehen.«

Ich bin sprachlos.

»Aber dass du wie Bambi im Scheinwerferlicht eines Autos einfach stehen bleibst, ist ja so, als würdest du geradezu darum betteln, von mir überfahren zu werden.«

Seine Metapher vom Überfahren-werden trifft meine Gefühlslage überraschend genau.

»Ich bettle ganz gewiss um nichts!«, sage ich und mache einen Schritt zurück, um etwas Abstand zu gewinnen. Es ist beschämend, dass er so von mir denkt. Allein wegen seiner überheblichen Aussage will ich ihm das Gegenteil beweisen.

»Was soll das hier überhaupt?«, frage ich. »Vorhin habt ihr mir noch versucht klarzumachen, dass ihr die Bösen seid und ich nur euer Vieh. Weshalb bist du dann hier? Um das Vieh zu füttern? Um es zu schlachten?«

Abwartend schaue ich ihn im Halbdunkel an, doch er sagt nichts. Er schweigt. Dieser Kampf mit ihm ist *so* anstrengend. Ein so großer Teil von mir will einfach nur seine Nähe genießen. Nur ein einziges Mal. Obwohl ich ihm verboten habe, mich erneut anzufassen, kann ich nicht leugnen, wie berauscht ich mich gefühlt habe, als er mich auf der Tanzfläche gegen seine Brust gedrückt hat. Wäre es so schlimm, für eine Nacht gegen unsere Prinzipien zu verstoßen? Oder wenigstens für ein paar Minuten das Kriegsbeil zwischen uns zu begraben? Ich will nur einen einzigen Moment lang aufhören, gegen ihn zu kämpfen.

Ich bin noch am überlegen, welche Konsequenzen es hätte, wenn ich ihm gestehe, dass die Beziehung mit Kilian nur gelogen ist und ich in Wahrheit ihn will, wenn ich ihn einfach küssen würde, als er meine Gedanken unterbricht.

»Wo ist deine Tante?«

»Die kommt heute Nacht nicht heim«, antworte ich, weiß aber nicht, worauf er mit seiner Frage abzielt. Warum beantworte ich überhaupt immer seine Fragen, während er meine ignoriert?

»Schläfst du deshalb nicht?«, will er wissen.

Ich weiß, dass mir Lügen bei ihm nicht viel bringt. Er durchschaut mich. Wieso kennt er mich eigentlich so gut? Wieso versteht er mich so gut? So wie er in mich reinblicken kann, hätte er auch eigentlich längst merken müssen, dass meine Beziehung zu Kilian nur Farce ist. Vielleicht weiß er es im Inneren auch, hält es aber für klüger, diese Lüge zwischen uns aufrechtzuerhalten. Vielleicht ist es auch genau das, was er will: eine Mauer zwischen uns. Selbst wenn sie nur aus Lügen besteht.

Aber warum ist er dann hier? Darauf hat er mir keine Antwort gegeben.

»Hast du Angst, dass wenn du selbst deine Zimmertür verschließt und der Schlüssel in deinem Zimmer bleibt, dass du dann nachts aufstehst und den Schlüssel im Schlaf findest?«

Was ist das denn für eine Frage? »Ich habe schon viele Sachen im Schlaf gemacht«, antworte ich. Was geht ihn das überhaupt an? Wie kommt er darauf, um diese Uhrzeit herzufahren und mir solche Fragen zu stellen?

Das irrationale Bedürfnis nach seiner Nähe wird dadurch ersetzt, ihn schlagen zu wollen. Je mehr Fragen er in mir aufruft, desto wütender werde ich. Ich habe mich früher wirklich für keinen gewalttätigen Menschen gehalten, aber er schafft es immer wieder, diese Seite in mir zu provozieren. Ich will, dass er merkt, wie weh er mir tut. Hiermit. Einfach nur hier aufzutauchen und dumme Fragen zu stellen, das reicht, um mir wirklich tief wehzutun. Und er merkt es nicht einmal!

Für ihn ist das hier was? Belangloser Smalltalk um drei Uhr nachts? Ein Scherz? Eine Provokation? Will er mir oder Kilian etwas beweisen?

»Bitte geh«, sage ich. Ich halte seine Anwesenheit nicht mehr aus. Ich kann dieses Tauziehen der Gefühle nicht länger mitmachen. Ich muss das Seil loslassen, bevor ich auf die Fresse fliege.

»Aber –« Er scheint wirklich irritiert von meiner Aufforderung. Seine selbstgefällige Arroganz, die sein Blick sonst immer auf natürliche Weise transportiert, bricht in sich zusammen. »Wieso?«

Weil ich es nicht länger ertragen kann, Mace! Statt mir Hoffnung zu geben, zertrümmerst du sie. Statt einem Lächeln verursachst du Tränen. Statt Liebe gibst du mir Ablehnung. Immer und immer wieder. Es ist zu viel. *Du* bist zu viel.

»Geh!«, wiederhole ich. Ich will nichts mehr von ihm hören. Ich will ihn nicht mehr sehen.

Seine Überraschung steht ihm ins Gesicht geschrieben und ich frage mich, wie eingebildet man sein kann. Er hat also wirklich damit gerechnet, dass ich ihn nachts hier haben will? Obwohl er denkt, dass zwischen mir und Kilian etwas läuft? Seine Arroganz widert mich an. Er denkt, er könne mich wochenlang ignorieren oder wie Dreck behandeln und ich würde ihn danach immer noch mit offenen Armen empfangen.

»Ich will dich nicht hier haben. Ich bin mit deinem besten Freund zusammen. Du hast in meiner Wohnung nichts zu suchen. Weder nachts, noch tagsüber«, stelle ich klar. Vor zwei Wochen hat er mich gebeten, mich von ihm fernzuhalten - nun bin ich diejenige, die von ihm dasselbe verlangt.

Sein Blick wird eiskalt – und mein Herz ebenfalls.

Je gleichgütiger seine Augen mich mustern, desto langsamer schlägt es. Ich errichte in meiner Brust einen Eispalast und werde zur grausamsten Königin, die das Land je gesehen hat.

In meinem Reich ist kein Platz mehr für dich, Mace.

Mace

Ca 3 Stunden zuvor

»Kann ich dich kurz sprechen, K?«, frage ich mit zusammengebissenen Zähnen, als wir aus dem Auto steigen.

K sieht mich fragend an. Anhand meines mahlenden Kiefers ahnt er dann aber wohl, worum es geht, und nickt.

»Geht schonmal vor«, sagt er zu Seb und Lio.

Lio wirft mir einen teils mitleidigen, teils besorgten Blick zu, geht dann aber zur Haustür und fischt seinen Schlüssel aus der Jeans.

Ich lehne mich an den Wagen und wende meine Aufmerksamkeit wieder K zu. Er war immer wie mein großer Bruder. Die Verkörperung von Weisheit und Vernunft. Unser Anführer.

Wie er so dasteht, die Hände in die Hosen schiebt und mich anguckt … Ich vergewissere mich mit einem Blick, dass Lio und Seb schon reingegangen sind, dann hole ich aus und schmettere meine Faust in sein Gesicht.

Die Genugtuung des Schlags zieht sich gemeinsam mit dem Schmerz durch meinen Körper. Ich schüttele meine Faust aus und lasse dann die Fingerknöchel knacken.

Kilian hält sich mit der Hand die rechte Gesichtshälfte. Das wird ein schönes lila Veilchen geben.

»Ich darf sie nicht anrühren, aber du schon, ja?«

Kilian flucht unterdrückt und nimmt die Hand runter,

er betrachtet sie, als befürchte er, Blut daran zu finden, doch seine Nase und seine Lippe sind heil geblieben. Mein Schlag hat ihn seitlich unterhalb des Auges getroffen.

»Du weißt es schon seit gestern Nacht, wieso hast du mich heute Mittag dann nicht schon geschlagen?«

Ich schnaube. »Weil ich dem nicht geglaubt habe. Weil ein Teil von mir dachte, es ist ein Witz oder ein Bluff oder eine Übertreibung. Du weißt doch, Frauen bilden sich schnell ‘ne Beziehung ein, nur weil man einmal mit ihnen rummacht. Wann hast du mit ihr rumgemacht, K?«

Kilian reibt sich über die geschwollene Wange und betastet sein blutunterlaufenes Auge. Die Tatsache, dass er weder wütend auf mich ist, noch zurückschlägt, bedeutet, dass ich im Recht bin. Und das facht meine Wut nur noch weiter an. Kilian weiß, dass er ein heuchlerischer Wichser ist.

»Du hast Rapha aus dem Rudel geworfen, weil er sie angerührt hat, obwohl sie tabu war! Du hast dir solche Sorgen gemacht, dass *ich* etwas mit ihr anfange und dann schnappst du sie dir hinter meinem Rücken?« Ich brülle auf offener Straße, doch das ist mir egal. Dass er sich nicht verteidigt, dass er mir keine Begründung gibt, regt mich am meisten auf. Denn es ist die Bestätigung, dass ich recht habe. Dass Nika recht hat. Dass sie nun wirklich auf Pärchen tun! Das ist lächerlich!

»Wo ist deine Vernunft?« Ich stoße ihn mit beiden Händen gegen die Brust, sodass er einen Schritt zurücktaumelt. »Wieso verdammt sagst du nichts dazu?«

Sag mir, dass es eine Lüge war!

»Weil es dich nichts angeht, deshalb. Außerdem kannst du eh nichts daran ändern. Egal wie du dich hier aufführst.«

»Wie ich mich aufführe?« Ist das sein Ernst?

»Ich verliere wegen ihr zumindest nicht die wichtigen Sachen aus dem Blick. Wir müssen uns um andere Dinge kümmern.«

»Zum Beispiel? Um ihre Wahnvorstellung über weibliche Dämonen? Raphael? Die Jäger, die auf uns lauern? Soll ich dir was verraten? Du hast dir den denkbar schlechtesten Zeitpunkt für eine Beziehung ausgesucht!«

Kilian atmet tief ein. »Ja, ich weiß. Und ich wiederhole mich nur noch einmal: Es ist nicht dein Problem.«

Ich hebe drohend meinen Zeigefinger an seine Brust, lasse ihn dann aber wieder sinken. Kilian weiß, dass das dumm ist, was er tut. Wieso kümmert es mich eigentlich so sehr? Das sollte es nicht. Als ich damals mit Claire zusammen war, hat das Rudel meine Beziehung zu einem Menschen ebenfalls geduldet. Ich dachte nur, wir hätten alle daraus gelernt.

Wenn Kilian Nika umbringt …

»Willst du gleich wenigstens zu ihr fahren?«, frage ich. Meine Stimme klingt wieder gefasst.

Kilian runzelt die Stirn. »Wieso? Das Gespräch im Wagen war perfekt, um ihr die nötige Distanz zu uns zu geben.«

»Wieso willst du Distanz zu deiner Freundin?«

»Ich will nicht, dass sie auf die Party kommt. Ich will nicht, dass sie dauernd in einem Haus mit Dämonen herumhängt und ich will genauso wenig wie du, dass sie uns für harmlose Kuscheltiere hält. Sie soll sich der Gefahr durchaus bewusst sein. Wenn sie danach immer noch mit mir zusammen sein will, dann ist es ihre Entscheidung. Aber jetzt muss sie erstmal darüber nachdenken.«

Witzig, dass das schon fast wieder weise klingt, obwohl es totaler Bullshit ist.

»Du weißt von ihren Schlafstörungen, ja? Und sie war heute Abend total verängstigt in diesem Club. Es ist egal, ob da wirklich weibliche Dämonen waren, feststeht, sie glaubt, dass sie sie gesehen hat. Und dass Raphael sie verfolgt. Sie wird heute Nacht kein Auge zu machen.«

Mache ich mir etwa Sorgen um sie?

Kilian kneift seine Augen zusammen – wobei das eine mittlerweile so angeschwollen ist, dass man es kaum noch sieht. »Halt dich von ihr fern, Mace. Sie ist erwachsen. Sie hat deutlich gemacht, dass sie heute Nacht allein sein will. Wir haben ihr mehrmals angeboten, dass *wenn* sie Angst hat, sie hier übernachten kann.«

Ich schnaube. Klar, als wenn Veronica nach diesem Streit einfach zugeben würde, dass sie Angst hat. Aber ich werde K bestimmt keine weiteren Beziehungstipps geben. Soll er diese Liebschaft doch an die Wand fahren! Mir soll es recht sein! Und wenn er Nika heute Nacht nicht mehr besucht ... *Nein, denk nicht einmal dran, Mace.*

»Lass uns reingehen«, sage ich.

»Ist das Thema geklärt?«

»Ja.« *Nein ...*

13.

Unerwartet kommt oft

Nika

Sonntag

Als ich aufwache, weiß ich, dass es wieder passiert ist. Ich muss dafür nicht einmal die Decke zurückschlagen und an mir hinunter gucken. Ich muss nicht zu meiner Zimmertür gehen, um nachzusehen, ob sie noch abgeschlossen ist. Ich weiß, dass sie es nicht ist.

Nachdem Mace gegangen war, habe ich meine Tür von innen abgeschlossen und den Schlüssel in die hinterste und oberste Ecke meines Kleiderschrankes unter einem Haufen Klamotten versteckt. Nur auf einem Stuhl komme ich da überhaupt dran. Und es war nur eine Sicherheitsmaßnahme, falls ich überhaupt einschlafen sollte. Eigentlich hätte ich nicht gedacht, dass ich diese Nacht überhaupt ein Auge zukriege, aber ich muss wohl doch eingenickt sein.

Ich muss eingeschlafen und wieder schlafgewandelt sein.

Tränen steigen mir in die Augen. Ich setze mich auf und ziehe meine Beine unter der Bettdecke hervor. Diesmal war ich ohne Schuhe draußen.

Meine Fußsohlen sind schwarz vom Dreck. Ich schlinge die Arme um meine Knie und mache mich ganz klein. Lautlose Tränen laufen mir über die Wangen, tropfen von meinem Kinn. Ich werde niemals ausziehen und alleine wohnen können. Ich werde niemals ein normales Leben führen können, ohne dauernd irgendwelche Medikamente nehmen zu müssen. Die Beruhigungsmittel und Antidepressiva, die ich schon vor Jahren alle ausprobiert habe, helfen zwar gegen das Schlafwandeln, hatten meine Albträume aber verschlimmert und mich grundsätzlich unruhig und gereizter gemacht, weshalb ich sie eigentlich nur ungern wieder nehmen möchte.

Sieht so meine Zukunft aus? Werde ich auf ewig auf Dr. Gärings Couch sitzen und mir immer wieder von ihm anhören, dass ich meine Vergangenheit verarbeiten muss, wenn ich wieder durchschlafen möchte?

Wir haben schon alles versucht, ich habe meine Vergangenheit *verarbeitet.* Ich habe meiner Mutter *verziehen.* Ich habe über das Geschehene *gesprochen.* Ich verdränge nichts.

Und doch scheint es noch irgendetwas in mir zu geben, was mich nicht normal schlafen lässt. Ein Monster, das sich von dem Schmerz meiner Vergangenheit nährt und mich nicht in Ruhe lässt.

Die folgenden Tage und Nächte vergehen nach demselben Schema. Mittlerweile haben auch die Sommerferien für die Schüler angefangen und mein Schwimmtrainer hat mir für die Zeit, die das städtische Hallenbad von Kindern und Teenagern überlaufen wird, eine Stelle als Kursleiterin angeboten. Die Kinder auf ihr Seepferdchen-Abzeichen vorzubereiten, ist wie ein Geschenk des Himmels. Obwohl ich nicht wirklich gläubig bin, danke ich Gott für diesen Job, der mir einfach in den Schoß gefallen ist. Vielleicht will das Schicksal sich endlich mit mir versöhnen. Ich habe auf diese Weise die Möglichkeit, etwas Geld anzusparen und zusätzlich weniger Zeit, um an Mace und seine Freunde zu denken.

Mittlerweile habe ich ein neues Handy, aber meine Nummer behalten, weshalb mich Kilian per Nachricht schon mehrmals gefragt hat, ob alles okay ist. Ich habe jedes Mal mit einem einsilbigen Ja geantwortet. Mir ist egal, dass unsere Tarnung auffliegen könnte, wenn Mace merkt, dass ich mich nicht mehr mit Kilian treffe. Mir ist alles egal. Ich habe genug von ihrem Geheimnis und ihrer launischen Art, ich habe genug von dem Dämonen-Thema und von der Anziehung, die Mace und sein Geheimnis auf mich ausüben. Meine brennende Neugierde wurde von meinem Selbstschutz untergraben – und ich bin froh darum.

Für Becca und Finn habe ich Mace als Tabuthema ernannt und fast fühle ich mich wie eine normale Jugendliche, wenn wir unsere Tage im Freibad verbringen, in Beccas Schrebergarten grillen oder uns im Eiscafé treffen und Becca uns von ihren Tinder-Dates erzählt.

Finn und ich warten noch auf die Rückmeldungen der Universitäten, die bald rausgehen müssten. Da keine der Hochschulen in unmittelbarer Nähe ist, war mein ursprünglicher Plan, mich zusätzlich nach Studentenwohnheimen umzusehen, doch seit ich weiß, dass das Schlafwandeln anhält und nur eine von außen verschlossene Zimmertür mich davon abhalten kann, ziehe ich es in Betracht zu pendeln. Auch wenn das jeden Morgen eine zweistündige Zugfahrt für mich bedeutet.

Mittlerweile ist eine ganze Woche vergangen, in der ich niemandem aus dem Rudel begegnet bin und nur noch abends, wenn ich im Bett liege, erinnere ich mich daran, dass ihre berühmtberüchtigte Party bald wieder ansteht. Vielleicht töten sie diesmal ein anderes Mädchen. Vielleicht versenken sie wieder jemanden im Fluss, nur diesmal wird diese Frau nicht quicklebendig aus dem Auto steigen.

Dann haben sie wirklich ein Problem.

Doch es ist nicht meins.

Es klingelt an der Tür und ich höre, wie Miriam in den Flur eilt, weshalb ich mir nicht die Mühe mache, aufzustehen. Ich drehe meinen Kopf und schaue auf den Wecker. Es ist zehn Uhr morgens – wer will um diese Uhrzeit etwas von uns?

Eine Minute später verkündet Miriam mir die Antwort darauf. »Ein Päckchen für dich! Was hast du bestellt?«, ruft sie durch die Wohnung.

Sie weiß, dass ich um diese Zeit trotz Sommerferien schon längst wach bin. Dass ich noch so unmotiviert im Bett liege, hat damit zu tun, dass ich heute keine Schwimmstunde habe und die Langeweile meine Gedanken immer wieder in verbotene Gefilde treibt. Scheiß freie Zeit. Vielleicht sollte ich mir noch einen zweiten Ferienjob zulegen.

»Ich habe nichts bestellt!«, rufe ich und schwinge mich gleichzeitig aus dem Bett. Seit der Nacht, in der mich Mace besucht hat, habe ich das blaue Negligé nicht mehr angerührt, weshalb ich zum Schlafen wie sonst auch ein weißes Top und eine karierte kurze Flanellhose getragen habe. Barfuß laufe ich zu meiner Zimmertür und öffne sie, um mir das ominöse an mich adressierte Päckchen anzusehen.

Miriam hält es noch in den Händen, als ich in den Flur trete und es ihr abnehme. Es ist eine flache, quadratische Schachtel und auf dem Aufkleber steht tatsächlich mein Name.

»Ist vielleicht was von der Arbeit«, sage ich und trage das Paket in mein Zimmer. Um Miriams neugierigen Blicken zu entgehen, schließe ich die Tür hinter mir. Dann setze ich mich mit dem Päckchen aufs Bett, hebe es an, schüttele es und wiege es in meinen Händen, doch ich habe nicht die leiseste Ahnung, was sich in der Schachtel befinden könnte. Ein Absender steht ebenfalls nicht drauf.

Misstrauisch reiße ich die Lasche an der Seite auf und hebe den Deckel. Der Inhalt ist in hauchzartes schwarzes Papier eingewickelt. Als ich die Verpackung entferne, schnappe ich unwillkürlich nach Luft.

Wer schickt mir denn so etwas?

Mein Herzschlag beschleunigt sich. Eine weiße venezianische Augenmaske mit filigranen Schnörkeln und Strasssteinen liegt in der Schachtel. Es braucht mehrere Sekunden oder gar Minuten, bis ich realisiere, dass unter der Maske noch etwas anderes liegt. Ich hebe die Maske heraus und lege sie vorsichtig aufs Bett, um das darunter Liegende zu befreien: ein weißer, etwas durchsichtiger Stoff befindet sich noch im schwarzen Papier. Vorsichtig hebe ich ihn heraus und als ich ihn in die Luft halte, entfaltet er sich zu einem Nachthemd, welches sowohl mein neu erworbenes

Negligé wie auch Beccas in den Schatten stellt. Und *das* will schon was heißen.

Allein es anzusehen, lässt mich rot werden. Doch damit nicht genug. Unter diesem Hauch eines Kleides liegt noch etwas anderes. Die schwarzlackierte Karte weckt die restlichen Erinnerungen von jener Nacht in mir. *Key to hell.*

Ich hatte gedacht, mein Spiel mit Mace beendet zu haben. Doch es scheint, als habe ich soeben die Einladung zu einer weiteren Runde erhalten. Wieso? Wieso tut er das?

Während ich mit dem Zeigefinger den filigranen geschwungenen Schriftzug nachfahre, wird mein Gehirn bruchstückhaft von Bildern überschwemmt. *Ich kann mich erinnern.* Ich schließe die Augen, um dem Kopfkino in meinem Inneren besser folgen zu können. Rote Teppiche und Kerzenleuchter an den Wänden. Smokings und Champagnergläser. Aufregung kribbelt durch meine Venen.

»Nika ist alles in Ordnung? Ich fahr jetzt einkaufen, soll ich dir etwas mitbringen?«, dringt Miriams Stimme durch die geschlossene Tür.

Ich öffne die Augen und blinzele mehrmals. »Nein, ich brauche nichts. Alles gut!«, antworte ich, weiß aber nicht, ob das der Wahrheit entspricht.

Ist alles gut? Ich hatte gedacht, meine kurzen Flashbacks auf der Schaumparty waren ein einmaliges Erlebnis, ausgelöst durch den Schock und meine Angst. Niemals habe ich gedacht, mich an weitere Details dieser Nacht zu erinnern, die Mace und sein Rudel damals so dringend vertuschen wollten. Und niemals habe ich damit gerechnet, eine weitere Einladung zu einer ihrer Partys in den Händen zu halten. Mein Puls rast und meine Gedanken überschlagen sich.

Ich streiche mit hämmerndem Herzen über meine Geschenke und frage mich, welcher der beiden Männer seine Meinung geändert hat und mich nun doch dort haben will. Aber die viel wichtigere Frage lautet: Werde ich hingehen?

Mace

Donnerstagabend

»Kommst du mit zum Rennen?«, frage ich und werfe meine Lederjacke über die Schulter.

Kilian schaut von mir zu Lio. Wir stehen beide schon angezogen vor der Wohnungstür.

»Ja, komm mit, wir sollten alle gehen! Lasst uns Mace anfeuern«, springt Lio mir enthusiastisch bei.

»Ich werde heute absichtlich verlieren«, erinnere ich ihn leise.

»Ah stimmt ja. Egal. Lasst uns einfach was zusammen unternehmen. Seit Raphael weg ist, machen wir so selten was als Rudel.«

Ich schaue zu Sebastian, der auf unserem Sofa ausgebreitet liegt und sich ein Basketballspiel reinzieht. Kein Wunder, dass wir so selten was als Rudel machen. Er hat sich bisher nicht wirklich die Mühe gemacht, sich zu integrieren. Ich nehme es ihm jedoch nicht übel. Es muss sich beschissen anfühlen, wenn dein eigenes Rudel abgeknallt wird und du als Einziger übrigbleibst. Sein Interesse liegt derzeit wohl nicht bei Partys oder Motorradrennen. Ich wette, er sinnt nach Rache. Ich wette, er denkt an nichts anderes, als wie er die Verantwortlichen finden und zur Strecke bringen kann. Hier bei uns in diesem Kaff wird er damit keinen Erfolg haben – früher oder später wird er abhauen, egal wie fest ihn Kilian unter seine Fittiche nehmen will.

Sebastian bemerkt meinen Blick und schaut vom Fernseher auf zu mir. »Ich bleibe hier.«

Als müsste er das extra noch einmal sagen. Ich nicke. Das war mir klar. Dann wende ich mich wieder K zu. »Zieh deine Schuhe an und komm mit.« Im Gegensatz zu Sebastian hat K keine Entschuldigung dafür, seine

Abende allein im Loft zu verbringen. Das Argument, dass er vor zwei Wochen angeschossen wurde und hinter dem er sich gern versteckt, zieht nicht mehr. Wir haben seitdem keinen erneuten Angriff gehabt. Natürlich haben wir das Thema noch nicht vergessen, aber bis zu unserer Party herrscht die Ruhe vor dem Sturm. Die Party ist unser Lockvogel, wir waren diesmal extra unvorsichtig, was unsere Einladungen angeht, und haben jedem, der von unserer wahren Existenz weiß, eine zukommen lassen. Natürlich werden auch wieder unwissende Menschen dabei sein, die der bloße Reiz einer solchen Veranstaltung zu uns zieht. Trotz unserer Bemühungen, den Schützen ausfindig zu machen, soll Samstagnacht dennoch der Spaß nicht auf der Strecke bleiben. Vielleicht ist das heikel und riskant, doch uns Dämonen liegt das Spiel mit dem Feuer im Blut.

Kilian schlüpft in seine schwarzen Dr Martens und nimmt seinen Helm aus dem obersten Regal unserer Garderobe. Ich grinse ihn triumphierend an. Na geht doch. K, Lio und ich, wir sind immer noch eins. Es wird Zeit, uns daran zu erinnern.

K fährt mit seinem eigenen Bike, während Lio bei mir hinten drauf sitzt. Die ersten Straßenlaternen leuchten in der Dämmerung auf und unsere Motorräder brausen durch die vertrauten Straßen. Mein Körper fiebert bereits dem Rennen entgegen, bei dem ich mich nicht mehr an die Geschwindigkeitsbegrenzungen der Stadt halten muss.

Ein Grund, weshalb ich mit den Rennen angefangen habe, ist, dass ich durch sie das Gefühl bekomme, mir ein Stück Freiheit zurückzuerobern, in dem Käfig, den unser Dämonendasein darstellt. Freiheit ist etwas, nach dem meine Seele lechzt, seit ich damals als Teenager von meinem festgeschriebenen Schicksal erfahren habe. All meine Kindheitsträume über meine Zukunft zerbrachen unter der Last des Familiengeheimnisses. Ich habe meinen Vater dafür gehasst, dass er es mir nicht schon früher erzählt hat, doch heute verstehe ich ihn. Er hat mir meine unschuldige Kindheit nicht rauben wollen.

Als wir am Tunneleingang ankommen, der sowohl Start- als auch Treffpunkt ist, sehe ich bereits viele bekannte Gesichter. Ein bestimmtes vermisse ich aber noch.

»Glaubst du, sie wird heute auch wieder hier sein?«, fragt Lio, als hätte er meine Gedanken gelesen.

»Wird sie«, bestätige ich.

K hält neben uns und zieht seinen Helm ab. Er fährt nie ein Rennen mit – dafür ist seine Maschine aber auch nicht geschaffen.

»Wie geht's dir eigentlich?«, frage ich ihn. Seit der Nacht vor vier Wochen, als Raphael das Rudel verlassen musste, sind wir kein richtiges Rudel mehr. Und das liegt nicht nur an dem Fehlen unseres lüsternen Goldlöckchens.

Verwirrt schaut K mich an und schüttelt seine langen dunklen Haare aus, die der Helm platt gedrückt hat. »Wie soll es mir gehen?«

»Vor zwei Wochen warst du noch total ausgehungert und hast mich wegen Chantall gefragt«, taste ich mich langsam an das Thema heran. *Und vor anderthalb Wochen habe ich dir ein Veilchen verpasst, weil du stattdessen was mit Veronica angefangen hast.* Ich lehne mich über meinen Lenker, beobachte jede kleinste Regung in K's Gesicht. Denkt er, ich habe vergessen, wie ausgehungert er war? Denkt er, ich würde es nicht merken, dass er es jetzt nicht mehr ist?

Wir haben noch etwa fünfzehn Minuten, bis das Rennen anfängt, und mir scheint, als haben wir die ganze letzte Woche dieses eine Thema in einvernehmlichem Schweigen gemieden. Nachdem ich ihm eine reingehauen und ihm meine Meinung gesagt habe, habe ich Veronica nicht mehr erwähnt. Warum ich ausgerechnet jetzt wieder davon anfange, weiß ich nicht. Vielleicht will ich endlich alles Unausgesprochene zwischen uns klären, um mich mit meinen Brüdern wieder verbunden zu fühlen. Ich will wieder eine Familie sein.

»Als das mit dir und Veronica rauskam, habe ich Chantall nicht mehr erwähnt – und du scheinst dich erholt zu haben. Tankst du jetzt genug Energie von Veronica oder wie läuft das bei euch ab? Ich habe euch die letzten Tage nicht mehr zusammen gesehen.« Vielleicht liegt es auch einfach nur an der bohrenden Neugierde. Treffen sich die beiden jetzt heimlich, seit K von mir wegen ihr auf die Fresse bekommen hat? Wie oft ernährt er sich von ihr? Er ist immer so vernünftig, dass ich mir einfach nicht vorstellen kann, dass er sie fickt.

Tatsächlich tut sich ziemlich viel in K's Gesicht, doch ich bin nicht in der Lage, die Emotionen darin einzuordnen. Habe ich ihn ertappt? Ist es ihm unangenehm, über Veronica zu reden? Es ist auch nicht mein Lieblingsthema, aber vielleicht sollten wir endlich darüber reden, um es einmal geklärt zu wissen.

Vielleicht kann ich es dann endlich akzeptieren.

Lio stößt mir von hinten in die Rippen, um mich vermutlich am Nachbohren zu hindern, doch es ist zu spät. Ich will die Antwort hören.

»Ein Treffen mit Chantall ist nicht mehr nötig, richtig«, sagt K räuspernd.

Ich schnaube. Dass er keinen Klartext redet, nervt mich. *Sprich doch aus, dass du Veronica stattdessen vögelst.* »Das ist mir klar. Und was ist mit der Party übermorgen? Wirst du dich dort mit uns amüsieren oder wirst du wegen deiner neuen Freundin passen?« Ich merke selbst, dass in meinem Tonfall ein Hauch von Angriff und Gehässigkeit mitschwingt. Es ist bei uns aus offensichtlichen Gründen selten, dass jemand in festen Händen ist – aber wenn es bisher jemand war, dann haben wir trotzdem immer geteilt. Das war quasi unser Ding und das Mädchen musste damit klarkommen. Im Idealfall stand sie drauf. Ich bezweifle zwar, dass Veronica darauf stehen würde, aber dass K sie so von uns abschirmt, hat die letzten zwei Wochen eine solche Wut in mir aufgebaut, dass ich nicht anders kann, als ihn damit zu konfrontieren. Wenn er sie über uns stellt, werden wir nie wieder eine Familie sein.

»Ich werde mitfeiern«, sagt K und verengt die Augen. »Oder willst du darauf hinaus, dass du Nika doch gern dort hättest? Ich weiß nämlich nicht, wieso du sonst Claire ins Spiel bringst.«

Er ist meinem Gedankengang also gefolgt. Das Blut in meinen Adern beginnt zu kochen, eine Hitze sammelt sich in meinem Nacken. »Eigentlich wäre es nur fair, oder? Ich habe Claire auch immer mitgebracht.« Nun ist es raus.

K und ich starren uns stumm an. Ich weiß selbst nicht, wieso ich das gesagt habe. Ich wollte zu keinem Zeitpunkt, dass Veronica zu dieser Party kommt.

Kilian öffnet den Mund, schließt ihn aber wieder und schaut weg. Ich wünschte, ich könnte die Worte zurücknehmen. Ich meinte sie nicht *so*.

Als K mich wieder ansieht, liegt eine solche Enttäuschung in seinem Blick, dass es mir die Brust zuschnürt.

»Es wäre also fair, wenn Nika dasselbe passiert wie Claire? Es wäre fair, wenn wir alles eins zu eins wiederholen? Wenn sich das alles nochmal abspielt? Das wäre *fair*?« Er schwingt sich von seinem Bike und tritt auf mich zu. Seine Hände stoßen hart gegen meine Brust. Er überragt mich um einen halben Kopf und sieht auf mich hinab. »Du hast keine von beiden verdient. Weder Claire damals, noch Nika. Ich werde dir niemals erlauben, sie zu berühren.«

Und mit diesen Worten dreht er sich um, setzt sich wieder auf seine Maschine und startet den Motor. Statt ihm nachzusehen, starre ich auf meine weiß hervorstechenden Fingerknöchel, die sich um den Lenker krallen. Statt an unsere Freundschaft zu erinnern, habe ich sie endgültig zerstört.

»War das echt nötig?«, murmelt Lio leise.

»Steig ab«, fordere ich von ihm. Wieso bin ich nicht einfach allein hergekommen?

Plötzlich bleibt dröhnend eine rote Honda Hornet direkt neben uns stehen. Ich hebe den Blick zu den beiden Frauen, die darauf sitzen. Ophelia, die Fahrerin, schiebt das schwarze Visier ihres Helmes hoch und stechend grüne Augen durchbohren mich.

»Bereit, zu verlieren?«, fragt sie mich. Obwohl ich ihre Lippen nicht sehe, transportiert ihr Blick ein verschmitztes Lächeln.

Ihre blonde Freundin steigt ab und gesellt sich zu Lio.

»Zeig es ihm diesmal, Schwesterherz«, säuselt sie.

»Schwesterherz?«, wiederhole ich neugierig.

Ophelia grinst wieder. »Richtig gehört.«

»Habt ihr die Einladungen bekommen?«

»Ja, alle drei. Wir werden kommen«, versichert sie mir und klappt das Visier wieder herunter. »War das jetzt genug Smalltalk für dich?«, fragt sie und lässt ihren Motor aufheulen. »Ich stehe nicht so auf Vorspiel.«

Der Knoten in meiner Brust lockert sich und Ophelia weiß gar nicht, wie dankbar ich ihr für ihre bloße Anwesenheit bin. Sie hat ein perfektes Timing. Und sie scheint eine aufregende, kampflustige Frau zu sein – mit denen hat man doch den meisten Spaß.

Sie schaltet in den ersten Gang und nickt ihrer Schwester zu. »Bis dann, Liss.« Im Fußgängertempo schlängelt sie sich durch die schaulustige Menge.

»Wir sehen uns an der Ziellinie!«, sage ich zu Lio und folge der roten Honda, wie Alice dem Kaninchen.

Kilian

Donnerstagabend

Die Wut über Mace' Worte lodert noch immer in mir, wie ein verzehrendes Feuer. Ich kann nicht fassen, was er gesagt hat. Gleichzeitig bin ich unendlich froh darüber, dass Nika sich von uns fernhält, seit wir sie vor anderthalb Wochen nach Hause gefahren haben. Sie wird nicht wie Claire enden. Sie wird zu keiner unserer Partys mehr kommen. Und Mace wird sie niemals anrühren.

Ich stürme die Treppen zu unserer Wohnung hoch, reiße die Tür auf und alles in mir hofft verzweifelt darauf, dass Sebastian immer noch hier ist. Als ich die Geräusche des Basketballspiels höre, welches im Fernseher übertragen wird, atme ich erleichtert auf. Etwas zu energisch schließe ich die Tür hinter mir und sobald ich in die offen geschnittene Wohnung trete und ihn auf der Couch liegen sehe, fällt etwas in mir zusammen. Ich kann nicht sagen, ob es meine Wut ist, die sich den ganzen Heimweg über aufgeschaukelt hat, oder ob es die Mauern sind, die ich in meiner Brust monatelang errichtet habe.

Ich ziehe meine Schuhe aus, dann ziehe ich mir das T-Shirt über den Kopf, während ich auf das Sofa zugehe. Sebastian hat mich reinkommen gehört und sein Blick klebt seitdem auf mir. Als ich das T-Shirt achtlos auf den Boden werfe und weiter auf ihn zukomme, hebt er fragend eine Augenbraue.

»Ich dachte, wir hätten eine Abmachung diesbezüglich«, sagt er.

»Haben wir auch.« Ich knie mich auf den Teppich vor dem Sofa und meine Hände legen sich auf seine Oberschenkel. Er trägt eine schwarze Basketballshort aus einem dünnen, luftigen Stoff. Lässig liegt er der vollen Länge nach auf der ledernen Couch, das eine Beine steht auf dem Teppich, das andere angewinkelt auf dem braunen Leder. Ich packe ihn an der Hüfte und ziehe ihn so zu mir heran, dass ich zwischen seinen Beinen knie.

Mace und Veronika verschwinden schlagartig aus meinen Gedanken. Das Blut rauscht mir schwindelerregend schnell in den Ohren.

»Für unsere Abmachung bist du aber ziemlich weit unten«, sagt Sebastian und nickt zu seinem Schritt. Die Abmachung, von der er spricht, haben wir vor anderthalb Wochen getroffen, nachdem Nika ein paar seltsame Fragen im Auto gestellt hat. Daraus, dass sie nachgehakt hat, ob Dämonen sich voneinander ernähren können, hat Sebastian geschlossen, dass sie von unserem Geheimnis weiß. Ich habe das genutzt und ihm gesagt, dass sie es duldet, wenn wir uns gegenseitig ernähren. So konnte ich weiter die Tarnung meiner Beziehung mit Nika wahren, die auch mir gelegen kommt, wie auch weiterhin Sebastians Energie in mir aufnehmen. Seit er hier eingezogen ist, haben wir das öfter getan und ich habe gemerkt, wie gut das meinem Körper tut. Sogar Mace ist das heute aufgefallen.

Meine Hände wandern über den leichten Stoff seiner Sporthose und streichen über die Wölbung in seinem Schritt.

Sebastian zieht zischend die Luft ein. *Das* hat nichts mit unserer Abmachung zu tun. Wir wissen das beide, doch er hält mich nicht auf. Er wartet. Er beobachtet mich.

Ohne zu lange darüber nachzudenken, schieben sich meine Finger unter den Bund seiner Hose und ziehen sie herunter. Darunter trägt er nichts. Ich halte den Atem an, nehme den Anblick in mich auf und werde selbst hart bei dieser Aussicht.

»Deine Freundin –«, beginnt Sebastian, doch ich schneide ihm das Wort ab, indem ich meinen Kopf zu ihm herunterbeuge. Meine Lippen streifen seine zarte warme Haut. Mein Atem gleitet über seine empfindliche Erektion und Sebastian stöhnt auf, anstatt noch einmal meine Freundin zu erwähnen.

Sie ist nicht meine Freundin. Wird es niemals sein.

Langsam schiebe ich meine Zunge zwischen meine Lippen, um ihn damit zu berühren. Quälend langsam. Wahnsinnig zart. Zwischen uns ist es ohrenbetäubend still. Nur sein unregelmäßiges Atmen verrät, dass sein Herz annähernd so schnell schlagen muss wie meines. Voller Genuss und doch kaum merklich bewege ich meine Zunge um Nanometer von unten nach oben. Die Spannung zwischen uns steigt mit jedem Herzschlag.

»Nun mach es schon richtig!«, presst er zwischen zusammengebissenen Zähnen heraus und hebt seine Hüfte an, um ihn in meinen Mund zu drücken. Ich presse meine Lippen zusammen, damit er keinen Einlass bekommt. Mein Plan geht auf: er wird wahnsinnig vor Lust.

Sebastian packt daraufhin meinen Kopf und drückt ihn in aller Hoffnungslosigkeit herunter, doch das bringt ihn auch nicht zwischen meine Lippen. Ich spüre seine stumme Verzweiflung in seinen angespannten Muskeln und dem leichten Zittern, das von seinem Körper ausgeht.

»Mach deinen Mund auf«, befiehlt er. Doch ich gehorche nicht. Er zieht meinen Kopf an den Haaren zurück, um mich anzusehen.

»Was willst du, Key?«, fragt er mich. Seine blauen Augen lodern. Ich liebe diesen Blick, doch noch mehr liebe ich es, wenn er das letzte Stück Kontrolle verliert und das Blau von einem goldenen Glanz überlagert wird.

Ich öffne meine Lippen und befeuchte sie mit der Zunge. Sein Blick folgt meiner Bewegung. Ich liebe dieses Gefühl, ihn in der Hand zu haben – nur kurz und nur in diesen Momenten. Aber sie geben mir das Gefühl, dass auch ich Macht über ihn habe. Nicht nur er über mich.

Es fühlt sich an wie Gerechtigkeit. Oder Rache.

Ohne ein Wort senke ich meinen Kopf wieder und erfülle ihm seinen Wunsch.

»Oh Fuck, Key!«

Die Couch ist ziemlich eng, um mit zwei ausgewachsenen Männern darauf zu liegen. Ich liege so halb auf seiner nackten Brust und sauge seine Nähe in mir auf, als wäre sie für mich lebensnotwendiger als die Energie, die wir gerade geteilt haben. Seine Augen glühen immer noch golden und ich wette, meine tun das auch.

»Ich dachte, das mit uns wäre endgültig vorbei«, sagt er irgendwann. Seine Finger streichen gedankenverloren durch mein Haar. Ich mag es, wie er unbewusst zärtlich sein kann. Wenn er das realisieren würde, würde er vermutlich sofort damit aufhören.

Es war nie vorbei. »Ist es auch«, lüge ich.

»Also war das ein einmaliger Ausrutscher? Mir ist es recht, ich will mich nur dafür wappnen, wenn mein Mitbewohner öfter vorhat, seine Freundin zu betrügen und plötzlich meinen Schwanz zu lutschen.«

Ich hebe meinen Kopf und sehe ihn scharf an. »Es war einmalig«, stelle ich klar. »Es sei denn, du hast Lust, dich zu revanchieren.«

Ich bin zwar ebenfalls auf meine Kosten gekommen, doch nicht durch seinen Mund. Mein Blick landet auf seinen Lippen und mir fällt auf, dass das Feuer in mir noch nicht erloschen ist. Alles in mir brennt für ihn.

Wird das jemals aufhören?

»Ich glaube, deine Freundin hätte da was gegen«, murmelt er leise. Auch er sieht auf meine Lippen. Ich ziehe mich näher zu ihm heran. Mein Gesicht reckt sich ihm entgegen, als wäre er die Sonne und ich eine Pflanze. Der Wunsch, ihn zu küssen, ist übermächtig. Aber dann könnte ich mich nicht mehr hinter der Lüge verstecken, dass wir das hier nur aus rein praktischen Gründen tun. Schließlich haben wir jetzt jeglichen Hunger gestillt – eine weitere Runde würde nur offenbaren, dass ich nicht genug von ihm kriegen kann.

»Also versteh mich nicht falsch«, fährt Sebastian fort und sieht mir wieder in die Augen. »Ich habe nichts gegens Betrügen einzuwenden. Wenn jemandem keine Monogamie im Blut liegt, dann uns Dämonen.«

Seine Worte ernüchtern mich. »Man merkt, dass du noch nie jemanden wirklich geliebt hast«, sage ich unüberlegt.

Er schaut auf mich herab, schweigt lange, bevor er etwas darauf sagt.

»Ich glaube nicht, dass Kreaturen wie wir dazu in der Lage sind. Die Natur hat sich schon etwas dabei gedacht, uns so zu schaffen.«

»Ohne Liebe?«, frage ich nach. Glaubt er wirklich, er kann keine empfinden?

»Ohne Liebe«, bestätigt er.

»Dann hat die Natur bei mir etwas falsch gemacht«, murmele ich und wende meinen Blick von ihm ab. Ich bette meinen Kopf wieder auf seine Brust, damit er mich nicht ansehen kann. Damit ich stattdessen das Schlagen seines Herzens hören kann, das noch niemals Liebe empfunden hat.

Kreaturen wie wir sind dazu in der Lage – nur du bist es nicht bei mir.

Ich weiß nicht, was ich trauriger fände: dass sein Herz niemals lieben wird oder dass er sich irgendwann in wen anders verlieben wird und merkt, dass er Unrecht hatte.

14.

Weil wir dasselbe Geheimnis hüten

Mace

Donnerstagabend

Die Zeit der Dämmerung mag ich am liebsten. Es ist die einzige Zeit, in der Licht und Dunkelheit parallel existieren können. Diese Vorstellung gibt mir irgendwie Hoffnung für mein eigenes düsteres Leben.

Als der Startschuss ertönt, gebe ich Gas und schalte mein Gehirn aus. Zurück bleibt nur noch Gefühl. Ich schalte die einzelnen Gänge rauf und rase mit einer solchen Geschwindigkeit über die Straße, dass es sich anfühlt, als setze die Schwerkraft für mich aus. Es dauert nur wenige Minuten, bis ich die meisten der anderen Fahrer hinter mir gelassen habe.

Ophelias Honda ist ein roter Farbfleck in der Dämmerung vor mir. Das Gleichgewicht zwischen Licht und Dunkelheit verschiebt sich immer weiter, bis die Dunkelheit ganz klar die Oberhand gewinnt. Automatisch schaltet sich mein Frontlicht an und wirft einen hellen Kegel auf die Fahrbahn.

Ich will doch nicht verlieren, schießt es mir durch den Kopf.

Ich will viel lieber Ophelias Gesicht sehen, wenn ich erneut knapp vor ihr das Ziel erreiche. *Tut mir leid, Kleines, dieses Mal hättest du es fast geschafft – aber nur fast.* Sie soll ruhig wissen, dass sie gegen mich keine Chance hat.

Ich genieße die Schnelligkeit und das laute Dröhnen der Maschinen, nehme jede Kurve mit Eleganz und es fühlt sich an, als würde ich über den Asphalt schweben, während ich dem roten Farbfleck immer näherkomme. Alles andere kann ich in diesem Moment vergessen. Und Vergessen bedeutet Frieden. Kilian. Veronica. Die Möglichkeit, dass uns Jäger auf der Spur sind. Alles lasse ich hinter mir. Schließlich bin ich so schnell, dass die kleinste Bewegung meiner Finger mich von der Fahrbahn ableiten könnte. Es ist höchste Konzentration gefragt. Bei solch einer Geschwindigkeit darf einem kein einziger Fehler passieren.

Auch Ophelia muss das Maximum aus ihrer Maschine herausholen, denn es fällt mir trotz Vollgas schwer, den Abstand zwischen uns zu verringern. Wie kann man als Frau nur so lebensmüde sein? Sollte die Frau nicht das vernünftigere Geschlecht sein?

Da sie mir damit den Sieg streitig machen will, ärgere ich mich über ihre Unvernunft. Absichtlich zu verlieren, ist eine Sache, aber wirklich zu verlieren, ist eine Schande, die ich nicht über mich ergehen lassen will.

Schon gar nicht gegen eine Frau.

Wir haben noch fast die halbe Strecke vor uns und befinden uns gerade auf der Straße, die durch ein Waldstück führt. Ophelia und ich sind die Einzigen, die so weit vorne sind. Im Rückspiegel sehe ich nichts als Dunkelheit.

Als ich wieder das rote Motorrad fokussiere, fällt mir auf, dass ich ihr doch langsam aber sicher immer nähergekommen bin.

Verabschiede dich von deinem Sieg, Kleines.

Der Abstand zwischen uns verkleinert sich Meter um Meter.

Ich brause an ihr vorbei und kann es selbst kaum glauben. Ich blicke gerade in den Rückspiegel, auch wenn ich trotz ihres Helmes leider nicht ihren Gesichtsausdruck sehen kann, so stelle ich ihn mir doch gern vor, als auf einmal ein Knall ertönt. Zeitgleich werde ich in die Luft geschleudert.

Für einen Moment spüre ich meinen Körper nicht mehr, nur um in der nächsten Sekunde im gleißenden Schmerz zu ertrinken. Vor meinen Augen ist alles schwarz. Ein dumpfes Pochen zieht sich durch meinen Kopf. Ich kann mich nicht rühren. Ich kann nicht atmen.

Was zur Hölle ist passiert?

»RACE!«

Ein Schrei reißt die Dunkelheit in zwei.

Eine Stimme ruft meinen Namen. Ich versuche, mich auf sie zu konzentrieren.

»Race, oh mein Gott!«

Das klingt gar nicht gut.

»Nicht bewegen. Bleib liegen.«

Hatte auch nichts anderes vor, Schätzchen.

»Ich rufe einen Krankenwagen.«

Nika

Donnerstagabend

Mein Spiegelbild und ich starren uns an. Die schwarzen Haarsträhnen meiner Perücke lassen mein Gesicht noch blasser wirken.

Ich bin ein Feigling. Kaum ist meine Muse für mich gestorben, verstecke ich mich wieder hinter bekannten Hits anderer Künstler. Es ist ja nicht so, dass ich nur Songtexte habe, die von ihm handeln. Ich habe schon vor meiner Bekanntschaft mit ihm Liedtexte geschrieben. Ich kann auch über andere Dinge schreiben. ... *Aber ich will sie nicht singen.*

Seufzend reiße ich den Blick von meinem Spiegelbild los und suche in meiner Tasche nach dem dunklen Lippenstift. Ihn nachzuziehen ist einfacher, als ihn mit Papiertüchern abzuwischen. Ich nehme den Deckel ab, setze den Lippenstift an –

MACE!

Sein Motorrad überschlägt sich. Glas splittert, Knochen brechen, das Metall der Maschine kratzt über den regennassen Asphalt. Ein gellender Schrei klingelt in meinen Ohren.

Schmerz.

Dunkelheit.

Stille.

»Hey, ist alles okay?«

Ich blinzele und befinde mich wieder in der Toilette vom Moe's. Scheiße, was war das? Keuchend lege ich eine Hand auf meine Brust. Mein Herz rast. Ich schaue nach rechts zu dem Mädchen am Waschbecken, das mich besorgt mustert.

»Was?«, frage ich sie atemlos.

»Du hast plötzlich geschrien und deinen Lippenstift fallen gelassen.« Sie blickt hinunter zu dem Waschbecken, vor dem ich stehe, und ich folge ihrem Blick.

»Sorry, alles okay.« Mit zitternden Fingern hebe ich den Lippenstift aus dem Becken und stecke ihn zurück in meine Tasche.

Wie kann es sein, dass meine Albträume mich nun schon im wachen Zustand überfallen? Oder war das wieder eine Art Flashback?

Ich stürme aus der Toilette und angele nach meinem Handy. Unschlüssig starre ich auf Mace' Namen in meinen Kontakten. In meinem Kopf dreht sich alles. Die Angst in meiner Brust ist noch immer präsent. Kann es sein, dass Mace etwas zugestoßen ist?

Nein … das ist unmöglich. Ein Anruf genügt und ich würde Gewissheit haben, doch stattdessen verstaue ich das Handy wieder in meiner Tasche. Seit 11 Tagen haben wir keinen Kontakt mehr. Ich will diese Zahl nicht wieder auf 0 setzen. Und auf keinen Fall will ich herausfinden, was mein Sekundentraum zu bedeuten hat. Ich hatte mich entschieden, mich von allem Übernatürlichen fernzuhalten, und das soll auch so bleiben.

Ich habe seine Einladung zur Sexparty ignoriert, dann schaffe ich es auch, diese Bilder zu ignorieren, die mich für einen Wimpernschlag lang überrumpelt haben.

Mace

Donnerstagnacht

Ich blinzele in ein grelles Licht. Als ich versuche, mich zu bewegen, werde ich schnell eines Besseren belehrt. Der Schmerz lässt mich aufstöhnen – er ist so allumfassend, dass ich ihn nicht einmal lokalisieren kann.

»Du bist endlich wach«, sagt eine vertraute Stimme. Ich blinzele erneut und sehe ihr bildhübsches Gesicht vor mir. Ein blonder Unschuldsengel – dabei habe ich diesen Typ Frau doch seit Claire gemieden. Zum Glück verrät ihr halsbrecherisches Hobby und ihr knallig roter Lippenstift, dass sie ganz anders als Claire und Veronica ist. Ich brauche keinen weiteren Geist meiner Vergangenheit.

»Ich hatte gehofft, unsere Nacht würde woanders enden«, sagt Ophelia und lächelt verschmitzt.

Ohne den Kopf zu bewegen, versuche ich so viel wie möglich von der Umgebung aufzunehmen. Für mein Fazit brauche ich auch nicht lange: ich liege in einem Krankenhauszimmer. Ophelia sitzt neben mir auf der Bettkante. Ein bisschen finde ich es seltsam, dass sie hier darauf gewartet hat, dass ich wieder zu Bewusstsein komme – ein bisschen freut es mich aber auch. Ich will nicht allein sein.

»Was ist passiert?«

»Auf der Straße lag eine Nagelsperre ausgelegt. Du bist mit Vollgas drübergebrettert.«

Ich kneife die Augen zusammen. Fuck! Fuck! Fuck!

»Dein Arm ist gebrochen und du hast mehrere Prellungen und Schürfwunden. Außerdem sollst du über Nacht hierbleiben, wegen Verdacht auf eine Gehirnerschütterung.«

»Was ist mit meinem Motorrad?«

Ophelia blickt nach unten und presst ihre Lippen zusammen. »Als der Reifen geplatzt ist, hat es sich mehrmals überschlagen und ist ein gutes Stück über die Straße geschlittert. Es sah überhaupt nicht gut aus, Race. Tut mir leid. Im ersten Moment dachte ich, du wärst tot.«

Ich sage nichts und starre nach oben an die weiß gestrichene Zimmerdecke. Hätte ich sie nicht überholt ...

»Beinahe hätte es mich erwischt. Aber so hatte ich noch ein paar Meter, um vorher abzubremsen«, spricht sie meine Gedanken aus.

Ich sehe sie an. Sie wirkt gefasst. Wenn sie erschüttert ist, so ist es ihr zumindest nicht anzusehen.

»Wo ist Lio?«, will ich wissen.

»Er packt Zuhause ein paar Sachen für dich und bringt sie gleich her.«

»Und du wolltest solange hier warten?«, frage ich.

Sie schmunzelt und beißt sich auf die Unterlippe. Heiß ist sie ja, das muss ich ihr lassen. Schade, dass ich mich kaum in der Lage fühle, auch nur einen Finger zu rühren. Doch das brauche ich auch nicht, denn sie beugt sich zu mir rüber und streicht mir mit ihrer Hand über meine Wange. Ihr blumiges Parfum steigt mir in die Nase.

Ganz schön offensiv, die Kleine.

»Ich dachte, ich bedanke mich noch bei dir.« Die Art, wie sie das sagt, lässt mich skeptisch ihre grünen Augen mustern. Wenn diese ein Tor zur Seele sind, so will ich nun herausfinden, wie die ihre aussieht.

Wieso ist sie hier?

Und seit wann bin ich so skeptisch gegenüber Frauen?

Sie kommt mir immer näher, bis sich ihre Lippen auf meine senken. Die Fragen in meinem Kopf verstummen. Ich schließe die Augen. Ich weiß nicht, was mir schon alles für Schmerzmittel gegeben wurden, aber irgendetwas wurde mir mit Sicherheit verabreicht, denn ich zucke nicht einmal mit der Wimper und genieße ihren Kuss ohne ein schlechtes Gewissen. Sie ahnt gar nicht, wie gut mir das tut.

Es ist genau das, was ich brauche.

Mein Dämon kämpft sich an die Oberfläche und zehrt nach ihrer Energie. Mein Körper ist zu schwach, um ihn zurückzuhalten, also lasse ich es einfach geschehen. Eine Wärme flutet meine Brust, stärkt mich von innen heraus. Ich fühle mich, als würde ich schweben. Während sie kaum merklich ihre Kraft verliert, gewinne ich an Kraft hinzu.

Als sie sich sanft von mir löst, behalte ich die Augen geschlossen, aus Angst, dass der goldene Schimmer mich verraten könnte. Ich bin nicht in der Verfassung, mir irgendwelche Lügen auszudenken oder sie zu manipulieren.

»Warum?«, hauche ich fragend. Diese Frau ist mir ein Rätsel. Warum wartet sie an meinem Krankenbett, bis ich wach bin, nur, um mir einen Kuss zu geben?

Nachdem ich ein paar Mal tief durchgeatmet habe, traue ich mich schließlich doch, meine Augen zu öffnen. Ich will sie ansehen, wenn sie mir antwortet.

»Weil wir dasselbe Geheimnis hüten«, flüstert sie und ich sehe gerade noch, wie sich ein goldener Schimmer aus ihren grünen Iriden verflüchtigt.

Sie steht auf. Mein Herz macht einen Satz. Ich will nach ihrer Hand greifen und sie festhalten, doch ich bin nicht schnell genug.

»Werd' schnell gesund, Hübscher. Wir sehen uns auf deiner Party.«

15.

Ich bin am Zug

Nika

Freitag

Katzen sind die Verkörperung des Bösen.

Egal, was für einen süßen Namen man diesen niedlichen Geschöpfen gibt – Zerstörung, Chaos, Wahnsinn, so wie der irrationale Drang, sich jedem Nein zu widersetzen, liegt diesen Kreaturen offenbar im Blut.

»Nein, Fellknäuel!«

Sie sitzt auf meinem Regalbrett neben dem Spiegel, guckt mich an und befördert dann mit ihrer Pfote mein Parfumfläschchen auf den Boden. *Absichtlich!* Ich schreie auf und hechte los, doch ich komme nicht mehr rechtzeitig an. Der gläserne Flacon zerbricht und die Flüssigkeit verteilt sich auf dem Fußboden.

»Nein, nein, nein!«

Fellknäuel springt vom Regal und reibt sich schnurrend um meine Beine. *Dieses Biest!*

Ich hocke mich gerade hin, um die Scherben einzusammeln, als es an der Tür klingelt.

»Kannst du aufmachen? Es ist Finn!«, schreie ich durch die Wohnung. »Und dich hätte ich lieber Satan nennen sollen!«, zische ich meiner Katze zu. Sie antwortet mit einem »Miau« und ich kann sie gerade so davon abhalten, ihre Nase in die Parfumpfütze zu stecken.

Als ich das Chaos beseitigt habe, steht mein bester Freund in meinem Zimmer. »Was riecht denn hier so? Ist ja schlimmer als bei Douglas.«

Ich verdrehe die Augen. »Bin gleich fertig. Ich wurde etwas aufgehalten. Merk dir: Schaff dir nie ein Haustier an! Niemals!«

Ich packe meine Sporttasche zu Ende und stelle mich dann vor den Spiegel, um meine Haare zu einem Zopf zu binden. Finn sieht sich in der Zwischenzeit offenbar in meinem Zimmer um, denn plötzlich höre ich ihn fragen: »Was ist das denn?«

Erschrocken drehe ich den Kopf. Ich ahne schon, was seine Aufmerksamkeit erregt hat. »Scheiße.« Schnell laufe ich zu meinem Schreibtisch, wo die Schachtel mit der Einladung und der Reizwäsche liegt. Die venezianische Maske hingegen steht *auf* der Schachtel, anstatt in ihr zu liegen.

»Karneval ist schon ein paar Monate her und für Halloween bist du zu früh dran. Wofür ist die Maske?«

»Ach für so eine Kostümparty. Ich weiß aber noch nicht, ob ich hingehe.« Ich nehme die Schachtel und die Maske und verstecke sie rasch in meinem Kleiderschrank, bevor Finn noch die Dessous findet. Sein Blick bleibt skeptisch an mir kleben.

»Wie, du weißt nicht, ob du hingehst? Bei wem ist die Party? Warum habe ich nichts davon gehört?«

Verdammt, wie komme ich aus der Nummer raus, ohne mich in weitere Lügen zu verstricken?

»Wollen wir los?«, frage ich, um vom Thema abzulenken, aber damit komme ich selbstverständlich nicht durch. Stattdessen fällt mir auf, dass sein Handy nun schon zum dritten Mal in Folge vibriert. »Wer schreibt dir denn die ganze Zeit?«

»Lenk nicht vom Thema ab, Nika.«

Ich grinse ihn an. »Wenn du es mir verrätst, verrate ich dir auch was«, bluffe ich. Finn scheint mit meiner bösen Seite noch nicht so oft konfrontiert worden zu sein, denn er wirft mir sein Smartphone rüber, ohne zu ahnen, dass ich mit unfairen Mitteln spiele.

Nur allzu neugierig überfliege ich das Gespräch der beiden. Statt einem Namen ziert ein Teufel-Smiley die Konversation.

»Wer ist das?«

»Ach, den habe ich vor zwei Wochen an der Bar bei der Schaumparty kennengelernt.«

»Uh, ziemlich schmutzig euer Gespräch!« Ich lache und Finn entreißt mir blitzschnell das Handy, bevor ich weiter runter scrollen kann.

»Jetzt bist du dran.«

Ich schüttele den Kopf, greife nach meiner Sporttasche und laufe aus dem Zimmer, bevor Finn begreift, dass ich ihn reingelegt habe.

Die ganze Autofahrt über zum Hallenbad löchert Finn mich natürlich mit Fragen.

»Ich weiß schon, warum ich sonst immer allein zum Schwimmen fahre. Dann hat man zumindest seine Ruhe«, stichele ich.

Er wirft mir einen bösen Blick zu. »Wenn du mich nicht in deine Geheimnisse einweihen möchtest, schön!«

Verdammt, jetzt ist er sauer. »Na schön, na schön, ich erzähle es dir.« Ich weiß, wie verrückt Geheimnisse einen machen können. Außerdem will ich nicht, dass er unsere Freundschaft anzweifelt. Er ist der beste Freund, den ich habe und je hatte.

»Die Einladung ist vermutlich von Race«, gebe ich seufzend zu. Aber zur Sicherheit bleibe ich bei den falschen Namen. »Wir haben uns gestritten und eigentlich wollte ich ihn nie wiedersehen. Es wäre dumm, hinzugehen und das ganze Spiel von vorne zu beginnen.« *Es ist außerdem dumm, weil diese Partys für Menschen lebensgefährlich sind*, aber dieses Detail lasse ich lieber aus.

Finn parkt vor dem Hallenbad, macht den Motor aus und sieht mich dann lange an. »Ist das Spiel denn vorbei? Hast du gewonnen?«

Gewonnen? Langsam schüttele ich den Kopf. Die letzten zwei Wochen haben sich nicht wie ein Sieg angefühlt. Ich habe auch nicht wie erhofft einen Abschluss finden können, schon gar nicht, nachdem ich gestern diesen merkwürdigen Sekundentraum hatte, bei dem er vom Motorrad stürzte und aussah, als würde er sich das Genick brechen. Seitdem habe ich Angst, dass Mace etwas zugestoßen ist, und ich kämpfe stündlich darum, ihn nicht anzurufen oder zu ihm zu fahren. Aber vielleicht brauche ich nur mehr Zeit, um damit abzuschließen.

»Dann beginnt ihr das Spiel auch nicht von vorne. Ihr müsst es erst zu Ende spielen.«

Finns Ratschlag hilft mir nicht gerade weiter. »Ich kann nicht gewinnen«, stelle ich klar. Egal, ob ich zu dieser Party gehe oder nicht. Ich weiß nicht einmal, wie ein Sieg aussehen würde.

»Und aufgeben ist besser als verlieren?« Er hebt vielsagend seine Augenbrauen und ich spüre, wie ich unter seinem Blick einknicke.

»Und was ist, wenn die Einladung doch nicht von ihm, sondern stattdessen von einem seiner Freunde ist?«

Finn verdreht die Augen. »Finde es heraus. Mach deinen Zug und sieh, ob Race bereit ist, weiterzuspielen.«

Weiterzuspielen ... Ich atme tief ein. Bin ich bereit für den nächsten Zug?

Ich will Finn am liebsten fragen, ob sein Ratschlag derselbe wäre, wenn er wüsste, dass es um Leben und Tod geht. Wenn er wüsste, wie gefährlich Mace' Nähe wirklich für mich ist. Würde er mir dann trotzdem raten, weiterzuspielen?

Ich bin ein schlechter Mensch. Wäre ich mein Erziehungsberechtigter, würde ich mir selbst vier Wochen Hausarrest erteilen. Oder gleich lebenslänglich. Damit ich nie wieder nachts, wenn Miriam tief und fest schläft, ihre Autoschlüssel klauen und mit dem Wagen wegfahren kann, von dem ich weiß, dass ich ihn nicht fahren darf. Damit ich nicht wieder zu dem Ort fahre, an dem ich das letzte Mal mein Leben gelassen habe.

Ich bin eine lebensmüde Psychopathin. Aber Einsicht ist doch der beste Weg zur Besserung, oder? Nur glaube ich nicht, dass ich mich heute Nacht noch bessern werde. Verflucht seien Finn und seine dummen Weisheiten. Wieso spielen sich auch ausgerechnet die hoffnungslostesten Singles so auf, als hätten sie einen Liebesratgeber gefrühstückt? Da bin ich selbst schuld, wenn ich auf ihn höre.

Da ich keinen anderen Weg auf das umzäunte Grundstück kenne, auf dem die exklusive Party steigt, mache ich alles wie beim letzten Mal. Durch die wiederkehrenden Erinnerungen werde ich beflügelt und ein Adrenalinstoß jagt den nächsten. Ich parke das Auto im Wald, setze die Augenmaske auf und binde sie hinten an meinem Kopf fest, bevor ich aussteige. Draußen ziehe ich meinen Mantel enger um mich, der mein nuttiges Kostüm verbirgt. Normalerweise würde ich mich damit keiner Menschenseele zeigen, doch die Maske bringt einen Hauch Anonymität mit sich. Auf der Party wird mich niemand kennen oder erkennen – außer die Gastgeber. Doch mindestens einer von ihnen will mich dort haben und vielleicht folge ich der Einladung nur, um herauszufinden, wer sie mir geschickt hat.

Genauso wie beim letzten Mal klettere ich über den Zaun und fühle mich wie eine maskierte Einbrecherin in High Heels. Oder wie Catwoman.

Wenn Kilian mir diese Einladung als Friedensangebot geschickt hat, um mich zu besänftigen, wird Mace ausrasten, wenn er mich sieht. Allein diese Vorstellung reicht, dass ich vor Genugtuung grinsen muss.

Vielleicht war es aber auch Lio, der mir die Einladung geschickt hat. Bei dem Gedanken bleibe ich kurz vor dem Haus stehen, das sich in der Nacht vor mir aufbaut. Mace und Kilian waren beide stur, was das Thema angeht. Vielleicht waren es Lio oder Sebastian, die sich gedacht haben, meinen Wunsch zu erfüllen und mir die Einladung zu schicken, um die ich in ihrem Wagen vor zwei Wochen so trotzig gekämpft habe.

Egal. Nun bin ich hier und werde nicht mehr umkehren. Zielsicher gehe ich zwischen den mit Efeu überwucherten Säulen die Marmortreppen hoch bis zur Eingangstür. Ich blicke auf den goldenen Löwenkopf, in dessen Maul ein Ring hängt, und zögere. Dieses Mal ist es eine andere Nervosität als das letzte Mal, bei dem ich vor dieser Tür stand. Diesmal weiß ich, was mich da drinnen erwartet.

Weshalb bin ich wirklich hier?

Vielleicht wird es Zeit, mir einzugestehen, dass ich nicht in der Lage bin, diese Dämonen aus meinem Leben zu streichen. Mace' Geheimnis ist ein Sog, der mich in die Tiefe zieht. Ich bin um mein Leben geschwommen, habe so kräftig mit den Beinen gestrampelt, um an die Oberfläche zu gelangen, aber die Wahrheit ist, dass ich mich in den Tiefen des Gewässers viel wohler fühle als an der ruhigen, spiegelglatten Oberfläche.

Die Tiefe fühlt sich heimischer an.

Die Oberfläche bloß wie eine Lüge.

Ich hebe die Hand und klopfe.

»Den Mantel und die Tasche können Sie mir überlassen«, sagt der glatzköpfige Türsteher, nachdem ich die Verschwiegenheitserklärung unterschrieben habe und in dem kleinen dunklen Flur stehe, der von einem elektrischen Kerzenleuchter an der Wand dämmrig beleuchtet wird.

Etwas nervös ziehe ich den Mantel aus und mir entgeht nicht der Blick, mit dem der Türsteher mein weißes, zur Hälfte durchsichtiges Outfit mustert. »Wie ein Engel, der sich in der Hölle verlaufen hat«, kommentiert er und nimmt mir den Mantel ab. Hitze steigt mir in die Wangen.

»Moment«, sage ich schnell, als er mir auch meine Umhängetasche abnehmen will. Ohne mein Handy will ich da nicht reingehen. Ich fische mein Smartphone aus der Tasche und der Mann gibt mir eine Nummer, mit der ich später meine Sachen wiederbekomme. Ich klemme den Zettel unter die Hülle meines Handys und schiebe es mir anschließend in mein BH-Körbchen.

Der Mann hebt kommentarlos eine Augenbraue und ich lächele ihn unschuldig an, als er mir die Tür öffnet.

Musik und Stimmengewirr schlagen mir entgegen. Ich trete über die Türschwelle und sehe mich in der großen Eingangshalle um. Mein Blick wandert über den prunkvollen Kronleuchter in der Mitte der hohen Decke, die Wendeltreppe und den roten Teppich, der über das dunkle Holz ausgebreitet ist. Ein leichtes Déjà-vu Gefühl überkommt mich. Das Licht von den kleinen Kerzenleuchtern an den Wänden ist rötlich gedimmt und verleiht dem Raum die entsprechende Atmosphäre.

Es scheint, als habe jede Party einen anderen Dresscode, denn ich bin mir ziemlich sicher, dass bei der letzten Party niemand venezianische Masken getragen hat – diesmal tragen sie alle. So wird es noch schwieriger, Mace oder Kilian zu finden. Aber vielleicht ist das auch besser so. Wenn sie mir die Einladung nicht geschickt haben, würden sie mich sofort rauswerfen, wenn sie mich entdecken. Und ich will nicht direkt wieder gehen.

Mein Blick schweift weiter über die Gäste, besonders über die Frauen, die alle in roten oder schwarzen Nachthemden mit viel Spitze oder durchsichtigem Stoff herumlaufen. Ihre offen zur Schau gestellte Nacktheit ist ein Kontrast zu den Smokings der Männer, der mich fesselt. Mein Geist war schon immer von Gegensätzen fasziniert.

Beinahe kann ich verstehen, was man an solchen Partys findet.

Wie viele von den Gästen wohl Dämonen sind?

»Ein Glas Champagner vielleicht?«

Ich drehe mich zu der Frauenstimme um. Eine schwarzhaarige Schönheit mit einer Maske aus schwarzen Federn über ihrem Gesicht hält mir ein Tablett mit mehreren Gläsern hin. Statt ein Negligé trägt sie eine enggebundene Korsage, die ihre Brüste nach oben drückt.

»Danke«, sage ich und nehme mir ein Glas.

Die Frau macht einen Knicks, lächelt mich an und verschwindet dann wieder. Wie seltsam und unwirklich mir das alles erscheint. Wie ein Traum. Vielleicht war das Ganze auch mal der erotische Traum eines Dämons und Kilian hat den Traum in die Wirklichkeit umgesetzt, ihn hier in dieses verlassene, abgeschiedene Anwesen gesperrt, nach Mitternacht, wenn alle Tabus fallen, im rot gedämmten Licht und hinter schweren Vorhängen versteckt.

Ich nippe an meinem Getränk und eine prickelnde Aufregung macht sich in meinem Inneren breit, die nicht nur mit dem Champagner zu tun hat. Wie sagt man doch so schön: der verbotene Apfel schmeckt immer am besten.

Angezogen von den Klängen eines Klaviers streife ich durch die Halle und gehe durch einen breiten Türbogen hindurch, der in einen angrenzenden Raum führt. Er ist so groß wie ein Tanzsaal. Auf einer Anhöhe steht ein großer schwarzer Flügel, und ein Mann im Smoking spielt darauf, während eine Frau breitbeinig auf dem Piano sitzt. Genau über den Tasten. Sie hat zwar einen Stofffetzen an, den man im weitesten Sinne als Kleid auslegen könnte, doch es ist an den Seiten so tief ausgeschnitten, dass ich sehe, dass sie darunter keine Unterwäsche trägt. Der Klavierspieler kann also genau zwischen ihre Beine blicken und *alles* sehen. Ein Wunder, dass er dabei noch so ruhig und konzentriert spielen kann! Allein beim Zusehen wird mir heiß.

Eine weitere Frau steht an einem Mikrofon daneben und begleitet die beiden gesanglich. Ein riesiges Diamantenkollier um ihren Hals und ein String aus weißen Perlen ist das Einzige, was sie am Leibe trägt.

Ich schüttele perplex meinen Kopf und wende meinen Blick von der Bühne ab. Meine Wangen glühen von dem prickelnden Champagner und der Atmosphäre, die hier herrscht.

Zwischen den Klängen des Klaviers dringen auf einmal gedämpfte Schreie an meine Ohren. Jetzt, wo ich darauf aufmerksam werde, höre ich sie ganz deutlich. Es hat nichts Harmonisches an sich. Es sind die lustvollen Schreie einer Frau, unterbrochen von irgendwelchen lauten Rufen und einem klatschenden Geräusch, das ich nicht einordnen kann.

Mein Herzschlag beschleunigt sich. Ich blicke zum Ende des Raums, wo eine geschlossene Tür meine Aufmerksamkeit erregt. Meiner Neugierde und dem rauschenden Gefühl der Aufregung folgend, gehe ich auf die geschlossene Tür zu. Erst als ich direkt davor bin, merke ich, dass sie jemand bewacht. Ein Mann, der daneben postiert ist, stellt sich mir nämlich kurzerhand in den Weg.

»Bist du sicher, dass du da reinwillst, Kleines?«, fragt er.

Ich runzele die Stirn und spiele nervös am Stiel meines Sektglases. »Ja.«

Bin ich?

»Kennst du denn das Safeword?«

Ich hebe die Augenbrauen. »Brauche ich eins?«

»Da drin schon.«

Erneut schreit eine Frau auf. Obwohl der Laut nur gedämpft in diesem riesigen Saal ankommt, höre ich raus, wie animalisch und wild dieser Laut ist. Mein Herz schlägt noch schneller. Mein Puls hämmert mir in den Ohren.

»Aber der Frau da drin geht es gut, oder?«, frage ich nach. Ich höre selbst, wie idiotisch diese Frage klingt.

Der Mann grinst schief und zeigt mir einer Reihe weißer Zähne. »Mehr als gut. Keine Sorge, sie kennt das Safeword.«

»Ok.« Zögerlich bleibe ich noch ein paar Herzschläge stehen, bis ich mich von dem Grinsen des Mannes abwende und beschließe, in die andere Richtung zu gehen. Ich muss meinen Besuch hier ja nicht überstrapazieren. Räume mit Safewörtern werde ich einfach meiden.

Ich will gerade zurück zur Eingangshalle, um den Rest des Hauses zu erkunden, als ich in einem Grüppchen Menschen plötzlich etwas Bekanntes erhasche.

Da alle Gesichter maskiert sind, ist es schwer, etwas mit Sicherheit sagen zu können, aber wenn mich mein Gefühl nicht täuscht ... Mein Blick verfolgt das Pärchen, das sich von der Gruppe löst und aus dem Saal geht. Seine Statur. Der braune Farbton seiner Haare. In einigem Abstand folge ich ihnen. Alles an dem Mann ist mir so vertraut, dass ich nicht glaube, mich hierbei zu täuschen. Aber dass er hier ist, ist ausgeschlossen!

Ich verliere die beiden aus meinem Sichtfeld und beschleunige meine Schritte, um ihnen zu folgen, was auf den Absätzen gar nicht so leicht ist. Ich trage in meiner Freizeit definitiv zu selten hohe Schuhe.

»Veronica?«

Die Stimme lässt mich herumfahren. Als ich Mace in dem Anzug und mit dem schwarzen Band, das er sich mit den Löchern an den passenden Stellen um die Augen gebunden hat, an der Wand lehnen sehe, rutscht mir das Herz in die Hose. Meine Absicht, dem vertrauten Pärchen nachzugehen, löst sich in Luft auf. Und die Art, wie Mace meinen Namen gesagt hat, lässt mich annehmen, dass nicht er hinter meiner Einladung steckt.

Oh oh.

16.

Die Augen hinter deiner Maske

Nika

Angst und ein Funken Enttäuschung mischen sich in meinen Gefühlscocktail. Das Ausmaß meiner unterschiedlichsten Emotionen gleicht mittlerweile einer explosiven Mischung. Ich traue mich kaum, einen Schritt auf ihn zu zu machen, weil ich nicht weiß, was dann passiert.

Auch Mace rührt sich nicht. Bleibt einfach dort stehen. Ich schaue mich um, versuche noch halbherzig das Pärchen ausfindig zu machen, welches ich verloren habe, doch ich weiß, dass ich die beiden jetzt nicht finden werde. Ich hole tief Luft, als würde ich einen Schluck Mut einatmen, und gehe auf Mace zu.

»Du bist es tatsächlich«, sagt er, als ich vor ihm stehen bleibe.

Die braun-grünen Augen hinter seiner Maske mustern mich von Kopf bis Fuß. Ich bin froh, dass meine eigene Maske die Hälfte von meinem Gesicht verdeckt, vielleicht fällt dann nicht auf, dass ich unter seinem

Blick erröte. Mein Herz klopft schneller in seiner Nähe. Es ist zwei Wochen her, dass wir uns das letzte Mal gegenübergestanden haben – damals habe ich ähnlich wenig getragen wie jetzt.

»Du scheinst ein vielfältiges Repertoire an erotischer Nachtwäsche zu besitzen«, sagt er, als hätte er den gleichen Gedanken gehabt.

Ich wundere mich, dass er kein bisschen wütend über mein Auftauchen zu sein scheint. Aber da er mein Outfit auf diese Weise kommentiert, ist er erst recht nicht derjenige, der mir die Einladung geschickt hat. Warum ist er dann nicht sauer? Ist es ihm mittlerweile egal?

»Überrascht, mich zu sehen?«, frage ich und gehe einen Schritt vor, obwohl wir bereits eng aneinander stehen. Ich will ihm irgendeine Emotion entlocken. Als ich kurz an ihm hinunterblicke, stutze ich. Erst jetzt bemerke ich die Schlinge um seinen Arm und den schwarzen Gips.

»Was ist passiert?«

»Motorradunfall.«

Ist das ein Scherz? Mit großen Augen schaue ich ihm ins Gesicht. Am liebsten will ich das schwarze Band um seine Augen herunterreißen, um mehr von seiner Mimik zu sehen, um mehr von seinen Gefühlen zu sehen, doch ich weiß, dass sein Gesicht ohnehin nur eine in Stein gemeißelte Maske wäre.

Ich erinnere mich an das Schloss aus Eis, das ich in meiner Brust für ihn errichtet habe, und nehme mir ein Beispiel an ihm und seiner Kälte. Gleichgültigkeit ist das neue Motto. Es gibt keinen Grund, ihm von meiner kurzen Vision zu erzählen. Es gibt keinen Grund, auszuflippen über die Möglichkeit, dass ich hellseherische Kräfte besitze. Und es gibt auch keinen Grund, mir um ihn Sorgen zu machen. Er hat den Unfall überlebt. Alles fein.

»Wie bist du reingekommen?«, fragt er mich und reißt mich aus meinen Gedanken.

»Durch die Eingangstür. Wie alle.« Denkt er etwa, ich würde mich durch ein Fenster hineinschleichen? Ich bin zwar leicht verrückt, aber bestimmt keine obsessive Stalkerin.

Er sieht skeptisch auf mich herab. »Unmöglich. Ohne Einladung würde –«

»Ich besitze aber eine Einladung!«, fahre ich ihm dazwischen. Als wenn ich die Dreistigkeit hätte, ohne Einladung hier aufzutauchen. »Und jetzt entschuldige mich, ich bin auf der Suche nach jemandem.«

Ich will mich umdrehen und gehen, als er mein Handgelenk packt. Ich ziehe daran, doch er zieht fester. Ich pralle gegen ihn und im nächsten Atemzug hat er mich umgedreht, sodass mein Rücken mit der Wand kollidiert. Ich spüre den Aufprall bis in mein Herz. Jegliche Luft entweicht meinen Lungen.

Überrascht starre ich ihn an. *In meinem Herz ist kein Platz für dich. In meinem Herz ist kein Platz für dich. In meinem Herz-*

Seine gesunde Hand drückt mein Gelenk in Hüfthöhe gegen die Wand und mein Mantra versagt. Der Druck seiner Finger verursacht einen leichten Schmerz, begleitet von einem Ziehen in meinem Magen.

»Tu das nicht«, sage ich erstickt. *Brich die Mauern nicht ein, die wir so sorgsam errichtet haben.* Ich versuche meine Hand aus seinem Griff zu befreien, doch je mehr ich mich winde, desto höher wird der Druck seiner Finger.

»Wieso nicht?«

»Tu keine Sachen, die mir den Atem rauben.«

Es klingt wie eine verzweifelte Bitte. Die Worte schweben ein paar Sekunden lang zwischen uns. Die Ehrlichkeit darin schnürt mir die Brust zu. Warum habe ich das bloß gesagt? Meine Fassade der Gleichgültigkeit ist hiermit offiziell dahin.

Er lässt mein Handgelenk los, doch er geht keinen Schritt zurück, weshalb ich noch immer zwischen der Wand und seiner Brust gefangen bin.

»Hat K dir die Einladung geschickt?«

»Ich weiß es nicht.«

»Du hättest nicht kommen sollen«, sagt er eindringlich.

»Warum?«

Er schnaubt. Sein Gesicht und sein Körper sind mir so nah, dass all meine Sinne benebelt sind. Benebelt und betrunken von ihm, seinem Duft, seiner Stimme, seiner Präsenz. Ich gucke zu ihm auf und verliere mich.

Ich will Erlösung von der Sehnsucht nach dir.

Ich habe ihn vermisst. Seinen Anblick, seine Stimme, unsere Gespräche. Ich habe das alles so sehr vermisst.

Mir fällt auf, dass er mir noch immer nicht auf meine Frage geantwortet hat. Wir schauen uns nun schon viel zu lange stumm in die Augen. Ich, weil ich sprachlos bin. Ich habe nicht nur mich selbst, sondern auch meine Stimme verloren. Normalerweise sind in meinem Kopf so viele Worte, doch wenn er mich so anguckt, ist mein Kopf leer. Manchmal schenkt er mir Worte – so viele, dass ich ganze Songtexte über ihn schreibe. Manchmal raubt er sie mir.

Die Sekunden verstreichen.

Warum hätte ich nicht kommen sollen, Mace?

»Hey Hübscher, bin wieder zurück.«

Die weibliche Stimme reißt uns aus unserer kleinen Parallelwelt. Ich starre die Blondine an, die sich neben Mace stellt, als würde der Platz für sie reserviert sein.

Er geht einen Schritt von mir zurück und dreht sich zu der jungen Frau um. Sie ist ganz in Rot gekleidet, wenn man das Bisschen an Stoff überhaupt als bekleidet bezeichnen kann.

»Hey Ophelia«, sagt er zu ihr. Der Name kommt mir vage bekannt vor.

»Wen hast du denn da? Wollen wir mit ihr oben auf ein Zimmer verschwinden und uns amüsieren?«, fragt sie mit einem verführerischen Lächeln auf ihren roten Lippen. Mir bleibt die Luft weg.

Die Selbstverständlichkeit, mit der sie das vorschlägt, bildet eine Schlinge um meinen Hals, die sich immer enger zu zieht.

Zum Glück erwidert Mace ihren Vorschlag direkt mit einem »Nein«.

»Oh, das ist aber schade. Hast du dafür schon wen anders im Auge?«, säuselt sie. Die Schlinge um meinen Hals schnürt mir die Kehle zu. Der Knoten in meinem Magen verwandelt sich in einen Feuerball, der sich durch all meine Organe fressen will. Ich hasse diese Frau jetzt schon. Ich will an ihren goldenen Locken zerren und ihr eintrichtern, dass sie die Finger von Mace lassen soll. Stattdessen bleibe ich stocksteif stehen und starre die beiden an. Vielleicht warte ich darauf, dass er sie nett belächelt und wegschickt. Aber er schickt sie nicht weg.

Ohne eine Antwort von ihm abzuwarten, fragt Ophelia: »Kannst du das kurz halten? Ich muss meine Maske neubinden, sie sitzt so eng.«

Sie reicht Mace ihr Glas und löst am Hinterkopf die Schnüre ihrer roten Federmaske.

Stumm beobachte ich die beiden und fühle mich, als wäre ich im falschen Film gelandet. Ich will diese Vorstellung nicht sehen, aber weggehen ist ebenfalls keine Option. Als hätte man mich auf einem Kinosessel gefesselt.

Für einen kurzen Moment kann ich Ophelias entblößtes Gesicht erkennen. Sie schaut direkt zu mir rüber und lächelt mich an. Das Blut gefriert mir in den Adern.

Ich kenne sie. Sie ist eine der drei Frauen mit den goldenen Augen von der Schaumparty!

Im nächsten Augenblick haben ihre Finger die schwarzen Bänder ihrer Maske wieder zusammengeknotet und sie dreht sich zu Mace um. Als sie sich auf Zehenspitzen stellt und ihm einen Kuss auf die Lippen haucht, verliere ich endgültig den Glauben in meine Augen und meinen Verstand.

Hätte ich keine Wand im Rücken, würde ich nach hinten taumeln.

Hat sie ihn gerade eben einfach so geküsst? Und er hat es zugelassen?

»Wartest du oben auf mich?«, fragt sie ihn. »Ich komme gleich nach.«

Nein!

»Okay. Bis gleich.« Er drückt ihre Hand, dann wendet er sich ab und geht Richtung Treppe, ohne sich noch einmal zu mir umzudrehen. Als wäre ich gar nicht da! Als hätten wir nicht so eben noch ein Gespräch geführt!

Mace!

Verdattert sehe ich ihm nach. Etwas in meiner Brust bricht und müsste ich raten, würde ich auf mein eisiges Herz tippen. Vielleicht sollte ich das nächste Mal ein Schloss in meiner Brust aus einem Material errichten, das nicht brechen kann.

»Jemanden zu lieben, ist nicht immer schön, was?«, wendet sich die Blondine nun offenbar an mich. Denn außer uns beiden steht niemand mehr hier. »Manchmal ist es auch eine Einbahnstraße, in der einem niemand entgegenkommt.«

Ich blicke sie an. »Wer zur Hölle bist du?« Oder sollte ich lieber fragen, *was* sie ist?

»Ophelia. Es freut mich, dich endlich kennenzulernen. Veronika.« Sie lächelt mich an und legt ihren Kopf schief.

Dass sie meinen Namen kennt, ist nur ein weiterer Schock, ein weiterer Riss in meinen Mauern. »Mace hat dir von mir erzählt?«, frage ich ungläubig. Wer bitte ist sie, dass sie Mace einfach so küssen kann und jetzt auch noch so tut, als kenne sie mich?

Sie lacht auf. »Nein, Schätzchen. Ich habe andere Quellen. Aber Mace wartet auf mich, also reden wir ein anderes Mal weiter. Amüsiere dich gut. Ich werde es heute Nacht auf jeden Fall.« Und mit diesen Worten und einem Augenzwinkern verschwindet auch sie.

Ich fühle mich, als hätte jemand einen Eimer eiskaltes Wasser über mir ausgeschüttet.

Raphael

Etwa zwei Wochen zuvor

Ich sitze auf dem Balkon meines Hotelzimmers und starre den Vollmond an. Ab und zu nippe ich an dem kühlen Bier. Meine Beine habe ich über das Geländer des Balkons gelegt und ich genieße den frischen Nachtwind. Tagsüber ist es unerträglich heiß geworden.

Ich habe den Sommer immer geliebt. Die Grillabende am Lagerfeuer, die Nächte, in denen wir in Freibäder eingebrochen sind, tagsüber das Faulenzen in der Sonne und der Anblick von Frauen in Bikinis, selbst der Geruch von Chlor und Sonnencreme reichen aus, um mich glücklich zu machen.

Aber seit mehreren Wochen bin ich nicht mehr glücklich. Ich vermisse sie. Meine Familie. K und die anderen sind meine Brüder, unser Loft mein Zuhause. Nun fühle ich mich wie ein heimatloser Streuner.

Gedankenverloren knibbele ich am Etikett der Bierflasche. Stimmen von unten wehen zu mir heran und lassen mich aufhorchen. Wer ist so spät noch hier unterwegs? Diese öde Kleinstadt ist nach zweiundzwanzig Uhr für gewöhnlich wie ausgestorben. Mittlerweile ist es weit nach Mitternacht.

»Keine Bewegung oder wir schießen.«

Ich setze mich auf und stelle mein Bier ab. *Was geht denn jetzt ab?*

»Wer seid ihr?«, fragt eine Stimme, die mir nur allzu bekannt vorkommt. Ophelia? Ich stehe auf und gehe zur Brüstung meines Balkons. Ich ducke mich, sodass nur mein Kopf über das Geländer ragt und ich einen Blick in die Tiefe werfen kann.

Ein paar Meter weiter unten sehe ich sechs Menschen. Mindestens drei davon sind Dämonen. Ich habe Ophelia, Liss und Noemi an meinem zweiten Abend hier kennengelernt, sie waren gerade am Einchecken in der Hotellobby und ich wollte sie abschleppen – welche von ihnen war mir dabei egal. Die Überraschung war groß, als sie mich alle drei in ein Bett einluden. Noch größer war die Überraschung, als ihre Augen zu leuchten begannen und mir klar wurde, dass sie mich als ihr unschuldiges Opfer auserkoren hatten.

Tja, Pech gehabt, Ladys.

Und erneut scheinen sie Pech zu haben, denn die drei anderen da unten haben Knarren und richten sie auf ihre wunderhübschen Köpfe.

»Wer wir sind, ist egal. Aber wir wissen, wer ihr seid. *Was* ihr seid«, sagt einer der Männer. Verdammt, sind das etwa Jäger?

»Ihr könnt uns doch nicht einfach auf offener Straße erschießen«, sagt Ophelia und ich sehe, wie ihr blonder Haarschopf sich verzweifelt umsieht, vermutlich hofft sie, vor dem Hotel irgendwo eine Kamera zu finden und die Jäger damit auf eine Videoüberwachung hinzuweisen.

»So wie ihr nicht auf offener Straße Menschen aussaugen könnt?«, fragt diesmal eine junge Frau. Der Jäger-Trupp besteht aus zwei Männern und einer zierlichen Blondine. Ihre Gesichter kann ich von hier oben allerdings nicht erkennen.

Ich weiß nicht, was genau da unten gerade passiert, doch es muss ein stummes Zeichen zum Schießen folgen, denn plötzlich ruft Liss »Wartet!«.

Der Mann lacht. »Worauf?«

»Wir bieten euch einen Deal an«, schlägt Liss vor.

Überrascht und neugierig zugleich hebe ich eine Augenbraue. Ich greife wieder nach meinem Bier und begebe mich in eine bequemere Position. Das verspricht ein spannendes Schauspiel zu werden. Hätte gar nicht gedacht, dass diese Kleinstadt noch so viel Action zu bieten hat. Ansonsten bin ich stets derjenige, der für Action sorgt. Mir gefällt es, dass diese drei Frauen ebenfalls etwas Schwung in die Bude bringen. Sie sind nicht nur gute, wunderschöne Zuhörer, sie haben mir auch so einige interessante Sachen über Succubi erzählt – und mir einige noch interessantere Dinge im Bett gezeigt. Gegen ein paar Wiederholungen hätte ich nichts einzuwenden. Wir haben uns in den letzten zwei Wochen ein paar Mal getroffen, ich habe ihnen sogar von meinem Rudel erzählt und weshalb ich rausgeworfen wurde – man kann also sagen, sie liegen mir soweit am Herzen, dass ich jetzt ziemlich traurig wäre, wenn die Jäger ihnen unter meinem Balkon das Gehirn rauspusten.

»Wir haben ein ganzes Incubi Rudel, was wir euch bieten können, plus ein Haus voller Dämonen. Wir können euch auf eine Party einschleusen.«

Ich runzele die Stirn. Spielt sie etwa auf *unsere* Party an? Will sie etwa *meine* Familie verpfeifen?

»Welches Rudel?«, will der Jäger wissen.

»Es hat hier in der Stadt seinen Wohnsitz. Wir sind nur auf Durchreise. Ich glaube, euch Jägern ist mehr geholfen, wenn ihr euch den hiesigen Dämonen widmet.« Liss' Angebot ist dämonisch gut. Ich weiß noch nicht, ob es mich entzückt oder verärgert. Natürlich will ich meine Brüder leiden sehen, nachdem sie mir unter die Nase gerieben haben, wie wenig ich ihnen bedeute – aber sie den Jägern ausliefern? Nun, zumindest haben Liss und ihre Freundinnen keine andere Wahl, wenn sie ihre eigene Haut retten wollen. Ich kann es ihnen also kaum verübeln. Gespannt warte ich auf die Antwort der Jäger. Werden sie den Deal eingehen?

»Mace' Rudel?«, fragt die weibliche Jägerin. Mich überrascht, dass sie ausgerechnet seinen Namen nennt, wo doch K eigentlich der Anführer ist.

»Richtig. Du kennst ihn?«, fragt Ophelia. Sie scheint die Nachfrage genauso skeptisch zu machen wie mich.

»Ja, und du?« Es scheint, als liefern sich die beiden Blondinen gerade ein Blickduell.

»Ja.«

»Weißt du zufällig, ob er eine Freundin hat? Oder in euren Kreisen wohl eher ein menschliches vorübergehendes Spielzeug?«

Was soll denn die Frage? Würde ich mich nicht bedeckt halten wollen, hätte ich aufgelacht.

»Die Vögel zwitschern, dass er eine geheime Liebschaft hegt«, antwortet Liss.

»Wie heißt sie?«

Ich weiß genau, welchen Namen Liss sagen wird. Sie kennt ihn von mir.

»Veronika.«

»Sorgt dafür, dass sie ebenfalls auf der Party ist und wir haben einen Deal.«

17.

Ein blutiges Ende

Nika

Nacht von Samstag auf Sonntag

Ich brauche ein paar Minuten, bis ich mich rühren kann und die Musik und die Geräusche der Umgebung für mich wieder einsetzen. Als eine Kellnerin mit einem Tablett Champagner an mir vorbeigeht, winke ich sie zu mir heran. In einem Zug stürze ich den Rest meines ersten Glases hinunter und tausche es gegen ein neues.

»Danke«, sage ich.

Die knapp bekleidete Frau macht einen Knicks und zieht weiter durch den Saal. Ich schüttele meinen Kopf und nehme einen weiteren großen Schluck.

Ein Teil von mir will Mace hinterherrennen und ihm sagen, dass er nicht mit dieser Ophelia schlafen soll. Aber wenn er nach dem »Warum?« fragt, was soll ich ihm dann antworten?

Weil sie vermutlich eine Dämonin ist? Aber ist das ein Grund, die Finger von ihr zu lassen? Vermutlich ist es eher ein Pluspunkt für sie.

Weil es mir das Herz zerreißt, wenn du es tust, während ich hier bin? Weil ich dich liebe?

Ist es das? Kann es das sein? Egal, welches Gefühl es ist, es fühlt sich grässlich an, bei der Vorstellung, dass die beiden oben in einem privaten Zimmer verschwinden. Es reißt mein Inneres in Stücke.

Ich setze mich in Bewegung und steuere automatisch die Wendeltreppe an. Während ich die Stufen erklimme, versuche ich mich in Gedanken abzulenken. Doch auch die Erinnerung daran, dass ich vorhin geglaubt habe, meinen Ex Freund hier gesehen zu haben, lenkt mich nicht von dem Schmerz in meiner Brust ab. Selbst die Erkenntnis, dass mit mir etwas offensichtlich nicht stimmt, und ich eine verdammte Vision hatte, die der Wahrheit entsprach, kann mir nicht über das Gefühl hinweghelfen, bei lebendigem Leibe begraben zu werden.

Wieso tut er das? Ist das seine Rache? Weil ich ihm gesagt habe, ich wäre mit Kilian zusammen? Will er es mir mit gleicher Münze heimzahlen?

Wie ein trostloser Geist schwebe ich durch die dunklen Gänge. Ich will kapitulieren und die weiße Fahne schwenken. *Mace, ich habe es verstanden. Ich weiß jetzt, wie sich das anfühlt. Lass uns die Spielchen sein lassen. Bitte.*

Hier oben ist das Licht noch gedimmter als unten. Die viele nackte Haut und die offen herumknutschenden Pärchen machen mich wahnsinnig. Was vorhin noch eine kribbelige Aufregung in mir weckte, widert mich jetzt nur noch an.

Wo Kilian wohl ist?

Ich weiß gar nicht, ob ich das herausfinden will. Die Angst, ihn ebenfalls mit einem Mädchen in einem der Privatzimmer verschwinden zu sehen, schnürt mir die Kehle zu. Was ist nur los mit mir? Ich wusste doch, was hier in diesem Anwesen vor sich geht. Ich wusste vom Lebensstil dieser Männer, noch bevor ich wusste, dass sie Sexdämonen sind. Jetzt machen diese Partys noch viel mehr Sinn und trotzdem kann ich mich an die Vorstellung nicht gewöhnen.

Ich bin eindeutig in Mace verliebt und es zu leugnen und eine Scheinbeziehung mit jemand anderem zu führen, hat mir kein bisschen weitergeholfen. Selbst die Offenbarung darüber, dass er ein kaltblütiges Monster ist, hat mich nicht abgeschreckt. Was sagt das über mich aus? Ist meine Psyche in meiner Kindheit so demoliert worden, dass ich mein Herz bereitwillig an ein Monster verschenkt habe?

Danke, Mutter.

Vielleicht hatte Mace aber auch recht und ich bin selbst ein Monster …

Was meine Mutter wohl denken würde, wenn sie mich hier sähe? Vermutlich hätte sie Angst, dass ich denselben Weg einschlage wie sie, wenn sie wüsste, was für eine Veranstaltung das hier ist. Aber ich bin nicht wegen dem Sex hier. Ich bin wegen einem Mann hier, den ich nicht aus dem Kopf bekomme, egal was ich tue. Ich schwöre, ich habe alles versucht.

Ich lasse die Türen rechts und links auf dem Flur unbeachtet und komme ans Ende dieses dunklen Ganges. Ich habe weder ein Ziel noch einen Plan. Der Flur endet an einem dunkelroten Vorhang. Dahinter nehme ich ebenfalls die Klänge von Musik wahr, ein düsteres langsames Lied, das ich nicht kenne, das mir aber eine Gänsehaut beschert. Ein Teil von mir weiß, dass ich gar nicht herausfinden will, was sich hinter dem Vorhang verbirgt, doch im Moment kann mich nichts mehr schockieren.

Ich lechze nach Ablenkung und wenn sich dahinter der Eingang zu einem BDSM Spielzimmer oder zu einem dämonischen Sektenritual befindet, dann ist es halt so. Es würde mich kalt lassen. Vermutlich würde ich ohne mit der Wimper zu zucken teilnehmen, nur um etwas anderes zu fühlen als diesen Schmerz in meiner Brust.

Meine Hand hebt sich und zieht den schweren Samtvorhang beiseite. Zum Vorschein kommt eine Lounge mit zwei gegenüberliegenden Sitzecken. Kerzenlicht wirft flackernde Schatten an die Wände. Als ich nach rechts schaue, erstarre ich.

Bitte nicht.

Ich wünsche mir das BDSM Spielzimmer samt Käfig, Peitsche und Fesseln herbei, aber nicht das hier.

Auf dem Sofa sitzen Mace, Kilian, Sebastian und Lio – *meine* Dämonen, *mein* Rudel - und jeder von ihnen hat ein Mädchen auf dem Schoß.

Ophelia sitzt auf Mace und flüstert ihm etwas ins Ohr. Wie sie sich ihm auf seinem Schoß entgegenreckt, lässt meine Innereien gefrieren. Mein Blick huscht zu Kilian, auf dessen Schoß ebenfalls eine hübsche, leicht bekleidete Frau sitzt. Das ist doch alles nicht wahr!

Schnell lasse ich den Vorhang los und stolpere zurück. Sie haben mich nicht gesehen. Aber das, was ich gesehen habe, ist für immer in meine Augenlider gebrannt. *Selbst Kilian hat ein Mädchen auf seinem Schoß.*

Noch nie habe ich mich so überflüssig und fehl am Platz gefühlt. Tränen schießen mir in die Augen. Ich drehe mich um und taumele den Flur wieder zurück. Was habe ich mir bloß dabei gedacht, hierherzukommen?

»Hey, alles gut bei dir, Kleine?«

Ich ignoriere die Stimmen und die Menschen um mich herum. Wieso bin ich bloß hergekommen? Verzweifelt blinzele ich die Tränen weg und bleibe kurz vor der Treppe stehen. Mit meinem Handrücken wische ich mir über die Wangen, für den Fall, dass meine Mascara Spuren hinterlassen hat. Ob es hier oben ein Bad gibt? Ich will nicht verheult aus diesem Haus stürmen – dann hätten Mace und seine Freunde gewonnen. Sie hätten Recht damit behalten, dass ich hier nichts zu suchen habe.

Ich sehe mich um und gehe auf eine geschlossene Tür am anderen Ende des Flures zu. Als ich sie öffne, befindet sich dahinter zu meiner Überraschung kein Zimmer, sondern eine steinerne Treppe nach oben.

Die rohen Mauern wirken nicht wie für die Öffentlichkeit gemacht.

Schließe die Tür und kehr um. Doch meine Neugierde siegt. Ich schniefe, straffe die Schultern und gehe durch die Tür, die ich hinter mir direkt zuziehe. In einem schmalen hohen Gang führen die Treppenstufen steil nach oben. Was sich in einem so alten Haus wohl oben auf dem Dachboden befindet? Die Party ist für mich ohnehin gelaufen, ich bin froh, für einen Moment den Menschen und Dämonen zu entkommen, die sich hinter ihren Masken verstecken.

Die Steinmauern strahlen eine Kälte aus und eine Gänsehaut überzieht meine nackten Arme. Die Treppe endet an einem Türbogen, durch den dumpfes Kerzenlicht flackert. Die Musik von der Party ist nicht mehr zu hören, stattdessen hallt ein Stöhnen zu mir herunter.

Nein, nicht eins. Sowohl weibliche, als auch männliche Laute tönen von den Wänden wider. Scheiße. *Noch mehr Sex?* Mein Puls beschleunigt sich und das Blut rauscht mir in den Ohren. Schritt für Schritt erklimme ich mit meinen hohen Absätzen die Stufen.

»Oh Gott, ja!«, stöhnt eine Frau.

Ich weiß nicht, wieso mich meine Füße weiter die Treppe hinaufführen, anstatt das Weite zu suchen, aber auf einmal stehe ich in dem Türbogen und habe einen Blick in dieses kleine Dachzimmer mit den kahlen Wänden aus Stein. Der Raum ist unmöbiliert, bis auf einen langen Esstisch und ein paar Holzstühle. Weiße Kerzen werfen flackernde Schatten an die Wände. Die Luft hier oben ist stickig und von Schweiß und dem Geruch nach Sex getränkt. Die Anwesenden tragen weder Masken noch Klamotten. In einer Ecke des Raumes sehe ich die abgelegten Smokings.

Mein Herz donnert unter meinen Rippen, mein Blick heftet sich auf die nackte Frau, die mit dem Rücken flach auf dem Tisch liegt. Eine weitere Frau kniet nackt neben ihrem Kopf. Drei Männer haben sich um den Tisch gestellt. Einer davon vögelt die Frau, die anderen gucken nur zu. Zumindest im Moment. Ihre harten Schwänze haben sie alle in der Hand.

Wie paralysiert stehe ich da. Ich nehme die Szene in mich auf, wie einen Film auf einer Leinwand. Ein Porno in HD und Dolby Digital. Ich kann weder weggucken, noch mich bewegen. *Scheiße, wieso bin ich bloß hier hochgekommen?*

»Ich ... warte, mir ist auf einmal so kalt«, keucht die Frau. Ihre Stimme klingt schwach. Sie gibt nicht einmal mehr einen Laut von sich, als der Mann heftig in sie stößt. Sie sieht nicht aus, als würde sie es noch genießen, sondern als wäre sie am Ende ihrer Kräfte.

Ein Kloß bildet sich in meinem Hals. Da mich noch niemand bemerkt hat, will ich mich umdrehen und die Treppe hinunterrennen, als die andere Frau plötzlich sagt: »Ich glaube, das letzte Bisschen Lebensenergie verlässt sie. Bring es zu Ende, Gideon. Ich will sehen, wie du ihr das Leben rausfickst.«

Das Gesagte ist es, was mein Blut zu Eis gefrieren lässt, und mich davon abhält, mich von der Szenerie abzuwenden.

»Gerne doch, Cousinchen«, erwidert der Mann mit rauer Stimme, hält die Beine der liegenden Frau fest und erhöht sein Tempo.

Das Klatschen von Haut auf Haut vermischt sich mit dem Rauschen meines Blutes und dem Donnern meines Herzens. Hat diese blonde Frau gerade wirklich das gesagt, was ich zu hören geglaubt habe?

Magensäure steigt meine Kehle auf. Ich kann das unmöglich zulassen und einfach abhauen.

»Hört auf!«, schreie ich, als ich realisiere, dass ich nicht bloß unfreiwilliger Zuschauer eines intimen Aktes bin, sondern dass es sich um Dämonen handelt, die mehr als bereitwillig das Leben dieser Frau aufs Spiel setzen. Sie riskieren es nicht nur, sie warten auf ihren Tod. Sie *wollen* ihren Tod.

Vier goldene Augenpaare blicken mich an, nur das Mädchen auf dem Tisch bleibt reglos liegen. Wäre mein Körper nicht voll mit Adrenalin, würde mir schlecht werden. Ich schlucke die Angst und die Übelkeit hinunter. Mein Mund ist staubtrocken.

›Deshalb darfst du nie wieder auf eine unserer Partys kommen. Dort sind Dämonen, die um Weiten schlimmer sind als wir.‹ Kilians Worte kommen mir wieder in den Sinn. Zu spät. Ich habe seine Drohung nicht ernst genommen.

Mein Blick heftet sich auf die Frau mit den goldenen Augen, weil ich hoffe, zu ihr noch am ehesten durchdringen zu können.

»Ihr wollt sie nicht töten, oder?«, frage ich. Hoffe einfach, dass ich etwas missverstanden habe.

Die Frau lacht auf, ein glockenhafter, zarter Klang. »Wer bist du? Willst du auch gevögelt werden? Je mehr, desto besser!« Sie schwingt ihre langen, schlanken Beine vom Tisch und geht auf mich zu. Ihre goldenen Locken liegen über ihren prallen, nackten Brüsten.

Ich halte die Luft an und versuche, ihr weiter ins Gesicht zu gucken. Eine riesige Hitzewelle jagt durch meinen Körper, als sie vor mir stehen bleibt und nach meiner Hand greift, um mich vorwärts zu ziehen. Ich stolpere in die Mitte des Raumes und die Dämonin umrundet mich.

Obwohl ich bei Weitem mehr anhabe als sie, fühle ich mich unter ihren Blicken entblößt. Ich halte die Luft an und rühre mich nicht. Angst kriecht meine Wirbelsäule hinauf.

»Ein weißer Unschuldsengel. Süß.« Sie bleibt vor mir stehen und lächelt mich an. Irgendwie hat sie Ähnlichkeiten mit Ophelia, was sie in meinen Augen nur noch abartiger macht. »Gideon, ist sie nicht süß?«, fragt sie über ihre Schulter.

Er steckt immer noch bis zum Anschlag in der anderen Frau, sieht aber über seine Schulter zu uns rüber. »Liss, ich kann mich nicht zweiteilen. Ich will das hier erstmal zu Ende bringen. Es fehlt nicht mehr viel. Die Neue kann zugucken und warten.«

Mein Mund wird noch trockener, während mein Magen einen Purzelbaum schlägt. Ich werde ganz gewiss nicht darauf warten, dass ich vor Gideon auf dem Tisch liege und den Platz der anderen Frau einnehme!

Einer der umstehenden Männer mischt sich ein. »Wenn du willst, Gid, kann ich schon mal mit der Neuen anfangen.« Er streichelt dabei seine Erektion und verschlingt mich mit Blicken. Mein Herz rast. Die ganze nackte Haut macht mich wahnsinnig. Wie komme ich hier wieder raus? Wieso bin ich bloß diese bescheuerte Treppe hochgegangen?

Man sollte vorsichtig mit seinen Wünschen sein. Vor ein paar Minuten habe ich mir noch ein verrücktes dämonisches Sexritual gewünscht und nun bin ich wortwörtlich in eins hineingestolpert.

Gideon, der der Anführer dieses Rudels zu sein scheint, wirft einen finsteren Blick zu seinem Freund. »Nein. Ihr kennt die Regeln. Ihr guckt nur zu, bis ich was anderes anordne.«

Der Mann senkt seinen Blick. »Natürlich. Tut mir leid.«

Liss kichert. Da sie immer noch meine Hand hält, zieht sie mich mit sich zu dem Tisch. »Komm, setz dich zu mir. Bist du ein bisschen bi? Wir können rummachen, während Gid es zu Ende bringt.«

Was zu Ende bringt?

Sie nickt ihm zu und er fängt wieder an, sich in der anderen Frau zu bewegen. Sie scheint das Bewusstsein verloren zu haben, denn ihr Körper wird einfach nur noch von ihm durchgerüttelt. Ich wende meinen Kopf, um nicht hinsehen zu müssen. Stattdessen starre ich Gideon ins Gesicht, der den Kopf in den Nacken gelegt hat und laut stöhnt. Am liebsten will ich mir die Ohren zu halten, stattdessen balle ich die Hand, die Liss nicht festhält, zur Faust. Obwohl ich schon den ein oder anderen Porno in meinem Leben gesehen habe, habe ich noch nie andere Personen live beim Sex beobachtet. Ich hatte es auch nie vor. Es ist so intim und zugleich auch verstörend, vielleicht auch ein wenig erregend - wenn ich nicht wüsste, dass sie das Mädchen dabei umbringen wollen.

Mein Herz schlägt mir bis zum Hals, während ich fieberhaft überlege, wie ich das Mädchen retten kann.

»Sieh hin, Unschuldsengel. Siehst du, wie ihr Leben in ihn übergeht?«, säuselt Liss.

Ich reiße meinen Blick von Gideons Gesicht los und als ich die ganze Szene betrachte, merke ich, was sie meint: Es ist, als würde zwischen den beiden ein goldenes, durchsichtiges Band leuchten. Wie glitzernder Staub im Sonnenlicht schwebt es zwischen ihnen. *So sieht es also aus, wenn ein Dämon einem das Leben entzieht.*

»Wieso hört er nicht auf? Sie stirbt «, bringe ich heraus. Warum scheint das allen anderen im Raum egal zu sein? Es wird kein versehentlicher Mord sein, wie Mace oder Kilian es mir beschrieben haben. Es wird kein Zufall sein. Jeder Blinde sieht, dass die Frau auf dem Tisch stirbt, wenn Gideon nicht aufhört.

»Das ist der Kick«, sagt Liss neben mir. Sie hat sich zu mir gebeugt und ihr Atem kitzelt an meinem Ohr. »Er fickt sie zu Tode.«

Er tötet sie absichtlich. Ein Zittern geht durch meinen Körper und ich entreiße Liss meine Hand. Ich will auf Gideon zustürmen und ihn von der Frau wegstoßen, doch die zwei anderen Männer am Tisch sind schneller. Sie stürzen vorwärts und greifen mich von beiden Seiten.

»Hört auf! Lasst mich los!«, schreie ich und zerre, doch meine Arme sind in ihren Griffen gefangen wie in Schraubstöcken. »HILFE!« Ich bäume mich auf und brülle, doch Gideon lässt sich von mir nicht stören.

»Oh fuck! Oh ja!«

Ich kneife meine Augen zusammen, während ich weiter um Hilfe schreie, in der Hoffnung, dass jemand von der Party mich hört. Ich brülle mir die Seele aus dem Leib und übertöne damit Gideons Laute der Lust. Irgendjemand muss mich hören und hier raufkommen.

Schließlich versagt meine Stimme und ich muss Luft holen. Ich ringe nach Sauerstoff, als habe ich einen Asthmaanfall. Aus meiner Kehle kommt nur noch ein Krächzen.

Erst als Liss »Sie ist tot« murmelt, hört Gideon auf. Ich öffne meine Augen wieder und sehe gerade noch, wie er sich aus ihr herauszieht. Seine Erektion ragt steil nach oben und glänzt von der Feuchtigkeit im warmen Schein der Kerzen. Gideon flucht, während mir Tränen über die Wangen laufen. Als er die Frau vom Tisch schiebt, wie eine benutzte Puppe, als sie dumpf auf dem Boden aufschlägt, breche ich endgültig zusammen. Meine Knie geben unter mir nach. Nur, weil ich immer noch von seinen zwei Lakaien gehalten werde, stürze ich nicht auf den steinernen Boden. Ich hänge in den Griffen dieser beiden Männer und heiße Tränen rinnen mir die Wangen hinunter.

»Verflucht nochmal, diese Schlampe hat es mir verdorben!«, flucht Gideon.

»Du bist nicht gekommen?«, fragt Liss mitleidig.

»Nein, das Gebrüll dieser Kleinen hat mich zu sehr abgelenkt.«

»Hm«, macht Liss. »Dann musst du sie wohl dafür bestrafen. Vielleicht kann sie es ja wieder gut machen.«

Nein! Ihre Worte rauben mir den letzten Atem und den letzten Glauben an die Menschlichkeit dieser Dämonen. Der Schock lähmt mich. Selbst meine Tränen versiegen.

»Guter Plan, Cousinchen.« Er wischt sich mit dem Handrücken über die schweißnasse Stirn und taxiert mich aus glühenden Augen. Es ist der Blick eines Raubtiers. Die erste Beute hat er schon erledigt, doch sein Hunger ist noch nicht gestillt. »Setzt sie auf den Stuhl und bindet ihre Hände zusammen.«

»Nein.« Meine Stimme ist nur ein heiseres Krächzen. *Nein, bitte nicht.*

Ich werde hochgehoben und auf einen der Stühle gesetzt. Mit Gewalt werden meine Arme auf den Rücken gebogen und ich spüre das Seil, das sich um meine Handgelenke schlingt.

Die Erinnerung daran, wie Mace mich einst auf einen Stuhl gefesselt hat, schießt mir durch den Kopf. Wenn ich damals schon Angst empfunden habe, so ist das nichts gegen die blanke Panik, die ich im Moment verspüre. Mein ganzer Körper zittert und ich gebe mir Mühe, nicht zu einem heulenden Häufchen Elend zusammenzusacken.

Wenn ich hier schon sterbe, will ich den Rest meiner Würde bewahren. Kein Dämon dieser Welt wird sie mir rauben. Statt zu weinen, atme ich. Statt aufzugeben, zerre ich an meinen Fesseln.

Gideon tritt auf mich zu und reißt die Maske von meinem Gesicht. Achtlos wirft er sie hinter sich auf den Boden. Stumm starren wir uns an.

»Gib zu, die Show gerade hat dich geil gemacht, richtig?«

Seine Aussage ist so widerlich, dass ich nicht einmal eine Antwort darauf weiß. Er lächelt und berührt sich dabei selbst. »Na, willst du ihn in den Mund nehmen?«

»Niemals.« Würde er mir mit dem Ding zu nahekommen, würde ich reinbeißen, das schwöre ich.

Aus irgendeinem Grund scheint ihn meine Antwort zu überraschen, denn er tritt einen Schritt zurück und sieht mich ungläubig an. Dann legt er den Kopf schief und runzelt die Stirn. »Du willst mich nicht?«

»Natürlich nicht. Du bist ein abartiges Monster! Du hast sie absichtlich getötet!« Ich sehe ihn an und präge mir sein Gesicht ein. Wenn ich hier lebend herauskomme, würde ich nicht ruhen, bis ich es hinter Gitter sehe.

»Ha«, macht er und nickt nachdenklich. »Messer«, befiehlt er dann und einer seiner Handlanger gibt ihm zwei Sekunden später einen Dolch.

Ich halte die Luft an.

Wenn ich hier lebend herauskomme ... ich realisiere, dass meine Chancen nicht gerade gut stehen.

Mit der Klinge in der Hand kniet Gideon sich vor den Stuhl. Ich beiße meine Zähne zusammen und spüre die getrockneten Spuren meiner Tränen deutlich auf meinen Wangen. Zum Glück rennen sie mir jetzt nicht herunter, denn ich will um keinen Preis meine Schwäche vor diesem Monster zeigen.

»Süß bist du ja«, sagt er und hebt seinen Arm. Die Klinge nähert sich meinem Gesicht und ich zucke kaum merklich zusammen. *Zeig ihm nicht, dass du dich fürchtest.* »Psscht, keine Angst.« Er schiebt mit dem Messer eine Haarsträhne aus meiner Stirn.

»Spreiz deine Beine«, sagt er in einem sanften Tonfall.

Ich sehe ihn an, als hätte er mich gerade gebeten, mir mit dem Messer eigenhändig die Beine zu amputieren.

»Spreiz deine Beine«, wiederholt er diesmal eindringlicher.

»Hör lieber auf ihn, Sweetie. Dann macht auch dir das Ganze mehr Spaß«, rät mir Liss irgendwo aus dem Hintergrund.

Ich wende meinen Blick nicht von Gideons dunkelbraunen Augen. Sie haben ihren goldenen Schimmer verloren, doch das macht ihn kein Stückchen menschlicher. »Nein.«

»Spreiz deine Beine, hab' ich gesagt.«

Die Klinge seines Messers wandert von meiner Stirn, meine Wange hinunter, bis sie unter meinem Kinn liegt. Kalt und scharf. Er übt ein wenig Druck aus, sodass sich die Spitze in meine Haut bohrt.

Ich schlucke. »Nur über meine Leiche.«

Er lacht und im nächsten Moment hat er mich mit seiner freien Hand am Hals gepackt. Er drückt mir die Kehle zu und mit der rechten Hand hält er das Messer nun vor meine Augen.

»Glaub mir, das nehme ich gerne wörtlich, Kleine.«

Mein Körper bäumt sich auf, will sich wehren, doch mit jeder weiteren Sekunde, die er mir die Luft abschnürt, fühlt mein Körper sich schwerer und schwerer an. Gideon drückt meine Kehle nicht nur leicht zu, sondern so fest, als würde er mich mit seinen Händen zermalmen wollen. Er wird mich doch nicht einfach töten?

Erdrosselt von einem Dämon, weil ich mich mal wieder in fremde Angelegenheiten eingemischt habe ... Das sieht mir ähnlich.

Gideon redet weiter mit mir, doch das Blut in meinen Ohren rauscht so laut, dass ich ihn nicht mehr verstehe. Das dringende Verlangen nach Sauerstoff wird übermächtig. Mein Körper windet sich und führt einen aussichtslosen Überlebenskampf. Das Gesicht des Dämons verschwimmt vor meinen Augen. Alles verschwindet hinter einem dichten Nebel.

Mace, Kilian, wo seid ihr? Ich brauche euch.

Wieso amüsiert ihr euch mit anderen Mädchen, anstatt mich zu beschützen?

Beschützt mich.

Die silberne Klinge verschwindet aus meinem Blickfeld und als ich stattdessen seine rechte Hand auf meinen nackten Schenkeln spüre, schalten sich all meine Sinne mit voller Kraft wieder ein. Wie Licht, das einen dunklen Saal flutet.

Fass mich nicht an, du Arschloch!

Von einem Moment auf den anderen hat sich der Nebel zurückgezogen.

»Ich werde dich ficken, während du deinen letzten Atemzug tust.« Ich höre wieder alles.

Seine raue Hand streicht über meine nackte Haut. Ich spüre wieder alles.

Er grinst mich an. Ich sehe wieder alles.

Verzweifelt ringe ich nach Luft, doch der Druck auf meinen Kehlkopf ist zu stark.

Ich blicke zu den anderen beiden Dämonen, die wie Schatten an der Wand stehen und uns stumm beobachten. Wo ist Liss? Sieht sie auch stumm zu und geilt sich daran auf? Warum tut denn keiner was? Als ich das Gold in ihren Augen sehe, weiß ich, dass ich von ihnen keine Hilfe erwarten kann. Sie sind genauso krank wie der Mann vor mir. Sie stehen darauf. Sie wollen mich leiden sehen.

Gideons Hand versucht sich zwischen meine Beine zu drängen und es kostet mich alles an Kraft, sie zusammenzuhalten.

Kilian! Bitte!

Mace!

MAAACEEE!

Die Gesichter der beiden brennen vor meinen Augen. Tausend Momente schießen durch meine Gedanken. Ihre Blicke. Mace, der Ophelia küsst und sich von mir abwendet. Ich kneife meine Augen zusammen, als meine Beine zitternd der Gewalteinwirkung nachgeben, die mein Peiniger ununterbrochen auf sie ausübt. Meine Muskeln kapitulieren. Ihm gelingt es endlich, mit seiner Hand meine Beine zu spreizen.

Hoffentlich ersticke ich, bevor er seine Worte wahrmachen kann. Erdrossel mich lieber, bevor du deinen Schwanz in mich steckst!

Kilian

Ich höre ihre Stimme, als wäre sie nur einen Raum weiter und würde meinen Namen rufen. Ich kneife die Augen zusammen und atme tief durch. Wieso denke ich ausgerechnet jetzt an sie?

Seit der Nacht, in der wir sie von der Schaumparty abgeholt haben, habe ich sie nicht mehr gesehen. Nach der unschönen Diskussion im Wagen hat sie offenbar die Sympathie mit uns verloren. Ich weiß nicht, ob der Fakt sie gekränkt hat, dass wir erneut eine solche Veranstaltung schmeißen, oder ob meine Worte das Ausschlaggebende waren. Fest steht, dass wir sie vergrault haben – und das ist etwas Gutes. Es ist gut, dass ich sie nicht mehr gesehen habe. Es ist gut, dass sie jetzt nicht hier ist. Es ist gut, dass sie endlich begriffen hat, was wir sind.

Ich drücke das Mädchen auf meinem Schoß enger an mich und sauge den Duft ihrer langen seidigen Haare ein. *Genieße es, Kilian.*

Doch Nikas Stimme pocht noch immer in meinem Kopf. Ich werde das Gefühl nicht los, dass irgendetwas nicht stimmt. Ich sehe zu Lio und Mace, die beide damit beschäftigt sind, ihre Zungen bis in den Rachen der Frauen zu schieben, die uns Gesellschaft leisten. Mace hat mir diese Ophelia vorhin bereits vorgestellt, ihre Freundin Noemi vergnügt sich mit Lio und eigentlich ist sie noch mit ihrer Schwester Liss hier, doch keiner von uns weiß, wo diese sich gerade herumtreibt. Auch Sebastian ist vor wenigen Minuten gegangen, was ich ihm nicht verübeln kann. Er hat kein Interesse an Frauen, sich vor meinem Rudel aber noch nicht geoutet. Vermutlich wird er jetzt in dunklen Ecken heimlich einen Menschenjungen vernaschen ...

Ich hebe das Mädchen, das auf mir sitzt und dessen Namen ich nicht einmal kenne, von meinem Schoß und stehe auf.

»Mace, kann ich dich kurz sprechen?«

Er löst seine Lippen von Ophelias und sie versteckt ihr Gesicht an seiner Halsbeuge. Wie die beiden miteinander umgehen, ist mir ein Dorn im Auge, doch das ist nicht der Grund, weshalb ich ihn sprechen will.

»Was gibt's?«

»Unter vier Augen.«

Mace stöhnt und klettert unter der Blondine hervor. Ich ziehe ihn am Arm ein paar Meter von den anderen weg. »Hast du vor kurzem was von Nika gehört?«, frage ich ihn.

Er kneift seine Augen zusammen und verschränkt die Arme vor seiner Brust. »Meinst du damit, ob ich weiß, dass du sie doch eingeladen hast und ich sie heute gesehen habe? Ja, ich weiß davon. Ja, ich habe sie gesehen.«

Das ganze Blut weicht mir aus dem Gesicht. »Sie ist hier?« *Das ist unmöglich!*

Nun runzelt Mace die Stirn. »Ich dachte, sie hätte die Einladung von dir?«

Ich stolpere einen Schritt zurück, während der Raum sich um mich zu drehen scheint. »Wo ist sie?«, keuche ich. Ihre Stimme schneidet erneut in mein Gehirn wie eine Kreissäge. Mein Herz rast.

»Ich weiß nicht. Vor 'ner halben Stunde oder so war sie noch unten.«

Ohne ein weiteres Wort renne ich los. Ich weiß nicht wohin, doch ich renne.

Nika

Hoffentlich ersticke ich, bevor er seine Worte wahrmachen kann. Erdrossel mich lieber, bevor du deinen Schwanz in mich steckst!

In dem Moment, in dem ich das denke, höre ich eine weitere Stimme.

»Darf man bei euch noch mitmachen?«

Bei der fremden Stimme flattern meine Augen wieder auf und ich und mein Peiniger fahren zum Eingang der Dachkammer herum. Da Gideon seinen Griff um meinen Hals nicht lockert, kann ich kaum noch etwas erkennen. Alles verschwimmt in meinem Blickfeld, doch ich sehe, wie ein weiterer junger Mann den Raum betritt. Ein weiterer Dämon. Ein weiterer sexlustiger Gast. Die letzte Hoffnung in meinem Inneren erlischt wie eine Kerzenflamme im Regen.

»Je mehr desto besser!«

Der Fremde kommt ins Zimmer. Ich kann nur beten, dass es schnell vorbei ist.

»Aber diese hier ziert sich«, erklärt mein Peiniger dem Neuen.

Mace und Kilian hatten Recht: Ich hätte nie herkommen dürfen.

»Oh – ein Mensch, der unserem Charme nicht erliegt? Sie will keinen Sex mit dir?«

Als könnte dieser Widerling vor mir irgendeinen Charme ausstrahlen!

»Vielleicht ist sie immun, ich weiß es nicht. Habe noch nicht von ihr gekostet.«

Meine Augenlider fallen zu. Sie sind so schwer, dass ich sie nicht mehr heben kann. Ich höre die Stimmen nur noch dumpf. Redet ruhig weiter. Hauptsache keiner von euch fasst mich an. Lasst mich sterben, bevor eure widerlichen Finger meinen Körper berühren.

Es tut mir leid, Kilian und Mace. Dass ich nicht auf euch gehört habe. Ihr hattet Recht. Es tut mir so unendlich leid. Ich bezahle den vollen Preis für meine Sturheit.

»Wenn du noch vorhast, ihre Lebensenergie zu kosten, solltest du vielleicht ihren Hals loslassen. Damit sie noch lebt, weißt du.«

Danke, namenloser Fremder.

Mein Peiniger lässt mich tatsächlich los und mein Körper schnappt instinktiv nach Luft. Als wäre ich tief unter Wasser festgehalten worden und nun bricht mein Kopf durch die Wasseroberfläche. Meine Lungen weiten sich. Kann man zu viel Sauerstoff auf einmal einatmen? Ein Schwindelgefühl überkommt mich und alles um mich herum dreht sich.

Ich will das Gefühl der Taubheit wieder zurück. Ich will wieder unter die Wasseroberfläche und nichts mehr spüren. Nichts mehr hören.

»Willst du den Vortritt? Ich sehe gern zu«, höre ich Gideons Stimme.

»Sehr gern«, antwortet der Neue. »Kriege ich das Messer? Ich stehe auf Messer.« Die winzige Hoffnung, dass der Fremde mich irgendwie retten kann, zerschellt am Grund einer Schlucht. Und als mein Blickfeld wieder einigermaßen klar und ruhig vor mir liegt und ich das Gesicht des Neuen zum ersten Mal fokussiere, wird mir so schlecht, dass mein ganzer Magen sich einmal umkrempelt. Fast kotze ich ihm vor die Füße.

»Na, überrascht mich zu sehen?«, fragt Raphael lächelnd.

Überrascht ist gar kein Ausdruck.

Ich stecke in einem Albtraum fest. Vielleicht bin ich auch schon gestorben und das hier ist meine persönliche Hölle. Ich schmore für immer im Fegefeuer und bezahle für die Sünden, die ich begangen habe.

Raphael steht gemeinsam mit Gideon vor dem Stuhl, auf dem ich sitze. Das Messer in seiner Hand. Als er den Arm hebt, mache ich mich innerlich auf den Schmerz gefasst, den er mir zufügen wird. Er hat sich schon früher an mir vergangen, aus Gründen, die nur sein krankes Hirn kennt, und dann wurde er wegen mir auch noch von seiner Familie verstoßen – sein Hass auf mich übersteigt vermutlich noch Gideons perverse Vorlieben.

Die Klinge des Messers blitzt vor mir auf, doch bevor ich meine Augen instinktiv schließen kann, trifft ein Blutschwall mein Gesicht.

Warm spritzt es gegen meine Wangen, läuft mir über die Haut, benetzt meine Lippen.

Ich blinzele mit offenem Mund und sehe, wie Gideon mit weit aufgerissenen Augen und durchgeschnittener Kehle zurücktaumelt. Seine Hände heben sich, versuchen den Schnitt zu zu halten, aus dem das Blut quillt wie aus einem Springbrunnen, doch er verliert das Gleichgewicht und schlägt rücklings auf dem Boden auf.

18.

Mein Retter

Nika

Mein ungläubiges Keuchen ist für eine Sekunde der einzige Laut im Raum. Danach bricht das Chaos aus. Liss schreit auf und stürzt auf Raphael zu, der noch immer das Messer in der Hand hält, an dessen Klinge nun rot das Blut eines Dämons klebt.

Raphael hält es Liss drohend vors Gesicht und sie verstummt.

»Ausgerechnet an Veronika wolltet ihr euch vergehen?« Er lacht ungläubig auf.

»Was? Ich wusste nicht ... Wir dachten, sie gehört zu niemandem!«

»Falsch gedacht!«

Liss und Raphael starren sich für ein paar Sekunden an, die mir wie eine Ewigkeit vorkommen, und mich beschleicht das Gefühl, dass die beiden sich bereits irgendwoher kennen.

Auf einmal durchbricht Gideons Röcheln die Stille. Wir schauen alle zu ihm herunter. Seine Finger zucken und er ist offensichtlich noch am

Leben – doch nicht lange. Im nächsten Moment hat Raphael sich heruntergebeugt und das Messer mit einem gezielten Stoß in seiner Brust versenkt. Gideons Kopf fällt leblos zur Seite. Seine Finger halten still. Nur das Blut, das quillt und strömt noch immer aus dem Schnitt in seiner Kehle. Als Raphael das Messer wieder herauszieht, strömt es auch aus seiner Brust.

»Was hast du getan?«, schreit Liss. Ihr Gesicht ist rot vor Wut. Ihr Anblick ist verstörend, vor allem weil sie immer noch splitterfasernackt ist.

»Auf dieser Party ist Mord verboten. Habt ihr das Kleingedruckte nicht gelesen?«, fragt Raphael.

Liss starrt ihn hasserfüllt an. Man merkt, dass nur der Dolch in Raphaels Händen sie davon abhält, ihm an die Gurgel zu gehen. Hinter ihr haben sich auch die anderen beiden Männer aufgebaut. Sie scheinen noch unschlüssig, ob sie einen Kampf gegen Raphael gewinnen würden, obwohl sie in der Überzahl sind. Ich kann ihre Zweifel sogar nachvollziehen, denn Raphael wirkt wie ein psychopathischer Killer, der just einem Horrorfilm entsprungen ist. Sein Gesicht ist mit Blutspritzern geziert und ein irres Grinsen liegt auf seinen Zügen.

Er schüttelt sanft lächelnd den Kopf. »Geht, bevor ich es mir anders überlege.«

Die beiden Handlanger lassen sich das nicht zwei Mal sagen. Sie eilen zu ihren Klamotten, klauben sie vom Boden und rennen mit blanken Hintern zur Treppe. Liss bleibt noch ein paar Sekunden stehen, wirft einen letzten trauernden Blick auf Gideon und hebt dann ein schwarzes Satinkleid vom Boden.

»Das wirst du bereuen!«, verspricht sie, als sie das Kleid über ihren Körper zieht.

»Wir werden sehen«, sagt Raphael nur.

Liss streicht das Kleid glatt und verlässt den Raum.

Nun sind Raphael und ich allein und ich weiß noch nicht, ob der Albtraum beendet ist oder gerade erst angefangen hat.

Meine Brust hebt und senkt sich so schnell, als wäre mein Körper um sein Leben gerannt. Ich fühle mich auch genauso, obwohl ich nur auf diesem Stuhl gesessen habe. Ich bin komplett nass geschwitzt. Atemlos starre ich zu Raphael hinauf und versuche zu ergründen, was in ihm vorgeht.

Bist du ein schlimmeres Monster als Gideon?

Bist du mein Retter oder bist du mein ärgster Feind?

»Weißt du, warum Menschen nicht in unser Leben passen?«, fragt er und wischt sich mit der Hand die Blutspritzer aus dem Gesicht. Doch es verschmiert nur und sieht noch makabrer aus als zuvor.

Ich schüttele perplex den Kopf, auch wenn mir sicherlich eine Menge Antworten auf diese Frage einfallen
würden.

»Wenn dein Tag endet, fängt unser erst an. Wenn für dich der Spaß aufhört, beginnt für uns das Vergnügen.«

Seine Worte lösen einen Schauer in mir aus. Zu meiner
Überraschung zieht er plötzlich ein Handy aus seiner Hosentasche und hält es zwischen uns in die Luft.

»Was machst du?«, will ich ihn fragen, doch mein Hals schmerzt so sehr, dass meine Stimmbänder kaum vernünftige Laute produzieren.

Im selben Moment leuchtet der Blitz auf. Mein Herz rast. »Wieso fotografierst du mich?«, krächze ich. *Du krankes Schwein.*

Er grinst. »Ein Engel getränkt in Blut. Das wird meine neue Wichsvorlage.« Auf meinen Gesichtsausdruck hin, lacht er nur. »Oh Kleine, das war doch nur ein Scherz. Vielleicht. Mal sehen. Aber ich bin doch kein Unmensch. Das Foto schicke ich meinem Bruder, damit er die weißen Federn deiner Flügel wieder säubern kann. Vom Blut und der Sünden reinwaschen, damit du wieder sein braver Engel sein kannst.«

Er geht vor mir in die Hocke und mustert eingehend mein Gesicht. Bei der Erwähnung seines Bruders, schöpfe ich wieder Hoffnung und mein Herz hämmert mir bis zum Hals. Wird er Kilian oder Mace herholen?

Als er seine Hand nach mir ausstreckt, gebe ich mir Mühe, nicht vor ihm zurückzuweichen. Mit einer beinahe schon sanften Geste schiebt er mir mein feuchtes Haar aus dem Gesicht und streicht es hinter mein Ohr. Die Berührung seiner Finger verursacht eine Gänsehaut auf meinen Armen. Zum Glück schaut er mir weiterhin in die Augen.

»Auf einer Skala von eins bis zehn, wieviel Angst hattest du?«

»Zehn.« Meine Stimme ist leise und rau. Ich räuspere mich.

Er schmunzelt. »Und wieviel Angst hast du jetzt?«

Ist das eine Fangfrage? Ich schaue an Raphael vorbei auf den am Boden liegenden Dämon und das ganze Blut, was sich um seinen Körper herum gesammelt hat. Dann in Raphaels hellblaue Augen.

»Zehn«, antworte ich wahrheitsgetreu. Von den Fängen des einen Monsters bin ich in die Fänge des anderen gewandert.

Er zieht die Augenbrauen hoch. »Wieso? Bin ich jetzt denn nicht der Held in strahlender Rüstung?«

»Du hast vor meinen Augen ohne mit der Wimper zu zucken jemandem die Kehle durchgeschnitten.«

Er nickt verständnisvoll, dann grinst er. »Okay, ich verstehe. Sehr gut.«

»Sehr gut?«

Er beugt sich zu mir heran. »Ich stehe drauf, wenn jemand Angst hat. Deine zehn von zehn turnt mich so an, das willst du gar nicht wissen.«

Er hat Recht – das will ich nicht wissen. »Wenn du hoffst, dass Kilian dich wieder im Rudel aufnimmt, weil du mich gerettet hast, dann solltest du deine versauten Gedanken lieber für dich behalten«, rate ich ihm.

»Sieh an! Da ist ja jemand um einiges eingeweihter als noch vor ein paar Wochen.« Er schaut mich fasziniert an.

»Es ist viel passiert in den paar Wochen«, sage ich und versuche all meine Abscheu für ihn in meinen Blick zu legen. Dass er mich vor Gideon gerettet hat, ändert nichts an meinem Bild von ihm. Wenn es möglich ist, würde ich sogar sagen, dass es sich verschlimmert hat.

»Du bist wütend auf mich«, stellt er fest. Er seufzt und erhebt sich aus der Hocke. Während er weiterspricht, geht er um mich herum und ich halte den Atem an, als er hinter mir steht. »Also haben sie dir gesagt, dass ich dich nachts ein paar Mal besucht habe. Habe ich dir etwa keine schönen Träume beschert?« Ich spüre seinen heißen Atem an meinem Ohr und gleichzeitig fühle ich seine Finger, wie sie sich dem Knoten widmen, der meine Hände zusammenbindet. Unwillkürlich erschauere ich bei seinen Worten. Die Erinnerung an die Träume bringt nicht nur Abscheu mit sich. »Dir hat es gefallen. Ich habe dich in deinem Bett stöhnen gehört, ich habe deine erhitzte Haut unter meinen Fingern gespürt und meine Lippen auf deine gelegt, wenn ich dich im Traum um den Verstand gevögelt habe.«

Ich zerre an den Fesseln, doch das bringt ihn nur dazu, den Knoten noch langsamer zu lösen. So kommt es mir zumindest vor. Ich verglühe innerlich, während er meine Fesseln löst. Am liebsten will ich mir die Ohren zuhalten.

»Ich war anständig und habe es nur in meiner Fantasie mit dir gemacht«, flüstert er gegen mein Haar. »Ich weiß, dass K jeden Moment hier auftaucht, aber da ich ihm nur einen Hinweis gegeben habe und keine genaue Wegbeschreibung, haben wir bestimmt noch ein paar Minuten für uns. Was sagst du? Niemand wird je davon erfahren. Du darfst meine Brüder ruhig weiterhin glauben lassen, dass du die Unschuld in Person bist. Aber ich für meinen Teil stehe mehr auf gefallene Engel.«

Das Seil gibt meine Hände frei, doch bevor ich mich rühren kann, hat Raphael meinen Kopf gepackt und drückt ihn zur Seite. Mit einer Hand streicht er meine Haare weg und legt meine Halsbeuge frei. Sein Atem streift meine entblößte Haut. Bevor er auf den Gedanken kommt, seine Lippen an meinen Hals zu legen, stehe ich so schnell vom Stuhl auf, dass er es nicht kommen sieht. Nach Luft ringend fahre ich zu ihm herum.

»Dein Pech, dass ich weder auf Monster noch auf Mörder stehe!«

Ohne eine Antwort von ihm abzuwarten, wende ich mich ab und renne zur Treppe. Doch leider machen meine Beine und mein Kreislauf da nicht mit. Mit weichen Knien lässt es sich auf hohen Schuhen noch schwieriger laufen und kaum komme ich an der Treppe an, knicke ich auf dem Absatz um und verliere mein Gleichgewicht.

»Nika!«

Starke Arme fangen mich auf, bevor ich die Treppenstufen hinunterfallen kann. Mein Gesicht drückt sich gegen eine breite Brust und als ich seinen Duft einsauge, breche ich in Tränen aus. Fassungslos kralle ich mich an ihn. Der Schock der vergangenen Minuten fällt von mir ab und ich sinke in seinen Armen zusammen. Ich kann mich nicht einmal selbst auf den Füßen halten, weshalb er mich hochnimmt und ich meine Arme dankbar um seinen Hals schlinge. Seine langen lockigen Haare kitzeln meine Arme.

Kilian!

Ich inhaliere sein Parfum, verkrieche mich in seiner Körperwärme.

Endlich bist du hier.

Es gibt so vieles, was ich ihm sagen möchte, doch ich bekomme kein einziges Wort heraus. Meine Lippen beben von den Schluchzern, die meinen ganzen Körper erschüttern. Ich presse mich enger an ihn, vergrabe meine nassen Wangen in seinem weißen Hemd, doch meine Tränen finden kein Ende. Es ist mir egal, dass er mich so weinen sieht. Auch, dass mich Raphael noch so sieht, ist mir egal. Das Einzige, was zählt, ist, dass ich jetzt in Sicherheit bin.

Kilian

»Was ist passiert?«, frage ich an Raphael gerichtet, der zwischen einem Stuhl und einer Leiche steht. Nikas Anblick auf dem Foto, das Raphael mir geschickt hat, hat mich zu Tode geängstigt. Ihr Gesicht war blutüberströmt, ihre Augen vom Weinen gerötet und allein die Tatsache, dass Raphael sie fotografiert hat, hat mich in blanke Panik versetzt.

Doch nun, wo ich sie in meinem Arm halte und sie sich an mich klammert, versuche ich Raphael nichts von meinen Gefühlen preiszugeben. Er braucht nicht zu wissen, wie wahnsinnig vor Angst ich um dieses Mädchen war.

»Ich musste einem unserer Gäste Benehmen beibringen.« Er wischt einen Dolch an seiner Hose ab und betrachtet ihn eingehend. »Hübsches Messer. Ich glaube, das behalte ich.«

»Ich hoffe, du hattest einen guten Grund dafür, ihn umzubringen«, bringe ich zwischen zusammengepressten Zähnen heraus. Ich bin froh, dass Raphael nicht mehr im Rudel ist, sonst hätte ich ihn heute Nacht direkt noch einmal rauswerfen müssen. »Du weißt, dass du das auf deine Kappe nehmen musst.« Falls der Dämon Teil eines sesshaften Rudels war, wird sein Tod bestimmt von irgendjemandem gemeldet und bei der nächsten Ratsversammlung angesprochen werden. Ein Prozess ist das Letzte, was unser Rudel im Moment gebrauchen kann.

Raphael zuckt mit den Schultern. »Ich bezweifle, dass seine Brüder irgendetwas über heute Abend sagen werden.«

Ich will gar nicht wissen, warum er sich da so sicher ist. Das Einzige, was ich will, ist Nika so schnell wie möglich von hier wegzubringen. Aber Raphael hat mir immer noch nicht verraten, was zum Henker hier passiert ist und Nika schluchzt so heftig, dass aus ihr kein Wort herauszubekommen ist.

Ich sehe mich in dem Raum um und entdecke eine weitere Leiche. Ein Frauenkörper liegt nackt auf dem Steinboden in der Nähe eines Tisches.

»Sag mir bitte, dass das nicht auch du warst.«

Er schnalzt mit der Zunge. »Bruder, was denkst du bloß von mir?«

Ich sehe ihn scharf an. »Ich traue dir alles zu.«

Raphael verzieht seine Mundwinkel nach unten. »Schade. Und ich dachte, ich bekomme eine Freikarte zurück nach Hause, wenn ich dein Püppchen rette. Aber offenbar haben dir die vier Wochen nicht gereicht, um zu begreifen, dass Familie wichtiger ist …« Er wendet den Blick ab und kurz durchfährt mich ein Stich schlechten Gewissens. Er hat Veronika gerettet? Er will wieder zurück nach Hause?

»Wir haben dich mehrmals angerufen …«

»Vergiss es, Bruder.« Er verdreht die Augen. »Geh und bring dein Spielzeug nach Hause. Ich kümmere mich um die Sauerei.«

Ich schaue hinab auf das Mädchen in meinen Armen. Sie zittert noch immer am ganzen Körper und hat ihre Finger in den Kragen meines Hemdes gekrallt, als würde sie mich nie wieder loslassen wollen. Eine eigenartige Wärme durchströmt mich.

»Wir sprechen uns bald«, sage ich zu meinem Bruder. Ich werde ihm das, was er heute getan hat, nicht vergessen. Aber zuerst muss ich sie hier wegbringen. Ich ertrage es nicht, sie so schluchzen zu hören. Als ich mich zum Gehen umdrehe, höre ich Raphaels Stimme hinter mir.

»Ach ja, nur so als Tipp. Vielleicht solltet ihr das Mädchen in Zukunft von diesen Partys fernhalten, wenn euch so viel an ihrem Leben liegt. Sie wäre schon wieder beinahe draufgegangen.«

Nika

Kilian und ich sprechen kein Wort miteinander. Als er mit mir die Treppe hinuntersteigt und diese grausame Dachkammer verlässt, verebben meine Schluchzer. Die Tränen fließen mir nur noch still und langsam die Wangen hinunter. Ganz in Schweigen gehüllt, trägt er mich in seinen Armen durch das Haus. Ich nehme von meiner Umgebung kaum etwas wahr. Erst als wir draußen sind, spüre ich kalte Regentropfen auf meiner Haut.

Kilian beschleunigt seine Schritte und drückt mich noch enger an sich, als würde er mich vor dem Regen schützen wollen. Beinahe lache ich. Die Wassertropfen können mir nichts anhaben – *Dämonen wie du, ihr seid das Böse, wovor die Menschen beschützt werden müssen.*

»Kannst du stehen?«, fragt er mich. Wir haben angehalten. Ich nicke und er stellt mich auf die Beine. Mit einem Arm hält er mich noch immer fest an sich gedrückt, mit der anderen Hand zieht er einen Autoschlüssel aus seiner Hosentasche und drückt auf den Knopf für die Entriegelung. Er öffnet die Wagentür für mich und ich klettere auf den Beifahrersitz.

Mit meinen vor Kälte steifen Fingern zupfe ich den durchscheinenden Stoff meines Negligés zurecht und versuche den Saum zumindest bis über meine nackten Oberschenkel zu ziehen. Vergebens. Bin ich vor einer Stunde noch erhobenen Hauptes in diesem Aufzug durch einen Saal voller Menschen geschritten, so ist es mir jetzt furchtbar peinlich damit in Kilians Wagen zu sitzen.

Er steigt auf der Fahrerseite ein und als er die Tür zuschlägt, ist für ein paar Augenblicke nur das Prasseln des Regens zu hören.

Da ich keine Anstalten mache, mich zu rühren, beugt Kilian sich über mich und schnallt mich an. Er sagt kein Wort, obwohl ich ahne, dass ihm viel auf der Zunge liegen muss. *Warum warst du hier? Was ist da oben passiert?*

Ich starre weiterhin gegen die Frontscheibe, auf der das Wasser in Sturzbächen hinunterfließt.

»Du hast recht, Dämonen sind Monster«, breche ich das Schweigen. Meine Finger tasten automatisch nach meinem Hals, weil er immer noch schmerzt.

Ich spüre aus den Augenwinkeln, wie Kilian mich anguckt, aber er sagt nichts darauf. Schließlich startet er ohne ein Wort den Motor und fährt los.

»Hast du schon mal jemanden getötet?« Diesmal schaue ich ihn an, um seine Reaktion nicht zu verpassen.

»Nika …« Er wirft mir einen kurzen Seitenblick zu. Sein Blick ist besorgt. Dass er mir jedoch keine klare Antwort gibt, heißt also ja.

Ich nicke vor mich hin und versuche die Information zu verdauen. »Ich meine richtig getötet, nicht das, was ihr mit mir gemacht habt. Jemand, der tot geblieben ist.«

Ich beobachte seine Miene, doch er guckt weiter auf die Straße, ohne mich noch einmal anzusehen. Also erneut ja.

»Absichtlich?«, frage ich weiter. Ich muss es einfach wissen. Ich muss wissen, ob ich mich so sehr von ihnen habe blenden lassen, dass ich die Monster in ihnen nicht mehr erkenne.

»Ich glaube nicht, dass wir jetzt darüber-«

Plötzlich erhascht etwas anderes meine Aufmerksamkeit.

»Stopp!«, rufe ich und Kilian tritt schlagartig auf die Bremse.

»Was zur …« Kilian öffnet die Tür und steigt aus. Wir haben uns erst einige Meter vom Haus entfernt und sind gerade erst in das Waldstück eingefahren, durch das wir müssen. In dem strömenden Regen und der Dunkelheit der Nacht ist es kaum zu erkennen, aber das Licht der Scheinwerfer hat ausgereicht, um zu sehen, dass sich zwischen den Bäumen etwas befindet, was hier nicht hingehört. Im ersten Moment dachte ich, ein Mensch stünde am Fahrbahnrand, doch jetzt, wo wir angehalten haben, merke ich, dass ich mit meiner Vermutung daneben lag … zumindest so halb.

Mit zitternden Fingern öffne ich die Beifahrertür und steige aus. Binnen Sekunden werde ich vom Regen durchnässt und kalter Wind peitscht gegen meine nackte Haut. Eine Gänsehaut kriecht über meine Arme und Beine. Als ich hoch in die Bäume blicke, wünschte ich, ich wäre im Wagen geblieben. Ich halte mich an der offenen Tür fest, um nicht zu Boden zu sinken.

»Oh mein Gott.«

Von einem breiten Ast hängen zwei nackte Männer, beide haben sie einen Strick um den Hals. Kilian hat in der Zwischenzeit sein Smartphone herausgeholt und beleuchtet die beiden Körper mit dem Licht der integrierten Taschenlampe. Unnatürlich weiß heben sich ihre Körper von der Dunkelheit ab. Ich schlage mir die Hand vor den Mund, als ich sehe, dass über ihre nackten Oberkörper Buchstaben mit roter Farbe geschrieben worden sind. Blut.

Dämonen gehören in die Hölle.

Als Kilian die Gesichter der beiden Männer beleuchtet, wird mir schlecht. Ich erkenne sie. Das sind die Rudelmitglieder von Gideon.

»Steig wieder in den Wagen!«, befiehlt Kilian und ein Donnergrollen ertönt über unseren Köpfen. Ich zucke zusammen und klettere so schnell ich kann zurück in das Auto.

Kilian tut es mir nach. Sein Handy hat er noch in der Hand und tippt etwas darauf herum. Ich schlinge die Arme um meinen zitternden Körper und schiele auf Kilians Display. Er hat einen Gruppenchat geöffnet, doch was genau er schreibt, kann ich nicht erkennen. Im nächsten Moment hat er den Chat geschlossen und startet den Wagen. Ich schnalle mich an und blicke noch einmal zurück durch die Heckscheibe, doch die beiden leblosen Körper sind bereits von der Nacht verschluckt worden.

»Wer tut denn sowas?«, frage ich.

Kilian schaltet die Scheibenwischer an und ich spüre erneut seinen Blick auf mir. »Menschen, die Dämonen für Monster halten«, erwidert er.

Bei seiner Wortwahl schnürt es mir die Kehle zu. Ich meinte meine Aussage von vorhin gewiss nicht *so.* Ich befürworte keinen Mord – auf keiner der beiden Seiten. Falls es so etwas wie zwei Seiten überhaupt gibt.

»Es muss gerade eben erst passiert sein. Die beiden Dämonen ... sie waren mit mir oben auf dem Dach. Sie haben zugeschaut, während ...« Ich verstumme.

Kilian hakt nicht nach, sondern manövriert uns aus diesem Wald heraus, wofür ich ihm mehr als dankbar bin. Als wir auf eine Schnellstraße abbiegen und die Zivilisation wieder in Sicht kommt, frage ich nicht, wohin er mich bringt. Der Regenschauer hat sich zu einem Unwetter hochgeschaukelt und Blitze zucken über den schwarzen Himmel. Wann immer ich die Augen schließe, verfolgen mich Bilder von dem, was oben in der Dachkammer passiert ist, und vermischen sich mit dem Bild von den zwei erhängten Männern.

Da ist eine kleine Stimme in meinem Kopf, die sich denkt: Sie haben für ihre Taten bezahlt. Aber dann denke ich mir: Sieht so Gerechtigkeit aus?

»Wir lassen sie einfach da hängen?« Ich weiß, dass ich viel zu spät danach frage.

Kilian sieht mich nicht an. »Ich will dich erst in Sicherheit wissen.«

»Weißt du, wer so etwas tut?« Wer erhängt Dämonen und platziert sie so, dass sie gefunden werden? Wer ist so krank und schreibt mit Blut auch noch eine Botschaft auf ihre Körper?

»Es war ein Denkzettel der Jäger.«

Jäger?

Ein Schauer schüttelt meinen Körper und plötzlich spüre ich Kilians warme Hand auf meinem Bein. Ich sehe ihn an und er zieht seine Hand schnell wieder zurück, als hätte mein Blick ihn gemaßregelt.

Nein, behalte sie ruhig da.

Beinahe greife ich danach, doch ich traue mich nicht. Es kommt mir fast so vor, als hätten Kilian und ich ein noch viel seltsameres Problem mit der Balance zwischen Nähe und Distanz als Mace und ich es haben.

Mace kenne ich zumindest schon etwas besser, ich habe mehrere Tage am Stück mit ihm verbracht, zwei Nächte im selben Bett mit ihm geschlafen, ich habe mich Hals über Kopf in ihn verliebt und dann wochenlang versucht, über ihn hinwegzukommen. Wir haben sowohl heftig gestritten, als auch intime Momente miteinander geteilt.

Kilian und ich hingegen ...

»Tut mir leid, dass du das mitansehen musstest«, durchbricht er unser Schweigen. Vielleicht ist es ihm unangenehm, dass er seine Hand auf mein Bein legen wollte, und nun will er die Atmosphäre zwischen uns wieder auf sachliches Terrain bringen. Ich weiß, dass ich mit meinen Vermutungen über ihn auch komplett daneben liegen kann, aber mir gefällt es, zu versuchen, seine Psyche zu ergründen. Noch lieber als in Büchern lese ich in Menschen. Kilian gehört zu den Exemplaren, die ich gern bis zur letzten Seite ergründen würde.

»Der heutige Abend war bestimmt nicht hilfreich gegen meine Albträume«, murmele ich als Antwort. So viele Tote innerhalb einer Stunde … Aber ich weiß, dass ich selbst schuld bin. Ich wurde mehrmals gewarnt und habe alle Warnungen ignoriert.

»Du leidest unter Albträumen?«, fragt er.

Ich sehe ihn an. Kurz bin ich verwundert darüber, dass er nicht all das weiß, was auch Mace schon über mich weiß. Manchmal fühlt es sich so an, als kennen diese Dämonen mich besser als jeder sonst.

»Ja, schon seit meiner Kindheit.« In diesem Moment wünsche ich mir sogar die Zeiten zurück, in denen Albträume und Schlafwandeln meine größten Probleme waren. Ich senke den Blick auf meine im Schoß liegenden Hände. Auf ihnen entdecke ich getrocknete Blutspuren und sie erinnern mich daran, dass mein ganzes Gesicht mit Gideons Blut besudelt ist. Rote Spritzer auf weißer Haut. Auf einmal bekomme ich wieder keine Luft mehr und meine Finger legen sich an meinen Hals, der sich noch immer geschwollen anfühlt. Verzweifelt starre ich aus dem Fenster, in der Hoffnung, dass wir endlich da sind. Ich will die Spuren des heutigen Abends so schnell es geht von meiner Haut waschen. Ich will aus diesem durchsichtigen Kleid raus und mich unter einer warmen Decke verkriechen. Als ich bemerke, dass Kilian tatsächlich langsamer wird und rechts zum Einparken blinkt, hole ich erleichtert Luft.

Er hat mich zu seiner Wohnung gebracht und mir ist das ehrlich gesagt im Moment auch ganz recht, doch mit einem Mal fällt mir Miriam und der gestohlene Wagen ein.

»Scheiße.«

Kilian sieht mich fragend an.

»Ich bin mit dem Wagen meiner Tante zur Party gefahren ... wenn sie morgen früh merkt, dass er nicht da ist ...« Ich schließe die Augen und reibe mir frustriert die Stirn. Ein Streit mit Miriam ist echt das Letzte, worauf ich morgen Lust habe. »Ich muss den Wagen zurückbringen, bevor ...«

»Schon gut«, unterbricht mich Kilian. »Ich mache das nachher.«

Mein Kopf fährt zu ihm herum. »Nein. Lass mich nicht allein.«

Seine dunkelbraunen Augen ruhen sanft auf mir. »Lass uns erstmal reingehen. Während du ein langes Bad nimmst, kann ich den Wagen zu eurem Haus fahren.«

Ich atme tief durch und denke über das Angebot nach. Vermutlich ist das die beste Lösung. Ich brenne nicht gerade darauf, jemals wieder zu diesem Ort zurückzufahren.

»Danke«, murmele ich.

Ich lasse mir im Bad extra viel Zeit.

Zum einen, weil ich nicht rauskommen will, bevor Kilian zurück ist, zum anderen, weil es sich so gut anfühlt, in dem warmen duftenden Badewasser zu liegen. Die Kälte und das Blut lösen sich darin auf und geben nicht nur meinen Körper frei, sondern auch meine Gedanken.

Frisch gebadet und in einem übergroßen T-Shirt von Kilian und seinen Boxershorts tapse ich in sein Zimmer. Diesmal wirklich in sein Zimmer. Er hat das Licht bereits gelöscht, einzig unter seinem Bett leuchtet es blau und verleiht dem Raum damit eine ruhige, gemütliche Atmosphäre. Die kühlen Farben erinnern mich an den Ozean. Seltsam, dass ich das Wasser so sehr liebe, aber noch nie am Meer war.

Kilian liegt bereits im Bett und wartet auf mich. Auf dem Nachttisch hat er eine Duftkerze angezündet, die einen fruchtigen Apfelgeruch verströmt. Seinen Smoking hat er gegen ein weißes T-Shirt und eine Jogginghose getauscht. Er liegt über der Decke, die Arme hinter dem Kopf verschränkt und guckt auf einen Fernsehbildschirm, der an der gegenüberliegenden Wand hängt. Als er hört, wie ich die Zimmertür hinter mir schließe, sieht er zu mir rüber.

Etwas zögerlich trete ich auf das Bett zu und lege meine Habseligkeiten auf dem Boden ab: den Stoff an Kleidung, den ich am Leibe trug, und mein Handy.

»Hat alles geklappt?«, frage ich.

Er nickt. »Habe den Wagenschlüssel wie angeordnet in die Schale auf dem Küchentisch gelegt. Dein Mantel und deine Tasche liegen dort.« Er zeigt auf seinen Schreibtischstuhl, auf dem ich meine Sachen erkenne, die ich bei der Party abgegeben hatte.

»Willst du nun ins Bett?«

Unsicher schaue ich Kilian an – es fühlt sich seltsam an, mich einfach zu ihm zu legen. Als würde unsere Freundschaft damit eine neue Ebene erreichen … *Freundschaft?* Habe ich das gerade wirklich gedacht? Ich kann nicht sagen, was Kilian für mich ist. Nach dem heutigen Abend erst recht nicht.

»Oder soll ich lieber unten auf der Couch schlafen?«, fragt er, als er mein Zögern bemerkt. Schnell schüttele ich den Kopf und krabbele mit klopfendem Herzen zu ihm auf die Matratze. Auf keinen Fall will ich, dass er jetzt geht.

»Ich will heute Nacht nicht allein sein.«

Er nickt und sieht mich stumm aus seinen dunklen Augen an. Ich schlucke. Sein Blick fällt auf meinen Hals und etwas in seinen Augen verändert sich. Wut blitzt darin auf. Er presst seine Lippen zusammen. Ich weiß genau, was er an meinem Hals sieht. Ich habe nach dem Baden im Spiegel ebenfalls die Spuren gesehen, die Gideons Hände an mir hinterlassen haben und die nicht so schnell verblassen werden.

Ich senke meinen Blick auf meinen Schoß. Ich knie auf der Bettdecke und spiele mit meinen Fingern am Saum des T-Shirts.

»Bitte sag mir, dass das nicht Raphael war.« Seine Stimme klingt dunkel.

Erschrocken sehe ich ihn an und schüttele schnell den Kopf. Mir ist gar nicht in den Sinn gekommen, dass er Raphael dafür verantwortlich machen könnte. »Raphael hat mich vor dem anderen Dämon beschützt.«

Kilian seufzt und schließt für einen Moment die Augen. Als er sie wieder öffnet, blickt er mich leidend an. »Tut mir leid, dass ich dich nicht früher gefunden habe.«

»Nein, tu das nicht. Gib dir nicht die Schuld. Du hättest es nicht wissen können.« Ich habe vorhin im Badezimmer auf meinem Handy gesehen, wie oft Kilian mich in dieser Nacht versuchte anzurufen. Im Gegensatz zu gewissen anderen Dämonen hat er sich zumindest Sorgen um mich gemacht und nach mir gesucht.

»Ich habe dich gehört, Nika. In meinem Kopf. Ich habe dich nach mir rufen gehört. Ich habe dich schreien gehört.«

Eine Gänsehaut breitet sich auf meinen Armen aus und ich weiche seinem Blick aus. *Wie kann das sein? Wie kann es sein, dass du mich in Gedanken deinen Namen rufen gehört hast?*

Ein Blitz zuckt draußen vor dem Fenster und erleuchtet für einen Herzschlag den Raum. Ich krieche unter die Decke und lege mich neben Kilian auf den Rücken. Der Regen prasselt gegen das Fenster, hin und wieder ist ein weit entferntes Donnergrollen zu hören, während sich das Gedankenkarussell in meinem Kopf immer weiterdreht.

»Entspann dich und versuch zu schlafen, ok? Stört es dich, wenn der Fernseher läuft?«

Er hat Netflix so leise an, dass ich kaum einen Ton höre. Ich schüttele den Kopf. Die Hintergrundbeleuchtung ist mir ohnehin lieber als völlige Dunkelheit.

»Und was ist mit dir? Willst du nicht schlafen?«, frage ich. Ich drehe mich zu ihm auf die Seite, ziehe die Decke bis zum Kinn und sauge den Geruch von Waschmittel und Weichspüler ein.

Wieso fühle ich mich bei Kilian nur so wohl? Obwohl ich weiß, dass auch er ein Dämon ist, dass auch er sich von der Lebensenergie von Menschen ernährt, dass auch er Teil dieser Partys ist – empfinde ich nicht den leisesten Hauch von Angst. Ich habe gerade die schlimmste Nacht meines Lebens überlebt und fühle mich dennoch wieder einigermaßen normal – ich bin sicher, dass es an ihm liegt.

Oder der Schock sitzt noch zu tief, um zu realisieren, was mir passiert wäre, wenn Raphael nicht aufgetaucht wäre ... Wie kann es überhaupt sein, dass ausgerechnet er mich gefunden hat?

»Ich denke nicht, dass ich heute schlafen kann«, erwidert Kilian.

Da sein Kopf auf zwei Kissen und seinen Armen gebettet ist, befindet er sich ein wenig über meinem. Ich schaue zu ihm auf und unterdrücke den Drang, noch näher an ihn heran zu rutschen. Am liebsten würde ich mich an seinem Körper verkriechen wie in einer zweiten Decke.

Ich weiß nicht, was ich von seiner Antwort halten soll. Liegt es an mir, dass er nicht schlafen kann? An heute Abend? Oder sind seine Gedanken manchmal auch so schreiend laut, dass er keine Ruhe findet? Hat er auch manchmal Albträume? Jagen ihn Schatten der Vergangenheit, so wie sie mich jagen?

»Schlaf bitte, du siehst müde aus«, sagt er und blickt auf mich hinab. Ich sehe das Zögern in seinem Blick, noch bevor er seinen rechten Arm unter dem Kopf hervorzieht und ihn um mich legt.

Mein Herz schlägt lauter.

Er hat seinen Arm um mich gelegt.

Seine Augen mustern mich, als warte er auf eine Reaktion. Zur Bestätigung rutsche ich näher an seine Brust heran. Er soll seinen Arm nicht wieder wegnehmen. Heute Nacht will ich nichts weiter als Frieden verspüren und er ist die Verkörperung meines sicheren Hafens.

»Ich kenne dich schon länger als durch die wenigen Gespräche zwischen uns, an die ich mich erinnere, oder?«, hauche ich. Die Frage spukt mir schon so lange im Kopf herum. Er nickt und ich atme tief aus. *Ich habe es gewusst.*

»Bist du sauer deswegen?«

Ich runzele die Stirn. »Weil du mein Gedächtnis gelöscht hast? Nein. Außerdem ... kommen die Erinnerungen wieder.«

Er versteift sich neben mir. »Tun sie das?«

»Ja.« Ich erinnere mich an Nächte im Licht von Straßenlaternen, an Spaziergänge unter freiem Himmel, an lange Gespräche im Park. An den Nachhauseweg. Immer und immer wieder läuft Kilian neben mir nach Hause. Er bringt mich in Sicherheit. Vielleicht fühle ich mich deshalb so geborgen bei ihm.

Und an das hauchzarte Gefühl von seinen Lippen auf meinen ...

Ich schließe die Augen und gebe der Müdigkeit nach, die sich um mich legt. Doch es gibt noch eine Frage, die ich mir schon länger stelle.

»Als du in meinem Bett lagst und ich dich geküsst habe ...« Meine Stimme ist ganz leise und ich zögere einen Moment, bevor ich weiterspreche. »Hat es funktioniert und ich habe dir etwas von meiner Energie gegeben?«, frage ich.

Er seufzt. Ich spüre, wie seine Finger gedankenverloren Kreise auf meinen Oberarm malen. Ich behalte die Augen geschlossen und warte auf seine Antwort. »Das Aufeinanderpressen von Lippen reicht nicht immer, um den Energiefluss zu aktivieren.«

»Das heißt?«

»Da muss schon Leidenschaft im Spiel sein, ein verzehrendes Feuer, das dir den letzten Atem nimmt.«

Ich stoße die angehaltene Luft aus. Nur wenn es leidenschaftlich wird, gibt es also einen Energieaustausch.

»Du solltest dir darüber nicht den Kopf zerbrechen, Nika«, sagt er leise.

»Ich weiß.« Ich drehe mich auf die andere Seite und hoffe eine Position zu finden, die für meinen Schlaf förderlicher ist. Für ein paar Minuten lausche ich den leisen Stimmen im Fernseher und dem Unwetter, das noch immer da draußen wütet. Äste peitschen gegen die Fenster und ein Donnergrollen lässt mich zusammenzucken. Ich liege auf Kilians Arm und weiß, dass er hinter mir liegt, aber es ist mir noch nicht genug.

Unruhig wälze ich mich hin und her, bis ich mich schließlich traue, ihn zu fragen. »Kannst du mich eine Weile halten?«

Kilian sagt nichts und für ein paar Sekunden bereue ich meine Frage. Aber schließlich dreht er sich zu mir um. Ich spüre, wie er sich bewegt, auf die Seite legt und sich von hinten an mich drückt. Sein Atem streift meine noch feuchten Haare und ich schlinge meine Hände um seine Arme vor meiner Brust. Sein warmer Körper umschlingt mich von allen Seiten.

Dankbar seufze ich und sauge seine Nähe in mir auf.

»Ich glaube, das ist keine so gute Idee«, flüstert Kilian leise, als ich endlich glaube, einschlafen zu können. Ich merke, wie der Schlaf langsam über mich kommt, doch ich merke auch etwas anderes. Kilians Atem geht schwer. Und als ich mich an ihn schmiegen will, spüre ich eine harte Beule an meinem Hintern.

Sofort steigt Hitze in mir auf und ich drehe mich mit klopfenden Herzen zu ihm um.

Kilian sieht mich an und öffnet stumm den Mund.

»Deine Augen ...« Im Schein der Kerzenflamme hat sich ein schwaches goldenes Funkeln über das dunkle Braun seiner Iris gelegt. Mein Herz klopft schneller und Bilder von Gideons goldenen Augen rasen durch meinen Kopf.

Schnell schließt Kilian für eine Sekunde die Augen. »Tut mir leid. Ich wollte dir keine Angst machen.«

Ich atme tief aus. Vorsichtig lege ich eine Hand an seine Wangen und warte, bis er seine Augen wieder öffnet. Sein kurzer Bart piekt gegen meine Handflächen. »Du machst mir keine Angst, Kilian.« Das ist die Wahrheit.

In seinem Blick erkenne ich den Zweifel, doch seine Gesichtszüge werden sanft.

»Aber sag mir, wieso schimmern sie manchmal golden? Wann genau tun sie das?«, flüstere ich. Ein paar Sachen habe ich mir zusammengereimt, doch sie erklären noch nicht alles. Sie gehen mit Leidenschaft und dem Energiefluss nicht Hand in Hand, so viel steht fest.

Kilian seufzt. »Willst du das wirklich wissen?«

»Natürlich.« Ich stütze mich auf einem Arm ab und schaue auf ihn herunter.

»Das passiert, wenn der Dämon in uns die Oberhand gewinnt. Es kann unterschiedliche Auslöser geben. Selbstverständlich beim Energiefluss. Dann, wenn wir extreme Leidenschaft empfinden. Oder wenn wir sehr geschwächt sind, sodass unsere menschliche Hülle mit der Situation nicht umgehen kann …«

»So wie in der Nacht, als ich dich angeschossen auf der Straße gefunden habe«, erinnere ich mich. Sein menschlicher Körper war zu schwach in der Situation.

Und jetzt haben sie golden geschimmert, weil er Leidenschaft empfunden hat?

»Denk nicht zu viel darüber nach«, sagt er, weil er meinen Blick genau richtig deutet.

Ich beiße mir auf die Unterlippe und verkneife mir eine weitere Frage. Mein Blick wandert stattdessen von seinem Gesicht seinen Körper hinunter. Sein T-Shirt ist etwas hochgerutscht und ich sehe einen Streifen brauner seidiger Haut über dem Bund seiner Hose. Und ich sehe noch immer die Auswölbung in seinem Schritt.

Wieso macht mich das an?

»Manchmal hat man einfach einen schwachen Moment und der Dämon ergreift kurz die Oberhand. Aber das hat nichts zu bedeuten.« Kilian streicht mir mit der Hand die Haare hinters Ohr und zwingt mich, ihn wieder anzusehen. »Ich werde mich beherrschen, versprochen. Aber vielleicht verzichten wir auf Löffelchen-Liegen, okay?«

»Okay.« Ich nicke zögerlich und lege mich stattdessen auf seine Brust. Sein Herz schlägt kräftig und schnell unter meinem Ohr. Auch meins schlägt schneller als noch vor ein paar Minuten. Doch meine Augen sind zu müde, um sie weiter offen zu halten. Ich schmiege mich an seinen Körper wie in einen Mantel bei eisiger Nacht. Er spendet mir Wärme, Geborgenheit, Frieden. Etwas, das so selten in dieser Welt zu finden ist und noch schwieriger zu halten. Dass Kilian einen kurzen Moment der

Schwäche hatte und mich wollte, lässt mich mit einem warmen Gefühl im Bauch in den Schlaf gleiten.

Vielleicht habe ich mit dem falschen Mann zwei Nächte im Haus am See verbracht. Vielleicht ist Kilian der bessere Mann. Der bessere Dämon. Der bessere Mensch.

19.

Was Liebe ist

Kilian

Sonntag

Das Summen meines Handys weckt mich aus einem Dämmerzustand. Nikas Anwesenheit in meinem Bett machte es mir unmöglich, seelenruhig einzuschlafen, weshalb ich die Zeit mit Dokumentarfilmen totschlagen wollte. Nachdem Nika auf meiner Brust eingeschlafen ist, habe ich Raphael eine Nachricht geschickt, dass er sich bitte auch um die zwei toten Incubi im Wald kümmern soll, und ich habe Mace geschrieben, dass sie sich melden sollen, wenn ich sie abholen soll. Normalerweise verlassen wir nur gemeinsam die Partys, doch das mit Nika gilt als Ausnahmefall.

Offenbar kam jetzt gerade eine Antwort. Ich greife nach meinem Handy. Vier Uhr morgens. Mit meinem Finger wische ich über das Display und öffne unseren Chat.

Kilian (01:03): Die Jäger sind hier. Haltet die Augen offen. Bin kurz weg und komme später wieder.

Mace (01:18): Hast du Nika noch gefunden? Ist alles okay?

Kilian (02:15): Ja, alles in Ordnung. Sagt, wenn ich euch abholen soll. Mir ist was Wichtiges dazwischen gekommen.

Mace (04:01): Hol uns ab. Du bist uns ne Erklärung schuldig.

Offenbar sind die Jungs nicht gut auf mich zu sprechen. Ich seufze und versuche Veronika von mir herunter zu schieben, ohne dass sie wach wird. Hoffentlich schläft sie durch, bis ich wieder da bin. Ich lasse sie wirklich ungern allein, aber ich treffe zumindest alle Sicherheitsvorkehrungen, die ich treffen kann. Ich puste die Kerze aus, gehe sicher, dass das Fenster geschlossen ist, und schließe hinter mir die Tür ab.

Ich bin bald wieder da.

Als ich die Jungs einsammle, bin ich froh, dass eine ausgelassene Stimmung herrscht – zumindest bei Mace und Lio. Ich bin ein wenig überrascht, dass sie sich ein Appetithäppchen mit nach Hause nehmen, doch heute werde ich nicht den Moralapostel spielen. Zumindest scheint es, als hätte es von den Jägern heute Nacht keine weiteren Denkzettel mehr gegeben, sonst wäre die Stimmung bei Mace und den anderen gewiss eine andere.

Einzig Sebastian scheint angepisst zu sein. Er schweigt während der Fahrt und starrt aus dem Seitenfenster.

»Ej, wieso bist du eigentlich so früh abgehauen?«, fragt Mace.

Ich lüge nur ungern, aber die Wahrheit ist nichts, was diese beiden Frauen hören müssen, die mit auf der Rückbank sitzen. »Ich fühlte mich nicht gut. Hab' wohl was Schlechtes gegessen.«

Mace wirft mir durch den Rückspiegel einen ungläubigen Blick zu, doch dann wird er von der Blondine auf seinem Schoß abgelenkt, die ihn in einen Kuss zieht.

Mein Blick huscht nach rechts zu Sebastian. Er hat noch kein Wort gesagt. Ob er sich wünscht, auch jemanden von der Party mitgenommen zu haben? Heute Nacht wird er nicht einmal bei mir schlafen können ... Meine Brust wird eng. Obwohl uns beiden klar ist, dass der jeweils andere sich mit anderen Partnern amüsiert – oder amüsieren darf -, weiß ich nicht, wie Seb reagiert, wenn er erfährt, dass Nika heute Nacht bei mir schläft. Er hat mich die letzten Tage schon damit aufgezogen, wieso meine ›Freundin‹ so wenig Zeit in meinem Bett verbringt und ob ich ihn bei Frauen nicht mehr hochbekomme ... Tja. Nika hat heute bewiesen, dass ich ihn bei Frauen sehr wohl noch hochbekomme. Aber wieso fühle ich mich dann schuldig, als müsste ich mich für einen von beiden entscheiden? Im Grunde gehöre ich zu keinem von ihnen. Beide fühlen sich mir nicht so verbunden, wie ich mich mit ihnen verbunden fühle ... Gott, was sind das nur für deprimierende Gedanken?

Ich schüttele den Kopf und richte zur Ablenkung meine Aufmerksamkeit auf Ophelia und Mace. Die beiden verschlingen sich immer noch. Einerseits bin ich froh, dass Veronika nun offensichtlich nicht mehr in sein Interesse fällt, andererseits mache ich mir etwas Sorgen um das neue Mädchen. Obwohl sie mir kein bisschen sympathisch ist, will ich ungern, dass Mace sie in seiner Kopflosigkeit umbringt. Wenn wir aufgewühlt sind, fällt es uns schwerer, unsere inneren Dämonen und damit unsere Macht zu kontrollieren. Ich bezweifle, dass Mace im Moment Herr seiner Gefühle ist.

»Wann sagen wir es den anderen?«, fragt die Blondine, zwischen zwei innigen Küssen.

»Morgen beim Frühstück, Baby.«

Baby? Ist das Mace' Ernst? Und was bitte wollen sie uns morgen sagen? Wieso bleibt diese Frau überhaupt bis zum Frühstück? Das ist mir alles zu suspekt. Ich blicke durch den Rückspiegel zu Lio, der an Ophelias Freundin rumfummelt, die auf seinem Schoß sitzt.

Was haben sie die letzten Stunden auf der Party eigentlich gemacht? Man hätte meinen sollen, dass sie dort bereits jegliche Action betrieben haben. Ich verstehe nicht, wie sie immer noch so scharf auf einander sein können.

Ich verdrehe die Augen und konzentriere mich wieder auf die Straße. Ein wenig nervt es mich, dass diese zwei Frauen mit uns im Wagen sitzen und ich deshalb nicht aussprechen kann, was ausgesprochen werden muss. Die Jäger. Raphael. Das, was Nika oben in der Dachkammer passiert ist. Die vier Leichen auf unserem Grundstück. Aber vielleicht hat Mace Recht und all das können wir besser morgen in aller Frische besprechen. Ein paar Stunden Schlaf würden uns allen ganz guttun. Als wir Zuhause ankommen, geht bereits langsam die Sonne auf und färbt den Himmel am Horizont gelb und rosa.

»Hey, du bist vermutlich sauer, dass ich einfach so ohne ein Wort verschwunden bin …«

Die anderen sind bereits nach oben gegangen. Ich stehe in unserem Wohnzimmer und halte Sebastian am Arm fest, damit er nicht ebenfalls die Treppe hinaufgeht. Er hat nicht einmal nachgehakt, wieso ich weg war. Er hat auch nicht gefragt, ob wir heute die Nacht zusammen verbringen.

Er dreht sich zu mir um und blickt kalt auf mich hinab. »Nein. Es dreht sich nicht alles um dich.«

Ich starre ihn verdattert an. »Wieso bist du dann so zu mir?«

»Ich dachte, die Party diente dazu, herauszufinden, wer die Jäger in dieser Stadt sind. *Ob* sie hier sind. Deine Brüder haben sich stattdessen den ganzen Abend wie frischverliebte und hormongesteuerte Turteltäubchen aufgeführt und du hast nur tatenlos zugesehen, bis du auf einmal einfach weg warst.«

Ein schlechtes Gewissen durchzuckt mich. »Hör zu, das sieht Lio und Mace gar nicht ähnlich, dass sie sich den ganzen Abend auf eine Frau fokussieren. Ich dachte, sie wollen sich nur ablenken und endlich mal einen freien Kopf bekommen. Ich wusste nicht, dass sie die ganze Nacht …«

Er hebt die Hand und unterbricht mich. »Lass gut sein. Sie sind nicht meine Brüder. Von ihnen habe ich nichts erwartet. Aber von dir vielleicht.«

Mein Herz schlägt schneller. »Lass es mich erklären. Veronika ist aufgetaucht und sie-«

Er schnaubt und entreißt mir sein Handgelenk. »Du lässt mich für dieses Menschenmädchen einfach so stehen?«

Mein Gesicht brennt bei dem Gedanken, dass dieses Menschenmädchen gerade oben in meinem Bett liegt. »Sie war in Gefahr!«

»Klar, das hat es so an sich, wenn man sich als Frau in ein Haus voller Dämonen schleicht. Wenn sie nicht total dämlich ist, dann war sie sich der Konsequenzen durchaus bewusst. Sie wollte da sein, Key. Sie wollte den Kick haben, den die Dämonen ihr geben. Sie wollte von jemandem gefickt werden. Wenn du das nicht siehst, bist du dümmer, als ich dachte.«

Ich balle die Hände zu Fäusten. Es fehlt nicht mehr viel, dass ich mich vergesse. Selbst Sebastian darf nicht so über sie reden. Ich weiß zwar nicht, wieso Nika heute Abend da war, aber bestimmt nicht, weil sie die Gefahr und das Verruchte an unseren Partys reizte.

»Offenbar besorgst du es ihr nicht richtig«, setzt er noch einen oben drauf.

Ich atme tief aus und widerstehe mit all meiner Macht dem Impuls, meine Faust in sein Gesicht zu donnern.

»Sagst du das, weil du eifersüchtig bist?«, frage ich zwischen zusammengebissenen Zähnen.

Er lacht auf. »Hättest du das gern? Nein, tut mir leid. Eifersucht ist nicht mein Ding. Ich würde sogar gerne dabei zusehen, wie du es ihr besorgst. Aber eure Gruppensex-Spielchen überlasse ich dir und deinem Rudel. Ich bin weg.« Er dreht sich um und geht die Treppe hoch.

»Wie meinst du das?«, frage ich atemlos und gehe ihm hinterher. Seb geht auf direktem Weg in Raphaels ehemaliges Zimmer, in dem er die vergangenen zwei Wochen gewohnt hat.

Ich sehe zu, wie er seine Reisetasche unter dem Bett hervorzieht und anfängt, seine Sachen hineinzulegen. Mein Herz schlägt mir bis zum Hals. *BummBummBumm.* Ich kann nichts anderes mehr hören.

»Was wird das?«

»Ich habe auf der Party ein paar interessante Gespräche belauscht. Die Jäger waren dort, Key. Und ihr wart zu abgelenkt, um es zu merken.«

Seine Worte gefrieren mir das Blut in den Adern. *Ich habe es gemerkt* – als ich die beiden Leichen auf dem Rückweg im Wald gefunden habe. Und wenn die beiden Dämonen nicht durch Zufall als Opfer endeten, hieß das sogar, dass die Jäger uns viel näher waren als gedacht. Es besteht sogar die Möglichkeit, dass sie mitbekommen haben, was oben in der Dachkammer passiert ist. Sie haben die Dämonen für das bestraft, was Nika und der anderen Frau widerfahren ist.

»Lass uns morgen früh in aller Ruhe darüber reden und gemeinsam einen Plan entwickeln.«

Sebastian schüttelt den Kopf und schließt den Reißverschluss seiner Tasche. Er hat fertig gepackt und mein Magen zieht sich schmerzhaft zusammen. Ich will mich am liebsten übergeben.

»Ich mache es lieber allein. Geht schneller.« Er wirft sich die Tasche über die Schulter, sieht sich noch einmal prüfend das Zimmer an und dann ein letztes Mal zu mir.

Mein Körper ist eine bloße Hülle, die das Chaos in mir zusammenhält. Ohne diese Hülle würde mein Inneres explodieren. Es würde auf dem Boden vor seinen Füßen zerfließen. Ich weiß, dass keine Worte der Welt ihn von seiner Entscheidung abbringen können. Ich sehe es in seinem Blick, höre es an seiner Stimme. Kein »Lass uns das gemeinsam machen«.

Kein »Schlaf noch eine Nacht hier«.

Kein »Ich liebe dich«.

Das Letzte liegt mir auf der Zunge. Ich will es in meiner lauten Verzweiflung hinausschreien. In der leisesten Hoffnung, dass diese drei Worte eine Macht haben. Dass sie Bedeutung haben. So viel, dass es ihn zum Bleiben bewegt. Aber ich habe Angst, dass er trotzdem geht, und diese Worte dann bedeutungslos im Raum schweben bleiben. Er würde damit beweisen, dass Liebe in unserer Welt nichts Magisches an sich hat. Sie kann keine Berge versetzen, wie die Filmproduktion es uns gerne mal glauben lassen will. Manchmal ist Liebe nichts weiter als der dumpfe Schmerz in deiner Brust. Das Brennen in deinen Augen. Die Übelkeit in deinem Magen.

Und sein Name in deinem Kopf.

»Leb wohl.« Er wendet sich von mir ab und geht zur Tür.

Ich starre seinem Rücken nach. *Nun sag doch was, Kilian.* Frag ihn, wo er hingeht. Sag ihm, dass er hier jederzeit willkommen ist. Frag ihn, wann ihr euch wiederseht.

»Sebastian!«

Sein Name.

Sein Name ist das Einzige, was mir über die Lippen kommt.

Doch er bleibt nicht einmal stehen.

Es dauert gefühlt Stunden, bis ich mich rühren kann und in mein Zimmer gehe. Veronika schläft tief und fest. Sie liegt genauso da, wie ich sie zurückgelassen habe. Ihr hellblondes Haar flutet meine dunkle Bettwäsche, Strähnen davon verdecken die zarten Züge ihres Gesichtes. Erleichterung sickert in das Loch in meiner Brust, doch dieses Gefühl kann die Leere trotzdem nicht ausfüllen.

Ohne mich auszuziehen, lege ich mich zu ihr und schaue sie an. Wieder vergehen gefühlt Stunden. Irgendwann werden meine Augenlider schwer und fallen zu.

20.

Succubi

Nika

Sonntag

Sonnenstrahlen sickern durch den Spalt der schweren Vorhänge und werfen einen hellen Lichtstrahl in das ansonsten dunkle Zimmer. Sie vertreiben die letzten Bilder meines Albtraums.

Ich blinzele ein paar Mal und sehe Kilian an. Er schläft tief und fest, liegt auf der Seite und hat das Gesicht mir zugewandt. Ich bin froh, dass er doch noch einschlafen konnte. Ein Teil von mir will hier liegenbleiben und ihn angucken, bis er wach wird. Anschließend mit ihm reden, bis all meine Fragen beantwortet sind. Seine Stimme hören, bis die Angst und der Schmerz in meinem Körper in Vergessenheit geraten.

Die vergangene Nacht hat mich getroffen wie ein Güterzug.

Ich muss mich von den Gleisen erheben und das zusammenkratzen, was von mir noch übrig ist.

Ächzend rappele ich mich auf und sehe mich um. Neben dem Bett auf dem Nachttisch liegt Kilians Handy, welches zum Laden angeschlossen ist. Ich nehme es in die Hand, um einen kurzen Blick auf die Uhrzeit zu werfen. Gleich sieben Uhr morgens. Das erklärt, warum ich mich kein bisschen ausgeschlafen fühle. Doch mich noch einmal hinzulegen, wird nichts bringen. Jetzt, da ich einmal wach bin, strömen all die Gedanken und Erinnerungen auf mich ein. Kilian ist diesmal nicht wach, um beruhigend auf mich einzureden und mich im Arm zu halten, bis der Schlaf mich ein zweites Mal holen kann. Ich muss hier raus und einen klaren Kopf bekommen.

Ich schwinge meine Beine aus dem Bett und mein Blick fällt auf meine Klamotten, die zusammengelegt auf dem Boden neben dem Bett liegen: ein String, ein durchscheinendes weißes Negligé und mein Handy. Verdammt. Mein Herz klopft schneller. Keine zehn Pferde würden mich dazu kriegen, erneut dieses Nachthemd anzuziehen. Aber ich kann auch nicht komplett nackt unter meinem Mantel das Haus verlassen. Tränen brennen in meinen Augen und ich schaue an mir hinab. Ob Kilian was dagegen hat, wenn ich mir seine Klamotten ausborge? Auch wenn ich mich in diesem T-Shirt und den Boxershorts alles andere als wohl auf den Straßen fühlen werde, ist es doch eine bessere Option, als mein Outfit von gestern Nacht noch einmal anzuziehen.

Ich klaube meine Sachen vom Boden, laufe zum Schreibtischstuhl, von dem ich meinen Mantel und die Handtasche nehme, und blinzele gegen die Tränen an. Hastig schleiche ich aus dem Zimmer, bevor mich eine Panikattacke überkommen kann. Zusammenbrechen kann ich auch später noch. Jetzt muss ich erst einmal zusehen, wie ich nach Hause komme.

Ich schlüpfe aus dem Zimmer und schließe so leise wie möglich die Tür hinter mir.

In dem Moment, in dem ich die Klinke loslasse, höre ich eine Stimme.

»Du hast hier übernachtet?«

Die Frage lässt mich zusammenzucken. Ich drehe mich zu Mace herum, der gerade offenbar aus dem Bad gekommen ist. Wieso taucht er immer dann vor mir auf, wenn ich ihn am wenigsten erwarte? Aus meinem Plan, still und heimlich zu verschwinden, wird jetzt wohl nichts mehr.

Sein Blick scannt mich von oben bis unten und bleibt ausgerechnet an meinem Hals hängen. Schnell will ich meine Haare davor streichen, doch Mace ist schneller. Innerhalb eines Herzschlages steht er vor mir und legt mit seiner Hand, die nicht eingegipst ist, meine Halsbeuge frei.

»War das K?«, fragt er. Seine Stimme verrät sogar ein wenig von seinem Unglauben und einen Hauch unterdrückter Wut. *Wo ist deine Gleichgültigkeit, Mr. Griesgram?* Seine Fingerspitzen streifen die Blutergüsse und ich schlage seine Hand weg. Nicht, weil seine Berührung wehtut, sondern weil sie mir eine Gänsehaut verursacht.

»Kilian hat dir noch nichts gesagt?«, frage ich verwundert. Ich ging davon aus, dass wenn sie sich noch nicht live, dann zumindest schon online über die vergangene Nacht ausgetauscht hätten.

Mace' Blick wird finster. »Was hat er mir nicht gesagt?«

Ich weiche seinem Blick aus und will mich an ihm vorbeizwängen. »Schon gut, vergiss es.«

Doch natürlich hält er mich fest. Wieso sollte er es mir auch einmal leichtmachen?

»Wieso hast du hier geschlafen und wieso sieht dein Hals so aus, als hätte jemand versucht dich zu erdrosseln?« Der Ernst in seiner Stimme gibt preis, dass er mich auf keinen Fall gehen lassen wird, bevor er eine Antwort bekommt. Wieso kann es ihm nicht einfach egal sein? Auf der Party war ihm meine An- oder Abwesenheit doch ebenfalls egal. Ihm ist offenbar nicht einmal aufgefallen, wann und wie ich die Party verlassen habe! Er hat sich nicht bei mir erkundigt – ich habe mein Handy gecheckt: er hat weder angerufen, noch eine Nachricht hinterlassen. Mir hätte in diesem Haus voller Dämon wer weiß was passieren können und ihm war es komplett egal.

Wütend entreiße ich mich aus seinem Griff und funkele ihn an. »Vielleicht, weil genau das passiert ist! Einer eurer Gäste hat versucht, mich zu erwürgen und zu vergewaltigen. Die Reihenfolge davon war ihm herzlich egal. So wie dir egal war, was mir bei eurer Party passiert.«

Jegliche Farbe weicht aus seinem Gesicht. Statt etwas zu erwidern, greift er zu meiner Überraschung an mir vorbei und reißt Kilians Tür auf.

»Nein!«, zische ich und halte ihn fest. Dabei fallen meine Sachen zu Boden. »Lass ihn schlafen. Er hat ein bisschen Ruhe verdient.«

Ungläubig starrt Mace zu mir herunter. »Wenn das wahr ist, was du sagst, wieso kamst du dann nicht zu mir?«

Was? Ich schüttele verständnislos den Kopf. »Wieso sollte ich? Wir waren im Streit und du hast dich mit einer anderen vergnügt.«

Mace schließt die Tür zu Kilians Zimmer und sein Blick verändert sich. Er schaut mich geradezu wütend an und kurz schießt mein Puls in die Höhe.

»Es ist doch scheißegal, ob wir im Streit sind! Wenn dir jemand etwas antut, kannst du immer zu mir kommen!«

Ich verstehe nicht, worauf er hinauswill oder was ihn so aufregt. »Du hast deutlich gemacht, dass ich dir egal bin. Wieso sollte ich also zu dir kommen? Abgesehen davon, dass deine Brüder mich schon gerettet haben.«

»Brüder? Mehrzahl?«

»Raphael. Selbst er ... Er hat mir das Leben gerettet. Und Kilian hat mich in Sicherheit gebracht.«

Mace' Blick huscht erneut zur geschlossenen Zimmertür und es ist, als könnte ich seine Gedanken lesen, noch bevor er sie ausspricht: »Sag nicht, Raphael ist auch da drin.«

Bin ich verrückt oder ist das Eifersucht?

Ich lache auf und irgendetwas in meinem Inneren bricht zusammen. Wie eine Sicherung, die durchbrennt. Seine Eifersucht steht im Widerspruch zu seiner Gleichgültigkeit, ein Widerspruch, den mein Verstand offenbar nicht verkraftet.

Ich kriege mich nicht mehr ein vor Lachen und Tränen laufen mir über die Wangen. Ich merke nicht einmal, dass ich kurz davor bin, zusammenzubrechen, bis Mace' Hände mich stützen. Er hält mich unter den Armen fest und lässt mich dann sanft zu Boden gleiten, weil meine Beine unter mir nachgeben. Gemeinsam sitzen wir vor Kilians Zimmertür. Ich lache und weine gleichzeitig. Plötzlich liegt mein Gesicht an Mace' Brust und ich spüre, wie er mir über den Rücken streicht.

Ich weiß nicht, wieviel Zeit vergeht, bis ich mit dem Lachen aufhöre. Irgendwann bin ich zumindest so leise, dass ich höre, wie er meinen Namen murmelt und wie er immer wieder »Psscht« macht. Ich drücke mein Gesicht fester gegen seine Brust, vergrabe meine Nase in seinem T-Shirt, nur um ihn zu riechen. Sein Geruch ist noch schöner als Kilians. Seine Brust fühlt sich noch besser an.

Wieso hast du mich gestern Nacht nicht gerettet, Mace?

Die Richtung, in die meine Gedanken driften, gefällt mir nicht.

»Es ist alles zu viel«, sage ich. Da ich mit seinem T-Shirt verschmolzen bin, weiß ich nicht, wieviel er von meinen Worten wirklich versteht, doch er antwortet mit »Ich weiß.«

»Nein, weißt du nicht.« Mit meinen Händen drücke ich mich von seiner Brust weg und schaue ihn an. »Du weißt gar nichts. Du weißt nicht, was gestern Nacht passiert ist und du weißt nicht, wie ich mich fühle.«

Du weißt nicht, dass ich dich liebe, und es die reinste Folter ist, dir so nah zu sein und gleichzeitig so fern.

Er schluckt. Sein Adamsapfel hüpft und sein Kiefer spannt sich an. »Wie fühlst du dich denn?«, fragt er.

Gedemütigt.

Zerbrochen.

Verloren.

Überfordert.

Ich weiß nicht, wo ich anfangen soll, deshalb sage ich das Erstbeste, was mir in den Sinn kommt. »Du bist zu viel. Alles an dir ist zu viel. Selbst hier mit dir auf dem Boden zu sitzen, ist zu viel.«

Er sieht mich ernst an und ich weiß, dass ich zu viel von meinen Gefühlen preisgegeben habe. Aber in dem Moment ist es mir egal. »Ich habe die Spielchen satt, Mace. Ich kann nicht mehr weiterspielen.« Finns Worte auf dem Weg zum Hallenbad fallen mir wieder ein. Doch in diesem Fall ist Aufgeben tatsächlich besser als Verlieren. Finns Liebesweisheiten funktionieren offenbar nicht für jeden.

»Ophelia hat heute bei mir übernachtet. Sie frühstückt gleich mit uns.«

Oh mein Gott. Seine Worte sind wie der Schuss einer Schreckschusspistole, der mich wachrüttelt. Ich krabbele von Mace weg und versuche hoch auf die Beine zu kommen.

»Wieso sagst du mir das?« Wieso sagt er mir das *jetzt*?

Mace erhebt sich und hilft mir mit seinem gesunden Arm hoch. Sobald ich sicher stehe, entreiße ich ihm meine Hand. Mir ist kotzübel.

»Weil ich will, dass du bleibst und zuhörst.«

»Sie ist ein Dämon, weißt du das?«

Er sieht mich überrascht an. »Woher weißt *du* davon?«

Ich schüttele den Kopf und streiche mir meine Haare aus dem Gesicht, die auf meinen tränennassen Wangen kleben. Was tue ich hier? Ich schütte ihm mein Herz aus und er denkt währenddessen an die Frau in seinem Bett? Die Tatsache, dass er sie über Nacht mit nach Hause genommen hat, tut so viel mehr weh, als ich im Moment ertragen kann.

»Und du hast gefragt, warum ich nach dieser Nacht nicht zu dir gekommen bin?«, frage ich ungläubig, ohne auf seine Frage einzugehen. Ich kann nicht fassen, dass ich gerade eine halbe Stunde an seiner Brust geheult habe, während in seinem Zimmer eine andere Frau auf ihn wartet.

Ich fühle mich lächerlich.

Fluchend drehe ich mich um, sammle meine Habseligkeiten vom Boden auf, presse sie an die Brust und laufe zur Treppe. Mace kommt mir hinterher.

»Lass mich in Frieden!«, warne ich ihn.

Ich habe noch viel mehr, was ich ihm an den Kopf werfen möchte, doch ich habe nicht mehr die Kraft, mich wieder und wieder mit ihm zu streiten. Ich hatte recht, was Succubi angeht. Und jetzt kann er sich glücklich bis an sein Lebensende von ihr ernähren, mit ihr rummachen, ohne Angst zu haben, dass sie in seinen Armen stirbt. *Du kannst sie lieben Mace, ohne Angst zu haben, dass du sie verlierst.*

Ich merke gar nicht, dass mir wieder die Tränen kommen, bis mein Blickfeld so verschwimmt, dass ich die letzten Treppenstufen nicht mehr erkenne und meinen Fuß in die Luft setze. Ich falle und diesmal steht niemand unter mir, der mich auffangen kann.

»Veronica!«

Fuck.

Wird einem nicht gesagt, bei einem Sturz sieht man Sternchen und fliegende Einhörner? Also ich sehe nur Dunkelheit. Und ich hasse Dunkelheit.

Für einen kurzen Moment überlege ich, einfach liegen zu bleiben. Die Schmerzen rauben mir für mehrere Atemzüge die Sinne und als ich schließlich blinzele, sehe ich in Mace' Gesicht, das die Schwärze vertreibt.

Wieso empfinde ich es immer noch als vollkommene Perfektion? Sein Gesicht ist Gottes bestes Werk ... aber werden Dämonen überhaupt von Gott geschaffen oder doch eher vom Teufel? Wenn Satan seine Finger im Spiel hat, erklärt es zumindest die Versuchung, in die ich jedes Mal bei Mace' Anblick geführt werde.

»Lass mich in Frieden!«, wiederhole ich ächzend. *Scheiße, tut mein Bein weh.* Und meine Handflächen, die den Sturz abfangen wollten. Und mein Kopf. Gibt es irgendein Körperteil, das nicht schmerzt oder höllisch pocht?

»Du bist wegen mir die Treppe runtergefallen«, sagt Mace und hebt mich kurzerhand hoch. Ich kann mich nicht einmal wehren und das obwohl er wegen dem Gips nur einen Arm benutzen kann.

»Wegen dir? Sei nicht so eingebildet. Nicht alles passiert wegen dir.« Ich lasse es zu, dass der Egozentriker mich durch das Wohnzimmer trägt und auf dem Sofa ablegt. Sein Blick mustert mich ernst von oben bis unten, als wäre er Arzt.

»Was studierst du eigentlich?«, will ich wissen.

»Medizin.«

Ich lache. Dabei fährt ein stechender Schmerz durch meinen Schädel, doch ich kann nicht aufhören zu lachen. Es ist zu lustig. Das Schicksal kann sich nicht entscheiden, ob es mich in eine Komödie oder einen Horrorfilm stecken möchte. »Ich glaube, ich bin Hellseherin«, verkünde ich ihm. »Ich habe gerade gedacht, du siehst aus, als wärst du Arzt.«

»Und ich glaube, du hast dir bei dem Sturz den Kopf gestoßen.«

Ich schüttele meinen Kopf, bereue es aber sofort. Schmerzerfüllt schließe ich meine Augen. »Okay vielleicht, Doktor.«

»Scheiße, verdammt, Veronica.«

Sogar zwei Schimpfwörter in einem Satz. Ich öffne meine Augen wieder und sehe ihn neugierig an. »Wieso willst du Arzt werden?«

Hat er mir vor zwei Wochen nicht noch weismachen wollen, dass er ein kaltblütiges Monster ist, dem Menschenleben überhaupt nichts wert sind? Oder habe ich mir so sehr den Kopf gestoßen, dass ich etwas durcheinanderbringe?

Er kniet sich auf den Teppichboden vor die Couch und hält ein Finger vor mein Gesicht, den er nach rechts und links bewegt. Ich folge mit meinem Blick automatisch seiner Bewegung.

»Mir geht es gut«, versichere ich ihm.

»Klar, deshalb sind deine Wangen auch klitschnass von deinen Tränen.«

»Die haben nichts mit meinem Sturz zu tun.« Ich wende den Kopf zur Rückenlehne des Sofas. Wenn er nicht vollkommen dämlich ist, weiß er auch so, warum ich geweint habe, und das ist beschämend genug. Niemand von uns muss es aussprechen.

Für ein paar Sekunden schweigt Mace. »Ich will Arzt werden, damit ich ausgleichen kann, dass ich Menschenleben nehme. Ich will auch welche retten.«

Ich runzele die Stirn. Seine Worte klingen ernst gemeint. »Nobel«, ist alles, was ich dazu sage. Was ich wirklich darüber denke, muss er nicht wissen. *Du hast gelogen, als du behauptet hast, du wärst ein Monster ohne Gewissen. Du bist vieles – ein Lügner, ein Mörder, ein arrogantes Arschloch, ein Egozentriker – aber bestimmt nicht gewissenlos.*

»Weißt du noch, dass ich letzten Monat geglaubt habe, dass auch du etwas Übersinnliches an dir hast?«, fragt er auf einmal.

Wie könnte ich das vergessen? Er hat gesagt, die Dunkelheit sei ein Teil von mir und dass ich ebenfalls ein Monster wäre. Sowas vergisst man nicht – auch wenn ich es mehr oder weniger erfolgreich verdrängt hatte.

»Erst habe ich geglaubt, dein Vater wäre ein Incubus. Aber mittlerweile denke ich, dass deine Mutter ein Succubus ist.«

Warte. Was? Das ist nicht die Schlussfolgerung, mit der ich gerechnet habe. Ich drehe meinen Kopf wieder zu ihm um.

»Wie kommst du denn auf diese bescheuerte Idee?«

Ich habe überlebt, als sie mich im Fluss ertränken wollten. *Ich* habe meine Erinnerungen zurück, obwohl sie mich einer Gehirnwäsche unterzogen haben. *Ich* habe Visionen. *Ich* bin immun gegen den Charme, den Dämonen offenbar auf andere ausstrahlen. Wie kommt er jetzt bitte auf meine Mutter?

»Flipp jetzt bitte nicht aus ...«

Ich ahne, dass nach diesen Worten nichts Gutes folgen kann. Ich setze mich auf und starre ihn abwartend an.

»Ich habe einen Privatdetektiv engagiert und deine Mutter ausfindig gemacht. Kann sein, dass ich sie vor zwei Wochen besucht habe.«

»Du warst bei meiner Mutter?« Fassungslos schaue ich ihn an. Selbst ich habe sie – warte, wie viele Jahre nicht gesehen? Sechs? Und ausgerechnet Mace nimmt Kontakt zu ihr auf?

Ich vergrabe den Kopf in meinen Händen, weil mir schwindelig wird. »Genau das meine ich«, sage ich. »Das ist zu viel. Alles, was du tust und in was du mich verstrickst.«

Ich spüre seine warmen Finger, die versuchen, meine Hände von meinem Gesicht zu ziehen.

»Deshalb will ich, dass du mit uns frühstückst und dir anhörst, was Ophelia zu sagen hat. Willst du nicht mehr über Succubi erfahren? Wir können danach zu deiner Mutter fahren und-«

Ich lasse meine Hände sinken und schüttele vehement den Kopf. »Auf keinen Fall. Selbst wenn ich etwas über weibliche Dämonen in Erfahrung bringen will – ohne meine Mutter. Und ganz gewiss gibt es auch kein Wir.«

»Sorry, so meinte ich das nicht«, wiegelt er schnell ab. »Ich habe deine und Kilians Beziehung mittlerweile akzeptiert.«

Hat er? Aber mir entgeht nicht, dass er dabei hinunter auf meine Lippen schaut und meine Brust zieht sich zusammen. Wie sehr muss ich mir den Kopf gestoßen haben, um das Gefühl zu haben, zu sterben, wenn er mich nicht endlich küsst? Wie viele Wochen warte ich nun schon darauf? Kurz bin ich davor, ihm alles zu beichten, die Lüge mit Kilian aufzuklären, als er weiterspricht: »Ophelia und ich … nun, mit ihr kann ich gefahrlos zusammen sein.«

Meine Lippen formen ein stummes ›Oh‹. *Zusammen sein.* Ich lehne mich zurück und schließe für eine Sekunde die Augen, um diese Neuigkeit zu verdauen. *Bleib stark, Nika.* Zwei hysterische Anfälle reichen für einen Morgen.

»Liebst du sie?« Die Frage verlässt meine Lippen, bevor ich darüber nachdenken kann. Ich will die Antwort darauf eigentlich gar nicht hören. Wie lange kennt er diese Frau bitte? Andererseits können sie sich natürlich auch Hals über Kopf bei der ersten Begegnung schon ineinander verliebt haben. Wenn ich eins gelernt habe, dann dass Liebe nicht immer rational ist.

»Wir Dämonen halten nicht viel von diesem Gefühl. Ich meine, wenn du und Kilian das habt, dann ... freue ich mich für euch ... aber bei mir ... geht es nur um eine feste Partnerin, mit der ich ... du weißt schon.«

Noch nie habe ich den sonst so gelassenen Mace so sehr nach Worten ringen sehen. Aber ich weiß nicht, wem von uns das Thema unangenehmer ist. Ich spüre, wie ich rot werde, und wende den Blick von ihm ab. Natürlich weiß ich, was er meint. Ich weiß nur nicht, warum mein Herz nach all den Wochen noch immer will, dass er *du weißt schon* lieber mit mir tut.

Ich würde alles dafür geben, um wieder eine Nacht mit ihm in einem Bett zu schlafen.

»Mace? Ah, hier bist du ja.« Wie aufs Stichwort erscheint Ophelia am oberen Treppenabsatz und schaut zu uns herunter. Sofort schießt mein Puls in die Höhe und obwohl wir nichts getan haben, fühle ich mich ertappt.

Selbst ungeschminkt ist Ophelia wunderschön. Sie trägt nur ein großes weißes T-Shirt, das sie sich lächelnd versucht über die Oberschenkel zu ziehen. »Hi«, sagt sie, als unsere Blicke sie treffen.

»Kommst du gleich runter, frühstücken? Du kannst die anderen schon einmal wecken«, sagt Mace.

»Okay.« Sie wirft Mace noch ein neckisches Grinsen zu und verschwindet dann wieder nach oben.

Gott, sie ist nicht einmal eifersüchtig auf mich. Aber wieso sollte sie auch? Mace hat ihr vermutlich erzählt, dass ich mit seinem besten Freund zusammen bin. Ich bin die Einzige hier, die von Eifersucht zerfressen wird. Nennt man das Karma? Bin ich selbst schuld an meiner Situation?

»Also?«, wendet sich Mace wieder an mich. »Wirst du bleiben und gemeinsam decken wir das Geheimnis deiner Vorfahren auf?«

Mein Blick ist noch immer nachdenklich auf den oberen Treppenabsatz gerichtet. Noch immer versuche ich zu atmen, wie normale Menschen das tun, deren Lunge sich nicht anfühlt, als würde sie jeden Moment kollabieren.

Konzentrier dich auf das Wesentliche, Nika. Das Geheimnis der Succubi. Ich kann nicht leugnen, dass ich nach mehr Informationen lechze. Aber nicht, weil meine Mutter vielleicht ein Dämon sein könnte, sondern weil ich glaube, dass ich selbst einer bin. Doch dann fällt mir mein Traum wieder ein, in dem ich Mom mit goldenen Augen am Fenster habe stehen sehen. Vielleicht ging gar nicht meine Fantasie mit mir durch. Vielleicht ist Mace auf der richtigen Spur.

Ich sehe Mace wieder an und nicke.

Lange genug habe ich versucht mich fernzuhalten – und bin immer wieder daran gescheitert. Vielleicht wird es Zeit, sich den Dämonen endlich zu stellen. Allen Dämonen. Auch wenn das bedeutet, sich mit Mace' neuer Freundin zusammenzusetzen oder meine eigene Mutter wiederzusehen.

»Hier ein bisschen Lesestoff für dich.« Mace lässt ein dickes altes Buch auf den gläsernen Couchtisch fallen. »Bleib sitzen, während wir uns um das Frühstück kümmern.«

Ich ignoriere den Stich in meiner Brust, als er ›wir‹ sagt und Ophelia und sich damit meint.

»Was ist das?«, frage ich stattdessen und greife nach dem Buch mit dem ledernen Einband und den vergilbten Seiten.

»Das Grimoire unserer Großväter«

»Es gibt ein Grimoire? Wie bei den Hexen von Charmed?« Ungläubig schaue ich zu ihm hoch. Er zieht eine Augenbraue hoch, sagt aber nichts. »Was steht da drin?«

»Frag Kilian. Er ist der Einzige von uns, der jede Seite von dem Ding gelesen hat.« Er verdreht die Augen und läuft zur Küchentheke.

Ich bleibe auf dem Sofa sitzen, schaue Mace ein paar Sekunden dabei zu, wie er den Kaffee aufsetzt, und blicke dann hinunter auf das Buch in meinem Schoß. Fasziniert streichen meine Hände über das dunkelbraune Leder und über die feinen Symbole, die darin eingraviert sein. Wie alt dieses Buch wohl sein mag?

Ich höre, wie Ophelia die Treppe hinunterkommt, um Mace beim Frühstück zu helfen, doch ich blicke nicht auf.

»Die anderen kommen in fünf Minuten runter.«

Die Kühlschranktür geht auf und zu.

Ich atme tief durch und schlage das Buch auf. Eine kaum lesbare Handschrift stiert mir von dem vergilbten Papier entgegen. Na toll. Ich blättere durch die Seiten, in der Hoffnung, im hinteren Teil des Buches ein paar lesbarere Stellen zu finden.

Selbstversuch Teil 2:

2. Mai 1991

Es ist nun vier Wochen her, dass ich das letzte Mal die Kraft eines Menschen zu mir genommen habe. Folgende Mangelerscheinungen kann ich bisher festhalten: Müdigkeit, Erschöpfung, Hungergefühl, Kopfschmerzen, Reizbarkeit, Konzentrationsschwäche.

1. Juni 1991

2 Monate ohne Lebensenergie. Ich fühle mich wie am Sterbebett. Außerdem habe ich mehrere Blackouts. Mein Rudel berichtete mir in der Zeit von heftigen Aggressionsausbrüchen. Ich bin kaum noch bei klarem Verstand. All meine Gedanken drehen sich um Sex und Gewalt. Würde mein Rudel das Experiment nicht befürworten und mich weiter von Menschen fernhalten, würde ich es abbrechen. Ich hätte nicht mehr die Selbstbeherrschung, mich von Frauen fernzuhalten.

Ein Schauer überkommt mich und ich gucke vom Buch auf. Ich habe irgendwie Angst davor, den nächsten Eintrag zu lesen. Aber ein paar Herzschläge später siegt meine Neugierde.

Der nächste Eintrag trägt eine andere Handschrift.

9. Juni 1991

D. tötete R. in einem seiner Wutausbrüche. Anschließend befreite er sich und floh. Wir finden ihn nicht mehr. Das Experiment ist hiermit beendet.

Oh mein Gott. Ich schlage das Buch zu und ringe nach Luft. Der Dämon hat in einem seiner Black Outs einen seiner Brüder getötet? Habe ich das richtig verstanden? Da ich die Erfahrungen mit Black Outs nur allzu gut selbst kenne, treffen mich diese Einträge so tief, dass ich für einen Moment alles um mich herum vergesse. Erst Mace' Stimme holt mich wieder zurück.

»Da seid ihr ja. Gut, bitte setzt euch alle.«

Mein Blick schnellt hoch und ich sehe Mace' Rudel die Treppe hinunterkommen, gefolgt von einem zierlichen Mädchen mit asiatischen Zügen. Auch sie kenne ich von der Schaumparty. Das gibt es doch nicht. Ich hatte sowas von recht und niemand hatte mir zu dem Zeitpunkt geglaubt. Mace ist mir sowas von eine Entschuldigung schuldig.

Ich stehe vom Sofa auf, lege das Buch mit noch immer klopfendem Herzen zur Seite und laufe mit den anderen zum Esstisch. Hoffentlich liege ich mit meiner Vermutung falsch und in mir schlummert nicht auch so ein Monster, das auf ewig dazu verdammt sein wird, andere Menschen auszusaugen oder zum Mörder zu werden. Kilian und Mace haben mit all ihren Warnungen recht behalten: auf die ein oder andere Weise scheint immer Blut an den Händen von Dämonen zu kleben. Ich bezweifle, dass das Schicksal von Succubi unter einem besseren Stern steht.

»Wir haben einiges zu besprechen«, sagt Mace, als ich mich setze. Lio und das schwarzhaarige Mädchen nehmen mir gegenüber an dem Esstisch Platz, während Kilian mit verschränkten Armen stehen bleibt.

»Das sehe ich auch so.«

»Setz dich, K. Wenn du nichts dagegen hast, würde ich gern anfangen.«

Kilians Blick landet auf mir und mein Herz macht einen Satz. Was denkt er darüber, dass ich mich heimlich aus seinem Bett geschlichen habe, aber jetzt hier am Frühstückstisch sitze?

Ich nicke ihm zu, damit er Mace zumindest anhört.

Er seufzt. »Ich hoffe, das, was du zu sagen hast, ist wichtiger als die Jäger. Darüber müssen wir noch dringend reden, sobald wir unter uns sind. Und über das, was gestern passiert ist.« Er läuft zu dem freien Platz neben mir und setzt sich. »Alles okay?«, raunt er mir zu, sodass nur ich ihn höre.

Ich nicke erneut. Dankbar für seine Fürsorge greife ich nach seiner Hand und drücke sie kurz. Er will Rudelangelegenheiten klären und man merkt ihm richtig an, dass auch er den Frauen an diesem Tisch nicht wohlgesonnen ist. Aber noch weiß er ja auch nicht, was sie sind.

Ophelia stellt die Kaffeekanne auf den gedeckten Tisch und setzt sich ans andere Ende des Tisches – so weit von mir weg, wie es geht. Zum Glück für uns beide. Sie hat sich mittlerweile etwas anderes angezogen, offenbar war sie so schlau und hat eine Tasche mit Reserveklamotten gepackt, und auch schon ein paar Schichten Make-Up im Gesicht sowie einen knallig roten Lippenstift aufgetragen.

»K, Lio, ihr habt euch schon bestimmt gewundert, wieso ich Ophelia und Noemi zu uns eingeladen habe ...« Während Mace seine Brüder darüber einweiht, was Ophelia und ihre Freundin sind, kann ich nicht aufhören, die beiden zu mustern und mir Gedanken über ihren Charakter zu machen. Lio und Kilian sind im wahrsten Sinne des Wortes sprachlos über die Enthüllung. Ich hingegen bestreiche einen Toast mit Butter und grübele darüber, ob weibliche Dämonen auch nett sein können und ich wegen meiner Eifersucht einfach nur voreingenommen bin.

»Aber unsere Großväter haben doch gesagt, ...«, stottert Lio.

»Gibt es einen Beweis für diese Behauptung?«, kommt es skeptisch von Kilian. Die beiden sind von dem Geheimnis unserer weiblichen Gäste vermutlich um einiges mehr überrascht als ich. Alles, woran sie vorher geglaubt haben, zerbröselt zu einem Häufchen Asche – ich kenne dieses Gefühl.

»Sind goldene Augen nicht Beweis genug?«, fragt Mace.

Lio wendet sich an seine Sitznachbarin. »Deshalb hast du darauf bestanden, dass wir das Licht ausmachen?«

Sie tätschelt als Antwort nur seine Hand. Er sieht aus wie ein verstörter begossener Pudel, der zum ersten Mal im Regen steht. Dass er sich hintergangen fühlt, ist ihm deutlich anzumerken.

»Ich vermute, dass Veronicas Mutter ebenfalls ein Succubus ist. Demnach tut es uns allen hier am Tisch gut, etwas mehr darüber zu erfahren«, sagt Mace. »Wie kann es sein, dass unter den Incubi der Irrglaube verbreitet ist, es gäbe nur männliche Dämonen? Seid ihr genauso wie wir? Können wir uns gegenseitig umbringen?«

Noemi stöhnt. »Ich wusste, dass diese Fragestunde irgendwann kommt.«

Ophelia grinst. »Sie mag es nicht, wie eine Kuriosität behandelt zu werden.«

Ich beiße von meinem Toast ab und frage mich, warum ich die Einzige hier bin, die etwas isst. Wollten wir nicht zusammen frühstücken? Vielleicht habe ich mir den Kopf bei dem Sturz aber doch schlimmer gestoßen als angenommen und meine Gelassenheit ist Grund genug, um mich zu einem richtigen Arzt zu fahren.

»Verständlich«, sagt Kilian. »Wisst ihr irgendetwas, was wir nicht wissen?«

Ophelia schmunzelt. »Frauen wissen doch immer mehr als Männer. Oder?«

Ich werfe Kilian einen Blick zu, um zu sehen, ob er Ophelia genauso unsympathisch findet wie ich. Alles, was aus ihrem Mund kommt, ist so überheblich und blödsinnig.

»Geht's auch konkreter?«, fragt er, während er sein Brötchen mit etwas zu viel Gewalt durchschneidet. Kilian und ich scheinen uns auch jetzt auf derselben Wellenlänge zu befinden, was mir ein zufriedenes Schmunzeln entlockt.

»Wir wurden ebenfalls unser ganzes Leben von Incubi ferngehalten, ich kann also nicht einschätzen, ob wir über dieselben Kräfte verfügen«, antwortet Ophelia schulterzuckend. »Meine Schwestern und ich sind seit einem Jahr auf Durchreise, um mehr von der Welt zu sehen. Dabei sind wir den ersten männlichen Dämonen begegnet – es gibt von euch definitiv viel mehr als von uns. Bisher ist niemand von den Incubi durch uns gestorben. Die Überlebensquote scheint also besser als bei Menschen zu sein.«

Wie bitte? Sie zwinkert Mace zu und ich will am liebsten über den gedeckten Tisch klettern und an ihre Gurgel springen. Sie vögelt mit Mace, obwohl nicht einmal *sicher* ist, dass niemand dabei stirbt?

Auch Lios Gesicht ist der Schock anzusehen, denn Noemi tätschelt wieder beruhigend seine Hand. »Keine Sorge, Kleiner. Die Verbindung von Succubi und Incubi sind zwar noch nicht weit erforscht, aber wir gehen davon aus, dass es sich nicht von der Verbindung zweier Incubi unterscheidet. Wir haben auf unserer Reise ein paar homosexuelle Dämonen getroffen, die sich schon jahrelang voneinander ernähren, ohne einander zu schwächen oder zu schaden. Es ist, als würden sich die Dämonen mehr von der Energie ernähren, die durch die Leidenschaft entsteht, als durch die Lebensenergie des anderen. So ist es möglich, dass beide gestärkt aus dem Akt herausgehen.« Sie schmunzelt Lio zu und sein Gesicht leuchtet auf wie eine rote Ampel.

Ich balle meine Hände zu Fäusten. Als ich merke, dass ich dabei mein Toast zerquetsche, lasse ich es auf den Teller fallen. Dass mich sogar bei Lio ein so starker besitzergreifender Instinkt durchfährt, wundert mich selbst ein bisschen. Ich fühle mich, als wäre ich die Löwenmutter dieses Rudels. Als wären das alles meine Jungen und als würde ich keine einzige andere Frau in ihrer Nähe dulden. Dafür, dass Noemi und Ophelia sich heute Nacht mit zwei meiner Jungs vergnügt haben, will ich ihnen am liebsten die Augen auskratzen.

Auf einmal klingelt ein Handy und durchbricht dieses wundervolle idyllische Frühstück. Ophelia zieht ihr Telefon aus der Hosentasche und geht dran. »Entschuldigt mich«, sagt sie und steht auf.

Argwöhnisch beobachte ich, wie sie sich vom Tisch entfernt. An Essen ist nicht mehr zu denken, mir ist jeglicher Appetit vergangen. Leider spricht sie zu leise, als dass ich viel von dem Telefonat mitbekomme.

Als sie zurückkommt, wirkt sie nicht mehr ganz so unbesorgt wie zuvor.

»Noemi, wir müssen los. Meine Schwester braucht uns.«

»Jetzt?«, fragt die Schwarzhaarige verwundert.

Lio hebt fragend den Finger. »Moment, ist irgendwer von euch jetzt wirklich blutsverwandt oder nennt ihr euch nur Schwestern, so wie wir uns Brüder nennen?«

»Ja, jetzt. Und ja, ich habe eine blutsverwandte Schwester und Noemi ist unsere beste Freundin.« Sie beugt sich zu Mace rüber. »Sorry, Babe. Wir können heut Abend weiterreden, okay?« Als sie ihm einen Kuss auf den Mund gibt, wende ich meinen Blick ab. »Lasst uns doch heute Abend alle zusammen ins Kino und anschließend was essen?« Sie schultert ihre Tasche und blickt in die Runde. Auch Noemi steht auf und verabschiedet sich von Lio.

»Okay, mal sehen. Bis heute Abend. Wir schreiben aber noch«, erwidert Mace.

Als die beiden Frauen verschwinden, bleibt ein unerträgliches Gewicht auf meiner Brust zurück. Bei der Vorstellung, heute Abend zusammen mit diesen Frauen ins Kino zu gehen, will ich mein Frühstück direkt wieder über den Tisch speien. Ich weiß, dass ich eingewilligt habe, mich den Dämonen zu stellen, und ich weiß, dass Ophelia meine beste Option ist, um alles über Succubi in Erfahrung zu bringen. Aber werde ich je in einem Raum mit ihr sein können, ohne von Gewaltfantasien verfolgt zu werden?

»So, jetzt ist die Katze aus dem Sack.« Mace greift in aller Seelenruhe nach dem Nutellaglas. »Scheint, als hätte Veronica die ganze Zeit recht gehabt und als wären wir die erste Generation in der Geschichte, die auf weibliche Dämonen gestoßen ist.« Er bestreicht seine Toastbrotscheibe, dreht das Glas wieder zu und schaut dann in die ansonsten schweigsame Runde. »K, worüber wolltest du noch gleich reden?«

21.

Zwei Runden im Kreisverkehr

Nika

Sonntag, 15 Minuten später

»Wir hatten gestern Nacht vier tote Gäste. Drei davon Dämonen. Raphael hat bereits die Drecksarbeit erledigt. Bleibt abzuwarten, ob der Rat eingeschaltet wird und jemand die Spuren bis zu uns verfolgen kann, oder ob nur die hiesige Polizei wieder ein paar nutzlose Vermisstenanzeigen rausbringt. Nichts gegen deine Tante, Nika, aber die menschlichen Cops werden nie auf den richtigen Zweig kommen. Viel mehr Sorgen sollten uns die Jäger bereiten. Sie sind für zwei der Morde gestern verantwortlich und waren offenbar unter unseren Gästen. Wieso sie nur eine kleine Botschaft hinterlassen haben, anstatt ein riesiges Blutbad zu veranstalten, ist mir allerdings ein Rätsel. Vermutlich war das erst der Anfang von etwas Größerem.«

»Dann muss Raphael zurück in unser Rudel«, schlussfolgert Mace. »Wenn wir gegen die Jäger vorgehen wollen, brauchen wir jede Unterstützung. Gerade jetzt sollten wir zusammenhalten und unsere internen Streitereien begraben.«

Sobald die Frauen weg waren, hat sich der Frühstückstisch zu einem regelrechten Kriegsrat verwandelt. Ich fühle mich zwar wie das fünfte Rad am Wagen, doch bisher hat mich niemand weggeschickt, weshalb ich weiter hier sitzen bleibe und hin und wieder an meinem Kaffee nippe.

Als mir während des Gesprächs langsam gedämmert hat, was Jäger sind und wie ernst die Gefahr von ihnen ist, will ich mich erst recht irren, und kein Dämon sein. Das Schicksal als Mensch, der sich lediglich in das falsche Wesen verliebt hat, erscheint mir auf einmal viel angenehmer als noch vor ein paar Stunden.

»Sebastian ist im Morgengrauen los und will auf eigene Faust etwas unternehmen«, seufzt Kilian und ich nehme die Schwere in seiner Stimme wahr, die nur jemand kennt, dessen Herz gerade ebenfalls in zwei gerissen ist. Kann es sein, dass Sebastian für Kilian so viel mehr ist als nur ein Freund? Ich habe diese Schwingungen zwischen ihnen schon früher bemerkt, aber nie angesprochen. Nun will ich unbedingt mit Kilian reden, doch dafür muss ich warten, bis wir unter vier Augen sind.

»Also reagiert Raphael jetzt wieder auf unsere Nachrichten und will zurück?«, fragt Lio.

»Letzte Nacht hat sich einiges geändert. Er hat sich seinen Platz zurückverdient und das weiß er auch.«

Mace und Lio schauen Kilian verständnislos an. Er hat ihnen noch nicht davon erzählt, was in der Dachkammer passiert ist. Als Mace' Blick auf mich fällt, werden meine Wangen warm und ich verstecke mein halbes Gesicht hinter der Kaffeetasse. Ich werde ganz gewiss niemanden hier in die Details letzter Nacht einweihen – falls das jemand erwartet. Die Dinge auszusprechen, liegt außerhalb meiner Macht. Sie dürfen gern Raphael über diese Nacht und Gideon ausfragen. Er hat mehr als genug mitbekommen.

»Ich sollte Nika nach Hause fahren«, sagt Kilian auf einmal. Vielleicht hat er gemerkt, dass das Thema zu heikel für mich wird oder im Kriegsrat geht es jetzt ans Eingemachte. Fest steht, dass ich ihm für das Timing ziemlich dankbar bin, doch Mace hat offenbar andere Pläne.

»Nein, ich mach das. Veronica und ich haben für heute Mittag schon etwas vor.«

Kilian schaut mich fragend an. »Ach ja?«

»Ähm, Mace wollte mich zu meiner Mutter bringen.« Von einer unangenehmen Begegnung zur nächsten. Aber wenn ich schon dabei bin, kann ich auch alles an einem Tag abhandeln.

»Veronica, nur weil ihr zusammen seid, brauchst du keine Erlaubnis von ihm«, fährt Mace dazwischen, bevor Kilian darauf etwas sagen kann. »Ich ziehe mich um, wir fahren gleich.« Er steht auf und verlässt den Tisch.

Ich stelle meine leere Kaffeetasse ab und stehe ebenfalls auf, doch nur in der Hoffnung, dass Kilian mir folgt. Nichts gegen Lio, aber er muss das Folgende nicht mitbekommen. Ich laufe zum Sofa, wo meine Sachen liegen, und wie gehofft folgt Kilian mir und lässt Lio allein am Esstisch zurück.

»Mehr Essen für mich! Super!«, ruft dieser hinter uns her.

Ich muss schmunzeln und wende mich im Flüsterton an Kilian. »Alles gut, mach dir keine Sorgen.«

»Wie kommst du darauf, dass ich mir Sorgen mache?«

Ich blicke ihn vielsagend an, bis er schließlich lächeln muss.

»Weißt du, wo Sebastian jetzt ist?«, frage ich.

Kilians Gesichtsausdruck wird wieder ernst. »Nein.«

»Willst du ihm nicht hinterher oder ihn zurückholen?«

»Nika, bitte ...«

»Zwischen euch lief was, oder?« Auf seinen überraschten Blick hin muss ich lächeln. »Ich bin nicht blind, weißt du?«

Kilian schüttelt den Kopf. »Ist ohnehin unwichtig. Es ist vorbei, was auch immer es war.«

»Wieso?«

K schaut sich um, bevor er antwortet, als hätte er Angst, dass einer der Jungs uns zuhört. Offenbar hat er niemand anderem bisher davon erzählt, was mir nur umso mehr bedeutet. »Er hat mir das Herz gebrochen. Ich habe vor ihm nur eine andere Person je in mein Herz gelassen – beide Male war es ein Fehler. Es ist, als fände ich wohl immer grundsätzlich an den falschen Leuten Gefallen.« Er hebt dabei einen seiner Mundwinkel, doch das Grinsen erreicht seine Augen nicht. Eine Tonne Steine lastet auf meiner Brust.

Das Gefühl kenne ich.

»Denken wir das nicht alle?«, frage ich leise. »Bis wir den Richtigen finden, sind alle die Falschen.«

Aus Kilians Gesichtsausdruck spricht völlige Resignation und aufrichtiges Mitgefühl durchströmt mich. »Vielleicht haben Sebastian und Mace aber auch Recht und im Leben eines Dämons ist kein Platz für so etwas wie Liebe.«

Ich schüttele entschieden den Kopf. »Glaub mir, für einen Menschen kann die Liebe genauso ernüchternd und beschissen sein. Auch Menschen wünschen sich manchmal, lieber keine Gefühle zu haben. Es ist also egal, was man ist.«

Er lacht. »Also halten wir fest, dass Gefühle immer scheiße sind?«

»Ja.«

Er zieht mich in die Arme und drückt einen Kuss auf meinen Haaransatz. Mein Herz schmilzt bei dieser Geste dahin. »Tut mir leid, Nika. Dass du so blöde Erfahrungen mit der Liebe machst.«

Ich hebe meinen Kopf und schaue zu ihm hoch. »Mir tut es auch für dich leid.« Und das meine ich auch so. Ich will für diesen wunderbaren Mann nichts anderes, als dass seine dunkelbraunen Augen irgendwann glücklich vor Liebe leuchten. Wenn ich kein Happy End bekomme, dann soll wenigstens er eins kriegen.

»Habt ihr nachts nicht genug gekuschelt?«, unterbricht Mace uns.

Sofort fahren wir beide auseinander, als hätte ein Blitz uns gespalten. Ich blicke beschämt zu Boden, obwohl ich weiß, dass Mace nachts viel schlimmere Dinge getan hat, als zu *kuscheln*.

»Lass uns gehen. K, wir sehen uns heut Abend? Doppeldate im Kino? Dreifachdate, wenn Lio mitkommt.«

Kilian und ich schauen uns an. In seinem Blick liegt eine Frage. Will ich mit? Ich zucke mit den Achseln, da ich die Antwort auf diese Frage selbst noch nicht kenne. Bin ich wirklich so masochistisch, dass ich mir einen Pärchenabend mit Ophelia und Mace antun würde?

»Wir schreiben später«, sage ich zu Kilian und schiebe die Entscheidung damit auf. Ich folge Mace in den Flur, wo ich in meine hohen Schuhe schlüpfe. Anschließend ziehe ich meinen beigefarbenen Mantel über, um das Ausmaß dieses schrecklichen Outfits zumindest teilweise zu verbergen.

»Ich muss mir zuhause aber erst einmal was anderes anziehen«, warne ich Mace vor, als wir die Wohnung verlassen. Ich gehe meine Mutter bestimmt nicht mit Stöckelschuhen, einer karierten Boxershorts und einem XL Männer-T-Shirt besuchen.

Draußen trifft uns strahlender Sonnenschein. Mace zieht seine Sonnenbrille auf, die er zuvor am Ausschnitt seines weißen T-Shirts festgeklemmt hatte.

»Soll ich nicht lieber fahren?«, frage ich, als wir auf den schwarzen BMW zusteuern.

Mace bleibt irritiert vor der Fahrerseite des Wagens stehen und guckt mich an. In den dunklen Gläsern seiner Sonnenbrille sehe ich jedoch nur mein eigenes kleines Spiegelbild. »Wieso?«

Ich nicke in Richtung seines Gipses. Wie kann man bitte vergessen, einen gebrochenen Arm zu haben?

»Und du denkst nicht, dass ich in der Lage bin, mit einem Arm Auto zu fahren?«

Ich denke, Männer wie Mace glauben, dass sie auch ganz ohne Arme Auto fahren können.

»Mit der rechten Hand musst du hin und wieder schalten und währenddessen sollte schon eine Hand durchgängig am Lenkrad sein.«

Für ein paar Sekunden starrt Mace stumm auf mich herab und ich schätze mal, ich kann ganz froh sein, dass ich seinen Blick nicht sehen kann.

»Du bist ja schlimmer als die Verkehrspolizei. Steig ein, Officer Spießig. Aber wehe du machst einen Kratzer rein.« Er wirft mir den Wagenschlüssel zu und das kommt so plötzlich, dass ich den Moment verpasse, ihn aufzufangen. Klirrend landet er auf dem Bürgersteig.

Wenn ich das Geräusch richtig deute, prustet Mace, bevor er an mir vorbeigeht und zur Beifahrerseite wechselt.

Mit rotem Kopf bücke ich mich nach dem Schlüssel. Als ich in den Wagen steige, werfe ich ihm einen wütenden Blick zu. »Statt ›Steig ein‹ kannst du beim nächsten Mal zur Vorwarnung auch ›Fang‹ sagen.«

Ich stelle mir den Sitz und die Spiegel ein und starte den Motor.

Als ich mich anschnalle, werfe ich einen Seitenblick zu Mace. »Willst du dich nicht auch anschnallen?«

Er nimmt die Sonnenbrille ab und steckt sie sich zurück an den Ausschnitt. Nun werde ich nicht mehr von seinem abschätzenden Blick verschont. »Bist du im Bett auch so verklemmt? Dann kann ich ja froh sein, dich Kilian überlassen zu haben.«

Ich atme tief durch und ignoriere mein schneller schlagendes Herz. *Geh nicht auf seine provokante Art ein. Ignorier es einfach.*

»Okay, wenn du noch einen gebrochenen Arm riskieren und durch die Windschutzscheibe fliegen willst, bitteschön. Euch juckt es offenbar nicht, wenn ihr angeschossen werdet oder euer Motorrad sich überschlägt und ihr quer durch die Luft fliegt.« Ich lege den ersten Gang ein und gebe

Gas. »Vielleicht habt ihr kein Schmerzempfinden. Oder Superheilkräfte. Was weiß ich schon.«

Ich werfe ihm einen kurzen Blick zu und sehe ihn schmunzeln. »Ja, lach ruhig«, murmele ich, während ich mich auf meinen Orientierungssinn verlasse und hoffe, den Weg nach Hause auch ohne Navi zu finden. Zum Glück habe ich einen sehr guten Orientierungssinn. Vielleicht liegt es aber auch nur daran, dass ich mein ganzes Leben in dieser Kleinstadt verbracht habe und sie besser kenne als den Inhalt meines Kleiderschrankes.

»Wenn wir genügend Energie zu uns nehmen, also öfter als sonst, dann heilen wir tatsächlich schneller als Menschen.«

Ich bin ein wenig überrascht, dass er in der Laune ist, mir Dinge zu erklären, und nutze die Gelegenheit sogleich aus. »Wie oft müsst ihr denn im Normalfall äh ... Energie aufnehmen?«

»Etwa einmal die Woche reicht aus und wäre ideal.«

Ich nicke und denke mit zugeschnürter Brust an das, was ich in ihrem Grimoire gelesen hatte. Ab zwei Monaten ohne Energie wird es lebensgefährlich.

»Habt ihr noch andere Superkräfte?«, frage ich, um mich wieder auf weniger bedrückende Gedanken zu bringen.

Mace lehnt sich lässig im Sitz zurück, lässt mich aber keine Sekunde aus den Augen. Dass ich beim Fahren die ganze Zeit seinen Blick auf mir spüre, ist nicht gerade förderlich für meine Konzentration. Aber so fällt ihm vielleicht nicht auf, dass wir den Kreisverkehr schon zum zweiten Mal umrunden, weil ich die Ausfahrt beim ersten Mal verpasst habe.

»Verschärfte Jagdinstinkte, eine verstärkte sexuelle Anziehungskraft auf Menschen, wir könnten den Energieentzug auch gezielt zum schnellen Töten verwenden, wenn wir wollten, und dann natürlich die Gedankenmanipulation unserer Opfer«, zählt Mace lässig auf.

»Aber du könntest durch Gedankenkontrolle mich jetzt nicht dazu bringen, gegen einen Baum zu fahren, oder?«

»Nein, eigentlich können wir nur Erinnerungen verschleiern oder löschen. Und das am einfachsten, indem wir die Opfer in einen Rausch aus Leidenschaft versetzen. Ein paar Dämonen versuchen ihre Kräfte zu trainieren und wenn man gut darin ist, kann man auch ohne intimen Kontakt Zugriff auf gewisse Erinnerungen erhalten. Manche Menschen können wir im Rausch auch manipulieren, ihnen also Befehle erteilen, das geht aber nur, wenn sie ihren Geist für uns öffnen und zugänglich sind. Du kannst das mit einer Art Hypnose vergleichen.«

»Wow.« Sprachlos schüttele ich den Kopf. Das ist doch mehr, als womit ich gerechnet hätte. Und ein wenig Angst macht es mir auch. Ich sollte aufhören, mit Menschen unter einem Dach zu schlafen, die mich hypnotisieren könnten.

»Ist es normal, dass Erinnerungen zurückkehren, wenn eine gewisse Zeit vergeht?«, frage ich nach einigen Minuten.

»Nein, das sollte eigentlich nicht passieren. Genau deshalb denke ich ja, dass du dämonisches Blut in dir hast und unsere Kräfte deshalb schwieriger zu dir durchdringen. Wenn deine Mutter ein Dämon ist, überspringst du diesen Wesenszug zwar, trägst das Gen aber dennoch in dir.«

Und ist es dann normal, dass ich eine Vision von deinem Motorradunfall hatte? Erklärst du das auch damit, dass ein dämonisches Gen in meiner Familie liegt? Ich frage nicht nach, sondern parke stattdessen vor unserem Haus. Meine Gedanken fahren die krasseste Achterbahn, die die Welt je gesehen hat. Es ist ein Wunder, dass ich uns ohne mehrmaliges Verfahren hierhin gebracht habe.

»Kommst du mit hoch?«, frage ich, ohne etwas zu seiner Theorie zu sagen. Dass meine Mutter ein Succubus ist, glaube ich erst, wenn sie es mir ins Gesicht sagt. Vorher will ich mich weder mit den Konsequenzen für mich befassen, noch mit denen für meine Kindheitserinnerungen an sie. Wenn sie ein Dämon ist, stellt es meine ganze Vergangenheit auf den Kopf ... und vielleicht wirft es neue Gründe auf, die mir erklären, warum sie mich damals an ihre Schwester abgegeben hatte ... eine Frage, mit der ich mich schon viele Jahre aufgehört habe zu beschäftigen.

»Ist deine Tante nicht da?«, fragt Mace, als wir in den Flur treten und Fellknäuel uns miauend entgegenkommt. Sie streckt sich und blinzelt uns verschlafen entgegen.

»Sie ist selten zuhause.« Ich gehe direkt in mein Schlafzimmer und Mace folgt mir.

»Ermittelt sie in dem Mordfall, für den du uns verdächtigt hast?«

»Nein.« Aber gut, dass er mich daran erinnert. »Wenn ihr Maxi nicht getötet habt ... welcher Dämon war es dann?« Denn dass es ein Dämon gewesen sein muss, steht für mich außer Frage, nachdem die Polizei immer noch ratlos über die Todesursache ist.

»Was soll dein Blick bedeuten? Verdächtigst du jemand Bestimmten?«

Ohne ihm zu antworten, öffne ich die Türen meines Kleiderschrankes. Erst hatte ich Raphael verdächtigt, doch mittlerweile hat sich noch eine andere Vermutung in mir eingenistet.

»Findest du es nicht seltsam, dass diese drei Dämoninnen in unserer Kleinstadt auftauchen, kurz nachdem ein Mord passiert?«, spreche ich meine Gedanken aus. Ich greife nach einem grauen T-Shirt mit einer großen Sonnenblume drauf und einer hellen Jeans Shorts. »Drehst du dich kurz um, während ich mich anziehe? Jetzt, wo du eine Freundin hast, kannst du ja ausnahmsweise mal den Gentleman spielen.« Auch wenn ich bezweifle, dass ausgerechnet ein weiblicher Sexdämon Mace verbieten würde, andere Frauen nackt zu sehen. Ophelia macht nicht den Anschein, als würde sie sich für konventionelle streng monogame Beziehungen einsetzen.

Trotzdem wendet Mace mir zum Glück ohne großes Spektakel den Rücken zu. Während er sich mein Bücherregal anguckt, in dem hauptsächlich Schnulzen stehen, ziehe ich mich schnell um.

»Du verdächtigst also Ophelia, etwas mit dem Mord an deiner Schulkameradin zu tun zu haben?«, fragt er.

»Kannst wieder gucken«, sage ich und falte Kilians Klamotten zu einem Stapel zusammen. »Du solltest ihr und ihren Freundinnen zumindest nicht einfach blind vertrauen.«

Er dreht sich um und sieht mich an. »Keine Sorge. Tue ich nicht.«

»Gut.« Ich wende mich von ihm ab und werfe meine Klamotten von gestern Nacht in den Wäschekorb neben dem Bett.

»Vermutlich hat genau dieser Todesfall die Jäger in der Umgebung wachgerüttelt. Anders kann ich mir die Zusammenhänge nicht vorstellen«, sagt Mace.

Ich sprühe mich noch schnell mit meinem Vanille-Deo ein und binde meine Haare zu einem hohen Pferdeschwanz zusammen. Als ich mich schon von meinem Spiegelbild abwenden will, fallen mir die Blutergüsse an meinem Hals auf. Ein Kloß bildet sich in meiner Kehle und ich muss schlucken. Rasch greife ich nach meinem Concealer und versuche, die blauen Flecken zu überschminken, die Gideon an mir hinterlassen hat.

»Bist du fertig?«, fragt Mace, als ich das Make-up zurück an seinen Platz lege.

»Denke schon.« Zumindest äußerlich. Innerlich bin ich gewiss nicht bereit für das, was wir jetzt vorhaben. Doch das werde ich vermutlich nie sein.

»Bist du sicher, dass wir hier richtig sind?«, frage ich, als wir über die niedergetrampelten Pfade der Wohnwagensiedlung laufen. Die Sonne brennt uns im Nacken. Mein T-Shirt klebt mir unangenehm an meinem schwitzenden Körper.

Wir hätten abends herkommen sollen, wenn die Luft sich etwas abgekühlt hat.

»Hey, bitte erwarte nicht zu viel. Okay?«

Irritiert schaue ich zu Mace auf, der neben mir läuft. Da schwingt ja schon fast so etwas wie Sorge in seiner Stimme mit.

»Ich erwarte keine rührende Familienzusammenkunft«, beruhige ich ihn.

»Gut, deine Mutter ist nämlich ...«

»Nein, sag nichts.« Ich kann mir den Rest ausmalen und ich will nicht, dass er es ausspricht. Als Kind habe ich nie verstanden, was meine Mutter beruflich macht oder wieso sie tagsüber so viel geschlafen hat, wieso sie nie aufgeräumt hat oder mich nie zur Schule bringen konnte. Später habe ich es mir zusammengereimt. Da sie hier wohnt, hege ich nicht die Hoffnung, dass sich irgendetwas an ihrem Lebensstil verbessert hat. Ich bin auf das Schlimmste gefasst und das Einzige, was ich heute erwarte zu bekommen, ist die Wahrheit. Wie dunkel sind die Geheimnisse meiner eigenen Familie? Wie schwarz sind die Schatten, in denen meine Mutter sich Zuhause fühlt?

Obwohl die Sonne heute nicht heller und wärmer strahlen könnte, fühle ich mich, als würde ich in das dunkelste und kälteste Loch hinuntersteigen, das auf diesem Planeten existiert.

Als Mace vor einem Wohnwagen stehen bleibt und die Hand hebt, um an die Tür zu klopfen, bleibt mein Herz kurz stehen. Nicht einmal absichtlich, aber vielleicht instinktiv bleibe ich einen Schritt hinter Mace und verstecke mich hinter seinem breiten Rücken.

Er muss drei Mal klopfen, bis wir Schritte und ein Rumpeln im Wohnwagen hören.

»Gott, wer will denn in dieser Herrgottsfrühe –« Als sie die Tür öffnet und Mace sieht, verstummt sie. Hinter seinem Rücken sehe ich nur ihr aschblondes Haar hervorblitzen.

»Du schon wieder.« Ihre Stimme ist tiefer, als ich sie in Erinnerung habe.

Bevor sie die Tür schließen kann, hält Mace sie mit der Hand auf. »Nein. Diesmal wimmeln Sie mich nicht ab. Wir sind hier, weil wir wissen, was Sie sind.«

»Wir?«

Ich trete einen Schritt zur Seite, damit sie mich sehen kann – und ich sie. Ihr Blick fällt auf mich. Die Zeit bleibt stehen. Für einen Moment gucken wir uns nur an. Versuchen zu begreifen, was die sechs Jahre mit dem anderen gemacht haben. Vermutlich habe ich mich mehr verändert als sie. Trotzdem bin ich wie gelähmt, sie live und in Farbe vor mir stehen zu sehen. Sie wirkt so anders als in meinen Träumen. Mir wird bewusst, dass meine Erinnerungen an sie nur noch eine verschwommene Silhouette gezeichnet und einen Filter über all ihre Fehler gelegt haben. Vielleicht hat aber auch der Alkohol- und Nikotinkonsum die letzten Jahre seine Spuren in ihrem Gesicht hinterlassen. Ihre von schwarzer Schminke umrahmten blauen Augen sind vor Überraschung weit aufgerissen.

»Hallo Mama.«

»Veronica muss von dem Familiengeheimnis erfahren, das Sie hüten. Sie denken vielleicht, Sie haben Zeit, zu warten, ob Nika Ihnen Enkel bringt, aber auch auf sie haben die dämonischen Gene bereits Auswirkungen gezeigt. Mein Rudel und ich wissen zu wenig über Succubi, Sie müssen Ihre Tochter einweihen!«

Beim Wort Succubi zuckt meine Mutter nicht einmal mit der Wimper. Während Mace redet, klammern sich meine Finger um das kühle Wasserglas. Etwas anderes als Wasser kann sie uns nicht anbieten, hat sie gesagt. Die halbleeren Billig-Weinflaschen, die in allen Ecken herumliegen, habe ich trotzdem bemerkt. Wir sitzen an einem winzigen Esstisch, der von Rechnungen und leeren Kippenschachteln überschwemmt wird.

Meine Mutter schaut Mace verächtlich an. Ihre künstlichen langen Fingernägel klopfen langsam auf die Tischplatte. »Hast du etwa vor, mir demnächst Enkelkinder zu schenken?«

Mir wird noch heißer, als ohnehin schon. Obwohl ein Ventilator auf der Küchenanrichte steht und auf höchster Stufe läuft, bewegt sich die stickige Luft in diesem Wagen keinen Millimeter.

Ich schaue Mace an, der mit dem Kiefer malmt und mir einen kurzen Blick aus seinen sumpfgrünen Augen zuwirft.

»Nein, das habe ich nicht vor, Frau Hoffmann. Aber wann hatten Sie vor, Ihrer Tochter zu erzählen, dass Sie ein Dämon sind?«

»Offenbar hast du es schon erledigt. Herzlichen Glückwunsch. Ich wollte, dass sie so lange wie möglich ein normales Leben führt. Aber wie ich sehe, hat sie einen äußerst schlechten Männergeschmack.«

Ich kann nicht atmen. Verzweifelt nehme ich einen Schluck Wasser, doch das Gefühl, nicht mehr genug Luft zu bekommen, bleibt.

Die Tatsache, dass sie es weder abstreitet noch für Mace die Männer mit den weißen Kitteln ruft, sagt schon alles.

Ihr Blick wandert von Mace zu mir. Er wird sanfter und meine Brust zieht sich zusammen. »Seid ihr nur wegen mir hier oder wegen dir?«

Sie weiß es. Sie weiß, dass auch mit mir etwas nicht stimmt. Sie kennt die Antwort auf die Frage, wegen der ich eigentlich hier bin.

»Was meinen Sie?«, fragt Mace barsch.

Meine Mutter starrt ihn überrascht an. Dann grinst sie schief, wissend. »Oh, du meinst, du glaubst, dass wir beide die einzigen Monster hier am Tisch sind? Falsch gedacht, Kleiner. Meine Tochter tötete ihr erstes Opfer, als du noch unschuldig die Schulbank gedrückt hast. Veronika ...« Sie wendet sich wieder an mich, auch wenn ich mich nicht mehr fühle, als könnte ich länger an diesem Gespräch teilnehmen. Ich bin zur Salzsäule erstarrt. »Ich wusste nicht, ob du dich daran erinnern wirst ... ich wusste nicht, ob und wann es wieder passiert. Aber jetzt sitzt du hier vor mir, was bedeutet, dass du weißt, was du bist.«

Das Schwindelgefühl lässt das Zimmer kippen. Ich stehe so hastig auf, dass der Stuhl, auf dem ich saß, zu Boden fällt. Ich renne zur Wohnwagentür und stürze an die frische Luft. Nach Sauerstoff ringend, lasse ich mich direkt auf die erste Treppenstufe fallen. Ich hebe den Kopf in den Nacken, schließe die Augen und konzentriere mich aufs Ein- und Ausatmen.

Du weißt, was du bist.

Ihre Stimme hallt in Endlosschleife in meinem Kopf wider. Die Sonne lässt meine Augenlider von innen glühen. Mein persönliches Fegefeuer hat die Türen für mich geöffnet und meine eigene Mutter hat mich lachend in die Flammen gestoßen.

22.

Wie geht man mit der Wahrheit um?

Mace

Sonntag

Als Nika aus dem Wagen stürmt, will ich ihr hinterher, doch ihre Mutter hält mich auf. Frau Hoffmann greift über den Tisch nach meiner Hand.

»Wird Zeit, dass sie sich ihren eigenen Dämonen stellt.«

Entgeistert schaue ich sie an. Hunderte von Fragen schießen durch meinen Kopf. Wie kann sowohl diese Frau vor mir, wie auch ihre Tochter ein Dämon sein? Das ist biologisch unmöglich.

Ich entreiße ihr meine Hand und stehe auf. »Ich muss nach ihr sehen.«

Carolin Hoffmann lacht. »Versuchst du etwa, ihren Beschützer zu spielen?«

Ich sage nichts.

»Lass es bleiben, Kleiner. Sie muss sich selbst beschützen können. Vor ihrer Vergangenheit, vor der Dunkelheit, vor sich selbst – und vor allem vor Monstern wie dir.« Sie lässt meinen Arm los und nickt Richtung Tür. »Halt dich von ihr fern. Du denkst vielleicht, ihr seid gut füreinander, ihr könnt euch gegenseitig retten, aber das stimmt nicht. Hör auf meine Worte, lass sie in Ruhe oder es stürzt euch beide ins Verderben.«

»Wir werden wiederkommen«, warne ich sie, weil ihre Worte zu sehr nach Abschied klingen. Vielleicht ist es für den Moment zu viel für Veronica und sie muss das Ganze erst einmal verdauen – genauso wie ich – doch ich bin mir sicher, dass sie in ein paar Wochen mit ihrer Mutter über all das wird reden wollen. Sie wird jemanden brauchen, der ihr spätestens nach ihrem einundzwanzigsten Geburtstag beisteht und ich weiß nicht, ob mein Rudel dann der richtige Ansprechpartner für sie ist. Ich weiß nicht, ob *ich* dann die richtige Person an ihrer Seite bin.

»Das wage ich zu bezweifeln«, sagt Carolin Hoffmann. Ich bin schon an der Tür und sehe Veronica draußen sitzen, doch ich blicke noch einmal zurück ins Innere und beobachte, wie ihre Mutter etwas aus einer Schublade hervorholt.

»Gib ihn ihr, wenn sie bereit dafür ist.«

Ich nehme den Brief wortlos entgegen. Auf dem weißen Umschlag steht leidglich Veronicas Name. »Geht. Und nimm dir meinen Rat zu Herzen, Junge.«

Den Rat, sich von Veronica fernzuhalten?

Kann ich es ihr verübeln, dass sie sich für ihre Tochter keinen Dämon an die Seite wünscht oder steckt mehr hinter ihrem Ratschlag? Ich schiebe den Briefumschlag in meine hintere Hosentasche und verlasse den Wohnwagen.

Die Tür fällt hinter mir zu und es fühlt sich unwirklich an, hier zurück im gleißenden Sonnenlicht zu stehen und das Gebrüll von Kindern in weiter Ferne zu hören, während in uns so viel Dunkelheit und Kälte herrscht.

»Wollen wir zurückfahren?«, frage ich.

Veronica nickt und rappelt sich auf. Sie sieht blasser aus als sonst und ihre Brust hebt und senkt sich in einem ungesunden Tempo. Während wir uns von Frau Hoffmanns Grundstück entfernen, behalte ich Veronica im Auge, aus Angst, dass sie jeden Moment umkippen könnte, und ich sie rechtzeitig halten möchte.

Wir kommen an meinem BMW an, ohne dass sie ohnmächtig wird. Offenbar hat sie sich wieder gefangen. Zu meiner Enttäuschung scheint sie aber nicht mit mir reden zu wollen. Ich kann nicht einschätzen, was in ihr vorgeht. Habe ich die Worte ihrer Mutter überhaupt richtig verstanden? Mittlerweile zweifle ich an meinen eigenen Schlussfolgerungen.

»Kannst du fahren oder soll ich lieber?«

Sie nickt wieder stumm und nimmt mir den Schlüssel aus der Hand. Ihre Fingerspitzen streifen meine Hand dabei nur eine Millisekunde und trotzdem reicht der leichte Kontakt, um in mir das Bedürfnis zu wecken, ihre Hand zu greifen und sie zu mir zu ziehen. Ich will sie berühren. Irgendwie. Und wenn es nur mein kleiner Finger ist, der ihren hält.

Rede mit mir, Veronica.

Doch sie steigt bereits in den Wagen, noch bevor ich meine Hand wieder sinken lassen kann. Ich führe mich auf wie ein Vollidiot. Schnell laufe ich um den Wagen herum und schiebe alle unpassenden Gefühle in die hinterste Ecke meiner Seele. Eigentlich dachte ich, mich würde so schnell nichts mehr schockieren ... aber diese Neuigkeit ... Ich merke, dass ich Veronica wieder anstarre. Schnell wende ich den Blick von ihr ab und schaue durch die Windschutzscheibe, ohne auch nur annähernd dahinter etwas wahrzunehmen.

Meine Gedanken drehen sich.

Veronica scheint bereits jemanden mit ihren Kräften getötet zu haben.

Veronica scheint bereits geahnt zu haben, was in ihr schlummert.

Veronica ist aber keine einundzwanzig.

»Du bist zwanzig, oder?«, höre ich mich selbst fragen.

Da sie der deutschen Sprache offenbar im Moment nicht mächtig ist, muss ich sie nun doch angucken, um zumindest ihr Nicken zu sehen.

»Wann wirst du einundzwanzig?«

»Können wir die Fragen bitte sein lassen?«, fährt sie mich so scharf an, dass ich sogar kurz zusammenzucke. »Es kostet mich alles an Konzentration, dem Straßenverlauf zu folgen und nicht rechts gegen die Leitplanke zu rasen!«

»Okay okay«, lenke ich schnell ein. Ich wende meinen Blick zum Fenster und versuche mich auf die vorbeirauschenden Bäume am Straßenrand zu fokussieren. Ihre schrille Stimme klingelt noch in meinen Ohren und ich will ihr die Zeit geben, die sie braucht.

Wieso hast du mir nie davon erzählt, dass du jemanden getötet hast?

Wer war es?

Hast du deshalb diese Schlafstörungen?

Träumst du nachts immer noch davon?

Haben sich deine Kräfte sonst noch irgendwann bemerkbar gemacht?

Ja, haben sie. Schlagartig denke ich an die Nacht zurück, in der sie in meinen Armen gestorben ist. Besteht die Möglichkeit, dass sie sich durch unsere Küsse Energie zurückgeraubt hat? Oder dass ein Dämon einen anderen nicht ohne weiteres töten kann?

Ich schaue sie wieder an. Es geht einfach nicht anders. Sie blickt konzentriert auf die Straße. Ihre Wangen haben wieder ihren normalen Hautton angenommen und ein paar lose Haarsträhnen haben sich aus ihrem Pferdeschwanz gelöst.

Du bist wie ich.

Du wirst nicht sterben, wenn ich dich küsse.

Natürlich küsse ich sie nicht. Ich habe schließlich Ophelia, die ich ebenfalls gefahrlos küssen kann, die *nicht* mit meinem Bruder zusammen ist und deren Welt nicht gerade bis auf ihre Grundmauern erschüttert wurde.

Als sie vor ihrem Haus hält, wirkt sie immer noch nicht in der Stimmung, mit mir darüber zu reden.

»Bevor du da hochgehst«, sage ich, als sie sich abschnallt. »Es gibt noch etwas, auf das du gefasst sein musst.« Ich will nur ungern ihre ganzen Familienbande und ihre Welt erschüttern, doch die Enthüllungen von heute haben auch Auswirkungen auf noch eine andere Komponente.

Veronica sieht mich ungeduldig und mit gehobenen Augenbrauen an.

Ich räuspere mich. »Miriam. Wenn sie die Schwester deiner Mutter ist … Es kann sein, dass sie ebenfalls ein Dämon ist oder zumindest von ihrer Existenz weiß.«

Veronica erblasst. An ihre Tante hat sie bisher keine Sekunde gedacht und es tut mir jetzt schon leid, dass sie vielleicht noch von einer weiteren Person jahrelang belogen wurde.

»Falls du was brauchst oder reden willst, melde dich bei uns.«

Sie nickt und steigt aus. Ich atme tief ein und schaue ihr nach. Nachdem sie hinter der Haustür verschwunden ist, ziehe ich mein Handy heraus und schreibe den Jungs.

Nun sitzen wir zu dritt an einem kleinen Tisch vor Kilians Café. Im Schatten des Sonnenschirms schlurft Lio an einem Erdbeermilchshake, während vor mir ein unangerührter Vanille-Frappuccino steht und Kilian sich schon die zweite Zigarette anzündet.

»Das Gen überspringt doch eine Generation. Wie kann sie also ein Succubus sein, wenn ihre Mutter auch einer ist?«, fragt er.

»Wir wissen nicht, wie das bei Succubi abläuft. Vielleicht haben sie andere Gesetzmäßigkeiten als wir«, mutmaße ich.

»Sie ist aber noch keine 21, richtig?«, hakt Lio nach. »Das heißt, selbst wenn sie ein Dämon wäre, ist sie noch nicht erwacht. Oder willst du sagen, dass auch die Altersgrenze bei Succubi eine andere ist, nur weil sie eine Vagina und keinen Penis haben?«

»Bitte sag Schwanz.« Ich werfe meinem jüngsten Bruder und seinem rosa Shake einen strengen Blick zu. Wenn er schon Mädchengetränke trinkt, soll er sich nicht auch noch wie eins ausdrücken. »Hast du nie gemerkt, dass ihre Augen leuchten, wenn ihr vögelt?«, wende ich mich dann an K. Wenn jemandem aufgefallen sein musste, dass Veronica ein Dämon ist, dann ja wohl ihm.

Mein ältester Bruder hustet und Qualm entweicht seinen Lippen. »Nein, ist mir nicht aufgefallen, sonst hätte ich ja wohl was gesagt.«

Wenn ihr überhaupt gevögelt habt. Du bist der Anständige von uns. Vermutlich gebt ihr euch nur Küsschen wie Kindergartenkinder.

Vermutlich ist das jedoch nur das, was ich glauben möchte.

Er drückt die Zigarette im Aschenbecher aus und schürzt die Lippen. »Und was machen wir jetzt?«

Gute Frage. Ich zucke mit den Achseln und lehne mich in dem stählernen Stuhl zurück. Ziemlich ungemütlich. Kilian sollte mal in eine bequeme Lounge investieren.

»Wir gehen heute Abend ins Kino und freunden uns mit den einzigen weiblichen Dämonen an, die wir kennen.« Obwohl ich natürlich mitbekommen habe, dass Veronica und Ophelia niemals beste Freundinnen werden, so hofft ein Teil von mir doch, dass Ophelia Nika in ihrer Situation irgendwie helfen oder beistehen kann. Zumindest besser als ich, der bei der Information, dass sie ein todbringendes Monster ist, als Erstes direkt mit dem Schwanz denkt, welcher diese Info als Erlaubnis auffasst. Die Erlaubnis, mich ihr gefahrlos zu nähern. Und diese Erlaubnis lässt sich nicht so einfach vergessen oder verdrängen.

Die einzige Erlaubnis, die noch fehlt, ist die von Kilian. Aber die wird er mir niemals geben. Okay, und Veronicas Einverständnis vielleicht auch. *Scheiße, sieht schlecht für uns aus, mein bestes Stück. Du musst dich mit Ophelia begnügen.*

Kilian

Sonntagabend

»Hey, kann ich rein? Ich muss dringend pissen!« Ich hämmere an die Badezimmertür. Von Innen höre ich das Wasser rauschen, was die Vermutung nahelegt, dass Mace mich nicht hören kann.

Ich drücke die Klinke hinunter und gucke, ob er abgeschlossen hat. Für gewöhnlich tun wir das nicht und auch jetzt habe ich Glück. Unten belegt gerade Lio das andere Bad und er hat bereits angekündigt, dass es länger dauern kann. Und da ich mir vor Nervosität gerade ein Bier nach dem anderen hinuntergekippt habe, kann ich nicht länger anhalten.

Wasserdampf und der Geruch von Duschgel hängen in der Luft. Ich schließe die Tür hinter mir.

»Lass dich nicht stören!«, rufe ich Richtung Duschkabine. Durch die beschlagene Glastür kann ich nur seine Rückenansicht erahnen.

»Wehe, du musst kacken!«, ruft Mace über das Rauschen des Wassers hinweg.

Lachend erlöse ich meine Blase von den drei Bier. Die Neuigkeit über Nika hat alles in mir durcheinander gebracht. Ist es krank, dass ein Teil von mir sich darüber freut, dass sie nun zu uns gehört? Als ich sie noch als außenstehenden Menschen gesehen habe, habe ich mich immer schuldig gefühlt, wenn sie mit uns zusammen war. Ich musste sie von mir und meinen Brüdern fernhalten, ich habe mich nie damit abgefunden, dass Mace sie so leichtfertig in unser Geheimnis eingeweiht hat – aber nun ... nun ist sie eine von uns. Zumindest nach ihrem nächsten Geburtstag. Sie teilt dasselbe dunkle Geheimnis wie wir, dasselbe Schicksal.

Als ich mir beim Händewaschen im Spiegel ins Gesicht schaue, fühle ich mich schuldig. Wie kann ich mich darüber freuen, dass Nika mit uns das gleiche grausame Schicksal teilt? Unsere Existenz ist ein Fluch, ein mit

Blut bedeckter Weg. Dieser Weg ist nichts für Frauen wie Nika. Sie ist die Verkörperung von Licht und Reinheit. Das Letzte, was ich will, ist, dass ihr strahlendes Licht erlischt.

»Hast du schon gefragt, ob sie heute mit ins Kino kommt?«, fragt Mace.

»Ja, aber sie hat noch nicht geantwortet. Ansonsten verschieben wir es auf morgen.« Obwohl ich die neuen Dämoninnen nicht leiden kann, teile ich Mace' Ansicht, dass es für Nika von Vorteil wäre, sich mit ihnen anzufreunden.

Ich drehe den Wasserhahn zu und mein Blick fällt auf Mace' Kette, die er auf dem Waschbecken abgelegt hat. Tag und Nacht trägt er sie. Ich weiß, dass er in diesem Medaillon lange Zeit ein Foto von Claire aufbewahrt hat. Ob es immer noch da drin ist oder hat bereits Ophelias Bild ihren Platz eingenommen? Bei der Vorstellung verziehe ich den Mund.

Mit einem kurzen Blick über die Schulter kontrolliere ich, ob Mace etwas hiervon mitbekommt. Schnell nehme ich das silberne Medaillon in die Hände und öffne es. Meine Neugierde will nur einen kurzen Blick hineinwerfen. Ich rechne eigentlich fest damit, dass mir Claires Gesicht entgegenguckt oder dass es leer ist – aber womit ich nicht rechne, ist Veronikas Gesicht.

Vor Überraschung entgleitet es meinen Fingern und die Kette fällt klirrend in das Keramikbecken. *Scheiße!*

Das Wasserrauschen aus der Dusche verstummt. Ich greife nach der Kette und drehe mich damit zu Mace herum. Meine Finger zittern.

»Kilian, was ...?« Mace tritt aus der geöffneten Glastür und greift nach einem Handtuch. Als er mich am Waschbecken mit seiner Kette in der Hand erblickt, erstarrt er.

»Ein Foto von Nika?« Mein Puls rast so schnell, ich kann nicht einmal ganze Sätze produzieren. Ich schaue hinunter auf das Bild – eine ausgedruckte Version ihres Facebook Profilbildes. Aus einem Impuls heraus, puhle ich es mit den Fingern heraus. Ich ertrage es nicht, es darin zu sehen. Darunter ist noch immer das von Claire. Ein Stich von Schmerz fährt durch meine Brust. Ich werfe die Kette und das ausgeschnittene kleine Foto zurück ins Waschbecken. Das scheppernde Geräusch befriedigt mich.

»Es ist nicht aus dem Grund darin, den du denkst!«

Natürlich nicht. Ich schnaube. »Warum ist es dann da drin? Über Claires? Für mich ist die Bedeutung offensichtlich!« Meine Stimme bebt im gleichen Takt wie mein Herz. Ist die Bedeutung offensichtlich? Oder ist Mace zu einem perversen Stalker mutiert, der sich Fotos von Frauen ausdruckt, die er nicht haben kann? Dass er eine Obsession für sie hegte, ist mir ja durchaus schon früher aufgefallen.

Mace wickelt sich das Handtuch locker um die Hüften und geht einen Schritt auf mich zu. Wassertropfen fallen von seinen nassen Haarspitzen in sein Gesicht. »Falls du denkst, dass sie da drin ist, weil ich sie liebe, dann irrst du dich! Claires Foto habe ich die letzten zwei Jahre auch nicht um den Hals getragen, weil ich sie noch liebe! Sondern weil mich das an das erinnern soll, was wir verlieren können.«

Er starrt mich ernst an, als könnte er damit die Bedeutung des Gesagten direkt in meinen Kopf reinhämmern. Wörter wie ‚lieben' kommen ihm nur selten und gewiss nicht leichtfertig über die Lippen. Er will, dass ich ihm zuhöre und ihn verstehe.

»Claire kann ich nicht noch einmal verlieren. Es wurde Zeit, sie durch einen aktuelleren Grund zu ersetzen, findest du nicht? Es ist lediglich ein Gesicht, das mich daran erinnert, wieso es sich lohnt, das Monster in uns zu kontrollieren.«

Es ist nicht *lediglich* ein Gesicht. Es ist so viel mehr. Mein Atem geht schwer. In Mace' Augen versuche ich die Wahrheit zu entdecken. Ich wusste von Anfang an, dass Nika ihn reizte, aber dass sie zu einem Grund für ihn geworden ist, seine Dämonen zu unterdrücken? Ein wichtigerer Grund als Claire? Meine Brust zieht sich schmerzhaft zusammen. Wie konnte es passieren, dass dieses sture, neugierige Mädchen für uns beide zum Licht in der Dunkelheit geworden ist?

Jeder Dämon braucht etwas, an dem er sich halten kann, um sich nicht völlig zu verlieren. Etwas, was uns daran erinnert, dass unsere menschliche Seite wertvoller ist als die des gewissenlosen Monsters.

Ohne ein weiteres Wort wende ich mich ab und laufe zur Tür. Es gibt nichts, was ich darauf antworten kann. Ich kann Mace verstehen, jedes Wort von dem, was er gesagt hat, viel zu gut sogar – und das erdrückt mich. *Sie ist nicht bloß mein Licht. Sie ist nicht mein.* Ich reiße die Tür auf und stoße fast mit jemandem zusammen, der offenbar davor gewartet hat.

Entgeistert starre ich auf die Blondine, die erschrocken einen Satz zurück macht.

»Ophelia?«

»Ich ... ist Mace da drin?« Sie räuspert sich, streicht sich ihre Haare aus der Stirn und strafft die Schultern.

»Hast du etwa gelauscht?« Doch bevor sie darauf antworten kann, hebe ich die Hand und schüttele den Kopf. Ich habe keine Lust, ihr zuzuhören. »Mach das mit ihm aus. Viel Spaß.«

Wenn Ophelia mitbekommen hat, dass Mace das Foto von einer anderen Frau um seinen Hals trägt, gibt das bestimmt ein Drama, bei dem ich nicht anwesend sein möchte. Ich laufe an ihr vorbei Richtung Treppe.

Soll Ophelia dafür das Verhältnis mit Mace ruhig beenden, mir soll das recht sein. Es ist nicht so, dass ich Mace kein Glück mit Frauen gönne, aber ich wusste von der ersten Sekunde an, dass dieses Glück nicht Ophelia heißt ...

Was, wenn es Nika heißt?

Nika

Sonntagabend

Die letzten vierundzwanzig Stunden waren wie ein Luftbombenangriff auf mein Leben. Angefangen bei der Erkenntnis, dass ich Mace liebe und diese Gefühle unerwidert sind. Die Fast-Vergewaltigung durch einen Dämon und das knappe Entkommen meines Todes. Dass ausgerechnet Raphael mich rettete und ich ihm jetzt mein Leben verdanke.

Ophelia …

Und zu guter Letzt meine Mutter, die mir ins Gesicht sagte, dass nicht nur sie, sondern auch ich ein Monster bin. Ein Monster, an dessen Händen bereits Blut klebt.

Es ist nicht so, dass ich das vergessen hätte. Aber mein Therapeut hat mich davon überzeugt, dass es ein Unfall war. Ich habe den Mann aus Notwehr geschubst und er ist mit dem Kopf unglücklich gegen den Heizkörper aufgeschlagen …

Es war Notwehr. Aber ich habe ihn nicht geschubst …

Mein Handy vibriert und reißt mich aus meinen Gedanken. Ich werfe einen Blick darauf, bevor ich den Spind schließe. Nur in meinem Badeanzug stehe ich in dem gekachelten Flur und habe all meine Sachen gerade in den schmalen Schrank gelegt.

Kilian (19:44): Sollen wir dich gleich abholen? Der Film beginnt um 20:30 Uhr.

Nika (19:44): Können wir das auch auf morgen verschieben? Ich brauche noch etwas Zeit.

Zeit, um die Wahrheit zu realisieren. Zeit, um mich mit dem neuen Leben abzufinden, in das ich hineingerutscht bin.

Zeit, bis ich Macc wiedersehen kann. Ich kann seinen geschockten Blick nicht vergessen, als er erfahren hat, was ich bin. Ich lege das Handy zurück in den Spind und schließe die Tür. Diese Überraschung in seinem Blick ... die unausgesprochenen Fragen ...

Ich bin deinem dunklen Geheimnis hinterhergejagt, ohne dir von meinem zu erzählen. Lieber verkroch ich mich in deinen Schatten, als in meinen Albträumen zu leben. Deine Sünden lenkten mich von den meinen ab.

Es wird Zeit, dass Rotkäppchen erkennt, dass sie selbst der Wolf ist, vor dem sie sich so fürchtete.

Ich gleite durch das kühle Wasser wie ein Adler durch die Wolken. Ich genieße es, wie es an meiner erhitzten Haut vorbeiströmt, wie ich es mit meinen Händen teile, wie mein Kopf alle paar Sekunden darin eintaucht, wie in eine andere Welt. Eine Welt, die ruhiger ist und friedlicher. Aber ich weiß ganz genau, dass auch das Wasser seine gefährlichen, dunklen Seiten hat. Vielleicht liebe ich dieses Element genau deshalb, wegen seiner Widersprüchlichkeiten.

Während ich schwimme, setzen sich meine Erinnerungen mit der Wahrheit zusammen wie ein Puzzle. Die einzigen Puzzlestücke, die ich noch nicht zusammenlegen kann, sind die mit Miriam. Ich habe sie heute noch nicht gesehen und konnte sie deshalb noch nicht mit Fragen löchern. Irgendwie bin ich auch ganz froh darum, dieses Gespräch noch aufzuschieben. Ich weiß ohnehin nicht, was ich sie fragen soll, ohne wie eine Verrückte zu wirken, falls Miriam doch nur ein unwissender Mensch ist. Ist es biologisch überhaupt möglich, dass von zwei Geschwistern einer ein Dämon ist und der andere nicht?

Meine Gedanken kreisen immer weiter abwärts, mein Tempo, mit dem ich durch das Wasser kraule, erhöht sich und mein Atem geht nur noch rasselnd. Statt dem Hallenbad sehe ich auf einmal längst verdrängte Erinnerungen vor mir.

Ich stehe an meiner Zimmertür und linse in den Flur. Ein lautes Klopfen hat mich beim Lesen gestört und mich aus dem Bett getrieben.

Mama öffnet die Tür, damit das Klopfen endlich aufhört.

»Garren, was willst du hier?«, zischt sie weder leise noch freundlich.

Ich kann den Mann an der Tür von hier aus nicht sehen. Ich sehe nur Mama in ihrem roten kurzen Kleid, das sie abends öfter mal trägt, wenn sie Besuch erwartet oder noch weg will.

»Lass mich rein, du hast noch ein paar Schulden bei mir!« Die Stimme des Mannes ist dunkel und wütend. Zeitgleich donnert etwas gegen die Tür und ich zucke erschrocken zusammen.

»Hau ab! Oder ich rufe die Polizei.«

»Als ob. Hast du etwa vergessen, was ich über dich und die Leichen in deinem Keller weiß?« Er lacht und mir läuft es eiskalt den Rücken hinunter.

»In einer Stunde. Bei dir.«

Das laute Lachen ertönt erneut, dann schlägt Mama die Tür zu. Noch bevor ich mich umdrehen und zurück zum Bett rennen kann, dreht sich Mama zu meinem Zimmer um und läuft in meine Richtung. Hat sie mich gesehen? Ich gehe in Deckung, doch im nächsten Moment hat Mama meine Zimmertür ganz geöffnet und sieht auf mich hinunter. Als ich sehe, dass sie weint, bleibt mein Herz stehen.

»Pack deine Sachen, ich bringe dich zu Tante Miri.« Ihre Stimme klingt gebrochen und ihre Mascara verläuft. Sie macht mir Angst.

»Musst du heute Nacht etwa arbeiten?«

Sie nickt und zieht mich an sich. Ihre Hände streichen durch mein Haar. Normalerweise mag ich das, aber heute nicht. Normalerweise umarmt sie mich auch nicht, wenn sie arbeiten geht.

»Ich lese, bis du zurück bist«, sage ich. Sie weiß genau, dass ich nicht einschlafen kann, wenn sie weg ist. Als ich noch kleiner war, hat sie immer von Zuhause aus gearbeitet, doch dann konnte ich ebenfalls nicht schlafen. Sie dachte, es ist leichter für mich, wenn sie nachts das Haus verlässt

und keine Männer mehr mitbringt, doch irgendwie ist das auch nicht besser. Egal, was sie macht, schlafen kann ich trotzdem nicht. Nur bei Miriam geht das. Bei Miriam habe ich weniger Angst.

»Nun los, pack alles ein.« Sie lässt mich aus der Umarmung los.

»Alles?«, echo ich verständnislos.

»Alles, was in deine Tasche passt, die ich dir letzte Woche geschenkt habe.«

Ich nicke, weil ich schon zu müde bin, um zu protestieren oder zu streiten. Seit zwei Jahren streiten Mama und ich uns sowieso schon zu oft. Sie mag es nicht, wenn ich die Schule schwänze oder schlechte Noten nach Hause bringe und ich mag es nicht, wenn sie tagsüber so viel trinkt, dass sie mich nicht einmal zum Schwimmtraining fahren kann.

Ich packe so viele von meinen Klamotten in die himmelblaue Sporttasche, wie in sie hineinpassen, dann schnappe ich mir noch das Buch, das ich heute zu lesen angefangen habe, und folge Mama in den Flur. Sie hat ihre Jacke schon an und den Schlüssel in der Hand.

»Wer war das gerade an der Tür?«, frage ich, als wir unsere Wohnung verlassen.

Mama hat aufgehört zu weinen, doch sie sieht blass und unruhig aus. Irgendwie ängstlich und sie schaut sich in unserem Hausflur zehn Mal um, bevor sie die Treppen hinuntergeht und mir winkt, damit ich ihr folgen kann.

»Niemand.«

»Arbeitest du mit ihm?«

»Nicht mehr. Ich habe früher für ihn gearbeitet, das ist aber schon Jahre her.«

Draußen regnet es und der Wind peitscht die nassen, kalten Tropfen direkt in mein Gesicht. Ich neige den Kopf und eile hinter Mama her zu ihrem Auto.

»Mach es dir auf der Couch gemütlich, Nika«, sagt Tante Miriam, als ich den nassen Regenmantel ausziehe. Ich trotte an ihr vorbei Richtung

Wohnzimmer und lehne die Tür an. Doch genauso wie vorhin in meinem Zimmer bleibe ich an der Tür stehen und lausche. Mama ist nicht einmal mit reingekommen, sie steht mit Miriam an der Wohnungstür.

»Du passt auf sie auf, ja?«

»Ist alles okay? Du siehst so fertig aus.«

»Garren war da. Er hat mich in der Hand.«

»Du musst das mit einem Anwalt klären, du kannst dich nicht ewig von ihm erpressen lassen.«

»Nein, keine Anwälte, keine Polizei.«

»Wieso nicht?«

»Kein Geld, weißt du doch.«

»Caro ...«

»Nein, sag mir einfach nur, dass du für sie sorgst.«

»Du kommst doch morgen wieder und holst sie ab, oder nicht?«

Schweigen.

Wieso sagt Mama dazu nichts? Wieso sagt keiner mehr was?

»Pass auf dich auf und melde dich.« Miriams Stimme klingt anders als vorhin. Leiser. Bedrückter. In der nächsten Sekunde höre ich bereits, wie die Tür ins Schloss fällt. Schnell renne ich zum Sofa und schmeiße mich in die Kissen. Mein Herz rast. So schnell, dass es wehtut.

23.

Hinter dem roten Vorhang

Nika

Sonntagabend

Als ich vom Schwimmen nach Hause komme, ist Miriam Zuhause. Sie steht in der Küche und schnippelt einen Salat. Ich stelle meine Sporttasche im Bad ab und setze mich dann an den Küchentisch.

»Alles gut bei dir?«, fragt sie mich, ohne sich umzudrehen.

Das Geräusch des Messers, wie es immer wieder aufs Schneidebrett schlägt, beruhigt mich irgendwie. Ich kreuze meine Arme auf dem Tisch und lege meinen Kopf darauf ab.

»Ja. Du, sag mal ... glaubst du manchmal an übernatürliche Dinge?«

Das Tempo des Messers verlangsamt sich. Ich kann mir geradezu vorstellen, wie sie die Stirn runzelt, dafür muss sie sich nicht einmal umdrehen. »Nein, ich vertraue lieber auf die Gesetze der Physik und der Biologie. Wieso fragst du?« Nun wirft sie mir doch einen kurzen Blick über die Schulter zu und ich versuche mich an einem unschuldigen Gesichtsausdruck.

»Ach, ich lese nur momentan ein Buch über Dämonen.«

»Aha?« Sie lacht und nimmt das Schneidebrett und die Gurke mit zum Esstisch, wo sie sich gegenüber von mir hinsetzt. »Du weißt, ich stehe eher auf Krimis und nicht so auf Fantasybücher.«

Ich weiß. Miriam mag nicht einmal Fantasyfilme. Mein Blick verweilt in ihrem Gesicht und ich versuche irgendeinen Hinweis darauf zu bekommen, ob sie das alles nur spielt. Wenn sie von Dämonen wüsste, müsste sie über meine Anmerkung doch zumindest skeptisch sein?

»Wann hast du Mom eigentlich das letzte Mal gesprochen?«

Nun erstarrt ihr Gesicht regelrecht. »Wieso?«

»Ich habe mich nur gefragt, warum sie mich abgegeben hat und nie wieder zurückkam.«

»Nika ... Das Thema haben wir schon durch, dachte ich ...« Sie wirkt etwas hilflos und ich kann es ihr nicht verübeln. Natürlich hatten wir das Thema schon durch.

»Ja, ich weiß. Ich meine nur, falls du noch etwas weißt. Falls es noch einen anderen Grund gab ... jetzt wäre der richtige Zeitpunkt, um ihn mir zu nennen. Mir geht es gut, ich bin erwachsen und du kannst mir alles sagen.«

Sie legt das Messer weg und sieht mich mitleidig an. Ich mag diesen Ausdruck nicht – das hier verläuft nicht so wie geplant.

»Sie hatte ein schweres Leben und geriet früh auf die falsche Bahn, ihr Job, die Schulden, das Trinken ... schon als kleines Kind hast du mehr Zeit bei mir verbracht als bei ihr. Es war nur eine Frage der Zeit, bis du auch offiziell bei mir wohnst. Es gibt leider nichts anderes, was ich dir sagen kann, Spätzchen. Sie hat dich geliebt, aber das Leben hatte miese Karten für sie vorbereitet.«

»Wenn ihr die gleichen Eltern hattet, wie konntet ihr dann so unterschiedlich aufwachsen?«

»Hatte ich dir das nie erzählt?«

»Was erzählt?« Ich werde hellhörig und richte mich auf.

»Ich war das Kind aus zweiter Ehe, deine Mom und ich sind nur Halbgeschwister.« Sie schiebt die Gurkenscheiben mit dem Messer in die Salatschüssel. »Mit meinem Dad hat sich Caro nie angefreundet und ist schon früh von Zuhause ausgezogen.«

»Oh.« Ich lehne mich in dem Stuhl zurück und lasse die Information sacken. Könnte das die Erklärung dafür sein, dass Miriam wirklich nur ein unwissender Mensch ist und nicht die leiseste Ahnung davon hat, welches Schicksal ihre Schwester als Last mit sich trägt?

Montagabend

Mace (18:03): Heute 20 Uhr?

Automatisch schlägt mein Herz schneller. Wie ein Naturgesetz, sobald Mace ins Spiel kommt – in welcher Form auch immer. Dabei gehört Mace von all den Dingen, die in meinem Kopf spuken, zu denen, an die ich im Moment am wenigsten denken will. Allein seinen Namen auf meinem Handybildschirm zu lesen, löst viel zu viel in mir aus.

Warum schreibt er mir eigentlich und nicht Kilian? Was hat Mace ihm von gestern erzählt? Mag Kilian mich nicht mehr, jetzt da er weiß, dass ein Monster in mir steckt? Vielleicht sind Dämonen wirklich dafür gemacht, alle von sich zu stoßen, die sie lieben. Nun, da ich das Leben meiner Mutter als perfektes Beispiel dafür habe, fällt es mir leicht, das zu denken.

Ich lege das Smartphone neben mir ins Gras und schließe wieder die Augen. Die letzten Sonnenstrahlen des Tages, die durch das Blätterdach fallen, brennen auf meinen geschlossenen Lidern.

Soll ich mit ins Kino? Das ist die einzige Frage, mit der ich mich im Moment beschäftigen muss. Auf die anderen erhalte ich ohnehin keine Antwort.

»Hey, da bist du ja. Ich habe dich überall gesucht«, durchbricht eine bekannte Stimme meine Gedanken. Finn. Ich lasse die Augen geschlossen. »Miriam hat gesagt, dass du dir die Beine vertreten wolltest, weil dir Zuhause die Decke auf den Kopf gefallen ist. Was ist los?«

Es ist nicht die Decke, die gefallen ist. Ich bin gefallen - für Mace und seine Welt. Mit ihm hat alles angefangen und nun sieh, wo ich gelandet bin.

Ich öffne die Augen und setze mich auf. »Ich liebe ihn, Finn«, bricht es aus mir heraus. Es ist das erste Mal, dass ich es laut ausspreche.

»Was?« Er sieht mich verwirrt an und setzt sich mir gegenüber auf den Waldboden. Ich kann mit meinem besten Freund nicht über Dämonen reden, oder darüber, dass ich als Sechsjährige einen Mann getötet habe, aber ich kann mit ihm über Mace reden.

Vielleicht kann er mir ja bei der Entscheidung helfen, ob ich heute Abend mit ins Kino gehe oder weiter auf Distanz gehe. Der einzige Grund, weshalb ich mich ziere, ist nämlich, dass ich nicht erpicht darauf bin, Mace mit seiner neuen *Freundin* zu sehen.

Bei all den Konsequenzen, die das Dämonen-Sein mit sich bringt und über die ich die letzten vierundzwanzig Stunden gegrübelt habe, gibt es nämlich noch eine, die ich bisher versucht habe zu verdrängen. Weil sie im Vergleich zu all den anderen lächerlich ist, und dennoch ist sie da und wartet auf Gehör: *Wenn ich ein Succubus bin, kann aus mir und Mace vielleicht doch noch etwas werden.*

Allein bei dem Gedanken spüre ich, wie ich erröte.

Finn packt meine Oberarme und schüttelt mich, weil ich immer noch kein Wort gesagt habe. »Wen liebst du? Nun sprich endlich!«

»Der Typ, von dem ich euch vor Wochen erzählt habe und über den ihr dann nicht mehr nachfragen solltet«, antworte ich schnell und Finn lässt mich los. Sein Blick bleibt aber an mir kleben, als hätte ich ihm verkündet, dass J.K. Rowling einen neuen Harry Potter Teil geschrieben hat. »Ich habe ihn wieder getroffen. Und meine Gefühle für ihn sind immer noch da. Sie gehen nicht weg. Wenn ich ihn nur ansehe, wenn er zufällig vor mir steht – ich bekomme keine Luft mehr. Wenn er mich ansieht, verbrenne ich unter seinem Blick. Wenn er mich berührt, habe ich das Gefühl, zu sterben.«

Finn rümpft die Nase. »Klingt schmerzhaft.«

»Das ist es.«

Vielleicht tut jemanden wirklich zu lieben, immer weh. Ihn zu verehren, jeden Zentimeter seines Körpers zu begehren, jedes Wort aus seinem Mund aufzusaugen. Nicht aufhören zu können, ihn anzusehen. Sich in seinem Duft vergraben zu wollen. Sein Lächeln zu sehen, wenn man die Augen schließt. Jede Minute an ihn zu denken.

Für einen Moment schweigen wir, lauschen dem Zwitschern der Vögel und dem Rascheln der Blätter, wenn der Wind durch die Baumkronen fährt. Die Sonnenstrahlen fallen hier und da durch das Blätterdach und lassen Lichtpunkte auf unserer Haut tanzen.

»Hat er denn auch Gefühle für dich?«, fragt Finn schließlich.

Ich senke meinen Blick auf ein Gänseblümchen neben meinen nackten Beinen. Gedankenverloren streiche ich über die weißen Blütenblätter, ohne sie auszureißen.

»Ich schätze nicht. Manchmal wirkt es so ... aber dann

trifft mich die Realität wieder wie ein Schlag in den Magen. Er findet mich vielleicht anziehend, aber mehr auch nicht.«

»Bist du dir da sicher? Manche Männer zeigen Gefühle nur nicht so gerne.«

Ich lache freudlos auf. »Versuche bitte nicht, die Situation schön zu reden. Selbst wenn er Gefühle hätte, würde aus ihm und mir nie ein Paar werden.«

»Wieso nicht?«

Ach wenn ich dir das bloß erzählen könnte ... Ich fahre mir mit den Händen übers Gesicht, um es dann für einen Moment darin zu vergraben. Wie kann ich es Finn begreiflich machen, ohne dass er mich auslacht? Ich will so gerne mit jemandem darüber reden. Ich will so gerne eine außenstehende Meinung dazu hören. Ich habe das Gefühl, den Wald vor lauter Bäumen nicht mehr zu sehen.

»Wenn du weißt, dass es mit dieser Person kein Happy End gibt«, fange ich schließlich an. »Wenn du weißt, dass das Ganze ganz übel für dich enden kann – ist es dann nicht vernünftiger, sich von dieser Person fernzuhalten?«

Finn seufzt, setzt seine Cap ab und fährt sich mit der Hand durch das braune Haar. »Ich sehe es so, Rapunzel.« So hat er mich früher zu Schulzeiten immer genannt mit der Begründung, dass ich auf alle wirkte wie eine Prinzessin, mit langem blonden Haar, die sich über allen anderen in einem Turm befindet und niemanden an sich heranlässt. »Wenn es wirklich Liebe ist – diese richtige, wahrhaftige Liebe, die dir die Luft zum Atmen nimmt, die dich ständig an die Person denken lässt – dann kämpfst du bis zum bitteren Ende. Wenn auch nur die Möglichkeit besteht, dass er dasselbe empfindet ... das ist so wertvoll, Nika. Manche Menschen finden so eine Liebe nur einmal im Leben und wenn man dann noch zu stolz oder zu stur ist, um sich darauf einzulassen ...«

»Und wenn man damit sein Leben riskiert?«

»Dann riskierst du es bereitwillig. Weil du nicht anders kannst, als diesen Menschen zu lieben. Es ist keine Entscheidung. Es ist deine Bestimmung.«

Seine letzten Worte treffen mich mitten ins Herz. In dem Moment, in dem er sie ausspricht, weiß ich, dass sie wahr sind. Tränen sammeln sich in meinen Augenwinkeln. Ich habe gar nicht gewusst, dass Finn eine solch romantische Ader hat. Er hat recht: Es fühlt sich nicht an, als hätte ich je entscheiden können, was ich für Mace empfinde. Ich kann nicht anders, als ihn zu lieben.

Finn legt seine Hand auf mein Knie und tätschelt es. »Finde heraus, ob er auch was für dich empfindet. Wenn ihr euch immer wieder trefft und da immer wieder etwas zwischen euch ist – vielleicht bedeutet das was.«

»Aber nur vielleicht.«

Er nickt.

Ich blinzele den Tränenschleier weg und lache. »Ich fasse es nicht, dass du mir rätst, mein Leben für einen Mann zu riskieren.« Denn auch, wenn ich in ein paar Wochen selbst als Dämon erwache, wäre eine Verbindung mit Mace alles andere als risikoarm. Wir wissen nichts über die Verbindung zwischen Incubi und Succubi, außerdem lebt Mace' Rudel in ständiger Gefahr. Seine Welt ist dunkel, rau und brutal. Es ist nicht gesund für mich, ein Teil davon zu werden, und doch fühlt es sich an, als wäre ich es längst.

Finn verzieht den Mund. »Natürlich will ich nicht, dass dir etwas passiert oder du dir etwas antust! Oder er *dir* etwas antut! Bei Gott, wenn der Kerl dich schlägt ...«

»Nein, er schlägt mich nicht!«, falle ich ihm schnell ins Wort.

»Gut.« Er zieht seine Cap wieder auf und weicht meinem Blick aus. Er guckt nach oben in die Baumkronen über uns. »Manche Menschen tun lachhaft irrationale Dinge für die Liebe. Aber das Verrückteste daran ist, dass es das manchmal sogar wert ist.«

Dass Ophelia für die Filmwahl verantwortlich ist, merke ich spätestens, als man mir sagt, was wir uns heute ansehen. Einen Psychothriller über eine eifersüchtige Ex-Frau, die sich auf kranke und gewalttätige Weise versucht, der neuen Frau zu entledigen. Ernsthaft? Kann diese Ophelia Gedanken lesen und will mir damit die Antwort auf meine Gewaltphantasien am Frühstückstisch geben?

Ich beuge mich zu Kilian, der mit einem XL Popcorn-Eimer neben mir sitzt. »Ich geh noch eben kurz auf Toilette«, flüstere ich. Es läuft noch Werbung und dauert bestimmt noch mindestens zehn Minuten, bis der Film anfängt. Ophelia und Mace sind auch noch nicht da, sie standen an der Popcorn Schlange hinter uns und dann haben wir uns irgendwie aus den Augen verloren.

Ich quetsche mich durch die enge Sitzreihe – zum Glück ist unser Kinosaal so gut wie leer – und verlasse den abgedunkelten Raum. Draußen auf dem Flur höre ich Mace' Stimme, noch bevor ich ihn sehe. Sofort bleibe ich wie angewurzelt stehen und verstecke mich hinter einer großen Pappfigur von Johnny Depp alias Captain Jack Sparrow.

»Du hast die Kette wieder umgelegt? Ist da noch immer ihr Foto drin?«, höre ich Ophelias schrille Stimme. Vorsichtig spähe ich hinter der Pappfigur hervor. Auf dem mit einem blauen Teppich ausgelegten Gang zwischen mir und den Toiletten stehen die beiden. Statt Popcorn haben beide nur eine Cola in ihren Händen.

»Das geht dich überhaupt nichts an«, erwidert Mace.

»Wenn wir sowas wie ein Paar sein wollen, dann schon!«

Streiten die sich etwa über Mace' Medaillon? Meine Neugierde ist sofort geweckt und auch wieder dieses grässliche Gefühl namens Eifersucht. Wessen Foto ist da drin? Etwa das von seiner Ex Freundin Claire? Wenn er sie nach all der Zeit immer noch um den Hals hängen hat, würde ich mich an Ophelias Stelle bestimmt auch aufregen. Denn das hieße, dass Mace noch immer nicht über Claire hinweg ist ... Ich erinnere mich an Kilians Worte vergangenen Monat und meine Brust wird eng. *Mace wird aufgrund seiner Ex niemals eine andere Frau in sein Herz lassen ...*

Das Gespräch mit Finn vor einer Stunde erscheint mir auf einmal lächerlich und naiv.

»Hast du dich etwa in mich verknallt oder was?« Mace überhebliche Stimme lässt selbst mich zusammenzucken. Für einen Moment stelle ich mir vor, die Worte wären für mich bestimmt. Vermutlich hätte ich ihm dafür eine geknallt.

Kaum habe ich diesen Gedanken zu Ende gedacht, sehe ich, wie Ophelias flache Hand auf seiner Wange landet. Das Klatschen höre ich bis hier hin.

Geschieht dir Recht, Mace. Und das sage gerade ich, die sich lieber freiwillig in eine Schlangengrube werfen würde, als sich auf Ophelias Seite zu stellen. Als ich sehe, dass die Blondine auf ihren hohen Schuhen genau auf mich zustöckelt, ziehe ich meinen Kopf schnell wieder zurück und presse mich mit dem Rücken flach gegen den von Jack Sparrow.

Ich warte, bis ihre Schritte verklungen sind, dann spähe ich vorsichtig um die Ecke, um zu kontrollieren, ob die Luft rein ist. Da auch von Mace keine Spur mehr zu sehen ist, gehe ich aus meiner Deckung und eile zu den Toiletten.

Steuert Mace' und Ophelias Affäre etwa bereits auf ihr Ende zu?

Selbst auf dem Rückweg klopft mein Herz noch so laut, dass ich mir ernsthaft Sorgen um meine Gesundheit mache. In irgendeiner Zeitschrift habe ich mal gelesen, dass man seinen eigenen Herzschlag normalerweise kaum bis gar nicht wahrnehmen sollte. Das ist bei mir in letzter Zeit definitiv zu häufig der Fall.

Zurück in unserem Kinosaal laufen bereits die Trailer für kommende Filme. Ich erklimme die Treppen zu unserer Sitzreihe und muss feststellen, dass ich mich an Mace und Ophelia vorbeiquetschen muss, um zurück an meinen Platz zu gelangen. Die beiden starren wortlos auf die Leinwand, Ophelia zieht an dem Strohhalm ihrer Coke. Man kann nur ahnen, dass hinter ihrer gefühlskalten Maske vielleicht ein gebrochenes Herz steckt. Vielleicht mag sie Mace wirklich. Vielleicht setzt ihr so ein Streit mehr zu, als man ihr zutrauen würde. Vielleicht hat Mace' Frage sie verletzt, weil die Antwort ›Ja‹ lautete. Gott, was bin ich nur für ein egoistisches Miststück, dass ich mich ein paar Minuten lang über ihren Streit gefreut habe?

Als ich an Mace' Knien vorbeimuss, bin ich so nervös, dass ich über seine Füße stolpere. Um nicht der Länge nach hinzufallen, halte ich mich instinktiv fest – indem ich mich an seinen Oberschenkeln abstütze.

»Entschuldige«, murmele ich, doch mein Puls dröhnt mir so laut in den Ohren, dass ich mich selbst kaum höre. Mit brennendem Gesicht schaue ich zu ihm und nehme die Hände von seinen Beinen.

Er starrt emotionslos zurück. Nicht einmal ein sarkastischer Spruch kommt von ihm zurück. Das erschüttert mich so sehr, dass ich schnell weiterlaufe, bevor das Ganze noch peinlicher wird. Heil an meinem Sitzplatz angekommen, lasse ich mich hineinsinken und möchte am liebsten mit dem roten Stoff verschmelzen. Die passende Gesichtsfarbe habe ich bereits bestimmt.

»Alles okay?«, fragt Kilian von links.

»Jap!« Ich greife nach dem Popcorn-Eimer, um meine Hände und meinen Mund zu beschäftigen. Doch meine Gedanken lassen sich weder von dem süßen Geschmack noch von dem Film ablenken, der gerade beginnt.

Mace hat mir nicht einmal einen sarkastischen Spruch gedrückt – heißt das, dass auch ihn der Streit mit Ophelia mehr mitnimmt, als ich dachte?

Als plötzlich eine Hand auf meinem linken Knie landet, springt mir das Herz fast aus dem Hals. Erschrocken sehe ich Kilian an. Hat er mich etwas gefragt und ich habe es überhört? Oder hat er mitbekommen, dass ich dem Film kaum folge und immer wieder zu Ophelia und Mace schiele? Die beiden haben während der letzten halben Stunde übrigens kein Wort miteinander gewechselt und sich auch kein einziges Mal angefasst.

»Was ist los, Nika? Und wehe du lügst mich an.« Er hat sich an mein Ohr gebeugt und flüstert, sodass nur ich ihn hören kann. Sein Atem streift meine Haut und verursacht gemeinsam mit seiner samtigen Stimme eine Gänsehaut auf meinen Armen.

Ich nehme seine Hand, die auf meinem Bein liegt, und kralle mich daran fest. »Wusstest du, dass es zwischen Mace und Ophelia kriselt?«, flüstere ich und hafte meinen Blick auf sein Gesicht. Es wird von der Leinwand bläulich beschienen, doch da wir ziemlich weit hinten sitzen, hat die Dunkelheit hier die Oberhand. Trotzdem sehe ich ihn nicken.

»Ophelia hat gestern bei uns im Loft mitbekommen, dass M ein Foto von dir in seiner Kette trägt. Ich fürchte, das wirft einige unangenehme Fragen bei ihr auf.« Warte – was? Habe ich ihn richtig verstanden? Ein

Foto von *mir*? »Nicht nur bei ihr …«, fährt Kilian fort und mir bleibt die Luft weg.

In mir wirft das nur eine einzige Frage auf, doch dafür in Großbuchstaben und mit unendlich vielen Fragezeichen. WIESO?!

Die Frage bohrt sich wie ein Messer durch meine Brust.

Kilian muss lügen. Aber warum sollte er?

Um meine Reaktion zu testen? Gott, ist das ein Test von ihm, um zu sehen, ob ich in Mace verliebt bin? Wie bestehe ich diesen Test? Was antwortet man auf so eine Offenbarung?

Ganz sicher nicht mit »Aha«, aber genau das verlässt meinen Mund.

Ich greife in den Pappeimer, doch der ist leider schon leer und meine Hand befördert lediglich ein paar kleine Popcornreste zu Tage, die niemand mehr haben möchte. Trotzdem stopfe ich sie mir in den Mund und verschlucke mich prompt an einem steinharten Maiskorn. Ich huste einmal und blinzele mit tränenden Augen Richtung Leinwand, auf der Katherine Heigl gerade eine 1A Performance einer Psycho-Ex abliefert. Wenn ich nicht aufpasse, werde ich auch noch so enden.

»Ich sage das nur ungern, aber vielleicht solltest du mit Mace reden.«

Mein Kopf vollführt eine so schnelle 90 Grad Wendung, dass irgendetwas in meinem Hals knackt. Überrascht schaue ich Kilian an. »Wieso sollte ich das tun?«

Kilian atmet schwer durch. Noch immer hält er meine Hand und seine Finger reiben nun zart und doch bestimmend über meine Haut. Die Berührung unserer Hände ist wie ein Anker im tosenden Meer. Ich brauche seinen Halt. Ohne Kilian wäre ich schon längst untergegangen, egal, was für eine gute Schwimmerin ich auch sein mag, das weiß ich.

»Mace verdient dich nicht und ich will nicht, dass ihr … dass ihr mehr Zeit miteinander verbringt, du ein Risiko für ihn eingehst oder er dir irgendwann das Herz bricht. Aber er leidet und du tust ihm gut. Ihr solltet einfach reden. Ehrlich. Ohne euch etwas vorzumachen. Vielleicht ist es Zeit, dass wir unsere Lüge beenden.«

Meine Finger drücken seine Hand fester, als hätte ich Angst, dass er sie wegziehen will. »Du willst unsere Beziehung beenden?«

»Ich will, dass du Mace von unserer *Schein*-Beziehung erzählst.«

Ich sage nichts und ein paar Minuten hören wir nur die Stimmen der Schauspieler aus den Boxen. Dann lehnt sich Kilian noch einmal zu mir heran. »Das ändert nichts zwischen uns, Nika«, flüstert er mir zu. Und mein Herz bricht und heilt zur selben Zeit.

Ich danke dir, Kilian.

»Wollen wir jetzt wirklich noch etwas essen gehen? Ich will eigentlich nur noch nach Hause.« Noemi hakt sich bei Lio unter, als wir zu sechst den Kinosaal verlassen.

»Ich will auch nach Hause«, pflichtet Ophelia ihr bei. Während der Vorstellung hat sich offenbar nichts an ihrer Laune geändert und Mace hat keinen Versuch unternommen, die Wogen zu glätten.

»Ich dachte, ihr wolltet uns helfen und uns mit eurem Wissen erhellen?«, fragt Lio, der von dem Streit nichts mitbekommen zu haben scheint.

Noemi verdreht die Augen. »Dann hau deine Fragen raus.«

Wir laufen die große Treppe hinunter und steuern auf den Ausgang zu. Lio dreht sich hilfesuchend zu mir und Kilian um.

»Überspringt das Dämonen-Gen bei der Vererbung ebenfalls eine Generation?«, ergreift Kilian das Wort. Dass die Fragen auf mich abzielen, hätte ich mir denken können. Dabei habe ich ganz andere Fragen an Ophelia und ihre Freundin.

»Wir haben uns etwas schlau gemacht. Es scheint, als müssen bei Succubi beide Elternteile Dämonen sein. Das ist wohl auch der Grund, weshalb es von uns so viel weniger gibt als von euch.«

Beide Elternteile?

Kilian stellt bereits die nächste Frage, noch bevor ich die erste Antwort überhaupt verdauen kann. »Erwachen Succubi ebenfalls mit einundzwanzig?«

»Ja, tun sie. Unsere Gabe fordert in dieser Nacht unser erstes Opfer. Bei dem Beischlaf erwachen unsere vollständigen Kräfte.«

Mein Griff um Kilians Hand wird fester. An Ophelias Antwort beunruhigen mich ganze zwei Dinge: Erstens, dass sie es Gabe anstatt Fluch nennt. Und zweitens: Ich muss in meiner Geburtstagsnacht mit jemandem schlafen, um als Dämon zu erwachen? What the fuck?

»Was passiert, wenn ich das nicht tue?«, platzt es aus mir heraus.

Vor den gläsernen Türen des Kinos bleiben wir stehen und alle starren mich an.

»Steht jetzt etwa fest, dass sie einer ist?«, schnaubt Ophelia. Dass sie mich damit nicht einmal direkt anspricht, erinnert mich daran, warum ich sie nicht ausstehen kann.

»Du hast keine Wahl. Wehrst du dich gegen diesen Instinkt in der Erwachungsnacht, kann das bleibende Schäden bei deiner Entwicklung verursachen, sodass du zum Beispiel auch später deine Kräfte nicht kontrollieren kannst«, erklärt Noemi mir.

Scheiße, eine Sache mehr, die mir den letzten Nerv raubt. Seit wann ist mein Leben nur so kompliziert geworden? – Ach ja, seit ich beschlossen habe, Mace und seine Geheimnisse zu ergründen.

Ophelia ist die Erste, die sich umdreht und weitergeht. Wir folgen ihr nach links zu den Tiefgaragen.

»Nika, willst du noch etwas wissen?«, ermuntert mich Kilian, meine Fragen loszuwerden. Aber in meinem Kopf herrscht Ausnahmezustand. Wäre ich ein Gebäude, würden die Alarmsirenen schrillen und alle Menschen würden wild hin und her rennen. Die einzigen Fragen, die ich mir im Voraus für Ophelia und ihr Succubus Rudel zurechtgelegt habe, gehen in eine ganz andere Richtung.

»Wie lange seid ihr eigentlich schon in der Stadt?«, frage ich, da die anderen offenbar nun auf etwas von mir warten und ich die Stille füllen will.

Ophelia dreht sich im Gehen zu mir herum und hebt überrascht eine Augenbraue. »Ein paar Wochen, wieso?«

»Wieso seid ihr hier geblieben?« Die kühle Luft der Tiefgarage und der Geruch von Abgasen begrüßt uns. Mit der linken Hand, die nicht Kilians hält, fummele ich nervös an den Fransen meiner Shorts herum.

»Veronica, hör auf …« Mace scheint dahintergekommen zu sein, auf was meine Fragen abzielen.

»Nein, ist schon okay«, sagt sie zu ihm und blickt mich dann wieder an. »Ich habe Mace bei einem Rennen kennengelernt und meine Intuition hat direkt vermutet, dass er nicht menschlich ist. Meine Freundinnen und ich sind also geblieben, haben uns etwas umgehört und dieses Rudel hier ausfindig gemacht. Wir sind gern in Gesellschaft anderer Dämonen.«

»Ihr seid eigentlich zu dritt, wo ist eure andere Freundin?«

»Meine Schwester Liss steht nicht so auf Kinoabende.«

Liss. Der Name trifft mich wie ein Schlag in die Magengrube. Mir bleibt die Luft weg und meine Beine fühlen sich auf einmal schwer wie Blei an. *Nein, das ist nur ein Zufall.* Der Name Liss ist nicht nur auf eine einzige Person limitiert. Aber ein blonder Succubus, der eine gewisse Ähnlichkeit zu Ophelia hat … Sie könnte locker ihre Schwester sein. Mir wird schlecht.

Auch Ophelia sieht plötzlich so aus, als hätte sie etwas Falsches gegessen. Oder was Falsches gesagt. *Sie weiß von dem, was auf dem Dachboden passiert ist.* Und anhand meiner Reaktion ahnt sie, dass sie den Namen ihrer Schwester lieber für sich hätte behalten sollen. Noch immer spüre ich nachts Gideons Griff um meinen Hals, noch immer verfolgen mich die goldenen Augenpaare von ihm und seiner Cousine.

Ophelia dreht sich um und bleibt vor einem roten Kleinwagen stehen, mit dem sie hergekommen sind.

Ich bin noch überfordert mit der Entscheidung, wie und ob ich den anderen sagen soll, was ich über Liss weiß, als Kilian das Wort ergreift: »Noemi kannst du mich und Lio mitnehmen und Zuhause absetzen? Und Mace bist du so nett und fährst Nika nach Hause?«

Ich weiß genau, wieso Kilian diese Aufteilung vorschlägt, doch die anderen denken vermutlich, es hat etwas mit Ophelias und Mace' Streit zu tun. Deshalb ist Ophelia auch die Erste, die diesem Vorschlag zustimmt und in den Wagen steigt – *oder sie flieht vor meiner Reaktion auf Liss.*

»Du hast K gehört, steig bei mir ein«, knurrt Mace und läuft zur Fahrerseite seines BMWs. Das alles geht mir zu schnell.

Ich werfe Kilian einen letzten zweifelnden Blick zu, bevor er zu den Dämoninnen ins Auto steigt. Hält er das jetzt wirklich für den besten Moment für mich, um mit Mace unter vier Augen zu reden? Sollte ich Lio und Kilian nicht lieber vor den Succubi warnen? Dass sie gefährlicher sind, als sie den Anschein machen? Andererseits haben sie nur eine fünfzehnminütige Autofahrt vor sich – ich bezweifle, dass Noemi oder Ophelia ein Gemetzel daraus machen wollen. Vermutlich tun sie anderen Dämonen ohnehin nichts – nur Menschen.

Beinahe hätte ich ihnen eine weitere Frage hinterhergerufen: Habt ihr Maxi getötet? Doch ich schweige und steige auf der Beifahrerseite in Mace' Wagen.

Diesmal bin ich nicht einmal in der Stimmung, Mace davon abzuhalten, mit einem Arm Auto zu fahren. Stattdessen beobachte ich ihn stumm dabei, wie er mit Rechts den Gang einlegt und dann aus der Parklücke fährt.

»Kennst du Liss?«, frage ich schließlich, sobald ich sichergehen kann, dass Mace uns tatsächlich ohne einen Unfall aus diesem Parkhaus manövrieren kann.

»Habe sie nur einmal gesehen. Wieso?«

»Weil, wenn Ophelia Maxi nicht getötet hat, dann war es Liss.«

»Fängst du jetzt damit wieder an?«

»Wenn sie es war, will ich, dass ihr Rudel zur Rechenschaft gezogen wird. Euch ist es vielleicht egal, wenn andere Menschen draufgehen, aber Maxi war eine Schulkameradin von mir!«

Mace‘ einzige Reaktion darauf ist es, mit dem Kiefer zu malmen.

Auch ich beiße wütend die Zähne zusammen. »Samstagnacht ... ein blonder Succubus war an dem Mord an der Frau beteiligt, die Gast bei euch war. Ich habe Liss in der Nacht nicht als Ophelias Schwester erkannt, obwohl sie auch bei der Schaumparty war, doch da habe ich sie nur kurz von hinten gesehen. Aber die Psychopathin von eurer Party hieß Liss und ich bin mir sicher, es handelt sich dabei um Ophelias Schwester.«

Mein Blick fällt auf Mace’ rechte Hand, die sich so fest um das Lenkrad krallt, dass seine Fingerknöchel weiß hervortreten. »Ich werd’ dem nachgehen. Halt du dich daraus.«

Daraus halten? Diese Liss hätte bereitwillig meiner Vergewaltigung zugesehen! Mace scheint heute noch schlechter auf mich zu sprechen zu sein, als sonst schon, und ich frage mich, was ich ihm getan habe. Allein schon, dass ich ihm gegenüber Samstagnacht noch einmal erwähnt habe, sollte er mir hoch anrechnen. Normalerweise fresse ich sowas in mich rein, bis ich wie eine tickende Zeitbombe explodiere. Aber statt mich nach Details zu fragen und das Thema ernst zu nehmen, würgt er mich ab!

Ein paar Sekunden starre ich ihn noch wütend an, doch dann gebe ich es auf und schaue stattdessen nach draußen in die Nacht. Das Kino liegt etwas abgelegen von meiner Heimatstadt und wir müssen über eine Landstraße, die verlassen vor uns liegt. Es sind kaum noch Autos unterwegs.

»Wollen wir uns jetzt die ganze Zeit anschweigen?«, frage ich pampig. Deshalb hat Kilian mich bestimmt nicht in Mace’ Wagen gesetzt. Er wollte, dass wir endlich alles zwischen uns klären.

»Ich will nicht über Ophelia oder ihre Freundinnen reden.«

»Okay. Und über uns?«

Die Frage war mutig. Ich klopfe mir innerlich auf die Schulter, während Mace mir einen kurzen Blick zuwirft.

»Kilian hat mir gesagt, weshalb Ophelia und du Streit habt … du hast ein Foto von mir in deiner Kette.« Okay, das war vielleicht ein Tick *zu* mutig. Ich halte vor Aufregung die Luft an und warte auf den nächsten finsteren Blick von Mace. Mehr als mich mit Blicken aufspießen, wird er wohl schon nicht tun, und schlechter als ohnehin schon kann die Atmosphäre im Wagen auch nicht mehr werden.

»Denk bloß nicht, dass das irgendwelche romantischen Gründe hätte.«

»Denke ich nicht.« Romantik ist das Letzte, was ich Mace unterstellen würde. Aber WIESO dann?

»Gut, dann halt jetzt die Klappe.«

Ich schnaube. Innerlich bin ich soweit, dass ich mit dem Kopf voraus gegen eine Mauer renne, oder ihm meine Hände um den Hals lege. »Bist du so angepisst, weil der Streit mit Ophelia dich so mitnimmt? Magst du sie etwa? Willst du mit ihr zusammen sein?«

»Wenn ich Ja sage, tröstest du mich dann?«

Wenn du ›Ja‹ sagst, springe ich wohl eher aus dem fahrenden Wagen! Doch ich will tapfer sein und in diesem Gespräch endlich vorankommen, deshalb nicke ich. »Natürlich.« Wir könnten ja zumindest versuchen, so etwas wie Freunde zu sein, und Freunde trösten sich, wenn der Eine eine schlimme Trennung durchmacht.

»Tröstest du mich auch mit einem Kuss?«

Okay, ich nehme alles zurück. Freunde trösten sich gewiss nicht *so*.

»Ich bin mit deinem Bruder zusammen. Wie kannst du sowas fragen?« Er denkt schließlich noch, ich wäre es. Es geht hier also lediglich ums Prinzip! Und darum, dass ich zu feige bin, ihm die Wahrheit zu sagen … Scheiße, wir kommen hier echt nicht weiter.

»Komische Beziehung, in der ihr nicht einmal intim werden könnt.«

Hitze steigt in meine Wangen. *Er pokert nur hoch.* »Du hast keine Ahnung, was Kilian und ich machen.«

»K würde sowas nicht riskieren. Falls du es vergessen hast: er ist der Vernünftige.«

Das ist Kilian wirklich. *Und du? Bist du nicht vernünftig?*

»Vielleicht verabschiedet sich seine Vernunft, sobald er mich nackt sieht«, bluffe ich. Weil ich eine Idiotin bin. Wieso halte ich immer noch an der Alibi-Beziehung fest, anstatt ihm die Wahrheit zu sagen? Habe ich so viel Angst vor seiner Reaktion? Was ist, wenn ich ihm die Wahrheit sage, und er mich trotzdem nicht will?

Mace sagt nichts darauf und starrt weiter fokussiert auf die Fahrbahn. Scheiße, ich habe es vermasselt. Meine Finger greifen zu dem Kreuzanhänger, der in meinem Dekolleté ruht, und spielen gedankenverloren damit. Ich habe den Moment, mit der Wahrheit rauszurücken, wohl verpasst.

Irgendwann fällt mir auf, dass wir gar nicht den mir bekannten Weg zu mir nach Hause fahren. Bringt Mace mich etwa wo anders hin? Zu ihm ins Loft fahren wir aber auch nicht.

Ich schaue ihn überrascht an und unsere Blicke treffen sich für einen Herzschlag.

»Seit wann trägst du ein Kreuz um den Hals?«

Ertappt lasse ich den silbernen Anhänger los. Ich zucke mit den Schultern. »War ein Konfirmationsgeschenk von Miriam.«

»Und ausgerechnet jetzt legst du es an?«

Ich zucke wieder mit den Schultern. Als ich es heute beim Fertigmachen in meinem Schmuckkästchen gesehen habe, hat es mich plötzlich angezogen. Es erschien mir passend, es ausgerechnet jetzt wieder umzulegen, wo ich kurz davor bin, den Weg zur ewigen Verdammnis zu beschreiten. Noch nie war ich weiter entfernt von einem hypothetischen Gott und doch will ich gerade jetzt mehr an ihn glauben als jemals zuvor.

»Denkst du, Gott kann dir helfen, den richtigen Pfad zu finden?«

Bei seinen Worten rieselt es mir kalt den Rücken hinunter und ich rutsche unruhig auf dem Sitz hin und her. »Wohin bringst du mich?«

»Dein Weg wird von Sünden gepflastert sein, da hilft auch kein Vaterunser.« Er verlässt die beleuchtete Straße, der wir bisher folgten, und fährt auf einen dunklen Waldweg ab. Er schaltet runter und hält dabei mit dem Oberschenkel das Lenkrad.

»Wohin bringst du mich?«, wiederhole ich.

Der Wagen wird immer langsamer und bleibt plötzlich stehen. Vor uns nichts als in die Nacht ragende Bäume, lediglich beleuchtet vom Lichtkegel der Scheinwerfer. Angst und Nervosität lassen mein Herz schneller schlagen.

Mace dreht sich zu mir um. Sein Blick landet auf dem Kreuzanhänger – oder auf meinen Brüsten. »Vergib uns unsere Schuld, wie auch wir vergeben unseren Schuldigern. Führe uns nicht in Versuchung, sondern erlöse uns von dem Bösen«, zitiert er das Vaterunser. Sein Blick wandert hoch zu meinen Augen. »Funktioniert das etwa, wenn du dir das sagst?«

24.

Und führe uns nicht in Versuchung

Nika

Montagabend

»Was wird das?«, frage ich atemlos. »Erst fragst du mich so dreist nach einem Kuss und jetzt bleibst du im Wald mit mir stehen und sprichst von Versuchung.« Ich schlucke und mein Puls hämmert mir in den Ohren. »Kann es sein, dass du zu der kranken Sorte Mann gehörst, die eine Frau erst dann wollen, wenn sie sie nicht haben können?«

Mace schnaubt belustigt. »Wieso sollte ich?«

»Du hast mich abgewiesen. Bis ich mit Kilian zusammen war. Seitdem …«

»Seitdem *was*?«

Ich will ihm nicht unterstellen, dass er sich seitdem an mich rangemacht hat, aber wie soll ich sein Verhalten anders interpretieren?

»Ist das für dich immer noch ein Spiel, Mace? Ein Wettrennen wie damals am See?«

Er schweigt und sein Schweigen bricht mir das Herz.

»Ich weiß es nicht«, antwortet er schließlich leise.

Ich habe mich geirrt. *Diese* Antwort bricht mir erst das Herz. Wie kann man so etwas nicht wissen? Ich schnalle mich ab und greife nach der Türklinke.

»Wohin willst du?«

»Ich brauche frische Luft.« Ich öffne die Tür und steige aus. Die angenehme Nachtluft kühlt meine erhitzten Wangen. Viel weiter als ein paar Schritte komme ich jedoch nicht, da höre ich, wie auch er seine Tür aufreißt. Beim nächsten Herzschlag hat er mich bereits am Arm gepackt und mich zu sich herumgedreht.

Wir stehen in dem Scheinwerferlicht seines Wagens und starren uns an. Bevor ich ihm eine Beleidigung an den Kopf knallen kann, sieht er hinunter auf meine Lippen. Schlagartig vergesse ich alles, was ich sagen wollte, könnte oder müsste. War es gerade noch so laut in mir, wird jetzt alles still. Wird er etwa ...?

Mein Herz stolpert vor Aufregung in seinem Rhythmus. Ich halte mich an Mace' Schultern fest und erinnere mich daran, zu atmen. Er kann doch jetzt nicht …

Mace neigt seinen Kopf und nähert sich mir so langsam, dass ich es kaum noch aushalte. Gleichzeitig bin ich dankbar dafür, denn so kann ich mich wappnen. Ich kann mich darauf vorbereiten. Ich schließe die Augen und in der nächsten Sekunde streifen seine Lippen die meinen.

Gott.

Nach all der Zeit ...

Nichts auf der Welt hätte mich darauf vorbereiten können. Diese warme, sanfte Berührung gilt nicht nur unseren Lippen, er berührt damit jede Zelle meines Körpers, jeden Zentimeter meiner Seele. Meine Überraschung verfliegt, stattdessen ziehe ich mich zu ihm hin, drücke meine Lippen fester auf seine und halte mich an ihm fest, weil ich ansonsten nicht länger stehen könnte. Sein Geruch und sein Geschmack rauben mir die restlichen Sinne. Ich weiß nicht, wo oben und unten ist. Ob die Schwerkraft noch funktioniert, oder ob sich immer noch Boden unter meinen Füßen befindet. Ich schwebe in meiner eigenen Blase aus Glück und so vielen Gefühlen, wie ich sie noch nie gleichzeitig empfunden habe.

Mace' Zungenspitze schiebt sich in meinen Mund und noch nie habe ich einer anderen Person so bereitwillig Einlass in mein Inneres erlaubt. Ich will, dass er in mir ist, dass wir eins sind, dass jegliche Distanz durch Nähe ersetzt wird. Unsere Zungen berühren sich, meine Hände schlingen sich um seinen Nacken und ich presse mich so eng an seinen Körper, wie ich nur kann.

Aus einem zarten Kuss entflammt Leidenschaft. Aus Wut wird Hingabe. Und aus einem seichten Knistern entsteht ein loderndes Feuer, das mich von innen heraus in Flammen setzt. Ihn zu küssen, tut so weh und lindert doch gleichzeitig jeden Schmerz. Es ist heilsam und qualvoll zugleich. Tod und Leben. Himmel und Hölle. Licht und Dunkelheit. Dieser Kuss verkörpert all die Gegensätze, die Mace und mich ausmachen. Wenn es möglich ist, dann verliebe ich mich in diesem Moment noch mehr in ihn. Mein komplettes Herz verfällt ihm. Unwiderruflich. Und als mir das bewusstwird, brennen Tränen hinter meinen geschlossenen Lidern. Atemlos löse ich mich von ihm. Und als ich meine Augen öffne und ihn ansehe, weiß ich, dass ich jetzt niemals aufhören kann, ihn zu lieben.

»Wieso hast du aufgehört?«, fragt er leise.

»Es tut weh, wenn du mich küsst«, verrate ich ihm. Meine Stimme bricht.

Seine Lippen verweilen immer noch nur Millimeter von meinen. Sie berühren sich zart und doch wieder nicht. »Und wenn ich es nicht tue?«, fragt er.

»Dann tut es auch weh«, gebe ich zu.

»Und wie geht der Schmerz dann weg?«

»Gar nicht.« Er wird nicht mehr weggehen.

»Es tut mir leid.«

Ich nehme seine Worte auf und lehne meine Stirn an seine. Er muss nicht sagen, was ihm leid tut. Ich weiß, dass er sich für alles entschuldigt. Dafür, dass er vor anderthalb Monaten etwas mit mir angefangen hat, obwohl er wusste, dass es nicht gut ausgeht. Dafür, dass er mir immer wieder das Herz bricht. Dafür, dass es keine Zukunft für uns gibt. Dafür, dass er mich trotzdem nicht in Ruhe lässt.

»Mir tut es auch leid«, erwidere ich.

»Was?«

»Dass wir dich belogen haben. Kilian und ich waren nie ein Paar.« Nun ist es raus.

Sein Kopf entfernt sich ein paar Zentimeter von meinem. Dass ich den Ausdruck in seinen Augen nicht lesen kann, hat mich noch nie so verzweifeln lassen wie jetzt. Mein Herz rast, als fürchte es um sein Leben. Am liebsten würde ich mich auf Zehenspitzen stellen und meine Lippen erneut an seine bringen. Ich will noch einmal diese Verbundenheit spüren. Und ich will ihn spüren lassen, was ich für ihn empfinde. Ich will ihm damit erklären, warum die Lüge mit Kilian notwendig war. Sie hat mein Herz geschützt und nun ist da keine Mauer mehr, hinter der ich mich verstecken kann. Ab jetzt bin ich schutzlos.

»Mace?« Meine Stimme zittert. *Nun sag doch bitte was.*

»Ihr wart nie … Ihr habt nie …«

Ich schüttele den Kopf und ehe ich mich versehe, liegt Mace' rechte Hand an meinem Hinterkopf und zieht mein Gesicht zu ihm heran. Diesmal küssen wir uns so schnell, dass mir die Luft wegbleibt und mir schwindelig wird. Seine Finger krallen sich in mein Haar und er zieht nicht gerade sanft daran, doch diese Art von Schmerz ist mir mehr als willkommen. Sie lenkt mich von dem in meiner Brust ab. Und zusätzlich verursacht sie ein Ziehen in meinem Unterleib, das mich sehnsuchtsvoll aufstöhnen lässt.

Er zieht meinen Kopf zurück, sodass ich ihn ansehen muss. »Veronica, was machst du nur mit mir?«

Nicht so viel, wie du mit mir. Aber ich bekomme kein Wort heraus. Dafür ist die Spannung zwischen uns zu groß. Unsere Münder prallen erneut aufeinander, wie Welten, die miteinander kollidieren. Für ein paar Sekunden atmen wir dieselbe Luft, unsere Herzen schlagen im selben Takt und statt in einem Strudel aus Drama und Streit verlieren wir uns diesmal in uns.

Ich dränge mich an ihn und er geht ein paar Schritte rückwärts. Eigentlich erwarte ich, dass wir gegen einen Baum prallen und uns gegenseitig die Klamotten vom Leib reißen, doch stattdessen stolpere ich über einen Ast und verliere das Gleichgewicht. Mace hält mich, doch anstatt mich auf die Beine zu stellen, zieht er mich mit sich nach unten. Er setzt sich auf den Waldboden und ich klettere ohne zu zögern auf seinen Schoß. Nicht eine Sekunde will ich ihm fern sein. Meine nackten Knie drücken sich links und rechts von seiner Hüfte gegen den feuchten Erdboden. Grashalme und kleine Zweige pieken gegen meine Haut. Doch das Einzige, was meine Aufmerksamkeit bekommt, sind Mace' Lippen, die an meinen liegen, und seine Hände, die mich halten.

Lass mich nie wieder los.

»Was tun wir hier?«, frage ich keuchend, meine Finger streichen durch sein weiches Haar.

»Das, was wir schon seit Wochen tun wollten.«

Mein Herzschlag geht schneller.

Mace schmunzelt. »Ich rede vom Küssen, Veronica. An was denkst du denn, du versautes Ding?«

Meine Wangen brennen und ich vergrabe mein Gesicht an seiner Schulter. *Ich will Liebe mit dir machen.*

»Schau mich an.« Diesmal zieht er sanft an meinem Pferdeschwanz und ich blicke wieder hoch. »Ich weiß nicht, inwiefern du vor mir geschützt bist, *ob* du geschützt bist, aber wir sollten wohl bis zu deinem 21. Geburtstag warten. Das wäre vernünftig …«

»Aber küssen hältst du für ungefährlich?«, necke ich ihn.

»Nein, das ist auch unvernünftig, aber ich bin nicht Kilian.«

Ich lache und bringe uns mit einem weiteren Kuss zum Verstummen. Ich weiß genau, was Mace meint. Es ist unmöglich, jetzt damit aufzuhören. Meine Hände fahren durch sein Haar, über seine Wangen, seinen Nacken, seine Schulter. Ich will ihn überall anfassen, selbst wenn ich dafür sterben müsste. Alles fühlt sich so neu und aufregend an. Seinen Körper zu berühren, während er zart an meiner Unterlippe saugt, könnte mein neues Hobby werden.

Auch seine Hände gehen auf Wanderschaft und ich schmelze unter seinen Berührungen hinweg, vergehe vor Hitze. Seine Finger schieben sich unter mein T-Shirt und wandern mit Nachdruck meinen Oberkörper hoch, bis sie sich um meine Brüste schließen. Ich stöhne, doch sein Mund verschluckt das Geräusch. Mit meinen Händen stütze ich mich gegen seine Brust und drücke mich ein paar Zentimeter von ihm fort. Als ich ihn ansehe, schimmern seine Augen im Licht der Scheinwerfer golden. Seine Lust auf diese Weise bestätigt zu bekommen, beflügelt mich.

»Wenn du mich jetzt gleich nicht auf diesem Waldboden nehmen möchtest, solltest du mich lieber nach Hause fahren.« Es ist nur eine Vorwarnung oder ein gut gemeinter Ratschlag meines letzten Restes an Vernunft. Geht das hier nämlich noch ein paar Minuten länger, kann ich für nichts mehr garantieren.

»Du weißt gar nicht, wie verlockend das klingt …« Seine Stimme ist rau und tief. Okay, Tschüss Vernunft. Ich ziehe ihm sein T-Shirt über den Kopf und er hebt bereitwillig die Arme. Hallo, Bauchmuskeln. Und Brustmuskeln. Und Armmuskeln.

Wow. Statt mit meinen Händen muss ich das Ausmaß dieser Perfektion erst einmal mit Blicken verschlingen. Erst nach einer gefühlten Ewigkeit bin ich wieder im Besitz meiner motorischen Fähigkeiten. Meine Handflächen legen sich auf seine nackte Brust und spüren seine Körperwärme.

»Ich würde das ja gerne nachmachen, aber ich befürchte, der Anblick deiner nackten Titten bringt mich um den Verstand. Meine Dämonenseite würde die Oberhand ergreifen und dann würde ich mich nicht mehr zurückhalten.« Seine goldenen Augen nehmen mich in Gefangenschaft. Ich will ihn gar nicht mehr küssen, weil ich ihn dann nicht mehr ansehen könnte. Er streicht mir mit seinen großen Händen die losen Haarsträhnen aus dem Gesicht und hält dann meinen Kopf. »Auch auf die Gefahr hin, dass wir was Dummes tun, möchtest du die Nacht mit mir verbringen?«

Obwohl es ein Dutzend Dinge gibt, die wohl dagegen sprechen, obwohl noch hundert Sachen ungeklärt sind, kann ich nicht anders, als zu nicken.

»Aber nur, wenn du nicht mehr an Ophelia hängst.« Allein ihren Namen auszusprechen, verursacht einen Knoten in meinem Magen.

Mace' rechter Mundwinkel zuckt. »Ich habe nie an ihr gehangen. Und was ist mit Kilian?«

Für einen Moment weiß ich nicht, was ich darauf antworten soll. Es wäre gelogen, wenn ich sage, dass ich nicht an Kilian hänge. Mace bemerkt mein Zögern und runzelt die Stirn. »Schläfst du lieber mit ihm im Bett als mit mir?«

»Nein!« Zumindest das kann ich aufrichtig beantworten. Ich rutsche auf seinem Schoß näher an ihn heran und beiße mir auf die Unterlippe. »Ich habe es vermisst, neben dir in einem Bett zu schlafen.«

Ein sanfter Ausdruck legt sich über seine Augen. Statt einem »Ich auch« küsst er mich und ich weiß in diesem Moment, dass das seine Art ist, es zu erwidern.

Vielleicht ist die Zahl drei wirklich eine Glückszahl. Es ist das dritte Mal, dass ich mich in Mace' Schlafzimmer befinde, und es ist die dritte Nacht, die wir miteinander im selben Bett verbringen werden. Trotzdem fühlt es sich an, als wäre es das erste Mal. Ich traue mich nicht einmal, meine Klamotten auszuziehen. Obwohl ich weiß, dass er mich schon öfter weniger bekleidet gesehen hat, ist heute Nacht etwas anders. Es gibt kein Geheimnis, das noch zwischen uns steht, und keine anderen Dämonen.

Heute Nacht gibt es nur ihn und mich. Zum aller ersten Mal.

Da Mace im Gegensatz zu mir kein Problem mit nackter Haut hat, zieht er sich ungeniert das T-Shirt über den Kopf und öffnet den Gürtel seiner Hose. Ich sehe nicht hin, als er sie auszieht.

»Warum auf einmal so schüchtern?«, macht er sich über mich lustig.

Während er das Licht ausmacht und nur noch eine gelbe runde Nachtlampe neben seinem Bett das Zimmer erhellt, krabbele ich unter die Bettdecke. Erst dort ziehe ich meine Shorts aus. Das T-Shirt behalte ich an.

Als Mace zu mir ins Bett steigt, verdreht er die Augen. »Du bist sicher, dass du hier schlafen willst? Du wirkst eher so, als sollte ich dich bei der nächsten Klosterschule abliefern.«

»Ey.« Ich boxe gegen seinen Oberarm, kuschele mich aber im nächsten Moment an ihn. Für zwei Sekunden befürchte ich, dass er mich zurückweisen könnte, doch als er es nicht tut, entspanne ich mich.

Er legt seinen Arm um mich und wir schweigen. Ich genieße die Ruhe. Meine Gedanken waren in den letzten Tagen so laut, es ist schön, wie friedlich jetzt alles ist. Tief in mir weiß ich, dass diese Nacht kein Happy End für uns bedeutet. Es ist erst der Anfang von etwas und ich weiß nicht, wie weit Mace überhaupt mit mir gehen will. Aber ich will den Moment nicht mit Schwarzmalerei zerstören. Für eine Nacht lang ist unsere dunkle Welt bunt. Oder zumindest in zarte Pastelltöne getunkt.

»Wie kannst du überhaupt Gefallen an mir gefunden haben?«, murmelt Mace irgendwann gegen meinen Haaransatz. »Ich bin kaputt. Meine Vergangenheit hat mich zerstört.«

Ich streiche über die Tattoos auf seinen Armen, während mein Kopf auf seiner nackten Brust liegt. »Dann haben wir ja was gemeinsam.« Ich bevorzuge Menschen mit kaputten Leben, vielleicht glaube ich, dass sie mich besser verstehen können.

»Du meinst deine Schlafstörungen?«

»Nicht nur.«

Sein Arm drückt mich enger an sich und streicht über meine Hüfte. »Weißt du … Kilian fühlt sich von deinem Licht angezogen«, sagt Mace langsam. Seine Stimme ist leise. »Ich hingegen war von vornherein gefangen von der Dunkelheit in dir. Dass ein so zartes unschuldig aussehendes Geschöpf trotzdem Sünde in sich trägt ... das hat mich fasziniert.«

Ich runzele die Stirn und verharre mit meinem Finger über dem Bild eines Totenschädels auf seinem Unterarm. »Also magst du die Dunkelheit?«

»Kann man so sagen. Sie ist mir vertraut. Aber am Faszinierendsten finde ich es, wenn Licht und Dunkelheit parallel existieren können.«

»Ein Paradoxon«, murmele ich und bin gleichzeitig erschüttert davon, wie ähnlich meine und Mace' Gefühle sind. »Weißt du, warum ich das Wasser so liebe?«, frage ich. Da sein Kinn über meinen Haaransatz reibt, spüre ich sein Kopfschütteln. »Ich liebe Gegensätze. Und ich liebe es, in die Tiefe einzutauchen, komplett mit allen Sinnen ... Siehst du die Parallelen?« *Ich liebte es, auch in deine Tiefen einzutauchen, sie zu ergründen.*

Er schweigt, weshalb ich meinen Kopf hebe und ihn ansehe.

Ein nachdenklicher Ausdruck liegt in seinen sumpfgrünen Augen. »Ich glaube schon.«

»Wieso siehst du mich dann so seltsam an?«, frage ich, als der grübelnde Ausdruck in seinem Gesicht andauert.

»Weil mich deine Denkweise beeindruckt.«

Das Kompliment trifft mich unvorbereitet. Ich hätte von einem Typen wie ihm eher oberflächliche Nettigkeiten erwartet. Aber das hier ist anders. Er mag, wie ich denke. Ich erröte und schmiege meinen Kopf wieder an seine Schulter. Da ich die letzte Nacht schon kaum geschlafen habe, fallen mir vor Müdigkeit bereits die Augen zu. So gern ich diesen Moment auch auskosten möchte und so sehr ich mir zum ersten Mal in meinem Leben wünsche, dass die Nacht ewig andauern möge, so bin ich doch zu müde, um sie durchzumachen.

»Erzählst du mir irgendwann von dem Mann, den du getötet hast?«, dringt Mace' Frage durch meinen Schlummerzustand.

Ich nicke mit geschlossenen Augen. »Wenn du mir im Gegenzug von deiner Kindheit erzählst.«

Da seine Brust ein wenig bebt, gehe ich davon aus, dass er lacht. Ich lächele. Doch mein nächster Gedanke lässt meine Mundwinkel wieder nach unten wandern. »Glaubst du, mit mir stimmt etwas nicht, dass meine Kräfte schon vor meinem einundzwanzigsten Geburtstag einsetzten?«

Diesmal braucht er länger, um zu antworten. »Nein«, sagt er schließlich. »Ich glaube, das war lediglich ein Schutzmechanismus deines Körpers. Er musste die dämonische Seite in dir wecken, um zu überleben.«

»Ich gehe duschen und bringe uns danach Frühstück ans Bett. Wie klingt das?«

Das klingt fast genauso unglaubwürdig wie die letzten 10 Stunden. Ein Teil von mir hatte befürchtet, dass wenn wir heute morgen aufwachen, die Harmonie von gestern verschwunden sein würde. Seine Stimmung würde wieder von 180 auf Null umschwenken oder die nächste große Katastrophe würde zusammen mit dem Sonnenlicht auf uns lauern. Stattdessen haben wir die letzte halbe Stunde wie normale erwachsene Menschen miteinander geredet. Ohne Schutzleine und Sicherheitsgurt. Ich habe ihm von den Ereignissen auf der Party erzählt, von Gideon und Liss, davon, dass ich Ophelia und ihr Rudel aus meiner Stadt haben will, weil ich sie für kaltblütige, egoistische, widerliche Killer halte. Ich habe ihm sogar von meinen Kindheitserinnerungen erzählt und er mir von seiner Jugend. Er hat mir gesagt, wie es für ihn war, als er zum ersten Mal von seinem dunklen Familiengeheimnis hörte. An dem Tag hat er sich auch das erste Tattoo stechen lassen: einen Vogelkäfig mit einem eingesperrten Raben.

Zum ersten Mal seit ich ihn kenne, hatte ich die Möglichkeit, mir jedes einzelne seiner Bilder anzusehen. Meine Finger strichen über die tätowierte Haut seiner Arme und er erzählte mir zu jedem Bild seine Geschichte. Ein Wolf, umrahmt von geometrischen Formen, eine durchstochene Rose, ein Totenkopf, ein Kompass – und ein Datum in römischen Ziffern. Für was dieses Datum steht, habe ich nicht gefragt, weil ich mir die Antwort bereits denken kann. *Claire.* Sie ist das einzige Geheimnis, das er noch hütet. Der einzige Dorn, der mich noch stechen kann.

Als er aus dem Bett steigen will, halte ich ihn fest und ziehe ihn zu mir. Seit wir hier bei ihm sind, haben wir uns nicht mehr geküsst. War das gestern Abend vor seinem Auto eine Ausnahme, weil uns beide für einen Moment die Vernunft verlassen hat?

Mace ist über mir, die Unterarme links und rechts von meinem Kopf gestützt und schaut auf mich herunter. Sofort geht mein Atem flacher. Verdammt, im Bett macht mich das Ganze nur noch nervöser. *Küss mich lieber doch nicht, sonst werde ich noch ohnmächtig.* Und das hat dann nichts damit zu tun, dass er ein Dämon ist und meine Lebensenergie aussaugt.

»Was ist?«, fragt er mich und senkt seinen Körper so weit auf meinen hinab, dass er auf mir liegt, mich an jeder Stelle berührt, aber dennoch sein Gewicht nicht auf mir lastet. Macht er das extra? Weiß er, dass er mich gerade foltert?

Was du kannst, kann ich auch.

Ich weiß zwar nicht, was mit mir los ist, dass mit Mace alles zu einer Kampfansage wird, aber ich lege meine Hände an seine Hüften und drücke mich an ihn. Wettrennen, Streit und Provokation sind wohl unser Ding. Dass Liebe einem Schlachtfeld gleicht, ist endlich mal ein Sprichwort, das bei mir zutrifft.

Womit ich jedoch nicht gerechnet hätte, ist, dass Mace so schnell hart wird. Meine Überraschung steht mir offenbar deutlich ins Gesicht geschrieben, denn Mace schmunzelt mich dreckig an. Kann man dreckig schmunzeln? Dieser Mann über mir schon!

Seine Härte wird von Sekunde zu Sekunde größer und drückt sich genau gegen meine Mitte. Ich glaube, ich habe kurzzeitig aufgehört zu atmen, denn auf einmal japse ich nach Luft, um nicht zu ersticken. Er neigt seinen Kopf zu mir herunter, seine Wange streift meine und sein Atem hinterlässt eine Gänsehaut auf meinem Hals.

»Wie war das noch mit, Herr führe mich nicht in Versuchung?«, raunt er an meinem Ohr. Meine Finger krallen sich in seine Haut und statt an ihn, drücke ich mich flach in die Matratze, doch das alles hilft nun auch nicht mehr. Sein Körper, mein Körper, die Matratze. Alles dasselbe. Ich zerfließe unter ihm und seinem steinharten Körper. Seine Lippen streifen mein Ohrläppchen und zwischen meinen Beinen wird es so feucht, dass ich sogar darum bete, dass Mace mich *nicht* dort anfasst. *Ja genau, spiel ruhig weiterhin die Kühle. Ihm fällt bestimmt nicht auf, dass du kurz vorm Kollabieren bist.*

Als sein Gesicht sich wieder vor meinen Augen befindet, hat sich etwas in seinem Blick verändert. Er sieht ernster aus. Eine Sekunde später hat er sich auch von mir runtergerollt und sitzt auf der Bettkante. Ich bleibe auf dem Rücken liegen wie eine flache Flunder. An meinen sexy Verführungskünsten muss ich definitiv noch arbeiten. Meine Schnappatmung und Schockstarre waren bestimmt alles andere als heiß.

»Wir sollten auf sowas vorerst verzichten.«

Ich nicke einsichtig, auch wenn sein Tonfall meiner Ansicht nach zu kühl klingt. Da ist er wieder: sein Stimmungswechsel.

»Halt dich von mir fern. Zumindest bis du 21 bist und wir herausfinden, ob Succubi vor uns Incubi sicher sind. Okay?«

Nun rast mein Herz aus einem ganz anderen Grund als vorhin. Ich setze mich auf und starre ihn an. Wieviel beinhaltet das ›Halte dich von mir fern‹? Kein Küssen, keine Übernachtungen oder will er, dass ich generell keine Zeit mehr mit ihm verbringe? *Ich kann aufhören, dich zu provozieren, Mace. Ich kann mich zurückhalten.* Doch bevor ich etwas dazu sagen kann, fragt er: »Wann hast du Geburtstag?«

»Nur noch ein paar Wochen.« Ich weiß dabei gerade nicht einmal, welchen Wochentag wir haben, geschweige denn das Datum. Er will doch jetzt nicht ernsthaft bis zu meinem Geburtstag warten, bis wir uns wiedersehen? Es ist doch noch nicht einmal etwas passiert!

Mace schließt die Augen. »Siehst du, dann dauert es ja nicht mehr so lange.« Irgendwie klingt er aber nicht glücklich darüber. Die Sorgenfalten in seiner Stirn verschwinden nicht.

»Ich gehe jetzt duschen.« Er steht vom Bett auf und mein Blick folgt seinem nackten Rücken, als er das Zimmer verlässt.

»Okay«, murmele ich. Ich habe das Gefühl, dass Mace die Flucht ergreift. *Er hat nur Angst, dass du stirbst*, versuche ich mich selbst zu beruhigen. Ich sollte froh sein, dass er sich Sorgen um mich macht und mein Leben nicht leichtfertig riskieren will. Das heißt, ihm liegt etwas an mir. Aber dann ist da noch die Stimme in meinem Kopf, die mich daran erinnert, was Kilian mir mal über Mace und Claire gesagt hat. Wegen seiner Ex hat Mace die Fähigkeit verloren, jemals wieder jemanden zu lieben. Er wird niemals wieder eine Frau an sich heranlassen.

Was, wenn er von mir nur Sex will, weil wir uns körperlich so anziehen?

Was, wenn es niemals mehr sein wird?

In meinem Kopf dreht sich alles. Ich schwinge meine Beine aus dem Bett, sodass ich an der Kante sitze, und schließe für einen Moment die Augen. Nachdem ich tief durchgeatmet habe und sie wieder öffne, fällt mein Blick auf die Kommode neben dem Bett, auf dem mir etwas ins Auge sticht. Die Kette, die Mace sonst immer um den Hals trägt. Er muss sie gestern Nacht vor dem Schlafen abgelegt haben. Ob dort wirklich ein Foto von mir drin ist?

Meine Hände sind schneller als mein Gewissen. Es ist nur eine Kette und kein geheimes Tagebuch, das ich durchsuche. Trotzdem fühle ich mich wie eine Schwerverbrecherin, als ich das silberne Medaillon öffne. Wenn dort tatsächlich ein Foto von mir drin ist, möchte ich zumindest wissen, welches Bild er genommen hat. Als ich den Anhänger mit meinen Fingernägeln aufklappe, und es nicht mein Gesicht ist, das mir entgegenstarrt, ist es wie ein Fausthieb in den Magen. Die nächsten Erkenntnisse folgen Schlag auf Schlag.

Dieses lächelnde Mädchen muss Claire sein.

Ich beginne zu zittern. Aber es ist nicht die Tatsache, dass er noch immer ein Bild seiner Ex in der Kette hat, die mir Übelkeit verursacht. Es ist die Tatsache, dass ich dieses Mädchen kenne. Ich habe sie vor ein paar Wochen einmal gesehen. Live und in Farbe. Lebendig. Händchenhaltend mit Till in der Stadt. Das Gesicht der Neuen von seinem eigenen Ex-Freund vergisst man nicht so schnell.

Mir ist schlecht. *Claire ist nicht tot.*

25.

Wer ist Claire?

Nika

Dienstag

Sobald das Zimmer aufgehört hat, sich vor meinen Augen zu drehen, springe ich auf und renne aus der Tür. Meine Faust ist um die silberne Kette geballt. Ohne nachzudenken, stürme ich zu Kilians Zimmer und klopfe an. Auch wenn mein Klopfen eher einem Hämmern gleicht, das dasselbe Tempo wie mein Herzschlag hat.

Kaum höre ich sein überraschtes »Ja?«, reiße ich die Tür auf und platze hinein.

Kilian sitzt mit einer Kaffeetasse in seinem Schreibtischstuhl. An seinem Laptop hinter ihm hat er ein paar Tabellen und Rechnungen geöffnet.

»Ich wusste nicht, dass du hier geschlafen hast …« Kilian dreht sich mit dem Stuhl um, sieht mich mit großen Augen an und stellt die Kaffeetasse auf dem Tisch ab.

Normalerweise würde ich mich deswegen ein wenig schuldig fühlen oder zumindest einen Stich schlechten Gewissens verspüren, doch mein Körper ist nicht dazu in der Lage, etwas anderes als diesen Schock zu empfinden, der mein Herz so rasen lässt.

Ohne auf Kilians Bemerkung einzugehen, bleibe ich vor ihm stehen und halte Mace' geöffnete Kette vor seine Augen. »Das ist Mace' Ex?«

Zögerlich sieht er von mir zu dem Foto. Seine tiefbraunen Augen spiegeln mehr als bloße Überraschung wider. »Ja, das ist Claire.«

Das Universum will mich doch verarschen! Ich lache hart auf, weil die Alternative vermutlich wäre, in Tränen auszubrechen.

»Und sie ist angeblich tot?«, frage ich nach und klinge dabei wie eine Irre.

»Nika ...« Kein Wunder, dass Kilian nur beruhigend meinen Namen sagt. So spricht man eben mit Irren.

»Nein. Ich will es hören. Es ist wichtig«, stelle ich klar und versuche mich wieder so weit zu beherrschen, dass er mir nicht anmerkt, dass meine Nerven gerade mit mir durchgehen. Ich muss wissen, wie und wann diese Claire angeblich ums Leben kam. Denn die Theorie, die sich gerade in meinem Inneren breitmacht, ist zu verrückt, und ich will nicht, dass sie stimmt. Ich möchte, dass mein Bauchgefühl sich einmal irrt. Einmal in meinem Leben möchte ich falsch liegen!

»Willst du, dass Mace dich liebt?«, fragt Kilian plötzlich.

Mein Herz bleibt stehen. »Was?«

Als mein Herz weiterklopft, ist es doppelt so schnell wie zuvor.

»Beantworte die Frage«

»Ja«, gebe ich zu. Kilian anzulügen, ist etwas, was mir niemals in den Sinn käme. Aber was hat das mit meiner Frage zu tun?

»Das wird niemals passieren, Nika.«

Ich kneife meine Augen zusammen. Der Puls dröhnt mir in den Ohren. Ich will jetzt nicht über Mace reden, sondern über Claire! »Erzähl mir, wie sie gestorben ist.«

Scheiß auf mich und die Gegenwart! Ich will zuerst die Vergangenheit kennen!

»Das willst du nicht hören.«

»Aber vielleicht *muss* ich das!« Meine laute Stimme hallt in der Stille wider.

Kilian guckt mich lange an, dann nickt er schließlich. »Du hast recht, vielleicht musst du das. Um dich endlich von uns fernzuhalten.«

Geht das wieder los? Ich werde wohl nie dazu gehören, egal wieviel Zeit ich mit ihnen verbringe, egal, was ich bin. Diese bittere Erkenntnis raubt mir für einen Moment die Luft, doch jetzt ist nicht der richtige Zeitpunkt, um mich dadurch gekränkt zu fühlen. Ich setze mich aufs Bett und schaue Kilian abwartend an. Meine zitternden Finger krallen sich um das geöffnete Medaillon, während mein Bein unkontrolliert auf und ab wippt.

Kilian seufzt. Tief. Statt mich, fixiert er einen Punkt an der Wand. Erst frage ich mich, wieso er mir dabei nicht in die Augen sehen kann, doch nach wenigen Sätzen wird es mir klar.

»Wenn Rotkäppchen sich in den Wolf verliebt, ist es kein Märchen, sondern eine grausame Tragödie. Wenn der Wolf ebenfalls Gefallen am Rotkäppchen hat, wird es zu einem masochistischen Spiel mit blutigem Ende. Mace und Claire waren schon als Teenager befreundet, sie kannten sich, noch bevor Mace wusste, was sein Schicksal ist. Sie waren beste Freunde und irgendwann auch ein Paar. Als Mace schließlich erfuhr, was er ist, hat er Claire beinahe umgehend eingeweiht. Er vertraute ihr alles an, sie teilten einfach alles. Statt abgeschreckt zu sein, war sie fasziniert. Als Mace zu meinem und Raphaels Rudel dazu stieß, war Claire ebenfalls so etwas wie ein Mitglied. Sie unternahm alles mit uns. Die Verbundenheit von Claire und Mace war so tief, dass sie nicht einmal Eifersucht kannten. Mit ›sie teilten alles‹, meine ich nicht nur ihre Geheimnisse – sie teilten auch im Bett. Claire war …« Für einen kurzen Moment verliert Kilian den Faden und ich sehe es in seinem Gesicht. Ich höre es aus seinem Tonfall und merke es an seiner Atmung. *Er hat Claire auch geliebt.*

Wie vom Blitz getroffen sitze ich da und lasse mich von dieser Erkenntnis lähmen. Vor zwei Tagen erst hat er mir erzählt, dass er vor Sebastian nur eine andere Person je geliebt hat. Und dass auch diese Person die Falsche war. Ich gucke hinunter auf die Kette in meinen Händen und Tränen verschleiern mir die Sicht auf das kleine Foto. Was hat diese Claire nur an sich, dass alle sie lieben? Kilian. Mace. Till.

Dieses Mädchen muss unbeschreiblich toll sein.

»Claire hat unsere sexuellen Vorlieben geteilt und genossen«, fährt Kilian räuspernd fort. Und obwohl die bildliche Vorstellung von dem Gesagten mir körperlich wehtut, zwinge ich mich, hier sitzen zu bleiben und die Geschichte zu Ende zu hören.

»Sie wusste von den Risiken, doch wir alle waren noch jünger und naiver als heute. Wir dachten, wir hätten es unter Kontrolle. Was Schwachsinn ist, weil Mace noch ein Frischling war. Claire war nicht seine erste Tote. Kurz nachdem er einundzwanzig wurde, hatten wir unseren ersten Todesfall. Ein Mädchen aus der Nachbarschaft, das Rapha mitgebracht hatte. Wir haben ihre Leiche vergraben und alles vertuscht, es war grausam. Überall in den Straßen hingen Vermisstenanzeigen und erinnerten uns an das, was wir getan hatten.«

Mir wird übel. *Einatmen. Ausatmen. Einatmen.* Ich wusste es doch schon länger. Ich wusste, dass sie Blut an ihren Händen kleben haben … aber so?

»Danach haben wir uns geschworen, nur noch Prostituierte von weiter weg zu uns zu nehmen, von denen wir wussten, dass sie keine Familie hatten und ein Leben am Abgrund führten. Die Partys, die du kennst, kamen erst später, als unsere Großväter uns unter die Arme griffen und von dieser Tradition erzählten. Sie gaben uns Ratschläge mit und zeigten uns die Vorlagen für die Verschwiegenheitserklärungen. Auf jeden Fall …

Claire ließ sich von dem Mord nicht beirren. Sie hatte weiterhin Vertrauen in uns … und sie versuchte uns immer wieder in Versuchung zu führen. Sie liebte die Gefahr und das Verbotene, obwohl sie von außen wie ein Unschuldsengel wirkte. Du siehst ihr ähnlich, weißt du? Na ja … Raphael, Mace und ich, wir haben sie gemeinsam getötet. An jenem Abend ist viel Alkohol geflossen, wir waren nicht mehr Herr unserer Vernunft. Erst dachten wir, sie hätte nur das Bewusstsein verloren, weil einige von uns nicht gerade zimperlich waren. Ohnmacht ist eine recht gängige Folge des Vergnügens mit uns. Aber dann …«

Ohrenbetäubende Stille.

»Wurde euch bewusst, dass sie tot ist«, murmele ich, als Kilian den Satz nicht beenden kann. Das Blut rauscht mir in den Ohren. Ich will mich unter die Bettdecke verkriechen und nie wieder herauskommen. Das ist die grausamste Geschichte, die ich je gehört habe. Ich will in der Zeit zurückspringen und den vier Jugendlichen die Leviten lesen, sie für ihre Naivität anschreien und ihnen den Sex verbieten. Ich will Kilian in die Arme schließen und seinen Schmerz in mich aufnehmen, nur damit er nach all der Zeit für einen Moment keine Schuld mehr empfinden muss.

Er ist ein Mörder. Doch wenn ich ihn ansehe, sehe ich keine Bestie. Das Einzige, was ich sehe, ist sein gebrochenes Herz.

»Wie lang ist das her?«, will ich wissen, nachdem ich meine Sprache wiedergefunden habe und meine Gedanken ordnen kann. Ich versuche mich einzig auf das zu fokussieren, was in dem Moment wichtig ist, und das ist Claire.

»Zwei Jahre. Nach ihrem Tod sind wir umgezogen und wohnen seitdem hier.«

»Was habt ihr …« Ich traue mich kaum, diese Frage auszusprechen. »Mit ihrer Leiche gemacht?«

»Auf einem Friedhof vergraben.«

Oh Gott. Meine Hand schnellt zu meinem Mund, diesmal wirklich aus Angst, dass mein Mageninhalt sich selbstständig machen könnte.

Claire wurde lebendig begraben. Und nun ist sie hier in dieser Stadt, hat ihre ›Mörder‹ ausfindig gemacht, sie bis hierhin verfolgt – um was? Wieso ist sie hier? Es kann kein Zufall sein, dass sie nach all der Zeit in derselben Stadt gelandet ist, wie Kilian und sein Rudel!

»Wie sicher wart ihr euch, dass sie tot ist?« Eine total dämliche Frage, ich weiß das, aber ich kann nicht anders.

Kilian sieht mich an, als wäre ich von allen guten Geistern verlassen worden. Wären sie sich nicht todsicher gewesen, hätten sie sie ja nie und nimmer vergraben.

»So sicher wie bei mir?«, hake ich nach.

Jetzt zieht er skeptisch die Augenbrauen zusammen. »Das ist was anderes ...«

Und was, wenn nicht? Was wenn sie nicht sterben konnte, weil sie so ist wie ich?

Ich stehe vom Bett auf und wanke ein paar Schritte durchs Zimmer, einfach, weil ich nicht mehr still sitzen bleiben kann. Dabei fühle ich mich wie sturzbetrunken, vor allem weil ich auch prompt gegen die Bettkante laufe und mir den kleinen Zeh stoße. Ich schaue an mir hinunter und realisiere erst jetzt, dass ich untenrum nackt bin. Selbstverständlich habe ich ein Höschen an, aber ansonsten nichts. Das ist definitiv viel zu wenig, um vor Kilian auf und ab zu laufen!

Das registriert er offenbar ebenfalls, denn er fragt: »Was ist zwischen dir und Mace gelaufen? Hat er ...?«

Hat er *was*? Wieso spricht er diese Frage nicht aus, obwohl er mir vorhin auch lockerflockig von dem Gangbang erzählen konnte, den die vier betrieben haben?

»Nein, wir hatten keinen Sex!«, fahre ich ihn etwas zu laut an. Und selbst wenn, geht es ihn dann etwas an? Nein. Weil ich nicht Claire bin. Weil ich nicht jedem hier gehöre! Ich weiß nicht einmal, wieso ich so pampig auf die Frage reagiere. Kilian ist zu einem Freund geworden. Er darf mich sowas fragen. Und dennoch fühle ich mich, als würde ich mich verteidigen müssen.

»Du solltest uns am besten alle vergessen und niemals wiederkommen.«

Ist das sein Ernst? Ich bleibe in meinem Herumgetigere stehen und starre ihn an. ›*Vergessen*‹ klingt für ihn nach der besten Lösung?

»Wie soll ich das bitte vergessen? Ich bin genauso wie ihr. Wenn ich 21 werde, dann werde ich auch Menschen aussaugen! Ihr könnt mich damit nicht allein lassen!«

Kilian steht auf und kommt auf mich zu. Ich lasse zu, dass er sich vor mich stellt und seine Hände auf meine Oberarme legt. »Keiner von uns will dich allein lassen, wir wollen dich nur schützen. Noch bist du keine 21. Noch bist du ein Mensch. Es ist zu gefährlich für dich, weiter mit uns Kontakt zu haben. Egal, wie dieser Kontakt aussieht.«

Nach dem, was er mir soeben erzählt hat, kann ich ihn sogar zum Teil verstehen, ein Teil von mir, will sich sogar von ihnen abwenden. Sie haben schon mehrere Menschenleben auf dem Gewissen und sind ungestraft davongekommen. Sie bringen den Tod. Ich *muss* mich von ihnen fernhalten wollen, trotzdem fühle ich mich fortgestoßen. Wie etwas, das man loswerden möchte, weil es alles zu kompliziert macht.

Ich weiche von ihm zurück und funkele ihn abwertend an. Ich habe keine Worte übrig, um meine Gefühle zum Ausdruck zu bringen, doch er soll ruhig merken, dass ich wütend bin. Dass ich das Gefühl hasse, von ihnen immer nur weggestoßen zu werden, wann immer ich ihnen zu nah komme.

Kopfschüttelnd drehe ich mich von ihm weg, doch bevor ich sein Zimmer verlasse, fällt mir noch etwas ein. »Ihr habt von allen Gästen auf der Party doch so ein unterschriebenes Formular. Wo bewahrt ihr die auf?«

Gut, dass mein Gehirn zumindest wieder mitdenkt. Kilians Irritation über den Themenwechsel ist ihm deutlich anzusehen. »Ich habe sie alle eingescannt auf dem Rechner. Die Originale sind im Keller des Hauses. Wieso?«

»Wenn du mir die Formulare der letzten Party per Mail schickst, dann verspreche ich dir, dass ich mich bis zu meinem Geburtstag von euch fernhalte.« Ein Versprechen, das mir nur schwer über die Lippen kommt, aber bevor ich Mace wiedersehe, muss ich ohnehin erst einmal etwas mit einer bestimmten Blondine klären. Und ich muss meine Moralvorstellungen zurechtrücken, weil sie in den letzten zwei Tagen offenbar irgendwie durcheinandergeraten sind.

»Du weißt, dass diese Unterlagen streng vertraulich sind?«

»Natürlich. Vertraust du mir etwa nicht?«

Mace (10:12): Alles okay? Falls meine Worte vorhin zu grob waren, tut mir das leid. Ich wollte dich nicht direkt rausschmeißen.

Ich stecke das Handy weg, ohne zu antworten. Der Weg von der Bushaltestelle zu mir nach Hause ist weit, doch die frische Luft tut mir gut. Ich hatte mich angezogen und das Loft der Jungs verlassen, noch bevor Mace aus dem Bad kommen konnte. Offenbar hat er noch nicht mit Kilian gesprochen, sonst sähe seine Nachricht bestimmt ganz anders aus. Früher oder später werden sie aber darüber sprechen. Und ich fürchte, Mace wird nicht begeistert darüber sein, dass ich mir von Kilian Claires Geschichte erzählen lassen habe.

Mit *Until we go down* von *Ruelle* im Ohr erreiche ich schließlich unser dreistöckiges Mehrfamilienhaus. Da etwas Weißes aus unserem Briefkasten blitzt, schließe ich ihn auf und nehme die Briefe entgegen. Auf dem Weg die Treppen rauf, gehe ich die Umschläge durch. Das meiste ist natürlich für Miriam. Rechnungen oder Werbung. Doch zwei Briefe sind an mich adressiert. Der eine kommt von meiner Wunschuni, bei dem anderen fehlt ein Absender. Merkwürdig. Doch ich habe keine Zeit, mich darüber zu wundern. Noch im Flur reiße ich den Brief von der Universität auf und versuche anhand der ersten Zeilen zu erkennen, ob das eine Ab- oder Zusage ist. *Bitte, lass mich wenigstens eine gute*

Nachricht in dieser Woche erhalten! Das hätte mein Leben gerade bitter nötig. Man kann doch nicht in allen Lebensbereichen gleichzeitig Pech haben, oder?

Durch meine Aufregung brauche ich ganze drei Sekunden, bis ich realisiere, dass ich den Studienplatz habe. Vor Freude hüpfend renne ich die restlichen Treppen hoch und betrete unsere Wohnung.

»Miriam?«, rufe ich, doch niemand antwortet. Na gut, dann muss ich ihr eben später die gute Nachricht überbringen. Ich lege die Briefe an sie auf dem Küchentisch ab und gehe in mein Zimmer. Eigentlich will ich direkt Finn und Becca von der Zusage erzählen, als mein Blick auf den zweiten Brief fällt, den ich noch in den Händen halte. Den ohne Absender.

Das Lächeln auf meinem Gesicht erlischt. Auf einmal muss ich an das an mich zugestellte Päckchen und die Einladung zu Mace' Party denken. Auch dort gab es keinen Absender. Mir fällt auf, dass ich bis heute immer noch nicht weiß, wer mir diese Einladung geschickt hatte. Irgendwie hatte ich durch die ganzen nachfolgenden Ereignisse auch komplett vergessen, mich noch einmal mit dieser Frage auseinanderzusetzen.

Mit etwas zu schnell schlagendem Herzen bleibe ich vor meinem Bett stehen, reiße den weißen Umschlag auf und ziehe das Papier heraus, das sich darin befindet.

Wäre es nicht cleverer, dich von ihnen fernzuhalten, anstatt die Nächte mit ihnen zu verbringen? Oder willst du enden wie ich?

- Claire

Die geschwungene Handschrift wird zusätzlich von kleinen Herzchen verziert, die den i-Punkt ersetzen sollen. Bereits die ersten Worte lähmen mich. Sobald ich ihren Namen lese, entgleitet der Zettel meinen Fingern und segelt in Zickzacklinien zu Boden.

Das muss ein Scherz sein. Ich hatte vor nicht einmal einer Stunde erst die Erkenntnis, dass Mace' Ex noch leben könnte, und nun liegt ein Brief von ihr in unserem Postkasten? Sie will also, dass ich von ihrer Existenz weiß. Und sie weiß auch von mir. Sie weiß noch viel mehr, wenn sie sogar schreibt, dass ich meine Nächte bei ihnen verbringe … Das heißt, sie beschattet entweder mich oder Mace.

Was willst du, Claire?

Ich hebe den Brief auf und gehe zu meinem Schreibtisch. Während mein Laptop hochfährt, bete ich, dass Kilian mir die Unterlagen bereits geschickt hat.

Es gibt genau einen Grund, warum ich den ganzen sonnigen Vormittag damit verbringen werde, in meinem abgedunkelten Zimmer zu hocken und dutzende von Verschwiegenheitserklärungen durchzusehen: Ich will wissen, ob meine Fantasie an jenem Abend mit mir durchgegangen ist, oder ob ich Till wirklich dort gesehen habe. Und wenn er es war, dann verwettete ich Fellknäuels Leben darauf, dass die Frau an seiner Seite niemand geringeres als seine neue Freundin Claire war.

Wenn sie nur in der Stadt ist, weil sie Mace und Kilian ausfindig gemacht hat, dann ist es gar nicht so weit hergeholt, dass sie auch von den Partys weiß und versucht hat, sich einzuschleusen. Aber dass ausgerechnet Till in ihre Fänge geraten ist … Als hätte ich in den letzten Tagen nicht schon genügend erschütternde Neuigkeiten gehört! Mace' angeblich tote Ex-Freundin toppt noch einmal alles.

Durch die Formulare von der Party könnte ich meine Theorie bestätigt wissen und zusätzlich ihre Adresse erfahren. Ich öffne mein Email-Postfach und stelle erleichtert fest, dass Kilian mir die eingescannten Formulare tatsächlich geschickt hat. Natürlich hängt die Frage dran, wofür ich sie brauche, und die Ermahnung, dass ich sie an niemand Drittes reichen darf. Mit einem Mausklick lade ich die Bilddateien herunter.

Der Download dauert ewig. Wie viele Leute waren bitte auf dieser Party?

Nach und nach klicke ich mich durch die Dokumente durch und sehe mir auf der ersten Seite immer nur die Namen an. Als ich nach einer gefühlten Ewigkeit über einen Till Müller stolpere, stutze ich. Mein Ex heißt ›Zentner‹ mit Nachnamen, aber das sieht irgendwie doch nach seiner Handschrift aus. Vielleicht hat ihm jemand geraten, nicht seinen richtigen Namen zu benutzen.

Ich überfliege die Daten, die er über sich eingetragen hat. Ein paar davon stimmen, andere wiederum nicht. Die Handynummer, die er angegeben hat, ist aber eindeutig seine. Ich klicke mich noch durch die restlichen Scans, doch nirgendwo taucht der Name Claire auf. Sie muss ebenfalls einen falschen Namen eingetragen haben – *oder ich sehe Gespenster, wo keine sind.*

Eigentlich gibt es nur eine Möglichkeit, wie ich an die Wahrheit herankomme, und sie ist ebenso leicht, wie sie unerträglich schwer ist. Aber bleibt mir eine andere Wahl?

Ich nehme mein Handy in die Hand, gehe zu meinen letzten Anrufen und scrolle zu der mir bekannten Nummer. Obwohl ich Ende Juni seine Nummer aus meinen Kontakten gelöscht hatte, hat er mich seitdem immer mal wieder angerufen. Ich bin nie drangegangen. Was für eine Ironie, dass ich ihn jetzt anrufen muss.

Ich atme tief durch und halte mir das Handy ans Ohr. Nach dem dritten Freizeichen geht er ran. »Nika?«

»Ja, hey, alles gut?« Scheiße, muss ich jetzt wirklich Small Talk mit ihm führen? Aber eine andere Frage ist mir so spontan nicht eingefallen. Vielleicht hätte ich noch ein paar Stunden darüber grübeln sollen, wie ich Till auf seine Freundin anspreche, bevor ich tatsächlich zum Hörer greife!

»Ja klar, ich bin überrascht, dass du anrufst. Ich dachte, du würdest nie wieder mit mir reden wollen.« Obwohl ich grad wirklich tausend andere Dinge im Kopf habe, hat die Erinnerung an unsere Trennung immer noch die Macht, mir wehzutun.

Ich lege den Kopf in den Nacken und drehe mich auf meinem Schreibtischstuhl einmal um die eigene Achse. »Ich brauchte Zeit, um es zu verarbeiten. Bist du mit dieser Blondine jetzt zusammen?« Wir nähern uns dem Wichtigen. Jetzt ja nichts Falsches sagen. Wieso fühlt sich ein

Telefonat mit dem Ex auch so an, als würde man über ein Minenfeld laufen?

»Ähm, Mara, ja. Sie hat gesagt, sie würde dich gern kennenlernen und sich bei dir entschuldigen. Sie hat nicht gewusst, dass wir ... zu dem Zeitpunkt noch zusammen waren.«

Toll, du nimmst die ganze Schuld auf dich. Macht es für mich auch nicht besser. Normalerweise hätte ich dieser Mara und Till den erhobenen Mittelfinger gezeigt, doch seit ich Mara für Claire halte, würde ich zu allem Ja sagen, nur um die Möglichkeit zu bekommen, sie zu treffen.

Gib mir ihren vollständigen Namen, ihre Adresse und ihre Telefonnummer, um den Rest kümmere ich mich selbst. Stattdessen sage ich: »Das ist aber nett von ihr. Wenn du nichts dagegen hast, würde ich sie tatsächlich gern mal kennenlernen. Vielleicht hilft es mir beim Verarbeiten unserer Trennung und wir können danach befreundet sein.«

Ja, sicher. Ich hoffe, es hört sich nicht ganz so heuchlerisch an, wie ich mich beim Aussprechen fühle. Am liebsten würde ich mir den Mund sofort mit hochprozentigem Alkohol ausspülen.

»Cool. Ich freu mich, dass wir wieder Kontakt haben. Ich schreibe Mara gleich und melde mich nachher bei dir.«

Cool!, äffe ich ihn in Gedanken nach. *Weißt du, was weniger cool ist? Wenn deine Mara ein Succubus ist und dich beim Sex killen kann!*

»Okay, bis nachher dann«, sage ich so freundlich ich kann und lege dann ganz schnell auf. War doch gar nicht so schwer. Und jetzt kann ich mir die ganzen Verschwiegenheitserklärungen gleich noch einmal durchsehen und diesmal nach dem Namen ›Mara‹ Ausschau halten.

26.

Die Wahrheit über Mara

Nika

Mittwoch

Wie versprochen hat Till mir im Laufe des Tages eine Uhrzeit und eine Adresse geschickt, an der wir uns zu dritt treffen wollen. Da mir die Adresse nichts sagt, googele ich sie, in der Hoffnung, auf ein Restaurant oder eine Bar zu stoßen, aber Fehlanzeige. Mara wird uns doch wohl nicht zu sich nach Hause einladen, oder? Wobei ich dann ja genau das hätte, wonach ich gestern den ganzen Tag gesucht habe. Ich hatte zwar eine Mara in den Dokumenten von der Party gefunden, doch die eingetragene Adresse war definitiv eine falsche, da sie in einem anderen Bundesland liegt.

Ich werfe schnell einen Blick auf die Uhr. Ich habe noch zwei Stunden bis zu dem Treffen. Weiter hier rumliegen und meinen eigenen Theorien bezüglich Mace' Ex zu lauschen, bringt mich auch nicht weiter. Kurzerhand springe ich vom Bett auf, schlüpfe in meine Chucks und renne in den Keller. Seit ich Miriams Wagen nicht mehr benutzen darf, sind mein Fahrrad und ich beste Freunde geworden.

Als ich die Adresse in mein Handy eingebe, ploppt eine neue Nachricht von Kilian auf. Sofort zieht sich mein Magen zusammen. Ich habe gestern und auch heute den ganzen Tag nichts von den beiden gehört, aber auch ich habe mich nicht gemeldet. Ich habe Kilian schließlich versprochen, auf Abstand zu gehen.

Kilian (18:31): Ich wollte dir nur Bescheid geben, dass ich mit M geredet habe. Er weiß, dass ich dir von C erzählt habe, was er nicht so gut aufgefasst hat. Vermutlich ist er zu stolz oder zu wütend, um dir von sich aus zu schreiben. Vielleicht denkt er auch, du möchtest jetzt nichts mehr mit uns zu tun haben. Was wir natürlich nachvollziehen könnten. Falls du reden willst, sind wir aber nach wie vor für dich da. Wir müssen wohl alle etwas verdauen und zur Ruhe kommen. Bitte gib mir einfach kurz Bescheid, ob du okay bist.

Kilian (18:32): Wir haben Liss' Vergehen übrigens dem Rat gemeldet. Jetzt warten wir noch darauf, dass Raphael zurückruft und sich bereiterklärt, als Zeuge auszusagen. Dachte, vielleicht interessiert dich das.

Nika (18.32): Danke dir. Hoffe, Mace nimmt es dir nicht übel. Bei mir ist alles okay. Ich brauche etwas Zeit für mich und melde mich bei euch, wenn mein Geburtstag vor der Tür steht. Danke für alles.

Mit einem mulmigen Gefühl schließe ich den Chat. Dass Liss zur Rechenschaft gezogen wird, sind gute Neuigkeiten, doch beinahe erwarte ich schon, dass da noch etwas schiefgehen wird. Entweder sie flieht mit ihren Schwestern vorher ins Ausland oder Raphael steht doch auf ihrer Seite anstatt auf unserer. Keine Ahnung, aber heute habe ich keinen Nerv, mich damit zu beschäftigen. Claires' Geheimnis ist alles, woran ich seit gestern denken kann. Es fühlt sich falsch an, Kilian meine Vermutung bezüglich Claire zu verheimlichen, doch seine Nachricht und Mace' Reaktion bestärken mich nur noch mehr in meinem Vorhaben. Wenn ich mit meiner Vermutung irgendwie daneben liege – oder sogar wenn ich richtig liege – wird es Mace das Herz aus der Brust reißen. Es wird eine

Welle von Konsequenzen nach sich ziehen, für die ich noch nicht bereit bin. Bevor ich also irgendjemandem von der totgeglaubten, wundervollen, gruppensexliebenden Claire erzähle, möchte ich sie selbst treffen und mir ihre Version der Geschichte anhören.

Mit dem Handy als Navi radle ich durch die Stadt. Auch wenn es schon fast sieben Uhr abends ist, scheint die Sonne immer noch kräftig. Die Härchen auf meinen nackten Armen heben sich golden von meiner etwas gebräunten Haut ab. Ich bin schon fast ein klein wenig stolz darauf, nicht mehr so blass zu sein. Wenn der Sommer vorbei ist und ich im Herbst an der Uni anfange, werde ich ausnahmsweise keinen ungesunden ersten Eindruck hinterlassen. Fremde könnten sogar denken, ich habe den Sommer in einem südlichen Land am Strand verbracht, wie viele Jugendliche in meinem Alter. Dass ich noch nie am Strand war und diese Kleinstadt noch nie verlassen habe, würde man mir nicht einmal ansehen.

Irgendwie freue ich mich schon auf diesen Neuanfang. Ich könnte eine neue Nika erfinden und die ganze Dunkelheit hierlassen. Ich würde Mace und Kilian zurücklassen und all ihre Geheimnisse. Genau das wollten sie doch.

Aber dann fällt mir wieder ein, dass ich vor der Dunkelheit in mir selbst nicht werde fliehen können. Dass sie mich überall hin verfolgen wird. Und dass auch kein sonnengebräunter Teint darüber hinweghelfen wird, dass in mir ein Monster schlummert, welches in zwei Wochen erwacht.

Für wenige Minuten habe ich mich der Illusion hingegeben, mich einmal im Leben wie eine gewöhnliche Jugendliche zu fühlen, nur um wieder hart auf den Boden der Tatsachen aufzuschlagen. Genauso wie jetzt, als ich an der Adresse ankomme, zu der mein Handy mich geführt hat.

Statt vor einem Wohnhaus, stehe ich vor einer kleinen Buchhandlung. Keine von den großen Ketten, sondern eine von der gemütlichen, familiären Sorte. Es brennt kein Licht mehr, trotzdem stelle ich mein Fahrrad an der Hauswand ab und gehe zur Tür. *Von 08:00 – 18:00 Uhr geöffnet.*

Ich trete einen Schritt zurück und sehe mir das Haus noch einmal als Ganzes an, um zu sehen, ob neben oder über der Buchhandlung noch jemand wohnt. Im zweiten und dritten Stockwerk sind Fenster, die auf Wohnungen schließen lassen, doch ich finde den Eingang zu ihnen nicht.

Nika (19:06): Eine Buchhandlung? Ich dachte, wir gehen was trinken oder so.

Till (19:08): Die Buchhandlung gehört Maras Vater. Maras Idee war es, dort gemütlich einen Wein zu trinken. Da sind wir ungestört. In Bars ist es um die Uhrzeit überall so voll und laut. Und sie wollte dich ungern direkt zu sich nach Hause einladen. Ich hoffe, das verstehst du.

Natürlich verstehe ich das. Sie ist ja auch ein Dämon und versucht, ihre Spuren zu verwischen. *Sie muss dich ganz schön um den Finger gewickelt haben, wenn du ihr das so abkaufst.*

Ich seufze und überlege, was ich jetzt noch bis halb neun machen soll. Dass sich das hier als Falle entpuppen könnte, ist mir durchaus bewusst, aber ich hoffe, dass ich die Gelegenheit bekomme, unter vier Augen mit dieser Mara/Claire zu reden. Dass ich von ihrem Geheimnis weiß, gibt mir das Gefühl, zumindest etwas gegen sie in der Hand zu haben und ihr einen Schritt voraus zu sein. Sie wird sicherlich nicht wollen, dass ich Mace von ihrer neuen Identität erzähle. Aber ob das reicht, um sie aus der Stadt zu vergraulen? Kann ich sie damit erpressen? Ich will nichts weiter, als dass sie sich von Till – und auch von Mace – fernhält. Obwohl Till mich betrogen hat, glaubt ein Teil von mir noch daran, dass er einen einigermaßen guten Frauengeschmack hat. Mara kann also kein herzloses Miststück sein und hoffentlich auch keine kaltblütige Killerin. Ich werde versuchen, irgendwie zu ihr durchzudringen.

Und ich will sie kennenlernen. Nicht wegen Till, sondern wegen Mace. Und Kilian. Was haben sie an ihr gefunden? Sie müssen sie wirklich geliebt haben. Sie hat ihr Leben zerstört. Ein bisschen hasse ich sie dafür. Und gleichzeitig ist das Eingeständnis, dass ich wegen Mace hier stehe, so beschämend.

Jetzt weiß ich, wieso ich niemandem aus dem Rudel Bescheid gegeben habe, was ich heute Abend vorhabe. Mir ist bewusst, dass es für mich durchaus sicherer wäre, wenn jemand über meinen Aufenthaltsort und meinen Plan Bescheid wüsste. Aber es ist mir peinlich. Kilian und Mace sollen nicht erfahren, wie versessen ich darauf bin, Mace' Ex kennenzulernen. Abgesehen davon, dass ich aus egoistischen Gründen nicht will, dass Mace erfährt, dass sie noch am Leben ist.

Verdammt, bin ich ein hinterhältiges Miststück.

Ich habe mir eingeredet, dass ich Mace davor schütze, ein emotionales Trauma zu erleben, wenn ich ihm voreilig von meiner Theorie erzähle, aber in Wahrheit sind meine ausschlaggebenden Gründe wohl eher egoistischer Natur. Viele Leute sagen, dass Liebe sie zu einem besseren Menschen macht. Bei mir bewirkt sie offenbar das Gegenteil. Meine Liebe zu Mace macht mich zu einem extrem schlechten Menschen.

Ich setze mich wieder aufs Fahrrad und radle durch die menschenleeren Straßen. Das hier ist echt ein sehr verlassenes Viertel. Ich kann mir nicht vorstellen, dass der Buchladen gut läuft. Aber vielleicht liegt es auch nur an der Uhrzeit, dass ich kaum einer Menschenseele begegne. Die meisten essen gerade in ihren Wohnungen zu Abend oder haben sich nach Feierabend gemütlich auf ihre Couch vor den Fernseher gepflanzt.

Noch einmal nach Hause zu fahren, lohnt sich für mich jedoch nicht, weshalb ich in der Innenstadt an einem Brunnen stehen bleibe und mich auf die Parkbank setze. Das Rauschen des Wassers hinter mir sorgt sogar dafür, dass ich nicht einmal das Bedürfnis habe, Musik zu hören. Ich kann selten die Stille genießen. Heute tue ich es. Seltsam. Ich sollte eigentlich nervös sein wegen des Treffens, aber das bin ich nicht. Es fühlt sich an wie das Ende eines langen Weges. Ich werde die Frau treffen, mit der alles begonnen hat – auf zwei verschiedene Weisen. Durch sie habe ich mich von Till getrennt und Mace kennengelernt. Aber sie ist auch die Verkörperung von Mace' Vergangenheit. Claire hat uns beide zerstört. Es ist längst überfällig, dass wir uns kennenlernen.

Um halb neun stehe ich wieder vor der Buchhandlung. Es sieht alles noch genauso aus wie vorhin. Von Till und Mara ist keine Spur. Ich steige vom Fahrrad und lehne es abermals an der Wand an – es gibt keine Fahrradständer und ich bezweifle, dass es hier geklaut wird. Vor allem ist es so alt und unattraktiv, dass es niemand würde haben wollen.

Ich gehe zur Eingangstür und lehne mich probehalber dagegen – zu meiner Überraschung ist sie nicht verschlossen.

Vorsichtig trete ich über die Türschwelle und sehe mich um. Das letzte Licht der Abendsonne fällt durch die großen Fenster und beleuchtet die Tische voller Bücher, die im Eingangsbereich stehen. Die Tür hinter mir fällt dumpf zu.

»Hallo?«

Der Geruch von Papier hängt in der Luft. Im Lichtstrahl der Abendsonne wirbeln feine Staubkörner. Langsam mache ich einen Schritt vor den nächsten. Je weiter ich hineingehe, desto dunkler wird es, weil die hohen Bücherregale das Licht von draußen abfangen. Ich will gerade nach meinem Handy greifen und Till anrufen, als ich das Geräusch von Schritten höre. Hohe Absätze auf dem alten Parkettboden.

Die sonstige Stille und die Atmosphäre machen mich nun doch nervös.

»Mara?«, frage ich, doch es kommt keine Antwort. *Claire?*

Mit rasendem Herzen gehe ich in die Richtung, aus der ich die Schritte gehört habe, und begebe mich immer tiefer zwischen die Reihen der hohen Bücherregale. Ein Labyrinth aus Papier und Druckerschwärze.

Normalerweise liebe ich Buchhandlungen, den Geruch, die Stille, das Gefühl, umgeben von unzähligen Geschichten zu sein. Heute finde ich es hier unheimlich.

Als ich in die nächste und letzte Regalreihe spähe, sehe ich sie. Sie hat ein Buch in der Hand und blättert darin, als sei ihr nicht bewusst, dass wir uns hier verabredet haben und ich schon zwei Mal nach ihr gerufen habe. Außerdem wundert es mich, dass ich Till nirgendwo sehe.

»Hey«, sage ich und bleibe an meinem Ende der Regalreihe stehen. Hier fühle ich mich irgendwie sicherer.

Mara klappt das Buch zu, schiebt es zurück in das Regal und dreht sich dann zu mir um. »Schön, dass du hergefunden hast.«

Ihr Lächeln ist gekünstelt. Plötzlich bin ich mir nicht mehr so sicher, was Tills Frauengeschmack angeht. Auf den ersten Blick mögen wir für Außenstehende vielleicht ähnlich aussehen, wie derselbe Typ Frau. Das blonde lange Haar, der schlanke athletische Körperbau, ein zierliches unschuldiges Gesicht. Ich erinnere mich daran, dass selbst Kilian gesagt hat, ich sehe ihr ähnlich. Aber von dieser Ähnlichkeit bekomme ich nichts mit. Alles an ihr wirkt künstlich. Selbst ihre Haare müssen nachblondiert sein, denn sie hat dunklere Augenbrauen. Die Unschuld in ihrem Gesicht ist nur Fassade – das merke ich an ihrem intensiven Blick aus den braunen Augen, die mich mustern. Da ist nicht nur Neugierde auf die Ex von ihrem Freund. Da ist auch mehr als die natürliche Abneigung, die man gegen die Ex von seinem Neuen vielleicht verspürt. In ihrem Blick liegt eine Herausforderung, eine unausgesprochene Kampfansage.

»Wo ist Till?«, frage ich.

»Er hat Magen-Darm und konnte leider nicht kommen. Ich wollte dich aber trotzdem gern kennenlernen. Ich hoffe, du bist also nicht böse, dass ich das Treffen nicht abgesagt habe.«

Da ich vor gut einer Stunde noch mit Till geschrieben habe, glaube ich ihrer Erklärung keine Sekunde. Ich hoffe nur, dass sie Till nichts angetan hat. Er war für mich zwar in dem Moment gestorben, in dem er mich für sie eingetauscht hat, doch auch ihm wünsche ich es nicht, ausgesaugt von einem Dämon irgendwo in der Ecke zu liegen.

Sie geht auf mich zu und das Geräusch ihrer Absätze auf dem Holzboden lässt mein Herz nur noch höherschlagen. Ich wollte doch mit ihr unter vier Augen reden, erinnere ich mich selbst. Das ist nun meine Gelegenheit.

»Ich weiß, was du bist, Mara«, sage ich, damit wir das Theater sein lassen können. »Oder soll ich lieber sagen, *Claire*?«

Herausfordernd blicke ich ihr entgegen und zucke nicht mit der Wimper, als sie nur einen halben Meter von mir entfernt stehen bleibt. Ein Grinsen kräuselt sich um ihre geschminkten Lippen. Das ist definitiv ein anderer Gesichtsausdruck als der, den ich mir erhofft habe.

»Du liegst sowas von daneben. Hat dich niemand über Claires tragischen Tod aufgeklärt?«

»Doch, das haben sie.« Ich nicke. »Aber sie dachten, du wärst ein normaler Mensch. Sie haben nicht in Erwägung gezogen, dass du dämonisches Blut in den Adern hast und deshalb überlebt hast. Du bist auch ein Succubus, nicht wahr?« *Du hast es überlebt, genauso wie ich überlebt habe.*

Noch immer verzieht sie weder geschockt noch überrascht das Gesicht. Sie lächelt nach wie vor und ich hasse dieses Lächeln. *Lass deine Fassade fallen, du blöde Schlampe!* Ich würde ihr das am liebsten ins Gesicht schreien, obwohl ich wirklich kein Fan von solchen Beleidigungen bin. Ich weiß gar nicht, was mich so sehr in Rage versetzt. Dass sie sich schamlos Till gekrallt hat und er mich mit ihr betrogen hat – oder dass Mace dieses Lächeln einst so sehr geliebt hat, dass er an ihrem Verlust zerbrochen ist. Ich glaube, dass beides davon mich wütend macht, und für einen Moment glaube ich sogar, dass ich das Recht habe, dieser Frau ins Gesicht zu schlagen.

Doch bevor ich meine Hand heben kann, fragt sie: »Du meinst *auch* ein Succubus im Sinne, dass *du* einer bist?«

Obwohl ich das nicht jedem auf die Nase binden will und es in diesem Gespräch eigentlich um sie statt um mich gehen sollte, sehe ich es als Chance, sie zu erreichen.

»Ich habe dasselbe durchgemacht wie du. Auch ich wäre mittlerweile wohl tot, wenn ich kein Dämon wäre. Sie haben mich versehentlich getötet, so wie sie es bei dir gemacht haben. Vielleicht kannst du Mace das nicht vergeben und hast ihm deshalb verschwiegen, dass du überlebt hast. Es ist dein gutes Recht. Aber er leidet. Also egal, was du jetzt vorhast – wenn du hierhergekommen bist, um dich an ihm zu rächen … Bitte. Mace hatte seine Strafe. Er wird sich niemals verzeihen, was passiert ist.«

Das Lächeln aus Maras Gesicht verschwindet endlich, was ich als gutes Zeichen werte. Vielleicht bin ich zu ihr durchgedrungen.

»Mit einem Punkt in deiner süßen Geschichte hast du

Recht.« Sie schnaubt abfällig. »Ich bin hier, um mich zu rächen.«

Schlagartig weiß ich, dass es doch kein gutes Zeichen ist. *Scheiße.* Mir wird eiskalt und meine Brust zieht sich zusammen.

»Du bist doch jetzt auch wie sie. Du musst doch verstehen, dass sie dich nicht absichtlich getötet haben! Außerdem lebst du! Wie nachtragend muss man also sein …«

Sie schneidet mir das Wort ab, indem sie die Hand hebt. Ich verstumme augenblicklich, weil ich irgendwie Angst vor ihr habe. Jetzt, wo sie nicht mehr lächelt, wirkt sie noch unberechenbarer.

»Du hast einen Denkfehler, Veronika. Das habe ich dir schon zu Beginn dieser Unterhaltung gesagt.«

Ich weiß nicht, worauf sie hinauswill. Irgendwo und irgendwie kann ich sie ja verstehen. Dass sie Mace über ihren Tod weiterhin belügt, ist zwar grausam, aber wenn es ihr hilft, so mit dem Vergangenen klarzukommen, dann soll sie das meinetwegen beibehalten.

»Ich werde Mace nichts sagen, wenn du darauf hinauswillst. Du kannst ihn ruhig weiterhin in Unwissenheit lassen. Ich will nur, dass du die Stadt verlässt und dich sowohl von Mace als auch von Till fernhältst.«

Sie hebt ihre Augenbrauen. »Liegt dir wirklich was an Till?«

»Natürlich. Ich habe ihn geliebt. Er … er mich offenbar nicht und ich will nichts mehr mit ihm zu tun haben, aber ich will nicht, dass er irgendwann wegen dir umkommt.«

»Ich werde ihn nicht umbringen, keine Sorge.« So wie sie das sagt, glaube ich ihr sogar. Aber ich weiß, dass sie nichts versprechen kann. Sie könnte ihn jederzeit versehentlich töten. Ich will ihr das gerade erklären – obwohl sie das natürlich besser wissen sollte, als sie mich wieder unterbricht. Vermutlich hat sie geahnt, was ich jetzt sagen möchte.

»Ich bin kein Succubus!«, fährt sie mich an, bevor ich etwas erwidern kann.

Das lässt mich verstummen und meinen Mund schließen, ohne, dass ein Ton über meine Lippen kommt. Ist das mein Denkfehler? Aber wie kann sie dann leben?

Sie macht einen Schritt auf mich zu, sodass sie mir näherkommt, als man anderen Menschen im Normalfall kommt. Ihre Nasenspitze berührt fast die meine. Trotzdem weiche ich nicht zurück. Ich rieche ihr süßliches Parfum und sehe die unvermeidlichen Makel ihres geschminkten Gesichts, die schwarzen winzigen Klumpen ihrer Mascara, das Makeup in ihren Poren. Ich sehe wirklich alles und spüre sogar ihren Atem auf meiner Haut. Mace war ihr ebenfalls mal so nah. Und noch näher.

Wie können sie sie für tot erklärt haben? Wie können sie sich so geirrt haben?

»Soll ich dir sagen, wo dein Denkfehler ist?«, flüstert sie.

Ich nicke nur. Kann nicht antworten, weil ich meine ganze Konzentration dafür benötige, um zu atmen und nicht zurückzuweichen. Ich will keine Schwäche vor Mace' Ex zeigen. Ein bisschen hat sie ja Recht: es geht mir wirklich kaum um Till.

»Ich bin nicht Claire. Claire ist tot.«

Ihre Worte ergeben keinen Sinn. »Ich habe ein Foto von dir in Mace' Kette gesehen.« Kilian hat mir bestätigt, dass das ein Foto von Claire war. Obwohl mittlerweile mindestens zwei Jahre seit der Aufnahme vergangen sein müssen, hat sie sich kaum verändert. Nicht so, dass ich sie nicht wiedererkennen oder verwechseln würde.

»Ich bin ihre Zwillingsschwester. Ich heiße wirklich Mara und ich bin hier, um mich an dem Mord an meiner Schwester zu rächen.«

Beim letzten Wort spüre ich einen scharfen Stich in meinen Hals. Ich war so damit beschäftigt, in ihr Gesicht zu blicken, dass ich nicht auf ihre Hände geachtet habe.

Ich spüre, wie sie die Nadel der Spritze wieder rauszieht und das Narkosemittel seinen Zweck erfüllt.

Jetzt ergibt alles Sinn.

Epilog

Dunkelheit

Nika

???

Ich weiß nicht, wie viele Tage, Stunden oder Minuten vergangen sind, seit mich Mara in der Buchhandlung betäubt hat. Ich weiß auch nicht, wie viel Zeit vergangen ist, seit ich in diesem dunklen Zimmer wieder zu mir gekommen bin. Es fühlt sich an, als würde ich auf einem Bett liegen. Meine Hände sind über meinem Kopf mit einem Seil zusammengebunden und irgendwo befestigt worden, sodass ich nicht aufstehen kann. Dass ich meine Klamotten noch an mir spüre und mir keine Verletzungen zugefügt wurden, beruhigt mich nur mäßig.

Die Dunkelheit reicht für mich aus, um am Rande eines Nervenzusammenbruchs zu stehen. Die Schwärze um mich herum sorgt dafür, dass mein Herz so schnell schlägt, dass es wehtut. Meine eigene Panik ist es, die mich schwitzen lässt. Ich habe Angst, meine Augen zu zu machen, aber ich merke kaum einen Unterschied, ob ich sie offenhalte oder nicht.

Ist es einfach nur tiefste Nacht oder befinde ich mich in einem Keller? Bin ich allein hier? Und vor allem: was will Mara von mir?

Wenn sie sich an Mace für den Tod ihrer Schwester rächen will, wieso hat sie dann mich hier festgebunden? Wieso bin ich hier? Meine Gedanken drehen sich im Kreis, nehmen kein Ende, doch meine Fragen lenken mich zumindest etwas von der Schwärze um mich herum ab.

Was will Mara von mir? Will sie Mace hiermit herlocken? Er wird nicht kommen. Er weiß nicht, wo ich bin. Er weiß nichts von einer Mara. Außerdem hat Kilian ihm von unserem letzten Gespräch erzählt, bei dem er mir zum gefühlt hundertsten Mal geraten hat, mich von ihnen fernzuhalten. Wenn Kilian und Mace also die nächsten Tage nichts von mir hören, werden sie bloß annehmen, dass ich ihrem Ratschlag endlich folge leiste, dass ich endlich auf die Vernunft höre. Sie werden vermutlich glücklich und erleichtert darüber sein, dass ich sie alle in Ruhe lasse und aufhöre, mein eigenes Leben zu riskieren.

Sie werden nicht nach mir suchen.

Sie werden mich ebenfalls in Ruhe lassen.

Tränen bilden sich in meinen Augenwinkeln und rollen heiß meine Wangen hinab, hinterlassen nasse Spuren auf meiner Haut. Es könnte Tage oder gar Wochen dauern, bis Mace oder Kilian nach mir sehen würden, und mein Fehlen bemerken.

Mara zu unterschätzen, war nicht mein einziger Denkfehler. Ich wünschte, ich hätte jemandem Bescheid gegeben. Ich hätte es zumindest andeuten oder eine Adresse schicken können. Ich hätte Lio Bescheid geben können, wenn ich Mace und Kilian nichts von meinen Vermutungen über Claire erzählen wollte.

Hätte, hätte, hätte.

Ich blinzele gegen meine Tränen an. In dem Moment fällt mir eine Person ein, die wissen könnte, was passiert ist. Oder die mein Verschwinden zumindest mit Mara in Verbindung bringen könnte.

Till!

Für einen Moment schöpfe ich Hoffnung, für einen Moment kann ich einen tiefen Atemzug tun und die Angst in mir hinunterschlucken. Till könnte als Einziger mein Verschwinden mit Mara in Verbindung bringen! Er wusste, dass ich an der Buchhandlung auf die beiden gewartet habe! Doch wie lange wird es dauern, bis mein Verschwinden auffällt? Und wie sehr liebt er Mara? Würde er sie jemals verdächtigen?

Bevor meine Hoffnungslosigkeit erneut ihren Tiefpunkt erreicht, merke ich, dass die Dunkelheit gar nicht mehr so schwarz ist wie zuvor. Von irgendwo dringt ein wenig Licht in das Zimmer, sodass ich dunkle Schemen im Grau entziffern kann. Kurz darauf wird eine Tür geöffnet und ein Lichtschalter betätigt. Gleißendes Licht blendet mich.

Als ich blinzele, fällt jede meiner Hoffnungen einen tiefen Abgrund hinunter. Es bleibt in meinem Inneren nichts mehr übrig, was diesen Fall überleben könnte. In der Tür steht niemand anderes als Till.

»Du bist wach«, stellt mein Ex fest und meine Weltanschauung zerbricht vor seinen Füßen.

Weiter geht's im Succubi-Sammelband von Kiss of Death

Über die Autorin

Kristina Licht, geboren am 07.08.1993, schreibt und erfindet Geschichten seit ihrer Grundschulzeit. Schon immer war es ihr Herzenswunsch, ihre Leidenschaft zum geschriebenen Wort als Autorin auszuleben und Menschen aus ihrem Alltag in andere Welten zu entführen.
Sie wohnt gemeinsam mit ihrem Freund und mit ihrer Katze Lexi im Herzen Nordrhein-Westfalens und arbeitet neben dem Schreiben von romantischen Fantasygeschichten auch als Coverdesignerin.

https://www.facebook.com/kristinalicht.autorin/
www.kristinalicht.de
instagram: kristinalicht_designandbooks

Bücher der Autorin:

Phoenicia Chroniken (Talawah Verlag):

- Magie des Feuers
- Magie des Eises
- Magie des reinen Blutes

Jenseits des Kreises – Reihe (GedankenReich Verlag):

- Himmelsfluch
- Sündenfall (Ewans Geschichte)
- Götterglaube

INCUBI – Reihe (Selfpublishing):

- sleeping demons
- kissing demons
- waking demons
- breaking demons

Game of sinners – Meine Sünde bist du (unter dem Pseudonym Christina Rain)